家藏文库

王阳明诗文选 上

〔明〕王阳明 撰　　华建新 注评

中州古籍出版社
·郑州·

图书在版编目(CIP)数据

王阳明诗文选 / 王阳明撰；华建新注评. —郑州：中州古籍出版社，2020.1（2022.4重印）
（家藏文库）
ISBN 978-7-5348-8082-7

Ⅰ.①王… Ⅱ.①王…②华… Ⅲ.①古典诗歌－诗集－中国－明代②古典散文－散文集－中国－明代 Ⅳ.①I214.82

中国版本图书馆CIP数据核字（2019）第301334号

JIACANG WENKU : WANGYANGMING SHIWEN XUAN

家藏文库：王阳明诗文选

选题策划	卢欣欣 赵发杰
约稿统筹	卢欣欣
责任编辑	赵建新
责任校对	李春艳
封面设计	王 歌
版式设计	曾晶晶

出 版 社	中州古籍出版社（地址：郑州市郑东新区祥盛街27号6层 邮编：450016 电话：0371-65723280）
发行单位	河南省新华书店发行集团有限公司
承印单位	河南新华印刷集团有限公司
开 本	640 mm×960 mm 1/16
印 张	46
字 数	592千字
版 次	2020年1月第1版
印 次	2022年4月第2次印刷
定 价	88.00元

本书如有印装质量问题，请与出版社调换。

导　读

浙东余姚，人杰地灵；东南名邑，文献名邦。巍巍四明，滔滔姚江，孕育了先贤王阳明的大德大智。王阳明，初名云，更名守仁，字伯安，号阳明，学者称"阳明先生"。浙江余姚人。官至南京兵部尚书，封"新建伯"。明隆庆初年，谥"文成"。明万历年间，崇祀孔庙。中国古代著名的哲学家、思想家、军事家、政治家，亦是教育家、文学家、书法家。

王阳明一生英伟豪迈，波澜壮阔，真正做到了立德、立功、立言"三不朽"。立德：少年明志，务成德业；铁肩道义，龙场磨砺；博采百家，明觉精察；圣学妙用，明德亲民。立功：复出庐陵，政通人和；南赣三征，以仁安邦；南昌平叛，智擒叛王；广西平乱，剿抚并举。立言：远绍孔孟，近接象山；吾性自足，开显良知；知行合一，万物一体；讲学论道，声播寰宇。

余姚城区龙泉山南半山腰处立有"明先贤王阳明故里"碑，于清乾隆十九年（1754）为余姚知县李化楠所立。余姚秘图山，前临姚江，王阳明先世集居于此，称"姚江秘图山王氏"。秘图山王氏源远流长，自迁姚始祖至王阳明已延十代。王阳明祖上数代耕读传家，攻《易》学，名闻乡里。在王阳明父王华中状元前，其上数代默默无闻，属平民阶层。待王华"以布衣魁天下"后，王氏家族始进入中兴期；其后，王阳明的

"三不朽"伟业，成就了姚江秘图山王氏家族的再度辉煌，遂为余姚望族。

一、王阳明生平简介

明成化八年九月三十日（公元1472年10月31日），王阳明出生于浙江余姚龙泉山北麓之"瑞云楼"，初名"云"。传说，王阳明母郑氏临产时，天上神仙驾祥云送子，故乡人称其楼为"瑞云楼"。据传，王阳明直到五岁尚不能说话，一日与群儿玩耍，一和尚路过说，阳明不能说话是因其名泄露了"天机"，祖父王伦领悟，即取《论语》"知及之，仁不能守之，虽得之，必失之"之意，为孙子更名，改"云"为"守仁"，寓意恪守"仁义"。王阳明祖父名伦，号竹轩。容貌环伟，细目美髯。以教书为生，淡泊名利。与人交际，和乐之气蔼然可掬；对弟子，则矩范严肃。其生性爱竹，所居轩外环植之，性情洒脱，日啸咏其间。王阳明幼时，随祖父生活时间较长。有一天，诵祖父读过的诗句，家人十分惊讶。问之，小阳明回答说："祖父吟诗时已默记矣。"

王阳明父王华，字德辉，号实庵，晚号海日翁。成化十七年（1481）中状元。王华入仕后在京城任职，因迎养其老父，便要时年十岁的王阳明跟随祖父同来京城。祖孙俩经镇江金山寺小住，王伦与客酒酣，拟诗助兴未成，少年阳明即席从容赋诗一首："金山一点大如拳，打破维扬水底天。醉倚妙高台上月，玉箫吹彻洞龙眠。"诗出，满座皆惊。席中长者奇其才，复命赋"蔽月山房"诗。小阳明应声而作："山近月远觉月小，便道此山大于月。若人有眼大如天，还见山小月更阔。"王阳明十一岁那年，父亲为其聘请了家塾教师，让其系统学习儒家经典。一日，阳明问塾师："何为第一等事？"塾师回答说："惟读书登第耳。"阳明听后疑惑地说:"登第恐未为第一等事,或读书学圣贤耳。"父亲听后,笑着说:"汝欲做圣贤耶?"王阳明少年时代一个不经意的问题,竟让他坚忍不拔地追求了一辈子,学成圣贤。

少年阳明,性情豪放;仰慕英雄,壮志凌云。自少年始学习骑马射箭之术,研读兵法。他不像同时代寻常学子整日攻读八股文,以备日后参加科举之用。十五岁那年,王阳明单骑出游长城居庸三关,慨然有经略四方之志,询诸夷种落,悉闻备御策;逐胡儿骑射,胡人不敢犯,经月始返。王阳明在仕途上能为国为民建立功勋,与其少年时代的雄心壮志密切相关。

弘治二年(1489),时年十八岁的王阳明奉父命到南昌迎亲。诸氏夫人亦为余姚人,岳父是王阳明父亲的道友诸养和,时任江西布政司参议。诸氏有良好的教养,是知书达礼的名门之女。成婚后,与王阳明情如磐石,风雨同舟,休戚与共。有意思的是,当年新婚之夜,王阳明竟不知去向,急坏了家人,岳父立即派人四处寻找,无果。次日清晨,王阳明始回。道出原委:偶入南昌有名的铁柱宫道观,通宵与道士谈养生之道而忘归。新婚期间,王阳明利用空闲之际和岳父官署中的有利条件,每日潜心苦练书法,以致待返余姚前,将岳父所藏的数箧宣纸用完了,书法大进。其后,当王阳明弟子请教如何学书法时,回答说:"吾始学书,对模古帖,止得字形。后举笔不轻落纸,凝思静虑,拟形于心,久之始通其法。既后读明道先生书曰:'吾作字甚敬,非是要字好,只此是学。'""既非要字好,又何学也?乃知古人随时随事只在心上学,此心精明,字好亦在其中矣。"次年十二月,王阳明携妻子诸氏离开南昌,归余姚老家。途经江西广信(今上饶),因仰慕理学硕儒娄谅的道德学问,登门拜谒。娄谅传授宋儒格物之学,并告诫说:"圣人必可学而至。"王阳明深有所悟,铭刻于心。是年始,便刻苦钻研圣人之学。

弘治九年（1496），时年二十五岁的王阳明会试再次落第，同考中有以不第为耻者，王阳明慰劝道："世以不得第为耻，吾以不得第动心为耻。"很多有见识的考生十分佩服王阳明超脱的气度。归余姚后，王阳明结诗社于龙泉山寺。与已致仕的原江西右布政使魏瀚在龙泉山游览、对弈、诗歌唱和。魏瀚平时以诗才自放，但佳句常常为王阳明先得之，于是连叹："老夫当退数舍。"王阳明十分喜欢研习兵法，这为其后领兵打仗奠定了军事知识基础。当时，边关情势危急，边报频传，朝廷推举将才，莫不遑遽。王阳明认为武举之设，仅得骑射、搏击之士，而不能收韬略统驭之才。于是留情武事，凡兵家秘书莫不精究。每遇来宾设宴之际，常聚果核列阵为戏。

弘治十二年（1499），王阳明考中进士，赐二甲进士出身第六人。初入仕途，观政工部。此时的王阳明踌躇满志，欲干一番事业。耳闻目睹朝政日趋衰微，边疆防务告急，王阳明上疏力陈边务之策，言词剀切。此年秋，朝廷派王阳明到河南浚县督造威宁伯王越坟。在督工中，王阳明采用"什伍法"，如此大大加快了工程进度。空暇时间指挥役夫演"八阵图"，提升役夫素养。事竣，威宁家以重金致谢，不受；于是拿出王越生前所佩宝剑作纪念，这与王阳明未入仕前梦中情景相符，遂受之。

弘治十三年（1500），朝廷授王阳明刑部云南清吏司主事之职。次年八月，奉命到江北（今安徽一带）等地复查案件。王阳明处理案件，认真负责，平反了诸多错案、冤案。弘治十七年（1504）秋，时年三十三岁的王阳明应巡按山东监察御史陆偁之聘，主考山东乡试。王阳明不负重托，手录全部试题与程文。其所撰程文，针对明王朝的现实问题，全面、系统地阐发了儒家的治国之道。议国朝礼乐之制；老佛害道，由于圣学不明；纲纪不振，由于名器太滥；用人太急，由于求效太速；及分封、清戎、御夷、息讼，皆有成法，其文贯穿经世之用的思想。

弘治十八年（1505），王阳明在京师开始授徒讲学，首倡身心之学，教人先立圣人之志。闻者渐觉兴起，有愿执贽及门者，授徒讲学。但当时学风不正，师友之道久废，都以立异好名为时尚，惟有广东增城人、时为翰林院庶吉士的湛甘泉，一见定交，共以倡明圣学为事。此年，弘治皇帝朱祐樘去世，十五岁的太子朱厚照即位。次年，改正德元年。小皇帝生性贪玩，大权即落入宦官刘瑾之手，奸臣当道，小人得志，朝政混乱不堪，岌岌可危。正德元年（1506）初，朝中正直大臣李东阳、刘健和谢迁上疏弹劾宦官刘瑾等人专权误国，请立诛杀之。正德皇帝听信谗言，拒忠言，刘健、谢迁被迫致仕，以致正直官员愤愤不平，朝野一片哗然。由此引发了南京言官戴铣、监察御史薄彦徽等二十余人的抗疏。然而，参与官员均被逮捕，投入监狱，戴铣竟被活活打死。年末，面对刘瑾的嚣张气焰，时任兵部武选清吏司主事的王阳明，冒杀身之祸，挺身而出，率先上疏救援，请求正德皇帝宽宥被抓的科道官。王阳明的抗疏，激怒了刘瑾，被廷杖四十后，投入锦衣卫大牢。下牢后，王阳明在铁窗中度过了二十多个暗无天日的日子。在狱中，王阳明读《易》不辍，从圣贤的思想中汲取力量。立志倡明圣学的王阳明为挽救国家之危难，投入反权奸的斗争，但最后失败罹难。

正德元年末，时年三十五岁的王阳明被宦官刘瑾矫旨贬谪贵州龙场任驿丞。出狱前，王阳明作《别友狱中》诗，希望狱中难友，坚守正义，学做圣贤。次年初，王阳明义无反顾地踏上漫漫的谪旅之途。途中，王阳明曾赋《泛海》一诗言志："险夷原不滞胸中，何异浮云过太空？夜静海涛三万里，月明飞锡下天风。"诗风超然凌空。正德三年（1508），王阳明经过长途跋涉，于三月到达贵阳西北万山丛中的谪地龙场驿。此地名为驿站，其实什么也没有。蛇虺魍魉，蛊毒瘴疠，生存环境极端恶劣，竟连一个栖身的地方都没有，加之与当地土著人语言难以沟通，生活陷入困境。面对如此险恶的环境，王阳明早已将荣辱得失、宦海浮沉抛却脑后；但唯有生死之念没有悟透，于是在小山洞中静思参悟，思考"圣人处此，更有何道？""忽中夜大悟格物致知之旨，寤寐中若有人语之者，不觉呼跃，从者皆惊。始知圣人之道，吾性自足，向之求理于事物者误也。"苦苦的思索，终于打开了心灵的明察处，这"圣人之道"，即为"吾性自足"，这便是中国古代哲学史上被称为"龙场悟道"的思想之光。

居久，王阳明与当地夷人相处融洽，决定创建书院，教化弟子。当地夷人闻讯，主动前来帮助建造书院。事竣，王阳明命其为"龙冈书院"，收徒讲学。自此，瘴疠之地闪现出文明之光，龙场成为西南最初的心学过化之地。王阳明在龙场创办龙冈书院之事，受到了时任贵州提学副使席书的重视。此年，礼聘王阳明主教省城文明书院，并亲率诸生，以师礼事之。王阳明在书院纵论"知行合一"学说。自此，阳明心学在西南广泛流播。

正德四年（1509）末，王阳明结束了在贵州的谪居生活，被朝廷启用为江西庐陵（今吉安）知县，次年三月，到达庐陵。经过人生磨难后的王阳明，将"龙场悟道"所得"心即理""知行合一"思想应用于治理民政事务之中。王阳明在庐陵任上只有七个月，经其精心治理，混乱的庐陵变得政通人和，人心向善。王阳明勤政爱民，为政不事威刑，惟以开导人心为本。通过察访乡情，慎选里正三老，移风易俗，治理乡村。针对各种社会问题，及时发布告谕，政务公开，陈述利害，晓之以理；杜绝横征暴敛，罢息斗讼，及时化解社会矛盾。王阳明奉命进京述职前，他用一纸告示与百姓作别，然后悄悄离开，百姓无不感激怀念。入京后，王阳明升南京刑部四川清吏司主事，算是恢复了贬谪前的品级；但王阳明并未赴任，朝廷即改任其为吏部封验清吏司主事。正德七年（1512）三月，升吏部考功清吏司郎中。十二月，升南京太仆寺少卿，与时升任南京工部员外郎的弟子、妹夫徐爱便道归省，在舟中王阳明论《大学》宗旨。

正德八年（1513）二月，王阳明便道回余姚老家省亲。因钟情家乡四明山水，于六月中旬至七月初，王阳明携徐爱等弟子、道友游学浙东四明山。从邻县上虞入四明山，观姚南白水冲，寻龙溪之源；登杖锡山，至奉化雪窦寺，上千丈岩。适久旱，山田尽龟坼，惨然不乐，遂自宁波还余姚。王阳明游四明山水，点化同志，"知乐知学"，多得之游览山水之间。冬十月，时任南京太仆寺少卿的王阳明奉命至滁州督马政。滁山水佳胜，地僻官闲，日与门人遨游琅琊、瀼泉间。月夕则环龙潭而坐者数百人，歌声振山谷。诸生随地请正，踊跃歌舞。旧学之士皆日来臻。于是，从游之众自滁始。

正德十一年（1516），时年四十五岁的王阳明，奉命以左佥都御史衔巡抚南赣，即赴江西、福建、广东、湖广四省边界山区平定盗贼动乱。次年正月，王阳明抵达江西赣州后开府，谋划平乱军事行动。其后，王阳明摒弃单一军事围剿办法，采用"攻心为上"的策略，"破山中之贼"必"先破心中之贼"。通过告谕启发民心，晓以大义，为善去恶。同时，王阳明访贫问苦，求通民情，帮助山民恢复生产，发展经济，从根本上解决社会安定问题。王阳明在南赣剿匪平乱，重大的军事行动主要有三次：一是福建漳南象湖山之战，二是赣州西南部横水、桶冈之战，三是广东北部的三浰之战。在这三次战役中，王阳明运筹帷幄，身先士卒，重用当地民兵，采用抚剿结合的战略，充分运用《武经》灵活机动的战术思想，出其不意，攻其不备，在短短的两年中，扫除了盗贼数十年作乱的积患，解民于倒悬，让老百姓过上了安居乐业的生活。

正德十三年（1518），王阳明在平定南赣地区的匪患后，深知民风不善，由于教化不明。于是，推行《南赣乡约》，细化道德规范，实施礼仪教育，乡民自治。因《南赣乡约》从开显乡民的"善心"出发，顾及乡民的实际利益，着眼于乡村建设的长治久安，故深得民心。王阳明在南赣地区兴办社学，开导训诲，延师教子，歌诗习礼，教化百姓。久之，乡民亦知冠服礼仪，朝夕歌声，达于委巷，雍雍然渐成礼让之风。在南赣平乱的过程中，王阳明还奏请朝廷设立了福建平和县、江西崇义县和广东和平县，以确保当地老百姓安居乐业。

正德十四年（1519）六月，王阳明奉命勘处福建叛军。十五日，途经江西丰城时，闻南昌藩王朱宸濠谋反。十八日，返回吉安，并接连上疏告宁王谋反。同时，在吉安募集地方武装，举义旗，起兵平叛。七月二日，叛王朱宸濠号称大军十万，气势汹汹出南昌城，经鄱阳湖，袭南康、九江，围攻安庆城，安庆告急。为解安庆之围，王阳明于十八日在丰城召开军事会议，决定采用"围魏救赵"之策，直捣朱宸濠老巢南昌。十九日，兵发市汊，兵临南昌城下。至暮发起攻城之战，于次日凌晨，攻克南昌城，安庆遂解围。当朱宸濠获知南昌被攻占，急速回师企图夺回，王阳明伺机在鄱阳湖设伏兵。经二十四日、二十五日、二十六日连续三天激战，以弱克强，以少胜多，在樵舍生擒叛王朱宸濠。就此，一场来势汹汹的藩王叛乱，被王阳明前后仅用三十五天时间平定，此战稳定了大明江山，亦使百姓勉遭屠戮。九月，为国家的安危及江西百姓免遭再次战火之灾，王阳明冒着抗皇帝旨意的杀身风险，献俘钱塘，将朱宸濠交给太监张永后，以病滞留杭州净慈寺。正德皇帝去世，嘉靖皇帝登基后，王阳明因此军功升南京兵部尚书，不久封"新建伯"爵位。

正德十六年（1521）初，王阳明在南昌揭"致良知"之教，强调为学须"正心"，其心学思想日臻完善，从而形成了明中期强劲的心学思潮。"致良知"学说是阳明心学的精髓。六月，王阳明奉旨赴京，但行之杭州，朝中权臣借故阻挠，未能成命。八月，上疏归省。

嘉靖元年（1522）二月，其父王华卒，自此丁忧越城。服阕后，未被朝廷启用，王阳明仍居越城（今绍兴）。自嘉靖二年（1523）至嘉靖六年（1527）九月出征广西前，王阳明利用"赋闲"之际，广纳门生，开展了各种形式的讲学活动。嘉靖二年（1523），病况有所好转的王阳明，与道友、弟子的论学方式以授徒讲学为主。嘉靖三年（1524），来自全国各地的学子汇聚书院，至宫刹卑隘也不能容纳，环坐而听者三百余人。王阳明临之，只发《大学》万物同体之旨，使人各求本性，致极良知以至于至善，功夫有得，则因方设教，人人感知易学易从。王阳明弟子、时任绍兴知府的南大吉辟稽山书院，聚八邑彦士，身率讲习以督之，并邀王阳明到书院讲学。此年十月，南大吉在绍兴续刻《传习录》，标志着阳明心学的影响日益扩大。

正德十六年（1521）九月，王阳明归余姚省祖茔期间，余姚学子钱德洪率七十余人拜王阳明为师。时至嘉靖四年（1525）正月，王阳明忍失妻之痛，仍讲学不辍。是月，为绍兴稽山书院作《尊经阁记》，阐发心学大义。九月，王阳明归姚省祖墓，定讲会于余姚龙泉山之中天阁，每月以朔、望、初八、廿三为期，并书壁以勉诸生。

嘉靖六年（1527）五月，被朝廷闲置中的王阳明又一次受命于危难之秋，命其兼都察院左都御史，出征广西思恩、田州，平土司动乱，时年五十六岁。八月，王阳明行前安排好阳明书院事宜，并书《客座私祝》，告诫弟子及前来讲学论道的客座教师："德业相劝，过失相规。"九月，王阳明自绍兴出发，踏上征程。临行前，弟子钱德洪、王畿请问为学宗旨。王阳明以"无善无恶心之体，有善有恶意之动，知善知恶是良知，为善去恶是格物"授之，史称"王门四句教"。至次年二月，王阳明仅用两个月时间，不费一兵一卒，抚平土司作乱。七月，王阳明分兵两路，设计奇袭八寨、断藤峡之盗贼，亦用两个月时间，盗寇平。从此，结束了广西数十年匪患，缓解了民族矛盾。王阳明在广西兴学校、抚新民、发展经济,安定了西南边陲。

在广西,王阳明为民除害,安定了社会;但此时其已重病缠身,在上奏朝廷告假无果后,安排好政务,匆匆离开两广之地。在归家途中,于嘉靖七年十一月二十九日(公元1529年1月9日),病逝于江西南安府大余县青龙铺舟中,享年五十七岁。临终,留下了"此心光明,亦复何言"的遗言。其后,灵柩运回浙江,归葬绍兴兰亭洪溪鲜虾山麓。

王阳明逝世后,即招致朝廷权臣桂萼等人诬陷,言其"擅离职守""事不师古""欲立异说"等。嘉靖皇帝听信谗言,下诏停"新建伯"爵位世袭,恤典俱不行。直至隆庆二年(1568),经众多廷臣颂王阳明之功,穆宗下诏,王阳明的"新建伯"爵位才得以世袭,并赠"新建侯",谥号"文成"。至此,在王阳明殁后长达四十年才得以平反昭雪。至万历十二年(1584),经正直朝臣上奏,王阳明才得以崇祀孔庙。清乾隆十六年(1751),皇帝下旨谕祭,赐额"名世真才"。

二、阳明心学的"四大学说"

阳明心学是王阳明上承孟子"良知良能""万物皆备于我"的思想,近接南宋陆九渊的"宇宙便是吾心,吾心即是宇宙"的心学思想,经王阳明创新性发展,集宋明心学之大成,建立了精致、完备的心学体系。阳明心学的产生:在本体论上发明"心即理"的宇宙观,是对宋代程朱理学的一个超越;在认识论上克服了朱学"先知后行"的教条,强调了"行"的实践功夫;在方法论上倡导"致良知"的道德修炼方法,以"事上磨炼""正心"为善,丰富和深化了《大学》"格物致知"的思想;在思想境界上确立了"万物一体"的人类与自然共同体的哲学范畴,圆通了阳明心学体系。阳明心学作为富有时代精神和现实情怀的哲学形态,开辟了明中期以降儒学发展的新天地，激活了以人的主体性为标志的思想意识，推进了时代的文明发展，成为中华民族思想资源的精华。阳明心学体系主要由四部分构成：

第一，"心即理"是阳明心学关于世界本体论的命题，主要有两层含义：一是认为"天理"即在人的心中，并非外在于心。"心外无理""心外无事"，确立了人的内心本然世界是宇宙之根本，从而反拨了南宋朱熹所谓"天理"外在于人的宇宙观，奠定了阳明心学的理论基础。王阳明所指的"心"，即是"人人具有，无时不在，无所不有，无善无恶"的心之本体，称之为"良知"。二是指道德之心，是人内在的道德本性，它具有"知是知非""知善知恶"的道德判断力和行为力，人只要"良知"不泯灭，就能知天地，通人事，明变化，成圣贤。王阳明的"心即理"学说，既克服了陆九渊"心即理"观点的内部缺陷，也拨正了朱熹"心""理"二分的矛盾性，从而成为"阳明心学"的基石。

第二，"知行合一"是阳明心学关于认识论的命题，主要有两层含义：一是知行是统一的认识过程，不可割裂；不存在谁先谁后的时空界限，纠正了朱熹"知先行后"的认识论。二是知行关系是辩证的统一，王阳明所称的"知行关系"是一个与事物紧密联系的"工夫"，或称为道德认识与道德实践的统一。王阳明认为"知是行之始，行是知之成""知之真切笃实处即行，行之明觉精察处即是知"，意思是"知在行中，行中有知"，相辅相成。

第三，"致良知"是阳明心学的核心命题。"致"字，从内涵上理解是"正"的意思，即"正心"，通过道德内省过程，去掉各种不良的杂念和与道德相违的"人欲"，自然能就恢复"良知"的境界。因此，道德修养"不假外求"，只需"求诸内心"、致"吾心之良知于事事物物"即是成圣贤之道。王阳明在一首诗中写道："尔身各各自天真，不用求人更问人。但致良知成德业，谩从故纸费精神。""致良知"学说是阳明心学的精髓，标志着阳明心学的日臻完善。"致良知"三字，不能将"致"与"良知"分开来理解，"致良知"是一个完整的心学命题，它的内涵有三层意思：一是"致良知"是人的主体自觉，即人的本性使然，是人道德修炼的自觉及本真回归；二是"致良知"是与人的道德认识和道德实践紧密相连的，推广到事事物物之中，做到知行合一；三是"致良知"是以良知标准评判和衡量个人与社会善恶的是非标准。"致良知"是阳明心学的结晶，是王阳明长期心学理论探索的成果。王阳明认为只有"致良知"三字无病，是孔孟圣学的"一点骨血"。王阳明晚年在绍兴府第内的天泉桥上与高足弟子钱德洪、王畿论道，将自己的心学思想概括为四句话，世称"王门四句教"："无善无恶心之体，有善有恶意之动，知善知恶是良知，为善去恶是格物。"这也是王阳明对"致良知"学说通俗的诠释。

第四，"万物一体"是关于社会理想的学说，或者说是社会发展的境界学说。王阳明的"万物一体"学说，从"良知"本体出发，描绘了社会与自然和谐共生的蓝图。王阳明说："世之君子惟务致其良知，则自能公是非，同好恶，视人犹己，视国犹家，而以天地万物为一体，求天下无治，不可得矣。""明明德者，立其天地万物一体之体也。亲民者，达其天地万物一体之用也。"王阳明的"万物一体"说，将"德"作为人们处世的核心理念，具有超越世俗之意，引导人们走出自我封闭、自我中心的狭隘圈子，应以宽广的胸怀谋求和谐的天人关系，真诚地关心人与自然的融合。王阳明的"万物一体"学说既是人类的生存方式，也是人类所追求的理想境界。"万物一体"说是王阳明心学理论在社会领域、自然领域的系统展开，是道德意义世界建构的指归。"万物一体"的基本精神在于尊重和确认"人"与"自然"具有同等的内在价值，互相贯通，相互依赖，相互转化，只有当它作为一个整体而存在时才有价值意义，这为人类命运共同体的构建提供了极其丰富而深刻的思想智慧。

阳明心学在于开显人的道德主体精神，对冲决僵化的思想藩篱而言振聋发聩，引领了思想潮流。阳明心学对后世有着巨大的影响，对明中期以降的新民本思想启蒙运动有直接的推动作用：开启晚明人文主义启蒙思潮的李贽是王门传人，清初思想家黄宗羲是王学传人，晚晴龚自珍、魏源、康有为、谭嗣同、孙中山、章太炎、梁启超等维新和革命人士，再到现代新儒家熊十力、梁漱溟等无不推崇王学。阳明心学的影响还超越了国界，对日本、朝鲜思想界的影响最大。阳明心学对日本"明治维新"的实现起了极大的促进作用。章太炎说："日本维新，亦由王学为其先导。"阳明心学传到朝鲜，在反对朝鲜官方哲学朱子学的斗争中也起到了推动作用。

三、王阳明的诗歌

从文学的视角看，王阳明是一位极具文学天赋的诗人，如果说王阳明从10岁在镇江金山寺即席赋诗算起的话，其诗歌创作有40多年的时间。能够坚持一生诗歌创作的人，应该说是非常了不起的。在漫长的"人生之旅"中，尽管王阳明宦海沉浮，历经危难，但无论在何时何地，直至生命的尽头，他都没有停止过诗歌的创作。诗伴随着王阳明走完了跌宕起伏的一生。王阳明诗歌的创作数量，据明代隆庆版《王文成公全书》载，共收录诗歌601首。其后，经诸多学者广泛收集、披露，笔者初步判定尚存散佚诗为50余首。王阳明的诗歌是其文学成就的重要组成部分，也可以说是世人考察其思想和情感的重要形态。通过考察其诗歌的创作历程，有助于读者从诗的视角了解王阳明的人生轨迹与心学发展历程，有助于世人深入了解其精神追求及审美情趣。王阳明的诗歌题材广泛、内容丰富，思想深刻，不仅是其生命历程的真实写照，还多角度、多层面地折射出那个时代的社会面貌，具有很高的社会认识价值和审美价值。其诗歌的主要思想内容和艺术特色如下：

(一) 思想内容

山水游览诗。王阳明对山水情有独钟，其在江西平叛时，曾作有《即事漫述四首》，其中有诗句"从来野兴只山林，翠壁丹梯处处寻"，道出了诗人对山水的亲和之情。山水之于王阳明，如同知己。他每到一地，总是投身于自然的怀抱，在山水之中陶冶情操，深悟大自然的美妙，追寻自适的诗意。山水游览诗构成了其生命的画卷，主要登临游览地有：余姚龙泉山、四明山，绍兴宛委山、秦望山、浮峰，杭州西湖、净寺、虎跑、灵隐，河南浚县大伾山，安徽九华山、滁州琅琊山，山东泰山，贵州龙场龙冈山、栖霞山、六广河，江西庐山、赣州通天岩，等等。内容主要有四个方面：

一是对祖国大好河山的赞美。王阳明亲近自然，崇尚自然，热爱自然。无论是江南的秀色、滋润，还是北国的苍莽、雄浑，其诗历显山水的质感、壮美与锦绣，抒发其对祖国山河美的眷恋和向往之情。二是在自然万物中激发属于"自我"的性灵，一种面对生命的遐想。自然无为、适性逍遥，及时行乐，在游山玩水中寻找生命的真趣。王阳明一生宦海沉浮，人生无常，每到一地总是喜欢在大自然中寻求"适意"的人生，成为安身立命之所。亲和自然，融会造化，寄情山水，成为其人生的课程，即便身处逆境，仍我行我素。王阳明徜徉于山水之间，善于用哲人的智慧静心观物，感悟自然的理趣，与造化对话，吞吐自然之精气，俯仰宇宙之辽阔。以凝练的诗句传达出随心化物、逍遥自得的风神。如此这般哲人境界，其山水诗具有一种超凡脱俗的灵气和张扬的精神力量。三是在纵游山水中随处体悟人生意义，将所感所悟发为吟咏。诗人常常以山水物态印证心学的内涵，体悟"良知"的妙用。诗人无意模山范水，而是深悟自然的机理，随处抒发自己的真性情，淡泊明志，乐观豁达，从而传达出高洁的生命情调。四是在游山玩水中"点化同志"，作为对弟子传道授业的一种方式；以"诗教"授业，在山水中养性悟道。其登临游览诗作在某种意义上说，是其引导弟子践行"致良知"学说的一种探索，昭示"良知"的灵光。

罹难谪居诗。王阳明的罹难诗主要反映在"狱中诗""赴谪诗""居夷诗""江西诗"中，其诗表达出坚毅、旷达的人生信念和不向命运屈服的抗争精神，更多的则是表现出其对苦难人生的傲视和对内心痛苦的超越。诗中流露出诗人与邪恶势力斗争的意志和受辱不惊的博大胸怀。罹难诗不仅仅是其人生苦难历程的记录，而且折射出那个时代的历史面貌，为世人了解、认识明代社会的历史现状提供了直观的场面。通过观照王阳明的罹难诗，可以清晰地看到其百折不挠、磨砺意志的人生轨迹，一种高扬的、积极入世的人文精神。内容主要有三个方面：

一是在"狱中诗"中，诗人除抒发对当朝统治者的残暴表示愤懑之情外，更多的则是表达对先贤的仰慕之情，以及探求人生真谛的思考。王阳明对自己的铁窗处境有深刻的认识，亦是砥砺其意志不可多得的炼狱。二是在"赴谪诗"中，诗人不以谪旅为畏途，从屈原、贾谊、李白、苏轼等前贤身上汲取精神力量，从容赴难；历尽千难万险，途中讲学不辍，是精神得到升华的长镜头记录。三是在"居夷诗"中，诗人抒发了身处贵州瘴疠之地，随遇而安，自觉地融入当地夷人的生活环境，抗争环境压迫的豁达胸怀。种地采蕨，吟诗作文，筑室讲学，"龙场悟道"，逆境铸成了居夷诗的灵魂。四是在"江西诗"诗中，诗人除表达对浊世及仕途凶险的厌恶之情外，更多地流露出对"圣道"难行，世风日下，民不聊生等社会现状的忧虑之情，传达出作为儒者、正直士大夫忧国忧民的普世情怀。

讲学论道诗。作为有明一代的心学大师，王阳明的心学诗是其一生自觉追求"圣贤"人格，传承、弘扬圣学的真实写照。王阳明的讲学论道诗是其诗歌内容的重要组成部分。探索心学贯穿在其诗歌历程的各个时期，就其心学诗歌创作而言，以晚年"居越诗"34 首中体现最为集中。诗人晚年甚至直接将"良知"作为歌咏的对象，因此，其讲学论道诗也可称为"咏良知诗"。其诗始终贯穿着"致良知"的主线，从不同的侧面反映出其对人性、人生、社会和宇宙的深切体悟，可谓"心灵之歌"。内容主要有四个方面：

一是讲学论道诗集中体现了王阳明作为宋明心学集大成者的智慧。其诗能融会儒、道、佛的精华，将多种思想资源融于诗中，从本体论、认识论、道德伦理层面深刻地反映社会生活，并通过意象阐发对心学的思辨和体悟。其诗不是单纯地言"志"，而是传达出对生命、社会、宇宙体悟的神韵，是诗人睿智和思想探索的记录，表达了作为心学家诗人的生命智慧和对未来世界的思考。二是由内及外、由微知著，开出以心观物的新世界。无论是仰观苍穹飞鹤，还是俯视清水流泉，其诗始终把良知本体与理想人格作为吟咏的出发点，总是以"良知"的目光去发现万物中蕴藏的灵性。与宋明道学家观物思维方式不同，王阳明善于以心观物，万物尽显"良知"，强调"吾心"的感应作用。将"万物一体""物我无对"阐发为一种超越时空的心语，一种启迪心智的透悟，对纷繁复杂内心世界的真切抒发，充满了对返朴归真的渴望，将耿介的个性和凛然的气韵融入诗中。三是"以情传理"，抒发具有良知精神世界的儒者情怀。讲学论道诗并非是抽象的义理术语堆积，而是情理交融，是物理与心理的碰撞火花。理中含情，且所传达的不是"一己之情"而是"万世之情"；不是"小我之情"而是"大我之情"。情中至理，即讲学论道诗紧扣"心"体，阐发

"心学"精义，开显"良知"的理性价值，即"致良知"的审美体验。其讲学论道诗形象鲜明，极具灵心慧智，道出妙理机锋，绝无枯燥乏味之感，而成了中国古代文化精神的一个符号。

另外，其军旅征战诗、交谊乡情诗亦是王阳明诗歌的有机组成部分，在明代诗坛上亦具有特殊的地位和影响力。

（二）艺术特色

在明中期诗坛盛行"复古主义"思潮的环境中，王阳明的诗歌不为世风所染，吾写吾心。其善于继承和发扬《诗经》、《楚辞》、汉乐府、唐诗和宋诗的优秀艺术传统，以屈原、陶渊明、李白、杜甫、欧阳修、苏轼等为典范，博采众长，从中吸取艺术营养，独辟蹊径，自成一派。由于程朱理学美学思想对当时诗人的影响，诸多诗人总是从外部意象引发诗情，或从物象中去寻求理趣，这种由外入内的艺术思维限制了诗人真性情的抒发。王阳明的诗歌，在艺术思维上由内到外，"以心观物"；所以，其诗别具一格，随心所发，行如流水。在题材上，随意拾取，不拘一格，雅俗并取。在主题上，以"良知"为诗骨，但又不陷入艰涩、抽象化，而是在淡淡的抒发中，启迪人的心灵。在修辞上，随心所至，不事雕琢，力求清新自然，羚羊挂角，不着痕迹。在诗境上，貌似平淡，实则深远，细微之处寓于诗意。在艺术技巧上，不泥古，不追求外在形式的完美，没有复古派模拟古人的色彩，真正进入了出神入化的艺术境界。王阳明诗歌的艺术特色可概括为四个方面：

一是艺术思维的整体性。其诗歌注重景、情、理的自然融合，以主情为主。画面感强烈，气韵灵动，诗意跳跃性强，但不失完整，思维的直觉性和流动性相统一。在诗歌创作上，讲究叙事与抒情的有机结合，画面意象转换跨度大。从少年开始，尤其在走上仕途后，王阳明的足迹遍及长城内外、大江南北。由于其丰富的阅历，其诗时空跨度大，这在一定程度上折射出明中期社会的历史风貌，具有史诗性。在感物的方式上，以心观物，力求揭示出万物的灵性；在艺术构思上，叙事抒情纵横开阖，具有纵深感；既有思想深度，又有情感强度。融会宇宙变迁、神话传说、历史典故，由人及景，或由景及人，缩大千于一瞬，形神兼具，笼天地万物于一体。在诗风上，其善于吸收唐人的气韵、宋诗的哲理，李杜、苏辛的豪迈、陶潜、王维的清新，兼取众家之长，独辟蹊径，既具有唐人的潇洒浪漫，又有宋人的深沉理趣。在语言表征上，不追求华丽的辞藻，以清丽秀逸为艺术至境，注重语言整体的协调和谐。

二是艺术形象的审美性。王阳明的诗歌总是凸显人与自然的和谐统一，其诗注重审美体验的内涵，直达心境。言山水之状，自然蕴藉，有感而发。无论是对山水的惊奇、喜爱，还是对山水的陶醉、赞美，尽显吾心。诗境上多为"有我之境"，几乎不离人生，体现出作为心学家诗人的人文指归，或者说涌动着强烈的"圣贤"情怀。相当数量的诗作中，人物个性鲜明，传达出人际间心灵的融洽相通，"孔颜之乐"是其诗的灵魂。其诗总能给人以清新自然的形象美感，或许是其喜欢淡雅、恬静、清新的审美情趣使然，其诗体现了"万物一体"的宇宙精神，诗歌内质通向化境，表现出对自然万物的"亲和力"。其诗与自然万物融化，清新自然，犹如山水画卷。儒家理想和老庄境界的组合，是其诗歌艺术形象的两个基本支撑点。其诗充满力透物象的性灵与神韵，努力发现"深藏不露"的造化玄境。以意摄象，"意之所在便是物"，读其诗如同进入月明风清的造化世界。如《游牛峰寺》四绝句，语言隽永飘逸。"秋声"与翠壁、山池的结合，秋声的"意象"就出来了。诗人内心的自我意识与山川风物的融合，形成了具有生命力的审美意象。著名美学家宗白华先生曾说过，"以心灵映衬万象，代山川而立言"是"主观的生命情调与客观的自然景象交融互渗，成就一个鸢飞鱼跃，活泼玲珑，渊然而深的灵境"

(《艺境》)。王阳明的诗没有停留在自然万物的外形之美,而是力透物象,可感、可触摸,鲜活灵动,直达至境。

三是诗歌艺术形式的多样性。王阳明的诗歌在形式结构上体现出灵活多变的艺术特色。在诗体选择上或古或近,随意而定。对四言、五言、七言古体、歌行、绝句等运用自如,表现出其对各种体式的兴趣和驾驭才能。王阳明常用组诗的形式抒发丰富的思想情感,气势非凡,一波三折,跌宕腾挪,行如流水。在修辞上,妙语连珠,纵意自如;用典稳妥精当,浑然天成;对仗精工协律,时能翻出新意。其诗善于突破传统诗歌写作的套路,不拘形式,随心所至。其诗所呈现的形态除纸质外,还有题画诗、题扇诗和题壁诗等。另外,流传、保存的形式也是多样的,除书卷收录外,一些诗收录于方志、家谱中。

四是诗歌艺术风格的秀逸性。王阳明的诗风主要特征是蕴藉秀逸。其诗较多地表现为直抒胸臆,主张"真意"放达,这与其心学思想有关。其独特的诗风无疑具有艺术张力,开创了明中期以降秀逸俊爽的诗风。其诗豪迈而又兼具婉约。其诗还具有阶段性的特色:在入仕前后,其诗风充满豪迈恢宏的气度;在遭遇人生罹难时期,尤其是被贬贵州龙场后,诗风变得超然脱俗,浩气凌空,有一种高扬的人文精神力量。其后,数次临危受命,出征平乱,其诗风变得沉郁慷慨,内敛强度明显增加。王阳明晚年居越城期间,诗风变得的淡恬平和,形成飘逸玄妙的风格特征,如同阳明心学思想体系日臻完善一样,其晚年的诗作日趋性灵理趣。

(三)影响与地位

对王阳明诗歌成就的评价,清纪昀主编的《四库全书总目提要·王文成公全书》中说:"守仁勋业气节,卓然见诸施行,而为文博大昌达,诗亦秀逸有致,不独事功可称,其文章自足传世也。"此语言简意赅,对王阳明一生的业绩、品格、"致良知"的实践精神作了高度的评价,对其诗歌的艺术评价强调了"秀逸有致"的艺术精神。《四库全书》编撰持论甚严，如此评价，高屋建瓴，绝非过誉。明清之际的思想家、史学家、文学家黄宗羲对王阳明诗文的评价侧重于诗境："余以为诗文至于文成，亦可谓之自然矣。唯其自然，故见为不措意。"（黄宗羲《姚江逸诗》卷七，清康熙五十七年刻本）黄宗羲的评价点出了王阳明诗歌的主要艺术风格特色，独具慧眼。王阳明的诗歌是其"良知"思想的外化，其诗能博采众长，又不宗一派，诗惟心出，故能达于"自然"之化境。在有明一代诗坛盛行"复古主义"的氛围中，王阳明能突出重围，从"良知"的高度审视自然之美、人心之光明，进而落实在诗歌的创作上，并且取得"足以传世"的文学成就，应该说是不多见的。可以说研究明代诗歌，王阳明的诗歌创作成就是无法绕开的。

四、王阳明的散文

王阳明散文最初汇编是由其同邑弟子钱德洪担纲：分为《正录》五卷，为论学明道之文；《外集》九卷，为书、序、记、说、杂著、祭文、墓志铭等；《别录》十卷，为公文。明嘉靖元年（1522）四月，王阳明的江西弟子邹守益初刻《文录》于广德。后经钱德洪继续搜集扩充，于嘉靖十四年（1535），由王阳明弟子、表弟闻人诠刻于苏州；嘉靖三十六年（1557），由王阳明弟子、南昌人唐尧臣重刻于杭州。《文录续编》由钱德洪收集前刻佚文汇编而成，于嘉靖四十五年（1566），为嘉兴知府徐必达所刻。据不完全统计，王阳明存世的单篇散文1100余篇、文字量150余万字。本书散文部分选评以《王文成公全书》中的单篇散文为依据，不包括语录体散文、韵文体散文，属于狭义的散文。王阳明单篇散文的体裁为书、记、说、疏、表、序、卷、杂记、公移文、祭文、墓志铭等。

(一) 思想内容

王阳明的散文是其一生追求成圣贤的实录，许多散文是在其人生最为艰难的环境中写成的，具有鲜明的时代性和认识意义。尽管其散文写作的缘由和表达方法各异，但始终贯穿着一条主线，即是对"致良知"的不懈探求和对人性美的讴歌。其散文的主要内容有以下三个方面：

一是重大历史事件的忠实记录。由于王阳明所处的时代，正是明代社会走向衰落的时期，其散文记录和反映了明弘治、正德、嘉靖三朝的政治、经济、教育、文化、军事、民族等诸多社会问题，具有鲜明的时代特征。王阳明自少年时代起就关心国家边防大事，深入边关考察。入仕后，对国家前途更为关切，如对科举选拔人才、刑事狱政、抗击自然灾害、边疆防御外敌等问题十分关注，曾上《陈言边务疏》。在反对宦官刘瑾专权的斗争中，王阳明恪守正义，大义凛然，奋不顾身地投入"反阉党"斗争，上《乞宥言官去权奸以章圣德疏》，由此身遭残酷的"廷杖"、下诏狱。在贵州龙场谪居期间，他与少数民族百姓结下了深厚的友谊，写下了为夷人辩诬的《何陋轩记》一文，深刻地揭示了民族矛盾的根源。作为谪官的王阳明，位卑未敢忘忧国，其十分关注少数民族内部的矛盾冲突，关注流官与土司制度之间的问题，利用自己特殊的身份参与化解地方的种种危机，《与安宣慰》三书足与雄兵匹敌。王阳明自贵州龙场复出以后，至正德十二年（1517）奉命到南赣地区平乱，其对南赣的民乱问题、诉讼问题、教育问题、乡村建设问题、流通问题等都做过深入的研究，所撰大量公文都能证明其为解决长期积累的社会问题倾注了极大的心血。王阳明的散文大多与现实社会发生联系。透过其存世的散文，能够洞察明代中期风云际会的社会生活，上至朝廷达官贵人的复杂心态、下至黎民百姓的善良和无奈的生存状态都有充分反映，因而其文具有鲜明的史诗性。

二是记录明德亲民的心路历程。阳明心学的理论基点是"心即理"，这成为王阳明散文的灵魂。为文紧扣"心体"要旨，结合实际阐发"心学"精义。其散文充满生命的理性光辉。如作于贵州龙场时期的《象祠记》，透过水西夷人对象的敬重，揭示了人性可化的道理，由此揭示了治理地方与明德亲民思想的内在联系，发前人之未所发，力显理性深度，此文被收入清人所编的《古文观止》中，为后世所看重。王阳明认为："精于文词而不精于道，其精僻也。夫道广矣大矣，文词技能于是乎出，而以文词技能为者，去道远矣。"可见，王阳明为文把"心"作为写作的源泉，而不是为文造文，是通过文章传达出"良知"的美好世界。王阳明认为撰文必以心为纲要，"只从孝弟学尧舜，莫把辞章学韩柳"，反对仅从形式上追求华美，夸夸其谈，言而无实。王阳明不少论学论政散文，旨在传播心学思想。诸如《教条示龙场诸生》一文，虽然是示谕诸生的为学准则，但他从立志、勤学、改过和责善等四个方面，揭示了为学的态度与做人的关系，言简意赅，微言大义，思想深刻，闪烁着心学思想的光辉。王阳明的散文善于从平常的问题中翻出新意。诸如《远俗亭记》一文，对何为"远俗"作了透彻的分析，并将"远俗"上升到道德理性的层面，阐明了君子应在"知行合一"上下功夫，在日用上求道，把玩"远俗"的虚名，自命清高，实则远离了做人的基本道德。其明德亲民思想，贯穿于散文创作的始终。

三是反映人间的真性情。王阳明的散文直指人的情感世界，有一种高扬的家国情怀，倡导为文要抒发真性情。其散文以情造语，充满强烈的人文精神。最具代表性的抒情散文是作于贵州龙场的《瘗旅文》。文中，王阳明探讨人生命运的归宿问题，抒发了四海为家和超越自身命运的达观精神，揭示了正直的士大夫往往要陷入坚守道德情操与反抗封建专制暴政二难选择所带来的情理煎熬。声情并茂，感人肺腑，此文亦被收入《古文观止》之中，为后人所传诵。王阳明在与弟子的论学文中，字里行间流露出亦师亦友的真挚情感。诸如《从吾道人记》一文,记载了王阳明与浙江海宁人、时已六十八岁的诗人董沄(号萝石)的一段交往。文中说:"嘉靖甲申春,萝石来游会稽,闻阳明子方与其徒讲学山中,以杖肩其瓢笠诗卷来访。入门,长揖上坐。阳明子异其气貌,且年老矣,礼敬之。又询知其为董萝石也,与之语连日夜。"文中和洽畅达的场景描写,反映了王阳明与弟子间论学无论年龄大小,以心相交,情意融融的君子之风。王阳明散文的情感性在其家书中也体现得很充分。诸如作于正德十四年(1519)七月初的《上海日翁书》即为明证,此书写于王阳明在南昌平叛王朱宸濠大战的前夜,情势紧急,其为解老父之忧,匆匆而作。书末说:"伏望大人陪万保爱,诸弟必能勉尽孝养,旦暮切勿以不孝男为念。天苟悯男一念血诚,得全首领,归拜膝下,当必有日矣。"字里行间表达了王阳明对国家、对亲人的拳拳之心。信虽短,但文气贯注,洋溢着浩然正气和必胜的信念。王阳明为国尽忠,为民除害的赤子形象跃然纸上。语言简练,充满情感,感人肺腑。王阳明散文的情感性大多反映在其所撰的祭文、墓志铭之中。如作于正德十三年(1518)的《祭徐曰仁文》,祭文中对这位英年早逝的弟子、妹夫之死,闻讯后肝胆俱裂,文中悲伤之情难以抑制。"天而丧予也,则丧予矣,而又何丧吾曰仁,何哉,天胡酷且烈也?呜呼痛哉!"这种替死不得的情感难以言表。

(二)艺术特色

王阳明散文的艺术精神根植于"良知"心学美学思想。叙事说理多具形象性、针对性,是对社会现实生活真实地反映。其文直指心体,以至情为达,以抒发内心真实情感为主要特征。其为文往往将言志与叙事、抒情相结合,语言雅俗共赏。文风空灵舒展,不拘俗套,文辞简洁,自然俊逸。其文传承了越文化刚柔相济的地域文化精神,无所傍依,独树一帜。明末竟陵派代表人物钟惺在《王文成公文选序》中说:"独阳明先生之为言也,学继千秋之大,识开自性之真,辞旨蔼粹,气象光昭,出之简易而具足精微,博极才华而不离本体,自奏议而序、记、诗、赋,以及公移、批答,无精粗大小,皆有一段圣贤义理于其中,使人读之而想见其忠孝焉,仁恕焉,才能与道德焉,此岂有他术而侥幸致此哉?盖学问真,性命正,故发之言为真文章,见之用为真经济,垂之训为真名理,可以维风,可以持世,而无愧乎君子之言焉耳。"此语,应该说是对王阳明散文艺术精神的全面概括。王阳明散文的主要艺术特色体现在以下两个方面:

一是审美性。在王阳明看来,生命的价值和意义体现在"致良知"的过程中,人人都具有良知本心;但在现实社会中人很难避免私欲的遮蔽,故需要开显良知。通过在事中磨练,用静思凝虑、省察克治等修炼方法去私欲,开显"良知"之光,"致良知"方能达到圣贤的境界。为了说明这一心学原理,王阳明通常用形象的比喻表达。其将太阳喻为"良知"本体,将"乌云"比作遮掩太阳的私欲,将"致良知"的过程比作"驱散乌云见太阳"。"太阳"意象是王阳明论学散文中出现较多的一个意象。王阳明善于用比喻论证心学思想,喻体意象丰富,寓理于情,充分说明了心学的大众化特色。诸如王阳明在贵州龙场所撰的《宾阳堂记》一文,用太阳象征清澈无尘的心体世界,将"太阳"的自然性与人的心体世界相联系,使抽象的心本体转化为具有生命象征意义的"太阳",是其撰文为教的常用方法。王阳明论学还常用"树根"喻心体,论证"心体"与人的行为关系。人们往往只看到树干及枝叶,而看不到树根。王阳明将无形之"心"比作树根,树不能离开根而存活;同理,人也不能离开"心"而活着,否则人生就无意义。在论"孝心"时,王阳明把"孝心"比作树根,将"孝"的表现比作树叶。从散文写作的角度,反映了王阳明散文的艺术想象力,通过形象的比喻,将深奥的阳明"心学"还原为一种易于理解、可以体悟的生命哲学、道德哲学,最终引导人们增强审美判断力，以实现道德人格的完美。

二是语言表达的综合性。王阳明的散文在语言表达上具有自然、平易、流畅等特色。善于用设问、对话的形式说理，并描述生动的场景。在论学文中，其大多通过设问、对话的互动方式阐述心学思想。诸如，在《送宗伯乔白岩序》一文中，全文采用对话体结构。文中，王阳明先从为学须"贵专""贵精""贵正"三个方面提出问题，然后由道友乔白岩一一作答。尽管乔白岩的回答是浅层次的，但王阳明还是稍加肯定后，将话题一步步引入心学的明察处，提出自己的为学主张。"精，精也；专，一也。精则明矣，明则诚矣。是故明，精之为也；诚，一之基也。一，天下之大本也；精，天下之大用也。知天地之化育，而况于文词技能之末乎？"由表层引向深层，最后落实到其所倡导的为学核心要旨"贵道""贵诚"，进一步阐释了做学问与明道诚心的关系。"是故专于道，斯谓之专；精于道，斯谓之精。"并用"文词技能"与"道之精诚"做对比，将深奥的心学观点，转化为明白畅晓的道理。

(三) 影响与地位

王阳明的散文对中晚明思想、政治、教育、军事、文学等诸多领域产生了重大影响。相对来说，主要是对士大夫、学子在学术思想上从泥朱学到转向王学的影响最大，以及对中晚明士人心态、文学观念、文学创作有重要影响。王阳明的散文创作是其心学思想探索的重要组成部分，其散文作品是其心学思想的外在表现形态。王阳明散文忠实地记录了其思想创设的艰难过程，同时也展示了阳明心学创设的时代背景和广阔的社会生活画卷，成为解读阳明心学的重要依据。王阳明在《稽山书院尊经阁记》一文中说："故六经者，吾心之记籍也。"此语形象地揭示了"文与道"的内在关系，阳明所说的"道"即为"良知"之道。此记亦被《古文观止》收录。由于心学的思维方式是由内向外，因此也形成了阳明散文观念独特的话语体系。在明代中期，文学复古思潮盛行，王阳明的散文处于世风之中，但不被"模拟蹈袭"的时尚所染，为文不傍依古人，直抒胸臆，写胸中实见。

首先，对士大夫、学者学术思想转型和文化心理的影响。王阳明散文是其心学思想传播的重要载体，对文人、正直士大夫人格产生了极大影响。阳明心学肯定了人作为"天地之心"的主体性，确立人具有"良知"的先验性及"致良知"的道德践行性，反映出王阳明对历史的反思精神和强烈的社会责任意识。阳明心学理论的产生有着深刻的社会历史背景，顺应历史潮流的发展，敢于创新，超越了被推到神坛的程朱理学。阳明心学的崛起，直接引发了中晚明以个性解放、高扬人的主体精神为标志的社会思潮兴起，犹如平地惊雷，振聋发聩，并逐渐被众多士大夫、学子和普通百姓所接受。当此之时，士大夫、学子精神面貌为之一变，阳明心学大行，门徒遍天下。明正德以后，诸多笃信程朱理学的学者纷纷转向王学，形成了一股崇王学的社会思潮。中晚明社会，统治者无道，国是日非，诸多正直士人由直面抗争转变为讲学论道，以此达到启迪人心，改变世风的目的。由于明代印刷术的发达，王阳明在世时已有著作刊刻流播，起到了思想启蒙的作用，直接导致了近古士人心态转型，唤醒了明中以降士人主体意识的觉悟，重新找回了安身立命的精神家园。士人把"尚真""狂狷""去蔽"作为生存方式。诸多正直士大夫后来从朱学中挣脱出来，笃信王学。诸如，王阳明谪居贵州时，时任贵州提学副使的席书是典型的例子，席书从朱学转向王学，成为王学的忠实信徒。

其次，对文学观念的影响。在理论形态上，阳明心学建构了由内向外转的心学美学体系，以"良知"为美，与文学的主旨形成了同构关系。阳明心学美学的崛起，极大地推动了中晚明文学创作的革新，文学理论思维重新被激活，成为中国古代文学美学思想转型的里程碑。这一思想变革直接引发了近古文学观念的话语转型，催化了明中以降文学创作的革新。文人重铸了文学观念，注重创新，注重独立思考，注重个体的心灵抒发，以高扬人的主体精神，以传承、弘扬"良知"精神为己任。阳明心学使那些长期受程朱理学束缚的文人找到了自信，激发了创作的活力，以鲜明的时代特色和深邃的思想灵光催化了一系列文学新形象。诸如，明代"前七子"主要成员之一的徐祯卿从文学复古派阵营中分化出来，创作理念转向阳明心学是较为典型的一例。文论方面的变革，诸如李贽的"童心说"、唐宋派文论、公安派文论、竟陵派文论等都带有阳明心学鲜明的烙印。明末清初思想家黄宗羲在《明文授读》中举例说："歇庵（明代绍兴人，国子监祭酒陶望龄之号）之文，昌明博大，一洗剽袭模仿之套，盖宗法阳明者也。"

最后，对叙事文学创作的影响。人性美是在不断地战胜人性"恶"的过程中发展而来，为善去恶，最终回归"无善无恶"，即"乐"的境界，这是阳明心学对人类生存意义的价值关照和对文学人物形象塑造的期望，也成为中晚明作家塑造人物形象的美学准则和艺术尺度。阳明心学直接影响了明中后期叙事文学作家对人物形象的塑造，产生了一大批有强烈时代特色的文学人物新形象。诸如，"殉情者"形象、"狂狷者"形象和"良知遮蔽者"形象，从不同的角度和层面，揭示了人性的本质，激人顿悟。中晚明文学画廊留下了诸多独特而鲜明的文学经典，如《西游记》《金瓶梅》等，戏曲如徐渭的《四声猿》、汤显祖的《牡丹亭》等。阳明心学把作家的思维引导到超越自然的良知时空，也许更接近艺术美的本质，精神世界的"大美"是人类所追求的终极目标。阳明心学美学并非属于一般的艺术美学，它不仅仅是属于那个时代形而上的美学体系，而是朗照着近世文学的发展和繁荣。阳明心学与其散文中所体现出来的"以心观物"的艺术直觉思维方式，对后世文学创作产生了积极的影响，推动了明中期以降文学风气的变革。

由于王阳明散文具有极高的思想价值、认识价值和审美价值，诸多学者对其散文有精辟的评价。诸如，清人徐文元评王阳明散文："公少好读书，沉酣泛滥，穿穴百家，其文章汪洋浑灏，与唐宋八大家抗行，归安茅顺甫定为有明第一，宋金华以下不论也。……公屹起东南，以学术、事功显而文章稍为所掩。顺甫出而公之文始有定论，几几乎轶茶陵（李东阳），新安（程敏政）而上之，虽北地（李梦阳）余焰未息，而学者知所向往。"现代著名学者钱基博评价阳明的散文："而于时有大儒出焉，曰余姚王守仁字伯安，特以致良知绍述宋儒象山陆氏之学；而发为文章，缘笔起趣，明白透快；原本苏轼，上同杨士奇、李东阳之容易，而力裁其冗滥，下开唐顺之、归有光之宽衍，而不强立间架。"现代著名学者郭预衡认为王阳明的散文是开启明代散文转型的先驱："从王阳明到袁中郎，明代散文有个新的发展趋势，这是由禁锢而解放、由拘忌而自然的一个必然趋势。"上述观点足可代表明中以来至现代诸多学者、文论家对王阳明散文成就及其影响的高度评价。因此，研究明代文学史亦无法绕开王阳明之散文，其"不傍依古人"的风格，有明一代无人出其右。

五、选评体例

《王阳明诗文选》所注评诗文，所据为《王文成公全书》明隆庆六年（1572）刊本。本书分上、下两册。前置导读，上册为诗歌选评，列5个专题：山水游览诗、罹难谪居诗、军旅征战诗、讲学论道诗、交谊乡情诗，共注释、评析诗歌123首。每专题大体按作诗时间的先后排序、某些字加注了拼音，散文亦同。下册为散文选评，列6个专题：以德理政文、龙场谪居文、平乱征战文、传道论学文、交谊游览文和家教家风文，共注释、评析散文60篇。附录一为王阳明辞赋作品10篇及简析，附录二为王阳明年谱简编。

目 录

诗歌选

一、山水游览诗

金山二首 4
次魏五松荷亭晚兴二首 6
登大伾山 10
化城寺六首 13
双峰 21
莲花峰 23
列仙峰 24
云门峰 25
西湖醉中漫书 26
游牛峰寺四首 28
登泰山五首 34
过天生桥 46
陆广晓发 48
过江门崖 50
四明观白水二首 52

钓台山石笋双峰 58

杖锡道中用张宪使韵 61

书杖锡寺 62

游雪窦三首 65

琅琊山中三首 71

林间睡起 75

龙蟠山中用韵 77

龙潭夜坐 78

登阅江楼 80

游牛首山 83

西湖 86

登小孤书壁 88

庐山东林寺次韵 92

通天岩 95

白鹿洞独对亭 98

再游浮峰次韵 100

二、罹难谪居诗

不寐 104

读《易》 107

屋罅月 109

别友狱中 112

因雨和杜韵 115

泛海 117

初至龙场无所止结草庵居之 119

观稼 121

猗猗 123

龙冈新构二首 125

始得东洞遂改为阳明小洞天三首 131

采薪二首 137

老桧 140

雪中桃次韵 142

南霁云祠 144

三、军旅征战诗

丁丑二月征漳寇进兵长汀道中有感 149

回军上杭 152

还赣 154

回军龙南小憩玉石岩双洞绝奇徘徊不忍去因寓以阳明别洞之号
   兼留此作三首 156

回军九连山道中短述 162

鄱阳战捷 164

归兴二首 167

平八寨 171

破断藤峡 174

四、讲学论道诗

赠阳伯 179

王阳明诗文选 | 3

咏良知四首示诸生 …… 182

答人问道 …… 188

答人问良知二首 …… 189

示诸生三首 …… 192

碧霞池夜坐 …… 198

夜坐 …… 200

月夜二首 …… 202

中秋 …… 207

别诸生 …… 209

五、交谊乡情诗

题倪小野清晖楼 …… 214

忆龙泉山 …… 217

忆鉴湖友 …… 220

阳明子之南也其友湛元明歌九章以赠崔子锺和之以五诗于是阳明子作八咏以答之 …… 222

赴谪次北新关喜见诸弟 …… 239

忆别 …… 241

赠别黄宗贤 …… 243

寄冯雪湖二首 …… 246

病中大司马乔公有诗见怀次韵奉答二首 …… 249

闻曰仁买田霅上携同志待予归二首 …… 254

林汝桓以二诗寄次韵为别 …… 257

天泉楼夜坐和萝石韵 …… 261

嘉靖甲申冬二十一日再登秦望自弘治戊午登后二十七年矣将下适
　　董萝石与二三子来复坐久之暮归同宿云门僧舍 ……………… 263
德洪汝中方卜书院盛称天真之奇并寄及之 …………………… 266

散文选

一、以德理政文

高平县志序 ……………………………………………………… 274
陈言边务疏 ……………………………………………………… 281
提牢厅壁题名记 ………………………………………………… 298
重修提牢厅司狱司记 …………………………………………… 303
两浙观风诗序 …………………………………………………… 307
兴国守胡孟登生像记 …………………………………………… 312
新建预备仓记 …………………………………………………… 318
乞宥言官去权奸以章圣德疏 …………………………………… 322
南赣乡约（节录） ……………………………………………… 328
浚河记 …………………………………………………………… 335

二、龙场谪居文

玩易窝记 ………………………………………………………… 343
五经臆说序 ……………………………………………………… 349
与安宣慰 ………………………………………………………… 357
宾阳堂记 ………………………………………………………… 370
何陋轩记 ………………………………………………………… 375

君子亭记 383

教条示龙场诸生 389

龙场生问答 397

答毛宪副 403

远俗亭记 408

答人问神仙 412

象祠记 417

瘗旅文 421

三、平乱征战文

选拣民兵 431

剿捕漳寇方略牌 436

横水桶冈捷音疏（节录） 440

告谕浰头巢贼 452

擒获宸濠捷音疏（节录） 458

征剿稔恶瑶贼疏 466

四、传道论学文

送宗伯乔白岩序 475

答罗整庵少宰书 479

答顾东桥书（节录） 490

稽山书院尊经阁记 503

书中天阁勉诸生 512

客座私祝 516

五、交谊游览文

送黄敬夫先生佥宪广西序 ... 520

别三子序 ... 526

卧马冢记 ... 533

重修月潭寺建公馆记 ... 538

送毛宪副致仕归桐江书院序 ... 543

徐昌国墓志 ... 549

别湛甘泉序 ... 557

别黄宗贤归天台序 ... 563

送日东正使了庵和尚归国序 ... 566

程守夫墓碑 ... 570

从吾道人记 ... 574

祭元山席尚书文 ... 583

与钱德洪王汝中 ... 588

六、家教家风文

易直先生墓志 ... 598

示徐曰仁应试 ... 602

示弟立志说 ... 606

赣州书示四侄正思等 ... 613

寄诸弟 ... 617

书诸阳伯卷 ... 621

寓赣州上海日翁手札 ... 625

寄闻人邦英邦正 628
上海日翁书 631
书正宪扇 635
寄正宪男手墨二卷 638
为善最乐文 648

附录

一、王阳明辞赋简析 653
太白楼赋 653
大伾山赋 655
来雨山雪图赋 657
九华山赋 661
黄楼夜涛赋 666
咎言 669
吊屈平赋 671
守俭弟归，曰仁歌楚声为别，予亦和之 674
祈雨辞 675
思归轩赋 676

二、王阳明年谱简编 680

后记 690

诗歌选

一、山水游览诗

在王阳明的诗歌作品中，山水游览诗占了很大的分量。山水之于王阳明，犹如飞鸟之于长空，游鱼之于江河，其性如此，其诗亦如此。从童年王阳明玩耍于家乡的龙泉山，至晚年沐浴于绍兴会稽山的烟霞晨雾，与天地万物冥然相契，在山水中获得灵感和心灵的自由。"野性从来山水癖，直躬更觉世途难""天下名区皆一到，此山殊不厌来重""混世亦能随地得，野情终是爱邱园""真惭廪食虚官守，只把山游作课程"，上述诗句，传达出其一生钟情山水，亲和山水，不忘归隐山水的儒者情怀。先哲有言："智者乐水，仁者乐山。"然王阳明两者兼备，智仁双全。其山水诗韵致高远，格局大气，万象纷呈，得之于心，寄意深邃。既有先秦山水诗的风雅，又有唐宋山水诗的气韵理趣。心笼万物，以心观物是其山水诗的时空维度；风土人情，地域风光则是其山水诗的情感维度；呼朋邀友，谈天说地则是其山水诗观物审美的道德维度；清风明月，空谷洞云则是其生命归宿的终极维度。本专辑选录其山水诗作50首，力显其致性、致静、致远的生命境界。

金山二首①

其一

金山一点大如拳,打破维扬水底天②。醉倚妙高台上月③,玉箫吹彻洞龙眠④。

[注释]

①金山寺位于今江苏镇江市区西北的金山上,依山而建,始建于东晋,为江南佛教圣地。清代时,与普陀寺、文殊寺、大明寺并列为中国四大名寺。题目为选编者所加,是今见之于文献中王阳明所作最早的诗歌。

②维扬:"维扬"之名最早载于《尚书·禹贡》,为扬州之古称。

③妙高台:又称"晒经台","妙高"为梵语"须弥"之意译。妙高台东西南三面均为峭壁,登临可俯视滚滚东流之江水。此台几经兴废,明代僧适中、清代薛书常相继重建。民国三十七年(1948)与金山寺大殿、藏经楼等同毁于火,今之妙高台于1991年为慈舟法师主持重建。

④玉箫:玉竹箫。玉,是对箫的赞誉、形容。"玉竹"是制作箫的一种竹子。

[评析]

此诗载于《阳明先生年谱》"明成化十八年条下",此为其一。王阳明出生时有一个美好吉祥的传说。成化八年(1472)九月三十日,其出生于浙江余姚县城内龙泉山北麓的"瑞云楼"。传说其降世时,祖母岑太夫人梦见"瑞云送子"。待王阳明降生后,祖父竹轩公异之,即以"云"取名。乡人传其梦,称王阳明出生时所在的楼为"瑞云楼"。"瑞云送子"的传说虽带有道家的神秘色彩,或是《阳明先生年谱》的编纂者出于神化王阳明的动因,给其出生涂上神灵的光环,这种神化现象在年谱中时有出现,但这种天人合一的心理感应和文化氛围对幼年王阳明的成长应该说是有期望效应的。据传,五岁的王阳明尚不能说话,经僧人指点后,祖父王伦醒悟,即取《论语》中要义,改其名为"守仁"。

王阳明从小天资聪颖,机敏过人,具有"少年诗人"的禀赋。据《阳明先生年谱》记载,王阳明十岁那年即成化十七年(1481),在京城为官的父亲王华因迎养老父竹轩翁,趁便要老父携带小阳明一同赴京,以便接受更好的教育。祖孙俩途经镇江,在金山寺与客人饮酒,竹轩公拟赋诗,因酒酣未成。在旁的小阳明见状,从容赋《金山》诗一首。诗出,众宾客为之震惊。此七言绝句从时空着眼,通过即景之意象物"金山""江水""高台""明月",将金山所处的自然时空与其自身的心理时空有机地糅合,组成立体的画面,揭示了天地之奥秘。同时,此诗想象力奇特,将"玉箫"与"洞龙"相联系,音乐的美妙与神灵的沟通,组合成一幅"水月玉箫图",显露出少年阳明的智慧和观物的思维特色,意象与逻辑思绪相融通。

其二

山近月远觉月小,便道此山大于月。若人有眼大如天,还见山小月更阔。

[评析]

在王阳明赋《金山》诗后,众宾客皆惊其才,宾客中似有不信者,复命其赋《蔽月山房》诗。才思敏捷的王阳明随口再赋一诗，众人见状，皆叹服。此诗题为《蔽月山房》，以命题即席而作。其从视觉感应点入手，用艺术形象揭示出月与山之间物象变化的辩证关系，动静相间，意境开阔，诗句充满哲理，诗风飘逸。这说明王阳明从小就建立了宇宙概念，思考物象与人之感应的动态变化。由此，使人能联想到《列子》中两小儿争辩日之大小与远近的关系问难于孔子一事。用诗歌的形式揭示空间与天体运行的辩证关系，这在明代诗歌中并不多见，从整体着眼观物，想象力奇特。从艺术上看，其诗语言简洁流畅，富有神韵。王阳明在镇江金山寺初显诗才，并非偶然，盖源于其祖父的庭教。王阳明祖父王伦，因生性爱竹，故其号为"竹轩"，亦称"竹轩翁"，是一位道德文章兼备的教书先生，曾任江西右布政使的邑人魏瀚为其作传，叙其"雅然鼓琴""胸次洒落，方之陶靖节、林和靖，无不及也"。据《阳明先生年谱》记载：有一天，王阳明诵竹轩翁曾经读过的书，王伦极其惊讶地问他缘故，他回答说："闻祖读时已默记矣。"足见王阳明超常的记忆力、理解力。由此可见，少年阳明的诗才天赋与其受祖父平日教养有密切的关系。正是这种潜移默化的影响，为王阳明诗歌创作奠定了基础。当然，内因还是取决于少年阳明爱动脑子、想问题的天性；否则，出口成章是难以想象的。

次魏五松荷亭晚兴二首①

其一

入座松阴尽日清，当轩野鹤复时鸣②。风光于我能留意，世味酣人未解醒③。长拟心神窥物外④，休将姓字重乡评⑤。飞腾岂必皆伊吕⑥，归去山田亦可耕。

[注释]

①魏五松：即魏瀚，字孔渊，《余姚长泠魏氏宗谱》记作"字五松"，号尝斋。浙江余姚人。生卒年不详。明景泰五年（1454）进士。成化年间任御史，左迁崇庆州判。成化九年（1473）升嘉定知州，续修《嘉定州志》。后任广东雷州知府、江西布政使。

②轩：此指有窗的长廊或小屋。

③酣：形容精神消磨的状态。

④拟：此处意为"打算"。

⑤休：此处意为"不要"。姓字：姓氏和名字，此处代指"自身的功名"。

⑥伊吕：指伊尹和吕尚。商伊尹辅商汤、西周吕尚佐周武王，皆有大功，后世并称"伊吕"，泛指辅弼重臣。

[评析]

纵观王阳明的科举之路，并非一帆风顺，而是多有挫折。然而，王阳明对科举成功与否，看得很轻淡，对科举下第并不感到沮丧和失望。据《阳明先生年谱》载："明年春，会试下第，缙绅知者咸来慰谕。宰相李西涯戏曰：'汝今岁不第，来科必为状元，试作来科状元赋。'先生悬笔立就。诸老惊曰：'天才！天才！'退有忌者曰：'此子取上第，目中无我辈矣。'及丙辰会试，果为忌者所抑。同舍有以不第为耻者，先生慰之曰：'世以不得第为耻，吾以不得第动心为耻。'识者服之。归余姚，结诗社龙泉山寺。致仕方伯魏瀚平时以雄才自放，与先生登龙山，对弈联诗，有佳句辄为先生得之，乃谢曰：'老夫当退数舍。'"王阳明于弘治六年（1493）、九年（1496）先后因种种原因会试下第。但此时的王阳明在学业上的表现足令当朝名宦所赞誉，尤其在心理素质上更是一般的考生不能企及的。在弘治九年会试下第后，王阳明归故里余姚继续进业。其在始建于东晋咸康二年（336）的余姚古刹龙泉寺结诗社，这是有文字记载的王阳明一生中在家乡开展的唯一文学活动，反映出王阳明在文学上的造诣已达到了极高的层次。时致仕江西布政使、王阳明父之挚友魏瀚在家乡，亦参加了诗社的活动，并常与王阳明在龙泉山游览，赋诗唱和。此七律二首，正是王阳明在第二次下第后，与其父辈魏瀚的唱和诗。

《次魏五松荷亭晚兴》其一，并非仅仅是对自然景观的描述，而是侧重于抒发自身的心志，可以说是青年王阳明的言志诗。首联以"松阴""野鹤"起兴，寓自由舒展的心境。颔联将"风光"与"世味"相对照，抒发对世态的体悟之感。此诗的重点在颈联与尾联，主要是讽喻那些潜心于功名利禄的士人，对入仕与否都应该有一种超脱的胸怀，耕读渔樵同样可获得人生的快乐。王阳明此诗亦是其会试落第后真实心态的写照，充分体现了儒者"达则兼济天下，穷则独善其身"的处世立身精神，也是其人格的象征。同时，用历史名人"伊吕"作为自己的人格理想，表现出青年王阳明积极、乐观、向善的人生态度。

其二

醉后飞觞乱掷梭①，起从风竹舞婆娑②。疏慵已分投箕颍③，事业无劳问保阿④。碧水层城来鹤驾，紫云双阙笑金娥⑤。抟风自有天池翼⑥，莫依蓬蒿斥鷃窠⑦。

[注释]

①觞：古代酒器。

②婆娑：形容盘旋舞动的样子。

③疏慵：形容"疏懒""懒散"。箕颍：箕山和颍水。传说尧时，贤者许由曾隐居箕山之下，颍水之阳，后人以"箕颍"借指隐者或隐居之地。

④保阿：古代抚养教育贵族子女的妇女，此借指训导者。

⑤双阙：皇宫门前两边供瞭望的楼台。金娥：指神话传说中的月中女神嫦娥。

⑥抟风：旋风。天池翼：指鲲鹏。借喻奋发有为、非同凡响的人物。典出《庄子·逍遥游》。

⑦蓬蒿：野生杂草。此喻指胸无大志的庸人。斥鷃：小鸟，飞不到一尺高。

[评析]

　　此诗在主题上承前诗，而在诗风上更为豪迈，慷慨陈词，意气风发。从整诗的意境看，青年王阳明的心灵世界中有强烈的老庄意识，对读书人向往的仕途并不看重。从"风竹""箕颍"这些意象中可知，青年王阳明内心有一种寄情山水的乐境。全诗的重点在"抟风自有天池翼，莫依蓬蒿斥鷃窠"这二句中。借庄子《逍遥游》之描述，寓立志成圣贤之宏愿，希望能在人生中一展宏图，实现建功立业的人生目标，这也是王阳明屡次参加科考的原因。但王阳明又不认为人生只有仕途这条路可走，并非一定要成为历史上伊尹、吕尚这样的治国能臣，也可以走严子陵式的田园山水之路。这又充分体现了王阳明的"平民意识"，也是他不以下第为耻的人生价值判断标准。从某种意义上说，王阳明更向往安宁的田园生活，这与其祖父竹轩公的隐逸情趣、先贤严子陵的遗风有关。从诗句中可知，王阳明对"田园乐境"的向往远比"仕途簪缨"强烈得多。纵观王阳明的一生,其"入仕"与"归隐"的意向交错并存,贯穿于一生,以上诗二首从某个侧面说明了青年王阳明复杂的内心世界。

登大伾山①

晓披烟雾入青峦②,山寺疏钟万木寒③。千古河流成沃野,几年沙势自风湍④。水穿石甲龙鳞动⑤,日绕峰头佛顶宽。宫阙五云天北极⑥,高秋更上九霄看⑦。

[注释]

①大伾(pī)山:位于河南浚县城东,又称"东山"。大伾山是中国文字记载最早的名山之一。《尚书·禹贡》载:"东过洛汭,至于大伾。"

②青峦:苍翠的山峦。

③疏钟:稀疏的钟声。

④风湍:此处形容大风扬沙卷起的漩涡。

⑤石甲龙鳞:此处描述溪谷卧石形似鳞甲。

⑥宫阙:指古时帝王所居住的宫殿,因宫门外有双阙故称"宫阙"。

⑦霄:古代神话传说天有九重,亦称"九重霄"。

[评析]

此诗未收入《王文成公全书》,现据故宫出版社 2017 年版《王阳明书法作品全集》拓本移录。诗题据清嘉庆六年(1801)熊象阶总纂的《浚县志》二十二卷移录。据《阳明先生年谱》载:"十有二年己未,先生二十八岁，在京师。举进士出身。是年春会试。举南宫第二人，赐二甲进士出身第六人，观政工部。疏陈边务。先生未第时尝梦威宁伯遗以弓剑。是秋，钦差督造威宁伯王越坟，驭役夫以什伍法，休食以时，暇即驱演'八阵图'。"据此可知，此诗是王阳明奉旨在河南浚县督造王越墓期间登大伾山时所作。此诗落款亦为"大明弘治己未仲秋朔"。嘉靖三十九年（1560），当地人把建于大伾山上的东山书院改名为"王阳明书院"，并将王阳明的《登大伾山》诗和《大伾山赋》复制后立于书院中。民国二十三年（1934），又将王阳明画像碑仿刻后镶入书院墙壁。

　　明弘治十一年（1498），河南浚县人左都御史王越死于甘州军中。次年，王阳明举进士出身，观政工部，是年28岁。该年秋，作为新科进士的王阳明奉旨送威宁伯王越灵柩回河南浚县安葬，并督造王越坟。这是王阳明入仕途后所办的第一件公差，而且办得很成功。这对王阳明以后的人生经历有很大的影响。王阳明利用这一机会，施展其早年所学兵法。在工程施工中，王阳明采用"什伍法"制驭役夫，规定了严格的作息制度，因此提高了工效，加速了工程进度。空闲的时候，又驱役夫演"八阵图"，搞军事演习。这一经历为王阳明日后指挥军事行动打下了扎实的基础。当时，北方边患告急，朝廷下诏求言。王阳明复命后上《边务八事》，言极剀切，极富爱国情怀。上述经历也为王阳明的诗歌创作提供了丰富的素材。在王阳明的思想求索中，论剑尚武，守护边关，保家卫国，是其治国理政思想的重要组成部分。据《阳明先生年谱》载："十年丁巳（1497），先生二十六岁，寓京师。是年，先生学兵法。当时边报甚急，朝廷推举将才，莫不遑遽。先生念武举之设，仅得骑射搏击之士，而不能收韬略统驭之才。于是留情武事，凡兵家秘书，莫不精究。每遇宾宴，尝聚果核列阵势为戏。"上述研习武略韬晦之策的经历，实则是王阳明思想演变中的重要阶段，应引起史家和文学研究者足够的重视。王阳明在入仕前,曾做了一个梦,梦见威宁伯王越赠予他一把宝剑。王越坟造好后,为表示谢意,王越的家人果然将先父所遗宝剑赠给了王阳明。王阳明在督造王越墓期间,游历了当地名胜大伾山,兴致勃勃地写下了这首豪情奋发的七律。

《登大伾山》一诗气势雄放,意象开阔,字里行间如黄河之水奔腾而泻,大气磅礴。首联:"晓披烟雾入青峦,山寺疏钟万木寒。"诗句抒发了诗人登大伾山的直观感受,晓披晨雾,拾级而上,远闻寺钟,满目寒秋,层林尽染,一派仲秋气象,显示无限生机。颔联:"千古河流成沃野,几年沙势自风湍。"诗人登山远眺中原大地,千年古黄河已改道,平畴万顷,一望无际。诗人浮想联翩,联想到几年中鞑靼铁骑不时地侵犯明朝疆土,王越率军征战,金戈铁马,鏖战沙场,战斗激烈,尘土飞扬,卷起漩涡。诗句壮怀激越,展示出悠远的历史沧桑画面和深含对英雄的崇敬之情。颈联:"水穿石甲龙鳞动,日绕峰头佛顶宽。"诗人目光由远而近,山涧溪流纵横奔流,卧石密布,犹如龙鳞闪动,水光石甲,欲腾云飞升。翘首山峰,石佛端坐,日光普照,云雾散去。山川锦绣,大佛慈悲,勾勒出生命的辉煌与庄严,传达出诗人对大地、先哲的敬仰之情。尾联:"宫阙五云天北极,高秋更上九霄看。"此诗句,使人能联想到唐代诗人王之涣的名诗《登鹳雀楼》:"白日依山尽,黄河入海流。欲穷千里目,更上一层楼。"而王阳明的诗句似乎更侧重对现实人生的关注。诗人思接千载,浮想联翩,抒发感慨之情。大伾山上庙宇佛寺众多,其中有我国最早、北方最大的大石佛而著称于世。该石佛始建于北魏,依山开凿,总高八丈,藏于七丈高的楼内,素有"八丈佛爷七丈楼"之称,为世界佛屋之景观。佛殿经幡、先哲塑像勾起诗人对宇宙运行的思考,造物主变幻莫测,总有运行的法则,即使乱云飞渡,但只要登高望远,就能超度人生的局限。

王阳明此诗可与《大伾山赋》相辉映，青年王阳明气盛志满，诗句中无不透露出珍惜时间，建功立业的英壮气概。同时，似乎也隐隐约约地流露出留恋山林之意，这正是王阳明"庙堂"与"江湖"意识并存的体现。从《登大伾山》诗可窥知，初入仕途的王阳明对前途充满了自信，以社稷安危为己任，建功立业之心甚切。此诗想象奇特，时空交织，诗风雄健豪放，充满激情，大有唐诗气度。

化城寺六首①

其一

化城高住万山深，楼阁凭空上界侵②。天外清秋度明月，人间微雨结浮阴③。钵龙降处云生座④，岩虎归时风满林。最爱山僧能好事⑤，夜堂灯火伴孤吟。

[注释]

①化城寺：为九华山开山祖寺，地藏菩萨道场。东晋隆安五年（401），僧人杯渡曾在此筑室为庵。唐至德年间改建，定名为化城寺，"化城"一词语出《法华经》中的佛教故事。

②上界：天界，指三界诸天，佛教称为欲界天、色界天、无色界天。侵：此处意为"接近"。

③浮阴：飘动的云烟。

④钵（bō）龙：钵中之龙。北魏崔鸿《十六国春秋·前秦·僧涉》："僧涉者，西域人也……能以秘祝下神龙。每旱，坚常使之咒龙。俄而龙

便下钵中,天辄大雨。"

⑤山僧:住在山寺的僧人。

[评析]

　　据《阳明先生年谱》载:"(弘治)十有四年辛酉(1501),先生三十岁,在京师。奉命审录江北。先生录囚多所平反。事竣,遂游九华,作游九华赋,宿无相、化城诸寺。"又据《阳明先生年谱》(附录一)载:"九华山在青阳县,师尝两游其地,与门人江学曾、柯乔等宿化城寺数月。寺僧好事者,争持纸索诗,通夕洒翰不倦。僧蓄墨迹颇富,思师夙范,刻师像于石壁,而亭其上,知县祝增加葺之。"从诗句"天外清秋度明月"看,此诗为七律,应作于弘治十四年(1501)秋季。诗人将化城寺神奇的景象、佛道境界与诗人的游兴相融合,气势恢宏,意象密集,营造了扑朔迷离的佛道世界,给人以无限遐想。首联:"化城高住万山深,楼阁凭空上界侵。"诗人用夸张、反衬的手法描述了化城寺的壮观气势。九华山,古称陵阳山、九子山,为"中国佛教四大名山"之一,有"东南第一山"之称誉,据传说因唐代诗人李白《望九华赠青阳韦仲堪》诗中言:"昔在九江上,遥望九华峰。天河挂绿水,秀出九芙蓉。"故而名为"九华山"。九华山自山麓至天台峰,古刹林立。唐开元末,金地藏卓锡九华,"洞居涧饮",闭目苦修,感动诸葛节等人,买檀号旧地,建化城寺。金地藏圆寂后,后人建肉身塔供奉,九华山化城寺被辟为地藏菩萨灵迹。地藏道场名声渐播。化城寺是九华山的开山主寺,四周环山如城,又是地藏菩萨道场,殿宇飞阁,天光云影,这在诗人心目中自然是无比的高峻、雄伟。颔联:"天外清秋度明月,人间微雨结浮阴。"从诗的意象看是对时空、物象的描述,从深层次看寓诗人对现实生活的警觉,希望摆脱人间阴霾。因王阳明登山前在江北审录案犯时发现了大量的冤假错案,并给予平反。故诗人用"天外清秋"与"人间浮阴"相对照，实有所指。颈联："钵龙降处云生座，岩虎归时风满林。"此联以"钵龙""岩虎"对举，龙降甘霖施众生，虎踞山林食肉身，蕴含天上人间的善恶之别。尾联："最爱山僧能好事，夜堂灯火伴孤吟。"此联叙述王阳明与山僧谈佛吟诗的融洽之情。

其二

云里轩窗半上钩①，望中千里见江流②。高林日出三更晓③，幽谷风多六月秋④。仙骨自怜何日化⑤，尘缘翻觉此生浮⑥。夜深忽起蓬莱兴⑦，飞上青天十二楼⑧。

[注释]

①轩窗：指窗户。上钩：喻指上弦月。

②江流：此指长江。

③三更：在子时，23点至次日凌晨1点，又名"子夜"等，是十二时辰的第一个时辰。

④幽谷：指幽深的山谷。

⑤仙骨：道教语，意为成仙的资质。化：羽化，传说仙人能飞升变化。

⑥尘缘：佛教指色、声、香、味、触、法六尘为尘缘，因"六尘"乃是心的所缘，能染污心性，故称"尘缘"。

⑦蓬莱：神话渤海中仙人居住的神山之一，另两座为"方丈""瀛洲"。兴：兴致。

⑧青天十二楼：意为神话传说中仙人的居处。

[评析]

　　此七律为诗人夜宿化城寺,辗转反侧,难以入眠,描述起身夜观九华山景色的感受和思绪。首联、颔联:"云里轩窗半上钩,望中千里见江流。高林日出三更晓,幽谷风多六月秋。"写诗人仰望天空,新月当空,光照滚滚长江之水,抒发了诗人对时空、生命、江山的悠悠情思;日月星辰,阴晴圆缺,现实与虚幻,令诗人产生无限的遐想。九华山的太阳出得特别早,空谷山风,即便在夏天,亦寒意习习,使人感到秋天的清凉,反映出诗人对佛教圣地净化心灵的特殊感受。"仙骨自怜何日化,尘缘翻觉此生浮。夜深忽起蓬莱兴,飞上青天十二楼。"九华山浓郁的佛道氛围,给初入仕途的王阳明以心灵的慰藉,入仕以来所接触到的现实社会中的种种不合理,其倍感困惑、迷茫,于是对道教修炼成仙的出世念头油然升起,蓬莱仙境、青天十二楼成为他向往的极乐世界。从诗中可以看出,此时的王阳明对道教成仙的情缘何等之深。诗言志,诗缘情,此诗可以看作是王阳明神游仙界的飞升,亦为后人考察其思想发展脉络提供了重要的观察点。

其三

　　云端鼓角落星斗[①],松顶袈裟散雨花[②]。一百六峰开碧汉[③],八十四梯踏紫霞[④]。山空仙骨葬金椁[⑤],春暖石芝抽玉芽[⑥]。独挥谈麈拂烟雾[⑦],一笑天地真无涯。

[注释]

　　①鼓角:此处指佛教天国的鼓乐声。星斗:此泛指天上的星星。

②袈裟：为佛教僧众所穿法衣，以其色不正，故名。此意指佛经故事"天女散花"。

③一百六峰：泛指九华山名峰之多。碧汉：碧天银汉的合称，指"天空"。

④八十四梯：指登九华山金地藏肉身殿的石级。紫霞：紫气。

⑤山空：寓意高僧圆寂后的空寂之状。仙骨：此指高僧的遗骨。金椁：金棺银椁是佛教僧人安葬佛舍利（遗骨）的葬具。

⑥石芝：石象芝。玉芽：意为"嫩芽"。此"石芝""玉芽"均具为象征性意象。

⑦谈麈（zhǔ）：指古人清谈时所执的麈尾。麈，指鹿一类的动物，其尾可做拂尘。

[评析]

此七律，诗人从不同的角度极言九华山佛教圣地之盛况。首联："云端鼓角落星斗，松顶袈裟散雨花。"诗人以非凡的想象力，描述佛国世界的祥和之气，鼓乐阵阵，流星飞度，天女散花。颔联："一百六峰开碧汉，八十四梯踏紫霞。"其视角从天界回到九华山佛国的奇异造化。群峰并峙，直插天际，云梯直矗，犹登天宫。诗人用审美的眼光体察九华山神奇的气势和地藏菩萨道场的庄严，抒发了对佛祖的敬仰之情。颈联："山空仙骨葬金椁，春暖石芝抽玉芽。"此联是对僧人修道成德的礼赞，地藏灵迹，石芝抽芽象征着生死轮回。尾联："独挥谈麈拂烟雾，一笑天地真无涯。"此联，诗人对高僧挥麈论道，传教说法，智慧觉悟，除却魔障，布道悟心，正法眼藏，一笑容天下的佛教真谛作了概括地描述。此诗，思绪上天入地，意象灵动，传达出佛国圣境的精神气韵，妙法莲花，大慈大悲。

其四

化城天上寺①,石磴八星躔②。云外开丹井③,峰头耕石田④。月明猿听偈⑤,风静鹤参禅⑥。今日揩双眼,幽怀二十年⑦。

[注释]

①天上寺:此极言化城寺之高。

②石磴:石级。八星躔(chán):此指代天体的运行。

③丹井:意为丹石之井。

④石田:多石而不可耕之地。

⑤偈(jì):梵语"颂",即佛经中的唱词,简作"偈"。

⑥参禅:禅宗用以学人求证真心实相的一种行门。禅,意译为"静虑""思维修"。谓心专注一境,正审思虑。一般把"禅"和"定"连在一起,称为"禅定",或把"参禅"理解为"坐禅入定"。

⑦二十年:此指王阳明于明成化十九年(1483),时十二岁,至弘治十五年(1502),王阳明三十岁,相距近二十年。

[评析]

此五律,诗人主要抒发九华山化城寺在心中的神圣地位,以及对佛教圣地的向往之情。首联:"化城天上寺,石磴八星躔。"此联,诗人以夸张的手法,言化城寺雄踞于皖南群峰九华山之中,高俊伟拔,四周环山如城,石级蜿蜒凌云,彰显佛国的至高无上。颔联:"云外开丹井,峰头耕石田。"此联描述僧人的清苦生活,在山上开井取水,薄田耕种,自食其力,传达出僧人在艰苦的环境中磨砺意志,以此抗拒世俗的诱惑,得到灵魂的安宁。颈联："月明猿听偈，风静鹤参禅。"诗人以拟人的手法，将动物界与佛界融为一体，风月传道、猿鹤参禅，言在九华山连生灵都具有佛性，极力烘托九华山的佛教氛围之浓。尾联："今日揩双眼，幽怀二十年。"据《阳明先生年谱》载："十有四年（1501），先生三十岁，在京师。奉命审录江北。先生录囚多所平反。事竣，遂游九华，作《游九华赋》，宿无相、化城诸寺。……闻地藏洞有异人，坐卧松毛，不火食，历岩险访之。正熟睡，先生坐傍抚其足。有顷，醒，惊曰：'路险何得至此！'因论最上乘。"王阳明因受此"高僧"指点，对佛教精义有了更深刻的感悟，此次九华山寻访高僧应是出自其内心真实的思想。

其五

僧屋烟霏外①，山深绝世哗②。茶分龙井水③，饭带石田沙。香细云岚杂④，窗高峰影遮。林栖无一事⑤，终日弄丹霞⑥。

[注释]

①烟霏：云烟弥漫。

②世哗：尘世的喧闹。

③分：此处意为"辨别"。

④香细：指代寺庙中的缕缕青烟。云岚：指山中云雾之气。

⑤林栖：在山林间栖居。

⑥弄：此处意为"游玩"。丹霞：指代九华山诸岩峰。

[评析]

此五律，反映了王阳明游九华山期间闲适洒脱的生活状况。诗人从居住的环境、饮食、观赏、游玩等方面折射出安宁的心境。首联:"僧屋烟霏外,山深绝世哗。"此联,反映诗人游九华山借宿深山僧舍的情状。山中烟雾缭绕,有与世隔绝之感。清净的佛国圣地,心灵得到了净化、升华。颔联:"茶分龙井水,饭带石田沙。"此联描述了僧人过着粗茶淡饭的简朴生活,通过节欲,修持顿悟,成全大德。颈联:"香细云岚杂,窗高峰影遮。"此联通过细腻的描述,透过"云岚""峰影",意含僧人在封闭的环境中静心诵经念佛的功夫,更进一步揭示僧侣生活的清苦以及对信仰的坚守。尾联:"林栖无一事,终日弄丹霞。"诗人反思自己每日的清闲生活,悠游林下,徜徉山水,以此反衬佛门的庄严和戒律。此诗看似平淡,但内涵深刻,在一定程度上反映出王阳明在求道心路中的矛盾心理。

其六

突兀开穹阁①,氤氲散晓钟②。饭遗黄稻粒,花发五钗松。金骨藏灵塔③,神光照远峰④。微茫竟何是⑤,老衲话遗宗⑥。

[注释]

①突兀:此形容高耸的。穹阁:意为隆起的佛殿楼阁。

②氤氲(yīnyūn):烟云弥漫的样子。晓钟:此指佛寺的晨钟。

③金骨:此指"佛骨"。灵塔:此处指供奉、收藏高僧法体或骨灰的佛塔。

④神光:神异的灵光,即佛光。

⑤微茫:意为迷漫而模糊。

⑥老衲:此指和尚的谦称。遗宗:意指佛门衣钵相承的传人。

[评析]

此五律,可谓是王阳明对化城寺感悟总的描述,亦是对前五诗的总括。首联："突兀开穹阁，氤氲散晓钟。"从总体上描述化城寺在烟云缭绕的晨钟暮鼓声中，巍然屹立在群峰之间，力显地藏菩萨高大巍峨、至大至高的先觉形象。颔联："饭遗黄稻粒，花发五钗松。"以象征的手法，形象地解释了佛说的内在传承机制，大道流行，万化有根。佛教的传播、发用，从某种意义上说，反映了人类社会对于自身欲望约束的自觉、对于生死的体悟与超越，如同自然界的物种都有自身发展的规律。颈联："金骨藏灵塔，神光照远峰。"是对历代化城寺高僧面壁修行，经书相伴，粗茶淡饭，甘于淡泊，恪守信仰，达于圆满，德耀千秋的礼赞。尤其是新罗人金乔觉修持化城寺，以99岁高龄圆寂此寺，此后该寺成为地藏菩萨道场后，其影响力远播海内外。尾联："微茫竟何是，老衲话遗宗。"诗人从老僧对化城寺历代高僧的传承、法器遗存的言说中，联系佛教的绵绵历史，似乎对佛教的信仰、教义有了认识上的升华。由此可见，王阳明至少在明弘治十四年（1501）时，对佛教信仰是向往的，《化城寺》（六首）即为明证。明代中期，由于王阳明化城寺诗的流传，对彰显化城寺佛教内涵，广扬地藏菩萨的大德大智无疑起到了助推的作用。王阳明逝世以后，其弟子及青阳知县祝增在化城寺西建堂纪念，堂后建"仰止亭"，合称"王阳明书院"，亦称"王阳明祠"。王阳明高足弟子邹守益撰《王阳明书院记》。其后，"王阳明书院"毁于清末战火，但王阳明此组诗则流传后世。

双峰[①]

凌崖望双峰[②]，苍茫竟何在[③]？载拜西北风[④]，为我扫浮霭[⑤]。

[注释]

①双峰：位于九华山云外峰东北、天柱峰之西，峰体连座，形成巨壑。

②凌崖：意为登上突兀的青崖之上。

③苍茫：意为辽阔而望不到边。

④载拜：再拜。

⑤浮霭：漂浮的云气。

[评析]

此五绝，据有关史料考证，应为王阳明在南直隶审录囚犯结束后游九华山时所作，时在明弘治十四年（1501）。《莲花峰》《列仙峰》《云门峰》三首绝句亦作于同期。此诗上联："凌崖望双峰，苍茫竟何在？"诗人描述登九华山之崖，欲观九华奇观双峰的急切心情，但由于云雾茫茫，双峰被锁。诗人远眺双峰，但未见双峰真容，于是发问苍茫云雾，双峰何在？诗人观物状景，自有其独特的视角，往往避开模山范水的套路，而以敏锐的艺术直觉，迅速捕捉山水景物的标志性特征，经过巧妙的组合，创造出一幅鲜活灵动的画图。尽管表面上看不到具体的景色，但诗人通过写意式的泼墨手法，将隐藏的九华山双峰之雄奇，气势非凡之苍茫传达出来。下联："载拜西北风，为我扫浮霭。"诗意陡转，从表面上看，诗人意欲西北风能横扫浮霭，目睹双峰真容，但内心流露出对人生迷茫的苦闷之感。王阳明在刑部任主事期间，奉命到江北南直隶审录囚犯，发现了众多的冤假错案，内心应受到触动，对世道的污秽有了一定的认识，但内心的困惑仍难以解脱，故有借景抒怀之意。

莲花峰[①]

夜静凉飙发[②],轻云散碧空[③]。玉钩挂新月[④],露出青芙蓉[⑤]。

[注释]

①莲花峰:在九华山翠盖峰东北,远观石瓣玲珑,宛如莲花。
②凉飙:亦作"凉飚",此处意为寒风。
③轻云:薄云,淡云。
④玉钩:此处喻新月。
⑤芙蓉:即木芙蓉。此处喻如芙蓉之娟秀。

[评析]

九华山莲花峰是佛教圣地的象征,此五绝通过对九华山莲花峰夜景的描述,诗人抒发了对九华山圣境的向往之情。王阳明与九华山的情缘,不仅在于它是地藏王菩萨的传道之地,而且在于他心中的莲花世界,洁静、清幽。此诗上联:"夜静凉飙发,轻云散碧空。"描述了月色下的莲花峰,风卷残云,万籁寂静。诗人徜徉于佛国胜景,心灵进入空明澄澈的奇妙境界。宁静的世界与空灵的山水禅境形成佛国神韵,诗人心绪逸出红尘,胸襟轩爽,神思飞扬。下联:"玉钩挂新月,露出青芙蓉。"一钩新月,光照群峰,如同仙境,一派月色苍茫朦胧之美景;莲花峰如芙蓉出水,清凉玲珑,奇幻无比。此刻,诗人眺望莲花诸峰,心灵与造化融会,将原本沉寂的山峰赋予灵动的生命,化静为动,展示出新月下莲花诸峰的朦胧美。

诗人用月意象抒发自己的"美人"情结，既有诗人对"新月"的希冀，又有其对"清凉"的感悟。那种对宇宙的追问、对生命的思索，构成了莲花诸峰的诗魂。此诗，画面清新，画中无人，诗人的精神气韵跃然诗中。

列仙峰①

灵峭九万丈②，参差生晓寒③。仙人招我去④，挥手青云端。

[注释]

①列仙峰：在九华山云外峰和双峰之西，因峰顶怪石成群，俨然如仙侣接踵相从，故名。

②灵峭：形容神奇峭拔。

③参差：高低不齐的样子。

④仙人：即神仙。

[评析]

尽管九华山素以"地藏王菩萨道场"闻名于世，但道家人物早在西汉时已在此修炼布道，故在九华山留下诸多的道家、道教遗址遗存，并有诸多的传说故事流播于世。而列仙峰则是世人对仙道的拟人化精神寄托。此诗上联："灵峭九万丈，参差生晓寒。"诗人以极其夸张的语言，描述九华山列仙峰雄奇峭拔之美。从整体意念上突显列仙群峰的高峻、巍峨、错落有致，从而表现出道教的诡秘和虚幻，展示超尘脱俗的道教神韵。下联:"仙人招我去,挥手青云端。"诗人采用超现实的手法,与仙人对话,扶摇欲飞升成仙,远离尘世,表现出诗人对仙界的向往。此诗反映了王阳明浓厚的道教情结及九华山佛道并存的历史面貌,极有学术研究价值。

云门峰①

云门出孤月②,秋色坐苍涛③。夜久群籁绝④,独照宫锦袍⑤。

[注释]

①云门峰:在九华山拱辰峰南、红石岩西。两山峰竦峙对开,相阜如门,故名。

②孤月:明月独悬天空,故称。

③秋色:指秋日的景色、气象。苍涛:形容群山苍茫。

④群籁:意指大自然中的音响。

⑤宫锦袍:用宫绵制成的袍子。

[评析]

此诗写云门峰夜色奇特的景象与诗人静观苍穹的思考。上联:"云门出孤月,秋色坐苍涛。"用"云门孤月"意象勾画出九华山夜空寂静的明澈意境。一个"坐"字,刻画出诗人恬淡博大的胸怀。坐看孤月高照,月光似水,群山莽莽,反衬出诗人内心思绪翻卷。下联:"夜久群籁绝,独照宫锦袍。"九华山万籁俱静,正是诗人心境的折射。苦于对现实难以释怀,在佛道与仕途之间不能兼得的现实中,只有月光才能理解诗人苦闷的心情。此诗反映出王阳明思想探索中的矛盾心理,极具研究价值。

以上王阳明咏九华山群峰四首组诗,短小精练,意象清新,想象奇特;气势恢宏,画面灵动,诗境隽永;语言刚柔相济,一气贯注,堪为咏九华山诸峰之佳作。

西湖醉中谩书[①]

湖光潋滟晴偏好[②],此语相传信不诬[③]。景中况有佳宾主,世上更无真画图。溪风欲雨吟堤树,春水新添没渚蒲[④]。南北双峰引高兴[⑤],醉携青竹不须扶[⑥]。

[注释]

①西湖:指杭州西湖。谩书:随意之作。谩,通"慢"。

②湖光潋滟晴偏好:此句化用北宋苏轼《饮湖上初晴后雨》诗句:"水光潋滟晴方好。"

③此语:指苏轼诗句。不诬:不假。

④渚蒲:水洲中的菖蒲。

⑤南北双峰:指杭州"西湖十景"之一的南高峰、北高峰,即"双峰插云"。

⑥青竹:以竹枝代杖。

[评析]

此诗收录于《王文成公全书·续编四》中。明弘治十五年(1502),

王阳明以刑部云南清吏司主事的身份，完成了在江北审查复核案犯的任务，回京后，身体得病。时年八月，上疏告假，回绍兴养病。王阳明到绍兴后，即选择城南会稽山脉宛委山阳明洞天修炼道教导引术。终因无法断离亲情之理，认为修炼身体仅仅是"此簸弄精神，非道也"。于是放弃修炼道教之术，次年遂移疾钱塘西湖，复思用世，往来南屏、虎跑诸刹。其间，与友人饮酒吟诗，漫游西湖名胜，过了一段潇洒自在的生活。此诗作于其在净寺、虎跑寺养病期间。

此诗为七律，首联："湖光潋滟晴偏好，此语相传信不诬。"对于西湖的美景、神韵，历代骚人墨客已留下众多的诗文，尤以北宋苏轼的《饮湖上初晴后雨》为著称。王阳明化用苏轼的咏西湖诗句，蕴含对苏轼道德、文章的敬仰之情，亦是王阳明对西湖钟爱之心的含蓄流露。颔联："景中况有佳宾主，世上更无真画图。"诗人面对春水微澜的西湖美景，漫步湖堤，山色空蒙，美不胜收，如行画中；然西湖之美，其神韵是诗人难以传达的，只能意会于心。王阳明邀朋饮酒吟诗，俨然将自己当作西湖真正的主人。颈联："溪风欲雨吟堤树，春水新添没渚蒲。"溪风春水，桃红柳绿，碧波漫蒲，在诗人的眼中，西湖是自然的造化，一切都显得那么灵动而美妙。尾联："南北双峰引高兴，醉携青竹不须扶。"抑或是诗人游兴未尽，抑或是西湖南北高峰的魅力吸引其纵情游览。于是，诗人兴致勃勃地与友人登南北双峰。诗句中一个"醉"字，将王阳明直率、洒脱的山水情怀展现得淋漓尽致。

此诗，人物形象鲜明，语言简洁明快，诗意畅达。除委婉地传达出对文人雅士的敬意之外，还寄托了王阳明对西湖难以割舍的热爱之情。透过诗句的表面，从中可看出诗人内心深处对于"真"境界的独特体悟！

游牛峰寺四首①

其一

洞门春霭蔽深松②,飞磴缠空转石峰③。猛虎踞崖如出柙④,断螭蟠顶讶悬钟⑤。金城绛阙应无处⑥,翠壁丹书尚有踪⑦。天下名区皆一到⑧,此山殊不厌来重⑨。

[**注释**]

①牛峰寺:位于今之绍兴市柯桥区杨汛桥镇牛头山,因山上产仙岩石,亦称"蜂窠石",入水则浮,故"牛峰"亦称"浮峰"。山上建有浮峰寺。据《山阴志》载:"牛头山在县西六十五里……王守仁改名浮峰。"元代画家、诗人王冕曾登临此山,有诗:"海水浮来多怪石,云霄上接有高松。忘情浅浅溪中鸟,不雨深深洞底龙。"

②春霭:春日的云气。

③飞磴:山路上的石级。

④踞:蹲。柙(xiá):关闭猛兽的笼槛。

⑤螭(chī):传说中一种没有角的龙。蟠(pán):盘伏。讶:惊奇。

⑥金城:此喻山崖的坚固。绛阙:此指寺观前的朱色门阙,指寺庙。

⑦翠壁丹书:指摩崖石刻。

⑧名区:名胜。

⑨殊:特别。

[评析]

据《阳明先生年谱》载:"明弘治十有五年(1502)八月,因病归越,筑室王阳明洞中,行导引术。"王阳明在归越养病期间,因慕牛头山胜景,择春日登临赏景。在游历中诗兴大发,赋七律四首,《王文成公全书·外集》中将其归入弘治壬戌年"归越诗"中,从诗句描述的物候看,此诗作于次年春。

《游牛峰寺》(其一)重点描述牛峰的山势壮观,全景式地展现浮峰的雄姿及诗人登山的观感。首联:"洞门春霭蔽深松,飞磴缠空转石峰。""春霭"一词,点明探胜的时间为春天。据此组诗其四有诗句"石床春尽雨花深"所示,应为暮春时季。春意盎然,生机勃勃。用一个"蔽"字,状牛峰山的深幽;用一个"转"字,状山路石级的盘旋之势,以此总括牛峰形胜轮廓。颔联:"猛虎踞崖如出柙,断螭蟠顶讶悬钟。"诗人抓住牛峰的特征,极状牛峰怪石林立,如虎踞龙盘,雄视天下,有霸王之气。颈联:"金城绛阙应无处,翠壁丹书尚有踪。"状牛峰重峦叠嶂,苍崖翠壁,古寺台阁,墨客题壁的自然人文气象。尾联:"天下名区皆一到,此山殊不厌来重。"通过比较的手法,直抒对牛峰的喜爱之情。天下纵有无限美景佳地,但对越中胜景牛峰,诗人总有百游不厌之感。

其二

萦纡鸟道入云松①,下数湖南百二峰。岩犬吠人时出树②,山僧迎客自鸣钟③。凌飙陟险真扶病④,异日探奇是旧踪。欲扣灵关问丹诀⑤,春风萝薜隔重重⑥。

[注释]

①萦纡:盘旋弯曲。鸟道:形容极难行的路。

②吠(fèi):狗叫。

③山僧:住在山寺的僧人。

④飙:疾风。

⑤灵关:此为道教语,指仙界的关门。丹诀:泛指炼丹的方法。

⑥萝薜:指女萝和薜荔。

[评析]

《游牛峰寺》(其二)主要描述王阳明登山拜谒寺僧的情景。首联:"萦纡鸟道入云松,下数湖南百二峰。"状牛峰寺的空间位置,上依鸟道,下临江湖,深山藏古寺,凸显山寺的纵深和立体感。萦纡的鸟道,高耸入云的古松,飞磴缠空的石峰交织成一幅"古越山水图"。颔联:"岩犬吠人时出树,山僧迎客自鸣钟。"状诗人游山访寺僧的情趣。岩犬吠人,飞湍映树,好客的山僧,在清冽的钟声中迎客。颈联、尾联:"凌飙陟险真扶病,异日探奇是旧踪。欲扣灵关问丹诀,春风萝薜隔重重。"主要表达了诗人的游感。养病中的王阳明,希望通过游历山水,将自己融入大自然的怀抱,并在与佛僧、道士的交流中得到身心的舒展,颐养性情,这应该是王阳明游牛峰寺的初衷。

其三

偶寻春寺入层峰,曾到浑疑是梦中①。飞鸟去边悬栈道②,冯夷宿处有幽宫③。溪云晚度千岩雨,海月凉飘万里风。夜拥苍崖卧丹洞④，山中亦自有王公⑤。

[注释]

①浑：简直。

②栈道：指依悬崖峭壁修建的通道。

③冯夷：传说中的黄河之神，即河伯，泛指水神。幽宫：意为深宫。

④丹洞：此指道人炼丹的山洞。

⑤王公：诗人自称。

[评析]

《游牛峰寺》（其三）主要写诗人在牛峰探寺访道的感受。首联："偶寻春寺入层峰，曾到浑疑是梦中。"人游此山，溪云舒卷，如坠仙境；千岩烟雨，万里风飘，海月朗照，诗人在似梦似幻的幽境中寻找精神家园。颔联、颈联："飞鸟去边悬栈道，冯夷宿处有幽宫。溪云晚度千岩雨，海月凉飘万里风。"在诗人心目中，无论飞鸟翔天还是河神显灵，总有各自的归宿，这是世界万物的共性，亘古不变。在春意盎然的牛峰，诗人沉浸在顿悟佛道超越世俗的遐想之中，将缠绵的情思与达观的胸襟相贯通，表达了对宇宙无限时空的遐想。尾联："夜拥苍崖卧丹洞，山中亦自有王公。"诗人化用唐代王维的诗句"随意春芳歇，王孙自可留"（《山居秋暝》），以"王公"自称，强烈地抒发了对空山雨后牛峰胜景的眷恋之情，山在心中，洞在吾心。

其四

一卧禅房隔岁心①，五峰烟月听猿吟②。飞湍映树悬苍玉③，香粉吹香落细金④。翠壁多年霜藓合⑤,石床春尽雨花深。胜游过眼俱陈迹⑥,珍重新题满竹林⑦。

[注释]

①禅房:寺院建筑的一部分,亦泛指寺院。岁心:意指心理年龄。
②五峰:指礼陀山五峰寺。烟月:云雾笼罩的月亮,朦胧的月色。
③飞湍:指急流。苍玉:此指青绿色岩石。
④香粉:花粉,色泽金黄。吹香,他本有作"吹松"或"吹花"。
⑤藓:苔藓。
⑥胜游:快意的游览之地。
⑦珍重:此意为郑重地告诫。

[评析]

《游牛峰寺》(其四)着重抒发了诗人夜宿五峰寺所勾起的种种联想。诗人休憩禅房,与僧人谈佛,心心相印的佛趣,传达出诗人对佛心的情韵。牛峰的山水美景、佛道境界,拉开了与人世间喧嚣的距离,王阳明的心情得到了极大的安慰。首联:"一卧禅房隔岁心,五峰烟月听猿吟。"禅宗的顿悟之法,即物见性,王阳明心灵得到升华,忘却了被疾病困扰的身心。朦胧的月光,凄厉的猿声,其内心显得更加平静。诗人沉浸于此情此景,"归隐"佳处是其精神寄托。颔联、颈联:"飞湍映树悬苍玉,香粉吹香落细金。翠壁多年霜藓合,石床春尽雨花深。"诗人紧扣牛峰景色的特征,以"兴寄"的手法,展开丰富的联想。自然界的生生息息,色相变幻,有无之间,牛头山给予王阳明种种人生启示。尾联"胜游过眼俱陈迹,珍重新题满竹林。"此二句为画龙点睛之笔,将其游山所感所悟作了高度的概括。风景虽好,世事皆变,唯有透过生命的表象,把握人生的真谛才是大智大德,生命与万物同在。有感于自然万物的新陈代谢、时空转换,王阳明总是以哲人的心态对待万事万物的变迁,阐发哲理。

《游牛峰寺》(四首)组诗,一气呵成,可见其游山感触之深,游兴之浓。表面上是写景抒情的山水游览诗,诗人采用步换景移、层层推进的构思,以时间为序,将游踪、游兴与游感自然地组合成"牛头山游胜图"。牛峰成为主要的抒情意象物,表现出诗人观物的细腻和善于突显主要的意象特征,诗人流露出对古越山水由衷的喜爱。其诗格律严整,节奏和谐,行如流水,将自然意象与情感融为一体。

仅仅过了几个月,出于对牛头山美好的回忆,时值深秋,养病中的王阳明又一次欣赏了牛头山浮峰深秋的景色,写下了《又四绝句》。其中五绝二首:"翠壁看无厌,山池坐益清。深林落轻叶,不道是秋声。""怪石有千窟,老松多半枝。清风洒岩洞,是我再来时。"诗中描述了牛头山秋色之美,幽静多姿,落叶无声,秋风尽染,百看不厌。万物应时而变,潜移默化。浮峰多穴窟,怪石千窟,玲珑魔幻,老松虬龙,清风灌袖,似乎都是为诗人的再次到来而设置。诗人采用以动显静,主观情感与浮峰秋景的交融,强烈地抒发了对浮峰的眷恋之情。二首七绝更直接地表露诗人对牛头山浮峰的钟情。"人间酷暑避不得,清风都在深山中。池边一坐即三日,忽见岩头碧树红。""两到浮峰兴转剧,醉眠三日不知还。眼前风景色色异,惟有人声似世间。"满山红霞,欲看难离。从诗句中可知,此次牛峰赏景,王阳明整整游玩了三天。面对风景各异的秋色,诗人乐而忘返,忘却了人世间的喧嚣和困惑;身心完全沉浸于越地山水,进入到超尘绝俗的世界之中,表达了王阳明亲和自然山水的高蹈情怀。《又四绝句》亦传达出王阳明游山体物的"坐观"方式,用"坐"表达出对浮峰的亲近。唐代诗人王维在《终南别业》中有诗句:"行到水穷处,坐看云起时。"这种登高望远,思接千载的坐悟之道,古今相通,王阳明则显得格外倾情。体物细腻，意象清新，诗味醇厚。四首绝句，如同四幅"深秋行旅图"，构成浮峰秋景的静谧和悠远。

登泰山五首

其一

晓登泰山道，行行入烟霏。阳光散岩壑，秋容淡相辉。云梯挂青壁①，仰见蛛丝微。长风吹海色，飘飖送天衣②。峰顶动笙乐③，青童两相依。振衣将往从，凌云忽高飞。挥手若相待，丹霞闪余晖④。凡躯无健羽⑤，怅望未能归。

[注释]

①云梯：此处指隐显于云雾中的登山石级。

②飘飖（yáo）：形容飘荡，飞扬。

③笙（shēng）乐：吹笙的乐声。

④丹霞：日光照在云上所形成的赤色云气。

⑤凡躯：指代世俗之人。

[评析]

明弘治十七年（1504）七月，王阳明病痊起复，应巡按山东监察御史陆偁之聘，旋赴山东主考。九月，改兵部武选清吏司主事。《登泰山》（五首）为五言古体诗，是王阳明当时思想探索和审美方式的集中体现。因此，通过考察其游泰山诗，可窥探其当时的心态和诗风特征，亦是理解其入仕初期思想轨迹的极好材料。

从《登泰山》（其一）诗中可知，王阳明对泰山怀有一种崇敬之情，其在《山东乡试录后序》中说："……南峙泰岱，为五岳之宗……然陟泰岱则知其高也……"此诗写诗人晓登泰山的所见所感。首先，描述泰山之"峻"："云梯挂青壁，仰见蛛丝微。"其次，感怀泰山浓郁的仙家气氛："秋容淡辉""笙乐青童"。从中反映出王阳明建功立业的志向与道教情结的交织。登泰山仙境，身如堕仙宫烟霏，神奇美妙，激发出诗人无限的遐想："振衣将往从，凌云忽高飞。"诗人不但与仙人对话，"挥手若相待，丹霞闪余晖"；而且向往起仙家的奇幻境界，"凡躯无健羽，怅望未能归。"从中透露出王阳明心中的仙家意识和奇思遐想。此诗胸襟豁达，自然洒落，思绪灵动，体现出王阳明诗歌"俊爽秀逸"的审美特征。观泰山雄奇胜景，抒发胸中豪情壮志；天马行空，独来独往，气势不凡，这是初入仕途的王阳明心迹之真实写照。此诗被选入《明诗别裁集》，清沈德潜评曰"太白"，意谓神韵不逊李白。李白在天宝元年（742）四月也曾写有《游泰山六首》。杜甫也曾在开元二十四年（736）东游齐、赵时写有名篇《望岳》。从思想意蕴和艺术造诣综合考量，沈德潜的点评是十分贴切的。

其二

天门何崔嵬①，下见青云浮。泱漭绝人世②，迥豁高天秋③。暝色从地起④，夜宿天上楼。天鸡鸣半夜⑤，日出东海头。隐约蓬壶树⑥，缥缈扶桑洲⑦。浩歌落青冥⑧，遗响入沧流。唐虞变楚汉⑨，灭没如风沤⑩。藐矣鹤山仙，秦皇岂堪求⑪？金砂费日月⑫，颓颜竟难留。吾意在庞古⑬，冷然驭凉飕⑭。相期广成子⑮，太虚显遨游⑯。枯槁向岩谷⑰，黄绮不足俦⑱。

[注释]

①天门：泰山岱宗坊以北为天界，故形容登山入处为"天门"。崔嵬：此形容山体高峻雄伟。

②漭（mǎng）：此处形容昏暗不明貌。

③豁：形容遥远而辽阔。

④暝色：指昏暗的天色，同"暮色"。

⑤天鸡：神话中天上的鸡。

⑥蓬壶：即蓬莱。古代传说中的海中仙山。晋王嘉《拾遗记·高辛》："三壶则海中三山也。一曰方壶，则方丈也；二曰蓬壶，则蓬莱也；三曰瀛壶，则瀛洲也。形如壶器。"

⑦缥缈：形容隐隐约约，若有若无的样子。扶桑：传说日出于扶桑之下，拂其树杪而升，因谓为日出处。亦指代太阳。《楚辞·九歌·东君》："暾将出兮东方，照吾槛兮扶桑。"

⑧浩歌：形容放声高歌。青冥：天空青冥浩荡不见底。

⑨唐虞：唐尧与虞舜的并称。亦指尧与舜的时代，古人以为太平盛世。《论语·泰伯》："唐虞之际，于斯为盛。"楚汉：楚与汉是指秦汉之际，项羽、刘邦分据称王的两个军事集团。

⑩风沤：风中的泡沫，此喻短暂虚幻。

⑪秦皇：即秦始皇（前259~前210），嬴姓，赵氏，名政（亦作"正"），为秦朝始皇帝。

⑫金砂：即金砂石，又名"金星石"，因闪耀金星般的光芒而得名。

⑬庞古：意为"辽阔的远古"。

⑭凉飔：形容微寒貌。

⑮广成子：传说中上古黄帝时候的道家仙人。

⑯太虚：古人指代宇宙原始的实体为气。

⑰枯槁：此处意为"干枯"。

⑱黄绮：此指汉初商山四皓中之夏黄公、绮里季的合称。俦：此处意为"老友"。

[评析]

　　《登泰山》（其二），前十二句，通过对泰山巍峨雄奇的景象极其夸张的描绘，诗人抒发了对宇宙无穷的思考。泰山无论在时空上，还是在宗教文化上，其包容性深远广大，这种古今兼容、天人合一的气象，正与王阳明崇高的志向相吻合。"天门何崔嵬，下见青云浮"之句，诗人抒发了对泰山的崇敬之情。次日黎明，诗人观泰山日出。极目远望，气象万千，仿佛能看到蓬莱、扶桑之仙境，顿感心灵舒展，心潮起伏，放歌抒怀，大有壮志凌云，遗世独立之气概。后十二句，诗人笔锋一转，穿越时间隧道，上溯远古社会，即兴抒发对人生、社会的思考。抚今追昔，感慨万千，发出对历史的追问。"唐虞变楚汉，灭没如风沤。藐矣鹤山仙，秦皇岂堪求？"唐虞楚汉，沧海桑田，千古风流人物，如云如烟。诗中，王阳明对秦皇的求仙问道，祈求长生的幻想作了幽默的讥讽。这说明此时的王阳明对仙道的认识有其自身的标准，与求仙长命不同，顺其自然、回归自然才是生命的真谛。那些风流人物及传说中的仙道人物早已飘忽流逝，传达出王阳明对人生透彻的体悟。"吾意在庞古，冷然驭凉飙。相期广成子，太虚显邀游。枯槁向岩谷，黄绮不足俦。"表达了王阳明对上古社会和谐"圣境"的向往，从某种意义上折射出其对现世的怀疑和不满，这与王阳明当时的思想是吻合的。诗中用"广成子"这个远古道家仙人及"太虚"浩茫的图景传达出充满道家气息的意象，表达诗人向往自然，不恋仕途的心迹，透露出诗人潜在的归隐意识。

其三

穷崖不可极①,飞步凌烟虹②。危泉泻石道,空影垂云松。千峰互攒簇③,掩映青芙蓉④。高台倚巉削⑤,倾侧临崆峒⑥。失足堕烟雾,碎骨巅崖中⑦。下愚竟难晓⑧,摧折纷相从⑨。吾方坐日观⑩,披云笑天风⑪。赤水问轩后⑫,苍梧叫重瞳⑬。隐隐落天语,阊阖开玲珑⑭。去去勿复道,浊世将焉穷⑮!

[注释]

①穷崖:陡立的山边。

②凌:越过。烟虹:云天中的彩虹。

③互:此处意为彼此。攒簇:集在一处,簇拥。

④芙蓉:即木芙蓉,是一种原产于中国的植物。

⑤巉削:形容山势险峻陡峭。

⑥崆峒:此指烟台崆峒岛。

⑦巅崖:亦作"巅崕",指高耸的山崖。

⑧下愚:意为最愚笨的人。

⑨摧折:犹死亡。

⑩日观:泰山日观峰。

⑪披云:拨开云层。

⑫赤水:神话传说中的人物。轩后:即黄帝轩辕氏。语出《庄子·天地》:"固知轩后,徒游赤水之湄。"

⑬苍梧:即指苍梧山,又名九嶷山,位于湖南省南部。史载:"舜南巡崩于苍梧之野,葬于江南九嶷。"重瞳:相传舜重瞳子,目有两个瞳

孔，为异相。

⑭阊阖：原指传说中西边的天门，泛指宫门或京都城门，借指京城、宫殿、朝廷等。典出《楚辞·离骚》。玲珑：此为拟声词，泛指清越的声音。

⑮浊世：意为混乱的时世。

[评析]

《登泰山》（其三），诗人通过登临泰山穷崖绝谷之险境，极写泰山的危峻。"危泉泻石道，空影垂云松""高台倚巉削，倾侧临崆峒"，诗人曲折地流露出对浊世的困惑和不满之情，亦是王阳明羡慕上古和谐社会的思想基础，以及对仙道出世信仰认同的原因。从诗句中看：一方面诗人抒发了对浊世强烈的离弃之情，以及对仕途险恶的清醒认识，"失足堕烟雾，碎骨颠崖中""下愚竟难晓，摧折纷相从"。语中隐喻世道诡奇，陷阱密布，世事难料，传达出王阳明对现实的警觉及迷茫之感。另一方面，王阳明对圣道的追求又铭刻在心："赤水问轩后，苍梧叫重瞳。"借用上古传说人物轩辕氏、大舜的圣德形象，希望圣贤再世，挽救危世，折射出王阳明希望太平盛世的再现之愿景。"去去勿复道，浊世将焉穷"，诗中以此二句结尾，是对时世道德沦丧、苍生艰难的直露抨击，强烈地表达出王阳明对浊世的感慨之情。结合王阳明当时所处的历史背景看，尽管弘治皇帝当政时期并不极度昏暗，但朝政混乱的局面已经出现。据《阳明先生年谱》载："巡按山东监察御史陆偁聘主乡试，试录皆出先生手笔。其策问议国朝礼乐之制：老佛害道，由于圣学不明；纲纪不振，由于名器太滥；用人太急，求效太速；及分封、清戎、御夷、息讼，皆有成法。录出，人占先生经世之学。"此年，王阳明在为山东乡试所拟的试录中已直截了当地批评佛老，"佛老为天下害，已非一日……"明确表示要皈依儒学，

"天下之道，一而已矣……"上述记载说明，王阳明对佛道违背人性的消极因素已看得十分清楚。同时，其对当朝官吏腐败亦有所警惕。在弘治皇帝治国时期，有史家赞孝宗"恭俭仁明，勤求治理"，誉为"小康之治"；但王阳明却看到弘治皇帝统治的最盛时期已潜伏着各种尖锐的社会矛盾，于是利用乡试命题机会公然要求考生加以评论，足见王阳明与一般士大夫的见识不同，有独立的政治见解和不屈从权贵的胆识。这就奠定了其在日后发生的为救南京科道官戴铣等人而抗疏的思想基础。从上述背景中可以看出，王阳明对佛道的负面影响已有了较深的认识。同时，对封建皇权专制统治的种种弊端和危机看得较为清楚。从中还可以看出王阳明观物、洞察社会的敏锐性和领悟天地万物之精神的融会性。《登泰山》（其三）在表现手法上将游踪、赏景和思考有机地糅合，采用夸张、象征、隐喻、用典等艺术手法，用诗歌的形式表达了对世事的看法，亦是王阳明诗歌才华的充分展现。

其四

尘网苦羁縻①，富贵真露草②。不如骑白鹿③，东游入蓬岛④。朝登太山望⑤，洪涛隔缥缈⑥。阳辉出海云，来作天门晓。遥见碧霞君⑦，翩翩起员峤⑧。玉女紫鸾笙⑨，双吹入晴昊⑩。举首望不及，下拜风浩浩⑪。掷我玉虚篇⑫，读之殊未了⑬。旁有长眉翁⑭，一一能指道。从此炼金砂⑮，人间迹如扫。

[注释]

①尘网：意为人在世间受到种种束缚，形容环境凄凉。羁縻：意为控制。

②露草：沾露的草。唐李华《木兰赋》："露草白兮山凄凄，鹤既唳兮猿复啼。"

③白鹿：此处指仙人的坐骑。

④蓬岛：传说中的海上三座神山蓬莱、方丈、瀛洲之一。

⑤太山：即泰山，在山东泰安。

⑥缥缈：形容隐隐约约、若有若无的存在。

⑦碧霞君：即碧霞元君，全称为"东岳泰山天仙玉女碧霞元君"，《道经》称"天仙玉女碧霞护世弘济真人""天仙玉女保生真人宏德碧霞元君"。因坐镇泰山，尊称"泰山圣母碧霞元君"，俗称"泰山娘娘"等，中国古代神话传说中的女神。

⑧员峤：神话中的仙山名。《列子·汤问》中所指：岱舆、员峤、方壶、瀛洲、蓬莱五仙山之一。

⑨玉女：道教神话人物，又称"太元圣母""玄妙玉女"。紫鸾笙：仙童吹奏的管乐器。

⑩晴昊：晴空。

⑪浩浩：指浩然的气势。语出《书·尧典》："汤汤洪水方割，荡荡怀山襄陵，浩浩滔天。"

⑫玉虚篇：指道教经典。

⑬殊：断。

⑭长眉翁：指道教真人。

⑮炼金砂：指道家以金石炼丹药。

[评析]

《登泰山》（其四），是王阳明在道教圣地触景生情，直抒胸怀之作。当泰山的道教氛围与其对道教仙境的向往碰撞时，诗人的思绪进入到虚幻缥缈的神仙世界。诗中首四句"尘网苦羁縻，富贵真露草。不如骑白鹿，东游入蓬岛"，直率地表达了自己的处世态度和向往，流露出看破红尘和对浊世的感叹。希望效法仙人，骑鹿漫游。传说中的蓬莱仙境触发了诗人对仙界的幻想，诗人的意识中充满了对现实的超越，并借助于神话传说营造出道教氛围极浓的极乐世界："阳辉出海云，来作天门晓。遥见碧霞君，翩翩起员峤。玉女紫鸾笙，双吹入晴昊。"此正是诗人自由自在性格的外显。同时，对"碧霞君""玉女"这些道教人格神给予赞美。诗人与仙人对话："掷我玉虚篇，读之殊未了。"这说明王阳明对道教的思想理论有精到的研习，但尘缘未了，这正是王阳明当初思想的苦闷之处。在登泰山数诗中，此诗是王阳明仙道意识体现最明显、最强烈的篇章。纵观王阳明前期的思想发展，尽管其游泰山时对仙道的危害已有较深的认识，但其长期形成的求道养生与摆脱思想苦闷的情结始终纠结在一起，并未彻底决裂。特别是当理想难以实现时，思想情感就会向道教境界倾斜。道教的教义和道家的修炼方式，给予他自我精神解脱的思想力量，但必须看到，王阳明对道教的矛盾心态是其思想复杂性的体现。此诗最后四句："旁有长眉翁，一一能指道。从此炼金砂，人间迹如扫。"从诗意看，是对求道炼丹的向往，表现出王阳明对道家生活的一种体悟，或许这是其人格中固有的一种情结。据《阳明先生年谱》载："成化八年壬辰九月丁亥九月三十日，是为太夫人郑娠十四月。祖母岑梦神人衣绯玉云中鼓吹，送儿授岑，岑警寤，已闻啼声。祖竹轩公异之，即以云名。乡人传其梦，指所生楼曰'瑞云楼'。"尽管此谱的编纂者在描述王阳明出生时采用一种神秘的笔调，隐含天神下凡的寓言，但这种神话传说对幼年的王阳明是有一定暗示作用的。在明代中期，儒道佛三教归流，余姚古城之南的四明山为道教第九洞天，道风极盛，流播乡里。据《阳明先生年谱》载："弘治元年戊申七月，王阳明受父命，赴南昌完婚。外舅诸公养和为江西布政司参议，王阳明就官署委禽。合卺之日，偶闲行入铁柱宫，遇道士趺坐一榻，即而叩之，因闻养生之说，遂相与对坐忘归。诸公遣人追之，次早始还。"由此可见，青年王阳明对道教养生学说达到了痴迷程度。即便在王阳明主试山东乡试的前两年，即弘治十五年（1502），王阳明告病归越期间，筑室绍兴宛委山阳明洞天，修炼导引术，道教功夫已达到了相当的程度。因此，结合王阳明对道教的纠葛经历与当时的社会环境去理解，方能正确体悟此诗的真意。王阳明向往道教仙人世界的原因主要来自两方面：一是源于追求不受现实政治及意识形态的约束、向往逍遥自由的人生境界，诗中体现出逸世独立的自主意识，豪放洒脱的气度和自由浪漫的情怀即为明证。二是明中期日趋腐败的朝政，压制了王阳明的自由精神，如此仙道意识就会上升，迫使其向往仙道，萌发归隐思想，暂且忘却思想的苦闷。故此诗是理解王阳明道教情结的一个重要观察点。此诗在写作上，主要是对仙境的描述，借用神话传说，想象奇特，抒发内心积聚的道教情怀。

其五

我才不救时①，匡扶志空大②。置我有无间③，缓急非所赖。孤坐万峰巅，嗒然遗下块④。已矣复何求⑤？至精谅斯在⑥。淡泊非虚杳⑦，洒脱无芥蒂⑧。世人闻予言，不笑即吁怪。吾亦不强语，惟复笑相待。鲁叟不可作⑨，此意聊自快。

[注释]

①救时：匡救时弊。

②匡扶：匡正扶持。语出唐司空图《太尉琅玡王公河中生祠碑》：

"志切匡扶,义唯尊戴,每承诏命,若觐天颜。"

③有无:古代哲学的一对范畴。有,指具体存在的实相;无,指无形无象的道,即抽象的"有"。

④嗒(tà)然:形容懊丧的神情。

⑤已矣:此为语气词连用,加强语,表示事物的发展变化的情势,意为"算了"。

⑥至精:古代哲学家意指极其精微神妙而不见形迹的存在。《尚书·大禹谟》:"人心惟危,道心惟微,惟精惟一,允执厥中。"理学家将"惟精惟一"作为圣贤的精义。

⑦淡泊:意为淡泊名利。诸葛亮《诫子书》:"君子之行,静以修身,俭以养德,非淡泊无以明志,非宁静无以致远。"虚杳(yǎo):意为缥缈无踪。

⑧芥蒂:此意为心中对人对事有怨恨或不愉快的情绪。

⑨鲁叟:指孔子。唐李白《早秋赠裴十七仲堪》:"荆人泣美玉,鲁叟悲匏瓜。"

[评析]

《登泰山》(其五),主要抒发了诗人空有满腔报国之情,壮志难酬的复杂情感。首四句开门见山地发出怀才不遇的感叹:"我才不救时,匡扶志空大。置我有无间,缓急非所赖。"这种压抑的心情来自多方面的原因:一是王阳明的成圣志向与现实社会环境相冲突的矛盾。其所处的时代正是王道衰落,尤其是进入正德朝,帝王腐败,宦官专政,民变蜂起,边患丛生,一系列社会问题导致朝政混乱、人心涣散;有志之士,仰天长啸;而王阳明的人生哲学、思维模式常常不容于主流社会,这使其常常陷入惆怅、愤懑、不平与痛苦之中。二是程朱理学对人们思想的控制,引导学子绝对服从所谓的"天理",个性难以舒展,造成精神压抑空虚。此诗中,诗人发出"已矣复何求?至精谅所在"的长叹!王阳明对那些清谈的理学家内心深表怀疑。三是学术思想不明,诸多读书人只为求官发财死读书。有的读书人表面上知书达礼,道貌岸然,但不求实效,知行分离,有的甚至尽干伤天害理的事。因此,王阳明深感"救时""匡扶社稷"的困难,而事实上统治者也不会把具有崇高志向的人放到重要的位置上。"置我有无间,缓急非所赖。""孤坐万峰巅,嗒然遗下块。"王阳明深感自身力量极其有限与渺小,这种有志难伸的心态在当时环境下很有代表性。从诗人所抒发的情感看,其内心是非常复杂的。一方面,诗人仰慕历史上的先贤、英雄,具有唐人那种积极入世、乐观进取、建功立业的志向,展现出自信、进取和傲世独立的人格力量,有理想主义的成分。另一方面,由于现实政治环境的险恶,不能容忍那些具有狂狷之气的正人君子存在。作为士大夫、学者、诗人,王阳明深感怀才不遇,前途不测。"淡泊非虚杳,洒脱无芥蒂。"唯一的出路就是淡泊明志,宁静致远。王阳明自认为还没有具备像孔圣人那样的境界,调整心态才是自救之路。

  王阳明《登泰山》(五首)组诗,主题集中,意脉连贯,以狂飙般的激情抒发了内心压抑的情感。组诗的前三首以诗人登山游览的时间为序,游踪、游感融会一体,步移景换,情景交融。后二首则以联想和直接抒情为主要表达方式,五首诗气韵贯注,足以传达出王阳明这一时期诗歌的思想内涵和艺术特征。诗中通过对儒道的比较,表达出王阳明的精神追求。在王阳明看来,即便无大的建树,也要保持独立思考,出入有无之间,张扬自主精神,这就是《登泰山》(五首)的思想价值。从审美和艺术的角度看,组诗意象博大飘洒,明净秀美,变幻绚丽,有较强的视觉冲击力,反映出诗人不肯苟同于世的高洁人格,具有雄奇瑰丽的浪漫风格。超然的意趣，人与自然的性灵沟通，传达出诗人率真的情感、开朗的性格和自由适度的洒脱气质。在诗境上具有一种超脱尘世、空灵、明净的俊逸风神，奔放的气势，读之有一气呵成畅快之感。自然明快的音律节奏，五言句式，短促刚健，构成排比气势，形成一种建筑美、节奏美。诗歌语言简洁明快，自然，含蓄，蕴含丰富，平易真切，极富时代气息。

过天生桥①

水光如练落长松，云际天桥隐白虹②。辽鹤不来华表烂③，仙人一去石桥空④。徒闻鹊驾横秋夕⑤，谩说秦鞭到海东⑥。移放长江还济险，可怜虚却万山中。

[注释]

①天生桥：此桥位于今贵州修文县谷堡乡。

②白虹：喻指天生桥。

③辽鹤：相传辽东人丁令威，学道后化鹤归辽，徘徊空中而言曰："有鸟有鸟丁令威，去家千年今始归。"事见晋陶潜《搜神后记》卷一。后以"辽鹤"指代千年。华表：是汉族传统建筑形式。古代宫殿、陵墓等大型建筑物前面用来装饰用的巨大石柱。华表通常由汉白玉雕成，底座通常呈方形，或莲花座、或须弥座，上面雕刻有龙的图案，上端插云板。

④仙人：神仙。神话天生桥由仙人将两山牵合而成。

⑤鹊驾：驾通"架"，神话喜鹊在天河上架桥。秋夕：七夕。《风俗记》载："七夕织女当渡河，使鹊为桥。"

⑥秦鞭：俗称"赶山鞭"。《太平寰宇记》载：传说秦始皇筑石桥，欲渡河观日出。时有神仙能驱石下海，石移动不速，就用鞭子抽。

[评析]

  天生桥，位于今修文县西北的谷堡乡哨上村境内，距县城约14公里处。天生桥，顾名思义，即为自然造化而成。贵州多为喀斯特地貌，多有奇妙之景。此诗为王阳明谪居贵州龙场期间，即明正德三四年间，游览天生桥时所作。

  此七律诗重点不是描述天生桥的奇特景观，而是触景生情，浮想联翩，托物言志，有所寄托。在状景上仅点出天生桥的特色。首联"水光如练落长松，云际天桥隐白虹"两句，从空间的立体视觉上，写出了天生桥的悬奇之感。诗人从描写天生桥下悬瀑倾泻、古松倒影落笔。"水光如练"言山水隐秀，用"云际白虹"言其悬妙、朦胧。颔联引入有关天生桥名的神话传说：相传天生桥为仙人将两山牵合而成，当年的辽东人丁令威学道羽化归乡，人去桥留，留下了一个美丽的神话故事。诗人将此故事化入诗中，极大地增强了诗歌的时空感和表现力。同时，从时间的维度传达出诗人对宇宙人生的思考；而"仙人"意象又是诗人心中的一个情结，对于生命的超越，是王阳明居夷诗重要的思想内涵。颈联，诗人用两个神话故事——"鹊驾秋夕""秦鞭海东"，表达出对人间美好愿望的诉求，以及对这种愿望难以实现的深思。以此反衬现实社会的种种不合理现象，具有一定的社会批判性。尾联，诗人笔锋一转，想象奇特，将诗境深化："移放长江还济险，可怜虚却万山中。"显然，这不是写景了，而是一种形象化的议论。如此"仙桥"，竟被抛掷在万山之中，很明显是影射明王朝践踏人才、自毁江山的蠢举。同时，也蕴含着诗人对自身遭遇的愤懑之情。此诗是王阳明游天生桥的观感，虚为写景，实则议论。诗人将自然之景与人生之难有机融合,想象奇特,诗境恢宏,内涵深刻,语言沉郁洒脱,可视为"学者之诗"。在王阳明众多的山水游览诗中,《过天生桥》一诗可谓愤世之作,借天生桥而浇胸中之块垒。

陆广晓发①

初日瞳瞳似晓霞②,雨痕新霁渡头沙。溪深几曲云藏峡,树老千年雪作花。白鸟去边回驿路③,青崖缺处见人家④。遍行奇胜才经此,江上无劳羡九华⑤。

[注释]

①陆广:陆广驿,位于今贵州修文县西北。此诗指六广河。

②瞳瞳:此处意为朝阳升起的样子。宋王安石《元旦》:"千门万户瞳瞳日,总把新桃换旧符。"

③白鸟:应指白鹭。驿路:陆广为明代奢香夫人所建驿站之第二驿。其20岁时丈夫逝世,奢香力排众议代夫执政。面对当时混乱的局面,奢香接近明王朝,筑路通九驿、增强商贸往来,稳定了西南局势,促进汉彝文化的融合。38岁时病逝。明太祖朱元璋曾感慨"奢香归附,胜得十万雄兵"。

④见人家:显露出山乡人家的居处。见,同"现"。

⑤无劳:此处意为"无须"。九华:即指安徽九华山。

[评析]

陆广,即贵州水西古陆广驿。此诗为七律,主要描写陆广峡谷河流的奇特景色，抒发对贵州山水美景的赞叹之情，为王阳明谪居贵州期间所作，即明正德三四年间。从诗题中可知，诗人用"陆广晓发"点出游历时间地点。王阳明是乘舟晨游六广峡谷河流，从舟中观赏六广河日出的美景，抒发对贵州山水赞美之情。首联用"初日瞳瞳"这一特写画面描述出六广河日出的奇景。诗人一生追求光明的境界，对壮观的日出有一种独特的感悟，尤其对六广峡谷中朦胧的日光反应更为明觉。那灿烂的晓霞、那晨雨初霁时渡口所留下雨痕，给人以清新、鲜明的温暖感、色彩感。颔联通过描写溪云的奇妙变幻、委婉深幽，用一个"曲"字状尽溪云的风致，又用一个"藏"字将溪云与峡谷的依存感巧妙地传达出来，具有动静相交的美感。转而描述老树叶子随风翻飞，用"雪"字喻其白色，具有动态感，可见诗人观物之细微。颈联描写六广峡谷青崖的陡峭，用"白鸟""驿路"折射六广河的空间层次动态感，飞翔的白鸟，曲折的驿路，勾起人们对于天地人间的联想。用"青崖缺处见人家"恰到好处地点出生命的高度及对世外桃源的向往，亦是诗人内心深处的情结，应是对山水美景的一种呼应。尾联，诗人抒发游感："遍行奇胜才经此，江上无劳羡九华。"以九华山奇异的景观作比，用"无劳"一词，反衬六广山水的奇秀，平中见奇，诗境异峰突起，将诗人对六广峡谷河流的钟爱之情表达得淋漓尽致。此诗虽然未直接描写六广峡谷河面的景色，但使人感到峡谷的宽广、风光的奇丽。诗人从直观的意象落笔，随着视觉的转移，逐次展现河面的美丽景色，融情于景，将内心的心灵寄托渗透其中，深藏不露。画面交织，写景状物突出视觉、心理感应，物象特征清晰，情感抒发自然。"我之境"与"物之景"自然融合，并借自然景观，阐发宇宙、人生的哲理。语言隽永明丽，是王阳明状摹贵州山水诗歌的佳作之一。

过江门崖①

三年谪宦沮蛮氛②,天放扁舟下楚云③。归信应先春雁到,闲心期与白鸥群。晴溪欲转新年色,苍壁多遗古篆文④。此地从来山水胜,它时回首忆江门⑤。

[注释]

①江门崖:从诗句"天放扁舟下楚云",结合王阳明自贵阳赴江西庐陵的路径,江门崖应在由贵州进入湖南的江道处,在今溆浦县境内。

②三年谪宦:王阳明于明正德二年(1507)初赴谪贵州龙场任驿丞,至正德四年(1509)底谪期满离开贵州,升任江西庐陵(今吉安)知县,前后为时三年。沮:此处意为经历险阻。

③扁舟:小船。宋苏轼《前赤壁赋》:"驾一叶之扁舟,举匏尊以相属。"楚云:王阳明赴江西途经湖南,旧属楚地,古云楚云。

④古篆文:汉字的一种书体,包括大篆、小篆。通行于春秋战国及秦代,故称古篆。此处指前人摩崖题刻。

⑤江门:即江门崖。

[评析]

据《阳明先生年谱》载:"五年庚午,先生三十九岁,在吉。升庐陵县知县。先生三月至庐陵。"又据王阳明《舟中除夕》(其一)首联"扁舟除夕尚穷途,荆楚还怜俗未殊"可知,王阳明是在正德四年(1509)

底离开贵州,此年除夕是在舟中度过的。王阳明写此诗时间在正德五年（1510）初,当王阳明乘坐的轻舟进入湖南溆浦境内沅江,经过江门崖时,但见峡谷对开,两边江崖似巨门矗立,诗人触景生情,即兴作《过江门崖》七律一首。

此诗强烈地抒发了王阳明在解除身心束缚后的欣喜之情和豪迈之气。当年,王阳明入黔时已36岁,心情是何等的抑郁,出黔时38岁,生命流逝,一朝能重新回归政坛,怎能不感慨万千。当飞舟再次经过江门崖时,心潮彭拜。首联用"三年谪宦"将居夷生死磨难、千难万险轻轻带过,表达了诗人对逆境的从容气度。"天放"意指王阳明重新被朝廷启用,尽管官位卑微,但其仍十分珍惜这一能为社稷、为百姓效力的机会,用一个"下"字,传达出解除"谪官"后如释重负的心情。此联很容易使人联想到唐代诗人李白当年在白帝城遇赦后所作的千古名句:"两岸猿声啼不住,轻舟已过万重山。"（《早发白帝城》）可知对人生命运发生转折性变化的感受古今是相通的。在颔联中,诗人用"春雁""白鸥"这些充满生机的飞禽意象,抒发出展翅高飞的志向。颈联中,诗人用"晴溪"寓指开朗的心情,又用"新年色"一词传达出对时间和生命变易的思考。新年伊始,历经磨难后的人生旅途重新扬帆起航,该是何等的欣喜。诗人屹立船首,极目两岸风光,悬崖峭壁,绝壁拥翠。一处处摩崖题刻迎面而来,"古篆文"吸引了诗人的目光。大江东去,千古风流人物。多少年来,世事沧桑,但那些摩崖题刻似乎在诉说历史的变迁,其中应该有来往于江上行色匆匆的谪臣。今人无法揣摩诗人当年的所思所想,但从尾联"它时回首忆江门"句看,此时此景,可感知王阳明出江门崖的心情意味深远。再从诗人出江门崖之后,沿途所写的几首诗看,诗中流露出复杂的情感,思绪纷繁。"道意萧疏惭岁月,归心迢递忆乡园。年来身迹如漂梗,自笑迂痴欲手援。"（《阁中坐雨》）抒发了诗人思乡、漂泊,感慨生命无绪之感。"静后始知群动妄,闲来还觉道心惊。问津久已惭沮溺,归向东皋学耦耕。"(《霁夜》)抒发仕途莫测、归田之意。"远客趁墟招渡急,舟人晒网得鱼还。也知世事终无补,亦复心存出处间。"(《僧斋》)在欣喜之余,王阳明内心深处的忧思并未因谪居结束而彻底消解,其对现实社会的险恶环境仍心存疑虑,对前景难以把握的迷茫之思浸透在字里行间。"雨昏碧草春申暮,云卷青峰善卷台。性爱烟霞终是僻,诗留名姓不须猜。岩根老衲成灰色,枯坐何年解结胎?"(《德山寺次壁间韵》)抒发其性爱烟霞之愿,但大道未行,成圣未果的苦闷心情一直伴随于身。诗人经过对赴任途中社会状况的仔细观察,所见所闻,内心不免流露出沉重的心情。

从《过江门崖》一诗所抒发的整体情景看,仍能洞悉其那种砥砺人生、百折不挠、挑战厄运的精神力量,以及对生命的思考。诗风有李白《早发白帝城》之意韵,因物感兴,精妙绝伦,流丽飘逸,有空灵飞动之感,令人神往。

四明观白水二首①

其一

邑南富岩壑②,白水尤奇观③。兴来每思往,十年就兹观④。停骖指绝壁⑤,涉涧缘危蟠⑥。百源旱方歇,云际犹飞湍⑦。霏霏洒林薄,漠漠凝风寒。前闻若未惬,仰视终莫攀。石阴暑气薄,流触溯回澜。兹游讵盘乐⑧,养静意所关。逝者谅如斯⑨,哀此岁月残。择幽虽得所,避时时犹难。刘樊古方外⑩,感慨有余叹!

[注释]

①四明：指四明山。据清徐兆昺著《四明谈助序》载："神禹《山海经》曰：东有山曰'句余'，实维'四明'。"其在四明山概说中具体介绍说："四明旧称周围八百里，统天台而言之也。其山东属鄞，东南属奉化，东北属慈溪，西连绍之余姚、上虞、嵊三县，南接天台，北包翠碣，四面各有七十峰。"四明山与天台山在唐以前总称天台山，唐代始分称。此处指西四明山。

②邑南：此处指余姚县南。王阳明等一行游历四明山概况：王阳明先生等一行游历四明山，共游者出发时为6人，后加入汪克章；期间许半圭、蔡希颜、朱守中、王世瑞因故退出；王阳明、徐爱和汪克章3人坚持到最后。往返行程为：在古慈溪永乐寺等地游览两天后，第三天自永乐寺出发，连夜舟抵上虞通明。第四天，至上虞（丰惠），夜越金沙岭、黄竹岭。第五天晓，入四明山，晋访梁弄汪巷汪克章，共游道士山白水冲，然后向西折南迂回之上虞妲溪（达溪）探胜。中午，在族人新居用中饭，晚循溪抵达远祖祖居。第六天，探阴地龙潭。第七天，过远世祖居，考石林、太平诸迹。第八天，天明出发，远望走马冈，向东南，经孔石，趋韩采岭，夜宿杖锡寺。第九天及后，晨经蜘蛛岭、游徐凫岩、观隐潭、入雪窦寺、游雪窦山千丈岩。因天大旱，不再续游天台山。于是三人在宁波等地逗留数天后，于农历七月二日乘船返余姚。王阳明一行此次游历四明山，自明正德八年（1513）农历六月中下旬至七月初，前后历时半月余。行进地域涉及余姚、慈溪、上虞、鄞县、奉化和宁波府城。

③白水：指"白水冲"，位于余姚城西南约五十里处的道士山，亦称白水山。

④十年：据《阳明先生年谱》载，明弘治十五年（1502）王阳明曾

归越养病,弘治十七年(1504)离越赴山东主持乡试,及至正德八年(1513),时隔十年。

⑤驺(zōu):骑马的侍从,此处泛指同游者。

⑥危蟠(pán):屈曲、环绕,此处指山涧弯曲状。

⑦飞湍(tuān):直泻的急流。唐李白《蜀道难》:"飞湍瀑流争喧豗,砯崖转石万壑雷。"

⑧讵:岂,怎能。

⑨逝者谅如斯:典出自《论语·子罕》:"逝者如斯夫,不舍昼夜。"形容时间像飞流一样逝去,有惜时之意。

⑩刘樊:刘纲、樊云翘为传说中道教人物。明末清初大学者黄宗羲在《四明山志·白水山》条下载:后汉下邳刘纲为上虞令,弃官同妻樊氏云翘从之学道,亦遂居于此。

[评析]

在经历了明正德初年的反阉党斗争后,王阳明被贬谪贵州龙场,于正德四年(1509)底谪期满,起用为江西庐陵(今吉安)知县。次年(1510)十二月,升南京刑部四川清吏司主事。六年(1511)正月,调任吏部验封清吏司主事。十月,升文选清吏司员外郎。七年(1512)三月,升考功清吏司郎中。十二月,升南京太仆寺少卿,顺道归省。与其同舟归越的还有弟子、妹夫徐爱(是年,徐爱因祁州知州考满进京,升南京工部员外郎),在舟中王阳明论《大学》宗旨。据《阳明先生年谱》载:"八年癸酉,二月,至越。先生初计至家即与徐爱同游台、荡,宗族亲友绊弗能行。五月终,与爱数友期候黄绾不至,乃从上虞入四明,观白水,寻龙溪之源。登杖锡,至雪窦,上千丈岩,以望天姥、华顶,欲遂从奉化取道赤城。适久旱,山田尽龟折,惨然不乐,遂自宁波还余姚。……先生兹游虽为山水,实注念爱、绾二子。盖先生点化同志,多得之登游山水间也。"历经人生重大磨难后的王阳明,对故乡的山水尤感亲切。归越后,于六月中旬与徐爱等门生、道友共游四明山。王阳明一行从上虞入西四明的白水山,为游览首站。寻胜探幽,下陡壑,攀绝巘,扪萝登级。王阳明总是以十分欣喜的心情歌咏故乡的山水之美,以"亲近"的姿态投身其中,随地点化同志。《四明观白水》(二首),即作于明正德八年(1513)六月中旬,描述了白水冲之奇观。

此五言古体诗传达出王阳明对白水冲奇观的向往之情。"邑南富岩壑,白水尤奇观。兴来每思往,十年就兹观。"前两句从整体上概括了四明山之山水形胜及主要景观,用一个"富"字统括四明山水,有北宋欧阳修《醉翁亭记》中佳句"环滁皆山也"之妙趣。后两句则抒发了重游白水冲的急切心情。从诗句看,此游与前番游历已时隔十年,但诗人游兴不减当年。接下来十句,写王阳明一行游西四明、观白水冲壮观之感受。"停骖指绝壁,涉涧缘危蟠。百源旱方歇,云际犹飞湍。霏霏洒林薄,漠漠凝风寒。前闻若未惬,仰视终莫攀。石阴暑气薄,流触溯回澜。"尽管大旱刚止,但白水冲并未断流,"云际犹飞湍",雨丝霏霏,凉气袭人;周边巨岩矗立,山涧流泉洄澜,宛如蛟龙戏游,奇观犹存。后八句:"兹游讵盘乐,养静意所关。逝者谅如斯,哀此岁月残。择幽虽得所,避时时犹难。刘樊古方外,感慨有余叹!"诗人笔锋陡转,从游览之乐转入人生感悟,联想到世事艰辛,诗人流露出淡淡的忧思。回首坎坷的经历,心中不免显露出忧伤之感。"择幽虽得所,避时时犹难",反映出王阳明当时的矛盾心境。诗人不仅仅流连于观赏飞瀑吐珠的美景之中,更多的是将目光投向宇宙人生:"逝者谅如斯,哀此岁月残。"诗人以心观物,即景而发,警示弟子要珍惜时光,直面现实,养性修身。同时,蕴含着对弟子的希冀。正如《阳明先生年谱》中所言:"盖先生点化同志,多得之登游山水间也。"诗的最后两句,借"刘樊升天"之典故,寓警世之意。其深意在于:避世之难,升天成仙也并非现实,而"养静意所关"才是哲人的情怀。可以看出,经过"龙场悟道"后的王阳明对世道有了比较成熟的看法,以"静"观物,体悟事理。同时,对仙道的认识已较清醒,此诗可以看作王阳明对道教生命观认识的重大转折。从另一个角度也可看出诗人内心的矛盾和忧伤。人生艰险,命运多舛,触景生情,难免产生惆怅心情。诗人对四明山水的挚爱与感叹生命的流逝之情交织在一起,白水冲飞瀑则成为诗人感慨的背景。此诗在构思上与一般的登临游览诗不同,重点不在写景,而是由"景"入理,由"理"入"情",熔景、理、情于一炉。

其二

千丈飞流舞白鸾①,碧潭倒影镜中看。藤萝半壁云烟湿,殿角长年风雨寒②。野性从来山水癖③,直躬更觉世途难④。卜居断拟如周叔⑤,高卧无劳比谢安⑥。

[注释]

①白鸾(luán):古代传说的神鸟。唐李贺《仙人》中诗句:"手持白鸾尾,夜扫南山云。"此处形容白水冲飞瀑的舞动感。

②殿角:此指祠宇观玉皇殿,昔位于白水冲潺湲洞外。据黄宗羲《四明山志·名胜·白水山》条下载:"宋政和六年(1116),徽宗书其门榜曰'丹山赤水洞天'。"又转引元代危素《白水观记》中记载:"建玉皇殿。"

③野性:此处意为喜爱自然、乐居田野的性情。癖:此指对山水的偏爱成为习惯。

④直躬：以直道立身。《论语·子路》："吾党有直躬者，其父攘羊，而子证之。"

⑤卜居：择地居住。周叔：即指伯夷、叔齐，是商末孤竹君的两个儿子。相传其父遗命要立次子叔齐为继承人。孤竹君死后，叔齐让位给伯夷，伯夷不受，叔齐也不愿登位，先后都逃到周国。周武王伐纣，二人叩马谏阻。武王灭商后，他俩耻食周粟，采薇而食，饿死于首阳山。

⑥谢安（320~385）：字安石，别称东山，东晋名士。《晋书·谢安传》载："卿累违朝旨，高卧东山。"指谢安辞官后隐居在会稽上虞之东山。

[评析]

"白水冲"为四明山西北麓名胜，重峦叠嶂，竹茂林秀，以飞瀑流泉之壮观而名闻浙东。白水山分冶山、屏山、石屋、云根四峰。白水冲瀑布在石屋与云根两峰之间，瀑布飞流直泻，颇为壮观。因瀑布下有潺湲洞，古有白道人曾修炼于此。黄宗羲在《四明山志·名胜·白水山》条下载："飞瀑注壑，奔扬滞沛，数里之内，时有雾露沾人，所谓潺湲洞也。"历代骚人墨客来此探胜吟唱，有佳句传世。如唐皮日休："水流万千丈，尽日泻潺湲。"（《潺湲洞》）宋谢景初："飞泉悬绝壁，斗绝千万丈。"（《瀑布》）元滑寿："白水仙宫也罕逢，十年两度追陈踪。"（《流白水宫》）王阳明此诗为七律，前两联写白水冲整体景观。"千丈飞流舞白鸾，碧潭倒影镜中看。藤萝半壁云烟湿，殿角长年风雨寒。"用"白鸾飞舞"描写瀑布的飞动，用"碧潭倒影"写潭水的清澈，画面灵动，色彩斑斓，力显山水之美。用"云烟湿""风雨寒"寓时世艰辛。后两联："野性从来山水癖，直躬更觉世途难。卜居断拟如周叔，高卧无劳比谢安。"诗人借伯夷、叔齐隐居首阳山，耻食周粟，采薇而食，饥饿而死，以及东晋名士谢安隐居会稽上虞东山之典故，喻自身归隐故乡山水之意。王阳明身为朝廷命官，为官清廉，在污浊的时世中陷入进退两难的处境，不免感时伤怀，心念隐者，寻求心灵的超越，从内心深处发出"直躬更觉世途难"的感慨。借山水之形，寓归隐之意。"静"和"清"表达了诗人对故乡山水的审美情趣。诗人追求心灵世界的澄明，有老庄的影子。善化老庄精义，用老庄的无限时空观看待人生，把一切作为世间流转的物理，以此体验人生；以"平常心"看待一切变故，以恬淡的心态观照自然，追求自适的人生境界。王阳明《四明观白水》二首，写景与抒怀相融，寓意深刻，富有历史的深沉感，为历代歌咏白水冲名胜之佳作。

钓台山石笋双峰[①]

云根奇怪起双峰[②]，惯历风霜几万冬。春去已无斑箨落[③]，雨余唯见碧苔封[④]。不随众卉生枝节，却笑繁花惹蝶蜂[⑤]。借使放梢成翠竹[⑥]，等闲应得化虬龙[⑦]。

[注释]

①钓台山：位于今之绍兴市上虞区陈溪乡。此诗，最早收入（明末清初）黄宗羲《四明山志·名胜·钓台山》条目中，《王文成公全书》未收录，诗题为注评者所加。

②云根：此指山石。双峰：指石笋双峰，被乡人喻为"双石笋"，为虞南名胜。

③斑箨（tuò）：竹笋上呈斑色之一片一片的皮。

④碧苔：青绿色的苔藓。

⑤蝶蜂：蝴蝶与蜜蜂。

⑥放梢：长出的竹梢。

⑦等闲：此处意为"随时"。虬（qiú）龙：传说中有角的小龙。

[评析]

  此七律，是王阳明一行从余姚梁弄道士山白水冲游览后，折向西南，到达位于今之绍兴市上虞区陈溪乡钓台山，观"双石笋峰"后所作，时间在明正德八年（1513）六月中下旬。此行目的地是奉化雪窦山，按常理应翻"羊厄岭"，那么，王阳明一行为何不翻越大岚山"羊厄岭"而绕道走达溪呢？主要原因：一是据当地山民劝告，"羊厄岭"其险无比不便攀越。二是上虞陈溪（其中一段称为"达溪"）是王阳明远祖的世居地。据姚江秘图山派相关的多部王氏宗谱记载，王阳明的迁姚始祖为王季，约在南宋中后期自上虞达溪迁至余姚，即为姚江秘图山王氏始祖，世居余姚北城秘图山北麓，传至王阳明已十世。关于姚江秘图山王氏接脉上虞达溪王氏问题，王阳明弟子徐爱在《游雪窦因得龙溪诸山记》（《横山遗集》）一文中引王阳明之言"吾远族居也，往焉"，有寻访远祖世居地之意，即为明证。

  达溪原称"姐溪"，位于今上虞陈溪乡虹溪村，地处四明山西南部。在游历过程中，王阳明道友王世瑞以为"姐溪"之名不雅，提议更名"文溪"，经王阳明斟酌后，改名"龙溪"，众人赞同，故后有"龙溪"之称，意为"状达溪之形，寓祥瑞之意"。一行人到达后，在其远族宗人家中息脚，用餐、住宿，亦是情理之中。达溪风光绮丽，名胜古迹众多，为揽胜佳地。村落分布于溪谷两岸，王氏宗祠尚存。当地最有名的自然景观即为"石笋双峰",状似破土春笋,顶部长满奇花异草,色彩四季变幻,苍鹰翔于其上。溪流自峰根流淌而过,旁有象鼻洞,状似石梁,为虞南奇观。明末清初黄宗羲《四明山志·名胜·钓台山》言:"上虞直南四十里钓台山,有双石笋,临倚山峤,参差并峙,高各数百尺。其颠有异花,开时灿若霞锦。宋高、孝二宗殂落,连岁不花。王十朋《会稽赋》所谓花含戚者,此也。余生则未及见花,而颠有古松,挺然独秀,严冬大雪,殊为可玩。"王阳明一行在石笋双峰等处游览赏景、吟诗助兴。首联:"云根奇怪起双峰,惯历风霜几万冬。"此二句描写石峰双笋的奇特,极言其壮观。双峰矗立在石笋山西麓的溪流边,拔地而起,双峰并峙,直刺苍穹,巍然屹立,已不知多少万年。颔联:"春去已无斑箨落,雨余唯见碧苔封。"此二句点明浏览的时间在夏季,石笋双峰峭壁嶙峋,苔藓密布,呈现出斑驳苍劲的葱茏。颈联、尾联:"不随众卉生枝节,却笑繁花惹蝶蜂。借使放梢成翠竹,等闲应得化虬龙。"诗人托物言志,想象雄奇,借景议论,寓意深刻。通过拟人化的手法,抒发造化的博大恢宏之气。石笋双峰顶天立地,其气概是"众卉"难以企及的;石笋双峰雄视天下,其志向是"繁花"难以理解的。虽然柱立千仞,默默无闻,但随时能化为"虬龙"冲天而起,时空能改变一切,诗人显然已悟到大自然的力量和变幻无穷。尽管石笋双峰是天造地设的自然景观,但数千年来无数骚人墨客在此吟诗作画,留下诸多美好的传说。"石笋双峰"面对"通泽大庙",相传此大庙是为纪念春秋时期越国的功臣灵姑浮所建,已有千年历史。王阳明此诗是否含有英雄自许,壮怀激烈之感呢?纵观全诗,不难体悟。对王阳明一行来说,可谓在时间的长河中泛舟,在寻觅古迹中思念先贤。

此诗通过拟人、象征等手法,借赞美石笋双峰的巍然挺拔,喻做人的骨气、志向,意象厚重,寓意深远,富有哲理和情趣。奇特的自然景观,悠久的历史情韵，姚江秘图山王氏宗族流脉的根系，三者交织，构成了一幅奇妙的画卷。

杖锡道中用张宪使韵①

山鸟欢呼欲问名，山花含笑似相迎。风回碧树秋声早，雨过丹岩夕照明②。雪岭插天开玉帐③，云溪环碧抱金城④。悬灯夜宿茅堂静⑤，洞鹤林僧相对清⑥。

[注释]

①杖锡道中：指通往杖锡寺的山道。张宪使：生平不详。

②丹岩：绮丽的岩壁。

③雪岭：此指雪窦山。玉帐：形容天空白云垂挂犹如玉帐。

④金城：此喻指高峻的丹崖。

⑤茅堂：草堂。

⑥林僧：山林古寺中的僧人。清方文《重过润州上方寺》诗句："出郭寻香刹，林僧乃旧交。"

[评析]

此诗是王阳明在四明山杖锡寺夜宿时所作，为七律，主要描述一行人在杖锡道中登攀探胜，以及诗人夜宿禅寺的清寂之状。首联、颔联："山鸟欢呼欲问名，山花含笑似相迎。风回碧树秋声早，雨过丹岩夕照明。"诗人用拟人、写意的手法，写"山鸟""山花"的灵性与亲和，意象迭兴,画面生动。碧树秋声,丹岩夕照,诗情画意,交相辉映。在诗人的眼里,山水是灵动的画面,是性情的映照。颈联:"雪岭插天开玉帐,云溪环碧抱金城。"通过夸张的手法,遥望雪窦山峰,白云低垂,犹如漫天帷幕。俯瞰群山,云溪环碧,幽壑纵横,诗人沉浸在满目佳景的山水之中,忘却了人世间的烦恼,投身自然怀抱而轻松自在,传达出无言之美的意境。尾联:"悬灯夜宿茅堂静,洞鹤林僧相对清。"诗人从陶醉的思绪中回到眼前,悬灯茅堂,洞鹤林僧,相对无语,一派凄凉的情景。此时的杖锡寺已经废颓,昔日的盛况不再,诗人的内心不免流露出忧郁之感,"静"和"清"正是诗人内心的写照。此诗意象交叠,画面灵动,想象奇特,妙语连珠,格调高雅。在艺术风格上"清丽飘逸",是王阳明观物的审美情趣所致。

书杖锡寺①

杖锡青冥端②,涧壁环天险。垂岩下陡壑,涉水攀绝巘③。溪深听喧瀑,路绝骇危栈④。扪萝登峻极,披翳见平衍⑤。僧逋寄孤衲⑥,守废遗荒殿⑦。伤兹穷僻墟⑧,曾未诛求免。探幽冀累息,愤时翻意惨。拯援才已疏⑨,栖迟心益眷。哀猿啸春嶂,悬灯宿西崦⑩。诛茅竟何时⑪?白云愧舒卷⑫。

[注释]

①杖锡寺:原名为"杖锡禅寺",位于被称为"四明山心"的杖锡(亦作"仗锡")山腰,地旧属鄞县(今属宁波市海曙区)章水镇鹿窠村。黄宗羲《四明山志·名胜·仗锡山》载:"仗锡山,有方石高十丈,

阔一丈，危举道旁，磨崖刻'四明山心'四大字，乃汉隶也，谓之屏风岩，或讹其声为'骞凤'。北去一里为仗锡寺。寺内有井，昔之龙池也。"

②杖锡：云游僧人所持法器。青冥：形容山色青苍幽远。

③绝巘：极高的山峰。北魏郦道元《三峡》："绝巘多生怪柏，悬泉瀑布，飞漱其间。"

④栈：用木料或其他材料架设的通道。

⑤平衍：指地势平坦、宽广。汉张衡《南都赋》："上平衍而旷荡，下蒙笼而崎岖。"

⑥孤衲：指孤独的僧人。

⑦荒殿：荒芜的佛殿。

⑧僻墟：此指偏僻、荒废的佛寺。

⑨拯援：救援。

⑩崦：泛指山。唐李商隐《送从翁从东川弘农尚书幕》："一川虚月魄，万崦自芝苗。"

⑪诛茅：芟除茅草，借指结庐安居。南朝梁沈约《郊居赋》："或诛茅而剪棘，或既西而复东。"

⑫舒卷：舒展和卷缩，此借喻仕途的进退。

[评析]

据《阳明先生年谱》载，此诗为明正德八年（1513）六月中旬至七月初之间王阳明等数人游浙东四明山途经杖锡寺时所作，为五言古体诗。王阳明一行自余姚梁弄游道士山白水冲后，经达溪，一路翻山越岭，登攀探胜，行进在四明山中。经过三天跋涉后，于日暮行之位于"四明山心"的杖锡山，并借宿杖锡寺。

与王阳明前几首写杖锡道中的诗相比，《书杖锡寺》一诗，则流露出某种忧伤愤世的情调。前八句："杖锡青冥端，涧壁环天险。垂岩下陡壑，涉水攀绝巘。溪深听喧瀑，路绝骇危栈。扪萝登峻极，披翳见平衍。"诗人描述了沿路登攀探胜的情景，极言杖锡山的高峻奇险。用"涧壁""垂岩""陡壑""绝巘""危栈"等意象物凸显登杖锡山之难，表现出坚忍不拔的意志。九至十二句："僧逋寄孤衲，守废遗荒殿。伤兹穷僻墟，曾未诛求免。"以杖锡寺的废颓之状，抒发对佛教式微的沉郁之情。据明末清初史家黄宗羲在《四明山志·伽蓝·仗锡延胜寺》条记载，杖锡寺始建于唐龙纪元年（889），由石霜下长、政二僧肇基。天祐三年（906），吴越王赐金额。十传逮宋天圣四年（1026），修己自太白山来主寺事，人奉之为第一代祖。宋宝元二年（1039），敕名"杖锡延胜院"，传52代。至元末，因困于徭役，僧徒散亡。有仁让者，起而兴复，起予继之，求慈溪乌斯道补撰碑记。明洪武十五年（1382），诏定天下寺额，而始称"杖锡寺"。永乐三年（1405），佛殿毁。至宣德六年（1431）重建，郡守郑珞为记。正德间废，有僧文纲与徒德滋相与兴复，大司成戴洵为记。王阳明弟子徐爱在《游雪窦因得龙溪诸山记》文中载："陟顶，见荒殿，榜曰'杖锡寺'。"王阳明等一行借宿杖锡寺时，此寺已经颓废，由此可见杖锡寺至少毁于明正德八年（1513）前。文中提到当时寺中还有僧人，留王阳明等住宿。尽管杖锡寺此时已荒废，但并未完全断绝香火。这对研究杖锡寺的兴废及四明山佛教文化来说亦是重要的史实依据。杖锡寺虽处深山，但未能幸免于兵火。诗句中用"孤衲""荒殿""僻墟"等凄凉的词语，抒发了对杖锡寺由盛转衰的忧伤之情。后八句："探幽冀累息，愤时翻意惨。拯援才已疏，栖迟心益眷。哀猿啸春嶂，悬灯宿西崦。诛茅竟何时？白云愧舒卷。"王阳明夜宿破败的杖锡寺，面对残风悬灯，思绪翻卷，抚今追昔，久久不能入眠。通过对历史、人生的思考后，他感叹自己无力挽狂澜于既倒，流露出回归山林的心迹，不让林泉美景虚设，此应了

"怀山林之志者可托天下国家"之说。王阳明等游历处于深山幽谷的杖锡寺，蕴含着"使我之理想更为高尚"的纯粹之心。游于佛寺则有利于道德之心免受世俗污染，表现出对佛陀人格的体悟。此诗亦是解读王阳明对佛教兴衰认识的诗证。

此诗在艺术上，措辞冷峻，以险峻的画面、忧伤的情调色彩反衬出诗人内心的郁闷，为伤事之作。

游雪窦三首①

其一

平生性野多违俗②，长望云山叹式微③。暂向溪流濯尘冕④，益怜萝薜胜朝衣⑤。林间烟起知僧住，岩下云开见鸟飞。绝境自余麋鹿伴⑥，况闻休远悟禅机⑦。

[注释]

①雪窦：指雪窦山，位于四明山东部，在浙江奉化境内。雪窦山为东四明山支脉最高峰，位于奉化溪口，为中国五大佛教名山之一。明末清初史家黄宗羲在《四明山志·诗括》中，收录了王阳明《游雪窦》七律三首。此三诗亦被《雪窦志》收录，依次标题目为：《游雪窦寺用方干韵》《次同游汪东泉韵》《次门人徐曰仁韵》。《王文成公全书》未录此三诗，此据黄宗羲《四明山志·诗括》（清康熙四十年黄炳刊本）移录。

②性：意为本性。俗：世俗。

③式微：暮色昏暗状，此处意为归隐的心情。

④濯（zhuó）：洗。尘冕：此处意为占有尘土的礼帽。

⑤萝薜：女萝和薜荔。野生植物，常攀援于山野林木或屋壁之上，借指隐者或高士的衣服。屈原《楚辞·九歌·山鬼》："若有人兮山之阿，被薜荔兮带女萝。"朝衣：指君臣上朝时穿的礼服。

⑥麋鹿：大型食草动物，属鹿科。

⑦禅机：佛教禅宗和尚谈禅说法时，以含有机要秘诀的言辞、动作或事物来暗示教义，使人得以触机领悟。

[评析]

据《阳明先生年谱》载，明正德八年（1513）六月中下旬，王阳明与弟子、道友一行游学四明山，及至东四明雪窦山，游山赏景，并赋诗唱和。王阳明弟子徐爱在《游雪窦因得龙溪诸山记》一文中亦载，一行人在离开杖锡寺后，因不熟悉山路，在江僧人的引导下，经蜘蛛岭至徐凫岩。中午时分，抵石桥，东望大仙坳楼台，遥见雪窦寺。后在牧童的指引下，观隐潭，至雪窦寺。在寺中休息品茗，随即出寺游览，观千丈岩瀑布，登妙高峰，访"玉泉庵"。雪窦山奇妙的自然风光和雪窦寺悠久的历史文化底蕴，是王阳明久怀探胜的夙愿。

雪窦山是浙东名山，而雪窦寺又是佛教古刹。黄宗羲在《四明山志·名胜·雪窦山》条目下说："自麓至巅，高可十里，四山环合。……其岩绝壁千仞，故名'千丈岩'。水至半壁，有石突出隔之，洒若飞雪，而后复为瀑布，亦名瀑布山，宋真宗敕曰'东浙瀑布'也。"雪窦山中有雪窦寺，其寺为中国禅宗十大古刹之一。在《四明山志·伽蓝·雪窦资圣寺》条目下载："唐会昌元年（841）立，咸通八年（867）重建，赐名'瀑布观音院'。光启中，贼裘甫毁。常通来自宣城，领众开山。宋咸平二年（999）改为'雪窦资圣寺'。仁宗尝梦至名山，诏图天下山川以进，披览及于雪窦，恍与梦合，特敕赍其寺僧。南宋淳祐四年（1244），理宗御书'应梦名山'四大字赐之。"此诗真实地反映了当年王阳明游览雪窦山的内心感受。首联"平生性野多违俗，长望云山叹式微"，诗人直抒胸臆，坦露对投身自然山水的意趣，一个"野"字，活生生地道出其志在山水间的真性情。纵观王阳明一生，其无论身处何处，都将亲和山水作为最大的乐趣。然而，面对风云变幻、明晦无常的世事，"违俗"一语，曲折地表达了王阳明不愿随波逐流的刚直志向。在经历了人生重大起伏后的正德八年，王阳明在仕途上有了新的转机。但荒淫无耻的明武宗仍旧性不改，不思朝政，政治昏暗，具有治国经世志向的士大夫仍无法施展抱负，这对王阳明来说是件十分痛苦的事。因而，诗中流露出对儒道衰微的深深担忧，只得发出无奈的感叹。颔联："暂向溪流濯尘冕，益怜萝薜胜朝衣。"游历于雪窦山飞练翠壁之间的王阳明，清流洗心，暂时忘却了时间的种种烦恼。宁静的仙境世界引发诗人对宦海厌倦之意。颈联、尾联："林间烟起知僧住，岩下云开见鸟飞。绝境自余麋鹿伴，况闻体远悟禅机。"诗人通过"林烟""飞鸟""麋鹿"等意象物，抒发了希望超脱污浊的世界，过一种自由、清静的生活。以麋鹿为伴，体悟万物之机趣。面对雪窦山的幽静，自然万物以种种暗示，召唤诗人寄身于青山绿水之间的情趣，追寻"濯尘冕""伴麋鹿""悟禅机"的山林情怀。因而，此诗亦表达了诗人不愿为官场名利所羁，流露出强烈的归隐期待。

其二

穷山路断独来难[①]，过尽千溪见石坛[②]。高阁鸣钟僧睡起[③]，深林无暑葛衣寒[④]。蛰雷隐隐连岩瀑[⑤]，山雨森森映竹竿[⑥]。莫讶诸峰俱眼熟[⑦]，当年曾向画图看[⑧]。

[注释]

①穷山：深山。

②石坛：石头筑的高台。此处亦指僧人进行宗教活动的场所。

③阁：类似楼房的建筑物，供远眺、游憩、藏书和供佛之用。此处亦指寺院内的钟鼓楼。

④葛衣：由葛布制作的夏衣。粗布葛衣叫"绤"，细布葛衣称"缔"。

⑤壑（hè）：深沟。

⑥森森：形容昏暗的样子。

⑦莫讶：不要惊讶。

⑧画图：意指书画作品。

[评析]

此诗主要写王阳明与弟子、道友攀岩跨涧行走在雪窦山的深壑密林之中，力透大自然变幻无穷的玄机。首联："穷山路断独来难，过尽千溪见石坛。"诗人描述山中探险的奇险，羊肠小道，飞鸟不过，溪流纵横，范山模水，展露雪窦山柳暗花明的景色。颔联、颈联："高阁鸣钟僧睡起，深林无暑葛衣寒。壑雷隐隐连岩瀑，山雨森森映竹竿。"层层推进，步移景换，曲径通幽。佛寺飞檐，时显眼中，佛寺高阁的钟声时而回荡空谷，唤醒睡僧。诗人通过以动显静的手法，反衬雪窦山的清凉世界。古木蔽日，凉风嗖嗖，让人暑气顿无。雪窦山的气候是多变的，时而沉雷滚滚，岩瀑飞流，密雨如注，青松翠竹，摇曳多姿。夏日的雪窦山水，如诗如画，诗人充满了无限的遐想。山林之游是历代文人雅士所喜爱的活动，自然景观之美妙，融入游人审美情怀，则能营造出空灵缥缈的仙境，王阳明一行沉浸在大自然的怀抱之中，恬然自适，物我两忘。尾联："莫讶诸峰俱眼熟，当年曾向画图看。"奇异的山水气象，是画家笔下难以造就的仙境，平时只能在书画中所见，而当诗人身临其境之时，怎能不使其惊讶。奇峰怪石，流泉跌潭，千溪万壑，山峦烟云，乃为自然之造化，可纾解郁闷的心情，看淡浮世虚名，这便是王阳明一行寻幽探胜所获得的快乐。王阳明弟子徐爱在《游雪窦因得龙溪诸山记》一文中提及阳明先生游雪窦之感："今日毕，素怀已中。所历佳胜比比，独不彰于古昔，乃今得与二三子观焉。夫永乐诸山，可备游观者也。四明，可居者也。龙溪，可以避地者也，然而近隘矣。杖锡者，可以隐德也，然而几绝矣。乃若隐显无恒，俯仰不拘，近而弗袭，远而弗乖，可以致远，可以发奇者，其惟雪窦乎！"王阳明通过对所游历的几个景点比较后，对"雪窦山"之游体悟透彻，认为"可居、可避、可隐、可致远。"由此可知，此诗深寓王阳明游雪窦之情感寄托。

其三

僧居俯瞰万山尖①，六月凉飚早送炎②。夜枕风溪鸣急雨，晓窗宿雾卷青帘③。开池种藕当峰顶，架竹分泉过屋檐。幽谷时常思豹隐④，深更犹自愧蛟潜⑤。

[注释]

①俯瞰（jiàn）：此意为俯视。

②飚（biāo）：风暴。此处意为凉爽的山风。

③青帘：门口挂的幌子，多用青布制成。

④幽谷：幽深的山谷。豹隐：典出《列女传》卷二。南山有一种黑色的豹，为了使身上长出花纹，可以在连续七天的雾雨天气里不吃东西，躲避天敌。后以"豹隐"喻隐居，爱惜其身。亦作"玄豹""豹雾"。

⑤深更：深夜。蛟潜：意为阳气潜藏，喻圣人在下位，隐而未显，亦喻贤才失时不遇。蛟，传说中一种能发洪水的龙。

[评析]

　　此诗通过描述雪窦山僧人的生活状态，由此抒发对佛教圣地的向往之情。首联："僧居俯瞰万山尖，六月凉飚早送炎。"写雪窦寺的清凉世界，点明诗人一行游雪窦的时间为"六月"，凉飚送炎，炎热全无。颔联："夜枕风溪鸣急雨，晓窗宿雾卷青帘。"写夜宿雪窦山寺的情景。"夜枕风溪""晓窗宿雾"，此时此景，佛国的清幽，反让诗人辗转反侧，难以入眠。颈联："开池种藕当峰顶，架竹分泉过屋檐。"诗人联想到僧人常年过着"晨钟暮鼓""幽谷诵经""开池种藕""引泉入屋"的佛门世外生活，与世俗、官场的现状形成了强烈的反差，这对历经"正德风云""龙场谪居"的王阳明来说内心是有触动的。故在尾联中，诗人从肺腑发出"幽谷时常思豹隐，深更犹自愧蛟潜"的强烈感慨。此句为全诗的诗眼，诗人以"豹隐""潜龙"两个典故，委婉地传达出洁身自好，不愿与世俗同流合污的人格操守。王阳明游雪窦山七律组诗，全景式地描述了游历雪窦山的所见所闻，并将由此所产生的思考，融入雪窦山飞瀑流泉、涧溪深壑、巨松修竹之中。山水赋予其种种启示和想象，不为名利所羁，寄身于青山绿水之中，性情所至，安顿身心家园，成为诗人游览雪窦山的快意所在。此三首诗无论在时空的描述上还是在情感的抒发上，亦真亦幻，想象奇特，开阖自如，将有我之境与无我之境奇妙地组合在游雪窦山的化境之中，在有无之境中体悟生命的价值与意义。

琅琊山中三首①

其一

草堂寄放琅琊间②,溪鹿岩僧且共闲。冰雪能回草木死,春风不化山石顽。六经散地莫收拾③,丛棘被道谁刊删④?已矣驱驰二三子⑤,凤图不出吾将还⑥。

[注释]

①琅琊山:位于安徽滁州古城西南约5公里处,因北宋欧阳修之《醉翁亭记》而名扬天下。

②草堂:草庐,文化人常谦称自己的书斋楼堂为草堂。

③六经:指经孔子整理而传授的六部先秦儒家经典,即《诗》《书》《礼》《易》《乐》《春秋》的合称,《乐》已佚。始见于《庄子·天运篇》。

④丛棘:此借喻支离儒家学说的思想观点。

⑤已矣:语气词连用,起加强语气作用,表示事物的发展变化,意为"幸运地"。驱驰:此形容学子勤奋研习。

⑥凤图:此处借喻儒学复兴的气象。

[评析]

在王阳明的人生经历中,自正德六年(1511)至十年(1515)这五年间,相对来说王阳明仕途较平稳,借此机会,王阳明授徒讲学,传播心学思想。正德七年（1512）十二月，王阳明升南京太仆寺少卿，便道归乡省亲。直至次年十月，至滁州督马政。据《阳明先生年谱》载："八年癸酉，冬十月，至滁州。滁山水佳胜，先生督马政，地僻官闲，日与门人遨游琅琊、瀼泉间。月夕则环龙潭而坐者数百人，歌声振山谷。诸生随地请正，踊跃歌舞，旧学之士皆日来臻。于是从游之众自滁始。"王阳明利用滁州琅琊山的优雅环境，开展了声势浩大的讲学活动，从游者数百人。此诗为七律，作于琅琊山中讲学期间。从诗句"冰雪能回草木死，春风不化山石顽"看，时间在冬春之交。王阳明每到一地，总喜欢寻幽探胜，发为吟咏，并融入山水景物之中，这已成为其生活的习性。滁州琅琊山乃风景胜地，在滁县古治所西南约十里处，因东晋元帝为琅琊王时避居于此而名。北宋欧阳修知滁州时，写有传世名作《醉翁亭记》，曾言此"林壑尤美"。山水之秀、人文之美激发了王阳明的诗兴。其常与弟子放歌琅琊山水间，留下了诸多佳作。

此诗首联："草堂寄放琅琊间，溪鹿岩僧且共闲。"滁州琅琊山环境幽静，王阳明沉浸于逍遥自在的闲居生活之中，领悟天地之道，充满乐趣。草堂小筑，放歌山水，溪鹿为伴，岩僧共话，描述了一幅琅琊游乐图。然而，王阳明所关注的是宇宙生生不息的万物流行。颔联："冰雪能回草木死，春风不化山石顽。"大自然按自身的法则运行，冬去春来，江山代代，处处充满生意，而漫漫的人类社会总是曲折地前行。颈联："六经散地莫收拾，丛棘被道谁刊删？"诗中，王阳明流露出对千年儒学衰微的深深担忧："六经散地""丛棘被道"，蕴含了希冀复兴儒学的强烈愿望。尾联："已矣驱驰二三子，凤图不出吾将还。"诗中用"凤图"典故，表达了王阳明寄希望于学子，承担起振兴儒学的重任。由此，可看出王阳明在滁州琅琊山讲学的真实动因。

此诗，即景抒怀，思接千载。诗人尤其关注现实社会的精神追求问题,成为考察王阳明滁州诗思想价值的重要史料。诗中通过"冰雪""草木""春风""山石"这些意象的组合,传达出对自然、社会和人生的思考,包含哲理。

其二

狂歌莫笑酒杯增①,异境人间得未曾②。绝壁倒翻银海浪,远山真作玉龙腾③。浮云野思春前动,虚室清香静后凝。懒拙惟余林壑计④,伐檀长自愧无能⑤。

[注释]

①狂歌:纵情歌咏。

②异境:此处意为奇妙的境界。

③玉龙:此处借喻雪后的群山犹如玉龙飞腾。

④林壑计:意为作归隐山林的打算。

⑤伐檀:为讥刺贪鄙者尸位素餐而贤者不得仕进之典故,此处诗人借来自嘲。

[评析]

此诗主要抒发对琅琊山闲居生活的体悟,将自身融于山水景物之中,传达出向往林壑、超脱尘世的愿望。首联:"狂歌莫笑酒杯增,异境人间得未曾。"展露了诗人在琅琊山闲居中无拘无束的性情,陶醉于狂歌畅饮中的潇洒,由此可以看出王阳明的豪迈情怀。颔联:"绝壁倒翻银海浪,远山真作玉龙腾。"诗人从时空、野景意象的组合中,动态地描绘出琅琊山的天然物态,观察细腻,展示生命内在力量的宏博。颈联:"浮云野思春前动,虚室清香静后凝。"此联画面虚空,清香怡人。由景生意,所思所感,意绪逸出物外,以静显动,内涵丰富,揭示了心灵的静谧与体道的内在联系。尾联:"懒拙惟余林壑计,伐檀长自愧无能。"诗中用"林壑计"表达出王阳明归隐山林的愿望,蕴含了对大道难行的忧虑和对浊世的愤懑之情。此诗构思严谨,结构缜密,诗意连贯,画面跳跃,景中有情,情中有景,诗境开阔,诗味醇厚。

其三

风景山中雪后增,看山雪后亦谁曾?隔溪岩犬迎人吠,饮涧飞猱踔树腾①。归骑林间灯火动,鸣钟谷口暮光凝。尘踪正自韬笼在②,一宿云房尚未能③。

[注释]

①猱(náo):又名"狨""猕猴",猿属,善攀援。踔(chuō):凌空跳跃。

②韬笼:借喻思想受束缚。

③云房:意指僧道或隐者所居住的房屋。

[评析]

此诗由看雪景而联想到自身的处境,抒发了王阳明内心的苦闷心情。首联:"风景山中雪后增,看山雪后亦谁曾?"用"山中雪后"与"看山雪后"主客观场景的勾连,揭示人与自然、自然与审美之间的内在联系。颔联:"隔溪岩犬迎人吠,饮涧飞猱踔树腾。"步移景换,诗人在琅琊山游览中自然地摄取景物意象,动态地展现出活泼的琅琊物趣、理趣。颈联:"归骑林间灯火动,鸣钟谷口暮光凝。"诗人策马游览琅琊雪景,流连忘返,以至于暮色降临方归草堂,可见王阳明对琅琊山的钟情。尾联:"尘踪正自韬笼在,一宿云房尚未能。"诗人用"韬笼"一词隐喻智者的城府,以"一宿云房"表达对归隐的思考,实则是对污浊、昏暗的现实社会以委婉的抨击。此诗时空交织,意境开阔,风格上融秀美飘逸、雄浑劲健、典雅庄重于一体,是诗人清明之气、人格情操的自然流露。从三首诗看,王阳明纵游琅琊山水,并非沉浸于游山玩水的乐趣,而是抒发其对人生、社会及儒学衰微的思考,以山水点化门生,暗示弟子担当起弘道大任之意。

林间睡起①

林间尽日扫花眠,只是官闲愧俸钱②。门径不妨春草合,斋居长对晚山妍③。每疑方朔非真隐④,始信扬雄误太玄⑤。混世亦能随地得⑥,野情终是爱邱园⑦。

[注释]

①林间:此指滁州琅琊山中。

②官闲:时王阳明任南京太仆寺少卿,在滁州督马政,属闲官。俸钱:官员的薪金。

③斋居:此指闲适的生活状态。北宋王安石《送郓州知府宋谏议》云:"坐镇均劳逸,斋居养智恬。"妍:美丽。

④方朔:西汉东方朔的省称。东方朔(前154~前93),本姓张,字

曼倩，西汉平原郡厌次（今山东惠民）人，西汉著名文学家。东方朔在朝廷得不到汉武帝的重用，故自称"隐士"。唐李白《玉壶吟》云："世人不识东方朔，大隐金门号谪仙。"

⑤扬雄（前53~18）：字子云，西汉学者。蜀郡成都人。长于辞赋。曾撰《太玄》等，将源于老子之道的玄作为最高范畴，并在构筑宇宙生成图式、探索事物发展规律时，以玄为中心思想。其是汉代道家思想的继承和发展者。

⑥混世：此处意为消磨时光。

⑦邱园：家园，乡村。邱，同"丘"。

[评析]

在《王文成公全书·外集》中，此诗归入"滁州诗"中，可知此诗作于王阳明讲学琅琊山期间，即在明正德九年（1514）间。据诗句推知时为春天，诗人休息即起。此七律中，没有太多的写景之语，旨在抒发对人生意义和处世方式的感悟。诗人从闲散的生活状态落笔，表达了对时间流逝、生命价值、历史与现实、成圣与归隐的思考。首先，诗人表达出对山中闲适生活的自愧之意。"官闲愧俸钱"一句，流露出对赋闲滁州内心的不安和愧疚，蕴含成圣贤之志未能实现，被朝廷投掷于清闲之地的无奈之感。其次，诗人借西汉东方朔、扬雄的典故表达处世的态度。东方朔并非真隐，而扬雄的《太虚》是有失偏颇的，由此王阳明表达对人生的思考和矛盾心理。诗人面对春草晚霞，心绪起伏难平。在浊世中如何把握自己，王阳明在苦苦地探索新的生存方式，寻求精神的独立和自由，并赋予山水以新的内涵。再次，诗人抒发了对隐居生活的向往："混世亦能随地得，野情终是爱邱园。"表面上看是显山水之情，实则是王阳明通过吟咏风物抒发追慕圣贤"乐境"的情思。面对世风日下的明王朝，王阳明不愿随波逐流、与世俗同流合污，以"自得"的精神表达自身存在的意义。同时，投身自然怀抱，情系邱园，以这种特立独行的方式排遣胸中的苦涩和寻求精神的自由。此诗在写作上直抒胸臆，并以典故寄寓对人生真谛的思考。

龙蟠山中用韵①

无奈青山处处情②，村沽日日辨山行③。真惭廪食虚官守④，只把山游作课程⑤。谷口乱云随骑远，林间飞雪点衣轻。长思淡泊还真性⑥，世味年来久絮羹⑦。

[注释]

①龙蟠（pán）山：为滁州琅琊山之山名。古人亦有把龙头山和龙尾山合称龙蟠山的，称其"势若蟠龙，蜿蜒围匝"。
②无奈：此处意为"可惜"。
③村沽：村酒。
④廪食：此指代享受官俸。
⑤课程：功课，此意为活动。
⑥淡泊：此处意为清淡寡味。真性：本性，与生俱来。
⑦絮羹：加盐、梅于羹中以调味，意为味道不佳的羹汤。

[评析]

在《王文成公全书·外集》中，此诗亦归入"滁州诗"中，可知此诗作于王阳明讲学琅琊山期间，即在正德九年（1514）间。据诗句推知时为冬春之际。此诗与《林间睡起》在思想情感上有异曲同工之妙，只不过更明确地表达了诗人的人生志向和处世态度。首联："无奈青山处处情，村沽日日辨山行。"诗人抒发了对龙蟠山景色的无限眷恋之感，青山有情，诗人日日伴山而行。所谓"仁者乐山"，青山常在，生命短暂，诗人内心的矛盾心情由此可知。颔联："真惭廪食虚官守，只把山游作课程。"此二句照应首联，回答了日日游山玩水的原因，赋闲龙蟠山，在山水间寻找乐趣，只是内心深感愧对官俸，不能为社稷、百姓效力。对王阳明而言，此言正是对所处生活状态的自嘲。一方面对自己无法发挥作用感到惭愧，另一方面又感到有所得，纵情山水，把游山作为探索圣学的课程。颈联："谷口乱云随骑远，林间飞雪点衣轻。"此二句诗意萧疏简远、散淡大雅，传达出一种怀林泉之志而求烟霞之侣的归隐之情，那种"独怜幽草涧边生"的情趣昭示着诗人感物用世的寓意。尾联："长思淡泊还真性，世味年来久絮羹。"此二句是"诗眼"，诗人抒发了淡泊明志的情怀，返璞归真的性情，是其心迹的真实袒露；但世事复杂、人心混乱、学术不明，诗人内心充满了忧郁之情，诗中用"絮羹"喻心中难言的苦味。谁解心中意，唯有青山行。此诗在写作上，诗人将游山与内心的感受相融合，借景抒情，曲折地表达了对当时社会政治昏暗的忧虑与不满，在平淡的诗句中，跳动着诗人心系社稷民生的激情。

龙潭夜坐[①]

何处花香入夜清？石林茅屋隔溪声。幽人月出每孤往[②]，栖鸟山空时一鸣。草露不辞芒屦湿[③]，松风偏与葛衣轻[④]。临流欲写猗兰意⑤，江北江南无限情⑥。

[注释]

①龙潭：为滁州十二景之一的"柏子灵湫"，在今龙池街龙潭（宋代称"柏子潭"），已湮没。原是汉代开采铜矿留下的大水潭，故潭水深黑色，明太祖朱元璋御封为"柏子灵湫"，或称"柏子龙潭"。

②幽人：幽隐之人、隐士，此为诗人自称。

③芒屦（jù）：芒鞋，用麻、葛等制成的一种鞋。

④葛衣：葛布制作的衣服，多在夏季穿着。

⑤猗兰：中国古琴名曲《猗兰操》的省称，相传为孔子所作。

⑥江北江南：此处意指狭义的"江南江北"。江，长江。

[评析]

在《王文成公全书·外集》中，此诗亦归入"滁州诗"中，可知此诗作于王阳明讲学滁州琅琊山期间，即正德九年（1514）间。据诗句推知时为初夏之际。其诗名为"夜坐"，但并没有直接描述夜坐龙潭的场景，而是着重写诗人月下闲游滁州龙潭的兴致。首联："何处花香入夜清？石林茅屋隔溪声。"写龙潭的清幽，以"花香入夜"显其静，以"屋隔溪声"显其动。诗句描绘出一幅山溪花月夜的美景，抒发诗人对空旷山色的赞美之情。幽静的夜晚，花香沁心，溪流淙淙，空谷回音，让诗人充满无限的遐想。颔联："幽人月出每孤往，栖鸟山空时一鸣。"诗句以"幽人"自称，寓"闲适"之意，趁着月色独往龙潭探胜，只有栖鸟的鸣叫相随，空山鸟鸣，以此反衬诗人内心的静谧。颈联："草露不辞芒屦湿，松风偏与葛衣轻。"此二句描述诗人踏露而行，松风吹拂葛衣，显示出诗人超然物外的情趣和胸襟，怡然自得。一景一物，以动显静，皆能曲肖神理。面对飞瀑流泉，诗人兴会所至。尾联："临流欲写猗兰意，江北江南无限情。"此两句诗意陡转，将思绪、情感推向至圣境界。诗人援用《猗兰》之典故，在"兰"的意象中寄托了诗人全部的思想感情，透露出强烈的圣人境界。其道虽难行，障碍重重，但王阳明决意走"高明一路"，为弘道矢志不渝，直步圣人境界。诗末一个"情"字，境界迭出，强烈地抒发了诗人对人生、对江山的无比热爱之情。此诗气韵洒脱，诗境高雅，情景、事理浑然一体。既有王维山水诗的禅意，又有陶渊明的清高超越，诗中有画，画中有诗。此诗被清人沈德潜收入《明诗别裁集》，在一定程度上反映出艺术影响力。

登阅江楼①

绝顶楼荒旧有名②，高皇曾此驻龙旌③。险存道德虚天堑④，守在蛮夷岂石城⑤。山色古今余王气⑥，江流天地变秋声⑦。登临授简谁能赋⑧，千古新亭一怆情⑨。

[注释]

①阅江楼：明洪武七年（1374）春，开国皇帝朱元璋下诏在南京长江边的狮子山上建楼，并亲自命名为"阅江楼"。但在楼基平砥完工后，朱元璋突然决定停建阅江楼，其在《又阅江楼记》中说明了停建的理由。600多年后的1997年，南京市人民政府正式批准建造阅江楼。2001年9月，阅江楼正式竣工。

②楼荒：指阅江楼的"平砥"。旧有名："阅江楼"当年是有名无楼，

故称。

③高皇：指明太祖朱元璋（1328～1398）。龙旌：朱元璋称帝前，在狮子山上以红、黄旗为号，指挥数万伏兵，击败了劲敌陈友谅40万军队的强势进攻，为建立大明王朝奠定了基础。

④道德：此指德政。天堑：天然的壕沟。

⑤蛮夷：古代泛指华夏民族以外的其他民族，包括南蛮和东夷。石城：泛指用石壁筑城戍守。

⑥王气：意为象征帝王运数的祥瑞之气。

⑦江流天地：形容大江涌流在天地之间。

⑧授简：给予书写的竹简。简，古代用来写字的竹片。

⑨新亭：古地名，故址在今南京市的西南。据《世说新语》载："过江诸人，每至美日，辄相邀新亭，借卉饮宴。周侯中坐而叹曰：'风景不殊，正自有山河之异！'皆相视流泪。唯王丞相愀然变色曰：'当共戮力王室，克复神州，何至作楚囚相对？'"此为"新亭对泣"典故的由来。怆情：伤心。

[评析]

此诗在《王文成公全书·外集·诗》中归入南都诗。据《阳明先生年谱》载："（正德）九年（1514）甲戌，先生四十三岁，在滁。四月，升南京鸿胪寺卿。……五月，至南京。……十年（1515）乙亥，先生四十四岁，在京师。"结合诗歌描述可知，此诗作于正德九年（1514）年秋。

在王阳明留存于世的六百余首诗中，登临咏史抒怀之作很少，这首《阅江楼》可谓是代表作。此诗为七律，诗人登临南京狮子山，盘桓于阅江楼的旧基之上，极目眺望滚滚长江，浮想联翩，思绪穿越时空，引发对历代王朝治乱历史的思考。首联："绝顶楼荒旧有名，高皇曾此驻龙旌。"山巅上那座所谓赫赫有名的阅江楼，其实徒有空名而已。当年，明朝开国皇帝朱元璋于洪武七年（1374）春，下令在狮子山巅建楼，命名为"阅江楼"，并亲自撰写《阅江楼记》和《又阅江楼记》，还要求大臣们各写一篇《阅江楼记》，大学士宋濂胜出。楼未建而楼记先传扬的事在历史上极其少见。阅江楼最终被朱元璋下令停建，仅仅留下了地基。这一重大的事件，成为史家、墨客笔下的题材。秋风萧瑟，王阳明登山目睹残基空影，联想到当年朱元璋在此设伏，以少胜多，击败陈友谅军队的历史场景，感慨万千，这历史难道是取决于王者的武功？颔联："险存道德虚天堑，守在蛮夷岂石城。"在王阳明看来，人类社会的发展，王朝的兴衰，并不是完全由强大的军事力量及高山、大江这些天堑决定的，国家的繁荣昌盛、百姓的安居乐业主要是决定于统治集团的德政与老百姓的道德素养。如果统治者采用暴政，那么必将引起民乱，导致江山易代，即便有最坚固的城墙、最有利的军事地形，也完全是虚设的。王阳明从历代治乱得失中总结历史经验教训，着眼民心这一无形的精神力量对于国家长治久安的作用，这是根本性的力量，是一种大智慧。王阳明并不是那种只会喊空洞口号、只会讲不切实际的道德空话之辈。他还从军事战略的角度明确指出：守护江山、防范外敌入侵，理应积极主动地靠前镇守，哪有靠在后方固守的，消极的防御战略是可笑的。明王朝当时面临外患内忧，此诗所言反证了王阳明政治、军事战略思想的正确性。颈联："山色古今余王气，江流天地变秋声。"南京，历史上曾为六朝古都，虎踞龙盘，有长江天堑，照理应为王朝霸业的基地；然而，滚滚长江东流去，江山依旧，秋风萧瑟，狮子山头空余王气。天地万物、人事代谢都按照自身的规律运行。尾联："登临授简谁能赋，千古新亭一怆情。"此联看似平淡，但包含深意。历史的变迁，王朝的兴衰成败，如将笔墨交给你，你又怎么来书写呢？这一设问，力重千钧。王阳明没有直接回答，只是用了东晋"新亭对泣"的典故，让世人去沉思，耐人寻味。

作为登临咏史之作，诗人的视野是宏阔的：由近及远，由表及里，揭示了社会发展的基本治乱规律和世人应具有的历史责任心，其目的是告诫统治者要以史为鉴，励精图治。此诗在艺术上采用现实与历史的对照方法，借古讽今，以抒发忧国忧民之情思。时空交织，虚实相生，寓意高远，发人深省。设问、用典贴切自然，恰到好处。语言庄重而不失典雅，思绪凝练而又不失逸兴。

游牛首山①

春寻指天阙②，烟霞眇何许③。双峰久相违④，千岩来旧主⑤。浮云刺中天⑥，飞阁凌风雨⑦。探秀涧阿入⑧，萝阴息筐筥⑨。灭迹避尘缨⑩，清朝入深沮⑪。风磴仰扪历⑫，潨壑屡窥俯⑬。梯云跻石阁⑭，下榻得吾所⑮。释子上方候⑯，鸣钟出延伫⑰。颓景耀回盼⑱，层飙翼轻举⑲。暖暖林芳暮⑳，泠泠石泉语㉑。清宵耿无寐㉒，峰月升烟宇㉓。会晤得良朋㉔，可以寄心腑㉕。

[注释]

①牛首山：位于南京城区南，属于宁镇丘陵西段南支，因东西双峰对峙形似牛角而得名。《金陵览古》曰："遥望两峰争高，如牛角然。"牛首山为中国佛教名山，是牛头禅宗的开教处和发祥地。牛首山风景宜人，"牛首烟岚"景观，于清乾隆年间被列入金陵四十八景之一。

②天阙：指两峰对峙之处。因其形似双阙，故称。

③烟霞：烟雾、云霞。眇：同"渺"，远，高。

④双峰：指牛首山东西双峰。相违：相互避开。

⑤旧主：自谓牛首山常客。

⑥浮云：飘动的云。

⑦飞阁：高阁。

⑧涧阿：山涧弯曲处。

⑨萝：通常指某些能爬蔓的植物。筐筥：筐与筥的并称，方形为筐，圆形为筥，此为比喻。

⑩灭迹：从世俗社会中消失行迹。谓退隐。避尘：避开尘俗。缨：帽缨子，代指仕途。

⑪清朝：清晨。入深：犹深入。

⑫风磴：指山岩上的石级，岩高多风，故称。扪：摸到。历：经过。

⑬淙（cóng）壑：有水流的深谷。

⑭梯云：以云为梯。古人以为云是触石而生，因此称石为云根。石阁：石砌的楼房，亦指寺院藏经之所。

⑮下榻：寄居，住宿。

⑯释子：僧徒的通称。取释迦弟子之意。上方：前面。

⑰鸣钟：敲钟。延伫：久立，久留。

⑱颓景：夕阳。回盼：回头看。

⑲层飙：高空中的大风。轻举：谓飞升，登仙。

⑳暧暧：昏昧不明貌。

㉑泠泠：清凉貌，泠清貌。石泉语：形容山泉流水的节奏。

㉒清宵：清静的夜晚。无寐：不能入睡。

㉓烟宇：泛指月色世界。

㉔良朋:好友。

㉕寄:寄托心意。

[评析]

　　明正德九年(1514)四月,王阳明从南京太仆寺少卿升任南京鸿胪寺卿,虽说官居四品,但实际上是个闲职,王阳明不愿享此清福,借此机会授徒讲学,同时游览南京名胜。南京牛首山,风景秀丽,亦是佛教牛头禅宗的开教处和发祥地,对山水、人文景观情有独钟的王阳明当然不会放过此良辰美景。暮春之际,王阳明乘兴寻访牛首山胜迹,借宿佛寺,并赋诗寄怀。

　　此诗为五言古体,分四个层次。前四句,交代时间、缘由:"春寻指天阙,烟霞眇何许。双峰久相违,千岩来旧主。"《阳明先生年谱》载,正德十年(1515)正月,王阳明即赴北京述职,故可推知游览牛首山的时间为上年四月,故用"春寻"点出,其诗亦作于此时。诗人的视野由远及近,遥指牛首山双峰,烟云缭绕,充满遐想。明正德五年(1510)十一月,王阳明自江西庐陵(今吉安)知县任上赴京述职后,次年,被授官南京刑部四川清吏司主事,因已有在南京任职的经历,其间王阳明曾游览过牛首山,故诗中有"双峰久相违""千岩来旧主"之句,以此抒发对牛首山胜景的向往之情。五至十二句则是诗人描述登牛首山的过程,以及沿途所见所思。"浮云刺中天,飞阁凌风雨。探秀涧阿入,萝阴息筐筥。灭迹避尘缨,清朝入深沮。风磴仰扪历,淙壑屡窥俯。"南北朝时期,南朝梁武帝笃信佛教,修了很多寺庙,供养了大批僧尼,一时佛教盛行。牛首山南建有佛窟寺(即今之宏觉寺),唐代又建宏觉寺塔。唐太宗贞观六年(632),牛首山成了佛家"牛头宗"(亦称"牛头禅")的发祥地,佛家称"江表牛头"。唐朝诗人杜牧在《江南春》中有诗句"南朝四百八十寺，多少楼台烟雨中"，即描述梁代南京佛教的盛况。自梁代至明代，牛首山一直是佛门圣地，群贤咸集之地。王阳明在登牛首山游览之际，满目所及，飞阁凌云，祥云矗立。诗人的注意力并没有集中在对佛寺的描绘上，而是更关注沿途的自然景观。从俯视沟壑到扪萝息荫，听溪流泉声，坐春风远眺，诗人沉浸在大自然所赐予的美景中，心旷神怡，内心的清澈则与佛合，故诗人的胸中犹如行云般地舒展，与自然默契，毫无挂碍，显现出本性的真实妙用。十三至十八句，诗人描述借宿佛寺，与寺僧交往的情形。"梯云跻石阁，下榻得吾所。释子上方候，鸣钟出延伫。颓景耀回盼，层飙翼轻举。"当诗人攀援崎岖的山路来到僧舍时，僧人们十分好客，鸣钟伫立相迎，反映出诗人与佛僧的亲近。夕阳映照，岚云袅袅，山风掠掠，诗人有一种飞升之意，与天地同在，杂念云散。末六句，诗人描述与佛僧在禅房中交谈的情形："暧暧林芳暮，泠泠石泉语。清宵耿无寐，峰月升烟宇。会晤得良朋，可以寄心腑。"诗人以"林芳暮""石泉语"起兴，用月上峰头、夜不能寐反映与禅僧的趣谈，良朋深交，心领神会。

王阳明暮春重游牛首山，是其在南京为官时数首游览诗中唯一的一首五言古体诗。从诗风看，洒脱飘逸，心无滞留，将物理、心理融于情景之中。画面澄明，语言清新隽永，叙事抒情行如流水，足见王阳明对牛头禅宗独特的省悟，率性而为，平和正直。

西湖

灵鹫高林暑气清①，天竺石壁雨痕晴②。客来湖上逢云起，僧住峰头话月明。世路久知难直道③，此身那得尚虚名！移家早定孤山计④，种果支茅却易成⑤。

[注释]

①灵鹫：即灵鹫山，在古印度摩揭陀国王舍城之东北，梵名耆阇山屈，山中多鹫，故名。相传为佛说法之地，释迦牟尼在此讲《法华经》《无量寿经》。杭州灵隐寺前的飞来峰名为灵鹫，此指代灵隐寺。

②天竺：杭州"灵隐寺"以南有三座古寺，称"天竺三寺"，即上天竺寺、中天竺寺、下天竺寺。石壁：指岩壁上所凿佛像。

③直道：泛指直的路，此寓意为"正道"，即仁政之道。

④孤山：杭州孤山位于西湖西北角，四面环水，因位于西湖的里湖与外湖之间，故名孤山。北宋诗人林逋曾隐居于此。

⑤支茅：搭建茅草房。

[评析]

据《阳明先生年谱》载：明正德十四年（1519）七月，王阳明平南昌叛王朱宸濠之乱后，因正德皇帝要上演亲自擒拿朱宸濠的闹剧，为社稷和百姓安危计，王阳明于九月亲自押送朱宸濠至杭州，并将囚犯朱宸濠交给太监张永处理，自己则称病滞留灵隐、净慈等寺。王阳明此番来杭州，心情沉重而又复杂。《西湖》一诗即作于此际，抒发了其内心的苦涩之情。

此诗为七律。首联："灵鹫高林暑气清，天竺石壁雨痕晴。"杭州灵隐寺，又名云林寺，为东晋古刹。王阳明到杭州后，借宿灵隐寺。寺院以清净著称，古刹巍峨，殿堂栉比，巨木参天，奇花掩映，佛像石刻，栩栩如生，王阳明登临游览于雨霁初晴的飞来峰下，暑气顿消，心旷神怡，暂且纾解了内心的苦闷。颔联："客来湖上逢云起，僧住峰头话月明。"湖云初起，夜幕降临，王阳明与僧人夜坐峰岩，仰望苍穹，与僧以月论禅，心明似镜。王阳明不顾个人得失，冒着巨大风险，毅然献俘杭州，完全是出于爱国爱民之心，犹如明月当空，天下共鉴，因而诗句中表露出坦然的心境。颈联："世路久知难直道，此身那得尚虚名！"平南昌藩王朱宸濠叛乱后，王阳明遭遇了来自朝廷奸臣的一系列诬陷诽谤之事，正义之举难以伸张，邪恶势力甚嚣尘上，昏庸的明武宗还南下欲演在鄱阳湖重捉朱宸濠的荒唐戏，对此王阳明十分愤慨，故置自身生死于不顾，与邪恶势力斗智斗法，方有杭州之行。诗句表达了王阳明对封建专制王朝的失望和厌恶之情，以及坦露淡泊功名利禄的心迹。尾联："移家早定孤山计，种果支茅却易成。"王阳明深感朝政腐败、政坛险恶、正道难行，希望效法宋人林逋，早日归孤山隐居。杭州西湖，在王阳明的生命历程中留下了诸多难以磨灭的印记，是其人生沉浮的见证地。西湖的妩媚、柔情难以抚平王阳明内心之苦涩与忧伤，但这一切反使王阳明有足够的时间进行思考，思想因此变得更为成熟。

此诗表面上是写登临游览之事，实则反映了王阳明对处理重大政治事件的缜密思考，对于研究"平朱宸濠叛乱"的过程有重要的学术价值。其诗亦反映出王阳明平乱献俘后的真实心态，归隐之心再一次占据心头。王阳明一生写过多首咏西湖诗，此诗内涵独特，形成了其西湖诗的多重意蕴。此诗时空交错，画面跳跃，触景生情，直抒胸臆，低沉的咏叹，但不失豁达的直气。

登小孤书壁[①]

人言小孤殊阻绝[②]，从来可望不可攀。上有颠崖势欲堕[③]，下有剑石交巉顽④。峡风闪壁船难进,洪涛怒撞蛟龙关。帆樯摧缩不敢越,往往退次依前山。崖傍沙岸日东徙,忽成巨浸通西湾⑤。帝心似悯舟楫苦,神斧夜辟无痕斑。风雷倏翕见万怪⑥,人谋不得容其间。我来锐意欲一往⑦,小舟微服沿回澜。侧身胁息抑天窦⑧,悬空绝栈蛛丝悭⑨。风吹卯酒眼花落⑩,冻滑丹梯足力孱⑪。青鼍吹雨出仍没⑫,白鸟避客来复还。峰头四顾尽落日,宛然风景如瀛寰⑬。烟霞未觉三山远⑭,尘土聊乘半日闲。奇观江海讵为险⑮,世情平地犹多艰。呜呼!世情平地犹多艰。回瞻北极双泪潸⑯!

[注释]

①小孤:即小孤山,位于江西彭泽县城东北方向的长江之中,西南与庐山隔江相望,为长江中一座石屿。按今之行政区划小孤山地属安徽宿松县。为与鄱阳湖中的大孤山区别,故名小孤山。

②殊:此处意为"异观"。

③颠崖:高耸的山崖。

④剑石:形容如剑锋的岩石。

⑤巨浸:此指大湖泽。

⑥倏翕(shūxī):意为短时间的到来。

⑦锐意:此处意为"决意"。

⑧胁息:敛缩气息。唐李白《蜀道难》:"扪参历井仰胁息,以手抚膺坐长叹。"天窦:意为从山夹壁缝中仰看天空如孔一般。

⑨蛛丝悭(qiān):形容栈道远看如蛛丝般悬险处。悭,本义"吝啬"。

⑩卯酒:早晨喝的酒。唐白居易《醉吟》:"耳底斋钟初过后,心头

卯酒未消时。"

⑪孱（chán）：弱。

⑫鼍（tuó）：扬子鳄。

⑬瀛寰：此处意为神话中仙人居住的境界。

⑭三山：神话传说中的海上三神山，即方丈、蓬莱、瀛洲。

⑮讵（jù）：岂，怎。

⑯潺：涕泪横流的样子。

[评析]

明正德十四年（1519）七月底，王阳明率军平定朱宸濠叛乱。闻正德皇帝将亲自统军欲演"亲擒宸濠"的闹剧，王阳明深感事关社稷安危，于是冒着极大的政治风险北上献俘，以阻止正德皇帝的荒唐之举。九月，他亲自押解朱宸濠至杭州，交付给太监张永，自己以病滞留杭州。其后，奉旨兼巡抚江西，十一月，返江西。据《阳明先生年谱》载："十有五年庚辰，先生四十九岁，在江西。正月，赴召次芜湖。寻得旨，返江西。二月，如九江。先生以车驾未还京，心怀忧惶。是月，出观兵九江，因游东林、天池、讲经台诸处。"结合《登小孤书壁》一诗的情景描述，可推知此诗作于正德十五年（1520）二月王阳明在九江期间。

此为古体叙事诗，诗人描述了登小孤山的经历。小孤山，在江西彭泽县城东北方的长江中，王阳明久闻其名："人言小孤殊阻绝，从来可望不可攀。"说明王阳明对小孤山胜景早有登临之意。此诗前十四句，写小孤山的由来和险峻。首两句以人言衬托，言其高。三、四两句从空间上描述山之险峻："上有颠崖势欲堕，下有剑石交巉顽。"五至八句以"峡风""闪壁""洪涛"极写小孤山的险要，以致船帆到此退缩不敢前进。十一、十二句则插入神话："帝心似悯舟楫苦，神斧夜辟无痕斑。"小孤山鬼斧神工，山势奇特，加之变化无常的天气，成为江客的畏途："风雷倏歘见万怪，人谋不得容其间。"有了以上铺垫，后十七句诗人则描述了登山之艰难，表现出战胜艰难险阻的意志。王阳明的性格特征是"敢于担当，知难而上"，不畏惧艰险，哪怕刀山火海都敢闯。"我来锐意欲一往，小舟微服沿回澜"，此二句点出登山始况，显露其意志的刚毅。"侧身胁息抑天窦，悬空绝栈蛛丝悭。风吹卯酒眼花落，冻滑丹梯足力孱。"以上四句写登山道路的艰险，用"侧身""仰天窦""悬空""绝栈蛛丝""冻滑丹梯"之语，极言山路的高峻陡峭；用"胁息""眼花""足力孱"反衬自身体力的虚弱。在环境与自身力量不对称的情况下，王阳明没有轻言放弃，而是奋力登攀，展现出其坚强的意志。从中也可看出王阳明与奸党集团抗争的力量所在。"峰头四顾尽落日，宛然风景如瀛寰。烟霞未觉三山远，尘土聊乘半日闲。"这四句诗人抒发了克服艰险登上山顶后的喜悦之情。落日余晖，风光奇异，宛若蓬莱三山，勾起了诗人对仙界的遐想，这也说明王阳明的仙道意识并没有消退。最后五句为游感，亦为全诗的重心："奇观江海讵为险，世情平地犹多艰。呜呼！世情平地犹多艰。回瞻北极双泪潸！"王阳明从登山遐思又回到了现实社会，由江海之险推及世态之危，联想到武宗皇帝所谓的南征擒朱宸濠之怪事，张忠、许泰等奸臣的为非作歹，王阳明不禁双泪齐下，感慨之极。用"世情平地犹多艰"复沓回环，抒发了对当朝专制统治集团的无比愤怒之情。江海之险怎比世道之险恶，强烈的情感迸发描述在王阳明的诗歌中并不多见。然而，王阳明以"致良知"之心战胜了人世间的邪恶。归南昌后，与奸臣张忠、许泰巧妙周旋，善待北军将士；又与张忠靶场过招，力挫其霸气，赢得了北军正直将士的钦佩。张、许无奈，只得回师。王阳明凭借自己的"良知"与过人的胆识谋略，又避过一劫。

此诗在结构上层次分明，运用铺垫、神话、衬托、夸张、联想和对比等多种艺术手法，反映出王阳明对社会的复杂性、艰难性的深刻认识，并抒发了其不畏艰险、勇于登攀的豪情壮志。此诗对于认识王阳明在人生危难时期的心态和思想境界有重要作用。

庐山东林寺次韵[①]

东林日暮更登山[②]，峰顶高僧有兰若[③]。云萝蹬道石参差[④]，水声深涧树高下[⑤]。远公学佛却援儒[⑥]，渊明嗜酒不入社[⑦]。我亦爱山仍恋官[⑧]，同是乾坤避人者[⑨]。我歌白云听者寡[⑩]，山自点头泉自泻[⑪]。月明壑底忽惊雷[⑫]，夜半天风吹屋瓦。

[注释]

①东林寺：位于庐山西麓，因处于西林寺以东，故名东林寺。东林寺建于东晋太元九年（384），为佛教净土宗（又称莲宗）的发源地，亦被日本佛教净土宗和净土真宗视为祖庭。次韵：指按原诗的韵及用韵的次序和诗，也称"步韵"。

②东林：指东林寺。

③兰若：指寺院。梵语"阿兰若"的省称。唐杜甫《谒真谛寺禅师》诗："兰若山高处，烟霞嶂几重。"

④云萝：即紫藤，亦称"藤萝"。蹬道：此指登山石级。参差：此处形容山路石级长短、高低不齐的样子。

⑤深涧：两山间很深的水。

⑥远公（334～416）：即慧远，东晋名僧。因其大力弘扬净土法门，

被后人尊为净土宗初祖。《高僧传·释慧远传》载:"少为诸生,博综六经,尤善《老》《庄》。"

⑦渊明:即陶渊明,字元亮,又名潜,私谥"靖节",世称"靖节先生"。浔阳柴桑(今江西九江)人。东晋末至南朝宋初诗人、辞赋家。曾任江州祭酒、建威参军、镇军参军、彭泽县令等职。任彭泽县令八十多天便弃职而去,归隐田园。是中国古代田园诗派的奠基人,被誉为"古今隐逸诗人之宗"。有《陶渊明集》传世。社:借代"社稷",意指"仕途"。

⑧恋官:意为不忍舍弃权位。

⑨乾坤:借指人世间。避人:意为"避世"。

⑩白云:元代诗人王冕作《白云歌》。

⑪山自点头:此语化用典故"顽石点头"。传说晋朝和尚道生法师对着石头讲经,石头都点头了,喻精通者亲自讲解,必能透彻说理而使人感化。

⑫壑底:指深谷。

[评析]

据《阳明先生年谱》载:"正德十有五年庚辰,先生四十九岁,在江西。正月,赴召次芜湖。寻得旨,返江西。二月,如九江。先生以车驾未还京,心怀忧惶。是月,出观兵九江,因游东林、天池、讲经台诸处。是月,还南昌。"由此可知,此诗为王阳明作于正德十五年(1520)二月。从诗题看是游庐山东林寺时步他人诗韵所作。

王阳明写此诗时,正是平定南昌叛王朱宸濠、献俘之后奉旨返回江西南昌途经九江之际。王阳明举义旗平乱后非但没有得到朝廷的褒奖,反而引来朝中奸党的诬陷、迫害,是非颠倒,故王阳明游览东林寺时登临山水，百感交集，此诗真实地记录了王阳明当初的心情。前四句："东林日暮更登山，峰顶高僧有兰若。云萝蹬道石参差，水声深涧树高下。"诗人写日暮登山，描述庐山东林晚景。峰顶的寺院，那念佛的高僧成为王阳明登山追慕的寄托，登山石级的参差不齐，深涧流水反衬出诗人内心的不平静。五至八句："远公学佛却援儒，渊明嗜酒不入社。我亦爱山仍恋官，同是乾坤避人者。"写远公和陶渊明的不同志趣。王阳明追溯往僧远公的大智慧，对慧远和尚以佛为主，不废儒道的包容境界极为赞赏。同时，对魏晋风流亦很欣赏，对东晋名士陶渊明的诗酒人生、不恋官位由衷地钦佩。其后，笔锋陡转，反身自问，虽然有归隐之心，但又不愿放弃仕途，内心充满矛盾，流露出一种自嘲的心态。王阳明通过与远公、陶渊明的生命追求对照，反映出自己在庙堂与山林之间如何兼顾的困惑。王阳明作为儒者，尽管兼容佛、道的思想，但积极入世、经世致用在其思想中仍占主要地位。然而，现实的冷酷、皇帝的昏庸使王阳明感到迷茫和痛苦，只能通过游山玩水加以排遣，偶尔也表露归隐山水的处世心态，在一定程度上反映出王阳明当时孤寂的心境。九、十两句："我歌白云听者寡，山自点头泉自泻。"诗人运用典故表达自己对坚守良知道德的信念，尽管此道行之者寡，但不忘初心，我行我素，终化顽石，坚信传道之路必有光明的未来。末二句："月明壑底忽惊雷，夜半天风吹屋瓦。"表面上是写登峰夜宿寺院的情景、庐山多变的气候，实则蕴含着变幻莫测的政治风云以及人世的飘忽不定，反映了诗人内心勇对即将来临的急风暴雨所持的平和心态，以动显静。

此诗王阳明从登山落笔，借景抒情，融会对儒、道、佛的思考，深化了诗歌的思想内涵，耐人寻味。平淡中见真情，寓意深刻。诗歌在写作上将时空的转换、山景的描写、典故的运用等巧妙地组合在特定的意境中，并用拟人、隐喻、反衬等艺术手法，抒发了自己在特定的政治环境中超脱的心情。

通天岩①

青山随地佳，岂必故园好②？但得此身闲，尘寰亦蓬岛③。西林日初暮，明月来何早。醉卧石床凉，洞云秋未扫。

[注释]

①通天岩：位于江西赣州市西北郊8公里处。据明嘉靖《赣州府志》载："石峰环列如屏，巅有一窍通天。"故名。后人将王阳明此诗题刻在忘归岩石壁间，书法遒劲流畅，镌刻精美。

②故园：此泛指故乡。

③尘寰（chénhuán）：人世间。唐权德舆《送李城门罢官归嵩阳》："归去尘寰外，春山桂树丛。"蓬岛：即指蓬莱山。唐李白《古风》："但求蓬岛药，岂思农扈春？"

[评析]

此诗后附记云："正德庚辰八月八日，访邹陈诸子于玉岩题壁。阳明山人王守仁书。"点明此诗题壁时间为"正德庚辰"，即明正德十五年（1520）；地点在玉岩，此岩名记载于文献中。据《阳明先生年谱》正德十五年条下载："正月，赴召次芜湖。寻得旨，返江西。""六月，如赣。十四日，从章口入玉笥大秀宫。十五日，宿云储。十八日，至吉安，游青原山，和黄山谷诗，遂书碑。行至泰和，少宰罗钦顺以书问学。""是月至赣。先生至赣，大阅士卒，教战法。江彬遣人来观动静。相知者俱请回省,无蹈危疑。先生不从,作《啾啾吟》解之。""七月,重上《江西捷音》。""八月,咨部院雪冀元亨冤状。""九月,还南昌。"从以上写作背景看,王阳明写作此诗,是在平宁王朱宸濠叛乱、北上献俘之后,奉旨返江西,得闲,至赣州,讲学通天岩,在八月八日那天"访邹陈诸子"时所题写。"邹陈"即指时为王阳明的侍学弟子江西人邹守益、陈九川。王阳明此题壁诗,后人将其刻于忘归岩石壁,至今尚在。正德十四年(1519),王阳明提弱兵平南昌叛王朱宸濠后,又遭奸党恶意诽谤、陷害,但其以良知之心力挽狂澜于既倒,威武不屈,用智慧挺过难关。大难刚过的王阳明,寻机探赣州通天岩名胜,发心学要旨。

此诗是王阳明与弟子们游览通天岩、随处讲学的见证。诗人身历其境,但见满目青山,巉岩翠壁,感慨不已,在访弟子住处时即兴题壁。吟咏自然,寓情于境。首联:"青山随地佳,岂必故园好?"以一"佳"字高度概括出通天岩的胜景,并以"故园"对比,有力地衬托诗人随遇而安的人生境界,心安地自佳。诗人抒发了对赣州山水的深情,传达出诗人洒脱豁达、笑看风云舒卷的人生态度。颔联用"但得此身闲,尘寰亦蓬岛"一语,将此前所遭逢的生死劫难隐约带过,展现出作为政治家、军事家的博大胸怀。即便身处浊浪排空、群魔狂舞的尘寰,心中自有良知在,心无物累,无入而不自得,荒山地僻视同蓬岛仙境。陶渊明在《饮酒》一诗中云:"结庐在人境,而无车马喧。问君何能尔?心远地自偏。"王阳明深得其意,以恬淡的心境抗拒人世间之邪恶,从容处世。这说明经历了"宸濠谋反""许忠、张泰之变"后的王阳明对封建专制统治王朝的本质有了更清醒的认识。"叛王""奸党"是人性之恶的产物,是历史长河中泛起的沉渣,而"青山""巨岩""明月"之意象则是对宇宙永恒的歌颂。诗人的内心是与山水相通的,其心目中的社会理想是追求人性的自我解放、开显良知之光,因而把授徒讲学作为驱除人间黑暗的途径。通天岩的美景正是诗人所向往的自由天地，与身心契合，从恬淡的自然山水中得到心灵的慰藉。颈联："西林日初暮，明月来何早。"不仅道出了诗人纵游通天岩的情致，也深含思乡、思亲的万般愁绪。据《阳明先生年谱》载："闰八月，四疏省葬，不允。"王阳明当时何尝不思念故乡的亲人，每当明月来临，这种愁绪自然更为强烈，以至于发出"明月来何早"的感叹。尾联："醉卧石床凉，洞云秋未扫。"耐人寻味。在仕途与生存环境之间，王阳明似乎更倾向于回归自然，希望全身心地沉浸于石床洞云之中，在林泉月下过一种逍遥自适的生活，忘却庙堂给人带来的烦恼和疲惫。从中也可以窥见诗人心中老庄的烙印，一切顺乎自然，更希望在丹崖飞流间寻求美好的精神家园。此诗传达出一种高雅的人生境界，将山林野趣所蕴含的天机表现得淋漓尽致，也最能代表诗人的思想情感和审美趣味。此诗语言隽永，俊逸之气行于笔间，读之令人赏心悦目。王阳明游通天岩诗不仅关注山岩奇景所形成的美感，而且注重对自然人生的思考，多角度、多层次地体悟人与自然的关系问题，抒发内心的感受。在艺术上，诗人的视野从不固定于某一意象物，力求在景物的整体中营造出精神气韵，特别是把游历作为一种审视宇宙万物的审美对象，透过有形的物象，揭示其中蕴含的奥秘。王阳明的《通天岩》诗敢于突破固有的程式，别开生面。

　　通天岩是有幸的，王阳明题壁后400年间，许多骚人墨客因仰慕王阳明的道德文章，步其韵和诗者甚众，岩洞石壁之上题刻满目。在观心岩、忘归岩、龙虎岩的题刻就有20余处，有取《通天岩》诗意者，但都未能超越此诗的境界。

白鹿洞独对亭①

五老隔青冥②,寻常不易见。我来骑白鹿③,凌空陟飞崦④。长风卷浮云,褰帷始窥面⑤。一笑仍旧颜,愧我鬓先变。我来尔为主,乾坤亦邮传⑥。海灯照孤月,静对有余眷。彭蠡浮一觞⑦,宾主聊酬劝。悠悠万古心⑧,默契可无辩⑨!

[注释]

①白鹿洞:在江西庐山五老峰南麓的后屏山之南。"白鹿洞"并不是洞,而是山谷间的坪地。中唐李渤曾在此读书,养白鹿为伴,因名"白鹿洞"。独对亭:在白鹿洞书院之南,左翼山下。南宋淳熙八年(1181)朱熹兴复白鹿洞书院时,建亭于此,名"接官亭"。明弘治十四年(1501)江西提学副使邵宝为纪念朱熹,更名"独对亭",意为朱熹的理学思想可与五老峰相对。

②五老:指庐山"五老峰",地处东南,因山的绝顶被垭口所断,分成并列的五个山峰,仰望俨若席地而坐的五位老翁,故统称"五老峰"。青冥:形容青苍幽远,指青天。

③白鹿:意为传说中的神仙坐骑。

④崦(yǎn):形状似甗的山,泛指"山峰"。

⑤褰(qiān):此处意为"揭起"。

⑥邮传:形容时光流转。

⑦彭蠡:(pénglǐ),即彭蠡湖,一说为鄱阳湖古称。觞(shāng):古

代酒器。

⑧悠悠：此处形容情义长久。

⑨默契：意为心灵相通。

[评析]

此诗为五言古体诗，《王文成公全书》将其编入《外集·江西诗》。据《阳明先生年谱》载："（正德十六年）五月，集门人于白鹿洞。是月，先生有归志，欲同门久聚，共明此学。适南昌府知府吴嘉聪欲成府志，时蔡宗兖为南康府教授，主白鹿洞事，遂使开局于洞中，集夏良胜、舒芬、万潮、陈九川同事焉。"据此可知，此诗为王阳明在庐山白鹿洞书院讲学时，在独对亭与友人饮酒赏景时所作。诗中，王阳明借庐山白鹿洞独对亭之景，抒发对时空、生命之感慨。

起句从眺望庐山"五老峰"切入，"五老隔青冥，寻常不易见"，极言五老峰之高峻奇诡、矗立苍穹，明灭无定。庐山有90多个山峰，最让人惊奇的是五老峰，群峰竞秀，突兀凌霄，形似五位老人并肩而坐，阅尽苍茫天下事。三至六句，用拟人的手法，描述仙人骑白鹿神游长空，精神舒展的情景："我来骑白鹿，凌空陟飞巘。长风卷浮云，褰帷始窥面。"长风卷云，仙气飘逸，白鹿凌空，仙人飞升，将道教的祥瑞之气动态地展示出来。七至十四句，写王阳明与友人举觞畅饮的情景。"一笑仍旧颜，愧我鬓先变。我来尔为主，乾坤亦邮传。海灯照孤月，静对有余眷。彭蠡浮一觞，宾主聊酬劝。"主客之间举觞邀月，天上人间，世事沧桑，诗人抒发了面对群峰思接千载的惆怅之情。在江西的岁月中，王阳明经受了人生最艰难的考验，此间内心的苦涩只能与五老峰诉说。最后两句："悠悠万古心，默契可无辩！"在王阳明的心中似乎只有"良知"之心，才能激发其对时空浩渺无穷的遐想，也只有默默无言的五老峰才能体察其内心的思绪。

此诗构思奇妙，侧重抒情，人物形象鲜明。用人神对话的结构，披露了王阳明乐观旷达、空凌超俗的心境。同时，通过典故托物抒情，对庐山五老峰奇观发出由衷的赞叹，寓老庄情怀于其中。

再游浮峰次韵①

廿载风尘始一回②，登高心在力全衰。偶怀胜事乘春到③，况有良朋自远来④。还指松萝寻旧隐⑤，拨开云雾剪蒿莱⑥。后期此别知何地？莫厌花前劝酒杯。

[注释]

①再游：重游。浮峰：原名牛峰，在绍兴府城西六十余里处，详见前注。明弘治十六年（1503），王阳明在越养病时曾去游历，并将其改名为浮峰。

②廿载：二十年。从明弘治十六年（1503）王阳明首次登临浮峰，至嘉靖元年（1522）其再次游历浮峰，间隔二十年。

③胜事：美好的事情，此指游览浮峰。

④良朋：好友。此指王阳明弟子邹守益等。

⑤松萝：女萝，松上寄生。旧隐：指王阳明当年游历之地。

⑥蒿（hāo）莱：野草。

[评析]

据《阳明先生年谱》载，明正德十六年（1521），王阳明在赴京的途中因受朝中权臣阻拦,无奈上疏顺道归越省亲,是年王阳明50岁。八月,至越。九月,归余姚省祖茔,并在故里余姚授徒讲学。十月,封"新建伯"。嘉靖元年(1522)二月,王阳明父卒,丁忧越城。其时,王阳明弟子邹守益、薛侃、黄宗明、马明衡、王艮等来绍兴侍学。由此可知,此诗当是嘉靖元年春王阳明与弟子同游浮峰时所作。

此七律中,诗题表明为"再游浮峰",从史料看,此次诗人与弟子游浮峰为时隔二十年后的再次游历;从"次韵"看,是步其弟子邹守益的诗韵。二十年后王阳明重游浮峰,感慨万分。首联:"廿载风尘始一回,登高心在力全衰。"二十年弹指一挥间,历经了人生几多磨难的王阳明,目睹旧景,别有一番滋味在心头。山景依旧,岁月流逝,人事皆非,诗人深感明显地苍老了,唯有登高之心不减当年,抒发了乐观的人生情怀。颔联、颈联:"偶怀胜事乘春到,况有良朋自远来。还指松萝寻旧隐,拨开云雾蒴蒿莱。"此情此景,极写与弟子游山的乐趣。春光明媚,乘着好心情与弟子们一起徜徉于浮峰的山水之中,遥指松萝,寻觅二十年前的旧踪,拨云雾、蒴蒿莱,欣赏浮山景色,享受和煦春光的快乐。尾联:"后期此别知何地?莫厌花前劝酒杯。"诗人有感于命运无定,与弟子们聚少离多,因而力劝弟子们趁着大好光景在花前林下尽情饮酒,借酒传情,将师生之情倾注在酒杯中,大有唐代诗人王维"劝君更尽一杯酒,西出阳关无故人"之诗意。在特定的时空背景下,王阳明此诗翻出了新意。人生贵在追寻"自乐",这是王阳明生命之旅的诗意概括,点化同志于"自乐"之中,因生命太短暂了。晚年的王阳明,对浮峰仍一往情深,故山重游,践行归隐古越山水的夙愿,此诗真实地传达出王阳明晚年的心态。

当天,王阳明等在浮峰寺夜宿,赋《夜宿浮峰次谦之韵》七律一首:"日日春山不厌寻,野情原自懒朝簪。几家茅屋山村静,夹岸桃花溪水深。石路草香随鹿去,洞门萝月听猿吟。禅堂坐久发清磬,却笑山僧亦有心。"此诗记叙了王阳明与门生邹谦之(即邹守益,字谦之,号东廓,江西安福人,官至南京国子监祭酒)同游浮峰后,夜宿禅寺的情景。首联,诗人抒发了性喜山野之情。一个"寻"字,一个"野"字,传达出诗人流连忘返于浮峰探胜、全身心亲和古越山水的乐趣。颔联、颈联,描述山村野色,宁静多姿,万千气象。诗人追寻野鹿,月夜听猿吟,处处透露出"春山野情"的真趣。尾联诗人以山僧的禅趣,衬托内心的浮峰情结,山水兴致袒露无遗。越山佳景抚慰着王阳明这颗饱经创伤的心,诗人此刻已忘却宦海浮沉的坎坷,没有什么能比沉浸于山野之中的快乐。王阳明前后相隔二十年所作游浮峰诗所抒发的人生志趣,具有较高的认识价值和审美价值。

二、罹难谪居诗

　　王阳明走上仕途后，踌躇满志，欲建功立业之际，命运似乎有意为其出了一份特殊的考卷，拷问其内心的良知。时值明王朝国运衰微，宦官专权，小人得志，朝政混乱，岌岌可危。正德元年（1506），朝中阁臣李东阳、刘健、谢迁上疏弹劾宦官刘瑾专权误国，请立诛杀之。明武宗听信谗言，拒忠言，反而更加重用刘瑾，刘健、谢迁被迫致仕。如此，朝野一片哗然，正直官员愤愤不平。此后，引发了南京科道官戴铣、薄彦徽等人的联名抗疏，请求朝廷挽留刘健、谢迁等大臣。戴铣等人后被刘瑾矫旨逮捕至北京。时任兵部主事的王阳明，不顾自身与家族的安危，挺身而出，上疏救援，亦触犯刘瑾，被廷杖四十，下锦衣卫牢狱。不久，贬谪贵州龙场驿。自此，风华正茂的王阳明从京官跌落至人生低谷。而其在牢狱、谪旅、谪居期间所作的诗歌，是其在良知之光的朗照下，直面现实，挑战命运的心灵之歌。"囚居亦何事？省愆惧安饱。""幽室不知年，夜长昼苦短。""累累囹圄间，讲诵未能辍。""客途最觉秋先到，荒径惟怜菊尚存。""险夷原不滞胸中，何异浮云过太空？""草庵不及肩，旅倦体方适。""锄荒既开径，拓樊亦理园。""夷居信何陋，恬淡意方在。"上述诗句大多为发愤之作，抒发其对正义执着的追求，以诗解答生命的价值和意义。本专辑选录王阳明遭受厄运之际的19首诗歌，试图从这一特殊的视角窥探王阳明当时的心境和所处时代的面貌。

不寐①

天寒岁云暮②,冰雪关河迥③。幽室魍魉生④,不寐知夜永⑤。惊风起林木⑥,骤若波浪汹⑦。我心良匪石⑧,讵为戚欣动⑨。滔滔眼前事⑩,逝者去相踵⑪。厓穷犹可陟⑫,水深犹可泳⑬。焉知非日月⑭,胡为乱予衷⑮?深谷自逶迤⑯,烟霞日悠永⑰。匪时在贤达⑱,归哉盍耕垄⑲!

[注释]

①不寐(mèi):难以入睡。

②岁云暮:此意为年末。

③关河:指代山河。迥(jiǒng):意为"远"。

④幽室:没有光亮的屋子,此指牢狱。魍魉(wǎngliǎng):传说中害人鬼怪的统称。

⑤夜永:夜长。

⑥惊风:狂风。

⑦骤:疾速。

⑧良:诚然。匪石:不像石头那样可以转动,形容坚定不移。

⑨讵(jù):意为岂能。戚欣:忧愁与欢乐。此处意指祸害。

⑩滔滔:形容大水奔流貌。此蕴含历史的潮流、正义的力量不可阻挡,寓反阉党斗争之意。

⑪踵:脚后跟。此意为前后相接。

⑫厓穷：山崖极点。陟（zhì）：登高。

⑬犹：此处意为"尚且"。

⑭焉知：怎么知道。非：不是。

⑮胡为：为什么。乱：意为"搅乱"。予衷：我的内心。

⑯深谷：幽深的山谷。逶迤：崎岖，蜿蜒。

⑰烟霞：此代指"山水胜景"。悠永：久远。

⑱匡时：匡正时世，挽救时局。贤达：指贤明通达之人士，也泛指有才德、有声望的人。

⑲哉（zāi）：文言语气助词，此处相当于"啊"。盍（hé）：何不。垅（lǒng）：同"垄"。指代田地。

[评析]

据《阳明先生年谱》记载："是时武宗初政，阉瑾窃柄。南京科道戴铣、薄彦徽等以谏忤旨，逮击诏狱。"当时，明王朝的大权落入阉党刘瑾之手，奸臣当道，小人得志，朝政混乱不堪，岌岌可危。王阳明在走上仕途的五年中，目睹了武宗统治下的黑暗时局，立志通过倡明圣学的途径，挽救社稷的危机。正德元年（1506）初，谢迁与刘健、李东阳等几位阁臣上疏弹劾宦官刘瑾等八人（时称武宗身边的宦官为"八虎"）专权误国，请立诛杀之。武宗听信谗言，拒忠言，谢迁、刘健被迫致仕，正直官员愤然不平，朝野一片哗然。后又引发了南京科道官戴铣等人的抗疏，乃至王阳明继而抗疏救戴铣等人的一系列重大历史事件。戴铣、薄彦徽等南京科道官出于正义立场和职守，上疏抗议，竟被奸党刘瑾投入诏狱，戴铣遭受廷杖，竟被活活打死。当检验善恶的考验突然出现在王阳明眼前时，怎样直面呢？善良、正直和侠义的本性，决定了王阳明对于大是大非选择的倾向性。当时空将其推到这个焦点上时，他不是回避，而是挺身而出。正德元年（1506）冬，王阳明闻知此事后，不顾身家性命，首上《乞宥言官去权奸以章圣德疏》，强烈要求正德皇帝宽宥言官。但奏疏被阉党头目刘瑾所获，矫旨将王阳明逮捕，关入锦衣卫大牢，严刑敲打。据《阳明先生年谱》载："疏入，亦下诏狱。已而廷杖四十，既绝复苏。"自此，王阳明的命运发生了剧变，由春风得意的京官，刹那间跌为阶下囚，在狱中度过了一个月暗无天日的日子。《不寐》这首五言古体诗，即是其在环境极其恶劣的牢狱中写成的。

此诗前四句："天寒岁云暮，冰雪关河迥。幽室魍魉生，不寐知夜永。"王阳明下狱之际时值严冬，冰天雪地，寒风怒号，天气十分恶劣。在阴暗、狭小、冰冷的铁窗中，王阳明转侧难眠，思绪万千。诗句中充满悲愤，传达出王阳明对浊世的愤怒之情，暗喻社会政治环境的残酷。五至十四句："惊风起林木，骤若波浪汹。我心良匪石，讵为戚欣动。滔滔眼前事，逝者去相踵。厓穷犹可陟，水深犹可泳。焉知非日月，胡为乱予衷？"王阳明上疏完全出于义愤和对正德皇帝的劝谏。虽满腔愤怒，但此疏措辞较为委婉，情理兼具，言之凿凿，绵里藏针，极具说服力和逻辑性，但狠毒的刘瑾此时已丧心病狂，凡抗疏者统统给予严惩。王阳明遭遇残酷迫害后，不屈淫威，大义凛然，置生死于不顾，表现出正直士大夫的铮铮铁骨。诗中，王阳明对反阉党斗争的忠臣贤士十分同情和支持，对丧失人道的明王朝统治者予以猛烈的抨击，用诗歌礼赞正义的伟大，鞭笞明王朝专制、腐朽统治的罪恶。最后四句："深谷自逶迤，烟霞日悠永。匪时在贤达，归哉盍耕陇！"在这个昏天黑地的社会，王阳明十分清楚是无理可讲的，但其仍坚信在天地之中正气的存在。即便报国无门，也可归耕桑田，做无言的抗争，以保持独立的人格。

此诗，真实地记录和反映了王阳明刚入狱时的精神状态，内心情感跌宕起伏，抒发了对黑暗专制政治的愤懑，以及愿归隐山水的心态。

读《易》①

囚居亦何事②？省愆惧安饱③。瞑坐玩羲易④，洗心见微奥⑤。乃知先天翁⑥，画画有至教⑦。包蒙戒为冠⑧，童牿事宜早⑨。蹇蹇匪为节⑩，虩虩未违道⑪。遁四获我心⑫，蛊上庸自保⑬。俯仰天地间⑭，触目俱浩浩⑮。箪瓢有余乐⑯，此意良匪矫⑰。幽哉阳明麓⑱，可以忘吾老。

[注释]

①易：指《易经》。

②囚居：坐牢。亦何事：又算什么事。

③省愆（xǐngqiān）：亦作"省諐"，反省过失。

④瞑坐：闭目静坐。玩：此处意为"体味"。羲易：《周易》的别称，相传伏羲氏始作八卦，故名。

⑤洗心：喻除去恶念、杂念。微奥：精妙玄旨。

⑥乃：才。先天翁：代指远古先哲。

⑦画画：指八卦的卦象。至教：意为极其高明的道理和见解。

⑧包蒙：《周易·蒙》："包蒙，吉。"意为善于包容万物。戒：此意为遵守道德规范。

⑨童牿（gù）："童牛之牿"的简称，语出《周易·大畜》六四爻辞。意为于小牛角上系一横木，使无法以角顶人，逐渐改变其习性，此借喻禁恶于未行之前。

⑩謇(jiǎn)謇：形容忠直貌。謇通"蹇"。匪：不。节：操守。

⑪虩(xì)虩：形容恐惧的样子。

⑫遁：意为隐居，避开俗世。《周易·遁·象》曰："天下有山，遁。君子以远小人，不恶而严。"

⑬蛊(gǔ)：意为毒害。《周易·蛊·象》曰："山下有风，蛊。君子以振民育德。"

⑭俯仰：低头和抬头，此喻时间极短。

⑮浩浩：指水势壮阔的样子，此喻浩然正气，正大刚直的气势。

⑯箪瓢：典故名，出自《论语》："一箪食，一瓢饮，在陋巷，人不堪其忧，回也不改其乐。"

⑰良：此处意为"诚然"。矫：此处意为"假托"。

⑱幽：此意为"隐居"。阳明麓：王阳明于弘治十五年（1502）八月，告病归越后，筑室宛委山阳明洞天，故称。

[评析]

王阳明于正德元年（1506）十一月遭受阉党打击迫害，下锦衣卫牢狱后，并没有丧失斗志，而是通过在狱中组织难友一起研读《易经》增强信心和勇气。此诗真实地记录了其在铁窗中读《易》的情景，从先哲的学说中汲取精神力量的思想探索过程。

《读易》为五言古诗，易学味很浓，但并非深奥难懂。前六句，诗人写读《易》的原委，以及《易经》的要旨。"囚居亦何事？省愆惧安饱。瞑坐玩羲易，洗心见微奥。乃知先天翁，画画有至教。"诗句中闪现出王阳明大义凛然、蔑视淫威的仁勇精神。此诗的重点在七至十二句："包蒙戒为冠，童牿事宜早。謇謇匪为节，虩虩未违道。遁世获我心，蛊上庸自保。"诗句中的"蒙""童牿""謇""遁""蛊"等都为《周易》中的有关术语。王阳明长期攻读四书五经，其家族又有《易》学传统，因此，其在狱中效仿先哲"文王拘而演《周易》"的范式，刻苦钻研《易》学，对照先哲的思想，反省自己的行为是否符合先哲思想的精义，反映出王阳明在狱中砥砺奋发、寻求思想真谛的努力。此诗的最后六句："俯仰天地间，触目俱浩浩。箪瓢有余乐，此意良匪矫。幽哉阳明麓，可以忘吾老。"传达出王阳明对天地万物与人生之间关系的领悟。天地之间有正气，努力体悟、把握万物变化的道理，现实中难以实现的志向在心灵中抵达。牢狱并不可怕，漫漫长夜总会过去，静心养性，善观待变。王阳明借孔子弟子颜回的处世之道，效法先贤，随遇而安，寻求生命的乐境。牢中读《易》，王阳明深切体味到经典的精微与智慧，努力把握自己的命运，体验生活本真，追求精神自由，从思想矛盾的漩涡中导入平静，牢狱最终成为其思想修炼的场所，进而获得了精神的超越。

此诗在艺术上极有特色，把一个高度抽象的理性问题，通过"牢狱读《易》"这一特定的现实与"箪瓢""阳明麓"这些远期的构想结合，营造出一种深远的时空架构。诗中，王阳明将个人的处境与上古社会及人生境界追求有机地联系起来，营造出一种哲理美，由此产生的审美价值是一般的叙事诗难以达到的。

屋罅月[①]

幽室不知年[②]，夜长昼苦短[③]。但见屋罅月，清光自亏满[④]。佳人宴清夜[⑤]，繁丝激哀管[⑥]。朱阁出浮云[⑦]，高歌正凄婉[⑧]。宁知幽室妇[⑨]，中夜独愁叹[⑩]！良人事游侠[⑪]，经岁去不返[⑫]。来归在何时？

年华忽将晚⑬。萧条念宗祀⑭,泪下长如霰⑮。

[注释]

①罅(xià):缝隙。此处形容月光从屋的缝隙中漏入。

②幽室:幽暗的屋子,此指牢狱。

③昼:白天。

④清光:此指"月光"。亏满:意为月圆则缺。

⑤佳人:此指所怀念的妻子。

⑥繁丝:形容弹奏乐曲。哀管:形容凄切的管乐声。

⑦朱阁:红色的楼阁,此指妻子的居室。

⑧高歌:意为放声高唱。凄婉:形容悲伤婉转的歌声。

⑨宁知:岂知。

⑩中夜:半夜。

⑪良人:古时夫妻互称为良人,后多用于妻子称丈夫。游侠:泛指豪爽好交游、轻生重义的人。

⑫经岁:此处意为时近年关了。

⑬年华:此处意为"时光"。

⑭萧条:形容寂寥冷清的样子。宗祀:对祖宗的祭祀。

⑮霰(xiàn):小冰粒。此处形容一串串的泪水。

[评析]

此五言古体诗,作于狱中,时在正德元年(1506)年末。此诗采用直抒胸臆的表达手法,王阳明倾诉了对妻子的思念之情,从中可窥探其当时思亲的煎熬之心。

前四句:"幽室不知年,夜长昼苦短。但见屋罅月,清光自亏满。"

通过"屋罅月"这一特定的意象，诗人抒发了身陷牢狱、亲人分离、长夜相思的凄苦情感。同时，也反衬出黑暗社会中皇帝昏庸、奸臣当道、忠良遭殃的乱世之状。正义之士惨遭打击，奸臣横行，日月无光，这是一种什么样的世道？诗中抒发了愤懑、困惑之情，正义何在？道德何在？第五至十二句："佳人宴清夜，繁丝激哀管。朱阁出浮云，高歌正凄婉。宁知幽室妇，中夜独愁叹！良人事游侠，经岁去不返。"牢狱屋顶漏下丝丝月光，勾起了王阳明的思亲之情。牢狱之苦算不上什么，王阳明怕见月光，这种情感折磨才是真正的悲痛。铁窗寒光，漫漫长夜，王阳明似乎想到了此时此刻的妻子，孤苦伶仃，长夜孤坐，独守空房，豆灯青烟，愁肠寸断，良人一去不归。无奈，以长歌当哭，管弦诉怨。诗中还暗示了前景难料，生死未卜。在王阳明一生中所作的六百余首诗歌中，极少提及自己的妻子，这并非反映王阳明的薄情，相反王阳明是一个对爱情十分专一的人，此诗亦为明证。最后四句："来归在何时？年华忽将晚。萧条念宗祀，泪下长如霰。"据《阳明先生年谱》记载："弘治元年戊申，先生十七岁，在越。七月，亲迎夫人诸氏于洪都。""二年己酉，先生十八岁，寓江西。十二月，夫人诸氏归余姚。"由此可知，王阳明夫人诸氏归入王家后，至正德元年末已十九年了。其间，夫妻俩虽未育子女，但恩爱相处。从诗中看，身系囹圄的王阳明对妻子万般思念，心怀歉意，还想到过年之际，如何祭祀祖宗，不觉泪飞如雨，其情其景，感人肺腑。

《屋罅月》一诗，诗人通过牢狱内外"两个世界"时空的无情隔绝，将正义与邪恶、真情与无道作了比照，鞭笞了邪恶。此诗，为"怨愤"之作。情感表达委婉凄切、细腻动人，抒发了人间真情，具有催人泪下的艺术震撼力。

别友狱中①

居常念朋旧②,簿领成阔绝③。嗟我二三友④,胡然此簪盍⑤?累累囹圄间⑥,讲诵未能辍⑦。桎梏敢忘罪⑧,至道良足悦⑨。所恨精诚眇⑩,尚口徒自蹶⑪。天王本明圣⑫,旋已但中热⑬。行藏未可期⑭,明当与君别⑮。愿言无诡随⑯,努力从前哲⑰!

[注释]

①狱中:据王阳明作于明正德元年(1506)的《答言》一文中载,其在此年十一月,因得罪宦官刘瑾下锦衣卫狱。

②朋旧:此指在狱中的难友。

③簿领:谓官府中掌管记事的文书小吏。此指代王阳明被贬官至贵州龙场任驿丞。阔绝:意指长时间地断绝音讯往来。

④嗟:嗟叹。二三友:泛指越中难友。

⑤胡然:为什么,如此地。簪盍(zānhé):《易·豫》:"勿疑,朋盍簪。"朱熹释本义:"然又当至诚不疑,则朋类合而从之矣。"后因以"簪盍"谓朋友相聚。

⑥累累:此意为瘦瘠疲惫貌。囹圄(língyǔ):指被关进监牢。

⑦讲诵:指讲授诵读。辍(chuò):停止。

⑧桎梏(zhìgù):脚镣和手铐。敢:此处意为"敢于"。忘罪:忘掉"罪人"的身份。

⑨至道:此意为精深微妙的道理。良:诚然。足:值得。悦:高兴。

⑩精诚：此谦称诚意功夫不足。语出《庄子·渔父》："真者，精诚之至也，不精不诚，不能动人。"眇：此意为细小、微小。

⑪尚口：还仅仅是口头上的。徒：仅仅。蹶（jué）：此处意为"竭尽"。

⑫天王：中国历史上最高统治者的尊称，与天子同义。后世亦代称皇帝。明圣：明达圣哲。

⑬旋已：此处意为不久。中热：此处意为内心激动。

⑭行藏：《论语·述而》："用之则行，舍之则藏。"意为被任用就出仕，不被任用就退隐。此处意为前途未知。期：期待。

⑮君：此处是对难友的尊称。

⑯愿言：表思念殷切貌。语出《卫风·伯兮》："愿言思伯，甘心首疾。"诡随：意为不顾是非而妄随人意。语出《大雅·民劳》："无纵诡随，以谨无良。"

⑰前哲：前代的圣哲。南朝宋谢灵运《山居赋》："仰前哲之遗训，俯性情之所便。"

[评析]

明正德元年（1506）十一月，王阳明因上疏解救被阉党头目刘瑾所逮捕的南京科道官戴铣等二十余人，蒙冤罹难。据《阳明先生年谱》载："疏入，亦下诏狱。已而廷杖四十，既绝复苏。"王阳明在出狱后所撰的《告言》中记载了这一重大事件。故此诗作于其出狱前与难友临别之际，时为正德元年末。此五言古体别难友诗，语言质朴，主题鲜明，抒发了王阳明与狱中难友风雨同舟、休戚与共的深厚情谊，并叙述了在狱中与难友们一起探讨圣哲学问的情景。

此诗前四句："居常念朋旧，簿领成阔绝。嗟我二三友，胡然此簪盍?"王阳明出狱前,尽管已获知自己将被贬谪至数千里之外的瘴疠之地贵州龙场,任不入流的驿丞,但一想到朝夕相处的难友,内心就不能平静。因其坚守心中的道义,抗拒奸党的横行而下狱。在难友中,有一个叫林省吾(名富,号省吾,福建莆田人)的大理寺评事,同样因反抗刘瑾而被捕入狱,与王阳明同监。王阳明在生命的最后一年,写下了《送别省吾林都宪序》一文,其中追忆了这件刻骨铭心的时隔二十年的往事:"正德初,某以武选郎抵逆瑾,逮锦衣狱,而省吾亦以大理评触时讳在系。相与讲《易》于桎梏之间者弥月,盖昼夜不息,忘其身之为拘囚也。"由此可知,王阳明在狱中的难友均为忠良之士,患难与共。其诗第五至十句,回忆了自己在狱中整整一个月与厄运抗争,牢中读《易》,砥砺意志,效法先圣的往事。"累累囹圄间,讲诵未能辍。桎梏敢忘罪,至道良足悦。所恨精诚眇,尚口徒自蹶。"尽管王阳明与诸难友身陷囹圄,处境险恶,但他们讲论《易经》,从先圣的身上汲取精神力量,与环境对话、与社会对话、与人对话、与自身对话。在牢狱中领悟了许多做人的道理,顿感快乐,一时忘却了自己囚犯的身份。第十、十一句:"天王本明圣,旋已但中热。"从讲习中,王阳明坚信真正的"王道"一定是圣明的,内心充满了对前程的希望。最后四句:"行藏未可期,明当与君别,愿言无诡随,努力从前哲!"在将要踏上贬谪之途前,王阳明与狱友难舍难离,尽管此去的前程生死难料,但其仍勉励难友保持良好的心态,努力探求成圣贤的道理,坚持自己的正义立场,明辨是非,学做圣贤。王阳明以高扬的时代精神,对于理想的执着追求,去感染那些与其命运相似的狱友。这种友情,在中国士大夫罹难囚居史上是比较少见的。

此别友诗诗风气势恢宏,诗境高远,是王阳明对当下命运的超越。情感跌宕起伏,急促舒缓,浑然一体,具有强烈的抒情格调。整体风格上沉郁顿挫,悲壮洒脱,没有英雄失路之哀,其诗充满张力和时空的穿透力。

因雨和杜韵①

晚堂疏雨暗柴门②,忽入残荷泻石盆③。万里沧江生白发④,几人灯火坐黄昏?客途最觉秋先到,荒径惟怜菊尚存⑤。却忆故园耕钓处⑥,短蓑长笛下江村⑦。

[**注释**]

①和杜韵:意为按照杜甫的《白帝》诗韵脚作诗。

②疏雨:此指秋雨。柴门:用树枝或杂木编扎为门。

③残荷:破败的荷花。石盆:石制的盆状器具。

④沧江:形容江水呈苍色。

⑤荒径:荒芜的小路。

⑥故园:故乡。

⑦短蓑:雨具,短蓑衣。江村:此泛指水乡村落。

[**评析**]

此诗在《王文成公全书·外集·诗》中归入赴谪诗,写作时间在明正德二年(1507)夏秋之间。据《阳明先生年谱》载:"二年丁卯,先生三十六岁,在越。夏,赴谪至钱塘。"由此可知,此诗作于王阳明谪旅途中。从诗歌内容看,因遇雨而投宿村落,由此引发诗人对故乡的思念之情。从题目和韵脚看,此诗是和唐代杜甫的《白帝》一诗:"白帝城中云出门,白帝城下雨翻盆。高江急峡雷霆斗,古木苍藤日月昏。戎马不如归马逸，千家今有百家存。哀哀寡妇诛求尽，恸哭秋原何处村？"杜甫此诗反映了"安史之乱"后的社会满目疮痍、民不聊生的惨状，抒发了诗人忧国忧民的沉郁愁思。王阳明《因雨和杜韵》一诗，在思想脉络上承杜甫的悲悯仁德，但在诗意上哀而不伤，带有几分豁达的情思。

此诗为七律。首联："晚堂疏雨暗柴门，忽入残荷泻石盆。"此联的基调是低沉的，诗人通过昏暗的画面，用"晚堂""疏雨""暗柴门"等意象衬托内心翻滚的思绪。用"疏雨"入"残荷"象征心灵所受的创伤，一个"泻"字抒发了其愤懑之情。颔联："万里沧江生白发，几人灯火坐黄昏？"王阳明与几个随行者围坐孤灯，难免生发出对前程的忧虑之感。王阳明自京城踏上谪旅之途后，浪迹江湖，颠簸辗转，心情是压抑的，华发早生。尽管王阳明明知谪旅生死未卜，但并不恐惧。颈联："客途最觉秋先到，荒径惟怜菊尚存。"在诗人的感觉中，肃杀的秋天早早地来临了，唯见荒野小径上的野菊花迎风挺立，展现出凛凛风骨。王阳明以"野菊"的傲骨自励，反映出恪守道德正义、崇尚"香花美人"君子人格的儒者精神。尾联："却忆故园耕钓处，短蓑长笛下江村。"能够给逆境中的王阳明以精神慰藉的是故乡的山水情怀。这种思乡的愁思，既能排遣谪旅野处的苦闷，又是激发诗人直面人生苦难的力量。在暗淡的灯光下，静听疏雨滴荷，品赏野菊幽香，追忆故园怡然自乐的风情，这是一种逆境中的风雅，是一曲儒者的悲歌，是谪人面对苦难的赤诚之心。

此诗所反映的场景开阔，人物形象鲜明，所表达的思想情感丰满，展示了人物内心世界跌宕有致，情感细腻，心态洒脱。诗风具唐诗之大气，既有诗仙李白的清新飘逸之秀，又有诗圣杜甫的沉郁顿挫之美。在王阳明的五十余首谪旅诗中，此诗堪称经典之作。

泛海①

险夷原不滞胸中②,何异浮云过太空?夜静海涛三万里,月明飞锡下天风③。

[注释]

①泛海:此处指乘船漂流海上。

②险夷:艰险与平坦,此处意为凶险与平安、祸与福均在相互转化中。滞:凝集,不流通。

③飞锡:佛教语。意谓僧人执锡杖飞空,即游方,诗中借此典喻泛海如飞。据《释氏要览》(卷下)载:"今僧游行,嘉称飞锡。此因高僧隐峰游五台,出淮西,掷锡飞空而往也。若西天得道僧,往来多是飞锡。"锡,锡杖,僧人所持法器。

[评析]

据《阳明先生年谱》载:"(王阳明)寻谪贵州龙场驿驿丞。二年丁卯(1507),先生三十六岁,在越。夏,赴谪至钱塘。先生至钱塘,(刘)瑾遣人随侦。先生度不免,乃托言投江以脱之。因附商船游舟山,偶遇飓风大作,一日夜至闽界。"从这一记载可知,正德元年(1506),王阳明因反对阉党头目刘瑾被逐出京城后,于次年赴谪所,途中辗转至家乡,与亲人辞别后,经杭州赴黔。在杭州因病滞留期间,刘瑾派人跟踪王阳明并欲加以谋害,王阳明假装投钱塘江,乘机附商船至舟山逃脱。商船因遇飓风而漂至闽北，王阳明不得已登陆入武夷山。

据《阳明先生年谱》载：王阳明在海上漂泊登陆后，径入荒寺，巧遇二十年前南昌铁柱宫的老道。在老道的启发下，王阳明遂放弃隐遁之念头，决计再返谪途，并卜得《周易》中"明夷"一卦。据卦意所示，克服一切艰难，始能有利。王阳明从"明夷"卦中吸取了力量和智慧，善于从变易中把握自己的命运和未来。王阳明领悟后，更坚定了渡过人生难关的信心，心境开阔，于是题诗于寺院壁间。《泛海》一诗，为七绝。上联："险夷原不滞胸中，何异浮云过太空？"诗风超然脱俗，浩气凌空，有一种高扬的精神力量，抒发了其身处逆境，乐观豁达，不以险夷为念的超然心态。王阳明把生命个体放到茫茫的宇宙中作观照，人生的祸福、磨难在其看来显得十分渺小，犹如"浮云"飘过。下联："夜静海涛三万里，月明飞锡下天风。"在月明天高的夜空，能静静地听到大海的呼吸，犹如神僧持杖凌空飞翔，何等的飘逸、洒脱。月光如银，长风破浪，这是何等的胸怀和气度。透过《泛海》一诗，似乎可洞察诗人心中的儒者世界。他既有匡扶社稷的雄心，又有超然物外的心态。在生命处于低谷时，其仍能负辱进取，不丧失对于人生真谛的追求，表现出一种大气。此诗是认识王阳明生命之旅的重要观察点。如果没有武夷山遇老道，就可能不会发生事后的"龙场悟道"，我国历史上有可能就少了一位杰出的思想家。孟子认为："充实之为美，充实而有光辉之为大。"（《孟子·尽心下》）孟子提出了一个重要的美学概念"大"，"大"充满着浩然正气，或者说是一种博大的美。正如北宋名臣范仲淹在《岳阳楼记》中所言"不以物喜，不以己悲"，诗人感悟自然、人生、社会的达观态度，是生命境界的升华，具有高扬的人生风范和生命智慧。此诗意象明达，诗绪流动跳跃，意境旷达，气势恢宏，用典自然，融儒道释妙理于一体。

初至龙场无所止结草庵居之①

草庵不及肩②,旅倦体方适③。开棘自成篱④,土阶漫无级⑤。迎风亦萧疏⑥,漏雨易补缉⑦。灵濑响朝湍⑧,深林凝暮色⑨。群獠环聚讯⑩,语庞意颇质⑪。鹿豕且同游⑫,兹类犹人属⑬。污樽映瓦豆⑭,尽醉不知夕。缅怀黄唐化⑮,略称茅茨迹⑯。

[注释]

①初至龙场:据《阳明先生年谱》载:"(正德)三年(1508),先生三十七岁,在贵阳。春,至龙场。"

②草庵:此指栖身的茅棚。

③适:此处意为安顿。

④棘:泛指有刺的灌木,荆棘。

⑤土阶:意为没有台级土坡。漫:此处意为"平缓"。

⑥萧疏:意为杂乱。

⑦补缉:修补。

⑧灵濑(lài):清澈的急流。湍(tuān):急流。句中"朝""暮"为互文,即"灵濑响朝暮湍,深林凝朝暮色"。

⑨凝:意为因树林遮阳而昏暗。

⑩獠(liáo):此处泛指西南地区的少数民族。环聚讯:围聚着问话。

⑪语庞:语言杂乱。意颇质:心愿很朴质真诚。

⑫鹿豕(shǐ):鹿和猪。

⑬兹类：此类。犹：尚且。人属：人类。

⑭污樽（zūn）：肮脏的酒具。樽，古代盛酒的器具。映：此意为"反照"。瓦豆：此指陶质灯。

⑮黄：指远古时代华夏民族的共祖黄帝。唐：传说中上古时期的贤明君主，因尧曾被封在唐邑，故称"唐尧"。化：教化。

⑯称：此处意为"相类似"。茅茨：指茅屋。迹：遗留下来的痕迹。

[评析]

据《阳明先生年谱》及相关史料记载，王阳明于正德元年（1506）十一月，因上疏援救南京科道官而得罪阉党头目刘瑾而下锦衣卫狱。于次月下旬在午门外被施杖刑后，寻谪贵州龙场驿丞。正德二年（1507）初，王阳明离京赴谪地，于次年三月，辗转跋涉至贵州龙场，一路历经千难万险，总算活着到谪地。初至龙场，因原先的驿站早已不复存在，居无住所，野兽出没，生活极端艰难，王阳明与随行者面临严峻的生存考验。

此诗为五言古体诗，主要描述王阳明初至龙场时的生活状况与当地的风土人情环境，可分三个层次。第一层次为首句至第六句："草庵不及肩，旅倦体方适。开棘自成篱，土阶漫无级。迎风亦萧疏，漏雨易补缉。"王阳明谪旅至龙场后，首先要解决的是住宿问题，于是选择地势稍高处，自己动手搭建了一个不及肩的窝棚，总算有了遮风挡雨的住处，并戏称"草庵"，反映出王阳明随遇而安，抗拒环境压迫的乐观精神。安顿下来后，王阳明又用荆棘编成围篱，算有了一个院子。然而，低矮的茅棚经不起大风，于是又忙着修补。可以说，诗句所述是其当时生活处境的实录。第二个层次为第七至十二句："灵濑响朝湍，深林凝暮色。群獠环聚讯，语庞意颇质。鹿豕且同游，兹类犹人属。"诗句形象地描述了居所的环境及与当地土著的关系。龙场地处贵阳西北万山丛棘中，原始森林蔽天遮日,弥漫着瘴疠之气。然而,当地夷民见来了外乡人,都闻讯赶来围观,问这问那,小茅棚顿时热闹起来了。王阳明经过对这些夷人细致的观察,发现了他们身上的美质。夷人生活尚处于原始状态,说话粗声粗气,鴂舌难懂,但内心淳朴,热情友好。第三层次为最后四句:"污樽映瓦豆,尽醉不知夕。缅怀黄唐化,略称茅茨迹。"王阳明与这些夷人共同生活,很快便融入了这种原始的土著生活,暂且忘记了生活的窘迫。同时,王阳明欲仿效远古先人,产生了教化夷人的念头。适应环境、反抗环境压迫并不是生活的目的和乐趣,王阳明在改变环境的同时,着手改变当地夷人原始的生活状态。此期间,王阳明所写的《何陋轩记》可与此诗相辉映。此诗可以说是王阳明从逆境中走出来的第一步,表现出顽强的生命力。

此诗以叙述为主,兼以抒情。诗人善于从对环境的描述中凸显自身的性格和对生活的信心。语言形象生动,叙事富有变化,充满人文主义的思想光辉。

观稼[①]

下田既宜稌[②],高田亦宜稷[③]。种蔬须土疏[④],种蓏须土湿[⑤]。寒多不实秀[⑥],暑多有螟螣[⑦]。去草不厌频[⑧],耘禾不厌密[⑨]。物理既可玩[⑩],化机还默识[⑪]。即是参赞功[⑫],毋为轻稼穑[⑬]。

[注释]

①观稼:此处泛指观察农作物及农业劳动。稼:种植谷物。

②下田:此处指地势较低的田。稌(tú):意指稻谷类植物。

③高田：此处指地势较高的田。稷：意指粟、黍类植物。

④蔬：意为可做成菜的植物。

⑤蓣（yù）：意为薯类植物。

⑥实秀：意为"开花结果"。

⑦螟螣（téng）：两种食禾苗的昆虫。

⑧频（pín）：多次。

⑨耘禾：除草。

⑩物理：意为事物之间内在的因果联系和规律。玩：观赏、玩味。

⑪化机：变化的枢机。默识：暗中记住。

⑫参赞功：意为"参赞化育"的功夫，指人与天地间的参与和调节作用。

⑬毋为：此处意为"不要"。稼穑（jiàsè）：泛指农事。春耕为"稼"，秋收为"穑"，即播种与收获。

[评析]

　　此五言古体诗，王阳明作于谪居贵州龙场期间。用诗歌的形式总结、揭示农事之道，这在明代被贬谪士大夫诗歌中是极少见到的。王阳明心系少数民族百姓，用心观察当地的农业劳动，写下了这首脍炙人口的"农事诗"。

　　根据内容，此诗可分三个层次。第一层次，从地形、土壤与农作物适应性的关系上提出如何分类种植，诗句："下田既宜稌，高田亦宜稷。种蔬须土疏，种蓣须土湿。"下田，即地势较低的田，适宜栽种谷类植物，因此类植物对水分的要求量大，下田获得水源相对容易。上田，因地势较高，适宜栽种薯类植物，因此类植物对水分的吸收量少。王阳明的分析符合不同类型的农作物对地势、土壤的基本要求，十分客观。第二层次，从气候的变化与农作物的关系上提出如何进行田间管理的问题。诗句:"寒多不实秀,暑多有螟螣。去草不厌频,耘禾不厌密。"王阳明通过对在不同气候环境下某些农作物的生长与病虫害之间的内在联系,揭示了对农田管理的基本要求。第三层次,王阳明还将从事农业生产劳动提升到理性的高度。诗句:"物理既可玩,化机还默识。"诗人通过对农作物生长与田间管理的内在联系,揭示了人的作为与自然万物之间的规律性问题。诗句中用"玩"和"识"两种方法,概括了对万事万物的认识途径,颇含哲理。同时,王阳明还用亲自参加生产劳动的感悟,告诫世人,要重视农业生产,不要轻视农业劳动。这一思想对于皇权社会中的士大夫、学者来说是难能可贵的,尤其是出于一个谪官之口,更为稀罕。从这首诗中可以看出王阳明"以农为本""以民为本"的平民意识。在严酷的生存环境中,王阳明并没有屈从命运的不公安排,而是以一个普通劳动者的身份,走近少数民族普通百姓,自食其力,抗击厄运,摆脱生存危机,并提出了诸多发展农业生产的思想观点,显示出其顽强的生命意识和平民情怀,更重要的是其在劳动过程找到了快乐和生命栖息的精神家园。

此诗语言通俗明快,诗风格调清新、自然,描写细腻,将情、景、理三者有机融合,具有强烈的艺术魅力,是我国古代田园诗中少见的佳作。

猗猗①

猗猗涧边竹②,青青岩畔松。直干历冰雪③,密叶留清风。自期永相托④,云壑无违踪⑤。如何两分植,憔悴叹西东⑥。人事多翻复⑦,有如道上蓬⑧。惟应岁寒意⑨,随处还当同⑩。

[注释]

①猗猗：形容美盛貌。"猗猗"一词出《诗经·卫风·淇奥》："瞻彼淇奥，绿竹猗猗。"

②涧：山间水沟。

③直干：形容直挺的躯干。

④自期：自我期许。永：久远。

⑤云壑：云气遮覆的山谷。

⑥憔悴：形容瘦弱无力、脸色难看的样子。

⑦人事：指人世间之事。

⑧蓬：草本植物，亦称"飞蓬"。

⑨惟：只有。岁寒：语出《论语·子罕》："岁寒，然后知松柏之后凋也。"

⑩随处：处处。

[评析]

此五言古体诗收入《王文成公全书·外集·居夷诗》中，据诗中内容看，此诗应作于明正德三年（1508），王阳明谪居贵州龙场期间。

此诗可分三个层次：第一层次为第一句至第四句。"猗猗涧边竹，青青岩畔松。直干历冰雪，密叶留清风。"此四句主要描述了竹松的生存状态，借喻自身与道友之间的分离处境。山涧溪畔，翠竹挺拔，悬崖峭壁，青松凌空。尽管竹、松所处环境不同，但傲霜斗雪、凛然不屈的精神是共同的。诗人以此喻道友为反抗邪恶势力而风雨同舟、肝胆相照。同时，也蕴含了对道友的思念之情。第二层次为第五句至第八句："自期永相托，云壑无违踪。如何两分植，憔悴叹西东。"正德元年（1506），王阳明因恪守道德正义，上疏反对阉党迫害正直官员而遭到太监头目刘瑾的严厉打击，被贬谪到贵州龙场，自此与道友们天地一方，万山阻隔。然而，诗人借竹、松云壑相隔，身影相顾之状，寓道友间声息相通、心心相印之意。第三层次："人事多翻复，有如道上蓬。惟应岁寒意，随处还当同。"作为正直的士大夫，坚守人格操守与封建皇权专制社会本质之间天然存在着矛盾，随时会遭受不测风云，身家性命悬于一线，对此王阳明有足够的思想准备，故在诗中用"蓬"作喻，暗示道友要经得住"严寒"的考验。

此诗通过拟人化的手法，对翠竹、青松的品格加以赞美，以此歌颂那些为社稷、为百姓而同奸党抗争的士大夫美德。用竹竿的挺拔喻人格的正直，以青松傲霜凌雪喻忠良之士的品格，昭示了道友间彼此心灵相通，不惧残暴，坚守道义，至死不渝的友情。并以松、竹的品格与道友共勉，无论遇到多大的冰雪，都能适应环境，傲世独立，体现出松竹的本性。

龙冈新构二首①

诸夷以予穴居颇阴湿②，请构小庐③，欣然趋事④，不月而成⑤。诸生闻之⑥，亦皆来集⑦，请名"龙冈书院"⑧，其轩曰"何陋"⑨。

[注释]

①龙冈：此指龙冈书院，位于今贵州修文县龙场镇的龙冈山上。新构：新近营建。

②诸夷：此泛指当地苗民。穴居：居住山洞。

③请：请求。庐：房舍。

④欣然：形容非常愉快的状态。趋事：办事。

⑤不月：不满一月。

⑥诸生：明代称考取秀才入学的生员为诸生，此泛指入龙冈书院求学的弟子。

⑦来集：意为前来会聚。

⑧请名：请予命名。龙冈书院：为王阳明贬谪贵州龙场时所建。

⑨轩：此处指有窗的小屋。何陋：语出《论语·子罕》："子欲居九夷。或曰：'陋，如之何？'子曰：'君子居之，何陋之有？'"此指"何陋轩"，在龙冈山上，为王阳明当年居住的小屋，其左边为"阳明洞"。

其一

谪居聊假息①，荒秽亦须治②。凿巘剃林条③，小构自成趣④。开窗入远峰，架扉出深树⑤。墟寨俯逶迤⑥，竹木互蒙翳⑦。畦蔬稍溉锄⑧，花药颇杂莳⑨。宴适岂专予⑩，来者得同憩⑪。轮奂非致美⑫，毋令易倾敝⑬。

[注释]

①聊：姑且。假息：意为暂借作休息之处。

②荒秽（huì）：荒芜。治：此处意为清理。

③凿巘（yǎn）：此为开凿岩石。剃林条：砍伐树枝。剃：此处意为"砍伐"。

④小构：小屋子。

⑤架扉：支架上的窗户。深树：意为树林。

⑥墟寨：村落。逶迤（wēiyí）：形容弯弯曲曲的样子。

⑦蒙翳（yì）：遮蔽。

⑧畦（qí）蔬：此处意为成片排列整齐的蔬菜地。溉锄：灌溉、锄草。

⑨花药：泛指各种花卉草药。颇：此处意为不整齐。杂莳（shì）：意为混合着栽种。

⑩宴适：安适。岂专予：意为难道是专门给我独自享用？

⑪憩（qì）：休闲。

⑫轮奂：形容屋宇高大众多。语出《礼记·檀弓》："晋献文子成室，晋大夫发焉。张老曰：'美哉轮焉，美哉奂焉。'"轮，高大。奂，众多。非致美：意为房屋没有到达豪华的程度。

⑬毋（wú）令：不要使。易倾敝：意为很快就倒塌破败了。

[评析]

据《阳明先生年谱》载："（正德）三年戊辰，先生三十七岁，在贵阳。春，至龙场。……居久，夷人亦日来亲狎。以所居湫湿，乃伐木构龙冈书院及寅宾堂、何陋轩、君子亭、玩易窝以居之。"此诗真实地反映了当地少数民族帮助王阳明修建住房的情景及王阳明的感受。

《龙冈新构》诗二首前，诗人有一小序，说明了当时建造茅房的缘由。王阳明初到龙场时，居住的是低矮的窝棚，因难遮风雨，不久在龙冈山上找到了一个名为"东洞"的洞穴居住，但山洞十分潮湿，生活、研读环境十分困苦。当地老百姓发现后，便提出给王阳明修筑茅屋，花了不足一个月时间就建成了。王阳明居住的环境改变了，便决定造福当地百姓，创办"书院"。本地与外地的学子闻讯后纷纷集聚于此，并请命名为"龙冈书院"。对其中的一处茅房命名为"何陋轩"。同时，对众多"夷人"的相助，王阳明十分感激，欣然写下了二首五言古体诗，以表达愉悦的心情。王阳明尽情地抒发了乔迁新居后的欣喜之情及对当下生活环境的欣赏，尽管这些建筑十分简陋、粗糙。首四句："谪居聊假息，荒秽亦须治。凿巚剃林条，小构自成趣。"龙场的环境是极其艰苦的，王阳明在龙场先是被动适应，进而是着力改变环境，从而走出了困境，高扬主体精神。上述诗句正是对当时构筑茅屋的真实反映。第五至十句："开窗入远峰，架扉出深树。墟寨俯逶迤，竹木互蒙翳。畦蔬稍溉锄，花药颇杂莳。"此六句则是从视觉的角度，描述新构茅屋的幽雅环境，传达出诗人内心压抑不住的欢快之情。群峰入窗，绿树满目，俯瞰村寨，竹木婆娑，菜畦蝶飞，花卉杂载，一派农家庭院的情韵。经过正德风云、千里谪旅、龙场困厄种种磨难的王阳明，此时似乎找回了属于自己的乐境，一种人生从未有过的别样体验，精神得到了慰藉与升华。尤其是学子从四方汇聚而来，让王阳明感到浑身增添了活力。然而，王阳明此刻并没有陶醉在自我的小天地中沾沾自喜，而是想到了当地百姓的弟子教育问题。最后四句则表达了共享其乐的人生境界："宴适岂专予，来者得同憩。轮奂非致美，毋令易倾敝。"在崇山峻岭之中，能在瘴疠之地辟出这样一个能安心读书授徒的地方，在王阳明看来已是难得的"天堂"了，怎敢独自享受，他希望与当地百姓共享欢乐。尽管草茅屋是如此的简陋，但在王阳明的心中已是"美轮美奂"的建筑了。这是一个谪居士大夫从肺腑发出的心声，他是多么感激当地百姓的恩赐！此诗除了表达喜悦和自得其乐的情趣外，还尽情地抒发了对民族和谐的赞美。王阳明不分来者何人，都予以热情款待。这种自觉地融于自然、融于生活、融于民众的意识，来源于他对自然的尊重，对劳动人民的热爱，对生活的珍惜。

此诗从新构茅屋之事切入，将叙事、抒情、议论融为一体。时空由远及近，意象鲜明灵动，诗意回澜。尤其最后四句，异峰突起，思接千载，大有唐代诗人杜甫"安得广厦千万间,大庇天下寒士俱欢颜,风雨不动安如山"的博大情怀。

其二

营茅乘田隙①,洽旬始苟完②。初心待风雨③,落成还美观④。锄荒既开径⑤,拓樊亦理园⑥。低檐避松偃⑦,疏土行竹根⑧。勿剪墙下棘⑨,束列因可藩⑩。莫撷林间萝⑪,蒙笼覆云轩⑫。素缺农圃学⑬,因兹得深论⑭。毋为轻鄙事⑮,吾道固斯存⑯。

[注释]

①营茅:意为搭建小茅房。乘田隙:趁着农事的空闲。

②洽旬:意为"满十日"。苟完:大致完备。

③初心:本意。待风雨:意为用来躲避风雨。

④美观:外形好看。

⑤锄荒:锄地开荒。开径:开辟路径。

⑥拓樊:意为围成篱笆。理园:整理园子。

⑦低檐:低矮的屋檐。偃:此处意为斜倾。

⑧疏土:疏松土壤。行:意为"生发"。

⑨棘:荆棘。

⑩束列:意为编扎排列。可藩:可以当作篱笆。

⑪莫撷(xié):不要除掉。萝:藤萝。

⑫蒙笼:形容茂盛貌。云轩:喻仙人乘坐的车架,此喻指被藤萝覆盖的茅屋。

⑬农圃学:指田园劳作的经验和知识。

⑭因兹：因为目前的情况。深论：意为深入探究。

⑮毋：不要。鄙事：鄙俗琐细之事。

⑯吾道：意为所探究的道理。固：本来。斯存：意为蕴含在其中。斯，这。

[评析]

如果说《龙冈新构》（其一）是王阳明对新构茅房的欣喜和赞美，那么此诗则是对农事和农夫的高度赞扬。首四句："营茅乘田隙，洽旬始苟完。初心待风雨，落成还美观。"以上诗句是王阳明对新构茅屋在短时间内完成感到无比欣慰，且建成后的茅屋在形制上还超出了其最初的期待，喜出望外之情难以溢表。五至十二句："锄荒既开径，拓樊亦理园。低檐避松偃，疏土行竹根。勿剪墙下棘，束列因可藩。莫撷林间萝，蒙笼覆云轩。"上述诗句则是其对整治茅房四周环境的具体描述。凡开荒、围篱笆、松土等劳作均亲自动手，从中传达出王阳明对劳动、对生活的热爱之情。最后四句："素缺农圃学，因兹得深论。毋为轻鄙事，吾道固斯存。"在王阳明看来，大凡饱读诗书的人所缺乏的就是农业等生产知识，正因如此更应该好好学习与深入钻研，不能因身居高位而轻视甚至鄙视生产劳动。在王阳明所创立的心学思想中，自然包含了这些人生的基本道理。理在心中，理在生产劳动中开显，心中之理可以照亮万事万物。既然如此，有何贵贱。当思想家的智慧冲决一切陈旧的观念时，面对所谓"贱活""陋室"，就会坦然面对。心正自然能愉快地笑对现实，并把生产劳动看作是生命力量所在。作为曾经驰骋京城的官员，王阳明丝毫没有视劳动谋生为耻的念头；相反，他把参加劳动、自食其力作为亲近自然、调节性情的途径，从中体悟人的伟大、劳动的伟大。这种积极的、超脱的人生观冲刷了陈腐的"等级观"，闪烁着启蒙主义的思想光辉。此诗在叙事与说理的结合上,阐发了农事诗所特有的审美内涵,为魏晋以来的农事诗增添了浓重的一笔。

始得东洞遂改为阳明小洞天三首①

其一

古洞閟荒僻②,虚设疑相待③。披莱历风磴④,移居快幽垲⑤。营炊就岩窦⑥,放榻依石垒⑦。穿室旋薰塞⑧,夷坎仍扫洒⑨。卷帙漫堆列⑩,樽壶动光彩⑪。夷居信何陋⑫,恬淡意方在⑬。岂不桑梓怀⑭,素位聊无悔⑮。

[注释]

①阳明小洞天:位于今贵州修文县龙场镇的龙冈山上。原名"东洞",王阳明谪居龙场时,曾在此洞栖身研读,并将此洞更名为"阳明小洞天",亦称"阳明洞"。

②古洞:即指"东洞"。閟(bì):古同"闭",意为"隐匿"。荒僻:人迹罕至且偏远。

③虚设:意为"不起实际作用"。疑:猜疑。相待:意为"等待"。

④披莱(lái):拨开杂草。莱,此泛指杂草。风磴:指山岩上的石级,岩高多风,故称。

⑤幽垲(kǎi):幽静高爽之地。

⑥岩窦:即岩穴。

⑦放榻:在石块上安置床铺。

⑧穹窒（qióngzhì）：意为堵塞窟窿。《诗·豳风·七月》："穹窒熏鼠，塞向墐户。"

⑨夷坎：形容地面不平整。夷：平。坎，低陷不平。

⑩卷帙（zhì）：可舒卷的叫卷，编次的叫帙，泛指书籍。

⑪樽（zūn）壶：指酒壶。樽：盛酒的器具。

⑫夷居：即"居夷"。夷：此指少数民族。陋：狭小，简陋，形容物质条件差。《论语·子罕》："子欲居九夷。或曰：'陋，如之何？'子曰：'君子居之，何陋之有？'"

⑬恬淡：恬静淡泊。

⑭桑梓：《诗·小雅·小弁》："维桑与梓，必恭敬止。"

⑮素位：意为安于现在所处之地位。语出《礼记·中庸》："君子素其位而行，不愿乎其外。"

[评析]

正德三年（1508）三月，王阳明谪旅至贵州龙场暂且落脚以后，因居住的小茅棚低矮潮湿，无法读书、写文章，后来他在不远处的龙冈山上发现了一个较为隐蔽的山洞，当地人称"东洞"，随后移居此洞。此五言古体诗，描述了诗人自发现山洞至移居山洞后的生活、研读细节，真实地反映了王阳明在极端困苦的环境下，抗击厄运，寻求心灵自由的生命轨迹。

此诗前四句："古洞闷荒僻，虚设疑相待。披莱历风磴，移居快幽垲。"王阳明抒发了在发现新的栖居地后那种欣喜的心情，其中一个"疑"字，昭示了诗人内心的期待与惊喜，天无绝人之路，造化赐予了王阳明安身的洞穴。在这幽静宽敞的山洞，自得其乐。五至十句："营炊就岩窦，放榻依石垒。穹窒旋薰塞，夷坎仍扫洒。卷帙漫堆列，樽壶动光彩。"则是描写其迁居东洞后,有序安排生活起居。生火做饭,摆放书籍,余暇小酌,罹难中的王阳明似乎找到了新的乐趣。最后四句:"夷居信何陋,恬淡意方在。岂不桑梓怀,素位聊无悔。"诗人借孔子"欲居东夷"之典故,以先圣为榜样,随遇而安,韬光养晦。谪地的困苦,无奈的安身之地,并没有让其淡忘思亲的强烈愿望,对于眼前的处境,王阳明坦然处之。在其心目中,以洞穴为家,以野兽为伍,这一切何"陋"之有。从某种意义上呈现出一种新的生命契机,蕴含一种惨淡的诗意。

此诗语言鲜活,意象诙谐,逼真地描述了王阳明在危难中找到"乐土"的快乐之情,"东洞"成为其在龙场著书立说的"证道"之所。

其二

童仆自相语①,洞居颇不恶②。人力免结构③,天工谢雕凿④。清泉傍厨落⑤,翠雾还成幕⑥。我辈日嬉偃⑦,主人自愉乐⑧。虽无榮戟荣⑨,且远尘嚣聒⑩。但恐霜雪凝,云深衣絮薄。

[注释]

①童仆:此指王阳明谪旅途中从家乡陪同来龙场的随从。相语:意为"聊天"。

②恶(wù):讨厌。

③结构:构筑,建造。

④天工:天然形成的工巧。谢:此处意为"感恩"。雕凿:雕刻凿空。

⑤傍:临近。

⑥翠雾:苍郁的雾气。幕:形容雾气的形态。

⑦嬉:游玩。偃:此处意为"休息"。

⑧愉乐：欢乐。

⑨棨戟（qǐ）：古代官吏所用的仪仗，出行时作为前导。荣：意为"荣耀"。

⑩尘嚣：指人世间的烦扰、喧嚣。聒（guō）：声音嘈杂。

[评析]

此诗抒发了王阳明与随从在东洞自得其乐的淡恬心情。在龙冈山上的洞穴中，诗人与随从谈天说地，自由自在，省却了人世间的一切烦恼。"童仆自相语，洞居颇不恶。"险恶的自然环境，在诗人的心中转换为一种特有的美好和亲近，王阳明总是从大自然所蕴藏的独有天机获得美感，即便是荒山野岭，诗人仍以豁达的心态答谢造物主的厚爱。"清泉傍厨落，翠雾还成幕。我辈日嬉偃，主人自愉乐。"这四句则是描述王阳明对于上苍安排的接纳和享用，听清泉之音，观翠雾变幻，游玩憩息，皆在其中。在诗人的感受中，这一切天造地设，为我所用，反映出王阳明抗争命运的不公和积极乐观的人生态度。"虽无棨戟荣，且远尘嚣聒。"此二句通过对比的手法，反衬出王阳明人生价值的取向。高官厚禄，荣华富贵，怎能与远离尘嚣的世外桃源相比。此时的王阳明，不以环境险恶为苦，反而为乐，这种陶渊明式的"结庐在人境，而无车马喧"的洒脱气度，显示出王阳明的达观性格。最后两句："但恐霜雪凝，云深衣絮薄。"则是诗人面对未来的警觉。时间是检验意志的最好尺度，尽管王阳明暂时解决了栖身的问题，但生活的艰难仍没有得到完全的解决，各种令人难以想象的困难都成为其挑战的对象，必须有充分的思想准备去超越。此诗在叙事、抒情上恬淡自然，曲折多姿，细腻地传达出诗人乐观的心态和迎接未来挑战的勇气。

其三

我闻莞尔笑①,周虑愧尔言②。上古处巢窟③,杯饮皆污樽④。冱极阳内伏⑤,石穴多冬暄⑥。豹隐文始泽⑦,龙蛰身乃存⑧。岂无数尺榱⑨,轻裘吾不温⑩。邈矣箪瓢子⑪,此心期与论⑫。

[注释]

①莞尔:形容美好的(微笑)。

②周虑:周密考虑。愧:惭愧。

③上古:一般指文字记载出现以前的历史时代。巢窟:栖居或藏身洞穴。

④杯饮:意为端杯饮酒。污樽(zūn):此处意为肮脏的酒樽。樽,古代盛酒的器具。

⑤冱(hù)极:形容因寒冷冻结的样子。阳内伏:阳气内藏。

⑥石穴:石洞。冬暄:冬季阳光温暖。

⑦豹隐:典出《列女传》。传说南山有一种黑色的豹,为使身上长出花纹,可在连续七天的雾雨天气里不吃东西,躲避天敌。此以"豹隐"喻隐居山野,爱惜其身。文:纹理。泽:鲜艳的光泽。

⑧龙蛰:此喻潜藏之意。《易·系辞下》云:"尺蠖之屈,以求信也;龙蛇之蛰,以存身也。"蛰:动物冬眠,藏起来不吃不动。

⑨榱(cuī):椽子。

⑩轻裘:轻暖的皮衣。不温:意为不一定感到温暖。

⑪邈(miǎo):遥远。箪(dān)瓢(piáo)子:指盛饭食的箪和盛饮料的瓢。《论语·雍也》云:"子曰:贤哉回也!一箪食,一瓢饮,在陋巷,人不堪其忧,回也不改其乐,贤哉回也!"此处意为效法颜回安贫

乐道的精神。

⑫此心：内心。期：希望。与论：与（之）讨论。

[评析]

　　此五言古体诗，是承上一首童仆之间谈论山洞穴居将会遇到的种种问题。整首诗表达出王阳明对当下困难的态度，希望童仆要有随遇而安的心态。首二句："我闻莞尔笑，周虑愧尔言。"对于童仆所谈论的种种担忧，王阳明听后感到真有点"自愧不如"似的。其下的诗句是对童仆的开导之言。第三至第六句，诗人联想到遥远的原始社会："上古处巢窟，杯饮皆污樽。洹极阳内伏，石穴多冬暄。"原始人在树上筑巢而居，掬水而饮，寒冬之际，钻山洞栖身，仍能顽强地生活下来。人类祖先的穴居生活，体现了生命的本质和意义。第七、八句："豹隐文始泽，龙蛰身乃存。"诗人借用"豹隐""龙蛰"这两个典故阐述隐居生活对人生磨砺的价值。"邈矣箪瓢子，此心期与论。"借用孔子弟子颜回的事迹进一步启发童仆安贫乐道的善心。最后四句："岂无数尺橡，轻裘吾不温。邈矣箪瓢子，此心期与论。"在日常生活中，安适的生活环境并不一定能给人带来快乐，而精神超脱的人，即便生活很艰苦，如能保持一颗平常心，同样能体悟到常人所不能感到的快乐。王阳明以颜回的人生态度为例，阐述了环境与心态的内在关系。超越环境的压迫，方能进入乐境，这竟成了王阳明在洞穴居住中独特的人生体悟。当诗人将自身与自然同化的时候，其已跳出了世俗设定的局限，最原始朴质的生活，化成了富有生命情调的乐章。此诗语言风格朴质无华，但又不失警策于平实中，引经据典，佳句迭出。

　　上述三首写穴居的五言古诗，无论是思想意义，还是艺术表达，都达到了较高的境界。作为一个贬谪京官，王阳明在极其恶劣的环境下，过着原始穴居的生活，但他笑视困境，表现了其抗击命运危难的胆识和良好的心态。由此，王阳明超越了生死观念的束缚，进入崇高的生命境界。

采薪二首①

其一

朝采山上荆②，暮采谷中栗③。深谷多凄风④，霜露沾衣湿。采薪勿辞辛，昨来断薪拾⑤。晚归阴壑底⑥，抱瓮还自汲⑦。薪水良独劳⑧，不愧食吾力⑨。

[注释]

①采薪：打柴。

②荆：落叶灌木。

③栗：栗子。

④深谷：幽深的山谷。凄风：此指寒风。

⑤薪拾：指柴火。

⑥阴壑：背阳的山谷。

⑦瓮（wèng）：一种盛水、装酒的陶器。汲（jí）：此意为"打水"。

⑧薪水：打柴取水。良：此处意为"很"。独劳：意为"一种艰苦的劳动"。

⑨食吾力：自食其力。

[评析]

王阳明初抵贵州龙场的生活状况是十分艰苦的，为生存而日夜操劳，此五言古体诗即反映了其一天中砍柴、打水劳动的情景。此诗前四句："朝采山上荆，暮采谷中栗。深谷多凄风，霜露沾衣湿。"诗人交代了踏晨露、冒寒风，上山打柴、采栗子的情景。其早出晚归，辛苦劳作的程度不言而喻。五、六二句则是回答了为何上山采薪的原因："采薪勿辞辛，昨来断薪拾。"从王阳明在正德元年（1506）下狱前的经历看，其生活上从未发生过如此艰难的困境，但谪居龙场后其面对现实，以圣人为范，身体力行，用劳作换来生存的必需品，则是抗击厄运的体现。七、八二句，写打柴、采栗归来后抱瓮取水的情景："晚归阴壑底，抱瓮还自汲。"可见其生活的艰辛，然心态十分平和。最后两句，则是其对一天劳作后的感慨："薪水良独劳，不愧食吾力。"尽管劳累了一天，但曾为京官的王阳明为能自食其力感到无比的欣慰。劳动的体验也使其对下层劳动人民的生存状态有了直接的感受，这对其复出后更加勤政为民、体恤百姓应该有直接的关联。此诗在写作上语言朴质，画面清新，人物形象鲜明。诗风淳朴自然，高远拔俗，直追晋代陶渊明田园诗的意境，只不过是二人所处的环境不同罢了。

其二

倚担青崖际①，厉斧崖下石②。持斧起环顾，长松百余尺。徘徊不忍挥③，俯略涧边棘④。同行笑我馁⑤，尔斧安用厉⑥？快意岂不能⑦，物材各有适⑧。可以相天子⑨，众稚讵足识⑩。

[注释]

①倚：靠着。担：扁担。际：此处意为山崖靠边处。

②厉斧：磨斧头。

③挥：抡起。

④俯：向下、低头。略：此处意为粗略地砍伐。涧：山间流水的沟。

⑤馁（něi）：此意为没有勇气。

⑥尔：你的。安：哪里。

⑦快意：此处意为逞一时之快。岂：怎么。

⑧物材：此处意为"参天之树"与"涧边之棘"各有适用。

⑨相：辅助。天子：古代臣民对帝王的称谓。

⑩稚：意为小孩子。讵：岂，怎知。足识：意为充分地认识。

[评析]

　　此诗是承上对砍柴过程中特定场景的描述与思考，表达了王阳明在劳动过程中对"物尽其才""人尽其用"的深刻认识。首二句："倚担青崖际，厉斧崖下石。"简洁地叙述了上山采薪、磨斧青石的准备工作，引出砍柴的特定情境。三至六句："持斧起环顾，长松百余尺。徘徊不忍挥，俯略涧边棘。"此四句具体描述了王阳明对选择砍伐对象迟疑的神态。枝干高大的松树下不了手，参天大树是有用之材，岂能任意下手？于是决定下到涧溪边砍些荆棘作为柴火之用。七至十二句："同行笑我馁，尔斧安用厉？快意岂不能，物材各有适。可以相天子，众稚讵足识。"诗人通过同行者、众稚之间的对话、调侃，揭示了"治国理政，用人之道"的哲理。从对话中可知，王阳明在砍柴过程中不砍已将成材的树，专砍涧边那些妨碍行走的荆棘，竟遭到众人的嗤笑。然而，王阳明则以此为话题，阐明了为何不砍已成材之树而伐荆棘之理。从砍柴这件小事，推及如何治国用人，可见其为人处世时刻不忘民众，不忘社稷，抒发了一个具有高度社会责任感的贬谪士大夫的用世情怀。此诗以小见大，境界高远，在古代田园诗作中是很少见的。东晋陶渊明在田园诗创作领域可谓开风气之先，但王阳明反映劳作活动的诗歌，尤其是其作为贬谪之人，能心忧天下，报国之情仍未减当年，圣贤志向不因逆境而损，展示出"范仲淹式的情怀"："居庙堂之高，则忧其民；处江湖之远，则忧其君。是进亦忧，退亦忧。"

此诗，在艺术手法上人物形象塑造生动诙谐，意象描述寓意深刻，层次分明，为叙事性五言古风之佳篇。

老桧①

老桧斜生古驿傍②，客来系马解衣裳③。托根非所还怜汝④，直干不挠终异常⑤。风雪凛然存节概⑥，刮摩聊尔见文章⑦。何当移植山林下⑧，偃蹇从渠拂汉苍⑨。

[注释]

①桧（guì）：常绿乔木，亦称"刺柏"。

②古驿：古老的驿站。

③解：松开。

④托根非所：喻生长在不适宜的地方。怜汝：怜悯你。

⑤不挠：不弯曲。异常：不平常。

⑥凛然：形容严肃的样子。节概：操守、气概。

⑦刮摩：刮削，磨灭。聊尔：姑且。见：显现。文章：纹理。

⑧何当：何时。

⑨偃蹇（yǎnjiǎn）：形容高耸的样子。从渠：任它。拂：触到。汉苍：苍穹。

[评析]

　　明正德三年（1508）春，王阳明辗转数千里，谪旅至贵阳西北万山丛棘中的龙场驿，任不入流的驿丞。在龙场期间，王阳明效法先圣，身处逆境，玩《易》悟道，吾性自足，生产自救，以抗击恶劣自然环境的压迫和生存危机，并在龙场创办"龙冈书院"，开启贵州心学教育之先声。此七律作于王阳明谪居龙场期间。

　　首联："老桧斜生古驿傍，客来系马解衣裳。"此诗为咏物诗，即托物言志，借物抒情。王阳明借老桧斜生路边任人摧残的遭遇，隐含自身因言获罪，贬谪荒蛮的处境。一个"斜"字，形象地点出了老桧身处古道路边不幸的命运，成为来往行人系马、解衣休憩之处。颔联："托根非所还怜汝，直干不挠终异常。"老桧的不幸勾起了王阳明自身的悲悯之情，正可谓"同是天涯零落人"，然而老桧在风风雨雨中不屈不挠，扎根路边，遗世独立，诗人以此展现自己顽强不屈的性格。王阳明到龙场后不久，官府一差役欲欺侮他，幸被当地百姓发现后加以保护，方免受辱之羞。后官府欲加王阳明之罪，均被其据理驳斥，显示出凛凛正气。由此可见，王阳明写此诗实有所指。颈联："风雪凛然存节概，刮摩聊尔见文章。"王阳明自少年时代起，就立志"成圣贤"，以英雄豪杰为楷模，故对老桧的精神气概尤为敬仰。饱经风霜严寒的老桧，几多磨难，伤痕累累，但其内质纹理彰显，坚韧不拔，实为其追求正义、斗霜傲雪品格的自我写照。尾联："何当移植山林下，偃蹇从渠拂汉苍。"王阳明深知，抗击恶劣环境的压迫，主要在于改变处境，这就需要有坚定的信念，自强不息，厚德载物。在谪居龙场期间，虽然身处极端困苦的环境，但王阳明常以圣人处世之道自勉，摆脱困境的折磨，走向新生。他希望老桧有一天能长在山林中，枝干直耸云天，重新展现出傲视苍穹的风采，这是王阳明对远大人生目标追求的期许,亦是其坚毅性格的呈现和向往光明未来的精神追求!

龙场的环境是困苦的,但从此诗中看不出王阳明在意志上有丝毫的消沉,而是充满乐观向上、积极奋发的精神。此诗在艺术上采用拟人的手法,以象征自身高洁的人格。同时,将老桧外表的"倾斜"与其内质的"直干"相对照,揭示出内质的自足和抗击危难的力量所在。另外,以老桧遭遇之不公,寓讽谏朝廷善待忠良、选贤任能之意。

雪中桃次韵①

雪里桃花强自春②,萧疏终觉损精神③。却惭幽竹节逾劲④,始信寒梅骨自真⑤。遭际本非甘冷淡⑥,飘零须信委风尘⑦。从来此事还希阔⑧,莫怪临轩赏更新⑨。

[注释]

①次韵:古体和诗的一种方式,亦称"步韵",即按原诗的韵和用韵的次序和诗。

②强:勉强。

③疏:稀疏,稀少。精神:此处意为生气、神韵。

④幽竹:指环境幽静处的竹林。

⑤寒梅:因其凌寒开放,故称。

⑥遭际:遇到。冷淡:素净淡雅。

⑦飘零:凋谢。委风尘:随风飘落泥土。

⑧希阔：稀少。

⑨莫怪：不要怪罪。临轩：在窗前。

[评析]

　　据王阳明在贵州龙场及后被邀转至贵阳主讲文明书院的经历，结合此诗的内容看，此诗应为谪居龙场期间所作，时间在明正德四年（1509）初春。此诗通过歌咏雪中桃的精神品格，抒发其纯洁孤傲的用世之志。

　　此诗为七律。首联："雪里桃花强自春，萧疏终觉损精神。"早春时节，桃花迎雪这种自然现象在贵州山区并不多见，故王阳明触景生情，由此勾起了对生命的思考。桃花的花期很短，尤其在遭遇高原地区寒流袭击之时，凋零更快。然而，王阳明透过这一自然现象，发现其内在蕴含的品性。尽管在寒冷中，雪花纷飞，但稀疏的桃花顽强地展露出笑脸，为春天的来临增色。这当然是王阳明此时此景精神的投射。谪居龙场的孤独、困苦，没能让其消磨意志，反而增强了他对生活的信念和对未来的希望。犹如寒流中的桃花，尽管少了神韵，但并没有缺位，对此诗人心领神会。颔联："却惭幽竹节逾劲，始信寒梅骨自真。"桃花在历代诗人的眼中并非是一种精神的象征，世人更赞赏被誉为"岁寒三友"的松、竹、梅。作为饱读诗书的王阳明自然清楚文人雅士的情趣，故而在诗中引入了"竹""梅"作为比较对象。虽然桃花没有翠竹的扶疏幽劲，也没有寒梅的傲雪凌枝，但是桃花毕竟以微弱之力装点了春色。当然，与幽竹的节劲、寒梅的风骨相比，雪中桃自感逊色不如。诗人托物言志，其实抒发了不以挫折、得失为怀，在逆境中奋起的精神。颈联："遭际本非甘冷淡，飘零须信委风尘。"桃花具有一种素淡雅致的品质，尽管受人喜爱，但不恋生，花期短暂，随风飘落，化作泥土，诗中暗示了王阳明对生命的理解。尽管他有顽强的生命力，对前途寄予无限的希望，但其十分清楚自己所处的恶劣环境,生命随时可以飘落而去,对此他有充分的思想准备。这也回答了诗中为何不去赞赏"竹""梅"的一个深层原因,也是对"桃花"品质独特的感悟,零落成泥又何妨?真可谓"心有灵犀一点通"。尾联:"从来此事还希阔,莫怪临轩赏更新。""雪中桃"这种自然现象在贵州龙场是少见的,但王阳明发现了其中"强自补春"的品格,这种顽强的意志和随时准备"飘零成泥"的生命观,为王阳明所体悟和欣赏,而且翻出了新意,发人之未发,咏人之未咏,为历代咏物诗所罕见。

在王阳明谪居贵州龙场所作的几首咏物诗中,此诗体物细腻,构思新颖,意境高远,寓意深刻,饱含哲理。通过拟人、比较、议论等手法,传达出"雪中桃"的内在品质,折射出王阳明内心高洁自芳的人生情怀。

南霁云祠[①]

死矣中丞莫谩疑[②],孤城援绝久知危[③]。贺兰未灭空遗恨[④],南八如生定有为[⑤]。风雨长廊嘶铁马[⑥],松杉阴雾卷灵旗[⑦]。英魂千载知何处[⑧],岁岁边人赛旅祠[⑨]。

[注释]

①南霁云祠:俗称"黑神庙"。指位于今贵阳市中心中华南路上的南霁云祠,始建于元代,经明清两代多次修葺。南霁云(712~757),魏州顿丘(今河南清丰)人。唐玄宗、肃宗时期名将。唐至德二年(757)协助张巡镇守睢阳(今河南商丘),屡建奇功。睢阳陷落后,南霁云宁死不降,慷慨就义。唐肃宗诏赠睢阳太守。有南霁云后裔在贵州为官者,行善

政，百姓欲立祠奉祀，辞不肯受，请为其先祖建祠，亦示纪念。

②中丞：官名，此指睢阳守臣张巡。张巡（708~757），蒲州河东（今山西永济）人。亲率将士固守睢阳城，后因粮草耗尽、士卒死伤殆尽，被俘不屈，壮烈牺牲。后获赠扬州大都督、邓国公。

③孤城：孤立无援的城，此指被叛军围困的睢阳城。

④贺兰：指御史大夫贺兰进明。遗恨：临死还感到悔恨。

⑤南八：指南霁云，家中排行第八，故称"南八"。

⑥铁马：配有铁甲的战马。此意指挂在宫殿、庙宇等屋檐下的铜片或铁片，遇风时能互相撞击发出声音。

⑦灵旗：灵幡。

⑧英魂：犹英灵，多用于对死者的敬称。千载：千年，形容岁月长久。

⑨边人：指西南边民。赛旅祠：意为在祠庙进行祭奠活动。

[评析]

南霁云祠在今贵阳市区内，又称"忠烈祠""忠烈宫""黑人庙"。明正德四年（1509），王阳明在贵阳文明书院讲学期间，拜谒了南霁云祠。诗人通过对唐代名将南霁云忠烈事迹的颂扬，以鞭笞当朝奸臣的罪恶，情感态度泾渭分明，反映了王阳明的历史观和道德立场。

首联："死矣中丞莫谩疑，孤城援绝久知危。"此联是对英烈献身的歌颂。那些为国捐躯的忠臣、将士明知孤城难守，但都抱定了视死如归的信念。由此，也反映出王阳明的历史观，即对正义的敬重。颔联："贺兰未灭空遗恨，南八如生定有为。"南霁云是唐朝名将，至德二年（757），协助张巡固守睢阳城壮烈献身。此联，王阳明高度评价了南霁云的英雄事迹。当年，南霁云受张巡之命，冲破重围，向临淮（今江苏盱眙北）守臣御史大夫贺兰进明求援，遭拒。然后，返回睢阳，固守御敌，临危不惧，最后慷慨就义。同时，对贺兰进明以一己之私、置睢阳军民生死于不顾的罪恶表示无比的愤慨。英雄壮志难酬，而罪臣贺兰进明并未因见死不救而受到朝廷制裁。王阳明此语蕴含明王朝宠信奸党、打击忠良之意。颈联："风雨长廊嘶铁马，松杉阴雾卷灵旗。"历史的烟云随风消散，然而当年英雄们金戈铁马抗击叛军的壮举，惊天地，泣鬼神，长留人间。尾联："英魂千载知何处，岁岁边人赛旅祠。"此联，从老百姓的视角看南霁云这位历史上的英雄人物，壮士虽去，英魂犹在，表达了王阳明对忠烈的缅怀、敬仰之情。既有对正义的歌颂和对邪恶的抨击，又表达了王阳明对爱国精神的传扬和捍卫。同时，亦反映出王阳明对明王朝前景的深深担忧。

  此诗王阳明通过凭吊南霁云祠，借古讽今，感时而作。此诗为七律，但艺术上不事铺张，侧重对历史事件、历史人物的概括描述，揭示了"睢阳保卫战"为何如此惨烈的深层次原因，杀身成仁，义薄云天。后人立祠纪念英雄表达了人心所向，警示统治者要以史为鉴，惩恶扬善。

三、军旅征战诗

　　王阳明在明王朝多事之秋,作为文臣,奉命平乱、平叛,相继立下三大军功:明正德十二年(1517)至次年六月,仅用一年半时间平定了四省边界南赣地区贼寇长达数十年之久的作乱,肃清匪患,解民于倒悬。正德十四年(1519),仅用三十余天时间,以弱势兵力平定了南昌藩王朱宸濠的叛乱,江西百姓得以免遭战乱之灾,稳定了大明江山。王阳明因此军功被封为"新建伯"。嘉靖六年(1527),被闲置中的王阳明又一次受命于危难之秋,出征广西思恩、田州,仅用两个月就抚平土司作乱。接着,又设计奇袭八寨、断藤峡之盗贼,亦用两个月时间,盗寇平。王阳明用兵如神,速战速决,不留隐患。其领兵平乱以"攻心为上""破心中贼"为要务,摒弃单一军事围剿的办法,区别对待参与动乱的山民。通过告示文,启发民心,晓之以理,动之以情,孤立打击极少数怙恶不悛的盗首。将平乱与治理地方相结合,以文化教育开启人心,淳化民风;发展生产,保障民生;建立地方政权,确保一地长治久安;因而得到广大老百姓的支持、拥护。综观王阳明的军旅生涯,以直节著称,用兵以"心战"制胜。同时,善于化解社会矛盾,疏通官府与民众的关系,依靠乡贤治理乡村,以稳定社会,并非单一地采用军事手段,故《明史·王守仁传》赞其:"终明之世,文臣用兵制胜,未有如守仁者也。"有诗可证:"将略平生非所长,也提戎马入汀漳。""南国已忻回甲马,东田初喜出农蓑。""迎趋勤父老,无补愧巡行。""寇平惭喜流移复，春暖兼欣农务开。""百里妖氛一战清，万峰雷雨洗回兵。" "莫倚谋攻为上策，还须内治是先声。""甲马秋惊鼓角风，旌旗晓拂阵云红。""穷搜极讨非长计，须有恩威化梗顽。"本专辑选析其军旅征战诗中代表性诗歌 12 首，从中可窥知其军事思想和高超的军事指挥艺术。

丁丑二月征漳寇进兵长汀道中有感①

将略平生非所长②,也提戎马入汀漳③。数峰斜日旌旗远④,一道春风鼓角扬⑤。莫倚贰师能出塞⑥,极知充国善平羌⑦。疮痍到处曾无补⑧,翻忆钟山旧草堂⑨。

[注释]

①丁丑二月:即明正德十二年(1517)二月。征漳寇:据《阳明先生年谱》载:王阳明于丁丑正月下旬即发起福建漳南之战,首战告捷。长汀:福建长汀,别称"汀州",唐开元二十四年(736)建州。

②将略:用兵之谋略。

③戎马:此指代提兵平乱。戎,此指军队。汀漳:福建汀州、漳州合称。

④旌旗:此指军旗。

⑤鼓角:战鼓和号角的总称。

⑥莫倚:意指不要光依仗皇权行事。贰师:汉时大宛地名,此指代贰师将军,典出《汉书·李广利列传》。能出塞:指汉武帝于太初元年(前104),派李广利出师塞外大宛贰师城(现吉尔吉斯斯坦的奥什城)取良马,故称"贰师将军"。

⑦极知:深知。充国:即赵充国(前137~前52),字翁孙,原为陇西上邽(今甘肃天水)人,后移居湟中(今青海西宁地区)。西汉著名将领。汉武帝时,随贰师将军李广利出击匈奴,率七百壮士突围,被拜为中

郎。善平羌：赵充国善于征战，曾率军击败武都氐族叛乱，并出击匈奴，俘虏西祁王。神爵元年（前61），定计平羌人叛乱。

⑧疮痍：此喻遭山贼破坏后的惨象。无补：无所帮助。

⑨翻忆：形容断断续续的回忆。钟山：南京紫金山。旧草堂：指王阳明曾在南京紫金山的讲学处。

[评析]

据《阳明先生年谱》载："十有一年丙子，先生四十五岁，在南京。九月，升都察院左佥都御史，巡抚南、赣、汀、漳等处。是时汀、漳各郡皆有巨寇，尚书王琼特举先生。十月，归省至越。十有二年丁丑，先生四十六岁。正月，至赣。以是年正月十六日开府。才旬日，即议进兵。二月十九日乘晦夜衔枚并进，直捣象湖，夺其隘口。三省奇兵从间鼓噪突登，乃惊溃奔走。遂乘胜追剿。已而福建兵攻破长富村等巢三十余所，广东兵攻破水竹、大重坑等巢一十三所，斩首从贼詹师富、温火烧等七千有奇，俘获贼属、辎重无算，而诸洞荡灭。是役仅三月，漳南数十年遘寇悉平。四月，班师。"从上述史料记载可知，王阳明在抵达赣州南赣巡抚府上任后，没顾得上调适身体即开府制订平乱方案，不过十日，就发动了漳南之战，此战仅仅历时三个月，就扫清了遗祸漳南数十年的匪患，社会始得安宁，百姓得以安居乐业。漳南之战，是王阳明军事生涯中的首战，这为其在南赣平乱取得全局性的胜利奠定了基础。此诗是王阳明提戈征战后的第一首诗歌，反映了其当时出征途中的思想状况和真实心态。

此七律，从诗题"丁丑二月征漳寇进兵长汀道中有感"看，交代了出征的时间在明正德十二年（1517）二月，军事目标为"平漳寇"，场景为行军长汀的道中。因是"有感"，故诗歌内容主要是抒发行军途中的所思所感。从王阳明的生平经历可知，其在儿童时代就十分喜欢军事游戏。

十五岁时单骑出游居庸三关，慨然有经略四方之志，崇拜东汉开国功臣伏波将军马援。其后深研历代军事谋略著作，尤其对《武经七书》的研读颇有造诣。待其走上仕途以后，即奉命赴河南浚县督造威宁伯王越之墓，在组织筑墓工程中，王阳明即采用军事上的"什伍法"，工余组织役夫演"八阵图"。正因为如此，才得到了时任兵部尚书王琼的看重，特荐其任南赣巡抚。可见，王阳明对军事韬晦之术有扎实的理论基础，也有一定的实践经验。但其毕竟是文官，没有亲自领兵打仗的经历，故其在首联中坦言："将略平生非所长，也提戎马入汀漳。"从诗句中可以体悟，王阳明之所以选择首战漳南，是经过深思熟虑的，在反复研判的基础上所作出的战略选择，十分谨慎，首战必须成功，这也是对其领兵打仗的一个考验。颔联："数峰斜日旌旗远，一道春风鼓角扬。"从此诗句中可感知，初春时节，王阳明带兵出征漳南，在崇山峻陵中行军，秩序严整，令行禁止，军纪严明，在一定程度上显示了王阳明初次领兵平乱的自信。颈联："莫倚贰师能出塞，极知充国善平羌。"王阳明通过引证历史上西汉"贰师将军"李广利依仗皇亲国戚的身份领兵出塞西域不获而归的典故，讥讽其不学无术、徒有其名，而对英勇善战的西汉名将赵充国，则表示十分钦佩。出征前，其在短暂的时间中，从政治、军事等方面做了扎实的作战准备。此诗尾联："疮痍到处曾无补，翻忆钟山旧草堂。"此联可谓全诗的要义所在，亦是王阳明入赣后的所见所闻，民生凋敝，社会动乱，强盗肆虐，对这样一副"烂摊子"怎么收拾，这是摆在王阳明面前的一个大问题。从此诗的基调可知，其对征剿山贼是充满信心的，但对如何治理社会、启迪人性仍有诸多的疑虑。军事剿匪可以惩办首恶，在一定程度上能起到稳定社会的作用，但若要长治久安，就必须从教化民众入手，要坚守心中的良知，故王阳明认为"教育"应成为"第一要务"。从某种意义上说，其留恋昔日在南京钟山"旧草堂"讲学育人的往事，希望通过开启人心,破心中贼,以恢复礼乐秩序,实现社会和谐,这便是此诗的真意所在。

此诗,王阳明从征战行军途中切入,叙说了对军事剿匪的深层次思考,亦是其内心思想矛盾的展露。其采用时空转换、意识跳跃的艺术手法,表达了对明中期局部地区社会混乱如何处置的思考。此诗也是考察王阳明军事思想的重要窗口。

回军上杭①

山城经月驻旌戈②,亦复幽寻到薜萝③。南国已忻回甲马④,东田初喜出农蓑⑤。溪云晓度千峰雨,江涨新生两岸波。暮倚七星瞻北极⑥,绝怜苍翠晚来多⑦。

[注释]

①回军:此指出征军队胜利凯旋。上杭:即福建上杭县。

②山城:指上杭县城。经月:整月。旌戈:此指代军队。

③亦复:也是。幽寻:寻求幽胜。薜萝:指野生植物薜荔和女萝。《九歌·山鬼》:"若有人兮山之阿,被薜荔兮带女萝。"

④南国:此指王阳明平乱的福建漳南山区。已忻(xīn):同"欣",意为"欣喜"。回甲马:指代班师。

⑤东田:泛指农田。农蓑:指代出工耕种的农民。

⑥七星:指北斗七星。瞻北极:意为仰望北方。

⑦绝怜:形容极其喜爱。宋杨万里《暮寒》诗:"绝怜晴色好,无奈

暮寒何。"苍翠：泛指青绿的山色。

[评析]

　　据《阳明先生年谱》载："正德十二年（1517），时三月不雨。至于四月，先生方驻军上杭，祷于行台，得雨，以为未足。及班师，一雨三日，民大悦。有司请名行台之堂曰'时雨堂'，取王师若时雨之义也。先生乃为记。"从记载及诗题中看，此七律为王阳明平漳南盗贼之后，驻军上杭县城时所作。在平漳南山贼的军事行动中，其曾在上杭驻军月余。虽盗贼已除，但山民苦于大旱，三月不雨。其时，正是农事繁忙之季，王阳明忧心如焚。为之祷雨后，果然连续下了三天雨，百姓大喜，作为南赣巡抚的王阳明抑制不住与民同乐的心情，欣然写下了这首反映平乱初期当地百姓的境况，以及由忧转喜的心情。

　　此诗首联："山城经月驻旌戈，亦复幽寻到薜萝。"反映了王阳明当年驻军上杭县城时的状况。在处理军政事务的间隙，仍不减踏青探胜的兴致，借机观风俗通民情，表现出王阳明勤政为民的生命境界。颔联："南国已忻回甲马，东田初喜出农蓑。"尽管王阳明在南赣巡抚任上所发起的"漳南之战"以大捷告终，其军事指挥艺术得到了初步的展现；但当地老百姓长期遭受匪患，民不聊生，这令其十分担忧。如何让老百姓尽快恢复生产，生活有着落，这是王阳明最为关心的。当其在寻幽探胜中看到农民已出田耕种，自然感到由衷的欣慰。反映出漳南动乱平定后，其内心的喜悦之情。颈联："溪云晓度千峰雨，江涨新生两岸波。"这是对当时驻地连续三个月大旱，祷雨后连下三天透雨的描述。"溪云化雨""江水猛涨"，诗人通过意象的组合，描述了漳南山区生机的恢复，反映出充满儒家"仁爱"思想的王阳明体恤民情民意、心系黎民百姓的情怀。尾联："暮倚七星瞻北极，绝怜苍翠晚来多。"此联，在状景抒情上较为委婉含蓄。夜色沉沉，王阳明独立山城，仰望北极，心事浩茫。漳南平乱初战告捷，数十年匪患平息，上可告慰社稷，下可安定黎民百姓，此时此刻，王阳明多么希望饱受匪祸的山区百姓过上太平的日子，享受造化的恩赐。

此诗，人物形象鲜明，充满强烈的抒情格调，传达出王阳明内心的欣喜之情。山区百姓的苦乐，亦是其情感所系，其明德亲民的为政观在诗中得到了充分展现。诗中反映其心理活动的描述亦十分传神，用"初喜"一词，将王阳明内心的波澜恰到好处地传达出来。"绝怜"一词，通过时空转换，将其对前景的展望融于江山的无限生意之中，寓意深刻。

还赣①

积雨雩都道②，山途喜乍晴③。溪流迟渡马，冈树隐前旌④。野屋多移灶⑤，穷苗尚阻兵⑥。迎趋勤父老⑦，无补愧巡行⑧。

[注释]

①赣：江西省别称，此指南赣巡抚驻地赣州城。

②积雨：久雨。雩（yú）都：雩都位于江西南部，赣州以东，因北有雩山，取名雩都。西汉高祖六年（前201）建县。1957年，改称"于都"。

③乍晴：忽然天晴。

④前旌：此借指前行的军队。

⑤野屋：村野农舍。移灶：借指村民因盗贼而逃难他处。

⑥穷苗：指贫困不堪的当地少数民族百姓。阻兵：借指作乱的盗寇。

⑦迎趋：意为接应当地百姓回归家园。父老：对老百姓的尊称。

⑧无补：无所帮助。巡行：出行巡察，此处意为出征剿匪。

[评析]

  明正德十一年（1516）九月，由兵部尚书王琼特举，朝廷命王阳明任都察院左佥都御史，巡抚南、赣、汀、漳等处。是时，汀、漳各郡皆有巨寇作乱。次年正月十六日，王阳明赶到赣州后即开府。经过短时间的准备，于二月发起"漳南战役"，是役前后不到三个月，漳南数十年巨寇悉平。四月，班师。此诗，正是王阳明率军还赣州途经雩都时所作。

  此诗为五律。首联："积雨雩都道，山途喜乍晴。"诗句描述了王阳明率军平福建漳州南部的盗贼后胜利还赣，途经雩都的情景，这是其受命南赣巡抚后所取得的首捷。久雨刚止，山路崎岖，由此可见当时平盗寇的艰难，但一个"喜"字透露出王阳明内心的兴奋之情。功夫不负有心人，毕竟扫除了数十年的匪患。颔联："溪流迟渡马，冈树隐前旌。"雩都道中，崇山峻岭，溪流纵横，树木蔽天，人马难行，反映出王阳明平盗贼的险恶环境及胜利的来之不易。颈联："野屋多移灶，穷苗尚阻兵。"一路所见，当地少数民族老百姓在盗贼的蹂躏下，四处逃荒，流离失所，惨不忍睹。然而，流寇还在，很多地方的老百姓还在遭难，南赣地区的平乱任务仍十分艰巨，这对王阳明来说重担在肩，义无反顾。尾联："迎趋勤父老，无补愧巡行。"如何使外逃的老百姓尽快返回家园，安居乐业，尽南赣巡抚的责任，这是王阳明所思考的第一要务。王阳明没有因为首战告捷而冲昏头脑，表现出一个具有仁者胸怀的军政长官的深谋远虑。王阳明始终将老百姓的利益放在首位，可以看出其与一些官吏在对待民众问题上采取的立场和策略不同，这也是王阳明能在极其艰苦的条件下，取得平乱胜利的重要思想基础，即按"良知"办事。

此诗通过细节性的环境及心理描写,反映出王阳明首次指挥重大平乱战役时淡定的心态和关注民生的儒将形象。描述与议论结合,展示出一种平和的大气,语言清新自然,立意深远。

回军龙南小憩玉石岩双洞绝奇徘徊不忍去因寓以阳明别洞之号兼留此作三首①

其一

甲马新从鸟道回②,览奇还更陟崔嵬③。寇平渐喜流移复④,春暖兼欣农务开⑤。两窦高明行日月⑥,九关深黑闭风雷⑦。投簪最好支茅地⑧,恋土犹怀旧钓台⑨。

[注释]

①龙南:即龙南县,位于江西省最南端,明代时为赣州府辖县。玉石岩:亦称"玉石仙岩",地处龙南古城的北郊,为龙南古八景之一。据位置分上下两岩:上岩有玉迹洞,下岩有玉虚洞。阳明别洞:此相对于王阳明当年在绍兴宛委山"阳明洞天"、贵州龙场"阳明小洞天"而言,故起名为"阳明别洞"。

②甲马:此指代剿匪平乱的军队。鸟道:形容山道狭窄、崎岖。

③览奇:意为饱览奇异的景观。崔嵬:此形容山之高峻。

④寇平:平息了盗寇。流移复:指流离失所的当地百姓返回家园。

⑤兼欣:双喜。农务:农事。

⑥两窦(dòu):指玉岩双洞。

⑦九关：喻指九重天门。《楚辞·招魂》："魂兮归来，君无上天些。虎豹九关，啄害下人些。"

⑧投簪（zān）：此代指弃官。支茅地：指荆棘杂草丛生的荒地。支：通"枝"。

⑨恋土：意为留恋家乡。钓台：指东汉余姚人严子陵隐居富春江的垂钓处，此借指归隐。

[评析]

据王阳明《浰头捷音疏》及《阳明先生年谱》等文献记载：明正德十三年（1518）初，王阳明分兵数路剿灭江西赣州南部龙南及与其交界的广东龙川三浰贼寇，并亲率一路大军，直捣下浰贼巢。经过两三个月的艰苦作战，三浰之战大获全胜。至此，王阳明所指挥的南赣地区平乱作战遂告结束。三月上旬，王阳明即令回军。在班师途中，经龙南玉石岩小驻休整，作诗三首。诗题交代了赋诗的缘由，因对玉石岩名胜情有独钟，王阳明将其命名为"阳明别洞"，即相对于绍兴宛委山阳明洞天、贵州龙场之"阳明小洞天"而言，可见其对玉石岩喜爱之极。尽管三首诗是王阳明回军途中所作，但其并没有直接写征三浰之盗贼的战况，仅作为背景来写。尤其是第二、第三首则是抒发自己的归隐情怀，这就为考察王阳明的征战平乱诗提供了新的视角，由此可洞察王阳明在南赣指挥平乱作战中的真实思想。

此诗首联："甲马新从鸟道回，览奇还更陟崔嵬。"交代写作此诗的背景，从诗句中透露出征三浰之战环境的艰难险恶。盗贼深藏崇山峻岭之中，占据要道，出没无常，相互呼应，对王阳明平乱确为严峻的挑战。但足智多谋的王阳明运筹帷幄，利用多种谋略，分化盗贼，分割合围，出其不意，攻其不备，仅用短短的数个月时间，就将赣粤边境的盗贼一举平定,解数十年匪患之灾,使山区百姓得以安宁。然王阳明在诗中仅用"甲马""鸟道"两个意象,将平三浰之战轻轻带过,将目光转向对平乱后百姓生存现状的体察。颔联:"寇平惭喜流移复,春暖兼欣农务开。"平三浰之战的效果是百姓从遭受匪患之祸四处流散,又回到了自己的故土,安居乐业。春暖花开之际百姓又不失时机地投入农耕之中,这对王阳明来说是莫大的心理安慰。正因为平乱取得了胜利,王阳明才有兴致在龙南玉石岩驻军小憩,才有了游览玉石岩名胜的雅兴。颈联:"两窦高明行日月,九关深黑闭风雷。"此二句表面是赞美玉岩双洞的瑰丽神奇景观,双洞如日月运行,光射斗牛,实则是抒发平乱胜利给百姓带来了安宁的生活。邪恶势力的扫除,正义才得以伸张。尾联:"投簪最好支茅地,恋土犹怀旧钓台。"这是诗人抒发对战后归宿的向往,表达了王阳明平乱并非是为了邀功领赏,升官发财,而是希望效法先贤严子陵归隐故土,寄身于大自然之中,在天地之间寻找生命的乐趣。

此七律,造句措辞,从容自然,平中有奇,波澜起伏。在修辞上,采用夸张等手法,从玉石岩双洞展开联想,上天入地,穿越时空,将对现实的反映与未来愿望有机地统一在游览玉石岩双洞之中。

其二

洞府人寰此最佳①,当年空自费青鞋②。麾幢旖旎悬仙仗③,台殿高低接绛阶④。天巧固应非斧凿⑤,化工无乃太安排⑥。欲将点瑟携童冠⑦,就揽春云结小斋⑧。

[注释]

①洞府:指神话中神仙居住的地方。南朝沈约《善馆碑》:"或藏形洞府,或栖志灵岳。"人寰:人间。

②青鞋：草鞋。

③麾（huī）幢：官员出行时仪仗中的旗帜。旖旎（yǐnǐ）：柔美的样子。仙仗：神话中神仙的仪仗。

④台殿：此形容玉石洞周围山势形态。纬阶：形容岩层横向走势。

⑤天巧：不假雕饰，自然工巧。

⑥化工：自然造化之功。

⑦欲将点瑟携童冠：语出《论语·先进》："点，尔何如？鼓瑟希，铿尔，舍瑟而作，对曰：异乎三子者之撰。子曰：何伤乎？亦各言其志也。曰：莫春者，春服既成，冠者五六人，童子六七人，浴乎沂，风乎舞雩，咏而归。"此借指讲学论道的真趣。

⑧小斋：此指小屋舍。

[评析]

此七律是前诗的进一步展开，由对玉石岩双洞奇观的描写，转入对"沂水情怀"的抒发，景、情、趣自然融合。首联："洞府人寰此最佳，当年空自费青鞋。"诗人采用先扬后抑的手法，认为玉石岩双洞是其理想中的游览之地，而以前纵情山水，寻寻觅觅，则是白费了工夫，从而衬托双洞是绝佳胜地，流露出其对双洞的眷恋之情。颔联："麾幢旖旎悬仙仗，台殿高低接纬阶。"此二句，诗人通过对玉石岩双洞的旖旎景观的渲染，营造出仙境般的虚幻场景。金阙玉宫，巍巍如如；香雾缭绕，玄象瑞光；高上皇尊，神仙列队；经幡招展，鸣钟击磬。诗人将玉石岩双洞想象成天上的玉宫，奇瑰无比。颈联："天巧固应非斧凿，化工无乃太安排。"此二句则是诗人对玉石双岩的评价，其形胜奇妙变幻，巧夺天工，可谓境由心生。尾联："欲将点瑟携童冠，就揽春云结小斋。"诗人回溯数千年前孔门弟子春服既成，在沂水洗浴，从舞雩台上歌咏而归的情景，表达了其意欲结庐山野，与弟子们讲学论道的真趣追求。此诗虽未涉及平乱的战事，但说明王阳明对战功是不屑一顾的，丝毫没有纠结于平乱结束后朝廷对自己的安排会如何，而是向往宁静的世界，回归人生本来的状态，这便是其价值和意义所在。此诗意境奇妙，想象丰富，志趣恬淡，充满哲理。

其三

阳明山人旧有居①，此地阳明景不如②。但在乾坤俱逆旅③，曾留信宿即吾庐④。行窝已许人先号⑤，别洞何妨我借书⑥。他日巾车还旧隐⑦，应怀兹土复乡闾⑧。

[注释]

①阳明山人：王阳明又一别号。

②阳明：形容山影忽明忽暗。

③乾坤：此代指天地。逆旅：喻人生匆遽短促。

④信宿：此表示连住两夜。

⑤行窝：此指可小住的安适之所，典出《宋史·道学传·邵雍》。宋人为接待邵雍，仿其所居安乐窝而为之建造的居室。先号：此指前人已有题名。

⑥别洞：此指玉岩双洞。书：指题刻。王阳明在玉石岩题诗均有石刻遗存。

⑦巾车：有帐幕的车子。旧隐：此指早年的隐居地。

⑧兹土：此地。乡闾（lú）：此泛指故乡。

[评析]

此七律在前二诗基础上，诗人通过对比手法凸显玉石岩的美景，进一步抒发对玉石岩胜景的眷恋之情。首联："阳明山人旧有居，此地阳明景不如。"阳明山人是其在绍兴会稽山阳明洞天修炼时的自号，"阳明洞天"亦是养性修炼的佳处。然王阳明认为玉石岩双洞的风光更有超越之处，欲扬先抑，实为表达其对玉石山景色之厚爱。这里应该包含王阳明的一份特殊情感，即玉石岩是王阳明在南赣平乱时的驻足小憩之地。颔联："但在乾坤俱逆旅，曾留信宿即吾庐。"此联即从时空的角度阐发了宇宙的无限性与个体生命短暂性之间的相对关系。尽管在玉石岩小驻的时间很短，但在王阳明看来是不能忘怀的，无论如何也得留下点痕迹以示纪念。故在颈联中说："行窝已许人先号，别洞何妨我借书。"因玉石岩是名胜之地，岩壁上前人亦有诸多题刻，借一角之壁留诗纪念，以表心曲。尾联："他日巾车还旧隐，应怀兹土复乡间。"此联是王阳明对玉石岩的深情倾注，亦是对隐居生活的向往，表达了对社会安定的期待，展示了作为儒者的悲悯情怀。此诗主要是情感的自然流露，故抒情行如流水，自然流畅，虚实相生。

上述三首七律，尽管叙述王阳明在结束南赣平乱战役后回军小驻玉石岩之事，但在王阳明的军事生涯中有着特殊的地位。王阳明自明正德十二年（1517）正月至赣进入平乱军政事务后，至次年三月，仅仅花一年多时间，就结束了南赣地区数十年之动乱，可谓殚精竭虑，呕心沥血。当结束平乱之后，王阳明在回军途经江西龙南玉石岩休整时，并未抒发平乱胜利的喜悦之情，而是着重抒发解甲归田后的人生乐趣，这就为观察王阳明的军旅诗提供了新的视角。平乱非为邀功封侯，而是为了社稷民生的安宁，作为个人仍应回归生命之本真，这就是王阳明军旅诗的至刚至大、至善至美之处。

回军九连山道中短述①

百里妖氛一战清②,万峰雷雨洗回兵③。未能干羽苗顽格④,深愧壶浆父老迎⑤。莫倚谋攻为上策⑥,还须内治是先声⑦。功微不愿封侯赏⑧,但乞蠲输绝横征⑨。

[注释]

①九连山:位于赣粤边界、南岭东部的核心部位,横贯数百里,主峰在广东北部连平县境内。

②妖氛:此代指盘踞在九连山之盗贼。

③万峰:代指九连山崇山峻岭。

④干羽:古代舞者所执的舞具,文舞执羽,武舞执干,形容承平气象。此代指文德教化。苗顽:指冥顽不化的少数民族盗贼。格:此处意为感化、改变。《尚书·虞书·大禹谟》:"帝乃诞敷文德,舞干羽于两阶,七旬有苗格。"

⑤壶浆:茶水、酒浆,以壶盛之,故称。《孟子·梁惠王下》:"箪食壶浆以迎王师。"

⑥莫倚:不要仗恃。谋攻:此意为采用军事手段剿灭动乱者。《孙子兵法》中,第三篇为《谋攻》,主要阐述以智谋攻敌,即不专用武力,而是采用各种手段使敌投降。上策:良策,可行性强的计策。

⑦内治:此处意为治国要先引导广大老百姓从内心提高道德素养。

⑧封侯:指封拜侯爵,此泛指接受功名利禄。赏:赏赐。

⑨蠲（juān）输：免除苛捐杂税。绝横征：断绝滥征税收。

[评析]

明正德十三年（1518）正月，王阳明率兵追剿九连山盗贼，经过数月艰苦征战，于三月初平九连山残匪。王阳明在《浰头捷音疏》中对平九连山之盗贼的过程有详细记载。结合诗题"回军九连山"可知，此诗为该年初春王阳明平定九连山盗贼后，在班师途中所作。此诗的着眼点并不在于描述征战之激烈，也不是抒发平九连山盗贼得胜后的兴奋之情，而是立足于对南赣地区产生动乱的社会原因之探究，以及如何从根本上解决动乱问题的深刻思考。

此诗首联："百里妖氛一战清，万峰雷雨洗回兵。"在王阳明受命任南赣巡抚平叛之前的数十年中，粤北山区的盗贼占山为王，荼毒百姓，民不聊生，危害极大。王阳明在赣州开府后，经过短暂的准备，军事上首先选择剿灭福建漳南地区的盗贼；然后，扫除赣西南横水、桶冈、左溪之盗贼；紧接着，挥师征粤北"三浰"（指上浰、中浰、下浰）之盗贼，在战役取得重大胜利之后，盗贼残部逃入九连山区。据《阳明先生年谱》载："九连山横亘数百里，四面陡绝，须半月始达，而贼已据险。先生选精锐七百余，皆衣贼衣，佯奔溃，乘暮至贼崖下。贼下招之，我兵佯应。既度险，扼其后路。次日，从上下击，西路伏起，一鼓擒之。"此役，王阳明采取智取的战术，一举剿灭了九连山残敌。自此，福建、江西、广东、湖广四省毗连山区的盗贼全部扫清，山区百姓得以重见天日，王阳明在初春的风雨中得胜班师。颔联："未能干羽苗顽格，深愧壶浆父老迎。"当地百姓对王阳明所率仁义之师，清除祸害，深表感激。剿匪军队所过之处，父老乡亲，箪食壶浆，立侍欢迎。然而，王阳明所思考的是如何通过移风易俗，用道德礼仪教化百姓，以改变民风。颈联："莫倚谋攻为上策，还须内治是先声。"在对待匪患的问题上，王阳明认为以往朝廷单纯以军事清剿的办法，并不能从根本上解决问题，而应该从心体上解决为善去恶的问题，即通过开显民众的良知，克除为恶的念头，方是治乱之上策。尾联："功微不愿封侯赏，但乞蠲输绝横征。"在王阳明看来，作为朝廷的官员，平乱取胜，并不是为了立功封赏。他希望朝廷、地方各级衙门处处体恤老百姓的苦难，稳定民心，免除苛捐杂税、杜绝横征暴敛，这亦是治国理政、解决长年匪祸的重要举措。

此诗在写作上，淡化对平九连山盗贼作战过程的描述，而是通过对社会动乱的思考，阐述治国的方略，故采用直接抒发内心感受表达对治理地方的看法。同时，运用历史上治国化民之典故，阐明治民须文治的历史经验。此诗后刻于龙南玉石岩"阳明别洞"。

鄱阳战捷①

甲马秋惊鼓角风②，旌旗晓拂阵云红③。勤王敢在汾淮后④，恋阙真随江汉东⑤。群丑漫劳同吠犬⑥，九重端合是飞龙⑦。涓埃未遂酬沧海⑧，病懒先须伴赤松⑨。

[注释]

①鄱阳：此指鄱阳湖，古称彭蠡、彭蠡泽、彭泽，位于江西北部。战捷：意为在鄱阳湖与叛王朱宸濠军队交战中取得大捷。

②甲马：指代披甲骑马的将士。秋惊：此战时在秋天，战况惊天动地。鼓角：战鼓和号角的总称。

③旌旗：指战旗。晓拂：即拂晓天亮之前。阵云：形容浓重厚积形似战阵的云。

④勤王：古代君王有难，臣下起兵救援君王。敢：此为谦辞，不敢。汾淮：此为典故，唐玄宗天宝十四年（755），身兼范阳、平卢、河东节度使的安禄山发动叛乱，郭子仪、李光弼起兵勤王，击退叛军。郭、李分别被封为汾阳郡王和临淮郡王。

⑤恋阙（què）：此处指宁王朱宸濠贪图皇位。阙，借指朝廷。江汉：指长江、汉江。

⑥群丑：邪恶之众。漫劳：空劳。吠犬：善叫的狗。

⑦九重：喻帝王居住的地方。端合：应当。飞龙：借喻老天爷。

⑧涓埃：细流与微尘，喻微小。未遂：未能如愿。酬沧海：此喻实现宏大的志向。

⑨病懒：意为身心疲惫。赤松：即赤松子，为中国神话传说中的神仙。

[评析]

据《阳明先生年谱》载：明正德十四年（1519），在南赣平乱战事结束后，王阳明多次以身体有病、祖母百岁病危为由，强烈要求致仕，但朝廷没有批准。六月，奉命勘处福建叛军，十五日，至丰城，闻南昌藩王朱宸濠谋反，遂返回吉安，募集地方武装，举义旗，起兵平叛。十八日返回吉安。十九日、二十一日接连上疏告宁王谋反。七月二日，朱宸濠号称雄兵十万，出南昌城，经鄱阳湖，袭南康、九江，围攻安庆城。为解安庆之围，王阳明于七月十八日在丰城召开军事会议，决定采用"围魏救赵"之策，直捣朱宸濠老巢南昌。十九日，兵发市汊，兵临南昌城下，至暮发起攻城之战，于次日凌晨，攻克南昌城，安庆即解围。朱宸濠获知南昌被攻占，急速回师企图夺回，王阳明伺机在鄱阳湖设伏兵。经二十四日、二十五日、二十六日连续三天激战，在樵舍生擒朱宸濠。就此，一场来势汹汹的藩王叛乱，被王阳明前后仅用三十余天时间就平定了。《鄱阳战捷》真实地记录了王阳明平朱宸濠鄱阳湖之战大获全胜后的心情。

此诗首联："甲马秋惊鼓角风，旌旗晓拂阵云红。"王阳明通过"甲马""鼓角""旌旗""阵云"等意象，强烈地烘托出当时双方交战的激烈状态。时值初秋，鼓角声声，战旗猎猎。在双方实力并不对等的态势下，王阳明亲临前线指挥，看出朱宸濠布阵的破绽，设计用火攻烧毁朱宸濠船队，给予其致命一击，火光映红了鄱阳湖上空。颔联："勤王敢在汾淮后，恋阙真随江汉东。"此联重在抒发王阳明举义兵平叛乱的真意，为社稷安定，避免百姓生灵涂炭，效法郭子仪等忠义之士，尽忠臣之责。同时，鞭笞、讽刺权欲熏天、野心勃勃的朱宸濠为篡夺皇位不惜铤而走险，最后被淹没在历史的潮流之中。忠臣叛王两相对照，泾渭分明，折射出具有儒家亲民爱国意识的王阳明高度的社会责任感。颈联："群丑漫劳同吠犬，九重端合是飞龙。"尽管王阳明不顾个人安危和灭九族的风险，挺身而出，力挽狂澜，以少胜多，以弱胜强，以迅雷不及掩耳之势，平息了叛乱。但是朝廷中的奸党从中生事，煽风点火，造谣惑众，恶语中伤王阳明，企图抢夺功劳。王阳明平叛非但无功，反而招致了意想不到的灭顶之灾。然而，王阳明凭良知处世，处险不惊，针对险象环生的局面，沉着应对，转危为安。尾联："涓埃未遂酬沧海，病懒先须伴赤松。"此联抒发了王阳明当时难言的心情，平乱不易，壮志难酬，表露出对乱臣贼子的愤慨和归隐山林的抉择。但事件的发展并没有因平朱宸濠之战大捷而结束，令王阳明始料不及的是，事情变得越来越复杂。好大喜功的正德皇帝朱厚照，自号"威武大将军"，在明知朱宸濠被擒的情况下仍亲率六师南下，要王阳明释放朱宸濠于鄱阳湖，然后其亲自捉拿，将战争视同儿戏。王阳明又一次冒着杀头的风险上疏,力谏劝阻皇帝亲征,但皇帝一意孤行,听信奸佞张忠、许泰谗言,派人追索朱宸濠。王阳明感到事态危急,深感战火重起,必危及江西等沿途百姓。出于无奈,于是年九月十一日从南昌出发,乘夜赶赴钱塘,将叛王朱宸濠交于尚属正直的宦官张永,自己因病留滞杭州。由于太监张永的从中斡旋,一场巨大的政治风波与王阳明擦肩而过。

此七律高度地概括了平叛王朱宸濠前后的重大历史事件和王阳明当时的内心感受。此诗的妙处在于淡化正面描写战捷,没有描述战场的整个状态及交战的前后过程,着重抒发诗人当时的所思所感。通过对历史人物忠奸的评判,以此彰显良知的明察、通达,以及自己为坚守正义而采取的立场。此诗在艺术上通过意象组合、历史穿越、比喻、夸张等手法,展示了鄱阳湖之战的过程跌宕起伏、惊心动魄。

归兴二首①

其一

百战归来白发新②,青山从此作闲人③。峰攒尚忆冲蛮阵④,云起犹疑见虏尘⑤。岛屿微茫沧海暮⑥,桃花烂熳武陵春⑦。而今始信还丹诀⑧,却笑当年识未真⑨。

[注释]

①归兴:意为回乡的兴致。

②百战:王阳明自明正德十二年(1517)初奉命出征南赣平乱至正

德十六年（1521）八月归越前后历时五年，其间多次组织指挥平乱、平叛战役，此为泛指。

③闲人：意为可以自由自在地过日子。

④峰攒：群峰叠聚。冲蛮阵：向山贼阵地发起冲锋。

⑤房尘：指代贼寇。

⑥岛屿：此指代仙岛。

⑦武陵春：此指代桃花源。"武陵"为湖南常德之古称。

⑧丹诀：泛指养生炼丹术。

⑨当年：意指自己年轻时一度沉溺于道教的养生术。

[评析]

据《阳明先生年谱》记载："（正德十六年）六月十六日，奉世宗敕旨，以'尔昔能剿平乱贼，安静地方，朝廷新政之初，特兹召用。敕至，尔可驰驿来京，毋或稽迟'。先生即于是月二十日起程，道由钱塘。辅臣阻之，潜讽科道建言，以为'朝廷新政，武宗国丧，资费浩繁，不宜行宴赏之事'。先生至钱塘，上疏恳乞便道归省。朝廷准令归省，升南京兵部尚书，参赞机务。八月，王阳明至越。"据上可知，王阳明从此结束了五年的戎马生涯，可以回到自己的家乡安度晚年，过清净的日子了。此二诗正是在这样的背景下所作，反映出王阳明奉旨归省时真实的思想情感。

此诗首联："百战归来白发新，青山从此作闲人。"王阳明出征南赣时四十六岁，待其解甲赋闲时正值知天命之年。在长年的征战及与奸党的周旋中，王阳明为国为民废寝忘食、殚精竭虑，导致身体虚弱，白发染鬓。基于王阳明的功德大业，原本仍可为国家再作贡献，然因朝廷权臣的阻拦，王阳明的仕途生涯即被中断。朝廷权臣借机批准其归省，仅封了个"南京兵部尚书"的官职。朝廷对功勋卓著的王阳明如此安排显失公允，但在王阳明的心中功名利禄则是过眼烟云，他所向往的烟霞生活提前到来，浑身轻松，自此可与青山做伴，自由自在地过日子。颔联："峰攒尚忆冲蛮阵，云起犹疑见虏尘。"然而，五年的军旅生涯，刻骨铭心，怎能淡忘。一旦解除了重任，感慨万千，以往的征战情景拂面而来，金戈铁马，鼓角硝烟，冲锋陷阵，历历在目。贼寇扫除，地方得以安定，百姓安居乐业，这对王阳明来说是莫大的安慰。正因为心头放下了重负，才有了轻松的愉悦。颈联："岛屿微茫沧海暮，桃花烂熳武陵春。"宇宙天地，沧海琼岛，武陵春色，桃花源中，这是王阳明心中的世界，一切是那么的灿烂、美好，充满诗意，透露出王阳明对精神自由的无比向往。尾联："而今始信还丹诀，却笑当年识未真。"此联是全诗的灵魂所在，在人生之路重大的转折之际，王阳明回首当年沉溺道教养生术的情景，用一个"笑"字诠释了对生命意义的理解和升华。道教"丹诀"的真正意义在于回归自然，万物同体，这是经过烽火岁月磨砺后的王阳明内心的明觉，亦是对淡出政坛的潇洒回应。

此诗在叙事、抒情方面没有将重点放在回首征战及与奸臣周旋的磨难上，而侧重在"作闲人"上着力，表现出王阳明对生命境界的追求，从此实现了"作闲人"的愿望，以及对道教养生观的重新认识。在艺术上，抒发情感跌宕起伏，思维跳跃，时空转换对比度强烈，可以说此诗是王阳明在南赣五年军事生涯的诗化总结及对"闲人"生活的体悟，具有超然、豁达的人生境界。

其二

归去休来归去休，千貂不换一羊裘①。青山待我长为主②，白发从他自满头。种果移花新事业，茂林修竹旧风流③。多情最爱沧州伴④，日日相呼理钓舟。

[注释]

①千貂：指代用貂皮制作的裘衣。羊裘：羊皮制作的衣服。《后汉书·严光传》载：余姚人严子陵光少有高名，与刘秀同游学，后刘秀成为东汉开国皇帝，请严子陵出山辅佐。但严子陵高风亮节，埋名隐身，披羊裘钓泽中，无意出山。

②为主：意为山中主人。

③旧风流：指代魏晋名士的流风余韵。

④沧州：指代水滨之地，古时常用来称隐士的闲居之地。

[评析]

此诗是对前诗的进一步发挥，情感抒发更为直率。首联："归去休来归去休，千貂不换一羊裘。"情感表述直白，似乎是从胸中喷发而出，一泻千里，酣畅淋漓。曾身负千斤重担，突然卸下担子，这种特有的轻松感觉是常人难以体验的。在平乱、平叛艰难的五年中，对王阳明来说，剿匪的艰难，平叛的风险，抚民的劳累，这些都可从容应对。但对来自朝廷奸党的网织罪名，肆意陷害，导致身心疲惫，每走一步皆如履薄冰的困境，总感万般无奈。正因如此，当朝廷同意其归省时，其犹如笼中之鸟飞向天空，自由翱翔。故而，诗人笔锋陡转，借用"羊裘垂钓"的典故，抒发了自己归隐山水的志趣，表达了对同邑先贤严子陵垂钓富春江的仰慕。颔联："青山待我长为主，白发从他自满头。"此联表达了王阳明离开官场、终老越中山水的意愿，及对闲云野鹤般的生活的向往。颈联："种果移花新事业，茂林修竹旧风流。"此联表面上是抒发对田园生活的向往，实则反映出王阳明从仕途回归昔日钟情的青山绿水，重蹈东晋名士逍遥自在的竹林志趣。向往淳朴、高远、恬静的生活，自然的情趣成为王阳明闲居生活的最佳选择。尾联："多情最爱沧州伴，日日相呼理钓舟。"此联诗人进一步表达了对闲居生活的钟情，细节性地描绘了步严子陵后尘，过一种清静无为的耕钓生活。虽说离开仕途的王阳明表面上显得自在轻松，但从字里行间中仍流动着对现实的忧虑与不安，对人生短促、大道未行的苦闷，这应是作为大儒的王阳明内心的矛盾所在。此诗展露了王阳明性情中喜爱自然山水的一面，也是对专制皇权精神压迫的一种消解。当然，亦是王阳明把握自我，对现实人生的一种超越。在写作上，此诗将现实与未来相观照，抒情与描写相融合，一气呵成，精神气韵跃然纸上。

平八寨①

见说韩公破此蛮②，貔貅十万骑连山③。而今止用三千卒④，遂尔收功一月间⑤。岂是人谋能妙算⑥？偶逢天助及师还⑦。穷搜极讨非长计⑧，须有恩威化梗顽⑨。

[注释]

①八寨：在广西上林、忻城两县之间的山区，时为当地少数民族武装动乱之地。

②见说：犹听说。韩公：韩雍（1422~1478），字永熙，江苏长洲（今属苏州）人。明正统七年（1442）进士，授御史。成化元年（1465），以右金都御史衔平大藤峡少数民族地区动乱，改地名为"断藤峡"。升左副都御史，提督两广军务。明武宗时追谥"襄毅"。有《襄毅文集》传世。蛮：古代对南方少数民族的泛称。

③貔貅（píxiū）：别称"辟邪""天禄"，古书记载及民间神话传说中凶猛的瑞兽。此喻勇猛的战士。连山：连绵的山岭。

④止用：仅用。卒：士兵。

⑤遂尔：于是乎。收功：取得成功。

⑥人谋：人的谋划。妙算：神妙的谋划。

⑦天助：上天之佑助。

⑧穷搜：极力搜寻。极讨：想方设法围剿讨伐。

⑨恩威：意为仁政与刑治并用。梗顽：顽固不化。

[评析]

据《阳明先生年谱》载：明嘉靖六年（1527）五月，朝廷命王阳明兼都察院左都御史，征广西思恩、田州土司动乱。六月，疏辞，不允。九月，自绍兴出发，踏上征程。十一月二十日，抵达梧州开府。十二月，朝廷又命其暂兼两广巡抚。王阳明在处理土司动乱中，据实情采用招抚之策，仅用两个月时间，不费一兵一卒，就圆满地解决了土司的动乱问题，并采取一系列治理措施安定社会，稳定人心。然而，八寨、断藤峡山区的盗贼数万之众，据险作恶数十年，成为广西社会安定的直接威胁。王阳明出于对两广老百姓安居乐业的考虑，主动担当起平乱的重任，以彻底解决动乱的祸根。王阳明利用前番集结的湖广军队撤兵之际，周密部署，仅用一个月时间，聚歼八寨、断藤峡匪众，解民于倒悬，两广父老皆以为是数十年来未有之举。此诗即为王阳明对平八寨之乱的总结及治理地方的思考，作于嘉靖七年（1528）平八寨之乱后。

此诗为七律。首联："见说韩公破此蛮，貔貅十万骑连山。"据史籍记载：明成化元年（1465），韩雍以右佥都御史之衔剿灭大藤峡苗民动乱，截断江上大藤，改地名为"断藤峡"。王阳明通过叙说韩雍剿灭广西断藤峡山区苗民动乱的历史,说明当时广西少数民族地区与朝廷矛盾尖锐的程度,朝廷不得已派重兵镇压。然而,时隔六十余年,盗贼再兴,其势更猛,危害更烈。王阳明在给朝廷的奏折中说:"八寨诸贼,尤为凶猛,利镖毒弩,莫当其锋,且其寨壁天险,进兵无路。"面对占据有利地形、凶猛无比的盗贼,王阳明采用麻痹盗贼、突然袭击的战术,巧妙地利用回军湖广的三千士兵袭击盘踞在八寨的盗贼,速战速决,大获全胜,清除了八寨地区作乱的盗贼。故其在颔联中写道:"而今止用三千卒,遂尔收功一月间。"王阳明善于用兵,通晓对山区盗贼作战的规律,将军事指挥艺术发挥到极致,可以说是明代军事史上的奇迹。但王阳明并没有停留在军事胜利的自我陶醉中,而是实事求是地总结了成功平八寨盗贼的各种偶然因素。颈联中说:"岂是人谋能妙算?偶逢天助及师还。"从中可以看出,王阳明用兵灵活机动,随机应变,善于借助气候、地形,尤其是利用盗贼的麻痹心理,一举突破。在王阳明看来,军事剿匪仅仅是一种不得已的手段,解决山区苗民动乱的根本方略还在于"恩威"并施。故其在尾联中说:"穷搜极讨非长计,须有恩威化梗顽。"王阳明在仕途上较长时间在地方任职,了解地方治理和民生的现状,知道该如何治理地方顽症,尤其是山区的盗贼问题。王阳明有句名言:"破山中贼易,破心中贼难。"感化、教育,去除弊政,才是解决社会动乱的良策。

此诗表面上是记述平八寨之乱的战况,但实质是总结社会治乱的经验教训。写作上采用对比的方法,以前朝将领用军事剿匪之后匪患又起的史实,揭示军事手段并不是解决社会动乱最有效的方法,也不是唯一的途径,最主要的是铲除为恶作乱之心,这才是实现社会长治久安的根本之路,故此诗是王阳明留给后人的治世警策之言。

破断藤峡①

才看干羽格苗夷②,忽见风雷起战旗③。六月徂征非得已④,一方流毒已多时⑤。迁宾玉石分须早⑥,柳庆云霓怨莫迟⑦。嗟尔有司惩既往⑧,好将恩信抚遗黎⑨。

[注释]

①断藤峡:在广西上林、忻城两县之间的山区,时为当地少数民族武装动乱之地。

②干羽:古代舞者所执的舞具,文舞执羽,武舞执干。格:使之归顺。苗夷:此泛指古代南方少数民族。

③风雷:喻战前形势。战旗:军旗。

④徂征:前往征讨顽抗的盗贼。

⑤流毒:意为长期侵害百姓。

⑥迁宾:诗人自称。玉石:玉与石头,比喻好与坏。

⑦柳庆:指柳州、庆远等地。

⑧嗟尔:叹惋之辞,意为"你啊"。有司:古代设官分职,各有专司。惩:处罚。既往:以往。

⑨恩信:恩德信义。抚遗黎:劫后残留的百姓。

[评析]

八寨、断藤峡诸蛮贼,有众数万,负固稔恶,南通交趾诸夷,西接云贵诸蛮，东北与牛场、仙台、花相、风门、佛子及柳庆、府江、古田诸瑶回旋连络，延袤二千余里，流劫出没，为害岁久。此诗为王阳明奇袭断藤峡盗贼前所写，表达了对平定八寨、断藤峡之乱的决心与治理的思考。

此诗为七律。首联："才看干羽格苗夷，忽见风雷起战旗。"王阳明到广西梧州后即开府理军政事务，于次年二月以招抚方式，用仁义道德感化作乱诸头领，顺利平定了思恩、田州的土司之乱。王阳明在《田州立碑》中有言："乃命新建伯王守仁'曷往视师，其以德绥，勿以兵虐'。班师撤旅，信义大宣。诸夷感慕，旬日之间，自缚来归者七万一千。悉放之还农，两省以安。昔有苗徂征，七旬来格；今未期月而蛮夷率服，绥之斯来，速于邮传，舞干之化，何以加焉。"碑文即是对此诗句的明确诠释。但占山为王的八寨、断藤峡盗贼仍在作恶、危害百姓，于是王阳明趁湖广军队回兵之际，设计一举全歼两地盗贼。故颔联中说："六月徂征非得已，一方流毒已多时。"在对待西南边疆地区少数民族动乱的问题上，王阳明一贯主张"剿抚并举，以抚为主"的方针，能抚则抚，在不得已的情况下，方采取军事剿灭的手段。即便用军事手段平乱，王阳明也警告部下不要滥杀无辜，对胁从者从宽处理。颈联："迁宾玉石分须早，柳庆云霓怨莫迟。"此联反映出王阳明做出平乱方略的思考过程，即通过调查研究，分辨是非，区分善恶。为百姓利益和地方的安宁计，必须抓住战机，兵贵神速，任何迟疑不决均会造成严重的后果。由此可见，王阳明在出征广西的谋略中，始终把人民大众的利益放在首位，故一到广西梧州，就不顾路途劳顿，立即开府议论政事，做出重大决策。尾联："嗟尔有司惩既往，好将恩信抚遗黎。"表明了王阳明处理作乱盗贼的原则，首恶必惩，胁从者既往不咎，以此抚慰受难的广大百姓，显示仁政。

此诗重点阐明如何"破"断藤峡盗贼的方略问题。王阳明没有正面描写战役的状况，而是阐发如何从根本上解决动乱的问题，言在此而意在彼。全诗通过借喻的手法，将诗人内心的思考形象地反映出来，寓历史经验教训于战略谋划之中，运筹帷幄，决胜千里，体现了作为政治家的王阳明内圣外王的将帅品质。

四、讲学论道诗

　　对王阳明心学发展历程的描述，明末清初大学者黄宗羲将王阳明的为学、为教历程，概括为"前三变"与"后三变"。"前三变"是指"泛滥词章"的涉猎阶段，"遍读考亭之书"的探究朱学阶段，以及"出入于佛老"的交融阶段。"后三变"是指由"龙场悟道"之后提出"知行合一"说的"以默坐澄心为学"阶段，到专门倡导"致良知"之教阶段，再到居越（余姚）讲学，"所操益熟"阶段。明正德三年（1508）春，王阳明因反对宦官刘瑾专权、援救正直官员被贬谪至贵州龙场。为解决思想困惑问题，其日夜端坐山洞，体验生死之念，忽悟"圣人之道，吾性自足"，史称"龙场悟道"，标志着阳明心学的确立。旋即，王阳明在龙场创办龙冈书院，授徒讲学，首开西南心学教育之先河。此后，受贵州提学副使席书之聘，主讲贵阳文明书院，始论"知行合一"学说。正德十六年（1521）初，王阳明在南昌揭"致良知"之教。此年六月，王阳明奉旨赴京，但行至杭州，朝中权臣借故阻挠，未能成命。八月，上疏归省。嘉靖元年（1522）二月，其父龙山公卒，自此，丁忧越城（今绍兴）。服阕后，未被朝廷起用，王阳明仍居越城。自嘉靖元年（1522）至嘉靖六年（1527）九月出征广西前，其利用"赋闲"之际，广纳门生，开展了各种形式的讲学活动，以"致良知""万物一体"为教，强调为学自得，其心学思想日臻完善，从而形成了明中期强劲的心学思潮。王门"四句教"："无善无恶心之体，有善有恶意之动，知善知恶是良知，为善去恶是格物。""四句教"是对阳明心学的经典概括。"大道即人心，万古未尝改。""个个人心有仲尼，自将闻见苦遮迷。""莫道圣门无口诀，良知两字是参同。""人人自有定盘针，万化根源总在心。""抛却自家无尽藏，沿门持钵效贫儿。""良知即是独知时，此知之外更无知。""但致良知成德业，漫从故纸费精神。""不信自家原具足，请君随时反身观。""吾心自有光明月，千古团圆永无缺。""绵绵圣学已千年，两字良知是口传。"上述诗句是对阳明心学内涵的形象表述。本专题选录王阳明讲学论道的代表性诗歌17首，一定程度上是对阳明心学的形象诠释。

赠阳伯①

阳伯即伯阳②,伯阳竟安在③。大道即人心④,万古未尝改⑤。长生在求仁⑥,金丹非外待⑦。缪矣三十年⑧,于今吾始悔。

[注释]

①阳伯:为王阳明妻诸氏侄子,名阳,字伯复,号见心。明嘉靖元年(1522)中举。历任南直隶宁国府推官、太平府通判,敕授承德郎。"阳伯"为诸阳名与字之兼称,其为王阳明亲炙弟子。

②伯阳:魏伯阳,东汉黄老道家代表人物,名翱,字伯阳,道号云牙子,会稽上虞(今浙江绍兴上虞)人。著有《周易参同契》。

③竟:到底。安在:何在。

④大道:意为正确的道理。人心:此处特指善良的心地、良心。

⑤万古:此形容经历的年代久远。

⑥长生:意为永生,原为道教之语,指生命不老。求仁:语出《论语·述而》,冉有曰:"夫子为卫君乎?"子贡曰:"诺。吾将问之。"入,曰:"伯夷、叔齐何人也?"曰:"古之贤人也。"曰:"怨乎?"曰:"求仁而得仁,又何怨?"出,曰:"夫子不为也。"

⑦金丹:外丹术即炼丹术,由炼金术发展而来,以炼制声称服后不死成仙的丹药为主,二者合称金丹术。《抱朴子·金丹》中介绍了丹经与炼丹法。外待:此处意为依靠外物长生。

⑧缪(miù)矣:错了。

[评析]

　　明弘治十八年（1505），王阳明在完成山东乡试的主试任务后，九月回京，改任兵部武选清吏司主事。在经历种种艰苦的思想探索后，确立把人生的目标定在探究圣学上。王阳明所倡导的圣学，不是简单地传承、弘扬孔孟学说，而是将重点转到"身心修养"上。倡导圣学，首先就要研究和传播儒学思想，如此，他开始招收门徒，在京师讲学。仅靠一己之力，总难成气候，开始结交同志。据《阳明先生年谱》记载："是年先生门人始进。学者溺于词章记诵，不复知有身心之学。先生首倡言之，使人先立必为圣人之志。闻者渐觉兴起，有愿执贽及门者。至是专志授徒讲学。然师友之道久废，咸目以为立异好名，惟甘泉湛先生若水时为翰林庶吉士，一见定交，共以倡明圣学为事。"此时，王阳明在为学成圣的人生目标上有了新的理解，跳出了苦闷求索的狭隘路子，学术视野更加开阔。其将目光投向教育，让更多的人参与其中，共同探求成圣贤的道路，重构社会道德体系，以复圣道。

　　此五言律诗，归类在《王文成公全书・外集・京师诗》中，故可推之写作时间在明弘治十八年（1505）之际。此诗是王阳明为其妻侄诸阳所作的赠诗。首联："阳伯即伯阳，伯阳竟安在。"此联中，王阳明点出了诸阳当年热衷于道教长生学说，沉溺于道术之误，并以东汉魏伯阳早已过世为例，开导诸阳学道成仙并不可靠。颔联："大道即人心，万古未尝改。"此联亦为对诸阳的开导之语，点明了大道在人的心中，不必向外寻求。成圣贤的道理在自己的内心世界，并不会随时间的流逝而改变，是万世不变的真理。这在一定程度上反映了王阳明心学最初的表述，也是王阳明在京城讲学，与湛若水结交后的思想成果。颈联："长生在求仁，金丹非外待。"诗句中，王阳明意欲将自己经过苦苦摸索的体会传授给诸阳。

其通过对儒道两种学说的比较，告诫诸阳以儒家的"仁"学思想为立身之本，才是真正的"长生"，以此否定了道教金丹学派依靠炼丹长生的处世之道。尾联："缪矣三十年，于今吾始悔。"最后，王阳明通过自己在求学过程中所走的弯路谆谆告诫诸阳，不要重蹈自己的老路。王阳明在作于正德七年（1512）的《别湛甘泉序》一文中说："某幼不问学，陷溺于邪僻者二十年，而始究心于老释。赖天之灵，因有所觉。始乃沿周程之说求之，而若有得焉。顾一二同志之外，莫于翼也，岌岌乎仆而后兴。晚得友于甘泉湛子，而后吾之志益坚，毅然若不可遏，则予之资于甘泉多矣。甘泉之学，务求自得者也。"由此可知，在王阳明的思想探索中，从迷茫中找到人生的方向与结友湛若水相关。湛若水的"自得"思想，对王阳明心学的形成影响较大。王阳明用自己所走过的曲折道路，借诗歌的形式启发教诲诸阳，就显得顺理成章了。此诗其意在明德弘道，针砭时弊，拯救学子的身心，倡明圣学。因当时许多学子沉溺于八股文、佛道、辞赋之中，对圣学真谛不堪了了，故该诗具有醒世的价值。王阳明对其妻侄诸阳的学业亦十分关注，现存相关文稿有作于正德十三年（1518）的《书诸阳伯卷》、嘉靖三年（1524）的《书诸阳伯卷》，可见王阳明倡明圣学在亲属圈中亦着力较多。

  此诗是一首充满心学智慧的诗歌，尽管是一首小诗，但在王阳明为示弟子而创作的诗歌中占有重要的地位。语言古朴，通俗易懂；看似平易，内含机锋；微言大义，直指人心。

咏良知四首示诸生①

其一

个个人心有仲尼②,自将闻见苦遮迷③。而今指与真头面④,只是良知更莫疑⑤。

[注释]

①良知:指人意识中的本然世界。语出《孟子·尽心上》:"人之所不学而能者,其良能也;所不虑而知者,其良知也。"王阳明认为"良知是心之本体""良知即天理""知善知恶是良知"。

②个个:每个人。仲尼:为春秋时期著名思想家孔子之字,子姓孔氏,名丘。此借代圣人之心,即"良知"。

③闻见:所闻所见,此处意为人所获得的经验性知识。遮迷:意为心体被私欲包裹遮掩。

④真头面:借喻"真知"。

⑤莫疑:不要怀疑。

[评析]

王阳明在正德十四年(1519)平南昌藩王朱宸濠之后,即遭朝中奸党诬陷而蒙冤,处境十分险恶;但王阳明以良知之心处世,秉公办事,克服了常人难以想象的种种困难,转危为安。正德十六年(1521)三月,正德皇帝朱厚照去世,由其从弟朱厚熜继位,即嘉靖皇帝。时王阳明在江西南昌以都察院右副都御使兼任巡抚的身份处理军政事务，其间讲学论道，始揭"致良知"之教，其心学思想日臻完善。同年六月，王阳明奉嘉靖皇帝之旨，召用入京。行至杭州，遭到朝中权臣以种种借口阻拦，王阳明便上奏归越省亲。时，朝廷升王阳明为南京兵部尚书，参赞机务。至嘉靖元年（1522）二月，王阳明父王华去世，便丁忧在绍兴家中。其间，在绍兴、余姚两地授徒讲学，发"万物一体"之说，此《咏良知四首示诸生》七绝句即作于此期间。

"良知"二字，最早是战国时期孟子在《孟子·尽心上》一文中提出，而用诗歌形式，阐释心学思想，则为王阳明传播自己所创立学说的重要方法。此诗通过形象的说理，辨析了"良知"与"闻见之知"的区别。上联："个个人心有仲尼，自将闻见苦遮迷。"根据王阳明的"致良知"学说，每个人的心中都有"良知"，并在"太虚"中发用流行。诗句中用孔圣人的形象指代心中拥有光明的世界，"良知"亦为宇宙之本体，而个人所获的片面经验知识很容易被私欲所支配，故在一定时空中能遮蔽心中的"良知"，导致人的思想意识混乱，分不清是非、善恶，浑浑噩噩地过日子。下联："而今指与真头面，只是良知更莫疑。"诗人用"真头面"喻真实的宇宙面目，认为只有"良知"才是世界之本体，无所阻挡。圣人之心，即良知之心，相信自我良知，学做圣人，才是自主自立。王阳明在嘉靖四年（1525）所撰《答欧阳德书》一文中说："良知不因见闻而有，而见闻莫非良知之用。故良知不滞于见闻，而亦不离于见闻。"此语精辟地阐释了"良知"与"见闻"之间的区别与联系。指示弟子以"良知"为自身的主宰，学问之"大头脑"，正确理解和把握"良知"与"见闻"的内在联系，坚信心中的"良知"而用世。此诗为阐明深奥的心学原理而作，诗人通过形象的比喻、借代等修辞手法，化抽象为具体，深入浅出地阐发了"良知"思想。

其二

问君何事日憧憧①?烦恼场中错用功②。莫道圣门无口诀③,良知两字是参同④。

[注释]

①憧(chōng)憧:此处意为心神不定。

②用功:下功夫。

③圣门:此处泛指传承孔子儒学之道的门派。口诀:此指将儒家学说要点编成便于记诵的语句。

④参同:是东汉道人魏伯阳系统阐述炼丹理论的最早著作《周易参同契》的简称,此处指代"真诀"。

[评析]

明嘉靖六年(1527)九月,王阳明奉旨出征广西前,其晚年的高足弟子钱德洪、王畿向其师请教关于"良知"的本义,王阳明于绍兴伯府第的天泉桥上作答,并概括成中国古代哲学史上著名的"四句教",其中揭示了"良知"的功能:"知善知恶是良知。"认为只有"良知"才具有衡量善恶是非的功能,其他所谓的标准都是靠不住的,真正的准绳只能是内心的良知。诗中上联,诗人对当时社会存在的思想困惑、学术僵化、人格低下等现状作了辛辣的讽刺:"问君何事日憧憧?烦恼场中错用功。"世间有为仕途而奔波的、有为钱财而忙碌的、有为虚名而钓誉的、有为美色而沉湎的、有为来世而苦求的……这一切在王阳明看来,都是走错了路、发错了功、掉入了物欲的陷阱。王阳明在《与欧阳德书》中对"良知"一说，进一步作了发挥："良知之外，则无知矣。故致良知是圣门教人第一义。今云专求之见闻之末，则落在第二义矣。若曰致其良知而求之见闻，则语意之间未免为二。此与专求之见闻之末者，虽稍不同，其为未得精一之旨则一也。"故求学探究、为人处世，要在"良知"上求，这才是千古孔门真传的口诀。下联："莫道圣门无口诀，良知两字是参同。"王阳明将其长期思想探索的实践结晶，比作道家炼丹经典《参同契》中的真诀，用"良知"二字表征其心学思想的内核，从而成为阳明心学的专用术语，是继孔孟以来儒学的"真诀"，简明、大义。此诗用明快直截的语言阐释了"良知"的功能，并以道家的《参同契》作比，传达出阳明心学即事明理，从心体上修炼，直指良知本体的简捷方法。

其三

人人自有定盘针①，万化根源总在心②。却笑从前颠倒见③，枝枝叶叶外头寻④。

[注释]

①定盘针：此处喻衡量是非的标准。

②万化：万事万物的变化。

③颠倒：此处形容本末倒置。

④枝枝叶叶：此处喻相对于人心的外部事物。

[评析]

阳明心学的启蒙意义在于肯定人人都具有"良知"之心，"良知"能知是知非、知善知恶，故"良知"能够主宰自身；"良知"亦存在于世界万物之中，故"良知"亦能主宰世界。王阳明认为人人都有"良知"这个"定盘针"，而万物本源在于良知之心。此诗上联："人人自有定盘针，万化根源总在心。"诗人用"定盘针"形象地揭示了每个人心中都有"良知"，而宇宙间的万物生生不息亦都因"良知"而发用流行，故王阳明用"心即理""吾性自足"等心学词语来表征其理论观点。王阳明在阐释"四句宗旨"时对"良知"的内涵有十分形象的比喻："有只是你自有，良知本体原来无有，本体只是太虚。太虚之中，日月星辰，风雨露雷，阴霾饐气，何物不有？而又何一物得为太虚之障？人心本体亦复如是。太虚无形，一过而化，亦何费纤毫气力？"意思是人的心体是广博的，犹如宇宙无边无际，而且能感知万事万物。由此可知，心体亦是无限光明的世界，具有无穷的能量，求诸于己，才是修炼的正确途径和方法，亦是做人的方向。下联："却笑从前颠倒见，枝枝叶叶外头寻。"此从逻辑、时空的角度阐明了那些在道德上"向外求理"的思想僵化者对"本体世界"的误解，从外在具体的物象中去求理，自然得不出正确的认识和结论。一个"笑"字，前人在思想探索上的误区轻轻点出，举重若轻，一个深奥的哲学问题一语化解。此诗在写作上的特色是以比喻说理，以象寓理，语言通俗，诗境恢宏，穿越时空。

其四

无声无臭独知时①，此是乾坤万有基②。抛却自家无尽藏③，沿门持钵效贫儿④。

[注释]

①臭（xiù）：此处意为气味的总称。独知：意为仅仅自己知道。

②乾坤：借指天地。

③无尽藏：此泛指事物之取用无穷。

④持钵（bō）：类比到处乞求施舍。贫儿：意为"乞丐"。

[评析]

　　王阳明在明嘉靖五年（1526）《与邹守一书》中说："然良知之在人心，则万古如一日。苟顺吾心之良知以致之，则所谓不知足而为屡，我知其不为赘矣。"此言意为良知在时空上是无穷无尽的，每个人只要将良知之心开显出来，那么就把握了世界的根本，对于人的本性而言，这就是"根基"了，亦是宇宙之基，基础不固，自然会导致本末倒置。此诗上联："无声无臭独知时，此是乾坤万有基。"正是王阳明对"良知本体"的通俗阐释，良知存于自我的心中，唯有"慎独"之心方能真正体悟。其在《传习录》中说："所谓人虽不知，而己所独知者，此正是吾心良知处。"由此可见，良知之明澈。首句中"无声无臭"一词，语出《诗经·大雅·文王》："上天之载，无声无臭。"意为宇宙之体原本是澄明的，象征良知是宇宙的本体世界。下联："抛却自家无尽藏，沿门持钵效贫儿。"句中意为：坚信自身心中之良知，激发良知的无穷智慧和力量，才是明觉天理；然而，在为学之路上多少人真正明白这个道理呢？王阳明用僧人持钵乞施舍做类比，将求道的途径、方法简明扼要地点将出来。王阳明在《答欧阳崇一》一文中说："盖良知之在心，亘万古，塞宇宙，而无不同。"此诗正是从良知的角度，教示弟子认识自身的主体意识，千万不要做"沿门乞讨"的糊涂人。当然，此中有影射世俗中腐儒之意，可谓言简意赅，拨云破雾。此诗在说理上主要通过常理揭示良知内涵的要义，然后用类比之法指示体认良知的方法，求之于己。

答人问道①

饥来吃饭倦来眠②,只此修行玄更玄③。说与世人浑不信④,却从身外觅神仙⑤。

[注释]

①道:此应指"本然"之理。

②饥来吃饭倦来眠:此语化用唐代大珠慧海禅师语:"饥来吃饭,困来即眠。"见《五灯会元》。

③修行:修养德行。此应指出家学佛。玄:深奥不容易理解的道理。

④浑不信:全然不相信。

⑤神仙:此指传说中具有超凡功力的神奇之人。

[评析]

此七绝编在《王文成公全书·外集·居越诗》中,可知此诗作于王阳明晚年在绍兴、余姚讲学之际,即明嘉靖初期。此诗写作的直接缘由是回答他人关于何为"道"的提问,因此也可以说是"诗教"之诗。诗中,王阳明没有直接回答什么是"道",而是用通俗的类比解答提问者心中的疑惑。上联:"饥来吃饭倦来眠,只此修行玄更玄。"在王阳明看来,所有关于"道"的认识,均在自身的心中,无须外求。诗中化用了唐代高僧大珠慧海禅师妙语,求道只要顺从天性,犹如人饥饿时要吃饭、疲倦时要睡觉一样,并不是一些道学家说的那样玄乎,以至于求道之人不问自己内心的"良知",而是在身外寻求所谓的"道理"。更何况,所谓修行只是个"功夫","心与理""心与物"均是相通的,离开了"心"便无所谓理、无所谓物。王阳明在《传习录》中说:"心外无物,如吾心发一念孝亲,即孝亲便是物。"即心中发一善念,即外显为物,可见日常生活中的事物,均为心的发用流行。此是阳明心学的基本原理,这与佛教禅宗的说法还是有本质区别的。禅宗修行的做法十分简易,即在日常生活中悟道;而王阳明心学所论则是直接开显心体,由善念指向外部世界,在修炼时即克除意念中过分的私欲。然而,王阳明的这些简捷明快的教法,对于深受僵化思想影响的"求道人"而言,并非容易接受。故下联说:"说与世人浑不信,却从身外觅神仙。"在生活中,王阳明碰到一些所谓求道人,尽管通过各种通俗的比喻,解释如何求道,但对某些人来说,不相信自己的"良知",固执己见,仍然向外求道,尤其相信所谓神仙的超凡本领而不知自拔。故王阳明此诗具有警世、醒世的作用。王阳明这首《答人问道》诗,将"良知"思想通过十分直白的语言作解释,主旨是"求道","理"就在自己心中,因求之于心且不离日用,亦不滞于日用,无须问神仙。从中,也反映了王阳明对世人求仙道的批判态度。此诗语言通俗,口语化,但饱含哲理,深入浅出,不失机锋。当然,在说理上援佛语入诗,带有禅味。

答人问良知二首

其一

良知却是独知时①,此知之外更无知②。谁人不有良知在③,知得良知却是谁?

[注释]

①良知：意为天生本然的道德世界。独知：意为自知。

②知：指"良知"。更：此处意为"再"。无知：此处意为"没有其他的道理了"。

③谁人：何人。

[评析]

此《答人问良知二首》为七言绝句，收录在《王文成公全书·外集·居越诗》中，即作于王阳明在越城丁忧赋闲期间。此诗，王阳明通过回答提问的方式，解释了"良知"的含义。上联："良知却是独知时，此知之外更无知。"在王阳明看来，"良知"反映在自身上即为"独知"。独知是良知本体的一个重要特征，即便在常人所不知的独处情景下，其行为意识也无不被良知所察识、所监视，在此意义上良知即是独知。王阳明在《传习录》中说："所谓人虽不知而己所独知者，此正是吾心良知处。"人的意念之善恶唯"良知"自知之，即强调独知是良知的本然意义。下联："谁人不有良知在，知得良知却是谁？"良知之心人皆有之，但如何明白这个道理，随处体认良知，在践行上开显良知，这就取决于每个人的自觉程度如何了。良知对于人的内控作用，说得通俗一点，即做人主要是靠自己，别人无法代替他人的"独知"。从伦理上讲，每个人要有道德自律性，许多事情要自己去把握，别人是无能为力的。此诗主要通过逻辑推理阐明观点，并用设问的方法启发弟子自己体悟良知本义。

其二

知得良知却是谁？自家痛痒自家知。若将痛痒从人问，痛痒何须更问为①?

[注释]

①问为:"为问"的倒装。

[评析]

  此诗主要是阐明"致良知"的修炼功夫。上联:"知得良知却是谁?自家痛痒自家知。"王阳明以人的感觉"痛痒"设喻,反复开导弟子体认"良知",致知只有自己才能做到。"致良知"也就是把"良知"扩充、推及万事万物之中,予以发扬光大。将人的意识潜能,特别是道德潜能生活化,从人自身的本性中生发出现实人生的价值和意义。下联:"若将痛痒从人问,痛痒何须更问为?"此联照应上联,用反问的手法,揭示了"吾性自足,不必他求"的心学基本原理。王阳明要求诸生抛弃空言心性,力求在现实生活中做到"致良知",以扩展和完善自己的道德人格。王阳明告诫弟子,只有认得良知,并在良知的主宰之下,所有的实践功夫才具有合理性、可行性。反之,背离"良知",那么所有的功夫都将是毫无意义的。王阳明一再强调"致良知"的重要性,目的之一是批判宋儒在事事物物上寻求道理的"格物知致说",突破僵化的为知识而知识的学道方法,建立起可学可用的"致良知"学说。

  在上述《答人问良知二首》中,王阳明揭示了"良知"就是"独知"的心学思想,通过比喻、设问、反问等手法,用极其浅显的语言将"良知"的独知性阐述得简洁明了,通俗易懂,展现了王阳明心学教法的大众化。

示诸生三首

其一

尔身各各自天真①,不用求人更问人。但致良知成德业②,漫从故纸费精神③。乾坤是易原非画④,心性何形得有尘⑤?莫道先生学禅语⑥,此言端的为君陈⑦。

[注释]

①天真:此处意为事物的天然性质或本来面目,即具良知之心。

②致良知:《大学》有"致知在格物"的说法。王阳明认为,"致知"就是致吾心内在的良知。"致良知"即为开显心中的良知并扩展到宇宙万物。"致"即不断克除过分私欲的过程。德业:"德行"与"功业"的合称。

③漫从:不需要。故纸:此处指代古籍。费精神:意为空耗精力。

④乾坤:此指"天地"。易:此指《易经》之"易",意谓阴阳交替。画:此指"八卦图"。

⑤心性:此意为人的道德世界。

⑥莫道:不用说。禅语:从佛门中传出的精华语句,话语平朴,含意深远,对人生思想等方面有着精神食粮的作用。

⑦端的:真的。陈:述说。

[评析]

此《示诸生三首》编入《王文成公全书·外集二·居越诗》中,可知作于王阳明在越城丁忧及闲居之际。据《阳明先生年谱》载,明嘉靖元年(1522)二月,王阳明父王华卒,按照礼制在越城家中丁忧。至嘉靖三年(1524),绍兴知府南大吉及山阴县令吴瀛拓展稽山书院,增建"明德堂""尊经阁"。应南大吉之邀,王阳明撰《稽山书院尊经阁记》一文,并在书院讲论"致良知""万物一体"之学。因来自全国各地的学子甚多,导致"宫刹卑隘,至不能容。盖环坐而听者三百余人"。王阳明为前来求学的弟子讲学"只发《大学》万物同体之旨,使人各求本性,致极良知以至于至善,功夫有得,则因方设教。故人人悦其易从"。从以上背景可知,王阳明此七律是通过诗歌形式开启弟子的"良知"之心,可称之为"诗教"。

此诗首联:"尔身各各自天真,不用求人更问人。"王阳明直截了当地点明了"良知"就在每个人的心中,没有必要去向他人求证,反身内求,就能开显"天真",即所谓"心即理",此为阳明心学的基本原理,或者说是"良知本体论"。故在颔联中说:"但致良知成德业,漫从故纸费精神。""致良知"是阳明心学的思想精髓,不仅是修心养性的不二法门,而且是社会实践功夫。因而,王阳明认为"致良知"应从事上磨炼,成就德业,而不是一味钻进故纸堆中冥思苦想、劳心费神地去"求道"。王阳明自贬谪贵州龙场体认心学之道,其后即以讲论"心即理""知行合一""致良知""万物一体"为己任,显然与程朱理学各表一枝,以"致良知"示学,成为王阳明晚年在越城讲学的主要论题之一。颈联:"乾坤是易原非画,心性何形得有尘?"此联是从经典与内心体认"良知"切入,示弟子明白二者关系。王阳明在《稽山书院尊经阁记》一文中对此作了透彻的阐述:"故六经者,吾心之记籍也。而六经之实,则具于吾心,犹之产业库藏之实积,种种色色,具存于其家;其记籍者,特名状数目而已。而世之学者,不知求六经之实于吾心,而徒考索于影响之间,牵制于文义之末,硁硁然以为是六经矣。是犹富家之子孙,不务守视享用其产业库藏之实积,日遗忘散失,至于窭人丐夫,而犹嚣嚣然指其记籍。"在王阳明看来《易经》是存于心中的宇宙变化之常道,而非为形式推演的"八卦图",启发弟子不用在形式层面上花工夫,要在经世上着力。尾联:"莫道先生学禅语,此言端的为君陈。"王阳明阐明自己的思想学说与禅宗的根本区别,在于其宗旨是"入世"的,修心养性不应脱离社会实践和世俗的生活。尽管王阳明的这一学说吸收了禅宗"明心见性,识得本我"的思想,然而指归是不同的。良知人人具有,个个自足,关键是看你是否真正地去践行,这就是王阳明要告诉弟子的真言。

此诗在说理上层层推演,环环相扣,从良知本体推出实践功夫,从经典与常道的区分,从心学与禅宗的联系与分野简明扼要地作了阐释,论证"天真"即在人心之中,无须外求的道理,富有强大的逻辑力量。

其二

人人有路透长安①,坦坦平平一直看②。尽道圣贤须有秘③,翻嫌易简却求难④。只从孝弟为尧舜⑤,莫把辞章学柳韩⑥。不信自家原具足⑦,请君随时反身观⑧。

[注释]

①透:意为"通达"。长安:西安的古称。

②坦坦平平:即平平坦坦,因诗律平仄关系互换词序。

③尽道:都说。圣贤:圣人与贤人的合称,指品德高尚,有超凡才智的人。秘:意为秘诀。

④翻嫌:反而嫌弃。易简:平易简约。

⑤孝弟:亦作"孝悌"。孝顺父母,敬爱兄长。《论语·学而》:"其

为人也孝弟，而好犯上者鲜矣。"尧舜：唐尧和虞舜的并称，远古部落联盟的首领，古史传说中的圣明君主。

⑥辞章：此泛指诗词文章等。柳韩：唐代文学家柳宗元、韩愈的并称，唐代古文运动的领袖人物。

⑦具足：具备。

⑧反身：反过来要求自己。《易·蹇》："君子以反身修德。"

[评析]

此诗是对"良知"学说更直接的一种解说，并用直白的语言阐释了"致良知"的基本途径，简明扼要，直指心体。首联："人人有路透长安，坦坦平平一直看。"诗人采用起兴的手法，用通俗的类比揭示"良知"的简易性特征，如同在平坦的大路上走向前朝的京都长安。颔联："尽道圣贤须有秘，翻嫌易简却求难。"诗人话锋一转，联系学子求道陷入了误区，不走大道，反而寻求所谓至圣的秘诀，将简易的事情复杂化，浑浑噩噩，一片迷惘。颈联："只从孝弟为尧舜，莫把辞章学柳韩。"诗人指出"良知"是一种道德的践行，若要成为"尧舜"这样的圣人，只需要从"孝悌"入手，将心中的孝悌之心在行动上开显出来，就一步步接近圣人的境界了，无须在辞章的形式层面上用功，以致消磨生命，离圣人的境界越来越远。诗句中所说的"学韩柳"，并非指王阳明否定文学的重要性，而是说不要仅仅学"韩柳"古文的形式，而是要把握其蕴含的精义。关于对"辞章"的问题，王阳明有自己独特的见解。在明中期社会，因受"前七子"复古派的影响，文坛以重形式、轻内容为时尚，助长了形式主义的不良风气。青年时代的王阳明非常厌恶这种风气，认为对"成圣贤"无补，决意走自己的路。据《阳明先生年谱》载："（弘治）十一年戊午，先生二十七岁，寓京师。是年先生谈养生。先生自念辞章艺能不足以通至道,求师友于天下又不数遇,心持惶惑。""(弘治)十有五年壬戌,先生三十一岁,在京师。八月,疏请告。是年先生渐悟仙、释二氏之非。先是五月复命,京中旧游俱以才名相驰骋,学古诗文。先生叹曰:'吾焉能以有限精神为无用之虚文也!'"从上述记载可知,王阳明对辞章与成圣贤之间的关系早就有认识。在文学上,王阳明的诗文创作不傍不依,独树一帜,《四库全书总目提要·王文成公全书》中称其为文"博大昌达",显然指其辞章的思想内涵高于形式。晚年的王阳明在教育弟子时,更注重辞章与致良知的关系,辞章仅仅是"致良知"的外显,而不是颠倒过来。尾联:"不信自家原具足,请君随时反身观。"王阳明明确告诫弟子,要相信人所具有的良知是自足的,只要从内心中去求,才是光明大道,"致良知"就这么简易明快。而在现实社会中,"良知"被过分的私欲所遮掩,不相信自身的良知,只是在"枝枝叶叶"上去探求,与"圣人之道"背道而驰,此诗的思想内涵即在于此。

此诗在说理上明白透彻,采用起兴、举例、比较等手法阐明"致良知"的方法,尤其是用口语词汇入诗,诗风平易,富有哲理,折射出阳明心学易学易懂的特色。

其三

长安有路极分明,何事幽人旷不行①?遂使蓁茅成间塞②,尽教麋鹿自纵横③。徒闻绝境劳悬想④,指与迷途却浪惊⑤。冒险甘投蛇虺窟⑥,颠崖堕壑竟亡生⑦。

[注释]

①幽人:意指在偏僻昏暗之地摸索之人。旷不行:意为不走开阔的大路。

②蓁（zhēn）茅：荆棘茅草。间塞：形容杂乱阻塞。

③麋鹿：一种大型食草动物，属鹿科。纵横：此处形容奔跑无阻。

④徒闻：仅仅听说。绝境：没有明显出路的困境。悬想：凭空想象。

⑤迷途：迷失道路。浪惊：形容风浪惊险。

⑥蛇虺（huī）：泛指蛇类。

⑦颠崖：高耸的山崖。堕壑（hè）：跌落深沟。

[评析]

　　王阳明在为教实践中善于用提问的方式，启发弟子悟道，常常提出两种选择，供弟子思考判断，从而达到顿悟的开心启智的效果。此诗首联："长安有路极分明，何事幽人旷不行？"诗人通过设问的方法，提出问题，诱发弟子的觉悟。他将求道的路比作通往长安的大道，路径分明，宽广通达，然而那些深受错误学说迷惑的人，放着大路不走而在昏暗的道上行走。隐喻良知学说简捷明了，是学子唯一可选择的修身养性、成就德业的光明之路。反之，就会陷入迷途。颔联："遂使蓁茅成间塞，尽教麋鹿自纵横。"隐喻孔孟以降，儒学衰微，以致圣学不彰，导致学术不明，思想混乱。由此出现了各种有违道德本性的邪说，犹如荆棘杂草充塞道路，野兽出没四奔，不堪目睹。颈联："徒闻绝境劳悬想，指与迷途却浪惊。"在王阳明看来，世人不知觉悟者甚众，凭空想象，即便有人点破迷途与险境，仍有人执迷不悟、绝境不返。尾联："冒险甘投蛇虺窟，颠崖堕壑竟亡生。"王阳明点出"幽人"的结局，自然是自投"蛇穴"、坠落悬崖，隐喻世间那些将读书、科举当作升官发财、荣华富贵途径的人，知行分离，最终没有好下场，以此反证"致良知"的重要性。王阳明在《与杨仕鸣》一文中说："知此者，方谓之知道；得此者，方谓之有德。异此而学，即谓之异端；离此而说，即谓之邪说；迷此而行，即谓之冥行。虽千魔万怪，眩瞀变幻于前，自当触之而碎，迎之而解，如太阳一出，而鬼魅魍魉自无所逃其形矣。"如果有人不明此理，死捧教条，往绝境中走，最后必将跌入深沟粉身碎骨。此诗在写作上，主要通过隐喻的方法，设喻自答，摆出两种选择，泾渭分明，说理透彻，其义自明。

以上三首示诸生诗，王阳明以诗歌的形式，用通俗的语言，阐明了"知行合一"的精义，蕴含对"知行分离"的所谓为学之道提出了批评，以点拨诸生悟良知之道，重在"知行合一"的功夫，显示了王阳明"诗教"的魅力。

碧霞池夜坐①

一雨秋凉入夜新，池边孤月倍精神。潜鱼水底传心诀②，栖鸟枝头说道真。莫谓天机非嗜欲③，须知万物是吾身。无端礼乐纷纷议④，谁与青天扫宿尘⑤。

[注释]

①碧霞池：为王阳明绍兴故居"伯府第"前的水池，亦称"王衙池"。据清嘉庆《山阴县志拾零钞》载："府东南侧建有碧霞池，碧霞池一泓清泉，萦绕四壁。"碧霞：取"碧霞元君"之意，传说碧霞元君为泰山之女，在民间信仰中属生育与平安的保佑神。

②心诀：指要诀，要旨。

③天机：此指天赋的灵性。嗜欲：嗜好与欲望，多指贪图身体感官方面享受的欲望。

④礼乐：此指发生在明正德十六年（1521）至嘉靖三年（1524）间围绕皇统问题的政治斗争，最后以反对议礼派失败告终，嘉靖皇帝由此巩固了皇权。

⑤宿尘：此喻长期积累的政治弊端。

[评析]

此诗在《王文成公全书·外集·诗》中归入居越诗。据《阳明先生年谱》载："（正德）十六年（1521），八月，至越。九月，归余姚省祖茔。……十月二日，封新建伯。……嘉靖元年壬午，先生五十一岁，在越。二月，龙山公（王阳明父王华）卒。"自此，王阳明便在越城丁父忧。同时，在越城授徒讲学。在《阳明先生年谱》嘉靖三年（1524）八月条下录有此诗，并交代了当时朝廷所处的背景："是时大礼议起，先生夜坐碧霞池。"并解释作诗的动机："盖有感时事。"由此可知，此诗作于嘉靖三年秋夜，有感而发。

此诗为七律。首联："一雨秋凉入夜新，池边孤月倍精神。"一场秋雨过后，凉风习习，孤月当空，清辉流影。王阳明夜坐绍兴伯府第的碧霞池畔，在秋夜中静坐，他习惯用夜坐这种独特的方法感悟万千世界。领联："潜鱼水底传心诀，栖鸟枝头说道真。"自然万物皆有灵性，鸢飞鱼跃，花开花落，均按各自的习性生存代谢，这便是万物世界所昭示的"心诀""本真"。诗句中用"潜鱼""栖鸟"等意象阐明万事万物的机理。颈联："莫谓天机非嗜欲，须知万物是吾身。"在王阳明看来，万物都是有良知的，宇宙之本体是一种和谐的平衡，作为人类任何过度的欲望均会破坏这种平衡，最后危及自身。所谓万物一体，万物即吾身，吾身即万物，谁也离不开谁。然而，宇宙之理、人类之理并非世人能够明察。尾联："无端礼乐纷纷议，谁与青天扫宿尘。"句中"礼乐"，即指新登基的嘉靖皇帝所发动的那场旷日持久的"大礼议"事件。因王阳明赋闲绍兴家中，由此成为"局外人"。然而，在王阳明看来，"大礼议"本质上是违背"良知"的，完全是人为的，滑稽可笑。皇帝及朝中诸多官员卷入其中，名为"议礼"，实则争权夺利，于社稷民生而不顾，将本来并不复杂的"礼制"问题，演变成为残酷的政治斗争，因而被王阳明称为"无端"。王阳明希望能看到有人起来扫清朝廷的政治积弊，还一个澄明的青天。据《阳明先生年谱》载：当时，朝中大臣霍兀涯、席元山、黄宗贤、黄宗明等先后皆以大礼问，王阳明不予回答，表示了对"大礼议"闹剧的鄙视。为什么王阳明对老友、门人的询问不作正面回答呢？其实，此诗中已表明了态度，说明王阳明对国家大事的关注和忧虑。

此诗内涵丰富，格调高雅，现实与理性相融合，针对性强。采用借喻等手法，将抽象的心学思想通过具象反映，寓理于物，阐明了"良知"的精义。万物一体之仁是宇宙、人类的根本法则，说理入木三分，堪称佳作。

夜坐

独坐秋庭月色新①，乾坤何处更闲人②？高歌度与清风去③，幽意自随流水春④。千圣本无心外诀⑤，六经须拂镜中尘⑥。却怜扰扰周公梦⑦，未及惺惺陋巷贫⑧。

[注释]

①秋庭：指中秋月下王阳明在绍兴伯府第内的庭院。

②乾坤：此借指天地人间。

③度：度过。

④幽意：意为悠闲的情趣。

⑤千圣：历史上的圣贤之人。诀：顺口便于记忆的语句。

⑥六经：指六部儒家经典，即《诗》《书》《礼》《易》《乐》《春秋》之合称。

⑦周公：姬姓，名旦，是周文王姬昌第四子，周武王姬发的弟弟，曾两次辅佐周武王东伐纣王，并制作礼乐。因其采邑在周，爵为上公，故称周公。

⑧陋巷贫：典出《论语·雍也》。子曰："一箪食，一瓢饮，在陋巷，人不堪其忧，回也不改其乐。贤哉回也！"

[评析]

此诗在《阳明先生年谱》嘉靖三年（1524）八月条下有载，与《碧霞池夜坐》同录其中，由此可知，此诗作于嘉靖三年秋月夜。

此诗为七律。首联："独坐秋庭月色新，乾坤何处更闲人？"中秋时季，夜晚皓月当空，内心恬淡的王阳明独坐庭院，仰望天空，清闲洒脱。此联以"独坐""新月"组合成"庭院夜坐"图，意境简远。诗人心旷神怡，自得乐趣。"闲人"一语，略带自嘲的意味，但颇含深意。王阳明此前戎马倥偬，历经百死千难，而此时在绍兴家中赋闲讲学论道，这是其一生中少有的清闲，只有他自己明白个中的滋味。颔联："高歌度与清风去，幽意自随流水春。"此联叙中秋之夜，月白如昼，师生们在伯府碧霞池天泉桥上，弟子在侍者百余人，喝酒赋诗，歌声动地的情景。乾坤气爽，新月如钩；歌声与清风俱去，幽意与流水同逝。颈联："千圣本无心外诀，六经须拂镜中尘。"此联直抵圣学的本真，心外无理、心外无事。

所谓圣学，全在人的心灵中，"口诀"仅仅是语言的符号。圣学，强调心灵的自得，而不在乎外求，也就是说没有什么"心外"之"口诀"。对圣学的外部形态"六经"，王阳明亦认为："故'六经'者，吾心之记籍也。而'六经'之实则具于吾心，犹之产业库藏之实积。种种色色，具存于其家。其记籍者，特名状数目而已。而世之学者，不知求'六经'之实于吾心，而徒考索于影响之间，牵制于文义之末，硁硁然以为是'六经'矣。"王阳明将"六经"的语言形态与其本质之间的关系作了深刻的阐述，认为"良知"是第一位的，只有"心明"，才能无滞。尾联："却怜扰扰周公梦，未及惺惺陋巷贫。"此联中，王阳明将建功立业、治国之道与自得其乐的"颜回境界"相对照，抒发了对"颜回境界"，即对和谐美妙社会乐境的追求。治国最高的境界是"仁境"，而人生的最高境界则是王阳明一生所向往的"颜回乐境"，心灵进入万物同化的浩渺世界之中。

  此诗将抒情、说理与言志融为一体，体现了王阳明晚年的诗风哲理性特色。人无须去追求生命以外的东西，自得于对"万物一体"的领悟，诗意地栖居，旷达悠远的意趣成为王阳明的乐境世界。诗风冲淡平和，萧散简远。诗人善于从特定的生活情景中悟出奇思妙想，通过状景体物、典故运用，景中寓理，理中有趣，并将具有想象力的画面与澄明、虚静的人生境界相融合，传达出和谐美妙的人生哲理。

月夜二首①

其一

  万里中秋月正晴，四山云霭忽然生②。须臾浊雾随风散③，依旧青天此月明。肯信良知原不昧④，从他外物岂能撄⑤！老夫今夜狂歌发⑥，化作钧天满太清⑦。

[注释]

①月夜二首：此诗题下标注"与诸生歌于天泉桥"。天泉桥，当时建于绍兴伯府第前碧霞池之上，现无存。

②云霭：云气。

③须臾：形容极短的时间，片刻。

④良知：指宇宙万物之本然状态，此指人具有的虚灵明觉和恒照的状态。不昧：不晦暗。

⑤撄（yīng）：扰乱，纠缠。

⑥老夫：自谦称谓。狂歌：纵情歌咏。

⑦钧天："钧天广乐"的略语，意指天上的音乐。太清：天空。

[评析]

据《阳明先生年谱》载："八月，宴门人于天泉桥。中秋月白如昼，先生命侍者设席于碧霞池上，门人在侍者百余人。酒半酣，歌声渐动。久之，或投壶聚算，或击鼓，或泛舟。先生见诸生兴剧，退而作诗，有'铿然舍瑟春风里，点也虽狂得我情'之句。"《月夜二首》记述了王阳明集门人宴于天泉桥上的盛况，时在明嘉靖三年（1524）八月中秋日。王阳明的侍学弟子钱德洪在《刻文录序叙》中亦详细地记载了这件事。

此诗为七律。首联："万里中秋月正晴，四山云霭忽然生。"王阳明趁中秋之夜，召集门人在府邸举办宴席，参与者百余人，这在其一生中是极少见的。由此可见，当时王阳明在越城讲学论道的盛况及其精神状态。中秋之夜，明月当空，亮如白昼，师生同乐，歌声四起。正当大家尽兴之际，忽然，云霭升腾，遮住了月光，这难免给沉浸在欢乐中的师生带来不悦。颔联:"须臾浊雾随风散,依旧青天此月明。"正当众人忧虑之际,一阵清风过来,浊雾随风散去,云开月明,苍穹依旧。宇宙世界,变幻莫测,然而其本体是永恒的,按自身的规律运行。在颈联中,王阳明用诗句揭示了这一道理:"肯信良知原不昧,从他外物岂能撄!"诗中以"明月"喻"良知",以"云霭""浊雾"喻各种"恶欲",人只要"心正",去除各种恶的欲望,就犹如驱散遮蔽明月的云雾,明月当空朗照。王阳明善于因势利导地传播心学思想,巧妙地借用自然现象阐释"致良知"的道理,寓教于乐,贴切自然。尾联:"老夫今夜狂歌发,化作钧天满太清。"从年龄讲,王阳明当时才半百过三,但相对于那些充满朝气的年轻学子而言,王阳明自感老了。在众多的青年学子面前,王阳明并未以宗师自居,正襟危坐,不苟言笑,而是展露性情,与生同歌,一个"狂"字,将自己的音容笑貌,无拘无束的神态展露无遗。中秋之夜的宴席在歌声与游乐中进行,这对身处逆境中的王阳明来说,是莫大的精神安慰了。这不由得让人联想到北宋大文豪苏轼在《密州出猎》中的词句:"老夫聊发少年狂,左牵黄,右擎苍,锦帽貂裘,千骑卷平冈。"可见,人的性情展露古今是相通的,只是场合与方式不同。率性而为,亦是王阳明人格和诗教的魅力。

此诗采用先扬后抑的笔法,从中秋之夜由明转晦入笔,接着写云散月出,回归月夜本色。表面上是写中秋之夜赏月的戏剧性变化,实则蕴含了阳明心学的哲理,"致良知"要为善去恶,在事上磨炼,克服恶的念头,方能恢复心体的光明。另外,此诗在场面渲染、人物性格刻画上很有特色,充满现场感和生机。诗风恢宏豪放,语言精练且富有情感。

其二

处处中秋此月明,不知何处亦群英[①]。须怜绝学经千载[②],莫负男儿过一生。影响尚疑朱仲晦③，支离羞作郑康成④。铿然舍瑟春风里⑤，点也虽狂得我情⑥。

[注释]

①群英：谓众贤能之士。

②绝学：此指儒学。千载：千年，形容岁月长久。

③朱仲晦（1130~1200）：朱熹字仲晦，又字元晦，号晦庵，晚称晦翁，世称"朱文公"。南宋人。祖籍徽州婺源县，出生于南剑州尤溪（今福建尤溪）。为程朱理学的集大成者。著有《四书章句集注》等。

④支离：分散，分裂，此形容学术思想不系统、不全面。郑康成（127~200）：即郑玄，字康成，北海高密（今山东高密）人，东汉末经学大师。著有《天文七政论》等。

⑤铿然（kēngrán）：形容声音响亮。

⑥点：曾点，字皙，故又称曾皙。春秋时期鲁国南武城（今山东临沂）人，孔子弟子。

[评析]

相对于《月夜》（其一）而言，此诗侧重于说理，亦是王阳明晚年心学思想达到极高程度的例证。

此诗为七律。首联："处处中秋此月明，不知何处亦群英。"诗人仍从"处处中秋"落笔，但此"中秋之月"为何分外明亮呢？诗人从时空角度切入，由中秋之月联系到现实社会中的精英群体。月升月沉，江山代代无穷期，乃是自然规律，然而人类社会需要有道德伦理的贯通，需要精神引领，需要代代相传。在王阳明看来，这就需要"明月"朗照，而"明月"不在其外，在有道德追求和实践精神的个体之中。其晚年在越城和余姚授徒讲学,希望通过教育活动,引导学子开显"良知"之心,进而实现其高瞻远瞩的社会理想。颔联:"须怜绝学经千载,莫负男儿过一生。"王阳明希望孔孟儒学后继有人,因而需要培养专门人才,方能保证儒学的真传和学脉相继。从中可看出,王阳明为何一生致力于培养精通儒学、勇于实践的人才,与其"入世"的人生使命和"成圣贤"的理想有关。颈联:"影响尚疑朱仲晦,支离羞作郑康成。"王阳明在为学道路上一度也信奉朱熹的理学思想,但当其联系社会现实问题后,发现开显人内在的道德意识、"知行合一"才是解决社会问题的根本途径时,对朱熹倡导的"知先行后"的为学路径提出了质疑。对东汉以来那些埋首考证某些词语的出处而淡化自身道德修炼的治学方法,王阳明是持批评态度的。因而,其在晚年的讲学论道中强调"致良知"功夫,告诫弟子要以圣学为立身准则。晚年的王阳明心学思想日臻圆通,尤其对心学的最高境界"万物一体"学说做了充分的论证,为儒学的发展做出了杰出的贡献。尾联:"铿然舍瑟春风里,点也虽狂得我情。"此联化用《论语·先进》篇中孔子点化弟子的教法,阐明了自己的道德理想,即有志于实现"万物一体"的和谐社会。王阳明的这一社会观,实际上是其对上古"三代"和谐社会的肯定,也是其"心学"思想达于社会的形象展示,反映了其作为孔孟儒学传人的内心世界,可称之为"沂水情怀"。这是圣人的境界,比"狂者胸次"更高、更完美。

  此诗尽管重在说理,但充满社会和谐、实现人类大同世界的情怀。诗人站在历史的高度,引经据典,剖析义理,以仁者的胸次启发、勉励学子为往圣继绝学,为万世开天平,抒发了矢志传承千年圣学的情感。

中秋

去年中秋阴复晴①,今年中秋阴复阴②。百年好景不多遇,况乃白发相侵寻③。吾心自有光明月④,千古团圆永无缺⑤。山河大地拥清辉⑥,赏心何必中秋节⑦。

[注释]

①去年:指明嘉靖三年(1524)。

②今年:指明嘉靖四年(1525)。

③侵寻:此处意为不断增加。

④吾心:反称自身的内心世界。光明月:此借喻良知之光。

⑤千古:意为久远的年代。

⑥清辉:形容日月的光辉,或指皎洁的月光。

⑦赏心:意为心意欢乐。

[评析]

嘉靖四年(1525)又逢中秋佳节,但当年的中秋没有去年的天公作美"由阴复晴",而是阴云遮天让人多少感到郁闷、惆怅。然而,王阳明的这首《中秋》诗,一反常人之见,别出心裁,由赏天上月转为赏"心中月",传达出对"良知"之心的赞美,以及对生命价值的思考。

此诗为七律。首联:"去年中秋阴复晴,今年中秋阴复阴。"宇宙有其自身运行的法则,但风雨雷电自然现象的存在,总会呈现出自然界某方面的现象变化,这往往会导致人们对宇宙规律认识的偏差。正如月有圆缺、时现时隐。此联揭示了自然界现象与本质之间的相互联系及幻化无穷的奥秘,暗示人们要有独立的判断能力,不要被表面现象所迷惑。颔联:"百年好景不多遇,况乃白发相侵寻。"此联从时空的角度阐释宇宙的恒定与变化,并联系个体生命存在的感应,揭示了"好景"实则是人的一种主观感受,更多地表现为对某种价值的评价。现实社会中的人其主观愿望与自然、社会的运行关系并不是完全耦合的,总是离多合少。即便在人一生的长河中,所遇到的所谓好景也是不多的,更何况不少人的生命周期很短暂。王阳明在此诗中提出的问题,正是此诗要回答的问题。颈联:"吾心自有光明月,千古团圆永无缺。"此联是全诗的灵魂,是传世名句。诗句中的"光明月"是指每个人心中的"良知"。在王阳明看来,人人只要保持纯洁光明的内心世界,即心之本体,犹如"心中之月",如此,中秋之夜天上有没有明月,亲人是否一定要在中秋节相聚就显得并不重要了。反之,如果人一旦遮蔽了"良知",无恶不作,那么天上之月再圆、再明,亲人之间相团圆又有什么意义呢?由此,人们很自然地会联想到北宋苏轼《水调歌·明月几时有》中的词句:"人有悲欢离合,月有阴晴圆缺,此事古难全。但愿人长久,千里共婵娟。"自古以来,多少旅人迁客,亲朋好友,因各种原因而相隔万水千山,但是心中只要有一种思念之心,就会被明月所朗照,这是一种永远完美无缺的团圆,世上还有比这种"团圆"更具有诗意的吗?尾联中,王阳明得出结论:"山河大地拥清辉,赏心何必中秋节。"这是王阳明对宇宙、人类历史、个体生命规律的揭示,亦是喻世明言,点出了此诗的旨意。

古往今来,咏月诗可谓汗牛充栋,佳作迭现。然而,从心学"万物一体"的角度写"中秋月",无论是月明还是月隐,此诗翻出了新意,发前人之未所发,言世人之未所言。此诗题为《中秋》,是在叙说中秋之月亮吗？当然不是，而是在说人无论处于什么环境中都要开显良知之光。此诗在艺术上采用先抑后扬的手法，由"天象"之阴转化为"心象"之明，从"中秋无月"转入"心拥清辉"，包含哲理，寓意深刻，体现了王阳明"万物一体"的审美境界。同时，借景抒情，以中秋之夜天象的变化，暗喻人生之短暂、世事曲折，抒发了珍惜生命，开显心中光明的化境。王阳明喜欢夜坐，尤其喜欢万籁俱寂的秋天，天高气爽，明月高照，仰望天空，广袤的宇宙常常能激起其对光明世界的遐想，这也是其光明磊落一生的真实写照。

别诸生①

绵绵圣学已千年②，两字良知是口传③。欲识浑沦无斧凿④，须从规矩出方圆⑤。不离日用常行内⑥，直造先天未画前⑦。握手临歧更何语⑧？殷勤莫愧别离筵⑨！

[注释]

①诸生：明代称考取秀才入学的生员为诸生，此指王阳明的弟子。

②绵绵：形容连续不断的样子。圣学：指孔孟儒学。

③良知：指人意识中先天的本然世界。口传：口头相传。

④浑沦：此形容宇宙、人类的初始状态。斧凿：此形容无斧子、凿子留下的痕迹，即自然状态。

⑤规矩：校正圆形和方形的两种工具，此借喻社会道德原则、法度等规范要求。方圆：泛指事物的形体、性状。此借喻按道德规范做人做事。

⑥日用：意为日常应用。常行内：意为平时要按道德行为准则修炼。

⑦直造：意为顿悟。先天：指宇宙的本体，万物的本原。未画前：指远古庖牺氏创造八卦前的时代。

⑧临歧：面临歧路，意为分别之际。

⑨殷勤：情意深厚。别离：离别。

[评析]

据《阳明先生年谱》载："（嘉靖六年）五月，命兼都察院左都御史，征思、田。六月，疏辞，不允。……八月。先生将入广，尝为《客座私祝》。……九月壬午，发越中。"王阳明在奉命出征广西平土司之乱前，对绍兴阳明书院事宜做了妥善安排。撰《客座私祝》一文，告诫弟子及前来讲学的学者："但愿温恭直谅之友，来此讲学论道，示以孝友谦和之行，德业相劝，过失相规，以教训我子弟，使无陷于非僻。书此以戒我子弟，并以告夫士友之辱临于斯者……"在与送行的弟子临别时赋诗教诲，此诗亦是王阳明晚年离开绍兴时的最后一首诗。

此诗为七律。首联："绵绵圣学已千年，两字良知是口传。"自孔子创设儒学数千年来，儒学在漫长的岁月中艰难地流传。继孔子之后，孟子提出了"良知良能"之说。其在《孟子·尽心上》一文中有言："人之所不学而能者，其良能也；所不虑而知者，其良知也。"认为人的道德意识与道德能力是先天就具备的，不学而能，不虑而知。继而，孟子将这种"良知良能"阐释为"四心"，即"恻隐之心、羞恶之心、辞让之心、是非之心"，亦所谓人心"四端"，即"仁义礼智"之发生的开端。孔孟的学说在流传过程中，不断地受到其他学说的挑战，但其顽强的生命力经住了岁月的检验，经历代相传，直至明代王阳明将此发展为"良知说"，成为明中期已降儒学发展史上新的里程碑。王阳明站在儒学流变的思想高度，对数千年中国传统文化的精髓做了高度的概括，他曾说："我此'良知'两字，实千古圣贤相传一点滴骨血也。"此言真可谓是对阳明心学极其深刻的总结。颔联："欲识浑沦无斧凿，须从规矩出方圆。"此联承上联是对良知本体的进一步阐释。宇宙万物是一个自然的共同体，它按照自身的法则运行，而人类社会则是宇宙万物中的一个系统，既要适应宇宙的运行法则，又要体现自身的法则，用什么来统摄规范人类自身的行为呢？在王阳明看来，唯有"良知"。这"良知"就是"规矩"，是人类与宇宙万物沟通、共处的发生之源。颈联："不离日用常行内，直造先天未画前。"此联是对"良知"内涵的具体解释。"良知"并不是抽象的义理概念，只有在具体的环境或具体的行为中才能发现它的存在和意义，故王阳明说"不离日用"，返本开新，落实在行。"良知"无时不在，无处不在，反过来说，只有时空的存在才能显现良知的价值意义。否则，就会流变成空虚，成为"虚妄"，这是学道之人必须谨记的，亦是王阳明对弟子临别前最后的叮嘱。尾联："握手临歧更何语？殷勤莫愧别离筵！"纵有良辰美景，千言万语，王阳明的最后嘱托其实就是三个字——致良知，是嘱托也是互勉。此时此际，师生间没有执手相看的泪眼，无声胜有声，只有"良知"的光芒照彻彼此的心灵世界！

  此诗直抒胸臆，语言简洁明了，用形象的比喻、传说等阐释心学的精义，体现了阳明心学的简明直接，直指人心的机锋。

五、交谊乡情诗

  据《阳明先生年谱》载,王阳明自十岁时离开余姚故乡,此后,文献明确记载的有5次归乡。无论其宦游客地,还是迁居府城绍兴,其对故里的浓浓乡情,总有难以割舍的情愫。从家族血缘的角度看,王阳明在家族"守"字辈中排行老大,由此其承担起更大的责任,上孝长辈,和睦兄妹,下扶晚辈,竭尽全力,齐家垂范,为家风世德的延续倾注了满腔热情。从社会人际关系的角度看,王阳明的一生亦是交友求道、倡明圣学的一生。道之所存,即友之所存,故在其道友圈中,士工农商,佛门僧侣,道人仙家,皆可引为知友,且不论年长年少,富贵贫贱,权位高下。在其跌宕起伏的人生经历中,交友范围之广、人数之多,在有明一代鲜有人可及。其中有在国子监的同窗之交,有科举场上的年兄之交,有驰骋文坛的雅士之交,有饱读诗书的学人之交,有仕途上的同僚之交,有牢狱中的患难之交,有谪地的夷人之交,有佛寺道观的上人之交,有军旅的将士之交,但更多的是遍及大江南北的难以计数的师生之交,包括诸多的忘年之交。王阳明的交谊之道,以心交友,以道会友,体现了作为仁者的王阳明对于交谊的看重,对友情的珍惜。"我爱龙泉寺,寺僧颇疏野。""春风梅市晚,月色鉴湖秋。""微言破寥寂,重以离别吟。""力争毫厘间,万里或可勉。""但使心无间,万里如相亲。""珍重美人意,深秋以为期。""保厘珍重回天手,会看春风万木新。""扁舟风雨泊江关,兄弟相看梦寐间。""山中尽有闲风月,何日扁舟更越溪?""重看骨肉情可限,况复斯文约旧深。"上述诗句是王阳明发自内心的乡情、亲情和友情之心声,有芝兰馨香之美。本专题辑录王阳明代表性的交友乡情诗 25 首,以考察王阳明交友、亲情之道的一体之仁。

题倪小野清晖楼①

经锄世泽著南州②,地接蓬莱近斗牛③。意气元龙高百尺④,文章司马壮千秋⑤。先几入奏功名盛⑥,未老投簪物望优⑦。三十年来同出处⑧,清晖楼对瑞云楼⑨。

[**注释**]

①倪小野(1471~1537):名宗正,字本端,号小野。浙江余姚人。明弘治十八年(1505)进士,选庶吉士。历任太仓知州、兵部武选司员外郎、南雄知府。嘉靖中期,赠学士,谥文忠。有《倪小野集》等著作传世。清晖楼:为倪宗正故居,在今之余姚城区武胜门街区内。据倪宗正《清晖佳气楼记》载:楼名合取东晋陶渊明诗句"山气日夕佳"和南朝宋谢康乐(谢灵运曾袭封"康乐公",故称)诗句"山水含清晖"之词。

②经锄:此指代浙江余姚武胜门路倪氏"经锄堂",意为家族传统。《汉书·兒(倪)宽传》:"带经而锄,休息辄读诵。"后世以"经锄"为耕读传家之喻。世泽:祖先的遗泽。著:此意为昭著。南州:此泛指南方,倪宗正曾任职广东南雄知府。

③蓬莱:传说中的仙山。斗牛:星宿名。

④意气:气概。元龙:道家喻"元龙"为"得道",意含倪宗正为文章大家。

⑤文章司马:称誉倪宗正有司马迁之文才。千秋:形容影响之久远。

⑥先几:预先洞知细微。入奏功名盛:指倪宗正因诗写得好,受到明

孝宗的称赞。

⑦投簪：此喻希望退出仕途后仍能以诗书做伴。物望：众望。

⑧三十年来同出处：意为同街坊之人。

⑨清晖楼对瑞云楼：王阳明故居"瑞云楼"与倪宗正故居"清晖楼"前后相对。

[评析]

此诗《王文成公全书》未录，现据倪宗正七世孙倪继宗编于清康熙四十九年（1710）的《倪小野先生全集》（清晖楼刻本）移录。清光绪《余姚县志·古迹》中亦收录此诗。据诗句"三十年来同出处"一语，可推知此诗作于明弘治十五年（1502）王阳明告病归越期间。

此诗首联："经锄世泽著南州，地接蓬莱近斗牛。"此联简要地介绍了倪宗正家世，以耕读传家。倪宗正中进士后，被选为翰林院庶吉士，后因参与反阉党头目刘瑾的斗争，被出知江苏太仓州。因政绩卓著，擢兵部武选司员外郎。后因诗谏明武宗放弃南巡而被廷杖，又被出知广东南雄府。倪宗正是文章大家，在南雄任知府期间，以道德文章著称于世，影响极大。颔联："意气元龙高百尺，文章司马壮千秋。"倪宗正志向高远，才华超群，其文章承司马迁之遗风，王阳明盛赞其英才气概、辞章独领风骚。据光绪《余姚县志·倪宗正传》记载，王阳明高度评价倪宗正诗文："逼陶（渊明）杜（甫），近日何（景明）李（梦阳）远不能逮。"明代文坛领袖大学士李东阳曾亦高度评价倪宗正的诗文成就："本朝诗文，浓奇平淡，皆各臻其妙，至姚江倪小野而集大成。"王阳明、李东阳的评价足以说明倪宗正的诗文在当时文坛的影响力。颈联："先几入奏功名盛，未老投簪物望优。"此联上句隐含一典故：明孝宗在位时，十分看重时为庶吉士的倪宗正之诗歌，命其题扇诗，倪宗正挥笔立就。其中有诗句：

"天上素娥分半月，人间酷吏避清风。"孝宗十分欣赏，说："不图朕诗与倪翰林相符。"遂出御制诗扇赐之。因孝宗扇诗中亦有"素娥分半月，人间避清风"句，一时成为美谈。然而，倪宗正本性刚直，恪守儒家正义立场。在明正德初年，反对宦官刘瑾专权，因与大学士谢迁同邑，被归入"谢党"，外放太仓任知州。故王阳明希望有朝一日退出仕途，归乡后以诗书为伴，不负众望。尾联："三十年来同出处，清晖楼对瑞云楼。"王阳明与倪宗正年龄相近，且均为余姚城同街坊人。王阳明的故居"瑞云楼"即在倪宗正故居"清晖佳气楼"的前面，相距仅数米。从地缘讲，二人之间的关系非同一般，不仅仅是邻里关系。倪宗正对王阳明的人格学识亦十分敬佩，两人结下生死不渝的友情。《倪小野先生全集》中，收录了倪宗正在王阳明被贬谪时所写的4首律诗。

明正德元年（1506），王阳明因抗疏力救遭受阉党迫害的南京科道官戴铣等人，被阉党头目刘瑾矫旨下诏狱、廷杖，然后被逐出京城，贬谪贵州龙场。在王阳明危难之际，倪宗正不畏强暴，不顾自身安危，作诗三首相送，倾诉了风雨同舟、共担时艰的衷肠。《送王阳明谪龙场》一诗，抒发了与王阳明依依惜别的人间真情："一凤鸣初日，悠悠别上林。流离文士命，慷慨逐臣心。但得精神健，何忧瘴疠侵。风花长满日，应不废清吟。"此五律诗充分抒发了倪宗正对王阳明因伸张正义而罹难的深切同情，讴歌了王阳明的高贵品格，并勉励王阳明"但得精神健，何忧瘴疠侵"，与命运抗争。倪宗正对老友那种不避祸害、患难与共、风雨同舟的真挚友情溢于言表。在《送王阳明谪官》一诗中云："云旌霞旆驾青虬，此去逍遥历九州。山水与君真有分，乾坤随处是清游。马头春色摇芳草，江上闲花照白鸥。风定长空舒望眼，天涯高兴一登楼。"此诗风格豪迈，意境开阔。希望王阳明从厄运中看到曙光，不以物喜，不以己悲，表达了倪宗正处世深谋远虑和豁达豪迈的胸襟，也给王阳明以精神的慰藉。同期,倪宗正送王阳明的诗作还有《送王伯安》诗:"相别十五载,相逢一把衣。形容何落落,意气复依依。远道琴为伴,清时剑有辉。吾姚好山水,忆尔老同归。"表达了人世间患难见真情的人性美,并对王阳明的人生之路寄寓深深的期待。另外,《不寐忆王阳明》一诗:"楼头夜半度鸣鸿,阵阵长衢走断蓬。关月塞云俱客思,邻鸡厩马自秋风。却渐将帅烦西顾,尤虑江淮缺上供。仗有平生豪侠伴,相从东海斩妖龙。"既是对王阳明的思念,又是对前途充满信心,透露出一种不屈的傲气。以上4首倪宗正送王阳明赴谪贵州龙场,以及思念王阳明的诗歌,足以反映出倪宗正与王阳明患难与共、肝胆相照的友谊。

王阳明此诗对挚友倪宗正传承先世"经锄"精神,锐意进取,德才兼备的品行给予高度的赞扬。同时,回首往事,抒发了至死不渝的友情。此诗联想丰富,用典自然,诗境开阔,用情得体。同时,对于考察王阳明生平事迹亦有史料价值。

忆龙泉山①

我爱龙泉寺②,寺僧颇疏野③。尽日坐井栏,有时卧松下。一夕别山云④,三年走车马⑤。愧杀岩下泉⑥,朝夕自清泻。

[**注释**]

①龙泉山:古名灵绪山,亦称绪山。位于今浙江余姚市区中心,濒姚江。因"山腰有微泉,未尝竭,名龙泉",晋代时改现名。北宋名臣王安石曾游龙泉山,作《龙泉》诗:"山腰石有千年润,海眼泉无一日干。天

下苍生望霖雨，不知龙向此中蟠。"王阳明故居"瑞云楼"位于龙泉山北，正对龙泉山。

②龙泉寺：位于龙泉山之南麓，濒姚江。始建于东晋咸康二年（336），依山而建，气势恢宏。

③疏野：意为寺僧没有受到佛教戒规的严格约束。

④一夕：此处意为在明弘治十二年（1499）王阳明中进士后曾返乡，某一天又离开故乡。

⑤三年：王阳明入仕后，于明弘治十五年（1502）因病告归，回故乡余姚，时间相隔为三年。走车马：借指在仕途上奔波。

⑥愧杀：意为惭愧。泉：指龙泉。

[评析]

据《阳明先生年谱》载：弘治十七（1504）年秋，王阳明应巡按山东监察御史陆偁之邀，主考山东乡试。九月，改兵部武选清吏司主事。次年，在京师授徒讲学，并与翰林庶吉士湛若水一见定交，共以倡明圣学为事。故《王文成公全书》（外集一）将此诗归入"京师诗"中。据诗中"三年走车马"，可推知此诗是王阳明在弘治十五年（1502）归越养病结束返京后所作，时间应在明弘治十七年（1504）间，此为五言律诗。

此诗的主旨是抒发乡愁之情，兼怀故乡山水之作。首联："我爱龙泉寺，寺僧颇疏野。"一个"爱"字点出诗眼，强烈地抒发了对故乡按捺不住的激情，恋乡之切溢于言表。此诗以"我爱龙泉寺"落笔，点出了诗人的故乡浙江余姚"龙泉寺"悠久的历史文化底蕴。龙泉寺始建于东晋初期，离王阳明作此诗时已一千一百余年。此寺依山势而建，历代时有修建，至明中期规模恢宏，自山脚至山巅殿宇高耸，经幡远眺，成为浙东名刹。同时，也传达出少年阳明与龙泉山亲密无间的关系。王阳明的家在龙泉山北面，翻山即可至龙泉寺，此寺成为少年阳明玩耍的好去处。正因为对寺僧的熟悉，耳闻目见，僧人的日常行为在其记忆中特别深刻，用"疏野"二字点出昔日的印象，以此诠释了对龙泉山之"爱"。同时，也反映出王阳明对佛门圣地的情缘，观其一生与僧人交往颇多、对佛门精义体悟较深，可能就始于此。颔联："尽日坐井栏，有时卧松下。"即承上对寺僧"疏野"行为作了形象的描述。僧人们白天有时围坐于井栏，有时在大松树下安卧，自由自在，并无仪态上的拘束。这从某个侧面折射出明代中期浙东佛教寺规的松懈，至少余姚"龙泉寺"的状况如诗中所言较为松弛，这为后人认识明代中期浙东佛教的现状提供了案例。从此诗中可知，王阳明自幼至中进士入仕，其间有相当一段时间在京城求学，但始终未忘怀龙泉山对其生命之旅的影响，这亦为后人考察王阳明与佛教的关系提供了依据。颈联："一夕别山云，三年走车马。"王阳明中进士后，赴京任职，于弘治十五年下半年因病告归，直至十七年返京履职，此去一别三年。当年，其惜别故乡的场景历历在目，难以忘怀。尽管王阳明在官场奔波的时间不长，但诗中已流露出疲惫之感，反衬出王阳明心系故乡的真挚情感。尾联："愧杀岩下泉，朝夕自清泻。"则是其内心情感的自然流露，寥寥数语，凸显出诗人对龙泉山之"爱"。龙泉的"清泻"，蕴含了诗人对"自清"理想的追求，不失典雅。龙泉山之于王阳明，可谓精神家园，而龙泉寺之于王阳明，则是思想探索的最初港湾。这首小诗是其对长期积郁的乡情之自然抒发，悠悠乡愁浓缩于淡淡的记忆中，性情直率，不假掩饰。此诗语言质朴，幽默诙谐，意象鲜活，妙趣横生。

忆鉴湖友

长见人来说①,扁舟每独游②。春风梅市晚③,月色鉴湖秋④。空有烟霞好⑤,犹为尘世留⑥。自今当勇往⑦,先与报江鸥⑧。

[注释]

①长见:长时间地显现。见,同"现"。

②扁舟:小船。

③梅市:地名,在今浙江绍兴境内。相传汉代梅福避王莽乱,至会稽,人多依之,遂为村市。唐刘长卿《送人游越》诗:"梅市门何在,兰亭水尚流。"

④鉴湖:原名镜湖,相传黄帝铸镜于此而得名。东汉永和五年(140),会稽太守马臻发动民工筑堤潴水,纳山阴、会稽三十六源之水,为江南古代最大的水利工程之一。

⑤烟霞:烟雾和云霞,亦指"山水胜景"。

⑥犹为:还是。尘世:意指人间,俗世。

⑦勇往:意为有勇气前往。

⑧江鸥:飞翔于江中的鸥鸟。

[评析]

此诗收录于《王文成公全书·外集·京师诗》中,写作的时间在明弘治十七年(1504)九月至次年间。王阳明在《给由疏》中说:"弘治十五年八月内告回原籍养病。弘治十七年七月病愈赴部，改除兵部武选清吏司主事。"《阳明先生年谱》载："十有七年甲子，先生三十三岁，在京师。九月改兵部武选清吏司主事。"由此可见，王阳明此诗是病愈返京后所作，其间写了多首回忆在余姚、杭州、绍兴的诗歌，此诗为其中之一。

明弘治十五年（1502）春，时任刑部主事的王阳明告病假归越。养病期间，其足迹遍布会稽山水，此五律是诗人回忆与绍兴同志游览鉴湖的情景。首联："长见人来说，扁舟每独游。"诗人从淡淡的回忆中切入，回忆在绍兴时与好友泛舟鉴湖的美好时光，扁舟烟波，如临仙境。颔联："春风梅市晚，月色鉴湖秋。"此诗写出了江南水乡特有的美景，烟雨葱茏，春风梅市，秋月鉴湖，碧波映照。其对鉴湖美景的怀念和喜爱之情，跃然纸上。颈联："空有烟霞好，犹为尘世留。"江南水乡的美好，反衬出官场的昏暗，于是诗人发出烟霞虽好，空自虚设的怃叹。尾联："自今当勇往，先与报江鸥。"联系王阳明此前的人生经历，其一直在追寻生命的渡口，从11岁有志于成圣贤，到18岁在广信（治今江西上饶）谒见理学家娄谅，以"圣人必可学而至"为目标，再到34岁首倡身心之学，讲学京师，交友湛若水，共倡圣学。其间经过了较为曲折的思想探索，广涉宋学、书法、兵家、辞章、佛老等，几经徘徊，几经曲折。然而，在理想与现实之间，王阳明的成圣贤之路走得十分艰难，故常常会流露出向往烟霞、投身大自然的意趣，希望寄身于古越山水的风光之中。当然，全诗亦蕴含要像江鸥那样，迎风搏击长空，奋勇向前。从中可窥探诗人当时的心境，以及复杂的思想情感和矛盾的心情，在乡情乡愁与锐意圣学之间，努力找到人生的航向。

此诗情感真挚，画面清新，诗味隽永，尤其在意象组合上跨时空联想，春风梅市秋月辉映，清丽静谧，诗情画意，美不可收，充满着古越绍兴特有的风情。诗人用"烟霞""江鸥"等意象作喻，含蓄地表达了自己的志向，在艺术上具有较高的审美价值。

阳明子之南也其友湛元明歌九章以赠崔子锺和之以五诗于是阳明子作八咏以答之[①]

其一

君莫歌九章[②],歌以伤我心。微言破寥寂[③],重以离别吟。别离悲尚浅,言微感愈深。瓦缶易谐俗[④],谁辨黄钟音[⑤]?

[注释]

①阳明子:即王阳明自号。之南:指贬谪贵州南蛮之地。湛元明:即湛若水(1466~1560),字元明,号甘泉,广东增城人。历官南京礼、吏、兵部尚书。追赠太子少保。大儒陈献章弟子。为学主张"随处体认天理"。有《湛甘泉集》传世。九章:依王逸《楚辞章句》,次序为《惜诵》《涉江》《哀郢》《抽思》《怀沙》《思美人》《惜往日》《橘颂》《悲回风》,为战国时期楚国屈原所作。崔子锺(1478~1541):名铣,字子锺,号后渠,又号洹野,世称后渠先生,安阳人。官至南京国子监祭酒。因在"大礼议"纷争中冒犯明世宗,被罢职返乡。嘉靖十八年(1539),重被起用,任詹事府少詹事兼翰林院侍读学士。后又升任南京礼部右侍郎。不久,因病乞归。卒谥"文敏"。著有《洹词》《彰德府志》。

②君:此指称道友湛若水。

③微言:精深微妙的言辞。寥寂:冷落,寂寞。

④瓦缶:古代陶土制的打击乐器。

⑤黄钟:古之打击乐器,多为庙堂所用,此喻指忠言。

[评析]

　　王阳明一生喜欢交友，其中有诸多至死不渝的挚友、诤友，广东增城人湛若水即是其中的代表之一。王阳明与湛若水的友情缘于"倡明圣学为事"。据《阳明先生年谱》记载："（明弘治）十有八年（1505）乙丑，先生三十四岁，在京师。是年先生门人始进。学者溺于词章记诵，不复知有身心之学。先生首倡言之，使人先立必为圣人之志。闻者渐觉兴起，有愿执贽及门者。至是专志授徒讲学。然师友之道久废，咸目以为立异好名，惟甘泉湛先生若水时为翰林庶吉士，一见定交，共以倡明圣学为事。"这是王阳明与湛甘泉交谊最初的记录，足见二人的情谊是建立在志同道合基础之上的。正因为这种倡明圣学、践行圣学的志向，所以当王阳明在正德元年（1506）参与那场反阉党专权的斗争中失败后，年末被贬谪贵州龙场受惩罚时，湛若水、崔子锺等王阳明的挚友不避嫌疑，为踏上赴谪之路的王阳明题诗送别。对道友的真挚之情，王阳明以诗作答，畅抒衷情。此《阳明子之南也其友湛元明歌九章以赠崔子锺和之以五诗于是阳明子作八咏以答之》为组诗，是王阳明出京城赴谪途中答湛若水的谢诗。

　　组诗其一为五律，从内容看抒发了王阳明对湛若水的感激之情与矢志不渝的成圣贤信念。首联："君莫歌九章，歌以伤我心。"此诗首句提及的"九章"，即为湛若水作于正德二年（1507）闰正月朔日的《九章赠别并序》，在序中湛若水言明诗意，实为向世人表明至圣学之道，即在这种特殊的时候，道友之间仍不废圣学的情怀，由此更彰显出王阳明为坚守圣学道义而付出的代价，严酷的社会现实确实让王阳明感到"伤心"。领联："微言破寥寂，重以离别吟。"王阳明孤独地行走在远赴瘴疠之地的贵州龙场之途，尽管慷慨悲壮，但心情难免忧郁，能得到道友湛若水的诗章,心灵得到莫大的抚慰和温暖。这种送别诗对于危难中的王阳明来说,犹如雪中送炭,暗室一灯,尤为珍惜。颈联:"别离悲尚浅,言微感愈深。"湛若水的赠别诗无儿女情长之俗套,立意高远,情感激越,充满凛然正气,故王阳明一扫离愁别绪,深得微言大义之妙。尾联:"瓦缶易谐俗,谁辨黄钟音?"此联化用"黄钟毁弃,瓦釜雷鸣"之典故,王阳明委婉地表达了对圣学的推崇和对道友湛若水道德文章的欣赏。同时,对那些不深究儒学精义的庸俗士大夫,甚至当朝权贵不听忠言予以讥讽。

此诗在叙事表意上直抒胸臆,情感激越,如悬河倾泻,场景真实动人,细腻地刻画出王阳明内心世界的波澜。诗句中强调一个"微"字,反映出王阳明对儒学精微的领悟,亦说明王阳明在思想探索中所达到的高度。

其二

君莫歌五诗①,歌之增离忧②。岂无良朋侣③,洵乐相遨游④。譬彼桃与李⑤,不为仓囷谋⑥。君莫忘五诗⑦,忘之我焉求⑧?

[注释]

①君:此指代崔铣。

②离忧:离别的忧伤。《楚辞·九歌·山鬼》:"风飒飒兮木萧萧,思公子兮徒离忧。"

③朋侣:朋友。

④洵乐:美好,快乐。遨游:此处意为游乐。

⑤譬彼:比方那个。

⑥仓囷:贮藏粮食的仓库。

⑦五诗:即崔铣赠王阳明之诗。

⑧焉求：宾语前置句，即"求焉"，意为再到哪里去求知音。

[评析]

  此诗是王阳明答道友崔子锺的谢诗。据《明史·崔铣传》载："崔铣，字子锺，安阳人。父升，官参政。铣举弘治十八年进士，选庶吉士，授编修。"因触犯阉党刘瑾"出为南京吏部主事"。正德五年（1510），刘瑾被诛后，"召复故官，充经筵讲官，进侍读。引疾归，作后渠书屋，读书讲学其中"。"世宗即位，擢南京国子监祭酒。"嘉靖三年（1524），崔子锺因上疏弹劾张璁、桂萼等"议礼"权贵，触犯了嘉靖皇帝，而被致仕。十五年以后，"荐起少詹事兼侍读学士，擢南京礼部右侍郎。未几疾作，复致仕。卒，赠礼部尚书，谥文敏"。从崔子锺的生平事迹看，其性格刚毅，为官正直，与阉党刘瑾势不两立，故与王阳明志同道合。当王阳明因反对刘瑾落难贬谪贵州龙场之际，崔子锺赋诗以赠，王阳明在谪途中作诗以答。

  此诗首联："君莫歌五诗，歌之增离忧。"此联在语句结构上与前诗同，亦为直抒胸臆。司马迁在《史记·屈原传》中解《离骚》："离骚者，犹离忧也。"王阳明因反对奸党，为力救蒙冤正直官员而罹难，其正义之举光明磊落，本应彰显，但其却遭受酷刑、下狱，继而贬谪边荒之地。其遭遇与当年屈原因忠言被流放相类，故诗句中用"离忧"一词抒发愤懑之情。历史的悲剧不断地重演，这种时空的穿越，怎能不激起王阳明对时世的感叹。颔联："岂无良朋侣，洵乐相邀游。"疾风知劲草，危难见知友。当伤痕累累、内心疲惫的王阳明在寒冬中苦旅之际，道友的赠诗给予他无穷的力量和欣慰，这种患难之交使王阳明感到"良朋"与己携手同行，将谪旅转化成磨砺意志的精神之旅，表现出王阳明在逆境中奋发向上的乐观精神。颈联："譬彼桃与李，不为仓囷谋。"崔子锺的赠诗对王阳明来说无疑是严寒中的阳光，增强了其抗击厄运的勇气与信心。同时，对前景亦抱一丝希望。正义之士自有人生的理念，正如桃李争艳并不是仅仅为了打扮春天，各有自身存在的理由和价值，这是古代士大夫"香花美草"君子人格的自然展露。由此反衬出那些将读书做官作为谋一己之利的卑劣之徒的面目。"读书不为稻粱谋"，为正义而献身的古训，正是王阳明、崔子锺等明代正直士大夫的精神追求。尾联："君莫忘五诗，忘之我焉求？"在风雨如磐的艰难岁月，王阳明得到了朝中正直官员的鼎力支持，这对身心均受到极大创伤的王阳明来说是何等的鼓舞。他以不屈不挠的意志与邪恶势力搏斗，明知自己的力量是弱小的，但他坚信身后有一种力量在支撑，故希望与道友共勉，不轻言失败和放弃。心有灵犀一点通，王阳明与道友崔子锺之间这种患难与共、风雨同舟的友谊在诗中表现得淋漓尽致。

此诗与前诗在主题上较一致，艺术上可谓双璧。尽管在诗体、句式上有共同点，但前诗主理，后诗重情；前诗收敛，后诗发散，反映出王阳明与道友之间交流的个性化特色。

其三

洙泗流浸微①，伊洛仅如线②。后来三四公③，瑕瑜未相掩④。嗟予不量力⑤，跛鳖期致远⑥。屡兴还屡仆⑦，惴息几不免⑧。道逢同心人⑨，秉节倡予敢⑩。力争毫厘间⑪，万里或可勉⑫。风波勿相失⑬，言之泪徒泫⑭。

[注释]

①洙泗：即洙水和泗水。古时二水自今山东省泗水县北合流而下，至

曲阜北，又分为二水，洙水在北，泗水在南，春秋时为鲁国属地。孔子在洙泗之间聚徒讲学，故以此指代儒学之源。浸微：逐渐衰微。

②伊洛：伊水与洛水，两水汇流，多连称。北宋程颢、程颐创立理学学派，因二人讲学于伊河、洛水之间，故称其所创学派为"伊洛之学"，亦叫"洛学"。

③三四公：此指宋代理学代表性人物。

④瑕瑜：瑕，玉之斑痕；瑜，玉之光彩。此喻理学流派各有优劣。

⑤嗟予：表感叹，意为"可叹我"。予，我。不量力：意为过高地估计了自己的力量。

⑥跛鳖（bǒbié）：跛行。致远：意为实现远大的理想、事业上的抱负等。

⑦屡兴还屡仆：起起落落沉浮不定。

⑧惴息：恐惧不安的样子。

⑨同心人：意为志同道合之人。

⑩秉节：保持节操，谨慎稳重。倡：倡导。予：我。敢：有勇气，有胆量。

⑪毫厘：喻极其细微。

⑫万里：喻路途遥远。可勉：相互勉励。

⑬风波：风浪，喻时局危难。勿相失：不要失去、不要忘记，意为要珍惜友谊。

⑭泫（xuàn）：水珠下滴的样子。

[评析]

此五言古体诗尽管未言明是答谢谁，但从诗中所述内容看，明显是与湛若水以诗论道。诗中流露出对儒学不兴、理学支离的忧虑，以及表达共同担纲振兴儒学之决心。

前四句:"洙泗流浸微,伊洛仅如线。后来三四公,瑕瑜未相掩。"是对孔孟儒学、宋代理学流播情势的高度概括。千年儒学在孔孟之后,经受了其他学说的持续冲击,渐渐"浸微"。至宋代五子援佛道入儒,创新儒学,即"理学",主要的学术观点是"天理说"。至南宋,朱熹将"理学"推向新的高度。至元代,"理学"被推至崇高的地位,并受到统治者的高度重视。朱熹所撰《四书章句集注》被作为科举的必读书,学术与社会需要逐步分离,思想界渐趋僵化,导致儒学传统"仅如一线"而已。故时代需要有新的思想学说起衰振兴,有识之士奋而倡学,以驱迷雾。王阳明与湛若水等道友正是在这样的文化背景下走到了一起,以倡明圣学为己任,刻苦钻研,相互激励。在学术上,湛若水接受江门心学宗师陈白沙的学说,并提出"随处体认天理"之说,在思想学说创设方面已走在前面。此期间王阳明在主考山东乡试时,在试题程文中已较系统地阐述儒家心性学说与治国理政之间的密切关系,为其心学思想的创设奠定了基础。故王阳明在吸收湛若水的思想后,结合自己的思考与实践,对千年儒学兴衰脉络有清醒的认识与判断。中间六句:"嗟予不量力,跋鳖期致远。屡兴还屡仆,惴息几不免。道逢向心人,秉节倡予敢。"上述诗句概括了王阳明探索圣学的艰难历程。从其在十二岁立下"成圣贤"之志后,在为学路上知难而进、曲折前行。其高足弟子钱德洪、明末清初同邑大学者黄宗羲将王阳明前半生的思想探索总结为"前三变",即"泛滥词章"的涉猎阶段,"遍读考亭之书"的探究朱学阶段,以及"出入于佛老"的交融阶段。其实,这一总结并不全面,在与湛若水交谊后,王阳明的思想受到湛氏思想的启发、影响是不可忽略的,故在诗句中有"道逢同心人,秉节倡予敢"之说。对此,王阳明内心是十分感激的。正因为如此,王阳明对远赴贵州龙场谪地并不感到沮丧和消沉。最后四句:"力争毫厘间,万里或可勉。风波勿相失，言之泪徒泫。"在生死之旅的跋涉中，湛若水等道友的精神鼓励，以及王阳明无所畏惧地直面现实，这之间是互动和双向激发的。王阳明明知前途充满风浪，但其坚定信念，拖着病体向谪地行进，唯一的愿望是道友间的不舍不弃、肝胆相照。这就是患难中王阳明真实的内心世界，没有眼泪，只有相互勉励。时间可验证王阳明与道友间这种至死不渝的友情，此后王阳明与湛若水在探究圣学的道路上比翼双飞，各领风骚。

此诗尽管哲理性较强，但仍不失炽热的道友之情。中国古代儒学发展的曲折历程、学人为探索儒学真谛而做出的不懈努力，诗人作了具象的描述。王阳明在面临厄运的背景下，心装大道，不以己悲，泰然处之，展示了儒者刚毅直气的"大人"气象。而作为道友的湛若水，则是王阳明心中的典范、精神的寄托。此诗格局宏阔，以论学切入，又从人生出之，逻辑严密，又不失细节的丰富性，充满人情味。

其四

此心还此理①，宁论己与人②。千古一嘘吸③，谁为叹离群④？浩浩天地内⑤，何物非同春⑥！相思辄奋励⑦，无为俗所分⑧。但使心无间⑨，万里如相亲⑩。不见宴游交⑪，征逐胥以沦⑫。

[注释]

①此心：指良知。此理：指心即理。

②宁论：岂论。

③千古：久远的年代。嘘吸：大气鼓荡，吐纳呼吸。

④离群：此处形容孤独，远离道友。

⑤浩浩：广阔宏大。

⑥非同春：形容万物之变易。

⑦相思：此指互相思念。辄：就。奋励：奋起。

⑧无为：不要为。俗：此形容世俗的观念。

⑨但使：只要是。

⑩万里：此形容路途遥远。相亲：相亲近。

⑪宴游：宴饮游乐。

⑫征逐：意谓交往过从。胥：全、都。以沦：意为牵连。

[评析]

　　此诗为五言古体，从内容上看很可能是答谢崔铣之作。据《明史·崔铣传》载："铣少轻俊，好饮酒，尽数斗不乱。中岁自厉于学，言动皆有则。尝曰：'学在治心，功在慎动。'又曰：'孟子所谓良知良能者，心之用也。爱亲敬长，性之本也。若去良能，而独挈良知，是霸儒也。'"从这一记载看，某些方面可印证与王阳明此诗的联系。

　　诗首二句："此心还此理，宁论己与人。"崔子锺对孟子的"良知良能"说颇有心得，认为"学在治心，功在慎动"，对体用关系之体悟亦十分深刻。王阳明认同崔铣的思想观点，认为"心"是对万事万物的反映，心之所发即"理"的表现形态。王阳明经"龙场悟道"后将此观点发展为"心即理"学说。由此可看出，"心即理"学说是有发展过程的，此诗亦可看作"心即理"学说的初露端倪。此诗三至六句，王阳明强烈地抒发了对不公遭遇的感慨之情。"千古一嘘吸，谁为叹离群？浩浩天地内，何物非同春！"王阳明因反对阉党刘瑾专权而被贬谪贵州龙场，这对于一个坚守圣贤人格理想意在仕途上一展宏图的王阳明来说，不啻是沉重的打击，但王阳明并未因此而颓唐、沉沦，反而以超然物外的心态对待命运的不公。在浩茫的宇宙时空中，千古只不过是一瞬间，生命的短暂更不值得一提。然而，作为社会中的人，当志同道合的朋友突然相离，王阳明内心不免有一种离群索居之悲情，作为道友，双方感同身受。诗中，王阳明没有掩饰这种情感的本真，而超越情感的偏执，用宇宙间万物万事的流变委劝道友，正视现实，顺应节变。人世间花开花落，阴晴圆缺，皆在变化。由此可见，王阳明对自身的贬谪之事，有充分的心理准备，因先圣已经树立了榜样，所以在走向瘴疠之地的行旅中，内心是安定的。第七至第十句："相思辄奋励，无为俗所分。但使心无间，万里如相亲。"这四句是王阳明对道友精神上的激励，反悲为乐。道友间的情义成为激励双方的人生动力，分离是一种苦难，然而亦是一种念想。时空能阻隔道友间的交游，但心中的思念无法割断。即使远隔万水千山，但彼此心灵相通，近在咫尺。从诗句中，还可感知王阳明内心的愤懑之情，以及对生命的体悟与大智慧，能跳出自身的不幸遭遇而审视命运与宇宙间变化的联系，从中把握自我，以高扬的生命激情、大气的生命境界回应命运的坎坷。最后二句："不见宴游交，征逐胥以沦。"在王阳明看来，现实毕竟是现实，情感与理智总是相互联系的。面对苦难，奋勇向前，是一种精神存在。道友相离，天各一方，并且还会受到邪恶势力的打击，这是现实的存在，必须正面回应，共同抗击命运的不公亦是此诗的用意所在。

此诗在写作上虚实相间，情理交融，意境恢宏，充满正气。诗中通过设问的方式，道友间以寄语慰藉心灵，展现了在危难中道友间的真情。

其五

器道不可离①，二之即非性②。孔圣欲无言③，下学从泛应④。君子勤小物⑤，蕴蓄乃成行⑥。我诵穷索篇⑦，于子既闻命⑧。如何圜中士⑨，空谷以为静⑩？

[注释]

①器道：道和器是中国古代哲学的一对范畴。道是无形的，器是有形的。道器关系指抽象之理与具体事物的关系。《易·系辞上》：形而上者谓之道，形而下者谓之器。

②二之：即指道与器。非性：意为不是事物的属性。

③孔圣：指孔子，是对孔子的尊称。欲：想。无言：无须多言。

④下学：意为悟性差的人都是敷衍应对。

⑤君子：指有德行的人。勤小物：勤察细小的事物，慎于行，所以没有大的祸患。

⑥蕴蓄：指蕴藏的思想、感情、学识等随着学习而渐渐丰富。

⑦诵穷索篇：形容广泛地搜寻、阅读经典。

⑧子：即王阳明自指。闻命：遵从指教。

⑨圜中：此意指受贬谪之地。

⑩空谷：空旷的山谷。

[评析]

此五言古体诗，其内容主要是论孔子儒学之道。在王阳明道友湛若水《九章赠别并序》（其七）中有诗句"圣人常无为，万物常往来"。由此，可推知此诗是写给湛若水的答诗可能性较大。

首四句："器道不可离，二之即非性。孔圣欲无言，下学从泛应。""道器"关系是中国古代哲学上的一对重要范畴。《易·系辞上》中说："形而上者谓之道，形而下者谓之器。"道是宇宙世界之本体，是无形的；而器则是日用之物，是有形的。在孔子儒学中，亦将"道器"做了严格的划分，其在《论语·为政》中有言"君子不器"，意为君子不应专注于器,重在把握道。后世论儒者,则将"道器"分得很清楚,甚至作为一种价值来评判,这就违背了孔子的本意。而王阳明则不拘成说,认为"道器"是合一的,相辅相成,密不可分。宇宙、人世间,没有离开"器"的道,也没有离开"道"的器。"道"和"器"均是在具体关系中存在、生发的,亦是人的一种主观性认识。如果"道""器"截然分离,就违背了事物的本来属性。王阳明化用《论语·阳货》中孔子的语录:"天何言哉?四时行焉,百物生焉,天何言哉?"进一步阐明了世界的本体不可分,语言则是很难言说的。然而,后世之儒则泛泛而论,将万事万物的整体性肢解成零碎的知识,违背了圣道,导致圣学不明,世风日下。五至八句:"君子勤小物,蕴蓄乃成行。我诵穷索篇,于子既闻命。"子贡曾请教其师孔子何为"君子",孔子回答说:"先行其言而后从之。"王阳明阐释孔子的"君子"之义,在于日常"勤小物""蕴蓄"寓行中,即在道德实践的细节中涵养积累,潜移默化地开显君子人格。可见,王阳明对孔子的学说体悟之深。虽然王阳明进仕在湛若水之前,但在圣学的探索上则在其后。王阳明与湛若水交友后,从湛氏处学到了很多,固有"于子既闻命"之说。最后两句:"如何圜中士,空谷以为静?"对圣学的探讨,总归要落实在具体的事中。王阳明将如何面对谪居瘴疠之地,作为一事,顺应天命,以"静"对之。

此诗王阳明以言"道器"关系切入,结合儒学发展流变的历史,通过诗的语言形式阐述了对孔子儒学真谛的认识,从中亦可窥探阳明心学形成前的思想轨迹。其以世界整体性的观念认识"道器"关系,反对人为的割裂,力主在生活实践中提高道德修养水平,尤其是正视现实的人生处境,将无形之道化为处世的行为。此诗尽管是以说理论道为要旨,但语言晓畅,无晦涩之感。全诗着眼于对现实人生的考量,在虚实之间找到心灵的平衡,展现了王阳明博大的胸襟和把握命运的智慧。

其六

静虚非虚寂①,中有未发中②。中有亦何有③?无之即成空④。无欲见真体⑤,忘助皆非功⑥。至哉玄化机⑦,非子孰与穷⑧。

[注释]

①静虚:恬淡平和。虚寂:虚无寂静。

②中:意为人内心存在的本然状态。未发中:意为人内心处于寂静状态。

③中有:意为人内心的意念存在。

④无之:意为人内心无杂念。

⑤无欲:指不为人世间的种种利益所诱惑。真体:真实的本体。

⑥忘助:即忘记与助长。儒家主张在道德修养中,心不要忘记,也不要助长。

⑦至哉:达到极致。玄:玄妙,深奥难言的道理。化机:变化的枢机。

⑧非子:此指代湛若水。孰:谁,哪个。穷:推究到极点。

[评析]

此五言律诗,其内容纯粹是论儒学的哲言。在王阳明道友湛若水《九章赠别并序》(其七)中,有诗句"勿忘与勿助,此中有天机"。湛若水在《王阳明先生墓志铭》一文中说:"在谪贵州龙场驿。万里矣,而公不少怵,甘泉子赠之九章,其七章云:'皇天常无私,日月常盈亏。圣人常无为,万物常往来。何名为无为?自然无安排。勿忘与勿助,此中有天机。'"由此，可推知此诗是写给湛若水的答诗可能性较大。

首联："静虚非虚寂，中有未发中。"王阳明阐述了"静虚"与"虚寂"是有严格区别的，不能混为一谈。"静虚"见于《道德经》第十六章："致虚极，守静笃。"其意为只有彻底地去除思想中的杂念，才能守住清静的心灵世界，这是人生道德修炼的一种基本功夫。然而，"虚寂"则是一种脱离社会生活，将道德修炼当作进入虚幻世界的途径，故王阳明对此持否定态度。王阳明入仕后，于明弘治十五年（1502）八月归越养病，其后在杭州净寺、虎跑休养，曾开悟一坐关禅僧返俗养母。由此可知，王阳明主"虚静"而非"虚寂"，在"入世"与"出世"的选择上，恪守儒家的"入世"立场。然后，对《中庸》"喜怒哀乐之未发谓之中，发而皆中节谓之和"这一观点作了阐发。所谓"中"是指人潜在的平和的思想意识，仅仅是没有表现出来而已，亦是一种隐性的存在状态。王阳明强调"中"对人显性行为有重要意义。颔联："中有亦何有？无之即成空。"此联是对首联义理作进一步的阐释。在王阳明看来，"中"蕴含了什么意念，就会导致什么样的显性行为；反之，思想中没有"杂念"就是"空"。颈联："无欲见真体，忘助皆非功。""无欲"是一种高尚的道德取舍，亦是一种人生境界。在王阳明看来，"无欲"能显现人真实的内心世界，如追求一己之欲，就会遮蔽本性，并最终导致身败名裂的下场。正因为如此，王阳明认为应恪守古训，在道德修养上做到勤修炼、不助长。显然，王阳明对儒家学说的精义有自己的体认和生发。尾联："至哉玄化机，非子孰与穷。"心性之学是古代学者修身济世的人生哲学，合天地之德，有安顿人心之功，亦是一门深奥玄妙的学问，智者见智，仁者见仁，故王阳明认为充满了化机。在求道之路上，湛若水比王阳明起步早，学有所成，因此，王阳明希望道友能勤加指点，倡明圣学，这是他人无法替代的，流露出殷切的期待之情。

在谪旅途中,王阳明没有悲哀,没有丧失对前途的希望,他通过与道友论学增强自信,充满了哲人的生存智慧。诗中用哲理化的语言,对精微的儒学思想作了较深入的探讨,化繁为简,深入浅出,直指本真,这亦为考察王阳明早期的心学思想发端提供了观察窗口。

其七

忆与美人别①,赠吾青琅函②。受之不敢发③,焚香始开椷④。讽诵意弥远⑤,期我濂洛间⑥。道远恐莫致⑦,庶几终不渐⑧。

[注释]

①美人:此借指道德情操高尚之人。

②青琅函:此借喻美妙的诗歌。青琅,一种青色似珠玉的美石。

③敢:此为谦辞,犹不敢当。发:打开。

④焚香:烧香。开椷:开拆。椷(jiān),箱子一类的器具。

⑤讽诵:诵读。弥远:久远。

⑥濂洛:北宋理学的两个学派。濂,指代庐山濂溪周敦颐;洛,指代洛阳程颢、程颐。

⑦莫致:难以达到。

⑧庶几:此处意为但愿。渐:慢慢地。

[评析]

此五言律诗,从内容看,应是对湛若水离别赠诗的答谢之作。湛若水在《王阳明先生墓志铭》一文中说:"其九章云:'天地我一体,宇宙本同家。与君心已通,别离何怨嗟。浮云去不停,游子路转赊。愿言崇明德,浩浩同无涯.'"表达了对道友赴谪时绵绵的离别之情。而王阳明的答谢诗可分为两层意思。一是首联、颔联:"忆与美人别,赠吾青琅函。受之不敢发,焚香始开缄。"主要描述王阳明在离京踏上贬谪之旅时,道友送别的情景。"忆与美人别,赠吾青琅函。"诗句中,以"美人"喻道友,以此反衬人格之美,这使人联想到战国时期屈原被放逐离开国都时的悲壮场面。诗人将道友喻为"美人",实则传达出洁身自好,奋发砥砺的君子人格。道友的送别,诗歌相慰,这对落难中的王阳明而言是极大的精神慰藉,有一股起衰振兴、催人向上的力量。二是颈联、尾联:"讽诵意弥远,期我濂洛间。道远恐莫致,庶几终不渐。"着重表达了王阳明对道友赠诗达观情怀的敬意。同时,王阳明对前程的险恶亦有清醒的认识,言明践行儒道矢志不渝。诗中除相互勉励的殷切之语外,还集中表达了王阳明对先哲的崇敬和对成圣贤志向的坚定信念。

此诗是回忆之作,在写作艺术上很有特色。首先,王阳明阐发了对人生、社会的见解,不是直露地表达,而是采用委婉比喻的手法,抒发自己心中的"美人"情结。其次,善于用细节侧面反映自身的心理活动,如打开道友赠诗前的那一刻:"受之不敢发,焚香始开缄。"此细节描述十分传神,表现出友情的深厚。再次,此诗格调高雅,表现出王阳明那种傲视劫难、独立不移的气概和挑战苦难的情怀,那种流动的生命活力和面向未来的儒者本色。

其八

忆与美人别,惠我云锦裳①。锦裳不足贵,遗我冰雪肠②。寸肠亦何遗③,誓言终不渝④。珍重美人意,深秋以为期⑤。

[注释]

①惠我:施惠于我。云锦裳:美如天上云霞的衣服。

②冰雪肠：形容清澈无瑕的内心世界。

③寸肠：泛指胸臆。

④渝：改变。

⑤深秋以为期：是"以深秋为期"的倒装。《诗经·氓》："将子无怒，秋以为期"。

[评析]

　　此诗的格调基本上与前诗同，只是以"锦裳"切入，抒发了对道友的感激之情及其对未来的希冀。从内容看，其诗分两个层次。

　　首联、颔联："忆与美人别，惠我云锦裳。锦裳不足贵，遗我冰雪肠。"着重写道友馈赠"锦裳"的情景，以"锦裳"传情，寓美好的深意。王阳明化用唐代诗人王昌龄《芙蓉楼送辛渐》之诗句："洛阳亲友如相问，一片冰心在玉壶。"取"冰心玉壶"之意，以示晶莹纯洁之心告慰友人，患难之交，方见本性之纯，此为第一层意思。颈联、尾联："寸肠亦何遗，誓言终不渝。珍重美人意，深秋以为期。"王阳明取《诗经·王风·采葛》中"一日不见，如三秋兮"之诗意，抒发了对生命和友谊的珍惜。此为第二层意思。王阳明与道友之间的情感是建立在共同追求成圣贤人格理想之上的，因而他们之间的友情是经得起风浪考验的，也是经得起时空检验的。王阳明与湛若水、崔子钟等道友的友情贯穿一生，以湛若水为例：明弘治十八年（1505）夏日在北京一见定交，共以倡明圣学为事。明嘉靖七年（1528），王阳明平广西之乱结束后，十月，因病返乡前，专程前往广东增城祀死于苗难的六世祖王纲。其后，又造访道友湛若水增城故里。睹物思人，感慨万千。王阳明在湛氏故居题诗于壁间："我祖死国事，肇礼在增城。荒祠幸新复，适来奉初蒸。亦有兄弟好，念言思一寻。苍苍见葭色，宛隔环瀛深。入门散图史，想见抱膝吟。贤郎敬父执,童仆意相亲。病躯不遑宿,留诗慰殷勤。落落千百载,人生几知音。道同著形迹,期无负初心。"其中"亦有兄弟好,念言思一寻"一句,可见王阳明对湛若水这位交谊二十余年"好兄弟"的感激之情。其诗最后四句,则表达了王阳明对这位"知音"不负初心、践行诺言的赞美。题壁后,王阳明余意未尽,又题甘泉居一首:"我闻甘泉居,近连菊坡麓。十年劳梦思,今来快心目。徘徊欲移家,山南尚堪屋。渴饮甘泉泉,饥食菊坡菊。行看罗浮云,此心聊复足。"其诗最后两句,则是王阳明对生前能实现平生愿望感到无比的欣慰。而此时湛若水正履职南京国子监祭酒,两位道友无法相见。有意思的是,王阳明这两首诗是其生前的绝笔诗,暗示了王阳明与湛若水生死之交的终结。次月,王阳明在返回家乡的路上,翻越大庾岭(梅岭)后,病逝于江西大余县青龙铺舟中,巨星陨落,四海同悲。湛若水在《王阳明先生墓志铭》中借用王阳明对湛若水的评价高度地赞扬了王阳明的人格:"守仁从宦三十年,未见此人。""若水泛观于四方,未见此人。"由此可见,王、湛之间的真挚友情源于对"道"的体认。

《阳明子之南也其友湛元明歌九章以赠崔子锺和之以五诗于是阳明子作八咏以答之》(其八),在艺术上采用情景相融的手法,情感真挚细腻言于溢表,绝无"儿女情长""歧路挥泪"之悲,将挚友之间的感情升华到对人生志向的共同追求,给人以一种大气和超脱,具有发人深省的艺术穿透力。

赴谪次北新关喜见诸弟[①]

扁舟风雨泊江关[②],兄弟相看梦寐间[③]。已分天涯成死别[④],宁知意外得生还[⑤]。投荒自识君恩远[⑥],多病心便吏事闲[⑦]。携汝耕樵应有日⑧,好移茅屋傍云山⑨。

[注释]

①次:此指王阳明贬谪途中所暂住之地。北新关:为明代京杭大运河上的七大钞关之一。地处京杭大运河南段杭州城北。明宣德四年(1429),朝廷设北新关,上为桥,收陆路商贾之税,下为水门,收水运商船之税。关以桥名,隶属户部,又称户关、户部分司、北新钞关。明成化四年(1468),裁并钞关时被取消,明成化七年(1471),重新恢复。诸弟:指王阳明的异母弟守俭、守文。

②江关:指北新关。

③梦寐:睡梦。

④天涯:形容距离遥远。死别:永别。

⑤宁知:怎知。

⑥投荒:贬谪、流放至荒远之地。此指王阳明被贬谪至贵州龙场。君恩远:此处意为被朝廷所弃。

⑦吏事闲:意为闲于职事。

⑧耕樵:耕田打柴,此指代过自食其力的生活。

⑨云山:此指代过隐居生活。

[评析]

王阳明因在正德元年(1506)末上疏救南京科道官戴铣等人而开罪阉党刘瑾,获罪后,被贬谪贵州龙场驿任驿丞。据《阳明先生年谱》载:"正德二年(1507),夏,赴谪至钱塘。先生至钱塘,瑾遣人随侦。"然而,王阳明在谪旅至杭州后,在净寺养病期间作《南屏》一诗,其中曰:"溪风漠漠南屏路,春服初成病眼开。"从"春服"一词可知,时间应在春天,而非《年谱》所载在"夏天"。

  此七律,王阳明抒发了在杭州北新关见到异母诸弟后的欣喜之情以及期望能生还后归隐的心愿。首联:"扁舟风雨泊江关,兄弟相看梦寐间。"交代了与兄弟在杭州北新关孤舟中相见时那种惊喜、凄惨的场景。用"扁舟""风雨"这些带有处境险恶的词语,反映出诗人内心的愤懑之感。"相看"一词,细节性地刻画、表现出一种无言的慰藉。"梦寐"一词,反映兄弟间能在特定场合相见的意外,可谓喜忧参半。对特定场景的细腻描述,令人唏嘘不已。颔联、颈联则是王阳明表达内心的思考:"已分天涯成死别,宁知意外得生还。投荒自识君恩远,多病心便吏事闲。"诗句中,王阳明没有愁肠寸断的哀怨,而是阐明自己对生死、祸福的达观态度。王阳明深知此去几千里之外的瘴疠之地贵州龙场,且是带重病而行,刘瑾还派了爪牙监视,肯定是凶多吉少,随时都可能遭遇不测。从某种意义上说,王阳明的谪途是一次"死亡之旅",所以用"死别"一词,表达了已做好最坏的思想准备,以此来宽慰诸弟。尾联:"携汝耕樵应有日,好移茅屋傍云山。"此联表达了王阳明面对"死亡之旅"仍不放弃"生还"的希望,如能活着回来,就和诸弟躬耕山野,过陶渊明式的隐居生活。此言既是对诸弟的安慰,也是自己对前途的期盼,反映了王阳明当时处境的真实心态。

  此诗对兄弟相见的场面刻画简洁细腻,于无声中胜有声,人物形象跃然纸上。内心诉说亦曲折有致,怨而不卑,忧郁的情调中亦闪现出生命的曙光。

忆别

忆别江干风雪阴①,艰难岁月两侵寻②。重看骨肉情可限③,况复斯文约旧深④。贤圣可期先立志⑤,尘凡未脱谩言心⑥。移家便住烟霞壑⑦,绿水青山长对吟。

[注释]

①江干:江岸。

②寻:意为"寻觅"。

③骨肉:指代亲人之间的情义。

④况复:此处意为何况。斯文:意为有文化修养的人。约旧深:意为自我约束严格。

⑤贤圣:指品德高尚,有超凡才智的人。

⑥凡尘:人世间。

⑦烟霞:此指代隐居山野。

[评析]

此七律归类在《王文成公全书·外集·赴谪诗》中,结合诗歌内容,可推知此诗写作时间在正德二年(1507)间,王阳明在谪旅途中养病杭州之后,继续行进在谪旅途中所作,主要是抒发对诸弟的思念和期望之情。首联:"忆别江干风雪阴,艰难岁月两侵寻。"叙述了当时在杭州北新关与诸弟依依惜别的情景。时为初春,天空还飘着雪花,自己因得罪阉党刘瑾获罪以来已近两年,这期间对王氏家族成员来说是十分艰难的。颔联:"重看骨肉情可限,况复斯文约旧深。"王阳明对亲人虽经种种屈辱,但能恪守礼仪,重视儒道门风深感宽慰。颈联:"贤圣可期先立志,尘凡未脱谩言心。"王阳明对诸弟寄予厚望,告诫他们"人人可成圣贤"的道理,并强调应"立志"在先,脱俗见心,修炼高尚的君子人格。由此可见,即便是在落难之际,王阳明仍关注诸弟如何做人的问题,将家庭的命运和自己的表率作用紧密相连，足见其作为兄长的道德风范。尾联："移家便住烟霞壑，绿水青山长对吟。"传达出王阳明淡泊人生的志向，厌弃浊世，向往宁静纯洁的隐居生活。此诗具有时空的纵深感，在淡淡的回忆中传达出对亲人的眷恋之情，给人一种伟岸的人格力量。

赠别黄宗贤①

古人戒从恶②，今人戒从善③。从恶乃同污，从善翻滋怨④。纷纷嫉媚兴⑤，指谪相非讪⑥。自非笃信士⑦，依违多背面⑧。宁知竞漂流⑨，沦胥亦污贱⑩。卓哉汪陂子⑪，奋身勇厥践⑫。拂衣还旧山⑬，雾隐期豹变⑭。嗟嗟吾党贤⑮，白黑匪难辩⑯！

[注释]

①黄宗贤：即黄绾（1477~1551），字宗贤、叔贤，号久庵、石龙。浙江黄岩人。承祖荫官后军都督府都事。官至南京礼部尚书兼翰林学士。有《明道编》《石龙集》等著述传世。

②古人：指古时候的人。戒从恶：意为克除恶念。

③今人：与古人相对，泛指当时的人。戒从善：意为摒弃善念。

④从善：依从善道。翻滋怨：意为反而成倍地增加怨恨。

⑤纷纷：形容乱象貌。嫉媚（mào）：嫉妒。

⑥指谪：意为谴责，责备。讪（shàn）：讥笑。

⑦自非：倘若不是。笃：忠实。信士：指诚实可信的人。

⑧依违：依顺。背面：意为相反。

⑨宁知：怎么知道。漂流：漂浮流动。

⑩沦胥：意为沦落。污贱：卑微低贱，卑污下贱。

⑪卓哉：不平凡的。汪陂子：疑指汪俊，字抑之，江西弋阳人，官至礼部尚书，学者称"石潭先生"，王阳明道友。

⑫奋身：奋力。厥：乃，于是。

⑬拂衣：振衣而去，意谓归隐。旧山：指代故乡。

⑭雾隐：隐居云雾深处，喻退藏避害。豹变：谓如豹文那样发生显著的变化，喻道德修炼自我完善。

⑮嗟嗟：叹词，表示赞美。吾党：此意为"我辈"。

⑯白黑：喻是非、善恶、贤愚、清浊等相对的人或事物。匪：不是。

[评析]

此诗在《王文成公全书·外集·诗》中归入京师诗，写作时间在明正德七年（1512）秋。正德五年（1510）十一月，王阳明自江西庐陵至京入觐后，于次月升南京刑部四川清吏司主事，随即于次年正月改任吏部验封清吏司主事。正德六年（1511）十月，升文选清吏司员外郎。次年三月，升考功清吏司郎中。正德七年深秋，黄绾因病告归故乡，离别之际，王阳明作《别黄宗贤归天台序》及《赠别黄宗贤》一诗。同年十二月，王阳明升南京太仆寺少卿，亦离开京城。王阳明与黄绾初交在明正德五年。据《阳明先生年谱》载："冬十有一月，入觐。先生入京，馆于大兴隆寺，时黄宗贤绾为后军都督府都事，因储柴墟巘请见。先生与之语，喜曰：'此学久绝，子何所闻？'对曰：'虽粗有志，实未用功。'先生曰：'人惟患无志，不患无功。'明日引见甘泉，订与终日共学。"其后附一按语："宗贤至嘉靖壬午春复执贽称门人。"纵观王阳明与黄绾的交谊，从结盟倡圣学，到嘉靖元年（1522）黄绾正式拜于王阳明门下，历时十余年。及至王阳明去世以后，黄绾承担起王阳明嗣子正亿的养抚之责，并将女儿许配给正亿，可谓仁至义尽。由此可见，王阳明与黄绾的关系非同寻常，此诗从某一侧面见证了二人之间至死不渝的友情。

　　此诗为五言古体，从内容看可分为两层意思。第一层次自首句至第十句，主要阐述当时社会道德的种种乱象："古人戒从恶，今人戒从善。从恶乃同污，从善翻滋怨。纷纷嫉媚兴，指谪相非讪。自非笃信士，依违多背面。宁知竟漂流，沦胥亦污贱。"王阳明通过古今对比的方法，阐述了明中期社会道德伦理上所存在的严重问题，突出地表现为知行分离、私欲泛滥、道德沦丧。世人非但不仿效古人从善戒恶，反而弃善从恶，背道而驰。同流合污，随波逐流；从善遭谤，嫉妒成风；口是心非，两面三刀。整个社会世风日下，道德水平卑贱低下。由此可见，王阳明对正德朝的社会现状是十分不满的，故结友倡导践行圣贤之学，成圣贤之人，具有很强的现实意义。第二层次自第十一句至诗末，主要是勉励道友黄绾在返乡养病之际，效法前贤，修身养性，实现志向。"卓哉汪陂子，奋身勇厥践。拂衣还旧山，雾隐期豹变。嗟嗟吾党贤，白黑匪难辩！"诗中，王阳明以汪陂子为例，以此说明圣贤是可学而行的，贵在实践。汪陂子，疑即江西弋阳人汪俊，其为学勤奋，为官正直。在反对阉党刘瑾专权的斗争中，坚守正义，不附权贵，深得王阳明器重，结为道友。尽管王阳明与汪俊之间为学观点不尽相同，但仍能相互切磋，求同存异，保持了深厚的友谊。王阳明对汪俊的赞赏，其实也是对黄绾的鼓励，亦是自勉。王阳明希望黄绾回到故乡，在道德认识与道德实践上，明辨是非，有长足的进步。最后，王阳明对道友寄予很高的期望：党中之贤，暗合黄绾之字的深意，崇尚圣贤！

　　此诗重在说理，但语言通俗晓畅。王阳明善于用对比的方法，揭示社会存在的道德弊端及世风的沦丧。同时，通过人物形象描写、用典等手法阐明了黑白可辩、大道可行、圣人可从的道理。

寄冯雪湖二首①

其一

竿竹谁隐扶桑东②,白眉之叟今庞公③。隔湖闻鸡谢墅接④,渡海有鹤蓬山通⑤。卤田经岁苦秋雨⑥,浪痕半壁惊湖风⑦。歌声屋低似金石⑧,点也此意当能同⑨。

[**注释**]

①冯雪湖:指冯兰(?~1520),字佩之,雪湖为其号。浙江余姚县兰风乡(今余姚市黄家埠镇)人。冯氏家族宗祠"遗安堂"至今尚存。冯兰于成化五年(1469)中进士,选翰林院庶吉士,官至江西提学副使、按察司副使。有《湖山唱和诗》《雪湖集》等传世。

②竿竹:指钓竿。扶桑:传说日出于扶桑之下,拂其树杪而升,因谓为日出处。

③白眉:《三国志·蜀志·马良传》载:"马良,字季常,襄阳宜城人。兄弟五人,并有才名,乡里谚曰:'马氏五常,白眉最良。'良眉中有白毛,故以称之。"后喻兄弟或侪辈中的杰出者。庞公:指庞德公,东汉时襄阳人。躬耕于襄阳岘山之南,曾拒绝刘表的礼请。后隐居鹿门山,采药以终。

④湖:指冯兰所隐居地千金湖,位于今浙江余姚市黄家埠镇。清雍正《东山志》载:"千金湖,在桃花岙,水深多鱼,每秋之渔利千金,因以名湖。"闻鸡:此形容冯兰所隐居的雪湖山庄与谢迁所居的银杏山庄相距

很近。谢墅：指谢迁［余姚泗门人，明成化十一年（1475）状元，官至户部尚书、谨身殿大学士。卒后，赠太傅，谥文正］的别墅"银杏山庄"。

⑤蓬山：传说海中三仙山之一。此指隐居佳处。

⑥卤（lǔ）田：盐碱地。此意为居住在海滨之地。经岁：经过一年。

⑦浪痕半壁：波浪冲击留下的痕迹，此形容湖水汹涌。

⑧歌声：此指诗歌唱和之声。金石：此喻诗文音调铿锵悦耳。

⑨点：指孔子弟子曾点，字皙。此借指曾点之志，展现高雅清淡的志趣。

[评析]

此二诗收入《王文成公全书·外集二·南都诗》中。又据《阳明先生年谱》载：正德甲戌四月，王阳明升南京鸿胪寺卿。五月，至南京。由此可知，此二首作于明正德九年（1514）。诗题中所指"冯雪湖"，即为冯兰，为王阳明父辈同邑乡贤，官至江西提学副使、按察司副使，亦是诗人。

明代鸿胪寺的职能类似于今之外交官，主要承担对外的礼仪操办，而南京鸿胪寺卿是个闲职。王阳明在南都期间主要是与弟子讲学论道，写了不少流露归隐的诗歌，抒发隐逸情怀。此诗首联："竿竹谁隐扶桑东，白眉之叟今庞公。"冯兰致仕后归故里，居余姚临山桃花庄。因其常垂钓庄西千金湖，冯兰将其改名为"雪湖"，命自家庄院为"雪湖山庄"，自号"雪湖居士"。王阳明在诗中将冯兰前辈誉为历史上著名的隐士"庞德公"，实则是对高风亮节的隐士发自内心的赞美，亦蕴含自己在仕途上难以施展抱负的一种感慨之情。颔联："隔湖闻鸡谢墅接，渡海有鹤蓬山通。""谢墅"是指曾被阉党刘瑾排斥而闲居在乡的谢迁阁老之别墅"银杏山庄"。此山庄与冯兰的雪湖山庄隔湖相望，冯兰与谢迁交谊甚笃，诗词唱和，成为美谈。雪湖山庄也因此成为文人雅士宴饮吟唱之地，名声远播。此联，王阳明除对冯兰、谢迁等前辈超然的人生情怀充满敬意外，亦抒发了对自然清净生活情趣的向往。颈联："卤田经岁苦秋雨，浪痕半壁惊湖风。"此联表面上是对海滨气候的描述，实则蕴含对世态炎凉的忧虑。尽管朝中的刘瑾阉党集团在正德五年（1510）被清除，但明武宗的专制暴戾仍如乌云笼罩大地，正义之士仍处于被挤压的处境中。尾联："歌声屋低似金石，点也此意当能同。"远在南京的王阳明，似乎感知雪湖山庄传来的诗歌唱和声，声声振耳，体悟到那种似曾点沐浴春风，载歌而归的生命乐趣。

此七律不仅是对长者超然物外、悠游湖畔之生命情怀的礼赞，还是对天地万物、历史流变、社会现状的深思。诗中运用典故、想象等超现实手法，真实地传达出王阳明仰慕前辈至贤至圣的博大胸怀。

其二

海岸西头湖水东①，他年蓑笠拟从公②。钓沙碧海群鸥偕，樵径青云一鸟通③。席有春阳堪坐雪④，门垂五柳好吟风⑤。于今犹是天涯梦，怅望青霄月色同⑥。

[注释]

①海岸：此指冯兰所居处濒临海滨（即钱塘江与杭州湾交汇处之南岸，俗称"后海"）。湖水：指千金湖。

②蓑笠：蓑衣与笠帽。

③樵径：打柴人走的小道。此借指耕樵隐居生活。

④春阳：指春天的阳光。雪：指雪湖山庄。

⑤五柳：借指东晋陶渊明，陶渊明曾撰《五柳先生传》。吟风：此借指临风吟诗。

⑥青霄:清朗的夜晚。

[评析]

　　如果说前诗王阳明抒发对归隐生活的情怀还较隐晦,那么此诗则直抒胸臆,强烈地表达出诗人归乡隐居的愿望。首联:"海岸西头湖水东,他年蓑笠拟从公。"诗人意欲效法冯兰前辈归隐故乡,垂钓湖畔,物我两忘,这种内心深处的期望,传达出对浊世的愤懑之情。颔联:"钓沙碧海群鸥偕,樵径青云一鸟通。"此联具有浓郁的象征色彩,大海垂钓与群鸥齐飞,青山伐木与行走鸟道,展示出诗人对自由生活的渴望。颈联:"席有春阳堪坐雪,门垂五柳好吟风。"此联表达了王阳明对隐居生活的一种期待。春阳下,千金湖畔,效法东晋陶渊明门垂五柳临风吟诗,享受大自然赐予的乐趣。然而,现实的处境则令王阳明心情沮丧。尾联则传达出这种忧伤的情绪:"于今犹是天涯梦,怅望青霄月色同。"王阳明身处宦海,何能由己,大道难伸,只能将精力倾注于授徒讲学之中,不至于虚度年华。此七律情感真挚,想象丰富,意境开阔,抒发了王阳明厌恶仕途的污浊、庸俗,亦表达出其对故乡的眷恋之情。

病中大司马乔公有诗见怀次韵奉答二首①

其一

　　十日无缘拜后尘②,病夫心地欲生榛③。诗篇极见怜才意④,伎俩惭非可用人⑤。黄阁望公长秉轴⑥,沧江容我老垂纶⑦。保厘珍重回天手⑧,会看春风万木新⑨。

[注释]

①大司马：官职名，明代为兵部尚书别称。乔公：即乔宇（1464～1531），字希大，号白岩山人，山西乐平（今昔阳）人，与辽州王云凤、太原王琼称"晋中三杰"。明成化二十年（1484）进士，历官至南京礼部尚书，后改兵部尚书，参赞机务。世宗即位，召为吏部尚书，因直谏君过，被迫去职回籍。卒谥庄简。次韵：依次用所和诗中的韵作诗，亦称"步韵"。

②十日：十天干所表示的日子，此处指代乔白岩出生在前。无缘：没有缘分。拜：此为敬词。后尘：此喻敬仰前贤。

③病夫：病人。心地：心情。生榛（zhēn）：生长杂草，此喻心情烦杂。

④怜才：爱惜人才。

⑤伎俩：此处意为技能，本领。可用人：能担大任之人。

⑥黄阁：汉代丞相、太尉和汉以后的三公官署避用朱门，厅门涂黄色，以区别于天子。唐时门下省亦称黄阁，此指代乔白岩所任的重要官职。秉轴：比喻执掌大权。

⑦沧江：江流，江水，因江水呈苍色，故称。此喻山川江河。垂纶：相传吕尚（姜太公）未出仕时曾隐居渭水滨垂钓，后常以"垂纶"指称隐居或退位归隐。

⑧保厘：指治理百姓，保护扶持使之安定。语出：《书·毕命》："越三日壬申，王朝步自宗周，至于丰，以成周之众，命毕公保厘东郊。"厘，意为治理，整理。珍重：爱惜，珍爱，保重。回天手：此形容力量强大。

⑨会看：意为相逢之时。春风：春天的风，喻温暖。

[评析]

明正德十一年（1516）九月，时年已45岁的王阳明在南京任鸿胪寺卿，经兵部尚书王琼特举，朝廷升王阳明为都察院左佥都御史，巡抚南、赣、汀、漳等处。时福建、江西、广东和湖广四省相邻山区的盗寇占山为王、为非作歹、荼毒百姓、生灵涂炭，朝野震惊。朝廷虽数派军队围剿，都无济于事，匪祸越演越烈，严重地动摇了明王朝的社会根基，形势十分严峻。王阳明作为文官，此前从未领过兵，打过仗，肩负如此重任，这对王阳明来说不啻是重大挑战，然而王阳明在身体有病的情况下还是领受了朝廷的诏命。行前，在南京任职的数位大臣于不同地点先后为王阳明设宴饯行。王阳明作于此时的《龙江留别诗》上有小序，对上述情况作了说明："正德丙子九月，守仁领南赣之命。大司马白岩乔公、太常白楼吴公、大司成莲北鲁公、少司成双溪汪公相与集饯于清凉山，又饯于借山亭，又再饯于大司马第，又出饯于龙江。"由此可见，王阳明与乔宇等官员关系不薄。而《病中大司马乔公有诗见怀次韵奉答二首》则是在王阳明出征前因病答谢乔宇问候的和诗，《王文成公全书·外集二·诗》将其归入正德九年（1514）。

七律二首，其一首联："十日无缘拜后尘，病夫心地欲生榛。"此联上句是对乔宇表示敬重之意，乔宇年长王阳明九岁，故有"拜后尘"之语；下句则是其心情的自然流露，因生病心情不佳。颔联："诗篇极见怜才意，伎俩惭非可用人。"此联上句表达了对乔宇赞赏自己才能的感激之情，下句则是抒发了身不由己的感慨之意。颈联："黄阁望公长秉轴，沧江容我老垂纶。"此联则是王阳明对乔宇等南京重臣的祝愿。在朝政昏暗，社会动荡之际，正需要有乔宇等正直官员支撑危局，同时亦流露出自己对前途的忧虑之情。尾联："保厘珍重回天手，会看春风万木新。"此联亦表达了对乔宇的祝愿之意，对其道德才华无比钦佩。其后局势的发展，也印证了王阳明的预料。正德十四年（1519），在平南昌叛王朱宸濠的斗争中，乔宇在南京密切配合王阳明平叛战役，以雷霆之力肃清叛王朱宸濠潜伏在南京的死党，为平叛战役遥相呼应，功不可没。此联下句则表达了在浑浊社会中尚需看到光明前景的信心。

此诗格调高雅，内涵丰富，包含哲理，传达出王阳明对乔宇的感激之情以及对时世的忧心与并未破灭的希望。

其二

一自多歧分路尘①，堂堂正道遂生榛②。聊将肤浅窥前圣③，敢谓心传启后人④。淮海帝图须节制⑤，云雷大造看经纶⑥。枉劳诗句裁风雅⑦，欲借盘铭献日新⑧。

[注释]

①一自：自从。多歧：多岔道。

②堂堂：形容盛大悠远，光亮。正道：大道。

③聊将：姑且。肤浅：浅薄。前圣：前代圣贤。

④心传：以心传心，后泛称精义相传。

⑤淮海：此泛指开土经略。帝图：帝王治国的谋略。须节制：指用仁义道德克制、约束。

⑥云雷：天象翻卷如云，奔腾之声如雷，此喻声势浩大的治国举措。大造：天地造化。经纶：意指治理国家的抱负与才能。

⑦枉劳：徒劳。风雅：风流雅儒。

⑧盘铭：古代刻在盥洗盘器上的劝诫文辞。日新：日日更新。

[评析]

　　此为七律二首其二，诗意与诗风明显区别于前诗。此诗王阳明主要表达了对先圣道德思想的传承及心学精义的传扬之意。首联："一自多歧分路尘，堂堂正道遂生榛。"诗人以形象的语言，高度地概括了千年儒学流脉的分派，以及对儒学衰微的担忧。颔联："聊将肤浅窥前圣，敢谓心传启后人。"王阳明对儒学的探索可谓花了毕生的精力，有"前三变"与"后三变"之说。在经过长期的思想积淀后，于明正德初年在贵州龙场体悟"心即理""知行合一"之道，自此开始传播心学思想，成为明代中期以降最具活力的学说之一，对儒学具有起衰振兴之功。故此联是王阳明对创设心学，弘道播经的总结。颈联："淮海帝图须节制，云雷大造看经纶。"此联抒发了对治国理政的看法。尽管王阳明当时所处的政治环境较为混乱，但其看到朝中仍有诸多像乔宇那样能堪大用的贤臣，因此对国家前途充满信心。尾联："枉劳诗句裁风雅，欲借盘铭献日新。"此联是王阳明对乔宇之诗的高度评价，有剪裁风雅之力。同时借用典故"盘铭"中"苟日新，日日新，又日新"之意，表达了对国家命运的希冀。此诗具有历史穿越性和哲理性，纵观儒学流脉数千年，结合自身对儒学创新所做的努力，并对现实社会的发展有独到的理解。此诗语言精练，逻辑严密，善于用典，融事、情、理于一体。王阳明此诗二首，对于考察其出征前的身体状况及精神状态是极好的史料，从中可以窥见其当时的心灵世界。

闻曰仁买田霅上携同志待予归二首①

其一

见说相携霅上耕②,连蓑应已出乌程③。荒畲初垦功须倍④,秋熟虽微税亦轻⑤。雨后湖舠兼学钓⑥,饷余堤树合闲行⑦。山人久有归农兴⑧,犹向千峰夜度兵⑨。

[注释]

①曰仁:徐爱(1487~1517),字曰仁,号横山,浙江余姚马堰(今属慈溪市)人,为王阳明早期入室弟子之一,亦为王阳明妹夫。明正德三年(1508),中进士。历任祁州知州、南京兵部员外郎、南京工部郎中。正德十二年(1517)因病去世,终年三十一岁。霅(zhà)上:为浙江湖州之别称。予:王阳明自称。

②见说:此意为被告知。

③连蓑(suō):意为戴着雨具。乌程:古县名,在今之浙江湖州。秦时改"菰城"为"乌程",以乌巾、程林两氏善酿得名。

④荒畲(shē):此处泛指刀耕火种的田地。

⑤税:指税赋。

⑥舠(dāo):小船。

⑦饷(xiǎng)余:此处意为"饭后"。

⑧山人:王阳明自号"阳明山人"。

⑨犹向:此处意为还要,即领兵平乱。千峰:此形容崇山峻岭。夜度

兵：意为连夜谋划作战方案。

[评析]

　　此七律二首应作于正德十二年（1517）五月间，此时王阳明正以都察院左佥都御史衔巡抚南、赣、汀、漳等地，统兵平山贼动乱。据《阳明先生年谱》明正德十二年五月条下载："又闻曰仁在告买田雪上，为诸友久聚之计，遗二诗慰之。"徐爱为王阳明早期的入门弟子，亦为妹夫。正德十一年，徐爱考绩后便道归省，与同门道友陆澄等商议买田雪上，为诸友久聚之计，并告知在南赣平乱的王阳明。王阳明知悉后，即赋诗告慰，以上即为此诗二首的写作背景。

　　此诗首联："见说相携雪上耕，连蓑应已出乌程。"王阳明交代了当时听闻徐爱在雪上买田，欲待自己平乱结束后作为久聚之地的消息后，应契合其心愿，感到十分宽慰。其时，王阳明猜测徐爱已离开乌程，行旅在返越城之路上，不日可与亲人团聚，这当然也是王阳明所期待的。颔联："荒畬初垦功须倍，秋熟虽微税亦轻。"此联是对徐爱买田雪上一事的评价之语。王阳明在经历贵州龙场的磨难后，对农事已有相当的经验，故对"荒畬"如何耕作有自己的想法。由此可知，王阳明对徐爱在雪上买田之事是十分赞赏的。颈联："雨后湖舠兼学钓，饷余堤树合闲行。"此联则是王阳明对未来躬耕雪上的一种美好向往。"雨后泛舟""饭后漫步"对日理万机、领兵平乱的王阳明来说亦是一种自我精神安慰。尾联："山人久有归农兴，犹向千峰夜度兵。"然而，对当下的王阳明来说，向往不能代替现实，有心归农，可眼下还要筹划平乱的大计，并暗示弟子平乱战事的艰巨和把握战机的重要，委婉地传递了现时还不能与弟子们共享归耕山野、讲学论道的意思，反映出王阳明以社稷民生为重的精神世界。

　　此诗在写作上虚实相生，将愉悦的心情寓于美好的想象之中，构思尤以尾联为佳,思绪如异峰突起,将想象与现实有机地统一在"为万世开太平"的践行之中,表现了王阳明"知行合一"的生命追求。

其二

月色高林坐夜沉①,此时何限故园心②。山中古洞阴萝合③,江上孤舟春水深。百战自知非旧学④,三驱犹愧失前禽⑤。归期久负云门伴⑥,独向幽溪雪后寻。

[注释]

①夜沉:此处形容夜深。

②何限:无限。故园:故乡。

③古洞:此泛指以往的隐居处。阴萝:生在背阳处的藤萝。

④旧学:泛指旧时所学的知识。

⑤三驱:田猎时让开一面,三面驱赶,以示好生之德。语出《易·比》:"九五:显比,王用三驱,失前禽,邑人不诫,吉。"前禽:跑在前面的野兽。寓意为臣子以光明之道辅佐其君。

⑥云门:周代六乐舞之一,用于祭祀天神,相传为黄帝时所作。《周礼·春官·大司乐》:"以乐舞教国子。"此借指与弟子讲学论道。

[评析]

此诗首联:"月色高林坐夜沉,此时何限故园心。"此联反映了在南赣指挥平乱的王阳明,戎马倥偬之际思念故乡亲人的情景。夜深人静,明月当空,古木参天,王阳明独自坐望家乡,弟子们传来的音讯,勾起了思乡的愁绪,心事浩茫。颔联:"山中古洞阴萝合,江上孤舟春水深。"此联是王阳明对以往养病故乡期间与道友们吟游越中山水、泛舟江上的美好回忆。颈联："百战自知非旧学，三驱犹愧失前禽。"此联其思绪从遥想回到现实。经过南赣紧张严酷的平乱实战，其深感对许多繁复事情的处理仅凭以往所学的知识是远远不够的，并对自己在南赣治军主政中存在的问题心存愧意，表现出王阳明高度的责任心和家国情怀，其中也深含对徐爱等弟子的告诫。尾联："归期久负云门伴，独向幽溪雪后寻。"此联亦反映出王阳明当时内心的矛盾。作为朝廷命官为社稷安危、百姓安居乐业领旨平乱，义不容辞，然而就王阳明本人的意愿则是与弟子、道友游学于山水之间，寄情于江湖。从此诗中可以窥知王阳明在南赣平乱中的真实心态，国家重任与自身的志趣往往不能兼顾，这对具有儒者情怀的王阳明来说内心是复杂的，故其希望早日结束地方山贼的动乱，回归故乡，以实现山林之志。此诗在写作上意境幽远，思想情感波澜起伏，用典自然，寓意深刻，在淡淡的思念中寄语弟子向往美好的未来。然而，不幸的是王阳明的得意弟子、妹夫徐爱在正德十二年（1517）五月十七日，因患急病，英年早逝，享年三十一岁，这是王阳明写作此诗时万万没有想到的。故此诗亦是考察王阳明与徐爱师生、妹婿关系的最后见证。

林汝桓以二诗寄次韵为别[①]

其一

断云微日半晴阴[②]，何处高梧有凤鸣[③]？星汉浮槎先入梦[④]，海天波浪不须惊。鲁郊已自非常典[⑤]，膰肉宁为脱冕行[⑥]。试向沧浪歌一曲[⑦]，未云不是九韶声[⑧]。

[注释]

①林汝桓：即林应，字汝桓，号次峰，福建莆田人。明正德十二年（1517）进士，官至户部员外郎。著有《梦槎奇游集》。次韵：意为"步韵"。

②断云：片云。微日：意为日光微弱。

③高梧：形容高高的梧桐树。凤鸣：指凤凰打鸣、吟唱。

④星汉：指银河。浮槎（chá）：传说中来往于海上和天河之间的木筏。《论语》中子曰："道不行，乘桴浮于海。"

⑤鲁郊：语出《庄子·外篇·至乐》："昔者海鸟止于鲁郊。鲁侯御而觞之于庙。奏《九韶》以为乐，具太牢以为膳。鸟乃眩视忧悲，不敢食一脔，不敢饮一杯，三日而死。"常典：指固定的法典、制度。

⑥膰（fán）肉：指古代祭祀用的熟肉。语出《孟子·告子下》："孔子为鲁司寇，不用。从而祭，燔肉不至，不税（脱）冕而行。"宁为：情愿。冕（miǎn）：中国古代帝王及地位在大夫以上官员戴的礼帽，后专指帝王的皇冠。

⑦试向：尝试想着。沧浪歌一曲：《沧浪之水歌》是春秋战国时期流传在汉北一带的民歌，出自《孺子歌》："沧浪之水清兮，可以濯我缨。沧浪之水浊兮，可以濯我足。"

⑧未云：意为不见得。九韶：古代音乐名，周朝雅乐之一，简称《韶》。《史记·夏本纪》："舜德大明，于是夔行乐，祖考至，群后相让，鸟兽翔舞，箫韶九成（即乐舞由九段组成，故名九韶），凤凰来仪，百兽率舞。"

[评析]

《林汝桓以二诗寄次韵为别》七律二首，收录于《王文成公全书·外集·居越诗》中，应为嘉靖初年王阳明在越城丁忧赋闲期间所作的送友诗。此诗表达了王阳明对友人坚守儒道、保持独立、高洁人格的期许。首联："断云微日半晴阴，何处高梧有凤鸣？"此联借传说中凤凰非梧桐不栖的习性，示高洁的人格品位。诗中用"断云""微日"借喻明嘉靖初年，朝政混乱，政治昏暗，正义难伸，边疆动荡不安，蕴含王阳明对时局深深地担忧，并以凤凰独栖梧桐勉励友人做一个高风亮节的君子。颔联："星汉浮槎先入梦，海天波浪不须惊。"王阳明表达了对儒学衰微、世俗横流的深深忧虑。同时对自己所开创的心学起儒学之衰怀有坚定的信念，前行的路何等艰难，不管有何种风浪，都会勇往直前。颈联："鲁郊已自非常典，膰肉宁为脱冕行。"面对浊世，大道不行，王阳明告诫友人要早做好归隐山水的思想准备，以先哲为典范怀山林之志。尾联："试向沧浪歌一曲，未云不是九韶声。"与友人共勉，如大道不行，就沧浪放歌，领悟天地生意，同样是儒者的情怀，亦是人生的快乐。此诗胸臆豁达，意境高远，寄意深邃。诗人善于化用先秦哲人典故入诗，充满无穷的遐想。

其二

尧舜人人学可齐①，昔贤斯语岂无稽②？君今一日真千里③，我亦当年苦旧迷④。万理由来吾具足⑤，六经原只是阶梯⑥。山中尽有闲风月⑦，何日扁舟更越溪⑧？

[注释]

①尧舜：唐尧和虞舜的并称，古代传说中的圣明君主。可齐：意为能够达到。

②昔贤：以往的明德良能之人。斯语：指代"尧舜人人学可齐"。岂：难道。无稽：无从查考，没有根据。

③千里：此形容道德学问长进迅速。

④旧迷：此处王阳明自指以往求道过程中一度陷入迷途。

⑤具足：意为具备。

⑥六经：指《诗》《书》《礼》《易》《乐》《春秋》六部儒家经典，此泛指典籍。阶梯：台阶或梯子，此借喻求学悟道的凭借或途径。

⑦风月：此借喻与清风、明月为伴，含归隐之意。

⑧越溪：传说为越国美女西施浣纱之处，此泛指越中山水。

[评析]

此诗是王阳明对其心学思想的阐发，并以自己求道过程中所遇到的曲折、迷茫告诫友人坚信心中的良知，独立自主，超越世俗的羁绊，笼万物于心间。首联："尧舜人人学可齐，昔贤斯语岂无稽？"关于"人皆可以为尧舜"这一说法，语出《孟子·告子下》，所以王阳明在诗中说此语是有依据的。按照孟子的解释，"尧舜之道，孝弟而已"，意为只要努力践行心中的孝道，就可以成为"尧舜"这样的圣人。王阳明对此有独到的阐述，其在《传习录》中说："人胸中各有个圣人，只自信不及，都自埋倒了。"意为每个人皆有成圣贤之性，即每个人都具有良知之心，但若自身不去开显良知，被过分的私欲遮蔽了，那当然就滑向"愚人"了。故王阳明在《答顾东桥书》一文中明确地说："良知良能，愚夫愚妇与圣人同。但惟圣人能致其良知，而愚夫愚妇不能致，此圣愚之所由分也。"有成圣贤之心，如不去践行，那么就会导致"知行二分"，离成圣贤就会越来越远。因此，王阳明此联高度概括了知行合一的精义，厘清了那种似是而非的说法。颔联："君今一日真千里，我亦当年苦旧迷。"此联既是对友人在践行心学思想上所取得的进步表示赞扬，又是对自己求学悟道中所走过的弯路所作的总结。其在《别黄宗贤归天台序》中言："守仁幼不知学,陷溺于邪僻者二十年。疾疢之余,求诸孔子、子思、孟轲之言,而恍若有见,其非守仁之能也。"从中可知,王阳明是十分重视总结思想探索过程中的经验教训,并将它分享给道友,以免少走弯路,直步圣学。颈联:"万理由来吾具足,六经原只是阶梯。"其在《尊经阁记》一文中说:"夫是之谓六经。六经者非他,吾心之常道也。"强调为学者要有自己的独立意识,以"心"体悟万事万物,而"六经"只不过是进入圣学的阶梯,不能代替"良知"本身的开显。尾联:"山中尽有闲风月,何日扁舟更越溪?"此联王阳明以超脱的情怀暗示友人以乐观的心态对待现实社会的种种困惑与艰难,胸中有世界,良知照万物。此诗情理交融,既抒发对友人的深情,又为临别赠言。在写作上采用借喻的手法,将自己的心学思想、人格理想融于诗句中,如春风化雨,丝丝滋润心田。

天泉楼夜坐和萝石韵[①]

莫嫌西楼坐夜深[②],几人今夕此登临?白头未是形容老[③],赤子依然混沌心[④]。隔水鸣榔闻过棹[⑤],映窗残月见疏林。看君已得忘言意[⑥],不是当年只苦吟[⑦]。

[注释]

①天泉楼:指王阳明绍兴故居"伯府第"内的建筑。天泉:意为天来之水,纯洁明澈。萝石:指诗人董沄,浙江海宁人,为王阳明晚年弟子。

②西楼:即天泉楼。

③白头：指白发，形容年老。

④赤子：此形容纯洁之心。混沌心：即赤子之心。

⑤鸣榔：亦作"鸣桹"，敲击船舷使作声，以惊鱼，使之入网中，或为歌声之节。《文选·潘岳》："纤经连白，鸣桹厉响。"

⑥忘言意：体悟真意，难以用语言表达。《庄子·外物》："荃者所以在鱼，得鱼而忘荃；蹄者所以在兔，得兔而忘蹄；言者所以在意，得意而忘言。吾安得夫忘言之人而与之言哉！"东晋陶渊明在《饮酒》（其五）中有诗句："山气日夕佳，飞鸟相与还。此中有真意，欲辨已忘言。"

⑦苦吟：反复吟咏，苦心推敲。

[评析]

据《阳明先生年谱》载：明嘉靖三年（1524），浙江海宁江湖诗人董沄，号萝石，年已六十八岁，来游会稽，闻王阳明讲学，欲强拜王阳明先生为师。王阳明考虑再三，因董沄年长于己，觉得不妥，婉言谢绝。董沄回家后，过了二个月持缣再次到绍兴，强拜王阳明为师，至此，王阳明推辞不得，只好以师友称之。王阳明在《从吾道人记》一文中，详细地记载了董沄拜师之事，只是题目下标注的写作时间是嘉靖四年（1525）。此后，王阳明常与董沄徜徉于会稽山水间。据上述史料记载可知，此诗作于嘉靖三年，是给董沄的和诗，背景是王阳明与董沄在绍兴伯府第之西楼（即天泉楼）夜坐论道。

此诗首联："莫嫌西楼坐夜深，几人今夕此登临？"夜深人静，王阳明与董萝石还在天泉楼促膝论学，肝胆相照，可见二人的关系非同一般。颔联："白头未是形容老，赤子依然混沌心。"此联涉及二人夜谈的话题是心体本然问题，这与人的年龄大小无关，揭示了"心"与"物"的统一关系，即便人到了年迈白发满头之时，但只要时时省察，仍能保持赤子之心,并以"赤子之心"观物,体悟万事万物的真趣。王阳明从"良知"本体的角度,阐述心体的澄明无关年岁大小,揭示"良知"不滞于物的普遍性。颈联:"隔水鸣榔闻过棹,映窗残月见疏林。"此联则是阐明万事万物的化机,人生百态,残月疏林,宇宙世界,一切都在流变中,充满无限生机。然而,"良知"昭明灵觉,无时无处不在发用流行,便是内心之道,一种与万事万物相联的理趣。尾联:"看君已得忘言意,不是当年只苦吟。"此联抒发了王阳明对董萝石在心学修炼上有得感到由衷的喜悦。王阳明从心学与文学的关系上切入,将"得意忘言"这一古典化用入诗,阐明心学重在内心的体悟和在事上开显良知。

此诗将叙事与哲理融会一体,提出了"赤子之心"这一具象化的命题,将"良知"的内涵转化为"心体的纯明",拓展了诗的意蕴。以心学的眼光审视和体验人生的思想价值及生活真谛。此诗尽管是侧重于对"良知"之学的哲理表达,但对亦师亦友的董沄来说则是一种真挚友情的表露,心神相契,均在诗中。

嘉靖甲申冬二十一日再登秦望自弘治戊午登后二十七年矣将下适董萝石与二三子来复坐久之暮归同宿云门僧舍①

初冬风日佳,杖策登崔嵬②。自予羁宦迹③,久与山谷违。屈指廿七载④,今兹复一来。沿溪寻往路,历历皆所怀。跻险还屡息⑤,兴在知吾衰。薄午际峰顶⑥,旷望未能回⑦。良朋亦偶至⑧,归路相徘徊⑨。夕阳飞鸟静,群壑风泉哀⑩。悠悠观化意⑪,点也可与偕⑫。

[注释]

①嘉靖甲申：为公元1524年。秦望：即秦望山，位于浙江绍兴之会稽山脉。相传，因秦始皇三十七年（前210）南巡时，登临此山，祭大禹，望南海，故得名。董萝石：即董沄，字复宗，号萝石，晚号从吾道人，浙江海宁人，为王阳明晚年弟子。拜师时董沄已68岁，王阳明时53岁。云门僧舍：即云门禅寺，位于浙江绍兴秦望山麓，为千年古刹。

②杖策：拄杖。崔嵬：此形容山之高峻。

③羁（jī）宦迹：明嘉靖元年（1522）二月，因父去世，归省中的王阳明随即丁忧在绍兴家中，故中止了仕途。

④屈指：弯着指头计数。

⑤跻险：登上高险处。屡息：泛指多次休息。

⑥薄午：临近正午。

⑦旷望：极目眺望。

⑧良朋：好友。

⑨徘徊：形容在观景处来回走动，流连忘返。

⑩风泉哀：形容清风声和山泉声汇聚成呼呼的声响。

⑪悠悠：形容自由自在的状态。化意：指大自然中所蕴含的道理。

⑫点也：典出《论语·先进》："夫子喟然叹曰：'吾与点也！'"点：曾点，字皙，又称曾皙，孔子弟子。

[评析]

明嘉靖三年（1524）冬，王阳明在越城伯府第家中丁忧已第三个年头了，喜欢投身大自然的王阳明在初冬之际再次登会稽山脉中的秦望山。秦望山是会稽之名山，挺拔巍峨，雄峻独秀。从诗题中看，王阳明首次登秦望山时间在弘治十一年（1498），由此可知，此年王阳明曾由京返越。二十六年后，即嘉靖三年，王阳明再次登秦望山，足见其对秦望山的钟情。此五言古体诗，记述了王阳明登山的过程，以及在下山途中偶遇董萝石（后拜王阳明为师），相聚观景，体悟天地化机的情景。

此诗前六句："初冬风日佳，杖策登崔嵬。自予羁宦迹，久与山谷违。屈指廿七载，今兹复一来。"叙述了登山的时间、当时的心情。从诗句中可感知诗人对二十六年后重游秦望山的感慨与期盼。初冬，风和日丽，拄杖登山。当诗人面对高峻挺拔的秦望山峰时，兴奋不已。回首二十七年前登山的情景，浮想联翩，山势如旧，人事已非，不胜唏嘘！第七至十二句："沿溪寻往路，历历皆所怀。跻险还屡息，兴在知吾衰。薄午际峰顶，旷望未能回。"诗人叙述登山的过程，沿着溪流，寻觅二十七年前行走的山路，一物一景都会勾起对往昔登山情景的回忆。山高路陡，年迈体弱的王阳明气力已不如前，只能走走停停。尽管游兴如旧，但毕竟年事已高，力不从心了。江山无限，然个体生命有限，在山水中体悟万事万物的消长，把握生命的当下，正是诗人要传达的生命情怀。经过努力登攀，诗人以年迈之力，在近正午之际，再次登上期待已久的秦望绝顶，极目眺望会稽众山，群山逶迤，崖壁苍翠，谷壑争喷，云蒸霞蔚，似乎与唐代诗人杜甫登泰山绝顶时所发出的"会当凌绝顶，一览众山小"的慨叹有某种意境上的重合。诗人盘桓山巅，流连忘返，仿佛进入物我两忘的境地。最后六句："良朋亦偶至，归路相徘徊。夕阳飞鸟静，群壑风泉哀。悠悠观化意，点也可与偕。"从独自赏景跳转到群体赏景悟道，场面顿变热闹。正当王阳明陶醉于秦望山胜景之中，夕阳西下，该到下山的时候了。在下山的路中，偶遇亦在秦望山游览的浙江海宁诗人董沄等人，王阳明在感奋之际，又与董沄等人继续赏景，悟天地之道。诗中，王阳明化用东晋陶渊明《饮酒》（其五）中的诗句"山气日夕佳，飞鸟相与还"之意，以及《论语·先进》篇之典故,抒发了对"乐境"的追求。饱经政坛风云的王阳明,晚年对人生已大彻大悟。通过游览会稽山水,慰抚心灵。少了青年时期那种无所顾忌的激情,多了"陶渊明式"的归隐情思。在登山临水的过程中,处处体悟自然造化妙处,舒展心灵,充分表达了王阳明领悟天地造化、寄情山水的达观意趣,超越尘世不为所累,力显空灵淡泊的心境。

此诗在叙事抒情上分三个层次,层层递进,谋篇布局自然,虚实相生,夹叙夹议,开阖变幻,深含哲理。诗中化用陶渊明诗意和孔子指点弟子的故事,随处点化,意境雄阔,理趣盎然。

德洪汝中方卜书院盛称天真之奇并寄及之①

不踏天真路②,依稀二十年③。石门深竹径④,苍峡泻云泉⑤。泮壁环胥海⑥,龟畴见宋田⑦。文明原有象⑧,卜筑岂无缘⑨?

[注释]

①德洪:即钱德洪(1496~1574),名宽,字德洪,以字行,改字洪甫,号绪山,学者称"绪山先生"。浙江余姚人。明正德十六年(1521)九月,率余姚学子拜于王阳明门下。曾协助王阳明讲学,被称为"教授师"。官至刑部郎中。曾在江浙、宣歙、湖广等地讲"良知"之学长达30年,"浙中王门"代表人之一。著有《绪山会语》等。汝中:即王畿(1498~1583),字汝中,号龙溪,学者称"龙溪先生"。浙江山阴(今绍兴)人。官至南京兵部郎中。嘉靖二年(1523),拜师于王阳明门下。曾

协助王阳明讲学，有"教授师"之称。在江、浙、闽、越等地讲学40余年，为"浙中王门"代表人之一。有《王龙溪先生全集》传世。方卜：刚刚占卜书院风水。天真：指天真书院，又称天真精舍。位于浙江杭州天真山南坡，始建于明嘉靖九年（1530），王阳明弟子王臣、薛侃、钱德洪等为纪念先师所建，兼具祭祀、集会、讲学功能。

②天真路：此指明正德二年（1507）夏，王阳明被贬谪贵州龙场，途经杭州游天真山之事。

③依稀：隐约。

④石门：此指山中自然状态的岩石堆垒，形似门状，可通行。

⑤苍峡：苍翠的峡谷。

⑥泮壁：古代学宫的照壁，此指代想象中天真书院的建筑群。胥海：指钱塘江，天真书院院址选在钱塘江之北岸。相传春秋时期吴国大夫伍子胥因忠谏被吴王所杀，装尸于袋中抛入钱塘江，故称。

⑦龟畴：位于杭州天真山南麓的"八卦田"。宋田：指南宋皇家籍田，为皇帝率文武百官到此行"籍礼"，执犁三推一拨，以祭先农。据《西湖游览志》载："南山胜迹中有宋藉田，在天龙寺下，中阜规圆，环以沟塍，作八卦状，俗称九宫八卦田，至今不紊。"

⑧文明：相对于野蛮而言，此指人类社会进步开化的一种状态。象：形态。

⑨卜筑：择地建筑住宅，即定居之意。无缘：佛家语，指人与事物或人与人之间没有碰到一起的可能性。

[评析]

据《阳明先生年谱》载：明嘉靖六年（1527）五月，朝廷下旨，命王阳明兼都察院左都御史，出征广西思恩、田州的土司之乱。九月，自绍兴出发。行至浙西衢州，受到学子的拥戴。王阳明赋诗二首寄钱德洪、王畿，并示书院诸生，此诗即为当时所作。此诗表达了王阳明期待平乱结束后，能到天真书院讲学论道的愿望。同时，也传达出王阳明对钱德洪、王畿二弟子的殷切期望。

此诗为五律。首联："不踏天真路，依稀二十年。"《阳明先生年谱附录一》首条载："自嘉靖庚寅建精舍于天真山至隆庆丁卯复伯爵嘉靖九年庚寅五月，门人薛侃建精舍于天真山，祀先生。天真（山）距杭州城南十里，山多奇岩古洞，下瞰八卦田，左抱西湖，前临胥海。师昔在越讲学时，尝欲择地当湖海之交，目前常见浩荡，图卜筑以居，将终老焉。起征思、田、洪、畿随师渡江，偶登兹山，若有会意者。临发以告，师喜曰：'吾二十年前游此，久念不及，悔未一登而去。'"从上述记载可知，"不踏天山之路已依稀二十年"，此事即指王阳明于正德二年（1507），在赴谪地贵州龙场途经杭州时，就有隐居天真山之意，但终未如愿。可见，王阳明二十年来对欲隐居天真山求道论学之事念念不忘，喜闻弟子有卜筑天真书院之举自然勾起了其对当年登天真山的深刻记忆。颔联："石门深竹径，苍峡泻云泉。"此联描述了天真山静谧奇特的自然风光，峰峦俊秀，奇石异洞，竹树交翠，曲径通幽，峡谷苍翠，云泉飞泻，不失为是修身养性的隐居之地，故为王阳明所钟爱。天真山属于玉皇山的一部分，是道教全真派圣地，从这个意义上说，王阳明内心深处仍有道教的情结。颈联："泮壁环胥海，龟畴见宋田。"天真山位于西湖之南，钱塘江之北，登山环视，北观西子，南眺钱江。东可俯瞰南宋皇帝行"籍礼"的"八卦田"，西望群山，可谓得自然景观与人文大观于一体的造化之地。尾联："文明原有象，卜筑岂无缘？"在王阳明看来，自然造化与文明的生发，均有迹可寻，有象可观。大凡智者能识天地万物之理，悟山水形胜之灵性。对于钱德洪、王畿能卜筑自己思念已久的天真书院来说，已踏上征程的王阳明内心由衷地欣慰。然而，王阳明最终没有实现自己的意愿。一年后，王阳明客死在回归家乡的途中，而天真书院在王阳明离世后由其弟子薛侃等用一年半时间建成，终于实现了王阳明的遗愿。从某种意义上说，亦是王阳明与天真山的缘分。钱德洪、王畿都是王阳明晚年所接受的侍学弟子，且此二人对王阳明心学的研修深下功夫，学有所得。正德六年（1511）九月，王阳明将离绍兴赴广西上任，钱、王二弟子因对师说"四句教"体悟不同，各执一端，相持不下；王阳明在启程前一日晚上半夜时分，钱、王二学子请问其师，王阳明答道："正要二君有此一问！我今将行，朋友中更无有论证及此者，二君之见正好相取，不可相病。汝中须用德洪功夫，德洪须透汝中本体。二君相取为益，吾学更无遗念矣。"由此可知，王阳明对钱德洪、王畿二弟子寄予厚望，师生之谊略见一斑。

　　此诗叙事直率，情感真切，状物抒情融为一体，融天地、人文历史于一体，风格自然清新，意境开阔，语言隽永，包含哲理。

王阳明诗文选 下

〔明〕王阳明 撰　　华建新 注评

中州古籍出版社
·郑州·

散文选

一、以德理政文

王阳明是明代士大夫的廉政典范，他所创立的心学是其为官之本、经世之源。王阳明通过科举进入仕途，于明弘治五年（1492）举浙江乡试。弘治十二年（1499），中进士，观政工部。弘治十三年（1500），授刑部云南清吏司主事，此为踏上仕途后任实职之始。纵观其一生，除去晚年其在越城丁忧、讲学论道的六年，其在仕途上整整奔波了20余年。其间，历任刑部、兵部主事，江西庐陵（今吉安）知县，吏部主事，吏部员外郎、郎中，南京太仆寺少卿、南京鸿胪寺卿；以都察院左佥都御使衔受命巡抚南、赣、汀、漳等地，平民乱；以都察院右副都御使衔受命兼巡抚江西。明正德十六年（1521），王阳明因平定南昌藩王朱宸濠叛乱立下军功，被明世宗升为南京兵部尚书，随后封"新建伯"。明嘉靖六年（1527）五月，受命都察院左都御史出征广西，平思恩、田州土司叛乱及断藤峡、八寨盗贼之乱。同年十二月，命兼巡抚两广。在仕途生涯中，王阳明足迹遍布大江南北，其以所创建的心学思想指导军政事务，心系百姓，匡扶社稷，在勤政廉洁等方面建树卓越，为古代士大夫"三不朽"之第一流人物。本专题选析了王阳明在以德理政方面的散文10篇，内容涉及国防、司法、吏治、民政、乡治等方面。王阳明为政始终贯穿"明德亲民"的思想，以达到"善治""大同"的社会理想。

高平县志序

《高平志》者①，高平之山川、土田、风俗、物产无不志焉。曰高平，则其地之所有皆举之矣。

《禹贡》《职方》之述②，已不可尚③。汉以来《地理郡国志》《方舆胜览》《山海经》之属④，或略而多漏，或诞而不经⑤，其间固已不能无憾。惟我朝之《一统志》⑥，则其纲简于《禹贡》而无遗，其目详于《职方》而不冗。然其规模宏大阔略，实为天下万世而作，则王者事也⑦。若夫州县之志，固又有司者之职，其亦可缓乎？

弘治乙卯，慈溪杨君明甫令泽之高平⑧。发号出令，民既悦服。乃行田野，进父老，询邑之故，将以修废举坠⑨。而邑旧无志，无所于考。明甫慨然太息曰："此大阙，责在我。"遂广询博采，搜秘阙疑，旁援直据，辅之以己见，遵《一统志》凡例，总其要节，而属笔于司训李英⑩，不逾月编成。于是繁剧纷沓之中，不见声色，而数千载散乱沦落之事，弃废磨灭之迹，灿然复完。明甫退然若无与也。邑之人士动容相庆，骇其昔所未闻者之忽睹⑪，而喜其今所将泯者之复明也。走京师请予序。

予惟高平即古长平⑫，战国时秦白起攻赵⑬，坑降卒四十万于此，至今天下冤之。故自为童子，即知有长平。慷慨好奇之士，思一至其地，以吊千古不平之恨而不可得。或时考图志以求其山川形势于仿佛间。予尝思睹其志，以为远莫致之，不谓其无有也。盖尝意论赵人以四十万俯首降秦，而秦卒坑之⑭，了无哀恤顾忌，秦之毒虐，固已不容诛，而当时诸侯，其先亦自有以取此者。夫先王建国分野⑮，皆有一定之规画经制⑯。如今所谓志书之类者，以纪其山川之险夷，封疆之广狭，土田之饶瘠，贡赋之多寡，俗之所宜，地之所产，井然有方。俾有国者之子孙世守之⑰，不得以己意有所增损取予。夫然后讲信修睦，各保其先世之所有，而不敢冒法制以相侵陵⑱。战国之君，恶其害己，不得骋无厌之欲也，而皆去其籍。于是强陵弱，众暴寡，兼并僭窃⑲，先王之法制荡然无考，而奸雄遂不复有所忌惮⑳，故秦敢至于此。然则七国之亡，实由文献不足证，而先王之法制无存也。典籍图志之所关㉑，其不大哉？

今天下一统，皇化周流㉒。州县之吏，不过具文书，计岁月，而以赘疣之物视图志㉓。不知所以宜其民，因其俗，以兴滞补弊者，必于志焉是赖。则固王政之首务也。今夫一家，且必有谱，而后可齐，而况于州县。天下之大，州县之积也。州县无不治，则天下治矣。明甫之独能汲汲于此㉔，其所见不亦远乎！明甫学博而才优，其为政廉明，毁淫祠㉕，兴社学，敦伦厚俗，扶弱锄强，实皆可书之于志，以为后法。而明甫谦让不自有也。故予为序其略于此，使后之续志者考而书焉。

[注释]

①《高平志》：高平，明代属泽州，今属山西省晋城市，位于山西东南部，古称"泫氏""长平"。《高平县志》初纂于明弘治八年（1495），为时任知县杨子器（即杨明甫）主纂。

②《禹贡》：《尚书》中的一篇，是战国时期魏国人托名大禹所著，

因以"禹贡"名篇，是中国第一篇区域地理著作，将当时的中国地域分为"九州"。内容涉及山川、交通、物产、贡赋等，对后世地方志的编纂有较大影响。《职方》：是《周礼·夏官·大司马》中的一篇，亦是地理著作，内容与《禹贡》相类。

③尚：此处意为"不可知"。

④《地理郡国志》：泛指记载地理及行政区划的图志。《方舆胜览》：为南宋祝穆编撰的地理类书籍，共70卷。主要记载南宋临安府所辖地区的郡名、风俗、人物、题咏等内容。《山海经》：为中国地理、民俗及志怪古籍，作者不详。

⑤诞而不经：怪异荒诞，不合常理。

⑥《一统志》：成书于明天顺五年（1461），共90卷。于弘治、万历年间重新修定，增加嘉靖、隆庆两朝以后建置相关的内容。

⑦王者事：意为推行仁政的国家政事。

⑧杨君明甫：即杨子器，字名父，号柳塘。宁波府慈溪县人。明成化二十三年（1487）中进士。历任昆山、高平、常熟知县，官至河南左布政使。王阳明父王华为成化丁未科同考官，与杨子器有"座主"之谊。

⑨修废举坠：意为兴复废业。

⑩司训：学官，明代县学教谕的别称。

⑪骇：此处意为惊叹。

⑫古长平：高平春秋时称泫氏，战国时改为长平。长平之战遗址，在今山西晋城高平市城北10公里的长平村。

⑬白起（？～前257）：嬴姓白氏，名起，其先祖为秦国公族，故《战国策》中又称公孙起。郿（今陕西省眉县常兴镇）人，战国时期秦国名将，因战功封武安君。

⑭秦卒坑之：长平之战，白起大破赵军，坑杀赵军降卒四十余万。

⑮分野：与星次相对应的地域。古以十二星次的位置划分地面上州、国的位置与之相对应。按天文说，称作分星；按地面说，称作分野。

⑯规画经制：筹划治国的制度。

⑰俾：使。

⑱侵陵：此处意为侵略。

⑲僭（jiàn）窃：越分窃取。

⑳忌惮：顾虑畏惧。

㉑图志：以图片、图解和图示的方式反映表述对象的一种形式。

㉒皇化周流：意为皇帝的德政与教化遍及神州。

㉓赘疣：皮肤上长的肉瘤，此比喻多余无用之物。

㉔汲汲：此形容急于得到的样子。

㉕淫祠：意为不合礼仪的祠庙。

[评析]

　　成圣贤的志向，极大地激发了青年王阳明博览群书的兴趣，其效法先贤，为学必先治史，以验"究天人之际，通古今之变"之古训。在不懈的思想探索中，青年王阳明对社会历史的发展有了一定的认识，初步形成了社会发展观，这一点可从王阳明存世的《高平县志序》一文中找到印证。此文写于明弘治八年（1495），时王阳明24岁。此序为王阳明存世散文中较早的作品。时王阳明还在北京国子监求学，应高平（今山西高平）知县杨明甫之请所作。

　　"方志"一词由来已久，《周礼》中就有外史"掌四方之志"的记载。周秦以降，方志渐增。宋以后，"方志"一词特指地方文献，别称图经、传、录、乘、考、书、簿等。中国古代有修方志的传统，发端于周秦，历代传承，起存史、资政、育人之作用。方志的渊源出自《周礼·职方》

《尚书·禹贡》《山海经》等著述,作为较规范的方志其发端为秦汉之际的郡书、地理书、都邑簿,魏晋时期方志发展已成大观。由于修志者存在历史学素养、文学修养参差不齐的原因,历代所修典籍图志的质量自然有良莠之分。一部方志编成以后,主其事者往往会邀请有名望的贤达之人作序。作序者受人之托,也往往发溢美之语。但王阳明这篇《高平县志序》立论一反常规,标新立异,扫史志序文之俗气。首先,王阳明对以往的志书略加评说,言其不足,指其弊端:"《禹贡》《职方》之述,已不可尚。汉以来《地理》《郡国志》《方舆胜览》《山海经》之属,或略而多漏,或诞而不经,其间固已不能无憾。"语中虽未点明症结何在,但可以看出王阳明熟读历史上诸家方志,发不以为然之感。而对明朝所修《一统志》则赞赏有加:"惟我朝之《一统志》,则其纲简于《禹贡》而无遗,其目详于《职方》而不冗。然其规模宏大阔略,实为天下万世而作,则王者事也。若夫州县之志,固又有司者之职,其亦可缓乎?"一贬一褒,顺理成章地亮明自己的论点,修方志乃为"王者之事"。王阳明认为,作为地方志"纲简而无遗,目详而不冗"是基本要求,但这还不是最重要的,方志实为王者经国之大业,点明了方志功能的要旨。同时,王阳明对《地理》等诸方志提出的批评可谓一针见血。王阳明关于如何修方志的真知灼见,盖源于其修志治国之思想,是基于对《一统志》恪守"实而不华"修志伦理道德的肯定。文中,王阳明进一步论证中心论点"典籍图志事关兴善去弊之王事",并以战国秦将白起血腥坑杀赵国降卒40万于古长平为例,论证典籍图志与王道之关系。

此番议论文字是全文最精彩的部分,王阳明采用联想手法,由此及彼,由高平古地长平境内曾经发生过秦将白起坑杀降卒40万人的历史悲剧切入。接着剖析了悲剧发生的深层次原因:秦王毒虐,固然可憎可恨,然而战国诸君私欲膨胀,对先王用于"建国分野,规画经制",以图"子孙世守之""讲信修睦"的图志肆意篡改甚至有意毁灭，以逞"强陵弱，众暴寡，兼并僭窃"之野心。战国诸侯无视先王所遗图志之本意，暴君肆无忌惮，为所欲为，不受制约，一个重要的原因即为图志无考，这是导致战国之乱的重要原因。王阳明以历史教训为鉴，将六国的灭亡与典籍图志的毁灭相联系，论证了典籍图志对于治乱的重大作用，深刻地阐发了历史伦理观。探讨六国灭亡的原因，是历代帝王、史家所关注的话题，也曾是历代论家论史的切入点。影响较大的当推北宋苏洵、苏辙父子各自所作的《六国论》。苏洵的《六国论》中分析六国之亡的原因为："六国破灭，非兵不利，战不善，弊在赂秦，赂秦而力亏，破灭之道也。"（苏洵《嘉祐集》）其论在排除兵战不利、不善之因后，提出六国破灭源于"弊在赂秦，赂秦而力亏"，并以史影射宋朝政事，告诫当朝者，以史为鉴。其文观点犀利，论证斩钉截铁，势如破竹。苏辙的《六国论》中分析六国灭亡的原因则翻出新意："尝读六国世家，窃怪天下之诸侯，以五倍之地，十倍之众，发愤西向，以攻山西千里之秦，而不免于灭亡。尝为之深思远虑，以为必有可以自安之计，盖未尝不咎其当时之士，虑患之疏，而见利之浅，且不知天下之势也。"（苏辙《栾城集》）在苏辙看来，六国之亡，在于各诸侯不识天下大势，没有长远安身之计，而是各怀鬼胎，目光短浅，为保自身利益，互相攻击，未能合力抗秦，最后被秦国各个击破，导致毁灭，千古遗恨，并暗喻北宋王朝前线受敌而后方安于享乐的现实。苏辙之论高屋建瓴，一语破的，揭示战国纷争之根本。然而，王阳明在《高平县志序》中所提出的观点，独树一帜，立意新奇，论出有据，言志书之根本，直步"二苏"之论。

文末得出结论，修志目的是"宜其民，因其俗，以兴滞补弊者"，即为"经世致用"。作为治世之志，王阳明反对将修志仅仅作为"具文书，计岁月"的工具，将修方志提高到"固王政之首务"的地位。王阳明还从家谱推及方志,又从方志推及治国,以小见大,将编纂方志与治国相联系。其结论是"今夫一家,且必有谱,而后可齐,而况于州县。天下之大,州县之积也。州县无不治,则天下治矣"。"志焉是赖",志书的功能与价值就在于此。"州县治,则天下治。"青年王阳明此论从方志反观国家之政,讲清了方志与王政、方志与治国之间的辩证关系,可谓警策之论。

作为一篇县志的序,王阳明在写作上以论为主,史论结合,论点鲜明,分析透辟,兼带叙事写人,文笔多姿见长,具有较高的史料价值、文献价值和文学价值。此文在写作艺术上也很有特色,采用白描手法,寥寥数语,刻画出一个勤政为民的县官形象。在阐述方志的重要性中,自然写到主持修志的知县杨明甫的功绩。修志前,因高平县无志,作为初上任的县官责无旁贷地担起责任。文中写杨明甫慨然叹息说:"此大阙,责在我。"暗喻其品德、胸襟。在修志过程中,杨明甫广询博采,搜秘阙疑,旁援直据,辅之以己见,遵《一统志》凡例,总其要节,暗寓修志规范有据。然后,任用司训李英具体编辑,不逾月编成,言其作风踏实、办事效率之高。在修志大功告成后,"明甫退然若无与也。邑之人士动容相庆,骇其昔所未闻者之忽睹,而喜其今所将泯者之复明也"。言杨明甫谦逊,不居功自傲。而对杨明甫修志之举的重要意义,文中则轻轻点出:"明甫之独能汲汲于此,其所见不亦远乎!明甫学博而才优,其为政廉明,毁淫祠,兴社学,敦伦厚俗,扶弱锄强,实皆可书之于志,以为后法。"此言不仅是对杨明甫编纂方志的高度评价,亦是对其为政功绩的肯定,更重要的是照应文中开头的伏笔,强调修志是王者之政,知县杨明甫的形象可敬可爱。序文着重阐述了方志对于治国的重要意义,这样就跳出了就事论事写序的窠臼。以小见大,见微知著,从地名联系到历史上发生过的重大事件,充分体现了王阳明"以人为本"的史志思想,从一个角度揭示了历史典籍的重要性。

王阳明同邑后学施邦曜对此文有精辟的评说:"凡志邑者,不过叙其山川,纪其物产,表其风俗,美其人才,以相夸耀而已。从此立论,即扬厉甚功,亦淡然无味。惟从白起坑卒一事发端,归咎于诸侯之去其籍,方见邑志大有关系。笔下有以隐戢奸雄兼并僭窃之志。此等意见议论,非文人所可及。"

陈言边务疏

迩者窃见皇上以彗星之变①,警戒修省②,又以虏寇猖獗③,命将出师,宵旰忧勤④,不遑宁处⑤。此诚圣主遇灾能警,临事而惧之盛心也。当兹多故,主忧臣辱⑥,孰敢爱其死!况有一二之见而忍不以上闻耶?臣愚以为今之大患,在于为大臣者外托慎重老成之名,而内为固禄希宠之计⑦;为左右者内挟交蟠蔽壅之资⑧,而外肆招权纳贿之恶⑨。习以成俗,互相为奸。忧世者,谓之迂狂⑩;进言者,目以浮躁⑪;沮抑正大刚直之气⑫,而养成怯懦因循之风⑬。故其衰耗颓塌⑭,将至于不可支持而不自觉。今幸上天仁爱,适有边陲之患⑮,是忧虑警省,易辕改辙之机也⑯。此在陛下,必宜自有所以痛革弊源、惩艾而振作之者矣⑰。新进小臣,何敢僭闻其事⑱,以干出位之诛⑲?至于军情之利害,事机之得失,苟有所见,是固刍荛之所可进⑳,卒伍之所得言者也㉑,臣亦何为而不可之有?虽其所陈,未必尽合时论,然私心窃以为必宜如此,则又不可以苟避乖剌而遂已于言也㉒。谨陈便宜八事以备采择:一曰蓄材以备急，二曰舍短以用长，三曰简师以省费，四曰屯田以足食，五曰行法以振威，六曰敷恩以激怒，七曰捐小以全大，八曰严守以乘弊。

何谓蓄材以备急？臣惟将者，三军之所恃以动[23]，得其人则克以胜[24]，非其人则败以亡，其可以不豫蓄哉[25]？今者边方小寇，曾未足以辱偏裨[26]；而朝廷会议推举，固已仓皇失措，不得已而思其次，一二人之外，曾无可以继之者矣。如是而求其克敌致胜[27]，其将何恃而能乎！夫以南宋之偏安[28]，犹且宗泽、岳飞、韩世忠、刘锜之徒以为之将[29]，李纲之徒以为之相[30]，尚不能止金人之冲突[31]；今以一统之大，求其任事如数子者，曾未见有一人。万如虏寇长驱而入，不知陛下之臣，孰可使以御之？若之何其犹不寒心而早图之也！臣愚以为，今之武举仅可以得骑射搏击之士，而不足以收韬略统驭之才[32]。今公侯之家虽有教读之设[33]，不过虚应故事，而实无所裨益。诚使公侯之子皆聚之一所，择文武兼济之才，如今之提学之职者一人以教育之，习之以书史骑射，授之以韬略谋猷[34]；又于武学生之内岁升其超异者于此[35]，使之相与磨砻砥砺[36]，日稽月考[37]，别其才否，比年而校试[38]，三年而选举[39]；至于兵部，自尚书以下，其两侍郎使之每岁更迭巡边，于科道部属之内择其通变特达者二三人以从，因使之得以周知道里之远近，边关之要害，虏情之虚实，事势之缓急，无不深谙熟察于平日[40]；则一旦有急，所以遥度而往莅之者，不虑无其人矣。孟轲有云："苟为不畜，终身不得。"臣愿自今畜之也。

何谓舍短以用长？臣惟人之才能，自非圣贤，有所长必有所短，有所明必有所蔽；而人之常情亦必有所惩于前[41]，而后有所警于后。吴起杀妻㊷，忍人也，而称名将；陈平受金㊸，贪夫也，而称谋臣；管仲被囚而建霸㊹，孟明三北而成功㊺，顾上之所以驾驭而鼓动之者何如耳㊻。故曰：用人之仁，去其贪；用人之智，去其诈；用人之勇，去其怒。夫求才于仓卒艰难之际㊼，而必欲拘于规矩绳墨之中㊽，吾知其必不克矣。臣尝闻诸道路之言，曩者边关将士以骁勇强悍称者㊾，多以过失罪名摈弃于闲散之地。夫有过失罪名，其在平居无事，诚不可使处于人上；至于今日之多事，则彼之骁勇强悍，亦诚有足用也。且被摈弃之久，必且悔艾前非㊿，以思奋励；今诚委以数千之众，使得立功自赎，彼又素熟于边事，加之以积惯之余，其与不习地利、志图保守者，功宜相远矣。古人有言："使功不如使过。"是所谓"使过"也。

何谓简师以省费？臣闻之兵法曰："日费千金，然后十万之师举。"夫古之善用兵者，取用于国，因粮于敌，犹且"日费千金"；今以中国而御夷虏，非漕挽则无粟㉛，非征输则无财㉜，是故固不可以言"因粮于敌"矣。然则今日之师可以轻出乎？臣以公差在外，甫归旬日，遥闻出师，窃以为不必然者。何则？北地多寒，今炎暑渐炽，虏性不耐，我得其时，一也；虏恃弓矢，今大雨时行，觔胶解弛㉝，二也；虏逐水草以为居，射生畜以为食，今已蜂屯两月，边草殆尽，野无所猎，三也。以臣料之，官军甫至㉞，虏迹遁矣。夫兵固有先声而后实者，今师旅既行，言已无及，惟有简师一事，犹可以省虚费而得实用。夫兵贵精不贵多，今速诏诸将，密于万人之内取精健足用者三分之一，而余皆归之京师。万人之声既扬矣，今密归京师，边关固不知也，是万人之威犹在也；而其实又可以省无穷之费。岂不为两便哉？况今官军之出，战则退后，功则争先，亦非边将之所喜。彼之请兵，徒以事之不济，则责有所分焉耳。今诚于边塞之卒，以其所以养京军者而养之，以其所以赏京军者而赏之，旬日之间，数万之众可立募于帐下，奚必自京而出哉㊟？

何谓屯田以给食？臣惟兵以食为主，无食，是无兵也。边关转输，水陆千里，踣顿捐弃㊟，十而致一。故兵法曰："国之贫于师者远输，远输则百姓贫；近师贵卖，贵卖则百姓财竭。"此之谓也。今之军官既不堪战阵，又使无事坐食以益边困，是与敌为谋也。三边之戍㊟，方以战守，不暇耕农。诚使京军分屯其地，给种授器，待其秋成，使之各食其力。寇至则授甲归屯，遥为声势，以相掎角㊟；寇去仍复其业，因以其暇，缮完庐所拆毁边墙、亭堡，以遏冲突。如此，虽未能尽给塞下之食，亦可以少息输馈矣㊟。此诚持久俟时之道，王师出于万全之长策也。

何谓行法以振威？臣闻李光弼之代子仪也㊟，张用济斩于辕门㊟；狄青之至广南也㊟，陈曙戮于戏下㊟；是以皆能振疲散之卒，而摧方强之虏。今边臣之失机者，往往以计幸脱。朝丧师于东陲，暮调守于西鄙，罚无所加，兵因纵弛㊟。如此，则是陛下不惟不置之罪，而复为曲全之地也，彼亦何惮而致其死力哉㊟？夫法之不行，自上犯之也。今总兵官之头目，动以一二百计，彼其诚以武勇而收录之也，则亦何不可之有！然而此辈非势家之子弟，即豪门之夤缘㊟，皆以权力而强委之也。彼且需求刻剥，骚扰道路；仗势以夺功，无劳而冒赏；懈战士之心，兴边戎之怨。为总兵者且复资其权力以相后先，其委之也，敢以不受乎？其受之也，其肯以不庇乎？苟戾于法㊟，又敢斩之以殉乎？是将军之威，固已因此辈而索然矣，其又何以临师服众哉！臣愿陛下手敕提督等官，发令之日，即以先所丧师者斩于辕门⑱，以正军法。而所谓头目之属，悉皆禁令发回，毋使渎扰侵冒⑲，以挠将权⑳，则士卒奋励，军威振肃。克敌制胜，皆原于此。不然，虽有百万之众，徒以虚国劳民㉑，而亦无所用之也。

何谓敷恩以激怒㉒？臣闻杀敌者，怒也。今师方失利，士气消沮㉓；三边之戍，其死亡者非其父母子弟，则其宗族亲戚也。今诚抚其疮痍㉔，问其疾苦，恤其孤寡，振其空乏，其死者皆无怨尤㉕，则生者自宜感动。然后简其强壮，宣以国恩，喻以房仇，明以天伦，激以大义；悬赏以鼓其勇，暴恶以深其怒；痛心疾首，日夜淬砺㉖；务与之俱杀父兄之仇，以报朝廷之德。则我之兵势日张，士气日奋，而区区丑虏有不足破者矣。

何谓捐小以全大？臣闻之兵法曰："将欲取之，必固与之。"又曰："佯北勿从，饵兵勿食。"皆捐小全大之谓也。今虏势方张，我若按兵不动，彼必出锐以挑战㉗；挑战不已，则必设诈以致师㉘，或捐弃牛马而伪逃，或掩匿精悍以示弱，或诈溃而埋伏，或潜军而请和，是皆诱我以利也。信而从之，则堕其计矣。然今边关守帅，人各有心；虏情虚实，事难卒辩。当其挑诱之时，畜而不应，未免必有剽掠之虞㉙。一以为当救，一以为可邀，从之，则必陷于危亡之地；不从，则又惧于坐视之诛。此王师之所以奔逐疲劳，损失威重，而丑虏之所以得志也。今若恣其操纵，许以便宜；其纵之也，不以其坐视；其捐之也，不以为失机。养威为愤，惟欲责以大成；而小小挫失，皆置不问。则我师常逸而兵威无损，此诚胜败存亡之机也。

何谓严守以乘弊？臣闻古之善战者，先为不可胜以待敌之可胜。盖中国工于自守,而胡虏长于野战。今边卒新破,虏势方剧,若复与之交战,是投其所长而以胜予敌也。为今之计,惟宜婴城固守⑧,远斥候以防奸⑪,勤间谍以谋虏⑫;熟训练以用长,严号令以肃惰;而又频加犒享⑬,使皆畜力养锐。譬之积水,俟其盈满充溢,而后乘怒急决之,则其势并力骤,至于崩山漂石而未已。昔李牧备边⑭,日以牛酒享士,士皆乐为一战,而牧屡抑止之;至其不可禁遏,而始奋威并出,若不得已而后从之,是以一战而破强胡。今我食既足,我威既盛,我怒既深,我师既逸,我守既坚,我气既锐,则是周悉万全,而所谓不可胜者,既在于我矣。由是,我足,则虏日以匮⑮;我盛,则虏日以衰;我怒,则虏日以曲⑯;我逸,则虏日以劳;我坚,则虏日以虚;我锐,则虏日以钝。索情较计⑰,必将疲罢奔逃;然后用奇设伏,悉师振旅,出其所不趋,趋其所不意;迎邀夹攻⑱,首尾横击。是乃以足当匮,以盛敌衰,以怒加曲,以逸击劳,以坚破虚,以锐攻钝。所谓胜于万全,立于不败之地,而不失敌之败者也。

右臣所陈⑲,非有奇特出人之见,固皆兵家之常谈,今之为将者之所共见也。但今边关将帅,虽或知之而不能行,类皆视为常谈,漫不加省。势有所轶⑳,则委于无可奈何;事惮烦难,则为因循苟且㉑。是以玩习弛废㉒,一至于此。陛下不忽其微,乞敕兵部将臣所奏熟议可否,转行提督等官,即为斟酌施行。毋使视为虚文,务欲责以实效,庶于军机必有少补㉓。臣不胜为国惓惓之至㉔!

[注释]

①迩者:近来。窃:此处为谦辞,自指。彗星:是进入太阳系内亮度

和形状会随日距变化而变化的绕日运动的天体，呈云雾状的独特外貌。彗星的形状像扫帚，所以俗称"扫帚星"。彗星是一种自然现象，古人由于不了解它的成因，常常把它的出现与人间发生的某些事对应起来加以解释。

②警戒修省：意为上天警示，须自我反省，修明政治。

③虏寇猖獗：指当时北方少数民族武装频频侵犯边境。虏寇，古代对北方外族的贬称。

④宵旰（hàn）："宵衣旰食"的省称，意为天不亮就穿衣起床，天晚了才吃饭歇息，形容帝王勤劳政事。旰，晚。

⑤不遑宁处：意为忙于应付繁重或紧急的事务。遑，闲暇。

⑥主忧臣辱：意为君主有忧患是作臣子的耻辱。

⑦固禄希宠：意为希望保住利益，博取宠爱。

⑧交蟠（pán）蔽壅：意为相互勾结蒙骗皇帝。蟠，屈曲，环绕，盘伏。蔽壅，蒙蔽。

⑨招权纳贿：意为攫取权力，接受贿赂。

⑩迂狂：迂阔狂放。

⑪浮躁：意为轻浮急躁，不沉稳。

⑫沮（jǔ）：此处意为败坏。

⑬怯懦：胆小懦弱。

⑭颓塌：颓废疲塌。

⑮边陲（chuí）：边疆。

⑯易辕改辙：此处喻改变治理国政的方法。辕，车前驾牲畜的两根直木，代指马车。改辙，指改变行车的路线。

⑰惩艾（yì）：亦作"惩乂""惩刈"，此处意为吸取过去教训，以前失为戒。

⑱僭（jiàn）：超越本分。

⑲干：此处意为"触犯""冒犯"。

⑳刍（chú）荛（ráo）：割草称"刍"，打柴称"荛"，泛指割草打柴的人。此处喻自己的建议虽浅陋但是为尽臣子之责任。

㉑卒伍：此泛指"士兵"。

㉒乖剌：意为"违逆""不和谐"。

㉓三军：古代所说的"三军"是指前、中、后三军。此泛指整个军队。

㉔克：此处意为"战胜"。

㉕豫：同"预"。

㉖偏裨：偏将，裨将，将佐的通称。

㉗克敌致胜：亦作"克敌制胜"，意为制服敌人，取得胜利。

㉘偏安：指封建王朝失去中原而苟安于仅存的部分领土，不能统治全国而苟安于一方。

㉙宗泽（1060~1128）：字汝霖，浙江义乌人，北宋末年至南宋初年时大臣。进士。任东京留守期间，曾20多次上书宋高宗赵构，力主收复中原，均未被采纳，忧愤致死。追赠观文殿学士、通议大夫，谥忠简。著有《宗忠简公集》。岳飞（1103~1142）：字鹏举，河南安阳汤阴人，南宋抗金名将，中兴四将之一。曾率岳家军同金军作战数百次，所向披靡。南宋绍兴十年（1140），完颜兀术毁盟攻宋，岳飞挥师北伐，先后收复郑州、洛阳等地，又于郾城、颍昌大败金军，进军朱仙镇。宋高宗、秦桧却一意求和，以十二道"金字牌"下令退兵，岳飞在孤立无援之下被迫班师。在宋金议和过程中，岳飞遭受诬陷，被捕入狱。绍兴十二年（1142），岳飞以"莫须有"之"谋反"罪名被杀。宋孝宗时岳飞冤狱被平反，改葬于西湖畔栖霞岭，追谥武穆，后又追谥忠武，封鄂王。韩世忠

(1090~1151)：字良臣，陕西绥德人，与岳飞、张俊、刘光世合称"中兴四将"。为官正派，不肯依附奸相秦桧，为岳飞遭陷害而鸣不平，死后被追赠为太师，追封通义郡王。宋孝宗时，又追封蕲王，谥号忠武。刘锜（1098~1162）：字信叔，甘肃静宁人。南宋抗金名将。刘锜在伐夏抗金中屡立功勋。绍兴三十二年（1162），刘锜去世，赠开府仪同三司，赐谥武穆（一说谥武忠）。宋孝宗时追封为吴王，加太子太保。著有《清溪诗集》。

㉚李纲（1083~1140）：字伯纪，号梁溪先生，祖籍福建邵武，南宋初抗金名臣。进士。历官至太常少卿。宋钦宗时，授兵部侍郎、尚书右丞。靖康元年（1126）金兵入侵汴京时，任京城四壁守御使，击退金兵。但不久即被投降派所排斥。宋高宗即位初，一度起用为相，曾力图革新内政，仅七十七天即遭罢免。绍兴二年（1132），复起用为湖南宣抚使兼知潭州。不久，又罢官。多次上疏，陈诉抗金大计，均未被采纳。绍兴十年（1140）病逝。赠少师。淳熙十六年（1189），特赠陇西郡开国公，谥忠定。著有《梁溪先生文集》《靖康传信录》《梁溪词》。

㉛金人：指北方女真部落的军队。

㉜韬略：即"文韬武略"，此处意为精通谋略能领兵打仗的将帅之才。

㉝教读：此处意指家庭教师。

㉞谋猷：计谋，谋略。

㉟超异者：奇才。

㊱磨礲（lóng）：此处意为磨炼。

㊲稽：考核。

㊳比年：每年。

㊴选举：选取任用贤才。

㊵谙熟：精通，熟悉。

㊶惩：警戒。

㊷吴起杀妻：指吴起为了取得鲁国信任，不惜杀死来自敌国（齐国）的妻子以获得将军位。后比喻为了追求功名而不惜伤天害理，或为了成功而不择手段。忍人：残忍的人，硬心肠的人。

㊸陈平受金：语出《史记·陈丞相世家》。文中载，绛侯、灌婴等咸谗陈平曰："臣闻平居家时，盗其嫂。""臣闻平受诸将金，金多者得善处，金少者得恶处。于是汉王疑之。"陈平（？～前178），西汉阳武（今河南原阳）人。西汉王朝的开国功臣。在楚汉相争时，曾多次出计策助刘邦。汉文帝时，任右丞相，后迁左丞相。

㊹管仲被囚：鲍叔牙和管仲都是春秋时期很有才能的人。其后，两好友分属齐国两个敌对的政治势力，鲍叔牙事齐公子小白，管仲事公子纠。及公子小白立为桓公，公子纠失败身亡，管仲被囚身问罪。鲍叔牙劝说桓公，立管仲为相。管仲（约前723～前645），姬姓，管氏，名夷吾，字仲。谥敬。齐桓公元年（前685），管仲任齐相。管仲在任内大兴改革，富国强兵。齐桓公四十一年（前645），管仲病逝。

㊺孟明三北：意指孟明屡战屡败。孟明，通称孟明视，春秋时虞国（今山西平陆县）人，姜姓，百里氏，名视，字孟明，是百里奚的儿子，秦穆公的主要将领。他曾率领秦军与晋国决战，屡战屡败，但最终还是战胜了晋军。北，打了败仗往回逃。

㊻上：意指最高统治者。驾驭：掌握、控制，此喻用人之法。鼓动：调动，亦喻用人之艺术。

㊼仓卒：亦作"仓猝"。此处形容急迫之际。

㊽规矩绳墨：规矩，画圆、方的工具；绳墨，量平直的工具。此处喻不必遵守陈规。

㊾曩者：以往，从前。骁勇强悍：形容勇猛，善于作战。

(50)悔艾（yì）前非：即“痛改前非”。

(51)漕輓：亦作“漕挽”。指水运和陆运。粟：此泛指粮食。

(52)征输：此泛指征收赋税。

(53)觔（jīn）胶：泛指动物类黏结材料。觔，同“筋”。

(54)甫至：刚刚到。

(55)奚：文言疑问代词，为什么。

(56)踣（bó）顿捐弃：此处意为长途运输过程中的巨大耗损。

(57)三边：明代时指延绥、甘肃、宁夏三地区。

(58)犄角：动物的角。此处喻兵力分布互成钳制之势。

(59)输馈：此处为运输粮食之意。

(60)李光弼（708~764）：营州柳城（今辽宁省朝阳）人，契丹族。唐朝名将。天宝十五年（756），经郭子仪推荐任河东节度副使，参与平安史之乱。乾元二年（759），任天下兵马副元帅、朔方节度使。宝应二年（763），安史之乱平定，获赐铁券，名藏太庙，绘像凌烟阁。晚年，为宦官所谗，病死徐州，年五十七。追赠司空、太保，谥“武穆”。著有《将律》《统军灵辖秘策》及《李临淮武记》。子仪：即郭子仪（697~781），华州郑县（今陕西华县）人。“安史之乱”爆发后，郭子仪任朔方节度使，率军勤王，收复河北、河东，拜兵部尚书、同中书门下平章事。至德二年（757），郭子仪与广平王李俶收复西京长安、东都洛阳，以功加司徒，封代国公。乾元元年（758），进位中书令。乾元二年（759），因承担相州兵败之责，被解除兵权。宝应元年（762），太原、绛州兵变，郭子仪被封为汾阳王，出镇绛州，不久又被解除兵权。宝应二年（763），仆固怀恩勾结吐蕃、回纥入侵，长安失陷。郭子仪被再度启用，任关内副元帅，再次收复长安。永泰元年（765），吐蕃、回纥再度联兵内侵，郭子仪在泾阳单骑说退回纥，并击溃吐蕃，稳住关中。大历十四年（779），郭子仪被尊为“尚父”，进位太尉、中书令。建中二年（781），郭子仪去世，追赠太师，谥号忠武。

(61)张用济：为郭子仪属下将领，因其不满朝廷任用李光弼代郭子仪，不服从李光弼的命令，被李所杀。

(62)狄青（1008~1057）：字汉臣，汾州西河（今属山西）人，出身贫寒。宋仁宗宝元元年（1038）为延州指挥使，勇而善谋，立下了卓越战功，以功升枢密副使。死后，追赠中书令，谥“武襄”。

(63)陈曙：北宋武将。时陈曙奉诏平叛军，兵败，被狄青所斩。

(64)纵弛：放纵恣肆。

(65)惮：怕，畏惧。

(66)夤（yín）缘：攀援，攀附。

(67)戾（lì）：此处意为犯罪。

(68)辕门：古时指军营的门或官署的外门。

(69)渎（dú）扰：意为扰乱。

(70)挠：意为扰乱。

(71)虚国：意为国家空虚。

(72)敷恩：施予恩惠。激怒：意为激发。

(73)消沮：意为减弱。

(74)疮痍：此处意为疾苦。

(75)怨尤：埋怨责怪。

(76)淬砺：此喻磨砺。

(77)出锐：意为出动精锐部队。

(78)设诈：意为假装。

(79)剽掠：抢劫掠夺。

⑧⓪婴城：环城而守。婴，围绕。

⑧①斥候：古代军队中侦察（敌情）的士兵，因直属王侯手下而得名。

⑧②间谍：此处意为负有特殊使命的军事人员。

⑧③犒享：意为慰劳。

⑧④李牧：嬴姓，李氏，名牧，赵国柏仁（今河北邢台）人，战国时期赵国名将，与白起、王翦、廉颇并称"战国四大名将"。李牧是战国后期赵国赖以支撑危局的良将，后因赵王中秦之反间计被杀。固有"李牧死，赵国亡"之说。

⑧⑤匮：意为缺乏。

⑧⑥曲：此形容理亏。

⑧⑦索情：意为根据实际情形。

⑧⑧迎邀夹攻：意为前后夹攻。

⑧⑨右臣所述：即上臣所述。右，古人书写为竖写，从右至左，故此"右"类似于今日的"上"。

⑨⓪轶（yì）：此处意为超出了预料。

⑨①因循苟且：守旧而不改变，得过且过。

⑨②弛废：懈怠，应该施行而不施行。

⑨③庶：意为差不多。

⑨④惓惓：意为念念不忘。

[评析]

青年王阳明常以"气节自负，以功业自许"。一方面是因矢志于"成圣贤"的人生理想，另一方面是因为明中期边关民族冲突时起。王阳明在经过两次会试失利后，于明弘治十二年（1499），时年二十八岁，会试成功，赐二甲进士出身第六人，观政工部。科举成功，进入仕途。如此，不仅极大地激发了王阳明报效国家、建功立业的信心，而且也为性格豪迈不羁的新科进士提供了一展抱负的人生舞台。是年秋，王阳明奉命至河南浚县督造威宁伯王越坟，仅为临时性的差遣，并非实职。事竣，威宁伯家以金帛谢，不受，而只接受了威宁伯王越生前所佩宝剑，可见王阳明此时已留心武事，以保国为志。王阳明的防务强国思想主要体现在《陈言边务疏》一文中。

王阳明受命督造威宁伯王越坟事毕返京后，适逢天象有变，朝廷下诏求言，以及听说北方少数民族犯边关猖獗，于是抓住时机，上《陈言边务疏》，建言献策。据疏中所言："北地多寒，今炎暑渐炽，虏性不耐，我得其时。"可推知此疏上于明弘治十二年（1499）初夏之际。王阳明的边务疏不是泛泛而论、陈词滥调，而是透过现象直切边务问题的实质，认为大明朝的边患实起于内忧。疏中，王阳明毫无顾忌地对当朝一些文武大臣提出了尖锐地批评：因循旧章，暮气沉沉，招权纳贿，狼狈为奸，党争不休，认为这是边患的原因所在。如此以往，必将造成大明边关告急，朝廷无应对良策、乏出征之将，已走向岌岌可危的地步。王阳明不仅直言不讳地批评当朝大臣，还对朝廷的武举选人制度、对边疆的用人制度等提出了切中要害的批评。施邦曜在点评王阳明《陈言边务疏》中说："虽为边务而发，然朝廷大病已括尽数语中。"在深刻揭露朝政问题的基础上，为革除国家的种种弊端，明辨形势，王阳明对时局做了正确判断，提出了应对时艰、务实性极强的"边务便宜八条"：为蓄材以备急、为舍短以用长、为简师以省费、为屯田以足食、为行法以振威、为敷恩以激怒、为捐小以全大、为严守以乘弊。从内容上看，这八条归纳起来是治国治军四方面的方略：一是选拔人才，用人所长；二是精兵简政，加强保障；三是严明军纪，激励将士；四是舍小保大，攻其不备。《陈言边务疏》亦反映了青年王阳明强烈的忧患意识、批判意识、民族意识和士大夫高度的社会责任感。王阳明的《陈言边务疏》可与南宋爱国名将辛弃疾的《美芹十论》比肩。然两者的不同点亦很明显。王阳明的《陈言边务疏》主要是针对内政弊端而发；辛弃疾的《美芹十论》主要通过审时、察情、观衅、自治、守淮、屯田、致勇、防微、久任、详战等方面的论述，建言抗金救国，为收复失地之策。从思想渊源看，辛弃疾的《美芹十论》主要源于历史上诸子百家的强国御敌之策与实践经验，而王阳明防守边关的战略思想主要来自《武经七书》，其中有六项主张的理论依据为《孙子兵法》。另外，辛弃疾的《美芹十论》建言献策的语气相对委婉，而王阳明的《陈言边务疏》用语措辞不避忌讳，锋芒毕露。王阳明晚年时对自己这篇《陈言边务疏》有所反思："是疏所陈亦有可用，但当时学问未透，中心激愤抗厉之气。若此气未除，欲与天下共事，恐事未必有济。"王阳明的《陈言边务疏》，是其长期研习兵法，对边关防务观察思考、积累所成，也是少年之志的自然反映。王阳明在平时常利用各种机会模拟战事，加之通晓古今战争历史，对明王朝的政治、经济和边关军事现状了如指掌，此疏可谓水到渠成，是其长期边关防务思想积累的喷发。据《阳明先生年谱》载："弘治十年（1497），先生二十六岁，寓京师。是年，开始学兵法。当时边报甚急，朝廷推举将才，莫不遑遽。先生念武举之设，仅得骑射搏击之士，而不能收韬略统驭之才。于是留情武事，凡兵家秘书，莫不精究。每遇宾宴，尝聚果核列阵势为戏。"王阳明所研习的兵法即指《武经七书》，其平时对兵法、边事的留意和研究，与此上奏朝廷的《陈言边务疏》不无联系，疏中的政治思想和战略思想主要源于《武经》。王阳明批注《武经》有文献可证，抗倭名将胡宗宪在《阳明先生〈武经〉批注》一文中记载，大意是：嘉靖二十二年（1543），其知余姚县时，获得了王阳明的遗像。暮春，还与王阳明的弟子、侄子一起同游，实现了平生夙愿。一日求购王阳明遗书，"龙川公（王阳明从侄子王正思）出《武经》

一编相示，以为此先生手泽存焉。启而视之，丹铅若新，在先生不过一时涉猎以为游艺之资，在我辈可想见先生矣"。明末徐光启在《阳明先生批〈武经〉序》一文中说道："嘉靖中，有梅林胡公筮仕姚邑，而得《武经》一编，故阳明先生手批遗泽也。丹铅尚新，语多妙悟，辄小加研寻。后胡公总制浙、直，会值倭警，逐出曩时所射覆者为应变计，往往奇中，小丑逐战。"胡宗宪平倭寇时携带王阳明批注过的《武经》，应用于战略战术，取得了平倭大捷。明末，西洋火炮专家孙元化在《阳明先生批〈武经〉序》中也说道：他在北上赴考时，辞友人于苕水，从一诸生书案上偶然看到《武经》一编，怦然心动，展开阅读，原是王阳明先生亲手所批、胡宗宪参阅过的那部《武经》。孙元化对王阳明的批注作了高度评价："大都以我说书，不以书绳我；借书揣事，亦不就书泥书；提纲挈要，洞玄悉微，真可衙官孙、吴而奴隶司马诸人者矣。"由此可见，王阳明的《陈言边务疏》具有坚实的理论依据，并作了创造性的发挥。

就写作艺术而言，此疏长达四千余字，采用总分结构，分析问题从历史与现实的有机结合出发，针砭时弊，有理有据，条理清晰，推理严密，无懈可击，还采用了多种论证方法，鞭辟入里，文势波澜迭起，如怒涛相搏，具有思想的冲击力。

一是设问反问连用法。诸如第一条诠释"蓄材以备急"："何谓蓄材以备急？臣惟将者，三军之所恃以动，得其人则克以胜，非其人则败以亡，其可以不豫蓄哉？"用设问释义，然后再用反问作结，增强了论证的力量。二是对比法。诸如第一条释"蓄材以备急"时，引入历史人物，采用对比手法，其认为选拔人才是当务之急。"夫以南宋之偏安，犹且宗泽、岳飞、韩世忠、刘锜之徒以为之将，李纲之徒以为之相，尚不能止金人之冲突；今以一统之大，求其任事如数子者，曾未见有一人。万一虏寇长驱而入，不知陛下之臣，孰可使以御之？若之何其犹不寒心而早图之也！臣愚以为，今之武举仅可以得骑射搏击之士，而不足以收韬略统驭之才。"王阳明以南宋众多名将尚不敌虏寇，喻明朝将才之缺，言选材之迫切，论证极有说服力。三是例举法。诸如释第二条"舍短以用长"，王阳明例举历史上善于用人的典型案例，说明善于用人是御敌之良策。"吴起杀妻，忍人也，而称名将；陈平受金，贪夫也，而称谋臣；管仲被囚而建霸，孟明三北而成功，顾上之所以驾驭而鼓动之者何如耳。故曰：用人之仁，去其贪；用人之智，去其诈；用人之勇，去其怒。"又如释第三条"简师以省费"，在分析当朝用兵情况时说："然则今日之师可以轻出乎？臣以公差在外，甫归旬日，遥闻出师，窃以为不必然者。何则？北地多寒，今炎暑渐炽，虏性不耐，我得其时，一也；虏恃弓矢，今大雨时行，觔胶解弛，二也；虏逐水草以为居，射生畜以为食，今已蜂屯两月，边草殆尽，野无所猎，三也。以臣料之，官军甫至，虏迹遁矣。夫兵固有先声而后实者，今师旅既行，言已无及，惟有简师一事，犹可以省虚费而得实用。"再如释第五条"行法以振威"："臣闻李光弼之代子仪也，张用济斩于辕门；狄青之至广南也，陈曙戮于戏下；是以皆能振疲散之卒，而摧方强之虏。"上述举证，以史实为鉴，以明得失，具有很强的逻辑力量。四是引证法。诸如第四条释"屯田以给食"，疏中引兵法语："国之贫于师者远输，远输则百姓贫；近师贵卖，贵卖则百姓财竭。"又如释第七条"捐小以全大"，疏中引兵法语："臣闻之兵法曰：'将欲取之，必固与之。'又曰：'佯北勿从，饵兵勿食。'"通过引证，以此增强观点的理论依托。五是排比法。诸如第八条释"严守以乘弊"："今我食既足，我威既盛，我怒既深，我师既逸，我守既坚，我气既锐，则是周悉万全，而所谓不可胜者，既在于我矣。由是，我足，则虏日以匮；我盛，则虏日以衰；我怒，则虏日以曲；我逸，则虏日以劳；我坚，则虏日以虚；我锐，则虏日以钝。""是乃以足当匮，以盛敌衰，以怒加曲，以逸击劳，以坚破虚，以锐攻钝。"上述排比句，语言表达富有气势和刚性，文风犀利，让人不得不折服其文章内在的逻辑力量。

提牢厅壁题名记

京师①，天下狱讼之所归也②。天下之狱分听于刑部之十三司③，而十三司之狱又并系于提牢厅④。故提牢厅天下之狱皆在焉。狱之系⑤，岁以万计。朝则皆自提牢厅而出，以分布于十三司。提牢者目识其状貌，手披其姓名，口询耳听，鱼贯而前，自辰及午而始毕⑥。暮自十三司而归，自未及酉⑦，其勤亦如之。固天下之至繁也。

其间狱之已成者⑧，分为六监⑨。其轻若重而未成者，又自为六监。其桎梏之缓急⑩，扃钥之启闭⑪，寒暑早夜之异防，饥渴疾病之殊养，其微至于箕帚刀锥⑫，其贱至于涤垢除下⑬，虽各司于六监之吏，而提牢者一不与知，即弊兴害作⑭，执法者得以议拟于其后⑮，又天下之至猥也⑯。

狱之重者入于死⑰，其次亦皆徒流⑱。夫以共工之罪恶⑲，而舜姑以流之于幽州⑳。则夫拘系于此，而其情之苟有未得者，又可以轻弃之于死地哉？是以虽其至繁至猥，而其势有不容于不身亲之者，是盖天下之至重也。

旧制提牢月更主事一人㉑，至是弘治庚申之十月，而予适来当事㉒。夫予天下之至拙也㉓，其平居无恙㉔，一遇纷扰，且支离厌倦㉕，不能酬酢㉖，况兹多病之余，疲顿憔悴，又其平生至不可强之日。而每岁决狱㉗，皆以十月下旬，人怀疑惧，多亦变故不测之虞，则又至不可为之时也。夫其天下之至繁也，至猥也，至重也，而又适当天下至拙之人，值其至不可强之日，与其至不可为之时，是亦岂非天下之至难也？

以予之难，不敢忘昔之治于此者，将求私淑之㉘。而厅壁旧无题名，搜诸故牒㉙，则存者仅百一耳。大惧泯没，使昔人之善恶无所考征，而后来者益以畏难苟且，莫有所观感，于是乃悉取而书之厅壁。虽其既亡者不可复追，而将来者尚无穷已，则后贤犹将有可别择以为从违。而其间苟有天下之至拙如予者，亦得以取法明善，而免过愆㉚，将不为无小补。然后知予之所以为此者，固亦推己及物之至情，自有不容于已也矣。弘治庚申十月望㉛。

[注释]

①京师：指国都。

②狱讼：此处指重大讼案都归集刑部。

③刑部十三司：明代刑部以所管事繁，按十三布政司辖区分司，各掌其分省及兼领所分京府、直隶的刑名。各司均设郎中一人，正五品；员外郎一人，从五品；主事二人，正六品。

④提牢厅：刑部所属内部机构。职责为稽查刑部监狱南北所的罪犯，领取和发放囚衣、囚粮、药物等。

⑤狱：监狱。

⑥辰：辰时，为上午七点至九点。午：午时，为十一点到下午一点。

⑦未：未时，下午一点至三点。酉：酉时，下午五点至七点。

⑧狱之已成：已经判决的罪案。

⑨监：牢监。

⑩桎梏：脚镣和手铐。

⑪扃钥：门户锁钥。

⑫刀锥：一头尖锐可用来扎窟窿的工具，此喻细微之事。

⑬涤垢：清除污垢。

⑭弊兴害作：舞弊与坏事。

⑮执法者：此指狱政官吏。议拟于其后：指营私舞弊、乱定罪名。

⑯猥：此意为卑贱。

⑰狱之重者：重刑犯。

⑱徒流：徒刑或流刑。

⑲共工：上古神话人物。共工与驩兜、三苗、鲧列入"四凶"，后被舜流放到幽州。

⑳幽州：据《周礼·职方》载，"东北曰幽州"。其范围大致包括今河北北部及辽宁一带。

㉑月更主事：提牢厅每月轮换主事。

㉒当事：王阳明于弘治十三年（1500）十月奉命到提牢厅为轮值主事。

㉓拙：笨，此为自谦之语。

㉔无恙：即平安。恙，病。

㉕厌倦：对某事不喜欢失去兴趣或感到疲劳。

㉖酬酢：此泛指交际应酬。

㉗决狱：判决案件。

㉘私淑：指没有得到某人的亲身教授，而又敬仰其学问并尊之为师。此处意为向前任提牢厅主事学习。

㉙牒：此处意为文书。

㉚过愆（qiān）：过失，错误。

㉛望：农历每月十五。

[评析]

  王阳明踏上仕途后，最初被授予的实职是刑部云南清吏司主事，这是其仕途生涯的正式开始。刑部是主管当时全国刑罚政令及审核刑名的机构，别称"秋官""宪部"。王阳明自明弘治十三年（1500）六月到任，十月到提牢厅轮差；次年八月，奉命到江北南直隶录囚，至弘治十五年（1502）初事竣游九华山。其任刑部公差和出外录囚的时间差不多为两年。在刑部、提牢厅及录囚公务中，王阳明因直接处理刑事案件，对当时的刑事司法作过深入的考察和研究，透过刑事现象，发现司法中存在种种弊端，时而发为议论。王阳明存世论及司法的文章仅两篇：即《提牢厅壁题名记》和《重修提牢厅司狱司记》。从此二文中，可以窥探王阳明的狱政管理思想。

  明代刑部所属提牢厅的具体职责是掌管狱卒，稽查南北监狱的罪犯，发放囚衣、囚粮及药物等事务。王阳明在《提牢厅壁题名记》一文中提及自己的这段经历："旧制提牢月更主事一人，至是弘治庚申（1500）之十月，而予适来当事。"从中可以看出，王阳明自河南浚县当差回京后，先在刑部十三司之一的云南清吏司任主事，然后按制度被派往刑部提牢厅轮差。在短短的一个月中，王阳明详细地考察了提牢厅的狱政情况，写了《提牢厅壁题名记》一文，时间为弘治庚申（1500）十月望。过了四天，又写了《重修提牢厅司狱司记》一文，时间为弘治庚申十月十九日。在《提牢厅壁题名记》这篇记中，王阳明客观地分析了提牢厅的地位，对狱政人员的状况进行了分析，并提出了自己的狱政思想，从一个侧面反映了明代的司法状况。

文首点出提牢厅在国家司法中具有极其重要的地位："京师，天下狱讼之所归也。""天下之狱分听于刑部之十三司，而十三司之狱又并系于提牢厅。故提牢厅天下之狱皆在焉。"因为提牢厅关押着全国的重要案犯，故有"天下之狱"之说。接着，文中描述了刑部十三司掌管的案犯之多、决狱程序之繁："狱之系，岁以万计。朝则皆自提牢厅而出，以分布于十三司。提牢者目识其状貌，手披其姓名，口询耳听，鱼贯而前，自辰及午而始毕。暮自十三司而归，自未及酉，其勤亦如之。固天下之至繁也。"说明刑部决狱的任务之繁重，程序之复杂。然后，文中又叙述了狱政管理分类及当差琐碎繁杂："其间狱之已成者，分为六监。其轻若重而未成者，又自为六监。其桎梏之缓急，局钥之启闭，寒暑早夜之异防，饥渴疾病之殊养，其微至于箕帚刀锥，其贱至于涤垢除下，虽各司于六监之吏，而提牢者一不与知，即弊兴害作，执法者得以议拟于其后，又天下之至猥也。"狱政管理分为已决犯和未决犯，各分为六监。而狱卒管理案犯更是事无巨细，狱情千变万化，防不胜防，连清除污垢等事都要做。如提牢者不熟悉监狱实情，各种弊端危害就十分容易产生，推而广之，全国的狱政就可想而知了。因此，要把狱政管理好极非易事。同时，王阳明认为狱政事关人命，系国之大事。尽管至繁至猥，但绝不可草率从事："狱之重者入于死，其次亦皆徒流。夫以共工之罪恶，而舜姑以流之于幽州。则夫拘系于此，而其情之苟有未得者，又可以轻弃之于死地哉？是以虽其至繁至猥，而其势有不容于不身亲之者，是盖天下之至重也。"文中王阳明运用"夫以共工之罪恶，而舜姑以流之于幽州"之史载以论证即便对待"残暴而作恶多端"的罪犯，也要慎重处之，表达了王阳明的"慎刑"思想，还以曲笔传达出自己对管理狱政诚恐诚惶之心。王阳明认为，主持狱政的官吏需全身心投入管理事务，若体力不支，拖垮了身体，就不能胜任繁重的狱政事务，希望统治者高度重视狱政，改革狱政程序上的种种弊端，以实现清明之治的政治理想。王阳明通过在提牢厅一月之中所了解的狱政管理现状后认为："夫予天下之至拙也，其平居无恙，一遇纷扰，且支离厌倦，不能酬酢，况兹多病之余，疲顿憔悴，又其平生至不可强之日。而每岁决狱，皆以十月下旬，人怀疑惧，多亦变故不测之虞，则又至不可为之时也。"深感提牢厅的事务繁重，精神压力很大，以引起上层统治者的高度重视。

文末交代了写作此记的缘由，结语可谓画龙点睛之笔，文意陡转，不仅达到释题之目的，而且提升了主题思想。通过在提牢厅壁题名以彰显那些勤于狱政的前辈事迹，以激励后来者的勤政，"取法明善，而免过愆"，弘扬正气，表达了王阳明治狱政必先治狱吏、狱卒的狱政思想，体现了年轻狱官的"仁政"思想，以及对国家司法管理长治久安的考虑。虽然此文不是专论狱政，但立意深刻，王阳明以亲身经历描述了明代中期刑部狱政的状况，应该说是研究明代狱政管理的重要文献，对于认识明代司法制度具有一定的史料价值。同时，也是考察王阳明人生经历、狱政管理思想的重要内容，与王阳明思想发展有直接的联系。另外，文章还隐含了王阳明在弘治十五年（1502）上疏告假的身体原因。

重修提牢厅司狱司记

弘治庚申七月①，重修提牢厅工毕。又两越月，而司狱司成②，于是余姚王守仁适以次来提督狱事③，六监之吏皆来言曰④："惟兹厅若司建自正统⑤，破敝倾圮且二十年⑥。其卑浅隘陋⑦，则草创之制⑧，无尤焉矣⑨。是亦岂惟无以凛观瞻而严法制⑩，将治事者风雨霜雪之不免⑪，又何暇于职务之举而奸细之防哉⑫？然兹部之制，修废补败⑬，有主事一人以专其事⑭，又坏不理，吾侪小人⑮，无得而知之者。独惟拓隘以广，易朽以坚，则自吾刘公实始有是。吾侪目睹其成，而身享其逸，刘公之功不敢忘也。"又曰："六监之囚，其罪大恶极，何所不有，作孽造奸⑯，吏数逢其殃⑰，而民徒益其死。独禁防之不密哉⑱？亦其间容有以生其心⑲。自吾刘公，始出己意，创为木闲⑳，令不苛而密，奸不弭而消㉑，桎梏可驰㉒，缧绁可无㉓，吾侪得以安枕无事，而囚亦或免于法外之诛。则刘公之功，于是为大。小人事微而谋窒㉔，无能为也。敢以布于执事㉕，实重图之。"

于是守仁既无以御其情㉖，又与刘公为同僚，嫌于私相美誉也，乃谓之曰："吾为尔记尔所言，书刘公之名姓，使承刘公之后者，益修刘公之职。继尔辈而居此者，亦无忘刘公之功。则于尔心其亦已矣。"皆应曰："是小人之愿也。"遂记之曰：刘君名璡，字廷美，江西鄱阳人也。由弘治癸丑进士，今为刑部四川司主事云。弘治庚申十月十九日。

[注释]

①弘治庚申：明弘治十三年（1500）。

②司狱司：掌管监狱事务。

③提督：此处意为掌管督察狱政。

④六监之吏：管理监狱的官吏。

⑤正统：此指明朝第六个皇帝明英宗朱祁镇登基后的年号，前后共十四年。

⑥倾圮（pǐ）：坍毁，倒塌。

⑦卑浅隘陋：意为极其简陋。

⑧草创：开始创建。

⑨无尤：意为没有过失。

⑩法制：法律制度。

⑪治事者：意为狱政官吏。

⑫奸细：此处意为狡诈之人。

⑬修废补败：意为修缮。

⑭专其事：专门负责处理修缮之事。

⑮吾侪（chái）：我辈。

⑯作孽造奸：意为作乱、作恶。

⑰殃：祸害。

⑱禁防：防范。

⑲间容：意为姑息宽容。

⑳木闲：木槛。

㉑弭（mǐ）：此处意为安抚。

㉒桎梏（zhìgù）：此指刑具。

㉓缧绁（léixiè）：捆绑犯人的黑绳索。

㉔窒（zhì）：阻塞不通，此意为愚笨。

㉕执事：意为有职守的官员。

㉖御：抵挡，此意为拒绝。

[评析]

《重修提牢厅司狱司记》一文，在时间上是继《提牢厅壁题名记》而写，相隔没有几天，是王阳明狱政思想的进一步发挥。此文开头部分简要地介绍了提牢厅重修的缘由，明弘治十三年（1500）七月重修提牢厅的工程竣工，又过了二个月司狱司也重建完成。适逢作为刑部云南清吏司主事的王阳明奉命提督提牢厅，于是就有了本文中所涉及的对提牢厅、司狱司历史与狱政问题的思考。刑部提牢厅建于明正统年间，其后"破敝倾圮且二十年"，期间刑部派员作过维修，但又破损了，后刑部则未派人负责修缮。然而，刑部四川司主事刘琏在提牢厅当差期间将此看在眼里，主动担当起修复任务，将破旧不堪的监狱、司狱司的住房重建："拓隘以广，易朽以坚。"彻底改变了原有的设施环境。同时，刘琏还对狱政管理作了一定的改革，监狱面貌为之一新。由此，得到了狱吏们的称赞，纷纷在新来乍到的王阳明面前美言，有要求王阳明向上司请功之意。王阳明有感于狱吏们的真情实意，以及对廉吏的敬仰之心，慎重地记录了狱吏们对刘琏事迹的赞美。这在一定程度上也反映出踏上仕途不久的王阳明对狱政建设的关注与奋发有为的精神状态。

此文在写作上挺有特色，主要通过借提牢厅从事狱政的官吏口述，对勤于狱政的刘琏重修提牢厅、司狱司的事迹做了记载，间接地表述了王阳明对提牢厅司法官员官德的认识与思考。在王阳明看来，狱政设备、设施很重要，是维护司法尊严、提高管理效率的保障。"是亦岂惟无以凛观瞻而严法制，将治事者风雨霜雪之不免，又何暇于职务之举而奸细之防哉？"他将监狱设施与司法的成效联系起来，认识极有深度。同时，王阳明认为，提牢厅关押的均为重犯，诸多犯人作恶多端，社会危害极大，这与狱政松滞有密切的关系："六监之囚，其罪大恶极，何所不有，作孽造奸，吏数逢其殃，而民徒益其死。独禁防之不密哉？亦其间容有以生其心。"另外，王阳明还认为，狱政主要官吏是否勤勉对于司法公正与否是至关重要的。文中通过六监官吏赞扬刘主事的治狱功绩，亦表达了王阳明的狱政思想："令不苛而密，奸不弭而消，桎梏可弛，缧绁可无，吾侪得以安枕无事，而囚亦或免于法外之诛。"王阳明善于从细小的事情中发现治国理政的大道理，在其看来治国之道不能仅靠严刑酷法来维持，主要在于启发犯人的生命意识，重在平时的人性之发现，淳化民风，达到不治而治、天下太平的社会理想。在表述上夹述夹议，采用细节白描的手法点出提牢厅的过去与现状。用第三人称引出提牢厅官吏对刘琏赞美的话题，巧妙地彰显了刘琏的动人事迹，增强了人物的形象性和可信度。

两浙观风诗序 壬戌

《两浙观风诗》者①，浙之士夫为佥宪陈公而作也②。古者天子巡狩而至诸侯之国③，则命太师陈诗④，以观民风。其后巡狩废而陈诗亡。春秋之时，列国之君、大夫相与盟会问遗⑤，犹各赋诗以言己志而相祝颂。今观风之作，盖亦祝颂意也。王者之巡狩，不独陈诗观风而已。其始至方岳之下⑥，则望秩于山川⑦，朝见兹土之诸侯⑧，同律历礼乐制度衣服纳价⑨，以观民之好恶；就见百年者而问得失，赏有功，罚有罪。盖所以布王政而兴治功，其事亦大矣哉！汉之直指、循行⑩，唐宋之观察、廉访、采访之属⑪，及今之按察⑫，虽皆谓之观风，而其实代天子以行巡狩之事。故观风，王者事也。

陈公起家名进士⑬，自秋官郎擢佥浙臬⑭，执操纵予夺生死荣辱之柄⑮，而代天子观风于一方，其亦荣且重哉！吁，亦难矣！公之始至吾浙，适岁之旱，民不聊生。饥者仰而待哺，悬者呼而望解⑯；病者呻，郁者怨；不得其平者鸣；弱者、强者、蹶者⑰、啙者⑱,梗而孽者⑲、狡而窃者,乘间投隙⑳,沓至而环起。当是之时而公无以处之,吾见其危且殆也。赖公之才,明知神武㉑,不震不激,抚柔摩剔㉒,以克有济。期月之间,而饥者饱,悬者解,呻者歌,怨者乐,不平者申;蹶者起,啮者驯,孽者顺,窃者靖㉓;涤荡剖刷而率以无事㉔。于是乎修废举坠,问民之疾苦而休息之,劳农劝学,以兴教化。然后上会稽㉕,登天姥㉖,入雁荡㉗,陟金娥㉘,览观江山之形胜,慨然太息㉙!吊子胥之忠谊㉚,礼严光之高节㉛;希遐躅于隆庞㉜,挹流风于仿佛㉝;固亦大丈夫得志行道之一乐哉!然公之始,其忧民之忧也,亦既无所不至矣。公唯忧民之忧,是以民亦乐公之乐,而相与欢欣鼓舞以颂公德。然则今日观风之作,岂独见吾人之厚公,抑以见公之厚于吾人也。虽然,公之忧民之忧,其惠泽则既无日而可忘矣;民之乐公之乐,其爱慕亦既与日而俱深矣。以公之才器,天子其能久容于外乎?则公固有时而去也。然则其可乐者能几?而可忧者终谁任之?则夫今日观风之作,又不徒以颂公之厚于吾人,将遂因公而致望于继公者亦如公焉。则公虽去,而所以忧其民者,尚亦永有所托而因以不坠也。

[注释]

①两浙:古以钱塘江为界将浙江全境分为浙东、浙西。

②佥宪:指按察司佥事。

③巡狩:谓天子视察邦国州郡。古时皇帝五年一巡守,以视察诸侯所守的地方。

④太师陈诗:《礼记·王制》云:"岁二月,东巡守。至于岱宗,柴而望祀山川。觐诸侯,问百年者就见之。命太师陈诗,以观民风。"太师

是掌管音乐及负责搜集民间歌谣的官吏，把乡间传唱的民歌呈递给国君。

⑤盟会：古代诸侯间的集会结盟。

⑥方岳：四方之山岳，此意为山川风土面貌。

⑦望秩：意为按等级望祭山川。

⑧诸侯：此处意为执掌地方大权的长官。

⑨律历：乐律和历法。礼乐：礼仪、音乐。制度：社会规范。衣服：服饰。纳价：买卖物价。

⑩汉之直指、循行：意为汉代朝廷的巡视形式。

⑪唐宋之观察、廉访、采访：意为唐宋朝廷的巡视形式。

⑫按察：此处意为主管一省刑名之事的官员。

⑬陈公：即陈辅，宜宾人。明弘治三年（1490）中进士。历任刑部郎中、浙江按察佥事。

⑭秋官郎：指陈辅曾任刑部郎中。浙臬（niè）：指陈辅任浙江按察佥事。臬，此指主管一省司法的官员。

⑮予夺生死：形容掌握生死、赏罚大权。予，给予。夺，剥夺。

⑯悬者：指被悬吊的人。喻陷入绝境的人。

⑰蹶者：指遭受过打击的人。

⑱啮者：指有冤仇的人。

⑲梗而蘖者：指长期干坏事的人。

⑳乘间投隙：乘机挑拨离间。

㉑明知神武：意为有智有谋。

㉒抚柔摩剔：意为安抚挑剔者。

㉓靖：平定。

㉔涤荡剖刷：清除破解。

㉕会稽：指会稽山，位于今浙江省绍兴市南。

㉖天姥：指天姥山，位于今浙江绍兴市新昌县境内。

㉗雁荡：指雁荡山，位于今浙江省温州市东北部。

㉘金峨：指金峨山，位于今宁波市鄞州区境内。

㉙太息：叹息。

㉚子胥：伍子胥（前559~前484），名员（一作芸），字子胥，以封于申，也称申胥。春秋末期吴国大夫、军事家。

㉛严光：字子陵，余姚人。汉代高士。

㉜遐躅（xiázhú）：意为游历四方。

㉝流风：前代流传下来的风尚。

[评析]

　　"勤政爱民"是为官的基本准则，这一思想可谓源远流长，远可上溯到孔子的"仁政"和孟子的"性本善"学说。孔子认为，为官者应该有一种"仁"的风范，即"爱人"；孟子基于"性本善"的人本思想，提出了治国的"仁政"理论，倡导治国理政"以人为本"的社会和谐风尚，开心性之学的先河。孔孟的"官德"思想成为中华文化的重要思想内涵之一。王阳明初入仕途，官阶不高，但其为官理念、道德文章早已声名在外。王阳明于明弘治十五年（1502）居越城养病期间，地方官向其求文字者甚多，于此年应邀作序且此序题下标明"壬戌"（1502）。王阳明借此序系统地阐明了自己的为官立场和态度。

　　时金都御史陈公巡按浙江，撰有《两浙观风诗》，邀王阳明为之作序。这原本仅是为一部诗集作序，但王阳明从"诗"的社会功能切入，以诗观史，寥寥数语就揭示了诗与治国理政之间的内在联系。此序貌似论诗，实则言社会历史发展和社会政治的基本道理，借论诗转而言为官之道。在王阳明看来，先秦时期周天子巡狩诸侯国，命太师陈诗以观民风，即通过观诗来体察民情。然而，至西周末，周王朝"礼崩乐坏"，巡狩废而陈诗亡。至春秋时期，作诗演变为诸侯国会盟时的外交辞令，诗歌的内涵发生了根本性的改变，延至明代中期诸多的诗歌则演变为帝王歌功颂德之作。在王阳明看来，为官者通过观诗不仅能"观风俗之盛衰""考见得失"，还能"布王政而兴治功"，赏罚分明，为民办实事。王阳明将"以诗观风"的外延扩展为治理地方民政的重要措施，将"诗"与"事"有机地联系起来，"观风"乃王者大事，深化了此序的主题思想。王阳明在传承孔子关于"诗可以观"的诗学思想基础上，又将"观风"推及官民关系。"然公之始，其忧民之忧也，亦既无所不至矣。公唯忧民之忧，是以民亦乐公之乐，而相与欢欣鼓舞以颂公德。然则今日观风之作，岂独见吾人之厚公，抑以见公之厚于吾人也。虽然，公之忧民之忧，其惠泽则既无日而可忘矣；民之乐公之乐，其爱慕亦既与日而俱深矣。"文中通过对陈公巡按浙江期间"得志行道"，妥善处理官民关系，形成和睦的社会风尚大力褒扬，阐述了"官忧方能民乐，民乐官亦同乐"的"仁政"思想。王阳明这一观点显然可从孟子的"乐民之乐者，民亦乐其乐；忧民之忧者，民亦忧其忧。乐以天下，忧以天下，然而不王者，未之有也""与民同乐"（《孟子·梁惠王下》），以及北宋范仲淹的"先天下之忧而忧，后天下之乐而乐"（《岳阳楼记》）的思想中找到"民本思想"之轨迹。但若论述仅止于此，此序的深度就不足以充分显现。此序的深刻在于思绪宏阔，高屋建瓴，以史为鉴，文末提出了一个发人深省的问题："则公固有时而去也。然则其可乐者能几？而可忧者终谁任之？则夫今日观风之作，又不徒以颂公之厚于吾人，将遂因公而致望于继公者亦如公焉。则公虽去，而所以忧其民者，尚亦永有所托而因以不坠也。"良好的官民关系，如果仅仅靠少数官员的明德行道是不够的，应该靠为官者群体的"官德"和践行，这才是江山永固的根本。此语有感而发，触及社会历史发展过程中的一个普遍现象——"人亡政息"。王阳明善于总结历史经验，深谋远虑，家国之忧，已透露出王阳明对明王朝前景的深深忧虑，这是借诗序有所"寄托"而已，政治理想蕴含其中。

此序在写作上最大的特色是通过对比法刻画人物形象。如序中，刻画佥都御史陈公按浙时遇大旱，民不聊生，全省灾情十分严峻："饥者仰而待哺，悬者呼而望解；病者呻，郁者怨；不得其平者鸣；弱者、强者、蹶者、啮者、梗而孽者、狡而窃者，乘间投隙，沓至而环起。"面对灾情，百姓危在旦夕，陈公处境困难，然其不震不激，抚柔摩剔，以克有济。经过一个月的救荒，灾民得以解困，出现了"饥者饱，悬者解，呻者歌，怨者乐，不平者申；蹶者起，啮者驯，孽者顺，窃者靖；涤荡剖刷而率以无事。于是乎修废举坠，问民之疾苦而休息之，劳农劝学，以兴教化"的局面。王阳明对灾民的前后境况做了对比，凸显了陈公解民于倒悬的勤政形象。此文被施邦曜誉为"春容《大雅》之章"。又如，在《两浙观风诗序》一文中，写陈公察访浙江民情风俗时说："上会稽，登天姥，入雁荡，陟金娥，览观江山之形胜，慨然太息！吊子胥之忠谊，礼严光之高节；希遐躅于隆庞，挹流风于仿佛；固亦大丈夫得志行道之一乐哉！"句子长短交错，音律节奏感强，人文典故蕴含其中，耐人寻味，具有哲理性和审美性。此文义理精微，形象生动，体现了王阳明论官德散文言近旨远的艺术特色。

兴国守胡孟登生像记 壬戌

弘治十年，胡公孟登以地官副郎谪贰兴国①。越三年，擢知州事②。公既久于其治，乃奸锄利植而民以大和③。又明年壬戌④，擢浙江按察司佥事以去⑤。民既留公不可，则相率祀公之像，以报公德。而学宫之左有叠山祠以祀宋臣谢枋得者⑥，旧矣。其士曰："合祀公像于是。呜呼！吾州违胡元之乱以入于皇朝⑦，虽文风稍振，而陋习未除。士之登名科甲以显于四方者⑧，相望如晨天之星，数不能以一二。盖至于今遂茫然绝响者，凡几科矣。自公之来，斩山斥地以恢学宫，洗垢摩钝以新士习⑨，然后人知敦礼兴乐⑩，而文采蔚然于湖、湘之间⑪；荐于乡者，一岁而三人。盖夫子之道大明于兴国，实自公始。公之德惠，固无庸言；而化民成俗，于是为大。祀公于此，其宜哉！"民曰："不可。其为公别立一庙。公之未来也，吾民外苦于盗贼，内残于苛政⑫；滨湖之民，死于鱼课者数千余家⑬。自公之至，而盗不敢履兴国之界，民违猛虎鱼鳖之患，而始释戈而安寝，歌呼相慰，以嬉于里巷。公之惠泽，吾独不能出诸口耳。呜呼！公有大造于吾民，乃不能别立一庙而使并食于谢公，于吾心有未足也。"士曰："不然。公与谢公皆以迁谪而至吾州。谢公以文章节义为宋忠臣，而公之气概风声实相辉映。祀公于此，所以见公之庇吾民者，不独以其政事；而吾民之所以怀公于不忘者，又有在于长养恩恤之外也⑭。其于尊严崇重，不滋为大乎？"于是其民相顾喜曰："果如是，我亦无所憾矣！然其谁纪诸石以传之。"士曰："公之经历四方也久矣，四方之人，其闻公之贤亦既有年矣。然而屡遭谗嫉，而未畅厥猷意⑮，亦知公之深者难也。公尝令于余姚，以吾人之知公，则其人宜于公为悉。"乃走币数千里而来请于某，且告之故。某曰："是姚人之愿，不独兴国也。"公之去吾姚已二十余年，民之思公如其始去。每有自公而来者，必相与环聚，问公之起居饮食，及其履历之险夷，丰采状貌，须发之苍白与否,退则相传告以为欣戚。以吾姚之思公,知兴国之为是举,亦其情之有不得已也。然公之始去吾姚,既尝有去思之碑以纪公德,今不可以重复其说。而兴国之绩,吾虽闻之甚详,然于其民为远,虽极意揄扬之⑯,恐亦未足以当其心也。姑述其请记之辞,而诗以系之。

公讳瀛,河南之罗山人,有文武长才,而方响于用⑰。诗曰:

于维胡公,允毅孔直⑱,惟直不挠⑲,以来兴国。惟此兴国,实荒有年;自公之来,辟为良田。寇乘于垣⑳,死课于泽㉑。公曰吁嗟,兹惟予谴!勤尔桑禾,谨尔室家。岁丰时和,民谣以歌。乃筑泮宫㉒,教以礼让。弦诵《诗书》,溢于里巷。庶民谆谆,庶士彬彬。公亦欣欣,曰惟家人。维公我父,惟公我母;自公之去,夺我恃怙㉓。维公之政,不专于宽;雨旸维若㉔,时其燠寒㉕。维公文武,亦周于艺;射御工力,展也不器。我拜公像,从我父兄;率我子弟,集于泮宫。父兄相谓,毋尔敢望。天子用公,训于四方。

[注释]

①胡公孟登:即胡瀛,字孟登,河南罗山人。进士。时任兴国知州。

②擢:提升。

③奸锄利植:意为兴利除害。

④明年壬戌:指明弘治十五年(1502)。

⑤按察司佥事:明代按察司的属官。

⑥谢枋得(1226~1289):字君直,号叠山,别号依斋,信州弋阳(今江西上饶市弋阳县)人。南宋末年著名的爱国诗人。有《叠山集》传世。

⑦胡元之乱：宋末元初，蒙古人入主中原的一系列动乱。皇朝：朱元璋建立的明王朝。

⑧登名科甲：泛指科举榜上有名，亦指科举出身的人。

⑨洗垢摩钝：意为清除陋习，使鲁钝的人奋发有为。以新士习：意为新办教育，培养学子。

⑩敦礼兴乐：意为民风敦厚，礼乐兴盛。

⑪湖、湘：洞庭湖和湘江地带，此代指湖南地区。

⑫苛政：意指繁重的赋税、苛刻的法令。

⑬鱼课：鱼税。

⑭恩恤：此处意为对百姓的体恤周济。

⑮猷（yóu）意：此处意为宏图伟略。猷，谋划、打算。

⑯揄扬：意为赞扬。

⑰方向于用：意为刚开始重用。

⑱允毅孔直：意为谦逊、刚毅、耿直。

⑲惟直不挠：意为刚正不阿。

⑳寇乘于垣：意为盗贼蜂起。

㉑死课于泽：意为民困死于沉重的课税。

㉒泮宫：古时的学校名称。

㉓恃怙（hù）：为母亲、父亲的代称。

㉔雨旸（yáng）维若：意为风调雨顺。

㉕时其燠（yù）寒：意为关心百姓的冷暖。燠，暖，热。

[评析]

王阳明的"官德"观有一个鲜明的特点，即力主以礼乐教化治理地方，培育人才，化礼成俗。治理地方发展生产、强化治安固然重要，但开启民智，建立礼乐秩序，重教施化更是长远之计、为官之要务。王阳明在《兴国守胡孟登生像记》一文中通过记述兴国知州胡孟登兴学育人的事迹，阐发了礼乐教化治理地方的政治理念。

此文题下注"壬戌"，即弘治十五年（1502）为写作时间。文中较详细地叙述了胡孟登治理地方的事迹，其始任兴国知州时，面对的现状是"民外苦于盗贼，内残于苛政；滨湖之民，死于鱼课者数千余家"，黎民百姓生计无着，外苦盗贼，内残苛政，陷入绝境。在文化教育方面，更是一张白纸。明弘治十年（1497），胡孟登以地官副郎谪贰兴国州，是受贬谪之官。待三年后，其擢知州事。上任后，即大刀阔斧地治理地方政事，奸锄利植，民以大和。更重要的是其大力发展教育："斩山斥地以恢学宫，洗垢摩钝以新士习。"经胡孟登在经济、治安、教育三管齐下的综合治理后，兴国面貌大变。"盗不敢履兴国之界，民违猛虎鱼鳖之患，而始释戈而安寝，歌呼相慰，以嬉于里巷。""然后人知敦礼兴乐，而文采蔚然于湖、湘之间；荐于乡者，一岁而三人。盖夫子之道大明于兴国。"胡孟登因治理地方政绩斐然，以至在明弘治十五年（1502），当胡孟登擢浙江按察司佥事离开兴国时，当地士民有感于胡孟登为政清廉，欲为其立生像，文中设置了士人与民之间关于如何祀胡孟登生像的讨论，写得十分生动而又有情趣："学宫之左有叠山祠以祀宋臣谢枋得者，旧矣。其士曰：合祀公像于是。"民曰："不可。其为公别立一庙。……公有大造于吾民，乃不能别立一庙而使并食于谢公，于吾心有未足也。"士曰："不然。公与谢公皆以迁谪而至吾州。谢公以文章节义为宋忠臣，而公之气概风声实相辉映。祀公于此，所以见公之庇吾民者，不独以其政事；而吾民之所以怀公于不忘者，又有在于长养恩恤之外也。其于尊严崇重，不滋为大乎？""于是其民相顾喜曰：果如是，我亦无所憾矣！"此段对话形象生动地揭示了胡孟登与民之间血溶于水的关系，将立像纪念的意义通过士人的深刻解释、民众的观念转变巧妙地传达出来，点出了立像纪念不在形式，而在于人心相通，人离情在，典范长存，泽被后世。此对话从士人与普通百姓之间展开，发自肺腑，夹叙夹议，亲切可信，具有很强的艺术感染力。

文末交代了写作缘由。因胡孟登曾在王阳明的家乡浙江余姚任过知县，兴国派人千里迢迢地赴越地请正在养病的王阳明为立胡孟登生像事作序。由请序之事，又自然引出胡孟登在余姚任知县时的官德和政绩："'公尝令于余姚，以吾人之知公，则其人宜于公为悉。'乃走币数千里而来请于某，且告之故。某曰：'是姚人之愿，不独兴国也。'公之去吾姚已二十余年，民之思公如其始去。每有自公而来者，必相与环聚，问公之起居饮食，及其履历之险夷，丰采状貌，须发之苍白与否，退则相传告以为欣戚。以吾姚之思公，知兴国之为是举，亦其情之有不得已也。然公之始去吾姚，既尝有去思之碑以纪公德……"这段插叙可谓神来之笔，说明胡孟登为官无论在何地都恪守为官之德，将余姚百姓与兴国百姓对胡孟登的思念十分自然地联系起来。既追记了胡孟登在余姚的事迹，又说明纪念胡孟登是两地百姓的共同心愿，顺理成章。胡孟登为官一地，造福一方，来去两袖清风，在百姓中留下了良好的口碑。王阳明在序文中，着力叙述了胡孟登在礼乐教化方面的功绩，实则传达出力主以教化治国的政治观，上承孔孟之道，近接两宋名臣之风，下启地方官员，这也佐证了王阳明在治国理政方面注重礼仪教化是其一贯的思想。

此文在写作上的特色，主要是设置对话结构用以反衬人物形象。另外，以四言赞诗结尾，语言高度概括，既是对廉吏胡孟登事迹的歌颂，又是王阳明做官为民、情系百姓的心声吐露。

新建预备仓记 癸亥

仓廪以储国用,而民之不给①,亦于是乎取。故三代之时②,上之人不必其尽输之官府③,下之人不必其尽臧于私室④。后世若常平、义仓⑤,盖犹有所以为民者,而先王之意亦既衰矣。及其大弊,而仓廪之蓄,遂邈然与民无复相关⑥。其遇凶荒水旱,民饿莩相枕藉⑦,苟上无赈贷之令⑧,虽良有司亦坐守键闭⑨,不敢发升合以拯其下;民之视其官廪如仇人之垒,无以事其刃为也。呜呼!仓廪之设,岂固如是也哉!

绍兴之仓目如坻⑩,大有之属凡三四区,中所积亦不下数十万。然而民之饥馁,稍不稔即无免焉⑪。岁癸亥春⑫,融风日作⑬,星火宵陨⑭。太守佟公曰⑮:"是旱征也,不可以无备。"既命民间积谷谨藏,则复鸠工庀地⑯,得旧太积库地于郡治之东⑰,而建以为预备仓。于是四月不雨,至于八月,农工大坏⑱,比室磬悬⑲。民陆走数百里,转嘉、湖之粟以自疗。市火间作⑳,贸迁无所居。公帅僚吏遍祷于山川社稷㉑,乃八月己酉大雨洽旬,禾槁复颖㉒。民始有十一之望,渐用苏息。公曰:"呜呼!予所建,今兹之旱,虽诚无补于后患其将有禆㉓。"乃益遂厥营㉔。九月丁卯工毕。凡为廪三面廿有六楹,约受谷十万几千斛㉕。前为厅事,以司出纳;而以其无事时,则凡宾客部使之往来而无所寓者,又皆可以馆之于是。极南阻民居,限以高垣;东折为门,出之大衢㉖。并门为屋廿有八楹,自南亘北,以居商旅之贸迁者,而月取其值,以实廪粟;又于其间区画而综理之㉗。盖积三岁而可以有一年之备矣。二守钱君谓其僚曰㉘："公之是举，其惠于民岂有穷乎！夫后之民食公之德而弗知其所自，是吾侪无以赞公于今日，而又以泯其绩于后也㉙。"于是相率来属某以记。某曰："唯唯。夫悯灾而恤患，庇民之仁也；未患而预防，先事之知也；已患而不怠，临事之勇也；创今以图后，敷德之诚也㉚。行一事而四善备焉㉛，是而可以无纪也乎？某虽不文也，愿以执笔而从事。"

[注释]

①不给：供给不足。

②三代：是对中国历史上夏、商、周三个朝代的合称。

③上之人：位居上层的人。

④下之人：意指老百姓。

⑤常平、义仓：政府用来储存平抑粮价及赈灾的储备仓。

⑥邈然：遥远貌。

⑦饿莩（piǎo）：饿死的人。

⑧赈贷：救济。

⑨有司：泛指官吏。

⑩坻：水中的小块高地。此处形容堆积如山的谷物。

⑪稔（rěn）：此意为庄稼成熟，年成好。

⑫癸亥：为明弘治十六年（1503）。

⑬融风：指东北风。

⑭星火宵陨：指彗星陨落。

⑮太守佟公：即佟珍，字时贵，辽东人。明成化十一年（1475）进

士。于弘治十年（1497）至正德元年（1506）任绍兴知府。

⑯鸠（jiū）工：聚集工匠。

⑰郡治：绍兴府治。

⑱农工：农功，农事。宋苏轼《冬季抚问陕西转运使副口宣》："岁事将毕，农工即休。"

⑲比室罄悬：意为家家断粮。比，挨邻。罄，尽。

⑳市火：失火。

㉑祷：此处意为向神灵祈求降雨。

㉒颖：此喻庄稼开始生长。

㉓禆：此处意为帮助。

㉔营：此处意为建造。

㉕斛（hú）：一斛本为十斗，后来改为五斗。

㉖衢：四通八达的道路。

㉗区画：筹划，安排。

㉘二守：此指副职。

㉙泯：此处意为消失。

㉚敷德：意为推广德行。

㉛四善：指品德方面的四项标准，即德义有闻、清慎明著、公平可称、恪勤匪懈。

[评析]

《汉书·郦食其传》中说："王者以民为天，而民以食为天。"粮食问题是人类生存最基本的生活资料。在封建专制社会中，由于天灾人祸频繁，黎民百姓碰到最大的问题即无粮可食。历代残暴的统治者，在特大自然灾害到来之际，宁愿让堆积如山的粮食烂掉，也不愿开仓赈灾，造成饿莩千里、白骨如山的惨状。但也有不少以民为怀的地方官，深谋远虑，建仓储粮，名曰"预备仓"，以备不测。明弘治十六年（1503），时王阳明在越城养病，应绍兴府官员所请而作《新建预备仓记》一文，此文题下亦注时间"癸亥"。文中并没有就事论事地赞扬绍兴佟知府修建预备粮仓一事，而是以小见大，平中出奇，从建预备粮仓一事着眼，深刻阐述了历代治国之得失，极具思想深度。

文首，开宗明义："仓廪以储国用，而民之不给，亦于是乎取。"从治国治民的角度立意点明了仓廪于国、于民的紧密关系。接着，通过鲜明的对比，揭示在粮食问题上所反映出来的不同为政观。"故三代之时，上之人不必其尽输之官府，下之人不必其尽藏于私室。"意为上古三代君王采用藏粮于库之法，建立公共粮库，以备应急之用，如此则国民无忧，体现出一种"仁爱"的道义。"后世若常平、义仓，盖犹有所以为民者，而先王之意亦既衰矣。及其大敝，而仓廪之蓄，遂邈然与民无复相关。其遇凶荒水旱，民饿莩相枕藉，苟上无赈贷之令，虽良有司亦坐守键闭，不敢发升合以拯其下；民之视其官廪如仇人之垒，无以事其刃为也。"然而，三代以后，即便也有为民着想而建常平、义仓这类的措施，但三代先王的"仁爱"思想已经淡化了，弊端日益显露，甚至造成"仓廪之蓄，遂邈然与民无复相关"，遇凶荒水旱，竟然出现民饿莩相枕藉的惨景。即便那些有良心的地方官想开仓赈灾，若无朝廷的"赈贷之令"，也只能"坐守键闭，不敢发升合以拯其下"。灾民见官廪如仇人之垒，只是还没到动刀造反的地步。王阳明通过历史上"三代先王"的仁义之举与"后世帝王"反人性行为的对比，强烈地抨击了后世帝王的暴政："呜呼！仓廪之设，岂固如是也哉！"此语点出了问题的实质。如无"善心"，即便粮仓建得再多，即便有"仁义"之官，也难有作为，粮仓还是与民无关，其深刻的思想，发人之未发，言人之未所言，耐人寻味。文章最后，王阳明借表彰佟知府修建预备仓的事迹，归纳了对建储备粮仓的几点认识："悯灾而恤患，庇民之仁也；未患而预防，先事之知也；已患而不怠，临事之勇也；创今以图后，敷德之诚也。行一事而四善备焉，是而可以无纪也乎？"总而言之，地方官员修建储备粮仓是"仁义"之举，是官员的德行所在，是"善心"的体现。王阳明将一件似乎平淡的事情，放在历史兴衰的宏观背景下加以考察，揭示了以"仁"治国者昌、以"暴"治国者亡的社会历史发展规律。同时，王阳明体恤民情之意，以仁怀天下的宏愿自然包含其中，这在王阳明此后的为政生涯中也得到了充分的体现。

此文在写作上，将建粮仓与"仁政"有机地联系起来，说理透彻，内涵深邃，气势酣畅，文中多处使用骈句，语句铿锵有力，可谓历代写仓储文之极品。

乞宥言官去权奸以章圣德疏①

臣闻君仁则臣直②。大舜之所以圣③，以能隐恶而扬善也④。臣迩者窃见陛下以南京户科给事中戴铣等上言时事⑤，特敕锦衣卫差官校拿解赴京⑥。臣不知所言之当理与否，意其间必有触冒忌讳，上干雷霆之怒者⑦。但以铣等职居谏司⑧，以言为责；其言而善，自宜嘉纳施行；如其未善，亦宜包容隐覆⑨，以开忠说之路⑩。乃今赫然下令⑪，远事拘囚，在陛下之心⑫，不过少示惩创，使其后日不敢轻率妄有论列，非果有意怒绝之也。下民无知，妄生疑惧，臣切惜之！今在廷之臣，莫不以此举为非宜，然而莫敢为陛下言者，岂其无忧国爱君之心哉？惧陛下复以罪铣等者罪之，则非惟无补于国事，而徒足以增陛下之过举耳⑬。然则自是而后，虽有上关宗社危疑不制之事⑭，陛下孰从而闻之⑮？陛下聪明超绝，苟念及此，宁不寒心！况今天时冻冱⑯，万一差去官校督束过严⑰，铣等在道或致失所，遂填沟壑，使陛下有杀谏臣之名，兴群臣纷纷之议，其时陛下必将追咎左右莫有言者，则既晚矣。伏愿陛下追收前旨⑱，使铣等仍旧供职；扩大公无我之仁，明改过不吝之勇；圣德昭布远迩⑲，人民胥悦⑳，岂不休哉！

臣又惟君者，元首也㉑；臣者，耳目手足也。陛下思耳目之不可使壅塞㉒，手足之不可使痿痹㉓，必将恻然而有所不忍。臣承乏下僚㉔，僭言实罪㉕。伏睹陛下明旨有"政事得失，许诸人直言无隐"之条，故敢昧死为陛下一言。伏惟俯垂宥察㉖，不胜干冒战栗之至㉗！

[注释]

①宥：宽容，饶恕。章：同"彰"，彰显。

②直：正直。

③大舜：传说中的上古帝王。

④隐恶而扬善：不说人的坏处，光宣扬人的好处。隐，隐匿；扬，宣扬。《礼记·中庸》："舜好问而好察迩言，隐恶而扬善。"

⑤迩者：近处的人。迩，近。戴铣，字宝之，婺源人。明弘治九年（1496）进士，改庶吉士，授兵科给事中。久之，调南京户科。正德元年，与给事中李光翰、徐蕃、牧相、任惠、徐暹及御史薄彦徽等连章奏留刘健、谢迁，且劾中官高凤。帝怒，逮系诏狱，廷杖除名。铣创甚重，遂卒。世宗立，追赠光禄少卿。给事中：明代给事中分吏、户、礼、兵、

刑、工六科，辅助皇帝处理政务，并监察六部，纠弹官吏。

⑥敕：帝王的诏书、命令。锦衣卫：明代设立的军政特务机构，其前身为朱元璋设立的"拱卫司"，后改称"亲军都尉府"。锦衣卫主要职能为"掌直驾侍卫、巡查缉捕"，其首领称为锦衣卫指挥使，一般由皇帝的亲信武将担任，直接向皇帝负责。洪武二十年（1387），朱元璋下令焚毁锦衣卫刑具，所押囚犯转交刑部审理，同时下令内外狱全部归三法司审理，将锦衣卫废除。明成祖时，锦衣卫又得以恢复，并由北镇抚司专门处理诏狱。

⑦干：此处意为触犯、冒犯。

⑧谏司：指谏官的职位。唐白居易《哭孔戡》："或望居谏司，有事戡必言。"

⑨隐覆：意为包容遮掩。

⑩忠谠：忠诚正直。汉蔡邕《琅邪王傅蔡朗碑》："规诲之策，日谏于庭，忠谠著烈，令闻流行。"

⑪赫然：此处意为发怒的样子。

⑫陛下：对帝王的尊称。

⑬举：此指惩罚戴铣等人的行为。

⑭宗社：宗庙和社稷的合称，泛指国家。

⑮孰：此处意为谁。

⑯冻冱（hù）：此处意为冰冻。

⑰督束：监管捆绑。

⑱伏：拜伏。

⑲昭布：此处意为传扬。

⑳胥悦：全都高兴。

㉑元首：头，此处指代皇帝。

㉒壅塞：此处意为堵塞。

㉓痿痹：肢体不能动或丧失感觉，此处意为对事物反应迟钝。

㉔下僚：职位低微的官吏。

㉕僭言：越分妄言，此处用为谦词。僭，超越本分，古代指地位在下的冒用在上的名义、礼仪或器物。

㉖伏惟：亦作"伏维"。下对上的敬词，多用于奏疏或信函。

㉗干冒：触犯，冒犯。

[评析]

　　明弘治十八年（1505）五月，弘治帝去世，十五岁的太子朱厚照（1491~1521）即位，改明年为正德元年（1506）。由于少年皇帝喜于寻欢作乐，在阉党头目刘瑾的唆使下，不顾大臣们的劝谏为所欲为，明王朝的大权很快就被以刘瑾为首的"八虎"所利用，朝纲顿时紊乱。正德元年十月，大学士刘健、李东阳、谢迁上疏，请诛乱臣"八虎"。此"八虎"是指明武宗身边的八个太监，即刘瑾、马永成、谷大用、魏彬、张永、邱聚、高凤、罗祥。武宗听信刘瑾谗言，拒忠言，于是阉党得势，刘瑾执掌司礼监，大权在握。一场来势极猛的"倒刘"风潮最终失败，刘健、谢迁被迫致仕。据《明史·武宗本纪》（卷十六）载："冬十月丁巳，户部尚书韩文帅廷臣请诛乱政内臣马永成等八人，大学士刘健、李东阳、谢迁主之。戊午，韩文等再请，不听。以刘瑾掌司礼监，邱聚、谷大用提督东、西厂，张永督十二团营兼神机营，魏彬督三千营，各据要地。刘健、李东阳、谢迁乞去，健、迁是日致仕。己未，东阳复乞去，不允。"谢迁，明代大臣。字于乔，号木斋，浙江余姚泗门人。成化十一年（1475）状元。官至内阁大学士。刘健，字希贤，河南洛阳人，官至内阁大学士、首辅。对顾命大臣遭受无端打击之恶行，朝野正直官员愤愤不平，舆论一片哗然。南京户部给事中戴铣、四川道监察御史薄彦徽等上疏强烈要求起复刘健、谢迁等大臣,因此触怒了刘瑾,戴铣等南京科道官被逮至北京,下诏狱,遭受"廷杖"。戴铣因惨遭"廷杖",创伤甚重,遂卒。廷杖,是皇帝在朝中当众对官员实施的一种惩罚,往往由锦衣卫行刑。明成化以前,凡廷杖仅为示辱而已。正德初年,阉党刘瑾乱政,遂有杖死者。明武宗昏庸暴戾、阉党恣意横行,朝政昏暗,诸多朝官敢怒不敢言。时任兵部主事的王阳明,官阶较低,仅为六品官,既不是顾命大臣,也不是言官,按照一般官员的思维,用不着担此政治风险,冒杀身之祸。当时,满朝文武勋臣大多保身以避祸,足见刘瑾之淫威。此种情况下,王阳明没有逍遥局外、望而却步,而是挺身而出,冒死救援。此年十二月,王阳明上《乞宥言官去权奸以章圣德疏》,施援救助。

  鉴于历史上与阉党集团作斗争的经验教训,王阳明在奏疏中措辞十分委婉。其明知阉党无道,但对少年天子正德皇帝尚抱有希望,还想用其在《山东乡试录》中所阐述的"君善治国"的一套理论明喻武宗,故在奏疏中提出诉求是十分有策略的。疏中,首先用历史上明君治国的典范申义,引出下文,为南京言官的正义行为开罪。然后,据理力争,陈述了南京言官无罪的理由:即为言官,上疏陈言是其职责所在。"其言而善,自宜嘉纳施行;如其未善,亦宜包容隐覆",而当朝的做法明显违反成规,堵塞言路。尽管阉党的残暴行径失德于天下,但王阳明在行文中,还是为正德皇帝留足面子,说此举只是"少示惩创,使其后日不敢轻率妄有论列,非果有意怒绝之也"。此言客观上是为小皇帝下台阶,将拘捕南京言官的责任往刘瑾身上搁,为正德帝乞宥言官提供依据,这正是王阳明经深思熟虑在行文上的高明之处。然后,笔锋一转,陈述此举的政治后果,会造成"下民无知,妄生疑惧"。对当朝臣子而言,以此为鉴,则会出现"莫敢为陛下言者,岂其无忧国爱君之心哉"。若"惧陛下复以罪铣等者罪之,则非惟无补于国事，而徒足以增陛下之过举耳。然则自是而后，虽有上关宗社危疑不制之事，陛下孰从而闻之"，并进一步说："况今天时冻冱，万一差去官校督束过严，铣等在道或致失所，遂填沟壑，使陛下有杀谏臣之名，兴群臣纷纷之议，其时陛下必将追咎左右莫有言者，则既晚矣。"据此，王阳明力谏："陛下追收前旨，使铣等仍旧供职。"疏中，王阳明一再为正德皇帝下台阶："扩大公无我之仁，明改过不吝之勇；圣德昭布远迩，人民胥悦，岂不休哉！"疏末，王阳明又用"君臣一体"的道理开悟小皇帝。如果仅从疏的内容、诉求和行文措辞来看，王阳明此疏，言正意切，说理中肯，逻辑严密，无瑕可指。但此时的正德小皇帝已没有其父孝宗宽宏大量、善于纳谏的气度，已被刘瑾等阉党所左右，丧失了理智，王阳明的抗疏，立刻成为替"罪犯"鸣冤叫屈的"罪证"，遭到从重从速惩罚。据《阳明先生年谱》载："疏入，亦下诏狱。已而廷杖四十，既绝复苏。寻谪贵州龙场驿驿丞。"

那么，王阳明为何逆势而首上抗疏呢？从内因上说，王阳明所信奉的儒家政治理念驱使其这么做。他坚决反对正德皇帝重用阉党迫害言官的行为，希望矫正其误国之举，依靠有德行的大臣辅佐朝政，远离小人。再则，王阳明深受历代正直之士骨气的影响，亦为当朝忠良大臣和南京言官大无畏精神之鼓舞，其中谢迁是王阳明的同邑父辈，其十分敬仰谢迁的为官品格，"宁鸣而死，不默而生"。因此，内心上不容许其明哲保身，也不容许其迟疑观望，正是出于这种强烈的正义感与责任感，促使其站出来为被遭受迫害的南京科道官说话。从外因上说，王阳明在国家面临政治危机的大是大非面前，必须用实际行动来证明自己的为官理念，用一己之力力挽狂澜，同时利用自己在文坛上的声誉影响社会舆论，达到朝野合力抗击阉党乱政的目的。王阳明此举，虽然以受到"廷杖""下诏狱""贬谪贵州龙场"的严厉惩罚，但其忠诚可鉴。其抗疏的意义在于：从道义上谴责了正德皇帝重用阉党头目刘瑾，打击忠良之臣的暴行，激起了朝野的愤懑之情，具有醒世、警世的作用。从王阳明自身来说，其抗疏的行为是其践行道德理想的体现，是积极用世的有力证明，被铭刻在明代历史上。

王阳明此疏，是其不计个人得失、勇于同恶势力作斗争的大无畏精神的体现，反映了王阳明言行一致的为人品格和恪守为官之道的儒者风范。从散文的主题看，植根于现实问题，主旨鲜明。从写作特色看，重点突出，诉求单一；说理透彻，义正词婉；行文思路先扬后抑，中规中矩，无懈可击。故王阳明同邑后学施邦曜评价此疏："委婉剀切，言简意尽。"

南赣乡约① （节录）

咨尔民②，昔人有言："蓬生麻中，不扶而直；白沙在泥，不染而黑。"③民俗之善恶，岂不由于积习使然哉！往者新民盖常弃其宗族④，畔其乡里⑤，四出而为暴⑥，岂独其性之异⑦，其人之罪哉？亦由我有司治之无道⑧，教之无方。尔父老子弟所以训诲戒饬于家庭者不早⑨，薰陶渐染于里闬者无素⑩，诱掖奖劝之不行⑪，连属叶和之无具⑫，又或愤怨相激⑬，狡伪相残⑭，故遂使之靡然日流于恶⑮，则我有司与尔父老子弟皆宜分受其责。呜呼⑯！往者不可及，来者犹可追。故今特为乡约，以协和尔民，自今凡尔同约之民，皆宜孝尔父母，敬尔兄长，教训尔子孙，和顺尔乡里，死丧相助，患难相恤，善相劝勉，恶相告戒，息讼罢争，讲信修睦，务为良善之民，共成仁厚之俗。呜呼！人虽至愚，责人则明⑰；虽有聪明，责己则昏⑱。尔等父老子弟毋念新民之旧恶而不与其善，彼一念而善，即善人矣；毋自恃为良民而不修其身，尔一念而恶，即恶人矣；人之善恶，由于一念之间，尔等慎思吾言，毋忽！

一、同约中推年高有德为众所敬服者一人为约长，二人为约副，又推公直果断者四人为约正，通达明察者四人为约史，精健廉干者四人为知约，礼仪习熟者二人为约赞。置文簿三扇：其一扇备写同约姓名，及日逐出入所为，知约司之；其二扇一书彰善，一书纠过，约长司之⑲。

一、同约之人每一会，人出银三分，送知约，具饮食，毋大奢，取免饥渴而已。

一、会期以月之望，若有疾病事故不及赴者，许先期遣人告知约；无故不赴者，以过恶书⑳，仍罚银一两公用。

一、立约所于道里均平之处，择寺观宽大者为之。

一、彰善者，其辞显而决，纠过者，其辞隐而婉，亦忠厚之道也。如有人不弟㉑，毋直曰不弟㉒，但云闻某于事兄敬长之礼，颇有未尽；某未敢以为信，姑案之以俟㉓；凡纠过恶皆例此。若有难改之恶，且勿纠，使无所容，或激而遂肆其恶矣。约长副等，须先期阴与之言，使当自首，众共诱掖奖劝之，以兴其善念，姑使书之，使其可改；若不能改，然后纠而书之；又不能改，然后白之官；又不能改，同约之人执送之官，明正其罪；势不能执，戮力协谋官府请兵灭之。

一、通约之人，凡有危疑难处之事，皆须约长会同约之人与之裁处区画，必当于理济于事而后已；不得坐视推托，陷人于恶，罪坐约长约正诸人。

一、寄庄人户，多于纳粮当差之时躲回原籍，往往负累同甲；

今后约长等劝令及期完纳应承，如蹈前弊，告官惩治，削去寄庄。

一、本地大户，异境客商，放债收息，合依常例，毋得磊算㉔；或有贫难不能偿者，亦宜以理量宽；有等不仁之徒，辄便捉锁磊取㉕，挟写田地，致令穷民无告，去而为之盗。今后有此告，诸约长等与之明白，偿不及数者，劝令宽舍；取已过数者，力与追还；如或恃强不听，率同约之人鸣之官司。

一、亲族乡邻，往往有因小忿投贼复仇㉖，残害良善，酿成大患；今后一应斗殴不平之事，鸣之约长等公论是非；或约长闻之，即与晓谕解释；敢有仍前妄为者，率诸同约呈官诛殄㉗。

一、军民人等若有阳为良善，阴通贼情，贩买牛马，走传消息，归利一己，殃及万民者，约长等率同约诸人指实劝戒，不悛㉘，呈官究治。

一、吏书、义民、总甲、里老、百长、弓兵、机快人等若揽差下乡，索求赍发者㉙，约长率同呈官追究。

一、各寨居民，昔被新民之害，诚不忍言；但今既许其自新，所占田产，已令退还，毋得再怀前仇，致扰地方，约长等常宜晓谕，令各守本分，有不听者，呈官治罪。

一、授招新民，因尔一念之善，贷尔之罪㉚；当痛自克责，改过自新，勤耕勤织，平买平卖，思同良民，无以前日名目，甘心下流，自取灭绝；约长等各宜时时提撕晓谕㉛，如蹈前非者，呈官惩治。

一、男女长成，各宜及时嫁娶；往往女家责聘礼不充，男家责嫁妆不丰，遂致愆期；约长等其各省谕诸人，自今其称家之有无㉜，随时婚嫁。

一、父母丧葬，衣衾棺椁，但尽诚孝，称家有无而行；此外或大作佛事，或盛设宴乐，倾家费财，俱于死者无益；约长等其各省谕约内之人，一遵礼制；有仍蹈前非者，即与纠恶簿内书以不孝。

[注释]

①南赣巡抚：全称"巡抚南赣汀韶等处地方提督军务"。弘治十年（1497）始置，驻赣州（治今江西赣州市）。辖境屡有增减。王阳明在任时辖江西之南安、赣州，广东之韶州、南雄、惠州、潮州，湖广之郴州，福建之汀州、漳州。王阳明于明正德十一年（1516）九月受命，升都察院左佥都御史。巡抚南、赣、汀、漳。此处指所巡抚的南赣地区。乡约：乡规民约。

②咨：此处意为"告知"。

③蓬生麻中，不扶而直；白沙在泥，不染而黑：语出荀况《荀子·劝学》。

④新民：谓教育人民。

⑤畔：此处意为"横行"。

⑥暴：意为凶恶残酷。

⑦性：意为人之本能。

⑧有司：泛指官吏。

⑨戒饬（chì）：告诫。

⑩薰陶：喻被一种思想、品行、习惯所濡染而渐趋同化。

⑪诱掖奖劝：引导扶持，奖励劝勉。

⑫连属叶和：意为相互亲和的关系。叶和，和睦，和合，和谐。

⑬愤怨相激：形容愤怨的激怒状态。

⑭狡伪相残：意为狡诈虚伪相互伤害。

⑮靡然：形容纷纷趋附、效尤而成风气。靡，倒下。

⑯呜呼：文言感叹词，表示惊讶、感慨、不可思议等情感。

⑰责人则明：批评别人时就明白。

⑱责己则昏：反思自己的过失时则糊涂。

⑲约长：意为实施乡约的主事人。

⑳恶书：意为将过错的行为记录在案。

㉑弟：通"悌"，孝悌。

㉒毋：不要，不可以。

㉓姑：暂且。案：此处意为记录。俟（sì）：等待。

㉔磊算：此处意为计算"复利"。

㉕捉锁磊取：意为拿着械具按复利强讨债务。

㉖忿：此处意为怨恨。

㉗诛（zhū）殄（tiǎn）：诛灭。此处意为严加惩罚。

㉘悛（quān）：悔改。

㉙赍（jī）发：赠予，派遣，资助。此处意为强硬索取财物。

㉚贷：此处意为宽恕，饶恕。

㉛提撕：教导。晓谕：提醒，明白地告诉、告知。

㉜称家：举家，全家。

[评析]

　　如果说王阳明平乱告谕文是治理地方、与百姓沟通的一种形式，那么王阳明在南赣地区所推行的乡约，即为治理乡村社会的一种方略，或者说是乡民"以民治民"的自治制度。王阳明在南赣地区推行的乡约制度，上承北宋《蓝田吕氏乡约》，但又有自己的独创，收到了较好的治理效果，因而被后世所重视。

《南赣乡约》是王阳明在明正德十三年（1518）平定广东三浰贼乱后，所实施的一系列礼仪教化、推行乡村自治建设的重要内容之一，也可以说是王阳明在南赣将"知行合一"思想应用于乡村治理的重要实践成果。

据《阳明先生年谱》载："十有三年戊寅，先生四十七岁，在赣。正月，征三浰。四月，班师，立社学。袭平大帽、浰头诸寇。五月，奏设和平县。六月，升都察院右副都御史，荫子锦衣卫，世袭百户。辞免，不允。七月，刻古本《大学》。八月，门人薛侃刻《传习录》。侃得徐爱所遗《传习录》一卷，序二篇，与陆澄各录一卷，刻于虔。九月，修濂溪书院。十月，举乡约。""从十月举乡约"条看，《南赣乡约》颁行的时间为此年十月。然而，《阳明先生年谱》此条下对《南赣乡约》内容的叙述，则是作于正德十四年（1519）二月《告谕父老子弟》中的内容："……十月，举乡约。先生自大征后，以为民虽格面，未知格心，乃举乡约告谕父老子弟。使相警戒，辞有曰：'顷者顽卒倡乱，震惊远迩。父老子弟，甚忧苦骚动。彼冥顽无知，逆天叛伦，自求诛戮，究言思之，实足悯悼。然亦岂独冥顽者之罪，有司抚养之有缺，训迪之无方，均有责焉。虽然，父老之所以倡率饬励于平日，无乃亦有所未至欤？今倡乱渠魁，皆就擒灭，胁从无辜，悉已宽贷，地方虽以宁复，然创今图后，父老所以教约其子弟者，自此不可以不豫。故今特为保甲之法，以相警戒。聊属父老，其率子弟慎行之。务和尔邻里，齐尔姻族，德义相劝，过失相规，敦礼让之风，成淳厚之俗。'"由此可知，此条内容并非乡约，是告示。而在《南赣乡约》题目下标注的时间为正德十五年（1520）正月。又据《阳明先生年谱》载："十有五年庚辰，先生四十九岁，在江西。正月，赴召次芜湖。寻得旨，返江西。"从所载时间、行踪看，正德十五年正月，王阳明早已不在南赣了，综合上述史料分析，可推定《南赣乡约》颁行的时间应在正德十三年十月，在时间和逻辑上与史实相符合。故《南赣乡约》是王阳明在平三浰之后，大力整治地方民政，以心学思想教化民众，巩固平乱成果的产物。

《南赣乡约》在体例和内容上，应该是传承了北宋《蓝田吕氏乡约》的基本规范，但王阳明所颁布推行的《南赣乡约》有自身鲜明的特色，主要表现在以下几方面：一是在思想渊源上不同。二者都可以远溯儒学经典《礼记》，但《蓝田吕氏乡约》显然是受到关学"身体力行"的直接影响，而《南赣乡约》明显是王阳明"知行合一"思想的产物。二是在产生程序上二者不同。《蓝田吕氏乡约》是由当地乡绅在宗族血缘关系的基础上自愿约定而成的，是宗族规范的扩展形式，具有宗族化的色彩；而《南赣乡约》是王阳明治理地方民政的一个重要措施，是通过官府权力非强制性地推行实施，程序上是自上而下的。三是在具体内容上侧重点有所不同。《蓝田吕氏乡约》主要是规范性条款，侧重于表述乡民在道德规范上应该遵循的规范，条目列得比较粗；而《南赣乡约》主要是实践性条款，侧重于表述乡民在道德规范上具体应该怎么做，故条目列得相对精细，强调"知行合一"。四是在制定和实施目的上不同。《蓝田吕氏乡约》着眼于宗族内部的和谐，乡民道德行为统一于"礼"的外在规范；而《南赣乡约》则是从开显乡民心体的"善"性出发，着眼于乡民内心向善，自我主宰。当然，二者产生的时代背景不同。王阳明颁行的《南赣乡约》主要是要解决南赣地区乡民心体中存在的严重"不正"问题，使百姓成为新民。这一点，王阳明在《南赣乡约》的序言中讲得很清楚。文中引《荀子》语，点明"民俗之善恶，由积习使然"，但其没有怪罪于人而是将民风不纯的责任揽在地方政府身上："司治之无道，教之无方。"然后，例举民俗之恶的种种表现，直陈危害。为改变这种恶习，倡导良好的乡村风俗氛围，自然得出乡民要自觉遵守乡约，并提出了目标纲要：

"以协和尔民,自今凡尔同约之民,皆宜孝尔父母,敬尔兄长,教训尔子孙,和顺尔乡里,死丧相助,患难相恤,善相劝勉,恶相告戒,息讼罢争,讲信修睦,务为良善之民,共成仁厚之俗。"王阳明从四个方面引导乡民人心向"善",以形成一个良好的风俗习惯。在乡约的具体条文上,用语简洁,通俗易懂,便于掌握和实施。诸如乡民聚会两条:"一、同约之人每一会,人出银三分,送知约,具饮食,毋大奢,取免饥渴而已。一、会期以月之望,若有疾病事故不及赴者,许先期遣人告知约;无故不赴者,以过恶书,仍罚银一两公用。"内容简单明了,要求与责任明确。再如婚丧、风俗两条:"一、男女长成,各宜及时嫁娶;往往女家责聘礼不充,男家责嫁妆不丰,遂致愆期;约长等其各省谕诸人,自今其称家之有无,随时婚嫁。一、父母丧葬,衣衾棺椁,但尽诚孝,称家有无而行;此外或大作佛事,或盛设宴乐,倾家费财,俱于死者无益;约长等其各省谕约内之人,一遵礼制;有仍蹈前非者,即与纠恶簿内书以不孝。"这两条都紧扣民俗中的不良习气,为改变积习、倡导新风而制定的,强调嫁娶不论财物之多少,丧葬以"孝心"为重,反对铺张浪费。

《南赣乡约》的价值与意义表现为:首先,《南赣乡约》具有务实性。此乡约条文处处从乡民的实际利益出发,从乡村建设的长治久安着眼,因此深得民心,对南赣风俗的改变起到了极大的作用。其次,《南赣乡约》充分体现了王阳明治理乡村的民政思想,一切从实际出发,重在启发教育,重在乡民的生活习俗改变。平南赣之乱仅仅是一种治理社会动乱的手段并非最终目的,"乱"由心起,《南赣乡约》是从乡规民约上推动乡村风俗的改变。

浚河记[①]

越人以舟楫为舆马[②],滨河而廛者[③],皆巨室也[④]。日规月筑[⑤],

水道淤隘⑥；畜泄既亡⑦，旱潦频仍⑧。商旅日争于途⑨，至有斗而死者矣⑩。

南子乃决沮障⑪，复旧防⑫，去豪商之壅⑬，削势家之侵⑭。失利之徒，胥怨交谤⑮，从而谣之曰⑯："南守瞿瞿⑰，实破我庐；瞿瞿南守，使我奔走。"人曰："吾守其厉民欤⑱！何其谤者之多也？"阳明子曰："迟之⑲！吾未闻以佚道使民⑳，而或有怨之者也。"既而舟楫通利，行旅欢呼络绎㉑。

是秋大旱，江河龟坼㉒，越之人收获输载如常。明年大水，民居免于垫溺㉓。远近称忭㉔，又从而歌之曰："相彼舟人矣，昔揭以曳矣㉕，今歌以楫矣。旱之熇也㉖，微南侯兮㉗，吾其燋矣㉘。霪其弥月矣㉙，微南侯兮，吾其鱼鳖矣。我输我获矣，我游我息矣，长渠之活矣㉚，维南侯之流泽矣。"人曰："信哉！阳明子之言：'未闻以佚道使民，而或有怨之者也。'"纪其事于石，以诏来者㉛。

[注释]

①浚河：疏浚河道。

②越人：绍兴在夏朝时称于越，亦称"大越"。春秋时期，于越族以今绍兴一带为中心建国，称"越国"。秦王政二十五年（前222），降越君，称"会稽郡"。晋称会稽国，为东扬州治所。隋开皇九年（589）改置吴州，治会稽县。大业元年（605）起称越州，此后越州与会稽郡名称交替使用。此处"越人"泛指狭义的绍兴府属地的百姓。

③滨河而廛（chán）者：濒河而居住的人家。廛，古代城市中住宅的通称。

④巨室：大宅。此处指代名望高、势力大的世家大族。

⑤规：意为谋划。

⑥淤隘：因淤积而狭窄。

⑦畜（xù）泄：蓄水与排水。畜，此处同"蓄"。

⑧旱潦（lào）：此指干旱与水患。

⑨商旅：指通过水路做买卖的商人。

⑩斗：斗殴。

⑪南子：即南大吉（1487~1541），字元善，号瑞泉，陕西渭南人。明正德六年（1511）进士。嘉靖二年（1523），以户部郎中出任绍兴府知府。王阳明弟子。子，此处是对有道德、有学问之人的尊称。决沮（jǔ）障：排除阻塞物，疏通水道。

⑫旧防：意为原来的堤岸。

⑬壅（yōng）：指堵塞物。

⑭侵：指侵占河道等。

⑮胥怨：相怨，多指百姓对上的怨恨。

⑯谣：此指造谣诬蔑的言论。

⑰南守：指南大吉。守，明代对知府等的尊称，此指知府南大吉。瞿瞿：形容惊恐不安貌。

⑱厉民：意指虐害人民。

⑲迟之：意为缓一缓再看吧。

⑳佚（yì）道：此处意为疏通河道。

㉑络绎：连续不断。

㉒龟（jūn）坼（chè）：形容天旱土地裂开。龟：通"皲"。

㉓垫溺：指淹入水中。

㉔忭（biàn）：高兴，喜欢。

㉕揭：指"撑篙"。曳（yè）：指"拉纤"。

㉖爀（hè）：形容日光炽热。

㉗微：无非。南侯：指南大吉。

㉘燋（jiāo）：古同"焦"，形容烤焦。

㉙霪（yín）：亦作"淫雨"，连绵不停的雨。

㉚长渠：此指绍兴城内纵横交错的水道。

㉛诏：告诉。

[评析]

《浚河记》题下标注"乙酉"，即明嘉靖四年（1525）。然据文中"是秋大旱，江河龟坼，越之人收获输载如常。明年大水，民居免于垫溺"一句分析，此文应写于嘉靖五年（1526）。据史料载，绍兴知府南大吉于嘉靖四年春疏浚府城内河道。王阳明时在越城，因丁父忧后未被起复官职而在绍兴授徒讲学论道。嘉靖二年（1523）春，陕西人南大吉由户部郎中外放绍兴知府。此后以王阳明曾是其会试同考官而称"门生"，深得"致良知""明德亲民""万物一体"之教。南大吉在其任上，为政以德，身体力行，将其师的思想落实在为官的"事中"。

绍兴是著名的江南水乡，府治且山阴、会稽两县治均在城中。水上交通与官员的迎来送往、老百姓出行、物资运输密切相关，其重要性不言而喻，身为知府的南大吉自然知晓其中的利害。在任上，南大吉通过实地勘察，发现沿河豪门巨商，为一己之利，任意侵占河道，搭棚建舍，导致河道壅塞变窄，水流不畅，旱涝加剧。那些舟楫之人，叫苦不迭，怨声载道。有的为争夺水道不惜大打出手，甚至还发生械斗导致人亡的惨剧。绍兴历史上有治水的传统，远古时期就有"大禹治水"的传说，妇孺皆知。而现实中，河道的畅通，事关一地之安宁。南大吉认为"善治越者以浚河为急"，故以治水为本。为此，南大吉毅然决定除此祸害，发出浚河的安民告示,"拟拆府河两旁庐舍六尺,许以广河道,为乡里安福"。然而,南大吉的这一有利于地方安危的举措,触犯了一些豪强的既得利益,于是他们造谣污蔑,南大吉不为所动,浚河治越。正是在此背景下,王阳明从治水这件关系民生的大事上申明事实真相,张扬社会公道,抒发民意,表达民心所向,撰写了《浚河记》一文,为王阳明"越中三记"中的名篇之一。

此文从"越人以舟楫为舆马,滨河而廛者,皆巨室也"落笔,开门见山,点出水运与民生之关系及隐患之所在。豪门巨商为了自己的利益散布谣言,兴风作浪。说什么:"南守瞿瞿,实破我庐;瞿瞿南守,使我奔走。"以此混淆视听,企图阻止南大吉清理水道。王阳明深知其事原委,文中说到,不要急于下结论,耐心等待治水的效果。当年秋天,治水的效果就显示出来了。"是秋大旱,江河龟坼,越之人收获输载如常。"次年,绍兴又遭水灾,但市民未受到严重影响,进一步显示南大吉治水的远见与效果,也证实了王阳明"未闻以佚道使民,而或有怨之者也"的判断,此言揭示了天道、公理自在老百姓心中的真理。全文篇幅短小,仅三百余字。然而结构严谨,言简意赅,将兢兢业业为民治水的清官南大吉浚河事迹叙述得清清楚楚,由此传达出王阳明一贯主张的为官者须"明德亲民"的仁政思想。在散文艺术上,主要通过民间歌谣来反映南大吉治理城中河道的功绩,即以老百姓自身的感受来反衬南大吉"明德亲民""事上磨炼"的功夫。"相彼舟人矣,昔揭以曳矣,今歌以楫矣。旱之熇也,微南侯兮,吾其燋矣。霪其弥月矣,微南侯兮,吾其鱼鳖矣。我输我获矣,我游我息矣,长渠之活矣,维南侯之流泽矣。"此歌谣通过前后对比的方式,将南大吉治水的恩泽作了形象的表述,深得民心。南大吉在绍兴知府任上三年,明德亲民,为老百姓办了许多实事、好事。据《越中杂识》记载:"(南大吉)锄奸兴利,政尚严猛,善任人事,不避嫌怨。每临重囚，必朱衣象简，秉烛焚香，洞开重门，令众见之，人咸以为神人不可犯。属吏有被诬者，必为洗雪；郡有大盗，素为郡要所庇，悉置之法。有学士侵吞王右军、谢太傅故地，悉剖归其主；郡河、运河为势家侵占者，治其罪而复之。"除此之外，重修禹庙，兴建碑亭，辟大禹陵，政绩斐然。但遗憾的是，这样一位践行王阳明"明德亲民"思想的清官，因大力传播阳明心学有违时讳，且所为多有触犯地方豪强之利益，故遭受诬陷。南大吉蒙冤后，于嘉靖五年（1526）初无奈被罢免归乡。当其卸任告别之际，绍兴士民垂涕揖别，如丧考妣之哀。

　　王阳明此文，"纪其事于石，以诏来者"。不仅仅是为南大吉辩诬，而是为廉洁官员的功德立传，为开显民心树碑，为绍兴府城的治水史作证。时至今日，今绍兴鲁迅广场的大云桥旁，立有《浚河记》碑文。此文的现实意义至今仍不可低估，对于官员的勤政廉洁，对于保护水系生态环境，无疑具有重要的价值。

二、龙场谪居文

　　明正德元年（1506），时任兵部武选清吏司主事的王阳明出于强烈的正义感，参与了反阉党头目刘瑾的斗争，但这场旨在挽救明王朝危局的"倒刘"斗争，因昏庸的正德皇帝听信谗言，重用奸党而最终归于失败。自此，阉党得势，太监刘瑾专权变本加厉，为所欲为，忠良之士惨遭迫害。王阳明因上《乞宥言官去权奸以章圣德疏》，冒死救援被抓的南京科道官戴铣等人而得罪阉党，被刘瑾廷杖四十后投入监狱。不久，王阳明即被贬谪贵州龙场任驿丞。正德二年（1507）初，王阳明踏上了漫漫的谪旅之途。

　　正德三年（1508）春，历经艰难险阻的王阳明投荒至贵州龙场。在经历了生死之难后，王阳明在龙场极其险恶的环境中效法先哲，端居澄默，求静省察。一日中夜，顿悟格物致知要旨，明彻圣人之道"吾性自足"，反思以往先儒向外求理之误。王阳明在龙场小山洞中玩《易》，并撰《玩易窝记》一文，后移居至龙冈山的东洞，命之"阳明小洞天"，默记《五经》之言，撰《五经臆说》43卷，继而创立"知行合一"说，其心学思想自此创立。王阳明的龙场散文创作植根于对现实社会的观察和思考，有感而发，高屋建瓴，因而具有强烈的现实性和批评性，是考察王阳明心学思想形成发展过程中极其重要的文献依据。其散文的思想内容主要表现在以下几方面：一是表现出抗击厄运，拯救自我灵魂的主体精神。二是蔑视权贵，关注国是的正义精神。三是与少数民族百姓心心相印的民族和谐精神。提出了改善民族关系，解决少数民族百姓生活疾苦、移风易俗等重大民生问题，表达了对下层民众生存状态的关注，体现出王阳明散文的普世情怀。四是创新儒学，孜孜不倦的传道精神。王阳明在龙场极其艰难的环境中，创办龙冈书院，授徒讲学，为开启西南教育之风，传播心学思想做出了极大的贡献。

本专题选析王阳明龙场散文13篇，从龙场散文的艺术特色看，风格超然，浩气凌空，意境宏阔，有一种高扬的精神力量和审美情韵，标志着王阳明散文创作进入高峰期。龙场散文在王阳明一生的散文创作中具有特殊的地位，不仅在明代文坛上独树一帜，而且对后世散文创作产生了极大的影响。例如，在清人所编的《古文观止》中，就收录了王阳明在龙场谪居期间所撰的《瘗旅文》和《象祠记》两篇杰作，其散文的思想和艺术价值为后人所称道。

玩易窝记[1] 戊辰

阳明子之居夷也[2]，穴山麓之窝而读《易》其间[3]。始其未得也[4]，仰而思焉，俯而疑焉，函六合[5]，入无微[6]，茫乎其无所指[7]，孑乎其若株[8]。其或得之也，沛兮其若决[9]，瞭兮其若彻[10]，菹淤出焉[11]，精华入焉[12]，若有相者而莫知其所以然[13]。其得而玩之也[14]，优然其休焉[15]，充然其喜焉[16]，油然其春生焉[17]；精粗一[18]，外内翕[19]，视险若夷[20]，而不知其夷之为厄也[21]。于是阳明子抚几而叹曰[22]："嗟乎[23]！此古之君子所以甘囚奴[24]，忘拘幽[25]，而不知其老之将至也夫[26]！吾知所以终吾身矣。"名其窝曰"玩易"，而为之说曰：

夫《易》，三才之道备焉[27]。古之君子，居则观其象而玩其辞[28]，动则观其变而玩其占[29]。观象玩辞[30]，三才之体立矣[31]；观变玩占，三才之用行矣。体立，故存而神；用行[32]，故动而化[33]。神[34]，故知周万物而无方[35]；化，故范围天地而无迹[36]。无方，则象辞基焉[37]；无迹，则变占生焉[38]。是故君子洗心而退藏于密[39]，斋戒以神明其德也[40]。盖昔者夫子尝韦编三绝焉[41]。呜呼[42]！假我数十年以学《易》[43]，其亦可以无大过已夫[44]！

[注释]

①玩易窝："玩易"取意于《周易·系辞上》："是故君子居则观其象而玩其辞，动则观其变而玩其占。""玩易窝"在今贵州修文龙场镇新春

村与吴家湾之间的一座小山丘西麓，为天然小溶洞。洞内石壁上原有时为贵州宣慰使安国亨所题"阳明玩易窝"五字，以及摩崖绝句："夷居游寻古洞宜，先贤曾此动遐思。云深长护当年碣，犹是先生玩易时。"落款为明万历庚寅（1590）龙源安国亨书。洞口上方原有时任贵州省建设厅长的兴义何辑五书于民国三十五年（1946）三月的"阳明玩易窝"石碑一通。

②阳明子：王阳明自号。

③《易》：《周易》。

④得：悟道。

⑤函六合：囊括天地四方，泛指天下或宇宙。李白《古风》诗："秦王扫六合，虎视何雄哉！"

⑥微：细小，精微。

⑦指：指归。

⑧孑乎其若株：孤独犹如木桩。孑，孤独。

⑨沛兮其若决：思绪犹如湍急的水流冲决堤岸。沛，水势湍急。

⑩瞭兮其若彻：觉悟犹如光明普照。瞭，远见。

⑪菹（zū）淤：多水草的沼泽地。菹，意为水草。

⑫精华：精粹，精神元气。汉刘向《九叹·惜贤》："扬精华以炫耀兮，芳郁渥而纯美。"

⑬相：辅助。

⑭玩：研习体味。

⑮优然：安然。休：安闲。

⑯充然：满足貌。明方孝孺《郑处士墓碣铭》："开门授徒，学者闻其讲说，各充然若有得。"

⑰油然：盛兴貌。《孟子·梁惠王上》："天油然作云，沛然下雨，则

苗浡然兴之矣。"

⑱精粗：精密和粗疏。

⑲翕（xī）：合，聚。

⑳视险若夷：视艰难险阻为平地一样。

㉑厄：险厄，险要的地方。

㉒几：案几。

㉓嗟乎：感叹词。

㉔囚奴：囚犯。宋曾巩《答王深甫论扬雄书》："箕子谏而不从，至辱于囚奴。"

㉕拘幽：拘禁。

㉖也夫：语气助词，表感叹。

㉗三才：意为天、地、人。

㉘居则观其象而玩其辞：安居时观察卦象，体悟卦辞。

㉙动则观其变而玩其占：行动时观察事物的变化体悟占卜的结果。

㉚观象玩辞：观察卦象，体悟卦辞。

㉛体立：确立宇宙的本体。

㉜用行：作用发挥。

㉝化：变化。

㉞神：神明，神奇。

㉟故知周万物而无方：世界万物本来就没有局限。

㊱故范围天地而无迹：宇宙时空本来就没有界限与痕迹。

㊲象辞：《周易》解释卦象与爻象之辞。

㊳变占：变化卜占。

㊴洗心而退藏于密：意指清心，心中不存私欲杂念。洗心退藏，语出《周易·辞传》。

㊵斋戒：守戒以杜绝欲念。

㊶夫子尝韦编三绝焉：孔子多次翻断了编联竹简的牛皮带子，喻读书勤奋。韦，熟牛皮。韦编，用熟牛皮绳把竹简编联起来。三，表示多次。绝，断。典出《史记·孔子世家》。

㊷呜呼：感叹词，表叹息、悲痛等。

㊸假：通"借"。

㊹大过：卦名，此处意为过失。

[评析]

　　明正德三年（1508）春，王阳明谪旅至贵州龙场驿后，没有料到龙场环境比他原来想象的更加恶劣，陷入了前所未有的生存危机。食无粮、居无所。为有一个栖身之所，他只好就地搭建了一个茅草棚安身。其在《初至龙场无所止，结草庵居之》一诗中说道："草庵不及肩，旅倦体方适。开棘自成篱，土阶漫无级。迎风亦萧疏，漏雨易补缉。"自然环境的恶劣，加之朝廷邪恶势力的迫害，随时都可以置其于死地，靠什么来拯救自身呢？唯一的途径只能靠自己的生存智慧。低矮的草棚难遮风雨，更难放下一张读书的桌子，无奈之下，幸而在附近找到一个小溶洞暂且安身。在如此困境面前，王阳明动心忍性，在小山洞中端居澄默，以求内心静一，进而体悟《易经》的奥秘，并将此洞命名为"玩易窝"，并于此年作《玩易窝记》。此文并非是状物之文，而是描述了其在洞中玩《易》的探求过程。此文可分为两个部分。

　　第一部分，叙述读《易》悟道所得。首先，描述了读《易》前后的精神状态。中国古代的思想理论框架通常被认为是由"六经"支撑的，《易经》被人称为"六经"之首，因《乐经》早佚，仅存"五经"。作为进士出身的王阳明对"五经"的内容早已娴熟于胸，其家族又有攻《易》

传统，故在知识储存上没有任何障碍，但对宇宙与人生的内在联系，道之内化，生死之念"尚觉未化"，因而当身处罹难之际，解决思想困惑便成为王阳明抗击生存危机的思想武器。他要通过读《易》、悟《易》以寻求身心的救赎，故读《易》自然成为悟道的首选。文中叙述其在洞中背诵《易经》时的神态："仰而思焉，俯而疑焉，函六合，入无微，茫乎其无所指，孑乎其若株。"用"仰思""俯疑""函六合""入无微"等词语形象地刻画了其思绪的跌宕起伏，思考人与宇宙万物之联系、道之所存与意义世界的指归。然而，思想探索是艰巨的，成效未必即时开显，结果是"茫乎其无所指，孑乎其若株"。文中用"茫乎""无所指"点出思想探索的苦闷与迷茫，以及"孑乎其若株"的窘态，反映出王阳明在求道过程中所遭遇的困惑与痛苦。洞穴连通着万千世界，当思想的闪电照彻幽冥的山洞，心有灵犀一点通，一刹那间，王阳明若有所悟。文中紧接着写悟道有所得："沛兮其若决，瞭兮其若彻，菹淤出焉，精华入焉，若有相者而莫知其所以然。"用急流比喻思想的涌动，冲决了长期备受程朱理学思想困顿的堤岸，《易经》的奥秘之门被打开了，思想的激情达到了高峰，若有神助。然而，这种兴奋的体验尚未得到归纳，因果关系尚未解构。经过再三揣摩、体味，"优然其休""充然其喜""油然春生"，最终顿悟：原来世界万物"精粗一，外内翕"，凡事物之体均处于精粗、内外的统一之中，不能截然分割。而人处世间则应"视险若夷""知夷为厄"，危难中有希望，平安中寓危险，事物总是在相互转化的。当王阳明悟通了万事万物间的内在关系后，心灵明觉，心绪阴霾顿扫，心情变得格外畅快，抚几而叹，彻悟先圣之所以"甘囚奴""忘拘幽""而不知其老之将至"的豁达胸襟，明白了对于命运的把握——"吾知所以终吾身矣"，并名其洞穴为"玩易窝"，交代了此洞穴得名的缘由。

第二部分，写玩《易》所得所悟。此段文字是对上文的进一步展开与深化,重点阐释了关于宇宙本体"三才之道",即"天、地、人"融会一体的宇宙图式。王阳明认为:君子之道,居安而思危,观象而玩辞,体悟《易》道之奥妙,有行动则要先观变玩占,审时度势,预测未来。《易》道之"体立用行"观,在于主体心中要建立起"三才"整体观,用发展变化的观点对待万事万物,方能进入智周万物,悟大道无痕的境界。由此,王阳明得出结论,《易》道的全部奥秘在于"洗心""退藏","斋戒"而"神明其德",并以孔子学《易》"韦编三绝"的典故为证。从王阳明体悟《易经》精义前后心境变化的过程说明,"龙场悟道"并非产生于偶然的灵感,而是其效法圣贤,居危抗争,读《易》玩《易》而引发的必然结果。如果没有这一艰苦的思想探索过程,仅有"龙场"这一险恶的环境要素,"龙场悟道"的发生是难以想象的。《玩易窝记》文末说:"假我数十年以学《易》,其亦可以无大过已夫!"此语是勉励自己效法先圣,以《易》为立身之法,内化于心,行于龙场磨砺之中,也是对"龙场悟道"前期思想探索过程最有力的注脚。其对《易经》内涵天、地、人"三才",体、用、神、化的相互演化的解读,是其心学思想理论体系创设最初的思考存在,也是对《阳明先生年谱》所记载的"龙场悟道"过程的有力证明。明施邦曜在评点《玩易窝记》一文中说:"直以箕子,文王自处,盖得之明夷。"此评可谓一语中的。王阳明通过玩《易》悟道,从先圣那里得到了抗争人生危难的启迪,即以思想创设以自救,将悟道所得与自身的现实处境联系起来,融入世界万物的变化之中,这为"龙场悟道"作了前期的思想准备。任何一种伟大思想的诞生,可能源于某种偶然因素的触发,但绝不可能没有长期思想探索的积累作为基础,正如石头不能孵化出小鸡一样。王阳明的"龙场悟道"虽说有环境的因素,但其心学思想的产生在理论源头上主要还是接脉《易经》,是其刻苦研读玩味《易经》的必然结果。

此文在写作上将叙事、描写和议论有机地融合，尤其是对背诵《易经》、思索、悟道三阶段的描述，由读而迷茫到有所会通，最后得道通达，一波三折，神态逼真，令人叫绝。此文不足400字，但引经据典，议论剀切，直达《易经》要旨，耐人寻味。

五经臆说序[①] 戊辰

得鱼而忘筌[②]，醪尽而糟粕弃之[③]。鱼、醪之未得[④]，而曰是筌与糟粕也，鱼与醪终不可得矣。"五经"，人之学具焉[⑤]。然自其已闻者而言之，其于道也，亦筌与糟粕耳。窃尝怪夫世之儒者求鱼于筌[⑥]，而谓糟粕之为醪也。夫谓糟粕之为醪，犹近也，糟粕之中而醪存。求鱼于筌，则筌与鱼远矣。

龙场居南夷万山中[⑦]，书卷不可携，日坐石穴[⑧]，默记旧所读书而录之。意有所得，辄为之训释[⑨]。期有七月而"五经"之旨略遍[⑩]，名之曰《臆说》。盖不必尽合于先贤[⑪]，聊写其胸臆之见[⑫]，而因以娱情养性焉耳[⑬]。则吾之为是[⑭]，固又忘鱼而钓[⑮]，寄兴于曲蘖[⑯]，而非诚旨于味者矣[⑰]。呜呼！观吾之说而不得其心[⑱]，以为是亦筌与糟粕也，从而求鱼与醪焉，则失之矣。

夫说凡四十六卷[⑲]，《经》各十[⑳]，而《礼》之说尚多缺[㉑]，仅六卷云。

[注释]

①五经：《诗经》《尚书》《礼记》《周易》《春秋》。臆说：此处意为

仅凭记忆解说。

②得鱼而忘筌：捕到了鱼，忘掉了筌。比喻事情成功以后就忘了本来采用的手段。语出《庄子·外物》："筌者所以在鱼，得鱼而忘筌。"筌，用细竹篾做成的捕鱼工具。

③醪（láo）：浊酒。糟粕：造酒剩下的渣滓，比喻已无特殊价值的东西。

④未得：没有得到。

⑤圣人：指品德最高尚、智慧最高超的人。有时也专指孔子。唐韩愈《师说》："古之圣人，其出人也远矣。"

⑥窃：谦辞，指自己。

⑦南夷：古指南方的少数民族或南方边远地区。《诗·鲁颂·閟宫》："淮夷蛮貊，及彼南夷，莫不率从，莫敢不诺。"

⑧石穴：此指龙场龙冈山之"东洞"，王阳明命名为"阳明小洞天"。

⑨训释：注解，解释。

⑩旨：意义，目的。

⑪盖：大概。先贤：古代的圣人贤者。

⑫聊写：随便。胸臆：心里的话、想法。

⑬娱情养性：增添生活的情趣，培养高雅的性情。

⑭为是：助词，"是"将行为对象提前，意为"这样做"。

⑮固：本来，原来。

⑯寄兴：寓意。曲蘖（niè）：制酒的药料。

⑰诚：实在。旨：甘美。

⑱心：本心良知。

⑲凡：总共。

⑳《经》：此处指《诗经》《尚书》《周易》《春秋》。

㉑《礼》:《礼记》。

[评析]

　　王阳明在龙场经历生存困境的磨砺中，没有放弃对思想的探索，并以此寻求人生之路。据《阳明先生年谱》载："忽中夜大悟格物致知之旨，寤寐中若有人语之者，不觉呼跃，从者皆惊。始知圣人之道，吾性自足，向之求理于事物者误也。乃以默记"五经"之言证之，莫不吻合，因著《五经臆说》。"其"悟道"所得即"吾性自足"，明白了以往求道之所以走弯路，是"向外求"之误，从而提出与程朱理学相对的理论，即"向内求"的心学思想，为阳明心学之肇始，成为中国思想史上的里程碑。为直接表达悟道所得的"臆说"，王阳明决定将体悟所得写成书，系统地阐明这一新思想，以及对圣人之学的重新解读。由于"玩易窝"环境不能满足著书的需要，于是王阳明在相距不太远的龙冈山山腰找到比"玩易窝"更高大宽敞的"东洞"，移居其间，改其名为"阳明小洞天"，开始著书。王阳明在《始得东洞遂改为阳明小洞天》诗三首中，形象地描述了当年在"东洞"撰写《五经臆说》的情景："卷帙漫堆列，樽壶动光彩。""我辈日嬉偃，主人自愉乐。"从诗句中可知，王阳明在"东洞"写作时的心境是愉悦的，在自由的思想探索中获得了精神的独立，这说明其已完全按照"悟道"所得进入到思想创设的境界中。

　　王阳明的同邑高足弟子钱德洪从追忆的角度，对《五经臆说》的撰写过程有一简要说明，在《五经臆说十三条》前言中说："师居龙场，学得所悟，证诸"五经"，觉先儒训释未尽，乃随所记忆，为之疏解。"从钱德洪的说明可知，王阳明写作《五经臆说》的直接动因是对"龙场悟道"所得的阐述，验之于"五经"，并作了进一步的发挥，将"吾性自足""向内求理"的新思想融入其中。故《五经臆说》与"五经"的旨意相通，但又并非是为"五经"作注，而是进行与程朱理学相对的新思想的创设。因王阳明在长途谪旅中，身边并未携带"五经"，故只能凭超强的记忆，对"五经"作阐释，自称为"臆说"。

《五经臆说》作于正德三年（1508），王阳明在序中交代了此书写作的缘由、目的，以及其写作的简要过程与结果。此序文在写作方法上，主要引用《庄子·外物》篇中所言"筌者所以在鱼，得鱼而忘筌"，以此深刻地阐明了"五经"与道之间的意言关系，即"五经"之道与"五经"之形的内在关系，得道为上，不能仅信书的道理。由于龙场这一特殊环境，几乎没有研究学问的基本条件，王阳明完全靠"默记旧所读书而录之"。因此，思想相对较自由，不受拘束。据"龙场悟道"所得，结合当时社会现实分析问题，提出了新的思想理论观点，并将自己的体悟与"五经"要旨相证，"意有所得，辄为之训释"。在阐发先贤思想中，融入自己的独立见解："盖不必尽合于先贤，聊写其胸臆之见，而因以娱情养性焉耳。""得鱼而忘筌，醪尽而糟粕弃之"，此语主要是批评那些固守程朱理学形式主义的习气，其意义在于打破释经学之教条，举起了独立创设心学理论的旗帜，亦是启迪学子解放思想的武器。

需要说明的是，王阳明在离开贵州后的教育活动中再也没有将《五经臆说》示人，是因为"既后自觉学益精，工夫益简易"，故烦琐的论证只会损害"道"的精神，待"良知"学说日臻成熟以后，就毁弃了原稿。当弟子钱德洪问其《五经臆说》的下落时，王阳明回答"付秦火久矣"。此后，钱德洪在其师殁后，在整理王阳明所遗废稿中发现了仅存的十三条《五经臆说》原稿。王阳明"龙场悟道"之"道"，作为思想理论成果形式主要是体现在《五经臆说》中。因此，要真正对《五经臆说序》有所理解，就必须结合仅存的《五经臆说》十三条加以思考。只有把握《五经臆说》的思想要点与《论元年春王正月》的寓意，才能真正理解"龙场悟道"的内涵。

王阳明在《五经臆说序》中说:"夫说凡四十六卷,《经》各十,而《礼》之说尚多缺,仅六卷云。"由于种种原因,王阳明在龙场所撰的《五经臆说》四十六卷,现仅残存"十三条"遗稿。其中:言《春秋》三条(其中第一条与《论元年春王正月》一文内容相关),言《易经》五条,言《诗经》五条。尽管后人再也难以见到《五经臆说》的全貌,但从遗存的十三条以及相关著述看,仍可发现阳明心学创始之初的大致思想面貌。

《五经臆说》十三条的基本内容,王阳明是从本体论的角度阐明了心学的基本理念。重点是论"心体"问题。在"元年春王正月"一条中,王阳明通过对《左氏春秋·隐公元年》中一段记载作新的阐发,论证了"纪元"与"人君正心"的关系。文中说:"元年春王正月人君即位之一年,必书元年。元者,始也,无始则无以为终。故书元年者,正始也。大哉乾元,天之始也。至哉坤元,地之始也。成位乎其中,则有人元焉。故天下之元在于王,一国之元在于君,君之元在于心。元也者,在天为生物之仁,而在人则为心。心生而有者也,曷为为君而始乎?曰:'心生而有者也。'未为君,而其用止于一身;既为君,而其用关于一国。故元年者,人君为国之始也。当是时也,群臣百姓,悉意明目以观维新之始。则人君者,尤当洗心涤虑以为维新之始。故元年者,人君正心之始也。"

此条从儒学思想流脉的角度论证了"元年"纪年与人君正心的关系。此说可看作是王阳明在山东乡试文中论君王之道的延续。然而,文中借论先秦"元年"纪年为话题,阐明了"以心为君道"的重大命题:"天下之元在于王,一国之元在于君,君之元在于心。元也者,在天为生物之仁,而在人则为心。心生而有者也。"这一论断应是阳明心学"心即理"思想最初的表达形式。从内容上看,王阳明关注的是"国君之心"的善恶、邪正问题。这一问题的提出与明正德朝国君无道、阉党乱政有紧密的关系。同时，也是王阳明反对阉党乱政，遭受迫害后反思所得。但基于心体的"光明"本然，王阳明对当朝皇帝还是心存一丝期待："改元年者，人君改过迁善，修身立德之始也，端本澄源，三纲五常之始也；立政治民，休戚安危之始也。呜呼！其可以不慎乎？"这说明其虽身陷困境，但仍怀心忧天下的经世精神。希望"君王洗心涤虑以为维新之始"，"君王之新"即为社稷之新、民生之新，唯有如此，国家才能避免危机，长治久安。此条立意新颖，不落俗套，具有催人奋进的鼓舞力量。

在"郑伯克段于鄢"一条中，王阳明也强调了正心的问题："辩似是之非，以正人心，而险谲无所容其奸矣。"而在"明出地上，《晋》。君子以自昭明德"一条中，王阳明进一步论证了"心体"与"私欲"的关系。此条以"日"之本体为大明，与"心"之本体为"明德"做类比，论证了心体之不明在于"蔽于私"，只要"去其私"，心体就无不明。这应该是王阳明"致良知"思想最初的理论表达形式。在王阳明以后的心学思想传播中，以太阳之明喻心体之本然，以浮云遮日喻私欲遮蔽心体。心体不明皆因浮云遮日，只有去浮云，心体自明，强调道德规范内化于主体意识的必要性，揭示了通过克制私欲清理障碍，恢复心体明觉的修身方法。这一思辨方法成为王阳明在讲学中启迪学子的常用教法，在以后其心学论著《传习录》中体现得最为广泛，说明阳明心学具有简易明觉的特质。

从上分析，可以从《五经臆说》存世条目中发现"龙场悟道"的思想轨迹：元即心体，心体明德，即"心即理"思想的最初状态；修身立德，立政为民，即为"知行合一"思想的最初思想状态；去其私，无不明，即为"致良知"的最初思想形态。因此，可以说"龙场悟道"的"道"其思想理论体系的雏形在《五经臆说》之中。用王阳明自己的话说："吾良知二字，自龙场以后，便已不出此意，只是点此二字不出，于学者言，费却多少辞说。"也就是说，王阳明龙场悟道的"道"实质上已经具备了其"良知说"的基本内涵，只是表述上没有"点出"而已。《五经臆说》的根本意义在于跳出先儒"六经注我，我注六经"的思想框框，将学术与现实社会的需要紧密结合起来，尤其是同人的心体联系起来，独立开创了思想的新天地，破解了程朱理学所存在的理论局限，正本清源，开思想解放之先声。"龙场悟道"在中国古代思想史上具有较大的影响力，是王阳明对《大学》"格物致知"的重新解读，是对程朱理学"天理观"的质疑，标志着王阳明思想探索的根本性转型，成为其思想探索过程中的分水岭。

对"龙场悟道"在阳明心学创设过程中的地位，王阳明高足弟子钱德洪、王畿，以及明末清初大学者黄宗羲都有精辟的论述。较早提出"三变说"的是钱德洪，其在《刻文录叙说》一文中说："先生之学凡三变，其为教也亦三变：少之时，驰骋于词章；已而出入于二氏；继乃居夷处困，豁然有得于圣贤之旨。是三变而至道也。"王阳明山阴弟子王畿概括为："先师之学，凡三变而始入于悟；再变，而所得始而纯。其少禀英毅凌迈，超侠不羁。尝泛滥于词章，驰骋于孙吴，其志在经世，亦才有所纵也。及为晦翁格物穷理之学，几至于殒。时苦其烦且难，自叹以为若于圣学无缘，乃始究心于老、佛之学及至居夷处困，动忍之余，恍然神悟。"王阳明的同邑后学黄宗羲也概括"三变"为："先生之说，始泛滥于词章，继而遍读考亭之书，循序格物，顾物理吾心终判为二，无所得入。于是出入佛、老者久之。及至居夷处困，动心忍性，因念圣人处此更有何道？忽悟格物致知之旨，圣人之道，吾性自足，不假外求。其学凡三变而始得其门。"以上"三变说"论，都将"龙场悟道"作为王阳明前后思想发生重大转变的分界线。尽管主"三变说"的钱德洪、王畿、黄宗羲对"三变"的内涵表述有所差异，但王阳明自己的说法更可信。在教导弟子选择为学道路时，往往以自己曲折的为学经历启发学子。王阳明在作于正德十年（1515）冬十一月的《朱子晚年定论序》一文中，回顾自己的为学经历说："洙泗之传，至孟子而息。千五百余年，濂溪、明道始复追寻其绪。自后辩析日详，然亦日就支离决裂，旋复湮晦。吾尝深求其故，大抵皆世儒之多言有以乱之。守仁蚤岁业举，溺志辞章之习。既乃稍知从事正学，而苦于众说之纷挠疲薾，茫无可入，因求诸老、释，欣然有会于心，以为圣人之学在此矣。然于孔子之教，间相出入，而措之日用，往往阙漏无归，依违往返，且信且疑。其后谪官龙场，居夷处困，动心忍性之余，恍若有悟。体验探求，再更寒暑，证诸六经、四子，沛然若决江河而放之海也。然后叹圣人之道，坦如大路，而世之儒者妄开窦径，蹈荆棘，堕坑堑，究其为说，反出二氏之下。宜乎世之高明之士厌此而超彼也！"此段概述可看作是王阳明对"龙场悟道"及撰写《五经臆说》的总结。在此之前的正德七年（1512），王阳明在《别黄宗贤归天台序》一文中也早已表示了类似的意思。

因此，无论从哪个角度说，"龙场悟道"都是"阳明心学"创立的始点。从此，阳明心学以崭新的、独特的思想体系在明代中后期的思想领域独树一帜，成为与程朱理学相对峙的思想流派。而王阳明龙场玩《易》不仅是其度过生存危机的修炼之法，而且是"龙场悟道"的重要思想来源。若离开王阳明龙场玩《易》而孤立地谈"龙场悟道"则无法从思想源头上说明其因果关系。而《五经臆说》及其序文是王阳明依据自己所悟之"道"作为逻辑起点阐明心学观点的载体，即从"五经"切入，演绎心学思想。故《玩易窝记》《五经臆说》《五经臆说序》是阳明心学创始阶段的奠基之作，亦是理解"龙场悟道"的枢纽，亦是观照王阳明在龙冈书院、贵阳之文明书院教学内容的窗口。

王阳明殁后，无论将其思想探索阶段概括为"三变"也好，"五溺"

也罢,王阳明龙场玩《易》则是促成其为学思想最终完成转型的重要标志,则是无疑的。从散文创作的艺术手法而言,王阳明的《五经臆说序》主要采用引证的方法,论证"吾性自足"的心学渊源,直达本心,从学术思想的流变上说明其心学思想的普遍性。

与安宣慰① 戊辰

(一)

某得罪朝廷而来②,惟窜伏阴崖幽谷之中以御魑魅③,则其所宜④。故虽夙闻使君之高谊⑤,经旬月而不敢见⑥,若甚简亢者⑦。然省愆内讼⑧,痛自削责⑨,不敢比数于冠裳⑩,则亦逐臣之礼也⑪。使君不以为过⑫,使廪人馈粟⑬,庖人馈肉⑭,园人代薪水之劳⑮,亦宁不贵使君之义而谅其为情乎⑯!自惟罪人何可以辱守土之大夫⑰,惧不敢当,辄以礼辞⑱。使君复不以为罪,昨者又重之以金帛⑲,副之以鞍马⑳,礼益隆,情益至,某益用震悚㉑。是重使君之辱而甚逐臣之罪也㉒,愈有所不敢当矣!使者坚不可却㉓,求其说而不得。无已其周之乎㉔?周之亦可受也㉕。敬受米二石㉖,柴炭鸡鹅悉受如来数。其诸金帛鞍马,使君所以交于卿士大夫者㉗,施之逐臣,殊骇观听㉘,敢固以辞㉙。伏惟使君处人以礼㉚,恕物以情㉛,不至再辱,则可矣。

[注释]

①安宣慰:即安贵荣,彝族,系明顺德夫人摄贵州宣慰使奢香夫人第

8代孙，贵州宣慰使赐正三品封昭勇将军安观之子。自明宪宗成化十年（1474）袭贵州宣慰使至武宗正德八年（1513）去世，在位四十年。

②某：自称。得罪朝廷：指明正德元年（1506）王阳明参与反阉党专权之事。

③惟：只。窜伏：逃匿，隐藏。魍魉：神话传说中的山川精怪。

④宜：适合。

⑤夙闻：早知道。

⑥旬月：此处意为十天至一个月。

⑦简亢：高傲，清高。

⑧省愆（qiān）：反省过失。内讼：内心自责。

⑨削责：意为削去官职。

⑩不敢比数于冠裳：不敢于官宦相提并论。不敢，谦词，不敢当。比数，相提并论。冠裳，官服，代指官员。

⑪逐臣：王阳明自称。礼：礼节。

⑫使君：汉代称呼太守刺史，汉以后用做对州郡长官的尊称。此处指贵州宣慰司使安贵荣。

⑬廪人：古代管理粮仓的官吏。《周礼·地官·廪人》："廪人掌九谷之数，以待国之匪颁、赒赐、稍食。"馈：赠送。粟：泛称谷类。

⑭庖人：职掌供膳的官员。《周礼·天官·庖人》："庖人掌共六畜、六兽、六禽，辨其名物。"

⑮园人：管理园子的人。薪：柴火。

⑯宁：难道。贵：看重。谅：体察。

⑰惟：只。辱守土之大夫：让镇守一方的官员屈辱。

⑱辄：就。

⑲金帛：泛指钱物。

⑳副：附带。

㉑震悚：震惊惶恐。

㉒甚：极。

㉓使者：奉命办事的人。

㉔无已：不得已。周：接济。

㉕受：接受。

㉖石（dàn）：中国市制容量单位，十斗为一石。

㉗交：交往。

㉘殊骇观听：骇人听闻。殊骇，极为惊骇。

㉙敢：冒昧。固：坚决。

㉚伏惟：下对上的敬词，多用于奏疏或信函。

㉛恕：宽容。

[评析]

  王阳明谪居的龙场驿时为贵州宣慰使安贵荣的管辖之地，因安氏仰慕王阳明的道德文章，主动与王阳明交往，可见王阳明在安贵荣心目中的分量之重。在交往过程中，王阳明坚守道义，以国家和民族和谐为重，运用其超人的智慧，妥善处理各种复杂的难题。《与安宣慰》三书，反映出当时贵州复杂的社会问题，同时彰显了王阳明身陷逆境而勇于担当的良知精神。此三书写于明正德三年（1508），即王阳明谪居贵州龙场不久。

  第一封信对贵州土司安贵荣言明退礼之理。据《阳明先生年谱》载："水西安宣慰闻先生名，使人馈米肉，给使令，既又重以金帛鞍马，俱辞不受。"时贵州宣慰使安贵荣闻王阳明名声，派人给落难于龙场的王阳明赠送食物等，王阳明觉得于礼不妥，即谢绝，并申明谢绝的理由："使君不以为过，使廪人馈粟，庖人馈肉，园人代薪水之劳，亦宁不贵使君之义而谅其为情乎！自惟罪人何可以辱守土之大夫，惧不敢当，辄以礼辞。"王阳明婉拒礼品后，安贵荣以为是因为礼轻，故再次派人送来重礼："昨者又重之以金帛，副之以鞍马，礼益隆，情益至，某益用震悚。"对此，王阳明坚拒重礼，然而使者说什么也不敢拿回去，怕回去交不了账。在这种情形下，王阳明采用了变通的办法，以接受"救济"的名义收下了"米二石，柴炭鸡鹅"，其他贵重之物一概退回，算是给使者一个交差的话本。但王阳明为何接受食品，而不接受贵重礼品，这是其为人的原则，即按礼数行事。王阳明接受食物的理由是："其诸金帛鞍马，使君所以交于卿士大夫者，施之逐臣，殊骇观听，敢固以辞。伏惟使君处人以礼，恕物以情，不至再辱，则可矣。"此话合情合理，既坚持了为人处世的原则，又恪守礼数。送礼与退礼，再送重礼，再退重礼的过程，反映了王阳明处理人际关系的八字："处人以礼，恕物以情。"同时也反映出王阳明耿介的性格。从另一方面来说，王阳明十分顾及民族之间的和谐关系，即便在处理这等事上，也是讲原则、讲情义的。正因为王阳明的礼义思想落实在具体的生活细节之上，因而赢得了土司的信任，这才有了王阳明后两封信所起的特殊作用。此信在说理上环环相扣，情理交融，中节中綮，体现了王阳明说理文的特色。

（二）

减驿事非罪人所敢与闻①，承使君厚爱，因使者至，闲问及之，不谓其遂达诸左右也②。悚息悚息③！然已承见询④，则又不可默⑤。

凡朝廷制度，定自祖宗；后世守之，不可以擅改，在朝廷且谓之变乱，况诸侯乎！纵朝廷不见罪⑥，有司者将执法以绳之⑦，使君必且无益，纵幸免于一时，或五六年，或八九年，虽远至二三十年矣，当事者犹得持典章而议其后⑧。若是则使君何利焉？使君之先⑨，自汉、唐以来千几百年，土地人民未之或改，所以长久若此者，以能世守天子礼法⑩，竭忠尽力，不敢分寸有所违。是故天子亦不得逾礼法，无故而加诸忠良之臣。不然，使君之土地人民富且盛矣，朝廷悉取而郡县之⑪，其谁以为不可？夫驿，可减也，亦可增也；驿可改也，宣慰司亦可革也⑫。由此言之，殆甚有害⑬，使君其未之思耶？

所云奏功升职事，意亦如此。夫划除寇盗以抚绥平良⑭，亦守士之常职，今缕举以要赏⑮，则朝廷平日之恩宠禄位⑯，顾将欲以何为⑰？使君为参政⑱，亦已非设官之旧，今又干进不已⑲，是无抵极也⑳。众必不堪㉑。夫宣慰守土之官，故得以世有其土地人民；若参政，则流官矣㉒，东西南北，惟天子所使。朝廷下方尺之檄㉓，委使君以一职，或闽或蜀㉔，其敢弗行乎㉕？则方命之诛不旋踵而至㉖，捧檄从事，千百年之土地人民非复使君有矣。由此言之，虽今日之参政，使君将恐辞去之不速，其又可再乎！凡此以利害言㉗，揆之于义㉘，反之于心㉙，使君必自有不安者。夫拂心违义而行㉚，众所不与，鬼神所不嘉也㉛。

承问及，不敢不以正对，幸亮察㉜！

[注释]

①减驿事：减龙场等驿站之事。郭之章《黔记·迁客列传》："贵荣以从征香炉山，加贵州布政司参政，犹怏怏薄之，乃奏乞减龙场诸驿以偿其功。事下督府堪议。"罪人：王阳明自称。敢：谦辞，"不敢"之简称。与闻：参与其事并知内情。

②左右：不直称对方，而称其执事者，表示尊敬。《史记·张仪列传》："是故不敢匿意隐情，先以闻于左右。"

③悚息：书信中的套语，犹惶恐。明李东阳《再答镜川先生书》："若不俯鉴此意，甚非不肖之望也。悚息，悚息。"

④见询：被询问。

⑤默：不说话。

⑥见罪：被责怪，怪罪。

⑦有司：指主管某部门的官吏。古代设官分职，各有专司，故称。

⑧典章：典制，法令制度。

⑨先：先辈。

⑩天子：封建社会臣民对帝王的称谓。

⑪郡县：古代地方的两级行政区划。此意为由朝廷直接管辖。

⑫宣慰司：宣慰司是介于省与州之间的一种偏重于军事的监司机构。这一机构最早见于金朝，元朝时在全国范围内普遍设立。明代只在少数民族聚居地区设立宣慰司，长官称"宣慰使"，是一个地方区划内的军政最高长官。

⑬殆：大概。

⑭刬（chǎn）：同"铲"。抚绥：安抚，安定。《尚书·太甲上》："天监厥德，用集大命，抚绥万方。"平良：善良的平民百姓。

⑮缕举：例举。

⑯恩宠：恩典。禄位：官职、俸禄。

⑰顾：照顾。

⑱参政：官职名。明代在各省布政使下设左右参政，分领各道，分管粮储、屯田、军务、驿传、水利、抚名等事，为从三品官职。

⑲干进：谋求仕进。

⑳抵极：止境。《明史·张翀传》："且阳名贡茶，实杂致他物。四方效尤，何所抵极。"

㉑堪：忍受。

㉒流官：明代在四川、云南、广西等布政司少数民族集居地区所置地方官，有一定任期，相对于世袭的土官而言。

㉓檄（xí）：古代官府往来文书的下行文种名称之一。

㉔闽：福建。蜀：四川。

㉕弗：不。

㉖方命：违命，抗命。《汉书·叙传下》："孝景莅政，诸侯方命。"诛：谴责。旋踵：掉转脚跟，比喻时间极短。

㉗利害：利益与损害。

㉘揆（kuí）：揣测，忖度。

㉙反：违背。

㉚拂心：违逆心意。

㉛嘉：赞许。

㉜亮察：敬词，犹明鉴。

[评析]

此第二封信是王阳明规劝安贵荣打消撤驿站、邀官的私心。王阳明作为谪丞照理说可以对地方政务一概不问，免得引火烧身，但良知本性决定其不是明哲保身的人，如果这样王阳明就不会被贬谪到龙场来了。贵州宣慰使安贵荣出于自己的权力欲，想把自己所管辖的地域变成独立王国，对朝廷设在水西的驿站不加管理，听任自然毁损，还想撤掉驿站。同时，还嫌自己掌控的权力不够大想升官。因苦于无人为其出谋划策，出于对王阳明的信任，致信王阳明征询对以上两个问题的意见。据《阳明先生年谱》

载:"之始朝廷议设卫于水西,既置城,已而中止,驿传尚存。安恶据其腹心,欲去之,以问先生。先生遗书析其不可,且申朝廷威信令甲,议遂寝。"王阳明接信后,觉得事关民族关系和国家安危,不仅没有回避这一敏感的政治问题,而且不顾其中的风险,站在道义的立场上,复书安贵荣。信中通过利弊关系的分析,劝告安贵荣不要做有损于民族关系和地方安定的蠢事。王阳明在信中对安贵荣欲减驿站问题作了深入剖析:"凡朝廷制度,定自祖宗;后世守之,不可以擅改,在朝廷且谓之变乱,况诸侯乎!纵朝廷不见罪,有司者将执法以绳之,使君必且无益,纵幸免于一时,或五六年,或八九年,虽远至二三十年矣,当事者犹得持典章而议其后。若是则使君何利焉?使君之行先,自汉、唐以来千几百年,土地人民未之或改,所以长久若此者,以能世守天子礼法,竭忠尽力,不敢分寸有所违。是故天子亦不得逾礼法,无故而加诸忠良之臣。不然,使君之土地人民富且盛矣,朝廷悉取而郡县之,其谁以为不可?夫驿,可减也,亦可增也;驿可改也,宣慰司亦可革也。由此言之,殆甚有害,使君其未之思耶?"信中,王阳明采用演绎推理的论证方法对安贵荣晓之以理,"朝廷制度,定自祖宗;后世守之,不可以擅改",若擅自改变,必将受到惩罚,对安贵荣没有任何好处,此其一。安贵荣若要减驿站,变成法,那么朝廷也可以减宣慰司,这也是完全可能的,此其二。经王阳明这一分析,安贵荣当然不愿失去世袭的土司制度,权衡利弊,再也不敢提减驿站之事了。

对安贵荣提出希望朝廷升官之事,王阳明也认为于礼制不通,通过利弊关系的分析开导安贵荣:"使君为参政,亦已非设官之旧,今又干进不已,是无抵极也。众必不堪。夫宣慰守土之官,故得以世有其土地人民;若参政,则流官矣,东西南北,惟天子所使。朝廷下方尺之檄,委使君以一职,或闽或蜀,其敢弗行乎?则方命之诛不旋踵而至,捧檄从事,千百年之土地人民非复使君有矣。由此言之,虽今日之参政,使君将恐辞去之不速，其又可再乎！凡此以利害言，揆之于义，反之于心，使君必自有不安者。"王阳明认为，作为土司长官兼任参政之职已经破了官制，还想再邀功升官，实在是权力欲膨胀，这是害人害己的事。然后进一步分析说，土司与流官是两种不同的官僚体制，安贵荣想两者兼而得之，那么其有可能失去世代经营下来的领地。朝廷下方尺之檄，委使君一职，东南西北任意调遣，你安贵荣愿意吗？经王阳明客观的分析，句句在理，安贵荣不得不折服，只好打消了上述念头。王阳明此信起到了稳定地方，巩固民族关系的作用，是其经世思想的重要体现。明末名宦施邦曜对此信评价很高："大义凛然。""读之使人凛慄，即有邪谋逆志，不觉消沮，真是笔端斧钺。先生之文章即是经济。"

（三）

阿贾、阿札等畔宋氏①，为地方患，传者谓使君使之②。此虽或出于妒妇之口③，然阿贾等自言使君尝锡之以毡刀④，遗之以弓弩⑤。虽无其心，不幸乃有其迹矣⑥。始三堂两司得是说⑦，即欲闻之于朝；既而以使君平日忠实之故，未必有是，且信且疑，姑令使君讨贼⑧；苟遂出军剿扑⑨，则传闻皆妄⑩，何可以滥及忠良⑪；其或坐观逗遛⑫，徐议可否⑬，亦未为晚；故且隐忍其议⑭，所以待使君者甚厚。既而文移三至⑮，使君始出；众论纷纷，疑者将信。喧腾之际⑯，适会左右来献阿麻之首⑰，偏师出解洪边之围⑱，群公又复徐徐⑲。

今又三月余矣。使君称疾归卧，诸军以次潜回，其间分屯寨堡者，不闻擒斩以宣国威，惟增剽掠以重民怨⑳，众情愈益不平。而使君之民罔所知识㉑，方扬言于人，谓"宋氏之难当使宋氏自平，安氏何与而反为之役㉒？我安氏连地千里，拥众四十八万，深坑绝埛㉓，飞鸟不能越，猿猱不能攀。纵遂高坐㉔，不为宋氏出一卒，人亦卒如我何！"斯言已稍稍传播，不知三堂两司已尝闻之否？使君诚久卧不出，安氏之祸必自斯言始矣。使君与宋氏同守土㉕，而使君为之长。地方变乱，皆守土者之罪，使君能独委之宋氏乎㉖？夫连地千里，孰与中土之一大郡㉗？拥众四十八万，孰与中土之一都司㉘？深坑绝埛，安氏有之，然如安氏者，环四面而居以百数也。今播州有杨爱㉙，恺黎有杨友㉚，酉杨、保靖有彭世麒等诸人㉛，斯言苟闻于朝㉜，朝廷下片纸于杨爱诸人，使各自为战，共分安氏之所有，盖朝令而夕无安氏矣。深坑绝埛，何所用其险？使君可无寒心乎！且安氏之职，四十八支更迭而为㉝，今使君独传者三世，而群支莫敢争㉞，以朝廷之命也，苟有可乘之衅㉟，孰不欲起而代之乎？然则扬此言于外，以速安氏之祸者㊱，殆渔人之计㊲，萧墙之忧㊳，未可测也。使君宜速出军，平定反侧㊴，破众谗之口㊵，息多端之议㊶，弭方兴之变㊷，绝难测之祸，补既往之愆㊸，要将来之福。某非为人作说客者㊹，使君幸熟思之㊺！

[注释]

①阿贾、阿札：水东苗族首领。畔：通"叛"。宋氏：贵州宣慰司同知宋然。

②传者：传言的人。

③妒妇：嫉妒的妇人。

④锡：通"赐"。

⑤弓弩：弓和弩。

⑥迹：迹象。

⑦三堂：指总督、巡抚、巡按。两司：此指承宣布政司、提刑按察司。

⑧姑：姑且。

⑨剿扑：剿除。南朝梁江淹《北伐诏》："无劳远兵，剿扑为易。"

⑩妄：荒诞。

⑪滥：不加选择，不加节制，此处意为横加非议。忠良：指忠诚正直的人。语出《书·冏命》："昔在文武，聪明齐圣，小大之臣，咸怀忠良。"

⑫逗遛：停留，间歇，此处意为暂缓。

⑬徐议：慢慢商议。

⑭故且：暂且。

⑮文移：公文。三至：三次送达。

⑯喧腾：喧闹沸腾。

⑰阿麻：反叛首领之一。

⑱洪边：地名，位于贵阳城西北，今红边一带。

⑲群公：朝廷命官的总称。

⑳剽掠：抢劫掠夺。

㉑罔：没有。

㉒反为之役：反为他们（指宋氏）助战。

㉓深坑绝坉（tún）：喻地形险要。

㉔纵：即使。

㉕守土：守卫疆土。

㉖委：推诿。

㉗孰与：何如，比对方怎么样，表示疑问语气。中土：古指中原

地区。

㉘都司：都指挥使司，简称"都司"，属三司之一，明代地方最高军事机构。

㉙播州：今贵州省遵义市。杨爱：明代播州土司官员。

㉚恺黎：即"凯里"，地名。杨友：杨爱庶兄。

㉛酉杨、保靖：地名，湖南西北部，酉水之南，云贵高原东侧。彭世麒：湘西土司彭显英之子。明弘治五年（1492）袭父职。

㉜斯言：此言。

㉝四十八支：安宣慰所管辖的少数民族支系。

㉞群支：其中的一些分支。

㉟可乘之衅：借可乘之机进行挑衅。

㊱速：加快。

㊲殆：大概。渔人之计：意为"鹬蚌相争，渔人得利"。

㊳萧墙之忧：亦作"萧墙之患"，意指内乱。《论语·季氏》："吾恐季孙之忧，不在颛臾，而在萧墙之内也。"

㊴反侧：叛乱。

㊵谗之口：谗言。

㊶多端之议：生发祸端的议论。

㊷弭：平息。方兴之变：刚刚发生的叛乱。

㊸愆（qiān）：过失。

㊹说（shuì）客：游说之士。《史记·郦生陆贾列传》："郦生常为说客，驰使诸侯。"

㊺熟思：慎重考虑，周密思考。

[评析]

此第三封信是王阳明示意安贵荣迅速出兵平乱，否则难免大祸临头。

王阳明虽处庙堂之远，以罪臣之身受困于瘴疠之地，但其对国家的统一、民族的和谐、百姓的疾苦始终没有忘怀，反映出儒者的济世情怀。时贵州少数民族土司内部经常出现为领地等利益发生大规模的武装冲突。据《阳明先生年谱》载："已而宋氏酋长有阿贾、阿札者叛宋氏，为地方患，先生复以书诋讽之。安悚然率所部平其难，民赖以宁。"地方土司阿贾、阿札率众叛乱，企图杀死时任贵州宣慰司同知宋氏。战火起，虽然宋氏侥幸逃脱，但当地土著百姓生命财产遭受严重损害。然而，由于身为贵州宣慰司使的安贵荣与宋氏长期存在矛盾，出于私心，安贵荣置百姓利益而不顾，对贵州当局要其出兵平叛置若罔闻；更有甚者，安贵荣还暗中支持阿贾、阿札推翻宋氏，自己坐山观虎斗，企图坐收渔利。王阳明明察事理，为使百姓免于战乱之苦，出于道义，不顾自己的谪丞身份，凭着安贵荣对自己的信任，毅然致书于安氏。信中坦率地规劝、开导安贵荣要认清形势，不要干聪明反被聪明误的傻事。王阳明在信中陈述了安贵荣必须出兵平叛的五条理由：一是阿贾、阿札叛乱之事，贵州当局已经高度重视，只是在暗中观察安贵荣如何处置；且舆论对安贵荣明显不利，你安贵荣暗中支持叛乱的非议已经流传，不要以为当局仍然厚待你，而祸则在眼前了。二是贵州当局公文已发了三次，你安贵荣才迟迟行动平乱，幸而有所战绩，这些朝廷命官才延缓了对你处置的商议。三是你安贵荣托病休养，属下即撤兵分屯扎营，扰民者众，激起民愤。你的属下还扬言，安氏地广民众，山高壑深，且可自固，不为宋氏打仗。上述流言已经传至贵阳当局，一旦查实，你安贵荣祸必至矣。四是你安贵荣作为宣慰司使与宋氏皆有守土之责，一旦有事，你安贵荣能将全部责任推给宋氏吗？五是你安贵荣有今天的地盘、权势全是靠朝廷的支持。如果朝廷获悉你的这种行为，就可以下令周边的其他土司与你开战，分你的土地，收缴你的权力，更何况你周边的土司正等着你迅速垮台呢，后果莫测。王阳明在信中所陈述的五条理由，条条都击中安贵荣的要害，言辞凿凿，夹叙夹议，形成了强大的逻辑力量。文末，王阳明从利害关系以及事态发展的必然结果上告诫安贵荣："宜速出军，平定反侧，破众谗之口，息多端之议，弭方兴之变，绝难测之祸，补既往之愆，使君要将来之福。"最后声明，写此信完全是出于公心，同时也为安贵荣的长远利益着想。安贵荣在接到王阳明的信后，茅塞顿开，立刻发兵平定了阿贾、阿札的叛乱，一场大规模的战乱被王阳明的尺书所平息。施邦曜评价此信说："此实事实情，虽偏心之人，焉能不惧？""开导利害，详明警切，安氏邪谋，能不寝息？所谓一纸书贤于十万师者，此书足以当之。""安氏与阿贾等谋叛，若制之不早，便费收拾。即使祸起旋削，亦不免耗财动众。先生片言寝之，贻地方许多安静之福。邮官卑秩，尚能干此大事，养尊处优而漫无建明，其自处当何如？"其评点可谓入木三分。

王阳明致安贵荣三信中所反映出来的治理民政、处理民族矛盾、维护西南安定的思想，是"龙场悟道"的产物，其心学思想在处理民族关系上发挥了重要作用，凡事首先在于启发人心之觉悟。尤其是第三封书信，被施邦曜称为"一纸书贤于十万师"，绝无夸张之意，点出了王阳明善于运用"心战"的高明策略。可以说，王阳明成功地运用"心战"始于龙场，这为王阳明以后的平乱、平叛取得辉煌的胜利奠定了思想基础。

宾阳堂记① 戊辰

传之堂东向曰"宾阳"②，取《尧典》"寅宾出日"之义③，志向也。宾日④，羲之职而传冒焉⑤，传职宾宾⑥，羲以宾宾之寅而宾日，传以宾日之寅而宾宾也。不曰日乃阳之属⑦，为日⑧、为元⑨、为善⑩、为吉⑪、为亨治⑫，其于人也为君子⑬，其义广矣、备矣。内君子而外小人⑭，为泰⑮。

曰："宾自外而内之传⑯，将以宾君子而内之也⑰。传以宾君子，而容有小人焉，则如之何⑱？"

曰："吾知以君子而宾之耳⑲。吾以君子而宾之也⑳，宾其甘为小人乎哉㉑？"为宾日之歌，日出而歌之，宾至而歌之。

歌曰：日出东方，再拜稽首㉒，人曰予狂㉓。匪日之寅㉔，吾其怠荒㉕。东方日出，稽首再拜，人曰予憼㉖。匪日之爱，吾其荒怠㉗。其翳其晴㉘，其日惟霁㉙；其昫其雾㉚，其日惟雨。勿怃其昫㉛，俟焉以雾；勿谓终翳，或时其晴。晴其光矣，其光熙熙㉜。与尔偕作㉝，与尔偕宜㉞。俟其雾矣㉟，或时以熙㊱；或时以熙，孰知我悲！

[注释]

①宾阳堂：为王阳明谪居贵州龙场时所建，位于龙冈山西面，是龙冈书院的建筑之一，用来迎宾待客。堂名取自《尚书·尧典》"寅宾出日"之意。原建筑已毁。民国二十七年（1938），修文县长胡立五与乡绅重修宾阳堂于大佛殿前。胡立五撰《重修宾阳堂记》。1991年，宾阳堂被火烧毁。同年，又修复。该堂为单檐悬山顶砖木结构建筑。1996年，据原拓重刻道光二十六年（1846）贵州粮储道桐城孙起端书录王阳明《宾阳堂记》碑，立于堂前。

②传：此意为设于驿站的房舍。

③寅宾出日：恭敬导引将出之日。《书·尧典》："分命羲仲，宅嵎夷曰旸谷，寅宾出日。"孔传："寅，敬。宾，导。"孔颖达疏："令此羲仲

恭敬导引将出之日。"志向也。

④宾日：导日。

⑤羲：伏羲，又写作宓羲、庖牺、包牺，简称"羲"。《史记》中称伏牺，中国神话中人类的始祖，和"燧人""神农"并称太古的三皇。传冒：意为引导。

⑥宾宾：犹频频。《庄子·德充符》："孔丘之于至人，其未邪？彼何宾宾以学子为？"

⑦阳之属：太阳为阳气。

⑧日：光明。

⑨元：始。

⑩善：美好。

⑪吉：吉祥。

⑫亨：通达，顺利。

⑬君子：意指人格高尚、道德品行兼好之人。

⑭小人：指人格卑下的人。

⑮泰：平安，安定。

⑯传：传导。

⑰内：内心。

⑱如之何：怎么样，怎么。《诗·王风·君子于役》："君子于役，如之何勿思！"

⑲知：明了。

⑳宾：宾客。

㉑甘为：甘心情愿。

㉒稽首：指古代汉族跪拜礼，为九拜中最隆重的一种。跪下并拱手至地，头也至地。

㉓予：同"余"，我。狂：此处意为纵情任性。

㉔匪：非。

㉕怠荒：懒惰放荡。《礼记·曲礼上》："毋侧听，毋嗷应，毋淫视，毋怠荒。"

㉖惫：极度疲乏。

㉗荒怠：纵逸怠惰。《书·泰誓下》："今商王受狎侮五常，荒怠弗敬。"

㉘翳：此处意为遮蔽，障蔽。皓：古同"嘒"，（星光）明亮。

㉙霁：雨雪停止，天放晴。

㉚昫：同"煦"。温暖的。

㉛忻：喜乐的样子。

㉜熙熙：阳光明媚。

㉝偕作：共同，共同行动。《诗·秦风·无衣》："王于兴师，修我矛戟，与子偕作。"

㉞偕宜：意为很合时宜。

㉟倏：极快地，忽然。

㊱或时：有时。《史记·汲郑列传》："丞相弘燕见，上或时不冠。"

[评析]

  如果说王阳明的《君子亭记》是以竹比君子之德，那么《宾阳堂记》就是以太阳比心中之良知。"宾阳堂"是当年王阳明在土著人帮助下，修建龙冈书院时的建筑物，为王阳明接人待客之所。在《宾阳堂记》一文中，取《尚书·尧典》"寅宾出日"之义命名草舍，并以激越之情抒发了对太阳的礼赞。

  王阳明在贵州龙场虽身处逆境，但龙场的土著人犹如太阳般给予其温暖，使其渡过了生存难关。"宾阳堂"的修建，使其有了与人交流、切磋学问的场所，这对其来说是极大的安慰，对未来更加充满期待与希望。在古代文化上，太阳初升，象征着生命的开始。王阳明以太阳比君子，即"为日、为元、为善、为吉、为亨治，其于人也为君子"。太阳光是从外传导于人，而王阳明则反其意而用之。人心犹如太阳，始终充满着光明。但太阳有时也会被云雾遮掩，云雾终究遮不住太阳，作为君子应有坚定的信念，无论面临何种艰险，也不能动摇自己的人生志向。文末，王阳明以一首四言古体诗作结，抒发了对宇宙、人生的看法。《宾阳堂记》寓意深刻，它不仅是王阳明对生命意义的重新认识，而且以此告诫其弟子无论遭遇多大的灾难，都要坚信自己心中的太阳永远是光明的。在王阳明以后的讲学论道中，常以太阳喻心体之光明，以云雾喻心体被私欲所遮蔽，盖源于此。即便在王阳明临死之前，其还不忘说"此心光明"，可见太阳是王阳明一生的精神原动力，光明磊落，从内心传达出对人世间的温暖。其号为"阳明"，寓意显而易见，是其伟岸人格的象征。太阳巨大的能量，对于当时身处逆境的王阳明而言，具有难以言传的"比德"意义。逆境可磨砺人的意志，也可使人的精神升华。《宾阳堂记》是对生命敬畏的体现，是对"天道""人道"和"地道"三者合一的独到之见。正因如此，施邦曜评点此文："此真三百篇遗响，宾至诵此而不醒动者非人也。"可谓点睛之语。

　　《宾阳堂记》是王阳明在修建龙冈书院后所写，作于明正德三年（1508），全文不足四百字，篇幅短小，以小见大，形象鲜明，色彩感强烈，寓意深刻。从某种意义上说是开明代小品文之先河。"小品"一词始见于晋代，作为一种文体，兴盛于明代。其文体特点短小灵活，简练隽永，具有议论、抒情、叙事的多重功能，以表现日常生活之情趣、展示文人意趣情调见长，文笔轻俊灵巧。王阳明在龙场所作的多篇文章，除兼有

"小品文"的以上特征外,在平易的叙事中寄寓深刻的哲理,将心学的一些基本理念形象地渗透在叙事和描写中,读之令人回味无穷。

何陋轩记① 戊辰

昔孔子欲居九夷②,人以为陋。孔子曰:"君子居之,何陋之有③?"守仁以罪谪龙场④。龙场,古夷蔡之外⑤,于今为要绥⑥,而习类尚因其故⑦。人皆以予自上国往⑧,将陋其地,弗能居也⑨。而予处之旬月⑩,安而乐之,求其所谓甚陋者而莫得。独其结题鸟言⑪,山栖羝服⑫,无轩裳宫室之观⑬,文仪揖让之缛⑭,然此犹淳庞质素之遗焉⑮。盖古之时,法制未备⑯,则有然矣,不得以为陋也。夫爱憎面背⑰,乱白黝丹⑱,浚奸穷黠⑲,外良而中蝎⑳,诸夏盖不免焉㉑。若是而彬郁其容㉒,宋甫鲁掖㉓,折旋矩镬㉔,将无为陋乎?夷之人乃不能此。其好言恶詈㉕,直情率遂㉖,则有矣。世徒以其言辞物采之眇而陋之㉗,吾不谓然也。始予至,无室以止,居于丛棘之间㉘,则郁也㉙。迁于东峰㉚,就石穴而居之㉛,又阴以湿。龙场之民,老稚日来视㉜,予喜不予陋,益予比㉝。予尝圃于丛棘之右㉞,民谓予之乐之也,相与伐木阁之材,就其地为轩以居予。予因而翳之以桧竹㉟,莳之以卉药㊱;列堂阶,辩室奥㊲;琴编图史,讲诵游适之道略俱。学士之来游者,亦稍稍而集于是。人之及吾轩者,若观于通都焉㊳,而予亦忘予之居夷也。因名之曰"何陋",以信孔子之言。

嗟夫㊴!诸夏之盛,其典章礼乐㊵,历圣修而传之,夷不能有也,则谓之陋固宜。于后蔑道德而专法令㊶,搜抉钩絷之术穷㊷,而狡匿谲诈无所不至㊸,浑朴尽矣㊹。夷之民方若未琢之璞㊺,未绳之木㊻,虽粗砺顽梗㊼,而椎斧尚有施也㊽,安可以陋之?斯孔子所谓欲居也欤㊾?虽然,典章文物则亦胡可以无讲㊿!今夷之俗,崇巫而事鬼㊿,渎礼而任情㊿,不中不节㊿,卒未免于陋之名㊿,则亦不讲于是耳。然此无损于其质也㊿。诚有君子而居焉,其化之也盖易㊿。而予非其人也㊿,记之以俟来者㊿。

[注释]

①何陋轩:在今之贵州修文阳明洞右侧,原建筑已无存,现建筑为清乾隆年间贵州布政使陈德荣等重建。清光绪年间,贵阳名人刘韫良为何陋轩题有一副楹联:"何陋辟仙居,山水有情皆人赏;其文延圣统,烟霞无恙任追思。""何陋轩"在"文化大革命"中被严重破坏,室内碑刻损坏严重。1981年、1996年经两次维修恢复原貌。当代贵阳书法家陈恒安补书"何陋轩"三字木匾。轩内墙壁间嵌有根据拓片复制的清代所镌刻的碑刻十四通,均为道光二十六年(1846)地方官员书录王阳明诗文。王阳明《何陋轩记》有遗世墨迹,为草书手卷。其书法抑扬顿挫,挥洒自如,笔断意连;章法独特,行文跌宕,笔力劲健,体现出王阳明身处逆境,居夷思变的乐观心境。

②九夷:古代称东方的九种民族。亦指其所居之地。先秦时对居于今山东东部、淮河中下游江苏、安徽一带的诸少数民族的泛称,古时谓东夷有九种。

③君子居之,何陋之有:语出《论语·子罕》:"子欲居九夷。或曰:'陋,如之何?'子曰:'君子居之,何陋之有?'"

④守仁：为王阳明之名。

⑤夷蔡：蔡为周代古国，其地在今河南上蔡、新蔡等地，即在河南南部。

⑥要绥：要服、绥服，古代王畿以外的区划名，此处泛指边远地区。古代王城四周各五百里的区域，称作甸服。甸服以外各五百里的区域称侯服。侯服以外各五百里的区域为绥服。绥服以外各五百里为要服。要服以外各五百里为荒服。

⑦习类：习俗。

⑧上国：指京城。

⑨弗：不。

⑩旬月：此指较短的时间。明王志坚《表异录·岁时》："（车千秋）'旬月取宰相'，则又谓十阅月也。"

⑪结题：此处指西南少数民族结发于额的装束。鸟言：说话似鸟语。韩愈《送区册序》："小吏十余家，皆鸟言夷面。始至，言语不通。"

⑫羝（dī）服：用羊皮制作衣服。

⑬轩裳：古代卿大夫所乘坐的一种前顶较高而有帷幕的车子。裳，指帷裳，车旁的布幔。

⑭缛（rù）：指繁密的礼节。

⑮淳庞：朴实。

⑯法制：法律和制度的总称。

⑰面背：当面与背后，意为表里不一。

⑱乱白黝（yǒu）丹：意为搅乱黑白，混淆是非。黝，青黑色。

⑲浚奸穷黠：奸猾狡诈。

⑳中螫（shì）：内心像毒虫刺人。

㉑诸夏：指中原民族。

㉒彬郁其容：文质彬彬，容貌美盛的样子。

㉓宋甫鲁掖：穿戴礼仪之邦宋国的礼帽、鲁国的大袖之衣。甫，章甫，古代的礼帽名。掖，衣袖。代指衣冠楚楚。《礼记·儒行》："丘少居鲁，衣逢掖之衣。"

㉔折旋矩彟（huò）：举止符合礼仪规范。折旋，古时行礼的动作。矩彟，规矩、法度。

㉕詈（lí）：责骂。

㉖直情：不加掩饰的性情。

㉗眇：低微，细小。

㉘丛棘：荆棘丛。

㉙郁：阻滞。

㉚东峰：王阳明初到龙场时以小山洞穴栖身，名为"玩易窝"。后移至龙冈山东峰的"东洞"，王阳明命名为"阳明小洞天"。今称"阳明洞"。

㉛石穴：石洞，此指"东洞"。

㉜老稚：老幼。《新唐书·循吏传·裴怀古》："人知其还，携扶老稚出迎。"

㉝比：亲近。

㉞圃：种植菜蔬、花草、瓜果的园子。

㉟翳：此处意为遮蔽、障蔽。

㊱莳：栽种。卉药：意为芍药等花草。

㊲室奥：此处指室内。奥，室内的西南角。

㊳通都：四通八达的都市。清赵翼《赠写照沉锦》诗："古来绝艺当通都，早晚遭逢名鹊起。"

㊴嗟夫：表感叹的语气词。同"嗟乎"。

㊵典章：指典制、法令制度。礼乐：礼指各种礼节规范，乐则包括音乐和舞蹈。

㊶法令：指为政者所颁行的法律总称。

㊷搜抉（jué）钩絷（zhí）：此处意为千方百计搜集证据，罗织罪名。搜刔，搜求选择。钩，此处意为株连。絷，此处意为拘捕。

㊸狡匿谲（jué）诈：谲诡狡诈。匿，意为隐蔽。谲，欺诈，玩弄手段。

㊹浑朴：浑厚朴实。

㊺未琢之璞：未经雕刻的玉石。

㊻未绳之木：未经过墨线量过的木头。

㊼粗砺：粗糙，不光滑。顽梗：愚妄而固执。

㊽椎：敲打东西的器具。

㊾斯：这。

㊿文物：遗存在社会上或埋藏在地下的人类文化遗产。

(51)崇巫：崇尚巫术。

(52)渎（dú）礼：对礼仪规范不恭敬。渎，冒渎。任情：任性。

(53)不中不节：不符合中庸之道、不受规矩约束。

(54)卒：终。

(55)质：质朴的本性。

(56)盖：大概如此。

(57)予非其人：我不是这样的人。

(58)俟：等待。

[评析]

尽管王阳明从千里迢迢的京城初到边远瘴疠之地，加之语言不通、生存极其困难，但其在与贵州龙场土著人朝夕相处中建立了深厚的感情。据《阳明先生年谱》载："居久，夷人亦日来亲狎。以所居湫湿，乃伐木构龙冈书院及寅宾堂、何陋轩、君子亭、玩易窝以居之。"当地土著人对这位因反对阉党乱政的京官给以充分的理解和同情，为改善其居住条件，支持其办龙冈书院传播心学思想，纷纷前来帮助建房。王阳明在与土著人的实际接触中，发现了他们质朴的内心世界，对中原统治者长期蔑视、打压边远地区少数民族的做法有了新的认识。当书院中的一建筑物竣工后，王阳明据孔子"君子居之，何陋之有"的哲言，题为"何陋轩"，撰文记事。文中赞美了土著人的内质之美，批驳了所谓"上国人"对边远地区少数民族百姓的污蔑之词。由此及彼，阐发了教化少数民族百姓的方略。此文在结构上分两部分。

第一部分围绕"夷人之陋"这一蔑称辩诬。文章开篇引孔子当年"欲居九夷，人以为陋"之史实切入，并以"君子居之，何陋之有"为话题。涉及"君子"处"夷地"，如何认识"夷人"的重大问题。全文围绕如何看待夷之"陋"，展开了深入论证。

首先，王阳明以与夷人共同生活的经历推翻了"上国人"对"夷人"的成见。王阳明说："人皆以予自上国往，将陋其地，弗能居也；而予处之旬月，安而乐之，求其所谓甚陋者而莫得。"文中认为：所谓夷人之"陋"，只不过是"上国人"居高临下的偏见而已，仅仅是表面现象。族群的"高贵"与"丑陋"不能以地域环境、语言风俗等为依据，而应从其本性上进行考量。在王阳明的眼中，龙场之"夷人"："独其结题鸟言，山栖羝服，无轩裳宫室之观、文仪揖让之缛，然此犹淳庞质素之遗焉。"意为"夷人"仅仅是语言、穿戴服饰、居住条件、礼节等方面与中原不同，而世代传承淳朴的民风，保持了人的本性。王阳明在龙场艰苦的环境中生活了一段时间后，据其观察和相互交流，认定当地"夷人"内质具有淳朴之美,并给予高度地赞扬。这是其能安居龙场为乐的理由,亦是受到龙场"夷人"善良内质的感染所致。王阳明敢于推翻陈腐之见,标立新说,是内心情感的自然流露,并非落难中的感恩之语。至于"夷地""夷人"的现状,这是由众多原因造成的。"世徒以其言辞物采之眇而陋之,吾不谓然也。"言之凿凿,入情入理。当思想家的智慧冲决一切陈旧的观念时,其论就会变得公正、包容。王阳明的民族平等思想冲刷了数千年来束缚人们思想的"民族观",闪烁着启蒙主义的思想光辉,这在等级森严的封建专制社会是极为难得的。

其次,王阳明尖锐地揭露了那些道貌岸然的所谓"上国人",其实是一些货真价实的"伪君子",并予辛辣的讽刺。"夫爱憎面背,乱白黝丹,浚奸穷黠,外良而中螫,诸夏盖不免焉。若是而彬郁其容,宋甫鲁掖,折旋矩矱,将无为陋乎?"王阳明认为"伪君子"徒有其表,装腔作势,假装斯文,笑里藏刀,内心肮脏。比之那些土著人:"夷之人乃不能此。其好言恶詈,直情率遂,则有矣。"两者比较,孰陋孰美,不言自明。真正"丑陋"之人是那些所谓的"上国人",而非夷人。王阳明此言,并非信口开河,是有事实根据的。在经过正德风云后,王阳明进一步看清了那些所谓上国人的狰狞面目。联系到自己处龙场之困,生存异常艰难,龙场土著老少经常来看望受难中的王阳明,从物质和精神上给予关照,不久就摆脱困境,生活条件得到了改善。龙场土著人也感受到王阳明平易近人、不以夷人为"陋"的品格,友好相处。尤其是龙冈书院建成后,王阳明将文明礼仪之风传导给当地夷人,龙场礼乐之风为之改观。王阳明种植花草,美化环境;接纳弟子,讲学论道。不多时,荒蛮之地,变成了教化之"通都"。从此,"千年龙冈漫有名"。游学者闻声咸集,荒凉闭塞的龙场一改旧貌,成了贵州"心学"教育的首泽之地。"何陋轩"名至实归,千年儒学在瘴疠之地的龙场得以发出文明之光。

第二部分：阐述文化经略夷地的思想。此文的深意不仅仅是一味为"夷人"正名、给"夷人"赞美，而是提出了一个如何教化"夷人"的重要问题。由于黄河流域的文明发育远远早于西南边远地区，因而在典章、礼乐制度方面显然占有明显的优势。从文化的角度看，"夷地"确实处于落后的状态。但王阳明也看到，文明发达地区由于"霸术"盛行，道德沦丧，尔虞我诈，奸邪之徒猖獗，无所不用其极，并非人间乐园。反观"夷地"，尽管文明开化程度较低，但"若未琢之璞，未绳之木"，通过典章、礼乐的教化，可以做到移风易俗，成为安居乐业之地，这正是君子的"可居"之地，也就无所谓"陋"了。王阳明不但这样思考，而且身体力行。作为身处逆境的"谪丞"，王阳明居夷地则不忘"君子"使命，以自己的行为感染夷人，把谪地当作开显"心学"的教化之地。在极简陋的条件下开办"龙冈书院"，营造良好的教育环境以此改变民风。龙场文化落后的现状，在王阳明积极努力下，与土著人协力同心，面貌为之一新，龙场成为边远地区的文化高地，学子心目中的圣地。由此，产生了极大的影响，震动了贵州当局。主教官员前来探视，并邀请王阳明到省城贵阳讲学，主教文明书院。王阳明以行动诠释了"夷人何陋"这一事关民族和谐的大问题，反映出其民族平等思想的确立，以及为实现"大同"社会理想所做出的努力。文末，王阳明笔锋一转，"诚有君子而居焉，其化之也盖易"，"而予非其人也，记之以俟来者"。此言一方面点明自己以戴罪谪居的身份不堪负如此经略边疆之重任，而经略西南边疆地区则是国家长治久安的大计；另一方面又寄希望于来者，君子居于此，就有教化的责任。"夷人"倘若加以教化，必改旧貌。如果"夷地"的面貌依旧，难道"上国人"就没有责任吗？寓意发人深省，一波三折。可以说，王阳明"龙场悟道"与其深切地感受当地少数民族美好的心灵世界是分不开的，从一个角度有力地证明了"道"在吾心的良知思想。

此文作于正德三年（1508）。在写作上主要采用正反对比的方法。以"上国人"的伪善面目与夷人之"外朴内美"相比较，曲折地传达出对自身遭受"上国"权奸残酷打击的愤慨，反衬出夷人的质朴美。作为曾在京城驰骋的正直士大夫，王阳明以其切身体会道出夷人的品质。由此，推翻了对夷人不公正的评价，为"陋"正名，用鲜活的事实照应了文首的设问："何陋之有？"文气贯注，势若涛涌。

君子亭记① 戊辰

阳明子既为何陋轩②，复因轩之前营③，驾楹为亭④，环植以竹，而名之曰"君子"。曰："竹有君子之道四焉⑤：中虚而静⑥，通而有间⑦，有君子之德⑧；外节而直，贯四时而柯叶无所改⑨，有君子之操⑩；应蛰而出⑪，遇伏而隐⑫，雨雪晦明⑬，无所不宜，有君子之时；清风时至，玉声珊然⑭，中《采齐》而协《肆夏》⑮，揖逊俯仰⑯，若洙、泗群贤之交集⑰，风止籁静⑱，挺然特立⑲，不挠不屈⑳，若虞廷群后㉑，端冕正笏㉒，而列于堂陛之侧㉓，有君子之容。竹有是四者，而以"君子"名，不愧于其名。吾亭有竹焉，而因以竹名，名不愧于吾亭。"

门人曰㉔："夫子盖自道也㉕。吾见夫子之居是亭也，持敬以直内㉖，静虚而若愚㉗，非君子之德乎？遇屯而不慑㉘，处困而能亨㉙，非君子之操乎？昔也行于朝，今也行于夷，顺应物而能当，虽守方而弗拘㉚，非君子之时乎？其交翼翼㉛，其处雍雍㉜，意适而匪懈㉝，气和而能恭㉞，非君子之容乎？夫子盖谦于自名也，而假之竹㉟。

虽然，亦有所不容隐也。夫子之名其轩曰'何陋'，则固以自居矣[36]。"

阳明子曰[37]："嘻！小子之言过矣[38]，而又弗及。夫是四者何有于我哉[39]？抑学而未能[40]，则可云尔耳[41]。昔者夫子不云乎[42]，'汝为君子儒[43]，无为小人儒'，吾之名亭也，则以竹也。人而嫌以君子自名也，将为小人之归矣[44]，而可乎？小子识之[45]！"

[注释]

①君子亭：建在今之贵州修文城东北三里许之龙冈山山顶，与王文成公祠隔石径相望。亭脚的石壁上刻有"知行合一"四个大字，是蒋介石在民国三十五年（1946）第三次重游阳明洞时手书。君子亭原建在何陋轩前，无存。现存建筑系清时在原文昌阁旧址上重建。当代贵阳书法家陈恒安书"君子亭"三字匾额。亭左侧竖有根据原拓片重刻的道光二十六年（1846）云贵总督贺长龄书录王阳明《君子亭记》石碑一通。君子亭于1981年根据原貌修复，1996年又进行了维修。清代，在贵阳东门外城垣下亦建"君子亭"，取王阳明《君子亭记》之旧名，以示对王阳明的景仰。

②何陋轩：在今贵州修文阳明洞右侧，原轩早圮。现建筑为清时所建，"文化大革命"中遭严重破坏。1981年、1996年，经两次维修恢复原貌。

③营：此处意为建造。

④驾楹：竖柱子。驾，此处意为"竖"。

⑤君子之道：此处意指修炼高尚人格、道德操守的方法和途径。

⑥中虚：中空。

⑦间：分隔处。

⑧德：品行，品质。

⑨柯叶：枝叶。汉班固《幽通赋》："形气发于根柢兮，柯叶汇而灵茂。"

⑩君子之操：君子的操守德行。

⑪蛰：藏。

⑫隐：此处意为不显露。

⑬晦明：指黑夜和白昼的交替。

⑭珊然：此处指音乐舒缓的样子。

⑮《采齐》《肆夏》：古乐章名。

⑯揖逊俯仰：揖让与举止动作。

⑰洙、泗：古时二水自今山东省泗水县北合流而下，至曲阜北，又分为二水，洙水在北，泗水在南。春秋时属鲁国地。孔子在洙泗之间聚徒讲学。《礼记·檀弓上》："吾与女事夫子于洙泗之间。"后因以"洙泗"代称孔子或儒家。

⑱籁静：泛指寂静。

⑲特立：此处指坚定的志向和操守。清顾炎武《日知录·不醉反耻》："圣王重特立之人，而远苟同之士。"

⑳不挠不屈：比喻在压力面前不屈服，表现顽强。挠，弯曲。屈，使弯曲。

㉑虞廷群后：相传虞舜为古代的圣明之主，故亦以"虞廷"为"圣朝"的代称。廷，宫廷。后，诸侯。《尚书·舜典》："五载一巡守，群后四朝。"

㉒端冕正笏（hù）：意指官员端戴帽子，手拿象笏立于朝堂之容。冕，古代帝王及地位在大夫以上的官员所戴礼帽，后专指帝王的皇冠。笏，古代大臣上朝用的手板，用玉、象牙或竹片制成，上面可以记事。

㉓堂陛：厅堂和台阶。此处指宫廷、朝廷。

㉔门人：此处指弟子。

㉕夫子：指对年长而学问高者的尊称。此处指王阳明。

㉖持敬以直内：形容内心正直，做事方正。《周易·坤》："君子敬以直内，义以方外。"

㉗静虚：安静，内心清空。

㉘遇屯而不慑：遭遇困顿而不惧怕。屯，艰难，困顿。慑，恐惧，害怕。

㉙处困而能亨：君子处穷困之时，能奋起以自救，故可致亨通。"困卦"是《周易》四大难卦之一，其中曰："亨，贞大人吉，无咎。"朱子曰："处困能亨，则得其正也。"亨，通达，顺利。

㉚虽守方而弗拘：意为能坚持原则，却不拘泥。方，正道。

㉛翼翼：恭谨的样子。《诗经·大雅·大明》："维此文王，小心翼翼。"

㉜雍雍：和洽貌，和乐貌。宋叶适《北斋》："友朋坐雍雍，燕雀鸣草草。"

㉝匪懈：不懈怠。《诗·大雅·烝民》："夙夜匪解，以事一人。"匪，非。

㉞气和：性情平和。

㉟假：通"借"，借用，利用。

㊱自居：自任，自待。宋欧阳修《石守道墓志铭》："先生自闲居徂徕后，官于南京，常以经术教授，及在太学，益以师道自居，门人弟子从之者甚众。"

㊲阳明子：为王阳明自号。欧阳修《秋声赋》："欧阳子方夜读书。"

㊳小子：此处用为老师对学生的昵称。

㊴夫：此处为文言发语词。

㊵抑：此处意为压制。

㊶云尔耳：句末语气词，表示限制，如此罢了，如此而已。

㊷夫子：此处专指孔子。

㊸君子儒，小人儒：语出自《论语·雍也》："女为君子儒，无为小人儒。"意为：你要做君子式的儒者，不要做小人式的儒者。

㊹归：趋向。

㊺识：记住。

[评析]

  王阳明于明正德三年（1508）春谪旅至贵州龙场后，又一次经历了生死考验。在常人难以想象的环境中艰难地生存下来，经"龙场悟道"后，思想升华，彻悟生死，自我主宰，把握了人生的航向，并推己及人，决意通过办书院传播"心即理""知行合一"学说。后在当地土著的帮助下，搭建了简易的教育用房。土著人根据王阳明意愿在何陋轩附近建了一个亭子，周围遍种竹子。尽管这些建筑物十分简陋，但在王阳明看来"何陋之有"。其为亭子命名，还撰文言志，以"君子亭"暗示弟子，为学当做君子。此文在结构上分为三部分。

  首先，阐述"竹"具有"君子"之品质。"君子"人格是儒家教育的重要目标。在儒家经典之一《论语》中，孔子论及"君子"就有一百多处，与其相对的论及"小人"的有二十多处。由此可见，把弟子培养成具有什么样人格的问题，是王阳明在龙场办书院所确立的首要目标。在《君子亭记》一文中，王阳明以"竹"喻"君子之德"。其认为"竹之道"有四方面的内涵：德、操、时、容。此"四德"与"君子之道"相通。所谓德，君子要通天地人；所谓操，君子要高风亮节；所谓时，君子要审时度势；所谓容，君子要端庄特立。如此，竹之品性与君子人格相合，故先人将竹誉为"岁寒三友"之一。竹枝青，叶翠，干修长而挺拔。竹有节、空心，具有顽强的生命力。正因为竹子的自然属性常被古人用来比喻君子的美德，历代称竹子为"君子竹"。在读书人的人格修炼上，古人又有"比德"一说，源于春秋战国时期的一种自然美与人格相融通的审美观。以自然物之美反观君子德性之美，而君子德性之美又寄托在自然物之美中。"比"是指比兴手法，"德"是指伦理道德。王阳明在此文中则对前代的"比德"说作了进一步的发挥。

其次，阐述"君子之道"贵在践行。文中通过弟子的视角，联系王阳明成圣贤理想追求的实践，回答了"君子之道"在于行，实则包含了对"知行合一"心学内涵的诠释。王阳明自少年时代始，即立志"成圣贤"，故对"君子之道"有独到的领悟。这与其高雅的性情以及家庭环境影响有关。王阳明一生喜竹，应受其祖父王伦先生的影响。余姚先贤魏瀚所撰《竹轩先生转》载："先生名伦，字天叙，以字行。性爱竹，所居轩外环植之，日啸咏其间。视纷华势利，泊如也。客有造竹所者，辄指告之曰：'此吾直谅多闻之友，何可一日相舍耶？'学者因称曰竹轩先生。"王阳明的祖父以竹为友，直接影响了王阳明洒脱超俗的性格与情趣养成。此后，在为学探索成圣贤的过程中，发生了"格竹"之举，虽属为学不深，但与竹相关。在漫长的思想探索中，王阳明经过"正德风云"后贬谪贵州龙场等一系列重大事件，其"君子人格"得以展现，可以说具备了"德、操、时、容"四品。王阳明爱竹，尽管出于文人雅士的心态，但以竹命亭，则是心灵的寄托。读书人光动口而无行动，则是"小人儒"，为"君子儒"所不齿。王阳明弟子对先生生平经历的评述，实质上是王阳明对君子之道、君子理想人格追求的倾诉。

最后一部分是告诫弟子："汝为君子儒，无为小人儒。"希望弟子为学能成为君子。点明了建亭的意图,以及命名"君子亭"的原因。卒章显志,耐人寻味。施邦曜评点此文:"此篇结意与《何陋轩》结意具以圣人自任,乃文字占地步处。"从中也可洞察王阳明在龙场教育弟子时,重视环境的熏陶作用。

此文篇幅短小,全文虽不足六百字,但主题鲜明,结构严谨,层次清晰,语言隽永。以竹喻君子之道,紧紧围绕君子人格问题展开,寓意深刻。托物言志,以物比德,阐述了"君子儒"与"小人儒"的根本区别,在于心中的内在体认与事上践行,这是阳明心学的基本思想,也是美与丑在为学、处世上的不同表现。此文在论述上的鲜明特色,即通过师生对话,展现了鲜活的教学场景。借弟子对王阳明君子人格的赞美,道出了王阳明对"君子人格"的体认和以身垂范的品行。

教条示龙场诸生

诸生相从于此,甚盛。恐无能为助也,以四事相规,聊以答诸生之意:一曰立志,二曰勤学,三曰改过,四曰责善。其慎听,毋忽!

立志

志不立,天下无可成之事;虽百工技艺,未有不本于志者。今学者旷废隳惰①,玩岁愒时②,而百无所成,皆由于志之未立耳。故立志而圣,则圣矣;立志而贤,则贤矣。志不立,如无舵之舟,无衔之马,漂荡奔逸,终亦何所底乎?昔人有言,使为善而父母怒之，兄弟怨之，宗族乡党贱恶之③，如此而不为善，可也；为善则父母爱之，兄弟悦之，宗族乡党敬信之，何苦而不为善、为君子？使为恶而父母爱之，兄弟悦之，宗族乡党敬信之，如此而为恶，可也；为恶则父母怒之，兄弟怨之，宗族乡党贱恶之，何苦而必为恶、为小人？诸生念此，亦可以知所立志矣。

勤学

已立志为君子，自当从事于学。凡学之不勤，必其志之尚未笃也④。从吾游者，不以聪慧警捷为高，而以勤确谦抑为上。诸生试观侪辈之中⑤，苟有虚而为盈，无而为有，讳己之不能，忌人之有善，自矜自是，大言欺人者；使其人资禀虽甚超迈，侪辈之中，有弗疾恶之者乎？有弗鄙贱之者乎？彼固将以欺人，人果遂为所欺，有弗窃笑之者乎？苟有谦默自持，无能自处，笃志力行，勤学好问，称人之善，而咎己之失，从人之长，而明己之短，忠信乐易，表里一致者，使其人资禀虽甚鲁钝⑥，侪辈之中，有弗称慕之者乎？彼固以无能自处，而不求上人，人果遂以彼为无能，有弗敬尚之者乎？诸生观此，亦可以知所从事于学矣。

改过

夫过者，自大贤所不免，然不害其卒为大贤者，为其能改也。故不贵于无过，而贵于能改过。诸生自思平日亦有缺于廉耻忠信之行者乎？亦有薄于孝友之道，陷于狡诈偷刻之习者乎⑦？诸生殆不至于此⑧。不幸或有之，皆其不知而误蹈⑨，素无师友之讲习规饬也⑩。诸生试内省，万一有近于是者，固亦不可以不痛自悔咎⑪。

然亦不当以此自歉,遂馁于改过从善之心⑫。但能一旦脱然洗涤旧染,虽昔为寇盗,今日不害为君子矣。若曰吾昔已如此,今虽改过而从善,将人不信我,且无赎于前过⑬,反怀羞涩凝沮⑭,而甘心于污浊终焉⑮,则吾亦绝望尔矣。

责善

责善⑯,朋友之道,然须忠告而善道之。悉其忠爱,致其婉曲⑰,使彼闻之而可从,绎之而可改⑱,有所感而无所怒,乃为善耳。若先暴白其过恶,痛毁极诋,使无所容,彼将发其愧耻愤恨之心,虽欲降以相从,而势有所不能,是激之而使为恶矣。故凡讦人之短⑲,攻发人之阴私,以沽直者,皆不可以言责善。虽然,我以是而施于人不可也。人以是而加诸我,凡攻我之失者,皆我师也,安可以不乐受而心感之乎?某于道未有所得,其学卤莽耳⑳。谬为诸生相从于此,每终夜以思,恶且未免,况于过乎?人谓'事师无犯无隐',而遂谓师无可谏,非也。谏师之道,直不至于犯,而婉不至于隐耳。使吾而是也,因得以明其是;吾而非也,因得以去其非:盖教学相长也。诸生责善,当自吾始。

[注释]

①骎(duò)惰:懈怠。骎,通"惰"。

②玩岁愒(kài)时:意指贪图安逸,旷废时日。愒,荒废。《左传·昭公元年》:"赵孟将死矣,主民,玩岁而愒日,其与几何?"

③乡党:泛指"乡里"。古代五百家为党,一万二千五百家为乡,合而称乡党。《汉书·司马迁传》:"仆以口语此祸,重为乡党戮笑,污辱

先人。"

④笃：此处意为坚实。

⑤侪辈：同辈，朋辈。

⑥鲁钝：粗率，迟钝。

⑦偷刻：意为刻薄。

⑧殆：此处意为大概。

⑨误蹈：此处意为误行。

⑩规饬（chì）：以正言劝诫。

⑪悔咎：追悔前非。《后汉书·清河孝王庆传》："庶望上遵策戒，下免悔咎。"

⑫馁：此处意为没有勇气。

⑬赎：此处意为以行动抵消、弥补过错。

⑭羞涩凝沮：羞愧沮丧。

⑮污浊：此处意为言行鄙陋。

⑯责善：劝勉从善。《孟子·离娄下》："夫章子，子父责善而不相遇也。责善，朋友之道也；父子责善，贼恩之大者。"

⑰婉曲：此处意为婉转。

⑱绎（yì）：此处意为探究。

⑲讦（jié）：意为揭发别人的隐私或攻击别人的短处。

⑳卤（lǔ）莽：即鲁莽，意为冒失粗疏。

[评析]

据《阳明先生年谱》记载，明正德三年（1508）春，王阳明谪旅至贵州龙场后，遭遇生存的危机，生计无着，居无所，食无粮，还要应付各种不测。然其在艰难的环境中求生存，求超越。经"龙场悟道"后，心体大显，其效法前贤，决意用良知思想开启学子之心。于是，利用龙冈山上稍大的山洞授徒讲学，命名为"阳明小洞天"。后在当地人的帮助下，在山洞旁修筑了几间草房，命之为"龙冈书院"，从而开启了西南心学教育之先河。《教条示龙场诸生》一文，可以看作王阳明为弟子制定"为学做人"的学规。文中开宗明义："诸生相从于此，甚盛。恐无能为助也，以四事相规，聊以答诸生之意。一曰立志，二曰勤学，三曰改过，四曰责善。其慎听，毋忽！"文中对诸生提出了为学的四点要求和希望，即学习规范。但王阳明在论述中，并不是用机械的教条语言，居高临下地要求诸生严格遵守，而是谆谆教诲，通过假设、选择性论证，启发自悟，诱发诸生从内心接受。

首先，王阳明强调为学必以"立志"为先，"志"即"成圣贤"之志，这是王阳明少年时代就确立的志向，也就是做人的目标和行为准则。人若失却其志，就会陷入"如无舵之舟，无衔之马，漂荡奔逸，终亦何所底乎"的困境，即会迷失人生的方向。其实，这也是王阳明经历各种艰难险阻后的人生总结。为增强论证力量，文中借用古人的话来阐明"志"的内涵，即对"善恶"的明辨和选择，以启发诸生的心智。"昔人有言，使为善而父母怒之，兄弟怨之，宗族乡党贱恶之，如此而不为善，可也；为善则父母爱之，兄弟悦之，宗族乡党敬信之，何苦而不为善、为君子？使为恶而父母爱之，兄弟悦之，宗族乡党敬信之，如此而为恶，可也；为恶则父母怒之，兄弟怨之，宗族乡党贱恶之，何苦必为恶、为小人？"以古人的话，提出两种假设，让诸生通过体悟做出选择，该怎么立志，该怎样做人，不辨自明。王阳明关注的是做人最根本的问题，这是其为学最基本的思想，即为学从善首先要"立志"。

其次，文中论述了"勤学"问题，这是对"立志"的进一步展开，"已立志为君子，自当从事于学"。实际上，王阳明启发诸生"立志"要体现在学习的过程中,这就是"勤学"。"凡学之不勤,必其志之尚未笃也。"所以,"立志"与"勤学"是统一的,不可分离。而王阳明所说的"勤学"之意,与一般意义上的"勤奋"之意并不完全相同。文中强调"勤学"的要求是:谦虚谨慎,不骄不躁;为人诚恳,表里如一。王阳明说:"诸生试观侪辈之中,苟有虚而为盈,无而为有,讳己之不能,忌人之有善,自矜自是,大言欺人者,使其人资禀虽甚超迈,侪辈之中,有弗疾恶之者乎?有弗鄙贱之者乎?彼固将以欺人,人果遂为所欺,有弗窃笑之者乎?苟有谦默自持,无能自处,笃志力行,勤学好问,称人之善,而咎己之失,从人之长,而明己之短,忠信乐易,表里一致者,使其人资禀虽甚鲁钝,侪辈之中,有弗称慕之者乎?彼固以无能自处,而不求上人,人果遂以彼为无能,有弗敬尚之者乎?"文中概括现实生活中读书人的修身养性之失,循循善诱,让诸生自己去明辨"勤学"之理。为学问题不是单纯的个人行为,而是融入社会的基本道德修炼,也就是说要在人际关系的互动中,彰显良知之心,学会如何做人。

再次,文中论述了在学习过程中如何正确地对待自身的不足之处,即"改过"。这一要求仍然紧扣"成圣贤"这一主旨。王阳明认为每个人都难免会有过失,关键是如何正确对待。"夫过者,自大贤所不免,然不害其卒为大贤者,为其能改也。故不贵于无过,而贵于能改过。"改过,其实是成圣贤的克己功夫。王阳明还认为,即便犯了大错,甚至曾当过盗寇,只要有心改过,仍能成为君子。为此启发诸生,要敢于正视自己的过失,敢于改正自己的过失,不要自暴自弃。王阳明说:"诸生自思平日亦有缺于廉耻忠信之行者乎?亦有薄于孝友之道,陷于狡诈偷刻之习者乎?诸生殆不至于此。不幸或有之,皆其不知而误蹈,素无师友之讲习规饬也。诸生试内省,万一有近于是者,固亦不可以不痛自悔咎。然亦不当以此自歉,遂馁于改过从善之心。但能一旦脱然洗涤旧染,虽昔为盗寇,今日不害为君子矣。若曰吾昔已如此，今虽改过而从善，将人不信我，且无赎于前过，反怀羞涩疑沮，而甘心于污浊终焉，则吾亦绝望尔矣。"此番说理，强调修身要有"自律"精神，这是为学"成圣贤"的基本保证。

最后，文中论述了在学习过程中如何正确地对待他人的问题，即"责善"。也就是要善意地忠告他人，使他人乐意接受而改过，这也是做人的本分，也是"善"的具体体现。"责善，朋友之道，然须忠告而善道之。悉其忠爱，致其婉曲，使彼闻之而可从，绎之而可改，有所感而无所怒，乃为善耳。"王阳明认为"责善"的动机、出发点很重要，但必须注意方法，否则会适得其反。"若先暴白其过恶，痛毁极诋，使无所容，彼将发其愧耻愤恨之心。虽欲降以相从，而势有所不能，是激之而使为恶矣。"同时，王阳明还对那些为沽名钓誉的所谓责善者，提出了严肃批评："故凡讦人之短，攻发人之阴私，以沽直者，皆不可以言责善。"接着，话锋一转，提出了要"严于律己，宽以待人"的问题。他从解剖自身入手，从我做起，为人师表，做到教学相长。王阳明说："某于道未有所得，其学卤莽耳。谬为诸生相从于此，每终夜以思，恶且未免，况于过乎？人谓'事师无犯无隐'，而遂谓师无可谏，非也。谏师之道，直不至于犯，而婉不至于隐耳。使吾而是也，因得以明其是；吾而非也，因得以去其非，盖教学相长也。诸生责善，当自吾始。"王阳明此番论述，是与诸生共勉，为学要进入一种人生境界，虚怀若谷。

王阳明的《教条示龙场诸生》文，提出的"立志、勤学、改过、责善"为学四要，是王阳明"知行合一"说在教育上的具体化，是其心学思想在教育上的反映。阳明心学的要旨是在行为规范上"至善"，实现成圣贤的人生目标。文章不是机械地劝学，而是通过正反对照，让学子自己得出正确的结论，观点鲜明，推理严密，又富有启发性。文字简洁，每每用对比性反问，就把问题说清楚了。此文充分体现了王阳明在龙场时期的教育观念与教学方法，是研究王阳明教学思想极为重要的文献。

明正德四年（1509），王阳明应贵州提学副使席书之聘，以谪臣身份主教贵阳文明书院，离开了龙场。据《阳明先生年谱》载："四年己巳，先生三十八岁，在贵阳。提学副使席书聘主贵阳书院。是年，先生始论知行合一。始席元山书提督学政，问朱陆同异之辨。先生不语朱陆之学，而告之以其所悟。书怀疑而去。明日复来，举知行本体证之"五经"，诸子渐有省。往复数四，豁然大悟，谓'圣人之学复睹于今日；朱陆异同，各有得失，无事辩诘，求之吾性本自明也'。遂与毛宪副修葺书院，身率贵阳诸生，以所事师礼事之。"从这一记载可知，王阳明不仅在龙场讲学取得很大的成功，其心学思想已产生了一定的影响，而且还受到了以毛科、席书为代表的贵州正直地方官的器重。这些正直官员不避嫌疑，为开启西南教育之风，冒着极大的政治风险大胆重用王阳明主教贵阳文明书院，传播独树一帜的心学思想，为阳明心学的发展提供了传播的场所。难能可贵的是，作为提学副使的席书还亲率贵阳诸生，亲执弟子礼问学王阳明，成为明代教育史上的一段佳话。王阳明在贵阳文明书院所论的基本问题是"知行合一"，在贵州之学术中心公开亮明心学观点，标志着阳明心学真正意义上的确立，从此在中国古代思想学术界树起了新的旗帜。据有关史料记载，王阳明在龙冈书院有名可查的弟子有26人，其中来自湖南的4人、云南的2人，其后弟子中涌现出不少杰出的人才。在贵阳文明书院时，王阳明有多少弟子，今已难以考证。但王阳明在龙场、在贵阳的讲学活动传播了心学思想，贵州成为阳明心学传播的重要之地，有力地推动了贵州的教育发展，改变了风俗，化育了民众，并开启了贵州讲学之风。继龙冈书院、文明书院后，贵州正学书院、阳明书院、南皋书院、学古书院都继承了这一传统。王阳明的弟子，以及任职到贵州的许多官员，都为传承王阳明心学思想，大力发展贵州教育，做出了积极的贡献。

龙场生问答① 戊辰

龙场生问于阳明子曰:"夫子之言于朝侣也②,爱不忘乎君也。今者谴于是③,而汲汲于求去④,殆有所渝乎⑤?"阳明子曰:"吾今则有间矣⑥。今吾又病,是以欲去也。"龙场生曰:"夫子之以病也,则吾既闻命矣。敢问其所以有间,何谓也?昔为其贵而今为其贱,昔处于内而今处于外欤?夫乘田委吏⑦,孔子尝为之矣。"阳明子曰:"非是之谓也。君子之仕也,以行道。不以道而仕者,窃也⑧。今吾不得为行道矣。虽古之有禄仕⑨,未尝奸其职也⑩。曰牛羊茁壮,会计当也⑪,今吾不无愧焉。夫禄仕,为贫也。而吾有先世之田,力耕足以供朝夕。子且以吾为道乎?以吾为贫乎?"龙场生曰:"夫子之来也,谴也,非仕也。子于父母,惟命之从;臣之于君,同也。不曰事之如一,而可以拂之,无乃为不恭乎⑫?"阳明子曰:"吾之来也,谴也,非仕也;吾之谴也,乃仕也,非役也。役者以力,仕者以道;力可屈也,道不可屈也。吾万里而至,以承谴也,然犹有职守焉。不得其职而去,非以谴也。君犹父母,事之如一,固也。不曰就养有方乎?惟命之从而不以道,是妾妇之顺,非所以为恭也。"龙场生曰:"圣人不敢忘天下,贤者而皆去,君谁与为国矣!"曰:"贤者则忘天下乎?夫出溺于波涛者,没人之能也;陆者冒焉⑬,而胥溺矣⑭。吾惧于胥溺也。"

龙场生曰:"吾闻贤者之有益于人也,惟所用,无择于小大焉。若是亦有所不利欤?"曰:"贤者之用于世也,行其义而已。义无不宜，无不利也。不得其宜，虽有广业，君子不谓之利也。且吾闻之，人各有能有不能，惟圣人而后无不能也。吾犹未得为贤也，而子责我以圣人之事，固非其拟矣。"曰："夫子不屑于用也。夫子而苟屑于用，兰蕙荣于堂阶⑮，而芬馨被于几席。萑苇之刈⑯，可以覆垣⑰；草木之微，则亦有然者，而况贤者乎？"阳明子曰："兰蕙荣于堂阶也，而后于芬馨被于几席；萑苇也，而后刈可以覆垣。今子将刈兰蕙而责之以覆垣之用，子为爱之耶？抑为害之耶？"

[注释]

①龙场生：指龙冈书院诸生。

②朝侣：在朝的同僚。

③谴：贬谪。

④汲汲：此处形容心情急切。

⑤渝：此处意为改变。

⑥有间：此处意为有区别。

⑦乘田：掌管畜牧的小吏。委吏：管理粮仓的小官。《孟子·万章下》："孔子尝为委吏矣，曰：'会计当而已矣。'"赵岐注："委吏，主委积仓廪之吏也。"

⑧窃：此处意为贪图禄位。

⑨禄仕：为食俸禄而居官。

⑩奸：此处意为觊觎。

⑪会计：此处意为账目。

⑫无乃：恐怕。

⑬陆者：此处指不会游泳者。

⑭胥溺：相继沉没。《诗·大雅·桑柔》："其何能淑，载胥及溺。"郑玄笺："胥，相也。"

⑮兰蕙：兰草与蕙草，均为香草。

⑯萑苇：芦类植物。刈：割。

⑰垣：矮墙。

[评析]

  王阳明在龙场创办"龙冈书院"后，当地及外省的学子闻讯纷纷前来拜师求学。从此，"千古龙冈漫有名"。偏僻荒凉的龙场有了朗朗书声，文明之光普照蛮荒之地。王阳明所作《龙冈新构》（其一）中有诗句："宴适岂专予，来者得同憩。轮奂非致美，毋令易倾敝。"即反映出书院建成后王阳明内心的喜悦之情。在诗题下有小序："诸夷以予穴居颇阴湿，请构小庐。欣然趋事，不月而成。诸生闻之，亦皆来集。请名'龙冈书院'，其轩曰'何陋'。"尽管书院的建筑十分简陋，办学条件亦十分艰苦；但在王阳明看来有一个传道之所，能够为当地百姓、学子进行思想启蒙，内心是十分快乐的。此文作于明正德三年（1508）。

  "龙冈书院"的创办不仅是明代贵州教育史上一件大事，还使龙场成为阳明心学传播的首善之地。王阳明的高足弟子钱德洪在《刻文录叙说》中说："先生尝曰：'吾始居龙场，乡民言语不通，所可与言者乃中土亡命之流耳，与之言知行之说，莫不忻忻有人。久之，并夷人亦翕然相向。'"由此可见，始论心学的重要原理"知行合一"始于龙场，其意义不言而喻。在《诸生来》一诗中则反映了王阳明当年在龙冈书院讲学的实况。有诗句"讲习性所乐，记问复怀腼"，即是对当时师生研讨学问情景的描述。而王阳明在龙场教学的具体场景，生动地体现在《龙场生问答》一文中。这是师生之间一次推诚布公的谈话式教学，作为师长的王阳明与弟子之间就为官之道、贬谪与升迁之间的关系展开深入的探讨。从问答中，可以洞察王阳明在龙场时的真实心态。在教学过程中，王阳明没有一点居高临下师道尊严的姿态，与弟子们进行坦诚的对话，堪为形象逼真的教学实录。

　　此文在写作上采用对话体，围绕为官之道逐步深入展开。学生接连提出六个问题，环环紧扣；老师作答深入浅出，鞭辟入里。学生的提问从对老师贬谪龙场前后的思想情感变化切入，即王阳明到龙场后平时流露出要离开龙场的念头。弟子就以此为突破口，单刀直入，提出"殆有所渝乎"，此问题提得十分尖锐且具有深度。王阳明不回避自己来龙场后内心思想的震动，如实回答，确实有变，同时还因为自己有病。但学生则进一步追问，是今昔的社会"地位变化"了、是"处境变化"了？思想发生变化的原因是什么呢？以此引出"为官之道"的问题。王阳明则以"君子之仕也以行道""不以道而仕者，窃也"作答。王阳明自科举入仕以来，以天下为己任，将"成圣贤"作为为官宗旨，这与其早年所撰的《山东乡试文》中的观点一脉相承，故不以"贵贱""内外"为怀。即便做一个管理粮仓的小官也要把事情做好。王阳明想离开龙场的念头是因为很难实现其行道的抱负。他认为出仕并不是因为家里贫穷为求俸禄而来，而是"为官以道不为禄"。接着，学生又提出，既然贬谪到龙场就得遵君命而守之，否则就是不恭了。王阳明则以即为官就应尽责深入阐明道理。他认为，尽管自己是一个不入流的谪官，贬谪来到龙场，但还是有职责的。自己不是"力役"，"力役"可屈，而"为官"者不可屈，不应守"妾妇之顺"，为官者应以"道"为使命，这就是"官道"与"力役"之区别所在。自己不远万里来此任职，无所事事，这就违反了做官的基本道理。即便是谪官，也是有职守的，分内事就是行道，而不是"力役"，这就是自己要离开龙场的主要原因。在王阳明看来，为官不以道，来龙场就没有什么价值了。在龙场如此险恶的环境中,王阳明仍将"行道"作为"谪官"的使命,可见其对为官之道坚守如一,而非为"不恭"。学生听了老师的解答后,似乎明白了许多道理,但仍有疑问。再问:"贤者而皆去,君谁与为国矣?"这是本文的核心问题,将论题提到了治国理政的思想高度,也是本文在写作上最精彩之处。王阳明以一个生动的比喻作答:"出溺于波涛者,没人之能也;陆者冒焉,而胥溺矣。"作为有圣贤理想的君子,他是不可能忘记天下为公之道理,但这是有前提的,即内心有"道",此道即为"良知"。王阳明将此喻为"能出没于波涛汹涌之水中的搏击者",方能治国理政;而将那些胸之无"道"者喻为"陆者",冒失地去治国理政,则随时会被波涛淹没,寓意深刻。至此,王阳明似乎把学生所提"为何有离开龙场的念头""做官为何"的问题作了圆满的解答。但学生的问题随之进一步深入,提出"贤者用世"的问题,由出仕转入"成贤"之大义。学生所提问题:贤者是"利他"者,为人所用乐而为之,且不论事之大小,倘若如此,会产生什么不利的事?这就涉及儒家用世的根本问题,即"义利关系"。王阳明认为:贤者用世,所行之为道义,即追求一种符合"良知"的准则。"道义"本身不存在不适宜的问题,也就无所谓不利了。如果为世用,不遵守道义,即使有大的利益,贤人也不认为是有利的。除非圣人,无所不能,一般的人能力有大有小,更何况自己连贤人的境界尚未达到呢?将为人为学的"义利观"作了深刻的阐述。学生最后一个问题是针对老师的现实处境提问的,即老师为何不为当今朝廷所用,而被贬谪至龙场;如果能为朝廷所用,则如庭院中的兰蕙香溢几席,就算是萑苇割了也可筑墙用,即便是那些看不起眼的草木也是有用处的,更何况是贤者呢?王阳明对这一问题的回答十分巧妙,顺着学生的思路,然后机锋一转,反问学生将"兰蕙"割掉用来筑墙,是爱护它呢,还是损害它呢?这里实质上影射了当朝统治者对贤达之士实行打压摧残的黑暗政治,即不符合治国理政的道义,也进一步阐明了王阳明的为官之道。作为"谪丞"的"道义"即在于此,卒章显志。文以载道,此文的深刻内涵和现实意义至此大明。

因王阳明是以谪丞的身份授徒讲学,所以有关针对现实政治的观点不宜直讲,故只能用"曲笔"表述。尽管如此,王阳明在阐发"大义"时,观点鲜明,逻辑严谨,通过"六问六答",循循诱导,将深奥的"为官之道""义利观""用世观""用人观"等道理讲得生动明晰。此文亦反映出王阳明在写作上善于用设喻的方法阐述自己的观点。诸如:"夫出溺于波涛者,没人之能也;陆者冒焉,而胥溺矣。"用"出溺于波涛者"喻贤能之人,具有深刻的哲理性。"今子将刈兰蕙而责之以覆垣之用,子为爱之耶?抑为害之耶?"用"兰蕙"被割用来筑墙,喻践踏贤能之人,并以选择性反问句,启发学生自证自悟,对正确和错误作出判断。王阳明这篇《龙场生问答》是考察其在龙场的教育内容和教育方法的生动案例。在教育内容上,注重对学生进行基本的道德教育,以确立正确的"为学观""用世观""义利观"。在教育方法上,紧密联系自身的处境,现身说法,采用启发式、问答式教学,联系实际,引导学生独立思考,从"道义"本体上正心诚意,格物致知。

从此文中可看出,王阳明在"龙冈书院"讲学是对"知行合一"内涵的深入阐发,而非句读之教。可见,"龙冈书院"的教育目标是培养心学专门人才。艰难困苦的龙场环境净化了王阳明的心灵,经历"生死体验"后,王阳明胸中已形成了初步的心学理论体系,明察了"仕之以道"的精义。作为儒者,坚守使命,按照"向内求道"的思路,独立地创设与传播心学思想,努力践行在京城未能落实的倡明圣学的任务。从实际出发,随遇而安,王阳明将传道的始点定在谪地龙场,以驿丞的身份在穷乡僻壤龙场办书院授徒讲学,从此西南始有心性之学的产生。其用开启民智的途径弘道,用这种"事上磨"的方法报答当地少数民族百姓对他的关心和照顾。当然,其心灵世界也得到了超越。

答毛宪副① 戊辰

昨承遣人喻以祸福利害,且令勉赴太府请谢②,此非道谊深情,决不至此,感激之至,言无所容!但差人至龙场陵侮③,此自差人挟势擅威④,非太府使之也。龙场诸夷与之争斗⑤,此自诸夷愤恨不平,亦非某使之也⑥。然则太府固未尝辱某⑦,某亦未尝傲太府⑧,何所得罪而遽请谢乎⑨?跪拜之礼,亦小官常分⑩,不足以为辱⑪,然亦不当无故而行之⑫。不当行而行,与当行而不行,其为取辱一也⑬。废逐小臣⑭,所守以待死者,忠信礼义而已⑮,又弃此而不守,祸莫大焉⑯!凡祸福利害之说⑰,某亦尝讲之。君子以忠信为利,礼义为福。苟忠信礼义之不存⑱,虽禄之万钟⑲,爵以侯王之贵⑳,君子犹谓之祸与害;如其忠信礼义之所在,虽剖心碎首,君子利而行之,自以为福也,况于流离窜逐之微乎㉑?某之居此,盖瘴疠蛊毒之与处㉒,魑魅魍魉之与游㉓,日有三死焉;然而居之泰然㉔,未尝以动其中者,诚知生死之有命㉕,不以一朝之患而忘其终身之忧也。太府苟欲加害,而在我诚有以取之,则不可谓无憾;使吾无有以取之而横罹焉㉖,则亦瘴疠而已尔,蛊毒而已尔,魑魅魍魉而已尔,吾岂以是而动吾心哉!执事之喻㉗,虽有所不敢承㉘,然因是而益知所以自励㉙,不敢苟有所隳堕㉚,则某也受教多矣,敢不顿首以谢㉛!

[注释]

①毛宪副：即毛科，号应奎，字拙庵，浙江余姚人。时任贵州按察副使兼提学副使。明朝地方掌管一省司法的长官称为按察使，官居正三品。其下设有按察副使，官居正四品，"宪副"是对按察副使的敬称，因按察使又称"宪台"。

②勉：劝谕。太府：亦称大府。明时称总督、巡抚为"大府"，此处指时任贵州巡抚的王质，山东济宁人，字上古。成化二十年（1484）进士，除吏科给事中，历太仆寺卿，官至右佥都御史、贵州巡抚。请谢：认错，请罪。

③差人：此指贵州思州府被派遣去做某事的人。陵侮：凌辱，欺压。《六韬·上贤》："强宗侵夺，陵侮贫弱者，伤庶人之业。"

④挟势擅威：依仗权势专横跋扈。

⑤诸夷：指龙场的少数民族。

⑥某：王阳明自称。

⑦未尝：不曾，没有。

⑧傲：傲视。

⑨遽：急，仓促。

⑩常分：定分。《三国志·魏志·刘廙传》："初以尊卑有逾，礼之常分也。"

⑪足以：够得上。

⑫无故：无任何的原因和理由。

⑬取辱：招致（惹来）侮辱。

⑭废逐：废黜放逐。

⑮忠信礼义：尽忠、信用、礼节、义气。

⑯祸莫大焉：没有比这更大的祸害了。莫：没有。

⑰利害：利益与损害。

⑱苟：如果。

⑲禄之万钟：优厚的俸禄。钟，古量词。

⑳爵以侯王：封侯王爵位。爵位、爵号，是古代皇帝对贵戚功臣的封赐。

㉑流离窜逐：流落与放逐。

㉒瘴疠：感受瘴气而生的疾病。蛊（gǔ）毒：蛊虫之毒。

㉓魑魅（chīmèi）魑魅：古代传说中害人的鬼怪，比喻形形色色的坏人。

㉔泰然：安定，自如，从容。

㉕诚：实在。

㉖横雁：意外的祸害。

㉗执事：对另一方的敬称，意为官员。

㉘承：奉承。

㉙自励：自己鼓励自己。

㉚隳（huī）堕：败落，堕落。

㉛顿首：书简表奏用语。表示致敬，常用于结尾。

[评析]

　　王阳明初到龙场后，以友善的态度与当地少数民族百姓共处，受到了土著人的热爱。待生活稍安定以后，王阳明就开始静心研究学问、著书讲学，与贵州的地方官没有往来。但树欲静而风不止，不久王阳明在龙场遇上了一件令其意想不到的事。贵州的地方官毛科致书于他，让其到贵州巡抚王质府上道歉，这就是王阳明与贵州政界发生关系的触发点。王阳明与毛科之间的交往从一个侧面折射出"龙场悟道"的社会背景，以及王阳明所坚守之"道"的具体内涵。此文作于明正德三年（1508）。

据《阳明先生年谱》载："思州守遣人至驿侮先生，诸夷不平，共殴辱之。守大怒，言诸当道。毛宪副科令先生请谢，且谕以祸福。先生致书复之，守惭服。"此事发生在明正德三年（1508），思州府上有一公差经过龙场驿，嫌龙场驿接待不好而寻衅闹事。公差仗势欺人，当众羞辱王阳明，当地百姓激于义愤，为保护王阳明免受欺侮，殴打了这个差人。公差诬告王阳明于贵州巡抚王质，并将此事扩大化，王质命时任按察副使的毛科处理此事。毛科极同情这位蒙冤遭难的同乡人，出于保护王阳明、尽快息事宁人的目的，从中调和，派人传信给王阳明，晓以利害，要其到王质府上谢罪了事。王阳明接信后，即致书毛科，陈述自己不去太府谢罪的理由。在信中王阳明据理力争，表达了自己所坚守的道义，阐明了自己的祸福观，坚守了儒家忠信礼义的道德精神。

首先，王阳明在信中用感激的心情对毛科表示谢意。接着，通过驳论据的方法，用一个简单的推理，阐明了自己无须到巡抚府上谢罪的理由。信中说："但差人至龙场陵侮，此自差人挟势擅威，非太府使之也。龙场诸夷与之争斗，此自诸夷愤愠不平，亦非某使之也。然则太府固未尝辱某，某亦未尝傲太府，何所得罪而遽请谢乎？"王阳明认为，肇事者是思州府的差人，错在差人，为事件定了性；自己既无过错，有何谢罪之理。既推翻了谢罪的前提，又给太府下了台阶。从事件的发生过程看，龙场土著人殴打思州府上的差人，与王阳明没有直接联系。王阳明就事论理，理正词严，绵里藏针。明说是差人制造事端，不是受太府指使，暗指太府未弄清事情原委，有失礼统。如此陈述，既委婉地拒绝了毛科要其到太府谢罪的劝说，又坚守了自己的人格立场。

其次，王阳明借题发挥，阐发了自己所坚信的道义立场，将一次偶发的人际冲突，上升到儒家所看重的道义原则。王阳明深刻地论述了谢罪行礼起码要合乎儒家"忠信礼义"的原则，婉言拒绝毛科要求其行"跪拜之礼"的规劝。王阳明说："废逐小臣，所守以待死者，忠信礼义而已。又弃此而不守，祸莫大焉！凡祸福利害之说，某亦尝讲之。君子以忠信为利，礼义为福。苟忠信礼义不存，虽禄之万钟，爵以侯王之贵，君子犹谓之祸与害；如其忠信礼义之所在，虽剖心碎首，君子利而行之，自以为福也，况于流离窜逐之微乎！"王阳明采用演绎推理的方法，论证了自己不去太府道歉的理由是为了恪守儒家的礼仪规范，言辞凿凿，掷地有声。结论十分明确，不去巡抚府道歉是符合礼义的，反之有失礼统。王阳明早已将自己的生死置之度外，坚守了自己所信奉的人生观。在当时的背景下，王阳明能坚守忠信礼义的儒家道德，是其正直人格精神的体现。尽管王阳明时为戴罪之人，但其不屈服于权贵，同权贵进行有理、有礼、有节地斗争，在道义和正气上压倒了对方。同时，王阳明的正气也感染了毛科。其后在毛科的斡旋下，巡抚王质弄清了事情原委，就不再追究，此事最后不了了之。在这场笔战中，王阳明的正气得到了张扬，人格得到了维护。故施邦曜评此文："正人之守，达人之见。""舍忠信礼仪，更无行乎夷狄之道，此不但自矜气节素位，学问自应如是。"现代著名学者陈柱评价："阳明此文，殆可谓浩然之气，至大至刚，以直养而无害，可以塞天地之间者矣。其文正可与《孟子》并读。"

此书在写作上，王阳明先采用驳论据的方法，从事实出发，批驳了强加给自己的"莫须有"罪名，使之谢罪之理不能成立。然后，用委婉的语言阐明做人的基本原则："不当行而行，与当行而不行，其为取辱一也。"即便是废逐小臣，落难待死之人，也应恪守人格，岂能随便屈从于人。最后，王阳明以攻为守，用事实和道义反击思州府差人的加罪。同时，王阳明还警告那些权贵，欲加害正直之人，如同"三害"之毒。王阳明说："某之居此，盖瘴疠蛊毒之与处，魑魅魍魉之与游，日有三死焉；然而居之泰然，未尝以动其中者，诚知生死之有命，不以一朝之患而忘其终身之忧也。太府苟欲加害，而在我诚有以取之，则不可谓无憾；使吾无有以取之而横罹焉，则亦瘴疠而已尔，蛊毒而已尔，魑魅魍魉而已尔，吾岂以是而动吾心哉！"只不过是增加一害而已，何惧之有。

此文字字句句铿锵有力，表现了王阳明在谪居期间的凛凛正气。王阳明以舍生取义的儒者气节，表达了"威武不能屈"的凛凛骨气。《答毛宪副》一文可谓儒者的正气歌，体现出王阳明视死如归、积极用世的精神。此文从小事入手，揭示了做人的骨气与道义，并上升到心学本体的层面。文章柔中有刚，大气磅礴，表现出王阳明人生价值的取向和对生死观的解读。可以说，王阳明《答毛宪副》一文所彰显的精神，是"龙场悟道"主体精神的内涵之一。

远俗亭记[①] 戊辰

宪副毛公应奎[②]，名其退食之所曰"远俗"[③]。阳明子为之记曰[④]：俗习与古道为消长[⑤]。尘嚣溷浊之既远[⑥]，则必高明清旷之是宅矣，此"远俗"之所由名也。然公以提学为职[⑦]，又兼理夫狱讼军赋[⑧]，则彼举业辞章[⑨]，俗儒之学也[⑩]；簿书期会[⑪]，俗吏之务也[⑫]；二者公皆不免焉。舍所事而曰"吾以远俗"，俗未远而旷官之责近矣[⑬]。君子之行也，不远于微近纤曲[⑭]，而盛德存焉[⑮]，广业著焉[⑯]。是故诵其诗，读其书，求古圣贤之心[⑰]，以蓄其德而达诸用，则不远于举业辞章，而可以得古人之学，是远俗也已。公以处之⑱，明以决之⑲，宽以居之⑳，恕以行之㉑，则不远于簿书期会，而可以得古人之政，是远俗也已。苟其心之凡鄙猥琐㉒，而闲散疏放之是托㉓，以为"远俗"，其如远俗何哉！昔人有言："事之无害于义者㉔，从俗可也。"君子岂轻于绝俗哉？然必曰无害于义，则其从之也，为不苟矣㉕。是故苟同于俗以为通者，固非君子之行；必远于俗以求异者，尤非君子之心。

[注释]

①远俗亭：时为贵州提学副使毛科所建，用于公余休息之处的亭名。

②宪副毛公应奎：毛科，号应奎，字拙庵，浙江余姚人。明成化十四年（1478）进士，历官南京工部主事、山东兵备副使、云南左参议、贵州按察副使兼提学副使，官至都察院左副都御史，卒祀乡贤祠。

③退食：此处意为公余休息之所。清孙枝蔚《题王金铉明府琴趣轩》："簿书亦云劳，退食有好怀。"

④阳明子：王阳明自号。

⑤古道：意指正道，即不趋附流俗，守正不阿的道德。消长：增减，盛衰。

⑥尘嚣溷（hùn）浊：喻指人世间的烦扰、喧嚣，混乱污浊。

⑦提学：学官。明初置儒学提举司，英宗正统元年（1436）分别派御史为两京的提学御史，十三布政司以按察使、副使、佥事充任，称进督学道。

⑧狱讼军赋：此处意为管理刑狱、兵役及征收军需品等事务。

⑨举业辞章：此处意为科举考试，诗词文章等总称。

⑩俗儒之学：浅陋而迂腐的儒士学识。

⑪簿书期会：泛指官府中公文政令一类的繁杂琐碎的俗事，以及政令

的实施。

⑫俗吏：泛指才智平庸的官吏，此处意为管理杂事的官吏。

⑬旷官：空居官位，不称职。《书·皋陶谟》："无旷庶官，天工人其代之。"

⑭纤曲：细密详尽。

⑮盛德：意为高尚的品德。《易·系辞上》："日新之谓盛德。"

⑯广业：此处意为功业。

⑰圣贤：圣人与贤人的合称，指品德高尚，有超凡才智的人。

⑱公：意为公正。

⑲明：意为明察。

⑳宽：意为平和。

㉑恕：意为宽容。

㉒猥琐：此处意为庸俗卑下。

㉓闲散疏放：意为随和畅达。

㉔义：公正合宜的道理或举动。

㉕苟：此处意为如果。

[评析]

王阳明在龙场龙冈书院讲学的成功，惊动了贵州当局。时任贵州提学副使的余姚人毛科，在与王阳明的交往中，对其道德文章十分钦佩、敬重。不避时嫌，致书力邀王阳明到贵州文明书院讲学，但王阳明有自己的考虑，没有答应，以《答毛拙庵见招书院》一诗婉言回绝。诗云："野夫病卧成疏懒，书卷常抛旧学荒。岂有威仪堪法象，实惭文檄过称扬。移居正宜投医肆，虚位仍烦避讲堂。范我定应无所获，空令多士笑王良。"诗中王阳明以自己身体不好为由，加之旧学已经荒废，并借用"王良"典故说明拒聘的理由。王阳明的理由固然很充分，但笔者以为婉拒毛科之邀，主要还是王阳明出于对龙场百姓、龙冈书院学子的情义与教化责任，他宁愿在艰苦的龙场度日，也不愿借助同乡的职权栖身高枝。同时，也顾忌自己谪丞的身份，不想连累这位余姚老乡。可以说，王阳明的婉拒完全出于道义，是君子之交的表现。此文作于明正德三年（1508）。

正德三年（1508）某日，毛科在行将致仕之际，为日后养老休憩，建了一个亭子，起名"远俗亭"，邀王阳明为之作记。此邀王阳明没有拒绝，也算是朋友之间的礼仪之交。但王阳明在记中并没有为毛科的"远俗亭"美言，而是借此阐明自己对"远俗"之论的看法。其在文中重点论证"俗习"与"古道"的辩证关系。从对"远俗"内涵的解读出发，否定了那种自认为远离"尘嚣溷浊"的想法，即寄身于高明清旷之宅，即为"远俗"的观点。在王阳明看来，作为官吏为国家、为百姓认认真真地做好自己的本职工作，哪怕是很杂的事务性工作，也是在行古道，是"明德亲民"的具体落实。如果离开具体的亲民实务，抽象地谈"远俗"，那么"圣人之道"何以承载？因为高尚的道德只有通过具体的、平凡的实事才能得以彰显，从来也没有离开"事"的道。作为官员就应该在公务中"公以处之，明以决之，宽以居之，恕以行之"，即恪尽职守、兢兢业业为民服务，这才是"远俗"的真正道义。文末，王阳明批评那种"是故苟同于俗以为通者"的糊涂官，"固非君子之行"；然而对那种"必远于俗以求异者"，一针见血地指出"尤非君子之心"，认为这是沽名钓誉、故作标新立异之举。王阳明的这番批评，显然不是针对毛科而言的。毛科应该说是一个为人正直、不恋权位、勤政廉洁的清官，这在王阳明所撰《送毛宪副致仕归桐江书院序》一文中可得到有力证明。毛科于正德四年（1509）四月，"承上之命"致仕，王阳明与毛科的几位同僚在贵阳南门之外设宴为毛科饯行，对毛科有高度的评价。从《远俗亭记》看，王阳明从侧面褒奖了毛科的为官之道，肯定其高尚的节操。同时，也对身负重任的毛科有所希冀。此文借为"远俗亭"作记之际，主要是批评那些当朝士大夫清高自赏，不愿为民办实事而言的，具有较强的现实意义。王阳明尽管是个谪臣，但其处世交友坚守"儒道"，这从王阳明与毛科的交谊中可得到明证。

此文写作上特色鲜明，即围绕"远俗"这一论题，通过正反两方面的论述，从思想观念上阐明了正确的"远俗观"，逻辑严密，说理鞭辟入里。从学术思想的角度看，此记也是批评"知行二分"伪道学的檄文。从心学的基本原理"知行合一"上立论，观点平中出奇，论证至精至密，文意发人深省，文气通达，这对于理解"龙场悟道"的内涵大有裨益。"龙场悟道"的真谛即指本性道德，吾性自足，无时不显，无处不有。无论是出仕还是致仕，或为平民百姓，心体光明才是根本。这就是阳明心学大众化、日用化的逻辑基础和理论基点。王阳明在以后讲学中无不结合"日用功夫"，或论"知行合一"，或论"致良知"，前后贯通，无不与其在日用中开显良知有关。王阳明此后的思想探索和社会实践都是沿着这一思想践行的。

答人问神仙 戊辰

询及神仙有无①，兼请其事，三至而不答，非不欲答也，无可答耳。昨令弟来②，必欲得之。仆诚生八岁而即好其说③，今已余三十年矣④，齿渐摇动，发已有一二茎变化成白，目光仅盈尺⑤，声闻函丈之外⑥，又常经月卧病不出，药量骤进，此殆其效也⑦。

而相知者犹妄谓之能得其道⑧，足下又妄听之而以见询⑨。不得已，姑为足下妄言之。古有至人⑩，淳德凝道⑪，和于阴阳⑫，调于四时⑬，去世离俗，积精全神；游行天地之间，视听八远之外⑭，若广成子之千五百岁而不衰⑮，李伯阳历商、周之代⑯，西度函谷⑰，亦尝有之。若是而谓之曰无，疑于欺子矣。然则呼吸动静，与道为体，精骨完久，禀于受气之始，此殆天之所成，非人力可强也。若后世拔宅飞升⑱，点化投夺之类⑲，谲怪奇骇⑳，是乃秘术曲技㉑，尹文子所谓"幻"㉒，释氏谓之"外道"者也㉓。若是而谓之曰有，亦疑于欺子矣，夫有无之间，非言语可况。存久而明，养深而自得之；未至而强喻，信亦未必能及也。盖吾儒亦自有神仙之道，颜子三十二而卒㉔，至今未亡也。足下能信之乎？后世上阳子之流㉕，盖方外技术之士㉖，未可以为道。若达磨、慧能之徒㉗，则庶几近之矣㉘，然而未易言也。足下欲闻其说，须退处山林三十年，全耳目，一心志，胸中洒洒不挂一尘，而后可以言此，今去仙道尚远也。妄言不罪。

[注释]

①询：问。神仙：指非凡的存在，古人想象中拥有超自然力量的生命体。

②令弟：对他人之弟的敬称。令：美好。

③仆：谦称，"我"。

④今已余三十年：王阳明自言八岁好神仙之说，时为明成化十五年（1479），其正德三年（1508）被贬谪到贵州龙场时已三十七岁，故言相距三十年。

⑤盈尺：形容视距极短。

⑥函丈：此形容听觉距离很短。

⑦殆：此处意为"大概"。

⑧妄谓：胡说。

⑨足下：常用于对平辈或朋友间的敬称。

⑩至人：指具有很高的道德修养，超脱世俗，顺应自然而长寿的人。

⑪淳德凝道：德行淳厚，汇通天道。

⑫阴阳：此处指自然界中各种对立又关联的现象。

⑬四时：春夏秋冬。

⑭八远：泛指四面八方遥远的地方。

⑮广成子：传说中的神仙。

⑯李伯阳：老子，姓李，名耳，字伯阳。著有《道德经》一书。道家后人将老子视为宗师。

⑰函谷：西据高原，东临绝涧，南接秦岭，北塞黄河，是中国历史上建置最早的雄关要塞之一。

⑱拔宅飞升：传说修道的人全家同升仙界。拔，拔起。宅，住宅。

⑲点化：道教传说神仙能使用法术点化使物或人成仙。

⑳谲怪奇骇：奇异怪诞，骇人听闻。

㉑秘术：此处意为神秘莫测的道教养生技巧。

㉒尹文子：齐国人，战国时代著名的哲学家。

㉓释氏：佛姓，释迦的略称。亦指佛或佛教。

㉔颜子：颜回，尊称颜子，字子渊，孔子的得意弟子。春秋末期鲁国人。

㉕上阳子：江西庐陵人，道教人物，元代著名内丹家。

㉖方外：意指世外。僧人、道士追求"跳出三界外，不在红尘中"

的境界，自称是"方外人士"。

㉗达磨：达摩祖师，印度人，原名菩提多罗，后改名菩提达摩，自称佛传禅宗第二十八祖，为禅宗的始祖，故禅宗又称达摩宗。北魏时，曾在洛阳、嵩等地传授禅教。慧能：六祖惠能大师（638~713），俗姓卢氏，唐代岭南新州（今广东新兴县）人。佛教南禅宗祖师，中国佛教最后一位嫡传佛祖，得黄梅五祖弘忍传授衣钵，继承东山法门，为禅宗第六祖，世称禅宗六祖。唐中宗追谥大鉴禅师。是中国历史上有重大影响的佛教高僧之一。有《六祖坛经》流传于世。

㉘庶几：或许，可以，差不多。

[评析]

王阳明初到龙场时，一度陷入生存绝境，自感死亡随时都会降临。尽管如此，但王阳明没有消极厌生，而是敢于直面死亡。据《阳明先生年谱》载："自计得失荣辱皆能超脱，惟生死一念尚觉未化，乃为石墩自誓曰：'吾惟俟命而已！'"这里所谓的"生死一念"是属于生命观的问题，从本体论的角度而言，生命观又属于"人道"的范畴。因此，讨论"龙场悟道"问题，自然也应该包括王阳明对生死观的体认。王阳明对生死问题是十分关注的，故有"尚觉未化"一说，还为此体验，"日夜端居澄默，以求静一；久之，胸中洒洒"，最后终于彻悟"生死之道"。因此，王阳明关于"生死之念"的体悟，也是"龙场悟道"内涵的组成部分。王阳明谪居龙场时，涉及"生死观"问题的有三篇文章，即《答人问神仙》《祭刘仁征主事》《瘗旅文》。此文作于正德三年（1508）。

生命之短与精神之长，"生与死"是一种生命现象，个体生命的持续时间是可以测量的，具有自然属性；"生与死"还是一对道德范畴，无法测量，只能体悟，具有社会属性。王阳明在《答人问神仙》一文中，通过形象的设喻，旁征博引，深刻地阐述了"生与死"的真谛。

王阳明在文中答复问题用语委婉含蓄，并不直接回答询问者提出的有无神仙的问题，"三至而不答"，实际上是否定神仙之说，但询问者还是不罢休，指使其弟又来缠问。王阳明则用自己八岁时就好神仙之说，但三十年过去了，现已成了一副病态作答，求神仙就是这样的结果，意含神仙不可求，"求仙"者是误入邪道。王阳明用亲身经历与体悟喻人，显示其诚心，更具说服力。但询问者似乎并不理解，王阳明只好晓之以理，从道理上阐明对神仙的认识，并用传说人物广成子、道家祖师李伯阳设喻明理，指出凡得道者皆寿，后世方士所谓"拔宅飞升，点化投夺之类"都是谲怪奇骇，秘术曲技。王阳明对道教末流持批判态度，这与其在山东乡试文中所阐述的思想是完全一致的。最后，王阳明以儒家的生死观启迪询问者："颜子三十二而卒，至今未亡也。"意为得道之人，诸如孔子的弟子颜回，即便英年早逝，生命之短，但其灵魂不死，精神长存。王阳明还点拨询问者如何求道之法，即"退处山林三十年，全耳目，一心志，胸中洒洒不挂一尘"，这实际上是教人"静修、养心"，可与《阳明先生年谱》中所说的"日夜端居澄默，以求静一；久之，胸中洒洒"的悟道方法相印证。至于如何看待自然生命长短的辩证关系，王阳明在《祭刘仁征主事》一文中阐述得更为明白。文中，王阳明对所谓的"仁者必寿"的观点提出了质疑。他以好友刘仁征英年早逝，以及历史上众多贤人并非长寿，恶人并非短寿为证，得出结论：人的寿命长短与"仁"无必然联系。王阳明从孔子"朝闻道，夕死可矣"一语中悟出生死的真正意义在于得道。王阳明将人生比作"白天"，将"死亡"比作黑夜，人的一生只不过是昼夜之间的转换而已。但每个人存在的生命意义从本质上说，不在于活得多长久，而在于对"道"的体悟。因此，王阳明认为人一旦透彻地领悟了"道"的精神，就获得了生命的永恒。其对人生的理解是"而君子之独存者,乃弥久而益辉"。人的自然寿命十分短暂,但人的精神可以不朽。可以说,王阳明的"龙场悟道"也包括对生命的体悟,生命之道也应是"龙场悟道"的重要内涵之一。正因如此,王阳明能够把生死置之度外,把荣辱得失抛在一边,摆脱了厄运给其带来的生存威胁,自我拯救,在精神上获得自由,以积极乐观的心态对待现实生活的挑战。从王阳明一生孜孜不倦地探索生命之道看,其在并不长寿的生命过程中获得了不朽的生命意义,这就是王阳明生死观的价值所在。

象祠记① 戊辰

灵博之山有象祠焉,其下诸苗夷之居者②,咸神而事之③。宣慰安君因诸苗夷之请④,新其祠屋,而请记于予。予曰:"毁之乎?其新之也?"曰:"新之。""新之也,何居乎?"曰:"斯祠之肇也,盖莫知其原。然吾诸蛮夷之居是者,自吾父、吾祖,溯曾、高而上,皆尊奉而禋祀焉⑤,举之而不敢废也。"予曰:"胡然乎⑥?有庳之祠⑦,唐之人盖尝毁之⑧。象之道,以为子则不孝,以为弟则傲。斥于唐而犹存于今⑨,毁于有庳而犹盛于兹土也,胡然乎?我知之矣,君子之爱若人也,推及于其屋之乌⑩,而况于圣人之弟乎哉?然则祀者为舜⑪,非为象也。意象之死,其在干羽既格之后乎⑫?不然,古之骜桀者岂少哉⑬?而象之祠独延于世,吾于是益有以见舜德之至,入人之深,而流泽之远且久也。象之不仁,盖其始焉尔,又乌知其终不见化于舜也⑭?《书》不云乎,'克谐以孝,烝烝乂,不格奸,瞽瞍亦允若'⑮,则已化而为慈父。象犹不弟⑯,

不可以为谐。进治于善，则不至于恶；不抵于奸，则必入于善。信乎，象盖已化于舜矣！孟子曰：'天子使吏治其国，象不得以有为也。'斯盖舜爱象之深而虑之详，所以扶持辅导之者之周也。不然，周公之圣⑰，而管、蔡不免焉⑱。斯可以见象之既化于舜，故能任贤使能而安于其位，泽加于其民，既死而人怀之也。诸侯之卿，命于天子，盖周官之制⑲。其殆仿于舜之封象欤？吾于是益有以信人性之善，天下无不可化之人也。然则唐人之毁之也，据象之始也；今之诸夷之奉之也，承象之终也。斯义也，吾将以表于世，使知人之不善，虽若象焉，犹可以改；而君子之修德，及其至也，虽若象之不仁，而犹可以化之也。"

[注释]

①象祠：象的祠庙。象，人名，传说中虞舜之异母弟。象死后，当地彝人在灵博山建祠，把象作为神灵祭祀。水西彝族历来崇拜象。灵博山：位于今贵州黔西县东部。

②苗夷：泛指古代对南方、东部各民族的统称。

③咸：都。

④宣慰安君：即贵州宣慰司使安贵荣。

⑤禋（yīn）祀：古代祭天的一种礼仪。先燔柴升烟，再加牲体或玉帛于柴上焚烧。

⑥胡然乎：为什么会这样呢？

⑦有庳（bēi）：即指有鼻，为古地名，在今湖南道县境内。

⑧唐之人：唐代人。

⑨斥：此处意为指其谬误。唐代柳宗元谪居永州时，撰《道州毁鼻

亭神记》,赞颂道州刺史薛伯高毁象祠斥神。

⑩推及于其屋之乌:即"爱屋及乌",因为爱一个人而连带爱他屋上的乌鸦。

⑪舜:姚姓,有虞氏,名重华,传说为父系氏族社会后期部落联盟首领,因姚墟之生而姓姚。后建都于蒲阪(今山西永济),为华夏五帝之一。《史记·五帝本纪》载:"天下明德皆自虞帝始。"

⑫干羽既格:语出《尚书·大禹谟》,相传舜曾命禹征伐南方的部落有苗,有苗不服,舜于是"舞干羽于两阶",表示停止战争,推行礼乐教化,于是有苗归顺。干羽,舞具。干,盾。羽,雉尾。格,感化,引申为归顺。

⑬鸷桀:凶悍倔强,傲慢不顺从。

⑭乌知:怎么知道。

⑮克谐以孝,蒸蒸乂(yì),不格奸,瞽瞍亦允若:语出自《尚书·尧典》。克,能够。烝烝,形容孝德美厚。乂,治理。格,至,到达。奸,邪恶。瞽瞍,舜父名。允,信实。若,和顺。

⑯弟(tì):通"悌",意为敬重兄长。

⑰周公:即周公旦,姓姬,名旦,亦称叔旦。西周时期的政治家、军事家、思想家、教育家。

⑱管、蔡:即指管叔鲜、蔡叔度,均为周武王之弟。于成王时挟持商纣王之子武庚叛乱,被周公平叛、诛杀。

⑲周官之制:周代的礼制。周官,《周礼》的本名。

[评析]

在贵州龙场,王阳明在处理与贵州土司宣慰使安贵荣的关系上,始终坚持以"心"化人,促进民族关系和谐发展。此文围绕象祠展开论证。

传说中的象是舜同父异母之弟，初时不仁，舜以德感化象，封象于有鼻之地。象在舜的感化下改恶从善，"故能任贤使能而安于其位，泽加于其民，既死而后人怀之"。故水西彝族民众对象十分尊重。象祠，毁于唐元和年间。至明代中期，安贵荣又将其修复，并邀请被贬谪在贵州龙场的王阳明为新翻修的象祠作记，此文作于正德三年（1508）。

首先，文章交代了写作的缘由，应宣慰使安贵荣之邀而作。然后，切入正题。王阳明在行文中一反古人为建筑物作记的常规套路。开头以提问切入，发人深省。问安贵荣："毁之乎，其新之也？"曰："新之。""新之也，何居乎？"曰："斯祠之肇也，盖莫知其原。然吾诸蛮夷之居是者，自吾父、吾祖，溯曾、高而上，皆尊奉而禋祀焉，举之而不敢废也。"王阳明用对话的方式交代了写此记的缘由。接着，进一步追问其他地方的象祠被毁，而此地犹存的原因，将问题引向深入。"予曰：胡然乎？有庳之祠，唐之人盖尝毁之。象之道，以为子则不孝，以为弟则傲。斥于唐而犹存于今，毁于有庳而犹盛于兹土也，胡然乎？"王阳明的提问是有原因的，大舜的弟弟象是个品行恶劣的人，多次图谋加害舜。因此，象祠大多被后人所毁，文中举了唐代的例子。但王阳明真正关注的是当地苗彝土著为什么对象有如此真挚的感情，为何祭祀不绝？紧接着，王阳明用设问自答的方法，给出了两条理由。一是认为舜是德行高尚的圣人，人们并不是纪念象，实质上是纪念舜的高尚德性，是一种爱屋及乌的现象，突出了舜的崇高品德和恩泽。即使对于象这类品性恶劣的人，都能被舜感化。王阳明引用《尚书》中的一句话："克谐以孝，烝烝乂，不格奸。"说明仁者一定要有雍容大度之心感化良知被包裹者。二是论证了对象这类品行变化比较大的人要做辩证的历史分析。象的恶行是其早期的事，后来被舜的德行感化，成了一个有德性的人。当地土著纪念的是有德行的象，而非昔日之象。传说中象弃恶从善后，能任贤使能，泽加于民，所以深得苗人敬重。因此，土人敬重的是被舜感化后成贤者的象。这样，既歌颂了舜的崇高境界，又讲清当地土人为何纪念象的理由，言之成理。结论翻出新意，令人信服。同时，王阳明还委婉地开导安贵荣治理当地百姓要学习大舜的精神，可谓一石三鸟，深化了中心论点。

文末，王阳明从心学的角度，对君子修德提出了更高的要求："斯义也，吾将以表于世，使知人之不善，虽若象焉，犹可以改；而君子之修德，及其至也，虽若象之不仁，而犹可以化之也。"王阳明认为君子修炼德性，不能仅仅为了个人，还要教育与感化那些良知受遮蔽者，如象之类曾经具有恶行的人"犹可以化之也"，这才是君子修德的最高境界，具有普世情怀。此文在写作上极有难度，将一个很难论说的问题，通过步步设问，由浅入深，把表面上看来并不深奥的问题，推到了良知的高度。由象祠兴废问题推及做君子的应有之义，这是《象祠记》的独到之处。说理不忘修德，这是王阳明对"道"的深刻揭示，寓人生之理于心体之中，是王阳明龙场说理文的重要特点。从另一个角度而言，王阳明用手中之笔为民族和谐作出了特殊的贡献。

虽然此文写作难度极大，但王阳明能从心学的角度论理，言人之未所言，主题新颖，堪称王阳明龙场杰作，后世诸多散文选本都收录了这篇文章，亦为清人所编《古文观止》收录的王阳明三篇文章之一。

瘗旅文①

维正德四年秋月三日②，有吏目云自京来者③，不知其名氏，携一子一仆，将之任，过龙场④，投宿土苗家⑤。予从篱落间望见之⑥，阴雨昏黑，欲就问讯北来事，不果。明早，遣人觇之⑦，已行矣。

薄午⑧，有人自蜈蚣坡来⑨，云："一老人死坡下，傍两人哭之哀。"予曰："此必吏目死矣。伤哉！"薄暮，复有人来，云："坡下死者二人，傍一人坐叹。"询其状，则其子又死矣。明日，复有人来，云："见坡下积尸三焉。"则其仆又死矣。呜呼伤哉⑩！

念其暴骨无主，将二童子持畚、锸往瘗之⑪，二童子有难色然。予曰："嘻！吾与尔犹彼也！"二童闵然涕下⑫，请往。就其傍山麓为三坎⑬，埋之。又以只鸡、饭三盂⑭，嗟吁涕洟而告之⑮，曰：

呜呼伤哉！繄何人⑯？繄何人？吾龙场驿丞余姚王守仁也⑰。吾与尔皆中土之产⑱，吾不知尔郡邑⑲，尔乌为乎来为兹山之鬼乎⑳？古者重去其乡，游宦不逾千里㉑。吾以窜逐而来此㉒，宜也。尔亦何辜乎㉓？闻尔官吏目耳，俸不能五斗，尔率妻子躬耕可有也。乌为乎以五斗而易尔七尺之躯？又不足，而益以尔子与仆乎？呜呼伤哉！

尔诚恋兹五斗而来，则宜欣然就道，乌为乎吾昨望见尔容戚然㉔，盖不任其忧者？夫冲冒雾露㉕，扳援崖壁㉖，行万峰之顶，饥渴劳顿，筋骨疲惫，而又瘴疠侵其外㉗，忧郁攻其中，其能以无死乎？吾固知尔之必死，然不谓若是其速，又不谓尔子尔仆亦遽然奄忽也㉘！皆尔自取，谓之何哉！吾念尔三骨之无依而来瘗尔㉙，乃使吾有无穷之怆也。呜呼痛哉！

纵不尔瘗，幽崖之狐成群，阴壑之虺如车轮㉚，亦必能葬尔于腹，不致久暴露尔。尔既已无知，然吾何能为心乎？自吾去父母乡国而来此㉛，二年矣！历瘴毒而苟能自全，以吾未尝一日之戚戚也㉜。今悲伤若此，是吾为尔者重，而自为者轻也。吾不宜复为尔悲矣。吾为尔歌，尔听之。歌曰：连峰际天兮③，飞鸟不通。游子怀乡兮㉞，莫知西东。莫知西东兮，维天则同㉟。异域殊方兮㊱，环海之中。达观随寓兮㊲，奚必予宫㊳。魂兮魂兮，无悲以恫㊴。

又歌以慰之曰：与尔皆乡土之离兮，蛮之人言语不相知兮㊵。性命不可期，吾苟死于兹兮，率尔子仆，来从予兮！吾与尔遨以嬉兮，骖紫彪而乘文螭兮㊶，登望故乡而嘘唏兮！吾苟获生归兮，尔子尔仆，尚尔随兮，无以无侣为悲兮！道旁之冢累累兮，多中土之流离兮㊷，相与呼啸而徘徊兮！餐风饮露，无尔饥兮㊸。朝友麋鹿，暮猿与栖兮！尔安尔居兮，无为厉于兹墟兮㊹！

[注释]

①瘗（yì）旅：埋葬客死外乡的人。瘗，埋葬。"三人坟"位于今贵州修文县城西北的蜈蚣坡山腰间，古驿道西侧，三坟并列。清乾隆八年（1743），时任知县王肯谷和东鲁孙谔去坟前凭吊，孙谔捐资筑坟垒土。并于乾隆十年（1745）春写诗、撰文刻碑立于坟前。清嘉庆年间石碑倒毁后又重新补立。此后，"三人坟"及碑皆被毁坏。1985年，"三人坟"被公布为贵州省级重点文物保护单位。1996年，修文县文物管理部门将王肯谷撰书的墓碑恢复、重刻《瘗旅文》碑立于坟后垭口处，供后人凭吊。

②维：语气词，用于句首或句中。正德四年：公元1509年。正德，明武宗朱厚照的年号。《王文成公全书》此文题注时间为戊辰，即正德三年（1508），应为误注。

③吏目：官名。明代设置于直隶州及散州等，掌文书或佐理刑狱及官署事务。官秩为从九品。

④龙场：即龙场驿，在今贵州修文县境内。为明代洪武年间贵州著名女政治家奢香夫人（1361~1396）下令所建"九驿十桥"之首驿。

⑤土苗：土著苗族，意为世代居住于此的当地人。

⑥篱落：篱笆。

⑦觇（chān）：窥视，察看。

⑧薄（bó）午：近午，迫近，将近。

⑨蜈蚣坡：位于今修文县城西北约15公里处。

⑩呜呼：表哀痛的感叹语。

⑪将：带领。畚（běn）：用蒲草或竹篾编织成的盛物器具。锸（chā）：铁锹。

⑫闵：同"悯"，怜悯。

⑬坎：坑，此指墓穴。

⑭盂：一种盛液体的器皿，此指盛饭的器具。

⑮嗟吁（jiēxū）：叹气。涕洟（tìyí）：目出为涕，鼻出为洟，指眼泪鼻涕。此谓哭泣。

⑯繄（yī）：发语词，表语气。

⑰余姚：此指王阳明的籍贯，即今之浙江省余姚市，余姚古属绍兴府。王阳明故居位于余姚城区龙泉山北。

⑱中土：泛指中部地区。

⑲郡邑：泛指古代行政区划，此处意为籍贯或家乡。

⑳乌为乎：为什么。

㉑游宦：远离家乡在外任官职。

㉒窜逐：被流放，放逐，此指王阳明被贬谪龙场。

㉓辜：罪。

㉔蹙（cù）然：忧愁的样子。

㉕夫：用在句首，引出下文起议论作用。

㉖扳：通"攀"。

㉗瘴疠（zhànglì）：南方山林间湿热蒸发能致人疾病的毒气。

㉘遽然：仓促地。奄忽：疾速，此指迅速死亡。

㉙三骨：指三具尸体。

㉚虺（huǐ）：毒蛇。

㉛乡国：家乡、故乡。

㉜戚戚：忧惧。

㉝际：接近，靠近。兮：语气助词，用于句子停顿，舒缓语气、抒发感情的作用，相当于现代的"啊"或"呀"。

㉞游子：此意为远离家乡的人。

㉟维：同"惟"，只，只有。

㊱异域殊方：他乡、异地。此处泛指边远地区。

㊲达观随寓：听其自然，顺从命运。指适应环境，在任何境遇中都能安然自得。

㊳奚：同"何"，为什么。宫：此处指房子。

㊴恫（dòng）：此处意为恐惧。

㊵蛮：古代称南方各族。

㊶骖（cān）：古代一车驾三马称骖，或指车前两侧的马，此意为驾驭。彪：虎身上的斑纹，指代神虎。文螭（chī）：带有条纹的无角龙。

㊷流离：泛指来自中部地区因各种原因而背井离乡的人。

㊸无尔饥：即"无饥尔"的倒装。

㊹厉：此处意为危害。墟：村落。

[评析]

明正德四年（1509）秋天某月初三，至此时，王阳明赴谪地贵州龙场已第三个年头了。阴雨绵绵，这为瘴疠之地的龙场平添了几分忧郁的情调。早已看惯了云起云散的王阳明，随遇而安，倒也超然。然而，北来的吏目携子、仆相继暴死于蜈蚣坡的消息传来，让王阳明内心为之震动。在其带领二童子掩埋了客死异乡的三人后，设祭悼念，并为此写下了言辞悲切、凄楚感人的祭文《瘗旅文》。

王阳明与死者素昧平生，为何要写此文呢？此文主要蕴含了王阳明什么样的思想情感呢？表达了什么样的人生主张呢？这是探究王阳明"龙场悟道"的又一个切入口。文中，王阳明对吏目三人的悲惨命运表达了深切的同情。在祭奠过程中，引发了王阳明对人生价值的追问。人生为何？王阳明认为：人生天地之宽广，不至于仅有为"五斗米"而折腰一路，甚至为此付出生命的代价，甚至除了自身还搭上家人，难道不值得世人的反思？追名逐利，这是人生的变态、跌入私欲的陷阱。淡泊名利，躬耕乡村，回归生命的本真，亦不失为明智的选择。在人欲泛滥的世俗社会，人们处处面临诱惑，稍不留神就会被恶习所污染，被邪恶所害，生命"奄忽"而逝，这就需要坚守信仰、需要勇气、需要智慧，面对艰难险阻无所畏惧、乐观前行。王阳明在正德元年（1506）因伸张正义而遭受阉党头目刘瑾的迫害，贬谪龙场。面对生死，王阳明静默端居，积极探索人生意义，悟"圣人之道"，在体悟中重生。王阳明为吏目的选择感到哀伤，更为吏目在艰难的行路中表现出来的忧心忡忡而伤感。无论吏目一行的悲惨结局出于何种原因，人离世了，但尊严尚在。出于对吏目三人的怜悯之心，王阳明亲率童子埋葬其遗体，并举行了祭奠仪式，从中可以感知王阳明的善心。王阳明唯一的希望，愿逝者灵魂安息，无为厉鬼。其之所以拥有如此深厚的情感，当然与其良知之心有密切的联系。在理性上其当然知道对无名氏吏目的悼念没有任何实际的价值，既不可能使之复生，又不能使之在地下获知。但其以歌当哭，这是普世的情感，是一曲能深深打动世人心弦、悲怆而不屈的挽歌,亦是其抗争命运压迫、精神压迫、死亡压迫的信念表现,具有鲜明的时代特征和较高的认识价值。

从审美的角度看,《瘗旅文》具有美学上的悲剧意义。在封建专制社会,正直的士大夫、知识分子往往要陷入坚守道德情操与抗争暴政的悲剧命运。只要有人为正义而呼喊,就会触犯权贵,悲剧命运就会降临,而且还不得不接受这种悲剧的安排。在残暴的黑暗势力挤压下,正义的力量常常显得非常弱小,个体生命随时都会被黑暗所吞噬。王阳明仅仅是个被腐朽朝廷所打压的谪丞,但透过字里行间仍能体察其对命运的思考,一个不畏强暴的正直士大夫形象跃然纸上。弱小虽然会被毁灭,但它昭示着一种新的思想,反衬出黑暗势力的狰狞面目和穷途末路,它能激发人们对社会正义的渴望。王阳明早已视死如归,悲剧的审美性包含其中。《瘗旅文》的另一个审美视点是其对人生命运归宿的探讨。在祭文的两首祭辞中,王阳明通过吏目与自身命运的类比,在抒发对世道不公的怨愤之情时,又以豁达超脱的笔调唱出了对"灵魂"的礼赞。"达观随寓"是王阳明对人生归宿的大彻大悟,其对悲剧命运的抗争源于对"良知"本体的自信。

按行文脉络,全文可分为两个部分:第一部分交代了事情的缘起。文中写吏目等三人在一昼夜中相继倒毙蜈蚣坡的惨状,这给王阳明在心灵上以极大的冲击,行文措辞极其悲伤,为后文的议论、抒情做了铺垫。同时,抒发了满腔悲愤和对故乡的思念之情。"呜呼伤哉!繄何人?繄何人?吾龙场驿丞余姚王守仁也。"这种"同是天涯冷落人"的人间悲悯之情感天动地,无疑是对封建专制黑暗统治"鸾凤伏窜兮,鸱枭翱翔"的强烈控诉,也是王阳明恻隐之心的自然流露。第二部分用两首骚体挽歌,以歌抒怀,表达了王阳明对生死的达观态度,有战国时期屈原所作《离骚》悲怆慷慨之遗风。第一首表达对生死的超然之感:"连峰际天兮,飞鸟不通;游子怀乡兮,莫知西东。莫知西东兮,维天则同。异域殊方兮,环海之中；达观随寓兮，奚必予宫？魂兮魂兮，无悲以恫。"尽管身处崇山峻岭与世隔绝之地，但其用达观的人生态度安慰死者，并以万物一体的观念、以仁者的同情之心和超越生死的达观态度告慰死者的灵魂，传达出一种普世的情感。第二首是告慰死者的挽歌，表现出其视人若己的仁者之心："吾苟死于兹兮，率尔子仆，来从予兮！吾与尔遨以嬉兮，骖紫彪而乘文螭兮，登望故乡而嘘唏兮！吾苟获生归兮，尔子尔仆，尚尔随兮，无以无侣悲兮！道傍之冢累累兮，多中土之流离兮，相与呼啸而徘徊兮！餐风饮露，无尔饥兮！朝友麋鹿，暮猿与栖兮！尔安尔居兮，无为厉于兹墟兮！"如泣如诉，哀怨凄厉，既慰藉亡灵，又自慰心灵，读之令人激愤和豁达。超越生死的达观与对故乡亲人的深深眷恋，相互交织，既抒发了对时代与个人命运不幸的哀怨，又传达出王阳明对浊世的否定态度。

此文采用明暗相辅的复线结构，明写暴死荒坡的老吏目等一行，暗写自身的悲剧命运，复合重奏，犹如生者与死者的对话，强化了悲剧的力度。文章将叙事、议论和抒情自然、真切地融为一体。感情真挚，充满良知之美。有哀伤、有悲愤、有离愁，但更有豁达，四者交融，构成了《瘗旅文》的情感旋律。其文是对生命价值的终极关怀和对生命意义的拷问，是一篇极富现实意义的祭文。此文是对人性的讴歌，文情并重，感人肺腑，历来为世人所传诵。明代王阳明同邑后学施邦曜评点《瘗旅文》说："是实学问。""读之令人哀感百集，读到'未尝一日之戚戚'，又令人忧思顿忘。"《古文观止》编者在批注中说："作之者固为多情，读之者能无泪下！""先生罪谪龙场，自分一死，而幸免于死。忽睹三人之死，伤心惨目，悲不自胜。"从文学的角度看，之所以受到明中以降的散文选家所重视，是因为此文具有极高的审美价值。《瘗旅文》堪称明代"哀悼散文之冠"，后人将《瘗旅文》与唐代李华《吊古战场文》和韩愈《祭十二郎文》合称为祭文"三绝"。

三、平乱征战文

　　王阳明一生中所指挥的平乱战役有三次：一是平南赣盗贼之乱。时在明正德十二年（1517）正月至十三年（1518）五月，在不到一年半时间中发起了漳南象湖山之战、赣南横水桶冈之战、广东"三浰"之战，一扫数十年匪患之祸，并在平乱之地分别奏请设立福建平和县、江西崇义县和广东和平县，以巩固平乱成果，百姓从此得以安居乐业，社会始得安宁。在平乱期间，王阳明在写给弟子杨仕德的信中，提出了著名的"破山中贼易，破心中贼难"的治乱思想，并成为其正确处理平定盗贼问题的军政指导思想。此期间，王阳明讲论心学思想，为从心体上解决"正心"问题，以及南赣地区的长治久安做出了极大的努力。二是平南昌藩王朱宸濠之叛乱。正德十四年（1519）六月，王阳明奉命勘处福州三卫军人进贵等胁众谋反之事。十五日，当其行至离南昌尚有一百多里的丰城县时，得到知县顾佖报告，获知南昌宁王朱宸濠举兵谋反。于是，王阳明即刻返还吉安，并将朱宸濠谋反之事迅速上报朝廷。随即，与吉安知府伍文定等地方官员会商举义旗平叛之策，并传檄四方。王阳明自起兵平叛至结束，前后仅用了三十余天时间，将一场蓄谋已久、来势汹汹的宗室叛乱平息，创造了以少胜多、以弱胜强的经典战例。三是平广西土司及盗贼之乱。明嘉靖六年（1527），广西思恩、田州等地土司发生叛乱。于五月，朝廷方起用在绍兴丁父忧期满后赋闲的王阳明前去平乱，授都察院左都御史，出征广西。王阳明至南宁后，经过深入调研，发现土司叛乱的根本原因是由于流官与土官之间的关系处理不当所导致。于是，王阳明改剿为抚，晓之以理，不用一兵一卒，就化解了叛乱，土司归服，西南边陲得以安宁。当时，盘踞在断藤峡、八寨的盗贼据险作恶，荼毒百姓日久。王阳明为解民之倒悬，发起平断藤峡、八寨之役。此战不足一月即告捷，从此结束了西南边疆数十年之匪患，百姓欢欣鼓舞，无不称快。在以上三大战役中，王阳明以攻心为上，力破"心中之贼"，同时充分运用《武经》战法，灵活机动、出其不意，攻其不备，战无不胜，创造了文臣领兵打仗之奇迹。《明史·王守仁传》评价其军事才干："王守仁始以直节著。比任疆事，提弱卒，从诸书生扫积年逋寇，平定孽籓。终明之世，文臣用兵制胜，未有如守仁者也。"本专题选录6篇代表性的奏疏、公移等文，以反映王阳明平乱、平叛的时代背景及其正义性，昭示其军事战略思想与作战指挥艺术，从中探究王阳明军事思想与"致良知""亲民"学说之间的内在联系。

选拣民兵

照得府属地方①,界连四省②;山谷险隘,林木茂深,盗贼所盘,三居其一③;乘间劫掠,大为民害。本院缪当巡抚④,专以弭盗安民为职⑤。钦奉敕谕⑥,一应军马钱粮事宜,得以径自区画⑦。莅任以来⑧,甫及旬日⑨,虽未遍历各属,且就赣州一府观之⑩,财用耗竭,兵力脆寡,卫所军丁⑪,止存故籍⑫;府县机快⑬,半应虚文⑭;御寇之方,百无足恃,以此例彼,余亦可知。夫以羸卒而当强寇⑮,犹驱群羊而攻猛虎,必有所不敢矣。是以每遇盗贼猖獗,辄复会奏请兵;非调土军⑯,即倩狼达⑰,往返之际,辄已经年;糜费所须⑱,动逾数万;迨至集兵举事,即已魍魉潜形⑲,曾无可剿之贼;稍俟班师旋旅,则又鼠狐聚党,复皆不轨之群⑳。良由素不练兵,倚人成事;是以机宜屡失,备御益弛,征发无救乎疮痍㉑,供馈适增其荼毒㉒,群盗习知其然,愈肆无惮㉓。百姓谓莫可恃,竟亦从非。

夫事缓则坐纵乌合㉔,势急乃动调狼兵㉕,一皆苟且之谋㉖,此岂可常之策?古之善用兵者,驱市人而使战,假闲戍以兴师㉗。岂以一州八府之地㉘,遂无奋勇敢战之夫?事豫则立㉙,人存政举。近据江西分巡岭北道兵备副使杨璋呈,将所属各县机快,通行拣选,委官统领操练,即其处分,当亦渐胜于前。但此等机快,止可护守城郭,堤备关隘㉚;至于捣巢深入,摧锋陷阵,恐亦未堪。为此案仰四省各兵备官,于各属弩手㉛、打手㉜、机快等项㉝,挑选骁勇绝群、胆力出众之士,每县多或十余人,少或八九辈;务求魁杰异材，缺则悬赏召募。大约江西、福建二兵备，各以五六百名为率；广东、湖广二兵备，各以四五百名为率。中间若有力能扛鼎，勇敌千人者，优其廪饩㉞，署为将领。召募犒赏等费，皆查各属商税赃罚等银支给。各县机快，除南赣兵备已行编选外，余四兵备仍于每县原额数内拣选精壮可用者，量留三分之二；就委该县能官统练，专以守城防隘为事；其余一分拣退疲弱不堪者，免其著役，止出工食，追解该道，以益召募犒赏之费。所募精兵，专随各兵备官屯札，别选素有胆略属官员分队统押。教习之方，随材异技；器械之备，因地异宜；日逐操演，听候征调。各官常加考校㉟，以核其进止金鼓之节㊱。本院间一调遣，以习其往来道途之勤。资装素具，遇警即发，声东击西，举动由己；运机设伏，呼吸从心。如此，则各县屯戍之兵，既足以护防守截；而兵备募召之士，又可以应变出奇。盗贼渐知所畏而格心，平良益有所恃而无恐，然后声罪之义克振，抚绥之仁可施，弭盗之方，斯惟其要。本院所见如此，其间尚有知虑未周，措置犹缺者，又在各官酌量润色，务在尽善，期于可久；亮爱民忧国之心既无不同，则拯溺救焚之图自不容缓。案至，即便举行，或有政务相妨，未能一一亲诣，先行各属，精为选发。先将召募所得姓名，及措置支费银粮，陆续呈报。事完之日，通造文册，以凭查考。

[注释]

①照：此处意为查实，知晓。

②四省：指江西、福建、湖广和广东。

③三居其一：盗贼所占比例为三分之一。

④巡抚：在明代，巡抚虽非地方正式军政长官，但因出抚地方，节制三司（承宣布政使司、提刑按察使司、都指挥使司），实际掌握着地方军政大权。王阳明于明正德十一年（1516）九月受命都察院左佥都御史，巡抚南、赣、汀、漳等处（所辖"八府一州"），简称"南赣巡抚"。

⑤弭（mí）盗安民：平息盗贼，稳定民生。

⑥敕（chì）谕：皇帝的诏令。

⑦区画：筹划，安排。

⑧莅任：上任。

⑨甫：刚刚。旬日：十天。

⑩赣州：属江西省，南赣巡抚衙门治所地。

⑪卫所：明朝实行的军队编制制度。军队组织有卫、所两级。

⑫故籍：意为原来的兵员名册。

⑬机快：指府县的捕快。

⑭虚文：空额虚设。

⑮羸（léi）卒：疲弱的士兵。

⑯土军：此指当地"狼兵"。

⑰倩（qiàn）：请。狼：指狼兵，狼兵制度肇始于明代，是明朝军制的重要组成环节。文中所指狼兵，专指出于广西的作战人员，此类人不隶军籍，彪悍勇武，在明代"剿贼""御倭"多有使用。

⑱糜费：耗费过多。

⑲魍魉（wǎngliǎng）潜形：喻隐藏起来。

⑳不轨之群：意为杀人越货的盗贼。

㉑疮痍（chuāngyí）：创伤，比喻遭受破坏或灾害后的景象。

㉒荼（tú）毒：荼，一种苦菜；毒，螫人之虫。吃苦菜，受伤害，比喻毒害，残害。

㉓愈肆无惮：指更加恣意妄行，毫无顾忌。

㉔乌合：形容人群没有严密组织而临时凑合，如群乌暂时聚合。

㉕狼兵：见前注。

㉖苟且：意为只顾眼前，得过且过。

㉗闾戍：意为将普通百姓编练成士卒。

㉘一州：指湖广郴州。八府：指江西赣州、南安，福建汀州、漳州，广东南雄、韶州、潮州、惠州。

㉙事豫则立：不论做什么事，事先有准备，往往能得到成功，不然就会失败。《礼记·中庸》："凡事豫则立，不豫则废。"

㉚关隘：指险要的关口，或指在交通要道设立的防务设施，又称关卡。

㉛弩手：熟习射箭的人。

㉜打手：指精于技击、勇敢善战的人。

㉝机快：见前注。

㉞廪饩（lǐnxì）：泛指薪给。此处意为增加饷银。

㉟考校：检查，考核。

㊱金鼓之节：古代战场上用鸣金、击鼓作为指挥士兵进止的信号，击鼓即进，鸣金即止。

[评析]

王阳明于正德十二年（1517）初受命巡抚南赣地区平乱后，在指挥平定南赣盗贼作战之前，已对朝廷以往派官军以及调少数民族土司武装征剿山贼的做法作过研究，对历次剿匪失败的教训深知原委，同时也清楚地方官军战斗力薄弱，根本不是盗贼的对手。因此，要在短时间内扫平南赣地区横行数十年的三大匪巢，在王阳明看来只能依靠熟悉地形匪情、精明强干的当地百姓参与平乱，方能成功。基于这样的分析，王阳明在赣州上任后，当年初就向所辖官府发出了《选拣民兵》的公文。本文在结构上分三部分。

第一部分是分析匪情及总结以往剿匪失败的原因。文中从两个方面分析：一是分析盗贼的优势及行为特征："界连四省；山谷险隘，林木茂深，盗贼所盘，三居其一；乘间劫掠，大为民害。"这一状况决定了官军不能采用大兵团作战的方法。二是分析地方官府的现状："且就赣州一府观之，财用耗竭，兵力脆寡，卫所军丁，止存故籍；府县机快，半应虚文；御寇之方，百无足恃，以此例彼，余亦可知。"这一实情决定了地方官府养不起调外省狼军来征剿贼匪，唯一的办法是就地选才，即从所管辖的南赣地区"八府一州"中挑选骁勇善战的乡民参战，如果不按此战略办的话，就会导致严重的后果。

第二部分是告知下属如何选拣民兵。在王阳明看来，"事豫则立，人存政举"。王阳明推介了"江西分巡岭北道兵备副使杨璋呈，将所属各县机快，通行拣选，委官统领操练，即其处分，当亦渐胜于前"的经验。在肯定的同时，进一步指出仅挑选一些捕快是不够的，还需要挑选一些"捣巢深入，摧锋陷阵"的弩手、打手、机快，以及智勇出众之士。同时，明确了四省选拣民兵的人数、素质要求，以及如何强化训练、如何选拔将领、如何考核等规定，并明确了军费开支来源，使下属有章法可循。

第三部分是告知剿匪的战术要求。文中，王阳明对各府县之选拣民兵如何协同作战也提出了明确的要求："资装素具，遇警即发，声东击西，举动由己；运机设伏，呼吸从心。如此，则各县屯戍之兵，既足以护防守截；而兵备募召之士，又可以应变出奇。"选拣民兵，主要是为了用好民兵，让其在剿匪中充分发挥特殊的作用，这是王阳明在南赣剿匪中十分重要的军事思想。最后，王阳明要求属下能充分发挥主观能动性，针对各自的实际情况拟定并细化作战方案，力求做到"尽善"。

此文在写作上行文逻辑清楚，从为何要选拣民兵的道理入手，依次讲清如何选拣民兵、如何用好民兵，以保证剿匪行动的顺利进行，一气贯注，重在实行。另外，在语言上多用"四言""六言"，概括力极强，增强了节奏感。诸如："界连四省；山谷险隘，林木茂深，盗贼所盘，三居其一；乘间劫掠，大为民害。"寥寥数语，就讲清了南赣地区匪患的严峻与剿匪之难度。又如："教习之方，随材异技；器械之备，因地异宜；日逐操演，听候征调。"仅仅用了24个字，就对下属交代清楚编练民兵的要领。用"六言句"描述了盗贼的行踪轨迹，十分清晰，诸如："逮至集兵举事，即已魍魉潜形，曾无可剿之贼；稍俟班师旋旅，则又鼠狐聚党，复皆不轨之群。"另外，还使用警句、骈句，既增强了说理的力量，也深化了选拣民兵的重要意义。诸如："古之善用兵者，驱市人而使战，假间戍以兴师。岂以一州八府之地，遂无奋勇敢战之夫？""亮爱民忧国之心既无不同，则拯溺救焚之图自不容缓。"由此可见，王阳明在说理性公文中运用语言的高超水平。

剿捕漳寇方略牌

据福建、广东布、按二司①，参议等官、张简等各呈剿捕事宜，已经行仰遵照案验施行。所有方略②，恐致泄露，不欲备开案内。为此另行牌仰广东岭东，福建汀、漳等处兵备佥事顾应祥、胡琏，密切会同守巡纪功赞画等官，于公文至日，便可扬言。

本院新有明文，谓：天气向暖，农务方新，兼之山路崎险，林木蓊翳③，若雨水洊至④，瘴露骤兴，军马深入，实亦非便。莫若于要紧地方，量留打手机兵，操练堤备。其余军马，逐渐抽回；待秋收之后，风气凉冷，然后三省会兵齐进。或宣示远近，或晓谕下人，此声既扬，却乃大飨军士，阳若犒劳给赏，为散军之状；实则感激众心，作兴士气；一面亦将不甚紧关人马抽放一处两处，以信其事；其实所散人马，亦可不远，而复预遣间谍⑤，探贼虚实；有间可乘，即便赍糗⑥，衔枚连夜速发，当此之时，却须舍却身家，有死无生，有进无退，若一念转动，便成大害；劲卒当前，重兵继后，伺至其地，鼓噪而入。仍戒当先之士，惟在摧锋破阵，不许斩取首级；后继重兵，止许另分五六十骑，沿途收斩；其余亦不得辄乱行次，违者就便以军法斩首。重兵之后，纪功赞画等官各率数队，相继而进，严整行伍，务令鼓噪之声连亘不绝，使诸贼逃遁山谷者闻之，不得复聚。若贼首未尽，探其所如，分兵速蹑⑦，不得稍缓，使贼复得为计。已获渠魁，其余解散党与，平日罪恶不大，可招纳者，还与招纳；不得贪功，一概屠戮。乘胜之余，尤要振兵肃旅如初⑧；遇敌不得恃胜懈弛，恐生他虞⑨。归途仍将已破贼巢，悉与扫荡，经过寨堡村落，务禁摽掠⑩，宜抚恤者，即加抚恤；宜处分者，即与处分；毋速一时之归，复遗他日之悔。本院奉命而来，专以节制四省沿边军职为务。即今进兵，一应机宜，悉宜禀听本院，庶几事有总领⑪，举动齐一。授去方略，敢有故违，悉以军法论处。各官知会之后，即连名开具遵依揭帖⑫，密切回报。

[注释]

　　①布、按二司：前者指承宣布政使司，管一省民政和财政；后者指提刑按察使司，管刑法。

②方略：意指方针和策略。

③蓊翳（wěngyì）：草木茂密貌。

④洊（jiàn）至：意为连续下雨。

⑤间谍：密探。

⑥赍糗（qiǔ）：准备好干粮，炒熟的米或面等。

⑦蹑（niè）：此处意为"追踪"。

⑧肃旅：意为严肃军纪。

⑨虞：意为预料之外。

⑩摽（biào）掠：抢劫、掳掠。

⑪总领：统领，统管。

⑫揭帖：此处意为军事文书。

[评析]

此公文题下标注时间为"正月"，即明正德十二年（1517）一月。正德年间，江西、福建、广东、湖广四省边界盗贼蜂起，百姓遭殃，生灵涂炭，朝廷屡派军队戡乱剿匪，收效甚微。延至正德中，盗贼越演越烈，占山为王，割据一方。盗贼若遇官军剿匪，则四面呼应，负隅抵抗，动乱局面难以收拾，严重威胁了明王朝在江南的统治。在此危难之秋，正德十一年（1516）九月，兵部尚书王琼慧眼识英才，特举王阳明为都察院左佥都御史，巡抚南、赣、汀、漳等处。王阳明虽以身体多病、能力弱不堪重任、祖母近百岁需要供奉等由请辞，但朝廷不允。王阳明受命后，于十月顺道至越城安排家事后，年末赴任，于次年正月十六日抵江西赣州即开府。王阳明到任后，发出的首道公文是《巡抚南赣钦奉敕谕通行各属》，文首直接引圣旨："江西、福建、广东、湖广各布政司地方交界去处，累有盗贼生发。因地连各境，事无统属，特命尔前去巡抚江西南安、赣州，福建汀州、漳州，广东南雄、韶州、惠州、潮州各府，及湖广彬州地方。安抚军民，修理城池，禁革奸弊，一应地方贼情，军马钱粮事宜，小则径自区画，大则奏请定夺。"其后，王阳明分析匪情，阐明剿匪方略，最后要求各地官员详细调研，提出具体的对策，同心破贼。"贼垒民居之错杂，皆可按实开注；近者一月以里，远者一月以外，凡有所见，备写揭帖，各另呈来，以凭采择。"从中说明王阳明平盗贼善于运用兵法"知己知彼"的谋略，其平乱方略是建立在严密的调查研究基础之上的。

王阳明指挥作战雷厉风行，战前经过极短时间的准备：一是实行"十家牌法"，以断绝盗匪与村落的联系，使盗贼失去依持；二是挑选民兵，充分依靠精明强干、骁勇超群的当地民众直接参与平乱，以增强官军的战斗力。据《阳明先生年谱》载，明正德十二年正月，在经过短短的十天左右准备后，王阳明迅速拟定作战方案并组织实施。选择盗匪越演越烈的漳南象湖山詹师富、温火烧等贼匪作为首个平定对象，调集三省官军联合进攻漳南象湖山匪巢。此战，王阳明采用"欲擒故纵"的战术，以"撤兵"之策迷惑盗匪，致其松懈，然后派间谍"探贼虚实"，一旦有机可乘，便以迅雷不及掩耳之势，"衔枚连夜速发"，三路人马并进，不给盗贼以喘气之机，一举歼灭之。

经战果统计，漳南象湖山一战连破匪巢十三所，贼首詹师富、温火烧被消灭，是役仅用三个月时间，漳南数十年匪患悉平。漳南象湖山之战是王阳明统一指挥平乱剿匪的第一战，旗开得胜，大大鼓舞了将士的士气，震慑了南赣地区强盗的嚣张气焰，安定了漳南地区的治安，百姓得以安居乐业。漳南象湖山之战亦是王阳明正确运用《武经七略》战略战术的结果，为其后平横水、桶冈，平三浰盗贼奠定了基础，具有十分重要的战略意义。从作战公文写作的角度看，王阳明的军事文章，思路清晰，逻辑严密，作战行动步骤表述具体明确，行文简洁。

横水桶冈捷音疏①（节录）

查得先为地方紧急贼情事，节奉提督军门案验备仰本道计处兵粮②，约会三省官兵③，将上犹等处贼巢克期进剿④。奏请定夺外⑤，本年六月初五日，据大庾⑥、上犹等县申，并据南康县县丞舒富呈称⑦：大贼首谢志珊号征南王⑧，纠率桶冈等巢贼首钟明贵等，约会广东大贼首高快马等，大修战具，并造吕公车⑨，欲要先将南康县打破，就行乘虚入广。乞早为扑捕等因，备呈本院行委知府季斆等分兵剿捕⑩，获功，呈报奏闻讫。又经本院行委知府季斆、指挥来春、姚玺、谢昶、冯翔、县丞舒富、千户林节，各于要害防遏。擒斩功次，俱发仰本道纪验，解送本院枭示外⑪，随该本道会同分守参议黄宏，议照江西地方惟桶冈一处该与湖广约会夹攻，龙川一县该与广东约会夹攻。其余三县腹心之贼，不时奔冲，难以止遏，合无以次剿捕等因，具呈。本院移文广东、湖广镇巡衙门，约会以次攻剿间，随奉本院分定哨道，指授方略。将知府邢珣等刻期进剿，备仰各道不妨职事，照旧军前纪验赞画等因，依奉催督各营官兵进攻去后，今呈前因，除将擒斩贼徒首级俱类送巡按衙门会审纪验明白，生擒仍解提督军门处决，并贼级照例枭示，被虏人口给亲完聚，贼属男女并牛马骡变卖银两，收候赏功支用，器械赃物俱发赣县贮库外，职等议照上犹等县。横水等巢大贼首谢志珊、谢志田、谢志富、谢志海、萧贵模、萧贵富、徐华、谭曰志、雷俊臣，桶冈大贼首蓝天凤、蓝八苏、蓝文昭、胡观、雷明聪、蓝文亨，鸡湖大贼首唐洪，新溪大贼首刘允昌，杨梅大贼首叶志亮，左溪大贼首薛文高、高诵、冯祥，朱雀坑大贼首何文秀，下关大贼首苏景祥，义安大贼首高文辉，密溪大贼首高玉瑄、康永三，丝茅坝大贼首唐曰富、刘必深，长河坝大贼首蔡积富、叶三梅，伏坑大贼首陈贵诚，鳖坑大贼首蓝通海，赤坑大贼首谭曰荣，双坝大贼首谭祐、李斌等，冥顽凶毒，恃险为恶，僭拟王号，伪称总兵，聚集党类数千，肆行流毒三省，攻围南安、南康府县城池，杀害千户主簿等官，流劫湖广桂阳、郴县、宜章，吉安府龙泉、万安、泰和、永新等县。良民子女，被其奴戮；房屋仓廪，被其焚烧；道路田土，被其阻荒；占夺者，以千万顷；赋税屯粮，负累军民赔纳者，以千万石。其大贼首谢志珊、蓝天凤，各又自称"盘皇子孙"，收有传流宝印、画像，蛊惑群贼，悉归约束。即其妖狐酷鼠之辈，固知决无所就；而原其封豕长蛇之心，实已有不可言。比之姚源之王浩八，华林之胡雪二，东乡之徐仰四，建昌之徐九龄，均为贼首，而奸雄实倍之。今则渠魁授首，巢穴荡平，擒斩既多，俘获亦尽。数十年之祸害已除，三省之冤愤顿释。悉皆仰仗朝廷怜念地方之荼毒⑫，大兴征讨之王师，并提督军门指授成算，号令严明，亲临督阵，身先士卒，以致各哨官兵用命争先，捐躯赴敌，或臻是捷⑬。拟合会案呈详施行等因，据呈到臣。

卷查先准兵部咨，为申明赏罚以励人心事，该本部覆议，请敕南赣等处都御史假以提督军务名目，给与旗牌应用，以振军威。一应军马钱粮事宜，径自便宜区画。文职五品以下，武职三品以下，径自拿问发落。如遇盗贼入境，即便调兵剿杀，不许踵袭旧弊招抚，重为民患。所部官军，若在军前违期，逗遛退缩，俱听以军法从事。题奉圣旨："是，王守仁着提督南、赣、汀、漳等处军务，换敕与他。其余事宜，各依拟行。钦此。"及为地方紧急贼情事，准兵部咨，看得所奏攻治贼盗二说，合无行文，交与都御史王守仁，悉依前项申明赏罚事理，便宜行事，期于成功，不限以时等因。题奉圣旨："是，这申明赏罚事宜，还行于王守仁知道。钦此。"又准兵部咨，该巡抚湖广都御史秦金题，该本部覆题：看得郴、桂等处与广东、江西所辖瑶峒密迩联络，若非三省会兵夹攻，贼必遁散。合无请敕两广并南赣总督、巡抚等官会同行事，克期进兵等因。节奉圣旨："是，都依拟行。钦此。"又该巡按江西监察御史屠侨奏，要会同湖广、江西抚镇等官，各量起兵，约会克期夹剿。又该本部覆题，奉圣旨："是，这南赣地方贼情，只照依恁部里原拟事宜⑭，着都御史王守仁自行量调官军，设法剿捕。如有该与江西、两广巡抚、总督等官会兵征剿的，听随宜会议施行。钦此。"续准兵部咨，该臣题开计处南、赣二府兵粮事宜，及合用本省巡按、御史纪功缘由，该本部覆题，奉圣旨："是，都依拟行。钦此。"俱钦遵。陆续备咨到臣，俱经行江西、广东、湖广各道兵备、守巡等官一体钦遵，调取官军兵快，克期夹攻。及咨巡抚江西都御史孙燧⑮，并行巡按御史屠侨各查照外。续据领兵县丞舒富等呈称，各畲贼首闻知湖广土兵将到，集众据险，四出杀掠，猖炽日甚，乞为急处等因到臣。当将进兵机宜，督同兵备副使杨璋、分守参议黄宏、统兵知府等官邢珣等，议得桶冈、横水、左溪诸贼，荼毒三省，其患虽同，而事势各异。以湖广言之，则桶冈诸巢为贼之咽喉，而横水、左溪诸巢为之腹心；以江西言之，则横水、左溪诸巢为贼之腹心，而桶冈诸巢为之羽翼。今不先去横水、左溪腹心之患，而欲与湖广夹攻桶冈，进兵两寇之间，腹背受敌，势必不利。今议者纷纷，皆以为必须先攻桶冈，而湖广克期乃在十一月初一日，贼见我兵未集，而师期尚远，且以为必先桶冈，势必观望未备。今若出其不意，进兵速击，可以得志。已破横水、左溪，移兵而临桶冈，破竹之势，蔑不济矣。于是，臣等乃决意先攻横水、左溪，密切分布哨道，使都指挥佥事许清率兵千余，自南康县所溪入；知府邢珣率兵千余，自上犹县石人坑入；知县王天与率兵千余，自上犹县白面入；令其皆会横水。使守备指挥郏文率兵千余，自大庾县义安入；知府唐淳率兵千余，自大庾县聂都入；知府季斅率兵千余，自大庾县稳下入；县丞舒富率兵千余，自上犹县金坑入；令其皆会左溪。知府伍文定、知县张戬，候各兵齐集，令其亦从上犹、南康分入，以遏奔冲。臣亦亲率兵千余，自南康进屯至坪，期直捣横水，以与诸军会；而使兵备副使杨璋、分守参议黄宏，监督各营官兵，往来给饷，以促其后。分布既定，乃于十月初七日夜，各哨齐发；初九日，臣兵至南康；初十日，进屯至坪。使间谍四路分探，皆以为诸贼不虞官兵猝进⑯，各巢皆鸣锣聚众，往来呼噪奔走，为分投御敌之状，势甚张皇；然已于各险隘皆设有滚木礌石。度此时贼已据险，势未可近。臣兵乘夜遂进。十一日小饷，未至贼巢三十里，止舍，使人伐木立栅，开堑设堠，示以久屯之形。夜使报效听选官雷济、义民萧庚，分率乡兵及樵竖善登山者四百人，各与一旗，赉铳炮钩镰⑰，使由间道攀崖悬壁而上，分列远近极高山顶以觇贼。张立旗帜，爇茅为数千灶⑱；度我兵且至险，则举炮燃火相应。十二日早，臣兵进至十八面隘。贼方据险迎敌，骤闻远近山顶炮声如雷，烟焰四起；我兵复呼噪奋逼，铳箭齐发。

贼皆惊溃失措，以为我兵已尽入破其巢穴，遂弃险退走。臣预遣千户陈伟、高睿分率壮士数十，缘崖上夺贼险，尽发其滚木礌石。我兵乘胜骤进，呼声震天地。指挥谢昶、冯廷瑞兵由间道先入，尽焚贼巢。贼退无所据，乃大败奔溃。遂破长龙巢，破十八面隘巢，破先鹅头巢，破狗脚岭巢，破庵背巢，破白蓝、横水大巢。

先是，大贼首谢志珊、萧贵模等，皆以横水居众险之中，倚以为固。闻官兵四进，仓卒分众扼险，出御甚力。至是，见横水烟焰障天，铳炮之声撼摇山谷，亦各失势弃险走。各哨官兵乘之，皆奋勇力战而入。知府邢珣遂破磨刀坑巢，破鳖坑巢，破茶潭巢；知县王天与破樟木坑巢，破石王巢；都指挥许清破鸡湖巢，破新溪巢，破杨梅巢；俱至横水。知府唐淳破羊牯脑巢，破上关巢，破下关巢，破左溪大巢；守备指挥郑文破狮寨巢，破义安巢，破苦竹坑巢；指挥余恩破长流坑巢，破牛角窟巢，破龟坑巢；县丞舒富破箬坑巢，破赤坑巢，破竹坝巢；知府季斅破上西峰巢，破狐狸坑巢，破铅厂巢；俱至左溪。守巡各官亦随后督兵而至。是日，擒斩首从贼人、贼级并俘获贼属男妇、夺回被虏人口、牛马、赃仗数多。其余自相蹂践，堕岸填谷而死者，不可胜计。当是时，贼路所由入，皆刊崖倒树，设阱埋签，不可行。我兵昼夜涉深涧，蹈丛棘，遇险绝，则挂绳崖树，鱼贯而上，猿臂而下，往往失足堕深谷。幸而不死，经数日始能出。各兵已至横水、左溪，皆困甚，不复能驱逐。会日已暮，遂令收兵屯扎。次日，大雾、雨，咫尺不辨。连数日不开，乃令各营休兵享士，而使乡导数十人分探溃贼所往，并未破巢穴动静。十五日，得各乡导报，谓诸贼分阵，预于各山绝险崖壁立有栅寨，为退保之计。有复合聚于未破之巢者，俱不意我兵骤入，未及搬运粮谷，若分兵四散追击，可以尽获。臣等窃计，湖、广夹攻在十一月初一，期已渐迫。此去桶冈尚百余里，山路险峻，三日始能达。若此中之贼围之不克，而移兵桶冈，势分备多，前后顾瞻，非计之得。乃令各营皆分兵为奇正二哨，一攻其前，一袭其后，冒雾速进，分投急击。十六日，知府邢珣攻破旱坑巢、鸾井巢；知府季敩、守备指挥郑文攻破稳下巢、李家巢。十七日，知府唐淳攻破丝茅坝巢。十八日，都指挥许清攻破朱雀坑巢、村头坑巢、黄竹坳巢、观音山巢。十九日，指挥余恩攻破梅伏坑巢、石头坑巢。二十日，知府邢珣又攻破白封龙巢、芒背巢；知县王天与攻破黄泥坑巢、大富湾巢。二十二日，县丞舒富攻破白水洞巢。本日，知府伍文定、知县张戬兵亦至。二十四日，知府伍文定攻破寨下巢，知县张戬攻破杞州坑巢。二十五日，知县张戬又破朱坑巢，知府伍文定破杨家山巢。二十六日，知府季敩又破李坑巢，都指挥许清又破川坳巢。二十七日，守备指挥郑文又破长河洞巢。连日各擒斩首从贼人、贼级，并俘获贼属男妇，夺回被虏人口、牛马、赃仗数多。是日，各营官兵请乘胜进攻桶冈。臣复议得桶冈天险，四面青壁万仞，中盘百余里，连峰参天，深林绝谷，不睹日月。中所产旱谷、薯芋之类，足饷凶岁。往者亦尝夹攻，坐困数月，不能俘其一卒，竟以招抚为名而罢。及询访乡导，其所由入，惟锁匙龙、葫芦洞、茶坑、十八磊、新地五处，然皆架栈梯壑，贪悬绝壁而上[19]。贼使数人于崖巅，坐发礌石，可无执兵而御我师。惟上章一路稍平，然深入湖广，迂回取道，半月始至。湖兵既从彼入，而我师复往，事皆非便。今横水、左溪余贼皆已奔入其中，同难合势，为守必力。善战者，其势险，其节短。今我欲乘全胜之锋，兼三日之程，长驱百余里而争利，彼若拒而不前，顿兵幽谷之底，所谓强弩之末，不能穿鲁缟矣。今若移屯近地，休兵养锐，振扬威声，先使人谕以祸福，彼必惧而请服。其或有不从者，乘其犹豫，袭而击之，乃可以逞。乃使素与贼通戴罪义官李正岩、医官刘福泰，释其罪，并纵所获桶冈贼钟景，于二十八日夜悬壁而入，期以初一日早，使人于锁匙龙受降。贼方甚恐，见三人至，皆喜，乃集众会议。而横水、左溪奔入之贼，果坚持不可，往复迟疑，不暇为备。臣遣县丞舒富率数百人屯锁匙龙，促使出降；而使知府邢珣入茶坑，知府伍文定入西山界，知府唐淳入十八磊，知县张戬入葫芦洞；皆于三十日乘夜，各至分地。遇大雨，不得进；初一日早，冒雨疾登。大贼首蓝天凤方就锁匙龙聚议，闻各兵已入险，皆惊愕散乱，犹驱其众男妇千余人，据内隘绝壁，隔水为阵以拒。知府邢珣之兵渡水前击，张戬之兵冲其右，伍文定之兵自张戬右悬崖而下，绕贼傍击。贼不能支，且战且却。及午，雨霁。各兵鼓奋而前，乃败走。县丞舒富、知县王天与所领兵，闻前山兵已入，亦从锁匙龙并登。各军乘胜擒斩，贼悉奔十八磊。知府唐淳之兵复严阵迎贼，又败。然会日晚，犹扼险相持。次早，诸军复合势并击，大战良久，遂大败。知府邢珣破桶冈大巢，破梅伏巢、破鸟池巢。知县张戬破西山界巢、锁匙龙巢，破黄竹坑巢。知府唐淳破十八磊巢。知府伍文定破铁木里巢、破土池巢、破葫芦洞巢。知县王天与破员分巢、破背水坑巢。县丞舒富破太王岭巢。擒斩首从贼人、贼级，并俘获贼属男妇、夺回被虏人口、牛马、赃仗数多。贼大势虽败，结阵分遁者尚多。是日，闻湖广土兵将至，臣使知府邢珣屯葫芦洞，知府唐淳屯十八磊，知府伍文定屯大水，守备指挥郏文屯下新地，知县张戬屯碛头，县丞舒富屯茶坑，指挥姚玺、知县王天与屯板岭。而副使杨璋巡行碛头、茶坑诸营，监督进止，以继其粮饷。又使知府季敩分屯聂都，以防贼之南奔。都指挥许清留屯横水，指挥余恩留屯左溪，以备腹心遗漏之贼。而使参议黄宏留扎南安，给粮饷，以为聂都之继。臣亦躬率帐下屯茶寮，使各营分兵，与湖兵相会，夹剿逋贼。初五日，知府邢珣又破上新地巢、破中新地巢、破下新地巢。初七日，知府唐淳又破杉木坳巢、破原陂巢、破木里巢。十一日，知县张戬破板岭巢、破天台庵巢。十三日，又破东桃坑巢、破龙背巢。连日各擒斩俘获数多。其间岩谷溪壑之内，饥饿病疹颠仆死者不可以数。于是，桶冈之贼略尽。臣以其暇，亲行相视形势，据险立隘，使卒数百，斩木栈崖，凿山开道。又使典史梁仪领卒数百，相视横水，创筑土城，周围千余丈，亦设隘以夺其险。议以其地请建县治，控制三省诸瑶，断其往来之路，事方经营。十六日，据防遏推官徐文英呈称，广东鱼黄等巢被湖兵攻破，贼党男妇千余，突往鸡湖、新地、稳下、朱雀坑等处。臣复遣知府季敩分兵趋朱雀坑等处，知府伍文定趋稳下、鸡湖等处，守备指挥郏文、知府邢珣趋上新等处，各相机急剿。二十日，知府伍文定兵击贼于稳下寨、西峰寨、苦竹坑寨、长河坝巢、黎坑巢。二十三日，守备指挥郏文、知府邢珣击贼于上新地巢，知府伍文定又追击于鸡湖巢。十二月初三日，知府季敩击贼于朱雀坑寨、狐狸坑巢，擒斩首从贼徒、俘获贼属、夺获赃仗数多。于是奔遁之贼始尽。然以湖、广二省之兵方合，虽近境之贼悉以扫荡，而四远奔突之虞，难保必无。乃留兵二千余，分屯茶寮、横水等隘，而以是月初九日回军近县，以休息疲劳；候二省夹攻尽绝，然后班师。两月之间，通计捣过巢穴八十余处，擒斩大贼首谢志珊、蓝天凤等八十六名颗，从贼首级三千一百六十八名颗，俘获贼属二千三百三十六名口，夺回被虏男妇八十三名口，牛马骡六百八只匹，赃仗二千一百三十一件，金银一百一十三两八钱一分；总计首从贼徒、贼属、牛马、赃仗共八千五百二十五名颗口只件。俱经行令转解纪功官处，审验纪录去后。

[注释]

①横水、桶冈：在今之江西赣州崇义县，时为贼首谢志珊等占据。

②计处：此处意为筹措。

③三省：此指江西、广东和湖广。

④上犹：明太祖洪武元年（1368），改南安路为南安府，上犹属南安府，隶江西省，今隶属赣州市。上犹县位于江西赣州西部，赣江上游，东邻赣州南康，南连崇义，西接湖南桂东，北界吉安遂川。

⑤定夺：决定事情的可否或取舍。

⑥大庾：元至正二十五年（1365），改南安路为南安府，大庾为府治。领大庾、南康、上犹三县。1957年，改称大余县，今隶属赣州市。

⑦南康：明代属南安府，今属赣州市。

⑧谢志珊：又名志山。江西南安府上犹县人。明正德十一年（1516），在横水结寨为王，攻府掠地，为害地方，为一方贼首。

⑨吕公车：中国古代一种大型攻城器械。车起楼数层，内藏士兵，外蔽皮革，以牛拉或人推，可出其不意推至城下，因与城同高，可直接攀越城墙，与敌交战。吕公，指商代末期的姜尚，因其受封于吕地，所以尊为"吕公"，相传此车是由他发明的。历史上的吕公车最早成型应追溯到宋代，明代方有较多应用。

⑩季斆（xiào）：时为江西南安府知府。

⑪枭（xiāo）示：旧时谓斩头而悬挂在杆上示众。

⑫荼毒（túdú）：毒害，残害。

⑬臻（zhēn）：此意为"达到"。

⑭恁（nín）：古同您。

⑮孙燧（1460～1519）：字德成，号一川，浙江余姚人。明弘治六年（1493）进士。历仕刑部主事、郎中、河南右布政使、右副都御史、巡抚江西，宁王朱宸濠谋反时被害，卒赠礼部尚书。

⑯不虞：没有预料到。

⑰赍（jī）：意为"带着"。

⑱爇（ruò）：烧。

⑲夤（yín）缘：攀缘上升。

[评析]

　　王阳明在正德十二年（1517）初发起平漳南之贼后，又于当年十月发起平江西与湖广、广东三省交界处的横水、桶冈战役，整个战役在严密部署下，克服地形复杂、战术难度大的困难，取得了辉煌的战果。据《阳明先生年谱》记载，漳南之战结束后，正德十二年四月，班师。王阳明驻军上杭，时遇大旱，三月不雨。王阳明顺从民意，在驻地为民祷雨，老天显灵，果一雨三日，民大悦。及班师，有司请名行台之堂曰"时雨堂"，王阳明为之作记。五月，立兵符，整顿军队组织，加强军队纪律。为配合南赣地区剿匪，加强山区地方政权建设，王阳明从战略长远考虑，奏设平和县（今隶属于福建省漳州市），移枋头巡检司，以扼诸贼巢咽喉。为解决剿贼的军饷问题，六月，王阳明上《疏通盐法疏》，要求放行抽取盐税以资军饷。正德十二年九月，王阳明"改授提督南、赣、汀、漳等处军务，给旗牌"，王阳明军事指挥权扩大，可以直接调动和指挥原不属于自己管辖的外省军队，"得便宜行事"。王阳明用兵十分注意平乱的系统性，将军事指挥权、地方政权设置、军费补充等作通盘谋划，为平南赣地区之乱奠定了扎实的基础。时漳南盗寇虽平息，但广东最北端的乐昌、龙川诸贼巢尚多啸聚，危害地方。为此，王阳明没有轻易动刀兵，而是先以牛酒银布犒抚，然后进行劝谕，晓之以大义，感之以情，即所谓"破心中之贼"。此招果然有效，盗匪头目率众投降，愿效死以报，体现了王阳明用兵"攻心为上""不战而屈人之兵"的高超谋略。

正德十二年十月，时南赣桶冈、横水诸贼巢首领谢志珊会同乐昌高快马等贼首，大修战具，欲与官军交战。桶冈、横水诸贼巢是南赣地区剿匪的战略要地，根据官军与盗贼之间的态势，王阳明决定"擒贼先擒王"，突袭贼巢心脏，发起桶冈、横水战役。关于桶冈、横水之战，王阳明在《横水桶冈捷音疏》一文中，对战役的起因、过程和战果等作了详细地记载，写得极有特色。

一是写战役的缘起与作战方案的选择。从文中叙述看，时桶冈、横水、左溪诸贼，荼毒三省，危害之烈。因盗贼闻官军将至，使"集众据险，四出杀掠，猖炽日甚"。对此紧急情况，王阳明判明情势，立刻做出剿贼部署。从作战方针的制定过程看，诸将领对首攻目标的确定意见不一。王阳明审时度势，对部属提出的作战建议进行了周密的分析论证，在经过反复权衡后，当机立断，决定先攻横水、左溪之巢，直捣贼巢心窝，然后出其不意移兵桶冈。战役的进展表明，王阳明的决策完全正确，其超群的军事指挥艺术再度显露。

二是对战役场面的描述。在王阳明的统一指挥下，官军经过数日激战，一举扫平了横水、左溪等十余处贼巢。文中对进攻横水、左溪等贼巢的战斗场面作了具体描述：官军善于出其不意地突破盗贼防线，乘敌不备,连夜发兵。避开正面进攻,选择"间道攀崖悬壁而上",剿贼将士突然出现在贼巢,令盗贼措手不及,一举歼灭,然后迅速扩大战果,乘胜追击。文中写官军作战勇敢,冒着"滚木礌石"突破天险,奋勇杀敌。整个战斗场面描写十分壮观,烟火四起,炮声震天。当官军移师桶冈时,重点叙述行军的艰险。文中描写桶冈天险,四面青壁万仞,中盘百余里,连峰参天,深林绝谷,不睹日月。从以上描述可知,进军桶冈的道路十分险恶,地形十分复杂,盗贼事先在道路上设井埋签,路不可行。然而,官军面对艰险,仍"昼夜涉深涧,蹈丛棘,遇险绝,则挂绳崖树,鱼贯而上,猿臂而下,往往失足堕深谷"。在如此艰难的环境中,此战打得十分艰难,官军克服种种困难,出奇兵制胜。经过激战,各营官兵迅速扫平桶冈贼巢。王阳明在总结此战役胜利的经验时说:"善战者,其势险,其节短。今我欲乘全胜之锋,兼三日之程,长驱百余里而争利,彼若拒而不前,顿兵幽谷之底,所谓强弩之末,不能穿鲁缟矣。今若移屯近地,休兵养锐,振扬威声,先使人谕以祸福,彼必惧而请服。其或有不从者,乘其犹豫,袭而击之,乃可以逞。"王阳明对剿贼的步骤了然于胸,指挥若定,胜券在握。

三是写战役的结果与影响。横水桶冈战役战果辉煌,对南赣地区平乱产生了极大的影响。文中说:"大贼首蓝天凤、谢志珊等,盘据千里,荼毒数郡;僭拟王号,图谋不轨;基祸种恶,且将数十余年。而虐焰之炽盛,流毒之惨极,亦已数年于兹。前此亦尝夹剿,曾不能损其一毛;屡加招抚,适足以长其桀骜。今乃驱卒不过万余,用费不满三万,两月之间,俘获六千有奇,破巢八十有四;渠魁授首,噍类无遗。""今则渠魁授首,巢穴荡平,擒斩既多,俘获亦尽。数十年之祸害已除,三省之怨愤顿释。悉皆仰仗朝廷怜念地方之荼毒,大兴征讨之王师,并提督军门指授成算,号令严明,亲临督阵,身先士卒,以致各哨官兵用命争先,捐躯赴敌,或臻是捷。"从王阳明对此战役的总结可知，此战役是具有决定性意义的，完全改变了官军与盗贼之间的军事力量对比，一举扭转了长期以来官军在剿贼军事行动上的被动局面。

平横水、桶冈贼巢战役所取得的重大胜利，是王阳明用兵如神的经典战例，其意义在于奠定了平定南赣地区数十年匪患决定性胜利的基础。从整个战役看，王阳明指挥若定，身先士卒，靠前指挥，运筹帷幄。在战略上，直捣贼巢心窝，实施"斩首"行动。灵活地运用多种山地战法：近战，剿贼官军突然出现在匪巢，令顽贼无招架之力；夜战，出其不意，一举全歼；间谍战，派出间谍，迷惑盗贼，令贼首无从应对。从此文看，王阳明在战前做了大量的军事侦察，对贼巢的分布、村落、道路、人员、武器等要素摸得一清二楚。然后，调度各路人马，速战速决。从此战役的规模反观当时盘踞在横水、桶冈等地的盗贼数量看，是积数十年之久而成，荼毒百姓之烈罄竹难书。尽管王阳明奉旨剿灭盗贼，但其在战前还是做了大量的劝慰工作，在盗贼负隅顽抗的情势下不得已举兵平乱，王阳明称"此为天杀"。从军事学的角度看，此文是研究王阳明军事思想和战术法的极好文献。

王阳明上《横水桶冈捷音疏》的时间为正德十二年闰十二月初二日。此疏是其在南赣地区平乱剿贼公文中叙事最详细、战斗场面描写最具体的一篇，篇幅之长在王阳明平乱文中是极其少见的。叙事过程清楚且重点突出，人物形象清晰可感，语言生动形象，从中显示了王阳明高超的军事公文叙事能力。

告谕浰头巢贼①

本院巡抚是方②，专以弭盗安民为职③。莅任之始④，即闻尔等积年流劫乡村⑤，杀害良善，民之被害来告者，月无虚日。本欲即调大兵剿除尔等，随往福建督征漳寇⑥，意待回军之日剿荡巢穴。后因漳寇即平，纪验斩获功次七千六百有余，审知当时倡恶之贼不过四五十人，党恶之徒不过四千余众，其余多系一时被胁，不觉惨然兴哀⑦。因念尔等巢穴之内，亦岂无胁从之人。况闻尔等亦多大家子弟，其间固有识达事势，颇知义理者⑧。自吾至此，未尝遣一人抚谕尔等⑨，岂可遽尔兴师剪灭⑩；是亦近于不教而杀，异日吾终有憾于心。故今特遣人告谕尔等，勿自谓兵力之强，更有兵力强者，勿自谓巢穴之险，更有巢穴险者，今皆悉已诛灭无存。尔等岂不闻见？

　　夫人情之所共耻者，莫过于身被为盗贼之名；人心之所共愤者，莫甚于身遭劫掠之苦。今使有人骂尔等为盗，尔必怫然而怒⑪。尔等岂可心恶其名而身蹈其实⑫？又使有人焚尔室庐，劫尔财货，掠尔妻女，尔必怀恨切骨，宁死必报。尔等以是加人，人其有不怨者乎？人同此心，尔宁独不知；乃必欲为此，其间想亦有不得已者，或是为官府所迫，或是为大户所侵，一时错起念头，误入其中，后遂不敢出。此等苦情，亦甚可悯。然亦皆由尔等悔悟不切。尔等当初去从贼时，乃是生人寻死路，尚且要去便去；今欲改行从善，乃是死人求生路，乃反不敢，何也？若尔等肯如当初去从贼时，拼死出来，求要改行从善，我官府岂有必要杀汝之理？尔等久习恶毒，忍于杀人，心多猜疑。岂知我上人之心⑬，无故杀一鸡犬，尚且不忍；况于人命关天，若轻易杀之，冥冥之中⑭，断有还报，殃祸及于子孙，何苦而必欲为此。我每为尔等思念及此，辄至于终夜不能安寝⑮，亦无非欲为尔等寻一生路。惟是尔等冥顽不化⑯，然后不得已而兴兵，此则非我杀之，乃天杀之也。今谓我全无杀尔之心，亦是诳尔⑰；若谓我必欲杀尔，又非吾之本心。尔等今虽从恶，其始同是朝廷赤子。譬如一父母同生十子，八人为善，二人背逆，要害八人。父母之心须除去二人，然后八人得以安生。均之为子，父母之心何故必欲偏杀二子，不得已也。吾于尔等，亦正如此。若此二子者一旦悔恶迁善，号泣投诚，为父母者亦必哀悯而收之。何者？不忍杀其子者，乃父母之本心也。今得遂其本心，何喜何幸如之。吾于尔等，亦正如此。

闻尔等辛苦为贼，所得苦亦不多，其间尚有衣食不充者。何不以尔为贼之勤苦精力，而用之于耕农，运之于商贾，可以坐致饶富而安享逸乐，放心纵意，游观城市之中，优游田野之内。岂如今日，担惊受怕，出则畏官避仇，入则防诛惧剿，潜形遁迹，忧苦终身。卒之身灭家破，妻子戮辱⑱，亦有何好？尔等好自思量，若能听吾言改行从善，吾即视尔为良民，抚尔如赤子，更不追咎尔等既往之罪。如叶芳、梅南春、王受、谢钺辈，吾今只与良民一概看待，尔等岂不闻知？尔等若习性已成，难更改动，亦由尔等任意为之。吾南调两广之狼达，西调湖、湘之土兵，亲率大军围尔巢穴，一年不尽至于两年，两年不尽至于三年。尔之财力有限，吾之兵粮无穷，纵尔等皆为有翼之虎，谅亦不能逃于天地之外。

呜呼！吾岂好杀尔等哉？尔等苦必欲害吾良民，使吾民寒无衣，饥无食，居无庐，耕无牛，父母死亡，妻子离散。吾欲使吾民避尔，则田业被尔等所侵夺，已无可避之地。欲使吾民贿尔，则家资为尔等所掳掠，已无可贿之财。就使尔等今为我谋，亦必须尽杀尔等而后可。吾今特遣人抚谕尔等，赐尔等牛、酒、银两、布匹，与尔妻子，其余人多不能通及，各与晓谕一道。尔等好自为谋，吾言已无不尽，吾心已无不尽。如此而尔等不听，非我负尔，乃尔负我，我则可以无憾矣。呜呼！民吾同胞，尔等皆吾赤子，吾终不能抚恤尔等而至于杀尔，痛哉痛哉！兴言至此，不觉泪下。

[注释]

①浰头：地名，在今广东省和平县，与赣南山区毗连。浰头贼巢以池仲容为首，称"金龙霸王"，与横水、左溪、桶冈三寨及大帽山贼寨相呼应，并与大庾、乐昌等地的盗贼联系。

②巡抚：又称抚台。明洪武二十四年（1391）始设巡抚。宣德五年（1430），各省常设巡抚官渐成制度。巡抚初设，仅为督理税粮，总理河道，抚治流民，整饬边关，后遂偏重军事。

③弭（mǐ）盗安民：平息盗贼，稳定民生。

④莅任：出任职官。

⑤流劫：流窜劫掠。

⑥漳寇：指福建漳州大帽山贼。

⑦惨然：心里悲痛的样子。

⑧义理：此处意指合于儒家伦理道德的行事准则。

⑨抚谕：意为安抚晓谕，安慰周济，劝导告知。

⑩剪灭：铲除，消灭。

⑪怫然：愤怒的样子。

⑫身蹈其实：此处意为以身试法。蹈，践踏，引申为"实施"。

⑬上人：此处意指道德高尚的人。

⑭冥冥之中：人所无法预测、无法控制等不可理解的状况。

⑮辄（zhé）：总是。

⑯冥顽不化：形容人非常顽固，不通情达理。

⑰诳：意为欺骗。

⑱戮（lù）辱：杀戮污辱。

[评析]

  明正德十二年（1517）十二月，王阳明在平赣南横水、桶冈等地贼巢后凯旋班师。据《阳明先生年谱》载："师至南康，百姓沿途顶香迎拜。所经州、县、隘、所，各立生祠。远乡之民，各肖像于祖堂，岁时尸祝。"王阳明统兵平横水、桶冈之战的胜利，为当地百姓解除了连年匪患，百姓对其感恩戴德，并通过各种形式表达对王阳明剿匪胜利的感激之情。为巩固剿匪成果，闰十二月，王阳明奏设崇义县治，以及茶寮隘上堡、铅厂、长龙三巡检司。正德十三年（1518）正月始，为了彻底剿平赣南连接广东的三浰匪巢，王阳明又谋划发动征三浰之战。

  从文献记载看，整个战役分三个阶段：一是劝降阶段，二是设计引诱三浰贼首池仲容至赣州聚歼，三是出兵袭平大帽、浰头诸贼巢。此告谕，属第一阶段所采用攻心之策，以瓦解盗贼的心理防线。在整个南赣平乱战役中，王阳明改变以往官军剿匪单一的剿杀之法，尽量不动刀兵，以减少杀戮，征三浰之战亦是从告谕浰头盗贼入手。从时间上说，征三浰之战是在正德十三年正月初四拉开序幕的。因此，在征剿之前王阳明发布《告谕浰头巢贼》文，晓之以理，以开导人心为要务。在文中，王阳明先例举三浰盗寇之罪状："积年流劫乡村，杀害良善，民之被害来告者，月无虚日。"从道义上谴责盗贼丧尽天良的种种罪恶，动摇其继续为匪作恶的心理防线，增强盗贼的负罪感。同时，动之以情，启发盗贼的"羞耻之心"，以"为人莫背盗贼之名""一时错念，误入其中""将心比心"等语来启发盗寇未泯的良心，为失足者下台阶，并为盗寇改恶从善创造条件，从思想上解除盗匪的武装，转化其成为新人。接着，文中又讲明为何要兴兵剿匪的道理，申明大义，打消盗贼心存侥幸的意识："本院巡抚是方，专以弭盗安民为职……自吾至此，未尝遣一人抚谕尔等，岂可遽尔兴师剪灭；是亦近于不教而杀，异日吾终有憾于心。故今特遣人告谕尔等，勿自谓兵力之强，更有兵力强者，勿自谓巢穴之险，更有巢穴险者，今皆悉已诛灭无存。"此言用前番剿灭横水、桶冈贼巢的事实启发盗匪，赶快弃恶从善，争做新民。然而，对那些怙恶不悛、十恶不赦的匪首，王阳明又讲清镇压的理由：以"一父母同生十子，八人为善，二人背逆，要害八人。父母之心须除去二人，保护八人"喻惩办首恶的必要性。王阳明通过"从寇"与"从良"之结局做比较，启发落草者悬崖勒马，向弃暗投明者学习，争做新民。王阳明在文中说："闻尔等辛苦为贼，所得苦亦不多，其间尚有衣食不充者。何不以尔为贼之勤苦精力，而用之于耕农，运之于商贾，可以坐致饶富而安享逸乐，放心纵意，游观城市之中，优游田野之内。岂如今日，担惊受怕，出则畏官避仇，入则防诛惧剿，潜形遁迹，忧苦终身。卒之身灭家破，妻子戮辱，亦有何好？尔等好自思量，若能听吾言改行从善，吾即视尔为良民，抚尔如赤子，更不追咎尔等既往之罪。"文中，王阳明对盗贼交代政策，区分首恶与从犯以及胁从者，对于愿意痛改前非者，既往不咎，并警告盗贼不要存侥幸心理，对那些负隅顽抗者，则明确指出只能是死路一条："尔之财力有限，吾之兵粮无穷，纵尔等皆为有翼之虎，谅亦不能逃于天地之外。"王阳明以十分诚恳的语言希望盗贼们弃恶归善，以不负其一片苦心。

此告谕通篇以极浅显的语言、极通俗的道理，将道理讲得十分透彻，可谓句句在理，声声入耳。在行文逻辑上层层推进，故明施邦曜评点此文："真实无欺""刺骨之谈""开导详明、慰谕真切，苟非木石，能不动情"。告谕发出后，确实起到了效果，盗寇卢珂、郑志高等一部反正，对王阳明最后平定贼首池仲容起到了重要作用。然而，大盗寇池仲容执迷不悟，与王阳明玩两面派手法，最后受到了严惩。

擒获宸濠捷音疏（节录）

照得先因宁王图危宗社①，兴兵作乱，已经具奏请兵征剿外。随看得宁王虐焰张炽②，臣以百数疲弱之卒，未敢轻举骤进，乃退保吉安，姑为牵制之图。时远近军民劫于宁王之积威，道路以目③，莫敢出声。臣一面督率吉安府知府伍文定等调集军民兵快，召募四方报效义勇之士，奏留监察御史谢源、伍希儒分职任事。一面约会该府乡官都御史王懋中，编修邹守益，郎中曾直，评事罗侨，监察御史张鳌山，佥事刘蓝，进士郭持平，参谋驿丞王思、李中，按察使刘逊，参政黄绣，知府刘昭等，相与激发忠义，移檄远近，布朝廷之深仁，暴宁王之罪恶。于是豪杰响应，人始思奋。时宁王声言先取南京，臣虑南京尚未有备，恐为所袭，乃先张疑兵于丰城，示以欲攻之势。故宁王先遣兵出攻南康、九江，而自留居省城以御臣。至七月初二日，探知臣等兵尚未集，乃留兵万余，使守江西省城，而自引兵向阙④。臣昼夜促兵，期以本月十五日会临江之樟树，而身督知府伍文定等兵径下。于是知府戴德孺、徐琏、邢珣，通判胡尧元、童琦、谈储，推官王暐、徐文英，知县李美、李楫、王天与、王冕各以其兵来赴。十八日遂至丰城，分哨道，使知府伍文定等进攻广润等七门。是日，得谍报，宁王伏兵千余于新旧坟厂，以援省城。臣乃遣奉新知县刘守绪等从间道夜袭破之，以摇城中。十九日，发市汊，大誓各军，申布朝廷之威，再暴宁王之恶，莫不切齿痛心，踊跃激愤，薄暮出发。二十日黎明，各至信地。先是，城中为备甚严，滚木、灰瓶、火炮、机械无不毕具。臣所遣兵已破新旧坟厂，败溃之卒皆奔告城中，城中皆已惊惧。至是复闻我师四面骤集，益震骇夺气。我师乘其动摇，呼噪并进，梯絙而登。城中之兵皆倒戈退奔，城遂破。擒其居首宜春王拱樤及伪太监万锐等千有余人。宁王宫中眷属闻变，纵火自焚，延各居民房屋。臣当令各官分道救火，散释胁从，封府库，谨关防，以抚军民。除将擒斩功次发御史谢源、伍希儒权令审验纪录。及一面分兵四路追蹑宁王向往，相机擒剿。于本月二十二日，已经具题外。当于本日据谍报，及据安庆逃回被虏船户十余人报称，宁王于十六日攻围安庆未下，自督兵夫运土填堑，期在必克。是日，有守城军门官差人来报，赣州王都堂已引兵至丰城，城中军民震骇，乞作急分兵归援。宁王闻之大恐，即欲回舟。因太师李士实等阻劝，以为必须径往南京，既登大宝，则江西自服，宁王不应。次日，遂解安庆之围。移兵泊阮子江，会议先遣兵二万归援江西，宁王亦自后督兵随来等因。先是，臣等驻兵丰城，众议安庆被围，宜引兵直趋安庆。臣以九江、南康皆已为贼所据，而南昌城中数万之众，精悍亦且万余，食货充积。我兵若抵安庆，贼必回军死斗。安庆之兵仅仅自守，必不能援我于湖中。南昌之兵绝我粮道，而九江、南康之贼合势挠蹑⑤，四方之援又不可望，事难图矣。今我师骤集，先声所加，城中必已震慑；因而并力急攻，其势必下。已破南昌，贼先破胆夺气，失其根本，势必归救。如此则安庆之围自解，而宁王亦可以坐擒矣。至是得报，果如臣等所料。

当臣督同领兵知府，会集监军及倡义各乡官等官，议所以御之之策。众多以宁王兵势众盛，气焰所及，有如燎毛。今四方之援尚未有一人至者。彼凭其愤怒，悉众并力而萃于我⑥，势必不支。且宜敛兵入城，坚壁自守，以待四邻之援，然后徐图进止。臣以宁王兵力虽强，军锋虽锐，然其所过，徒恃焚掠屠戮之惨，以威劫远近。未尝逢大敌，与之奇正相角⑦。所以鼓动煽惑其下者，全以进取封爵之利为说。今出未旬月，而辄退归，士心既已携沮。我若先出锐卒，乘其惰归，要迎掩击，一挫其锋，众将不战自溃，所谓"先人有夺人之气，攻瑕则坚者瑕"也。是日，抚州府知府陈槐兵亦至。

于是遣知府伍文定、邢珣、徐琏、戴德孺合领精兵伍百，分道并进，击其不意。又遣都指挥余恩以兵四百往来湖上，以诱致贼兵。知府陈槐、通判胡尧元、童琦、谈储，推官王暐、徐文英，知县李美、李楫、王冕、王轼、刘守绪、刘源清等，使各领兵百余，四面张疑设伏。候伍文定等兵交，然后四起合击。分布既定，臣乃大赈城中军民。虑宗室郡王将军或为内应生变，亲慰谕之，以安其心。又出给告示，凡胁从皆不问。虽尝受贼官爵，能逃归者皆免死，斩贼徒归降者给赏。使内外居民及乡道人等四路传播，以解散其党。

二十三日，复得谍报，宁王先锋已至樵舍，风帆蔽江，前后数十里，不能计其数。臣乃分督各兵乘夜趋进，使伍文定以正兵当其前，余恩继其后，邢珣引兵绕出贼背，徐琏、戴德孺张两翼以分其势。二十四日早，贼兵鼓噪乘风而前，逼黄家渡，其气骄甚。伍文定、余恩之兵佯北以致之。贼争进趋利，前后不相及。邢珣之兵前后横击，直贯其中，贼败走。文定、恩督兵乘之，琎、德孺合势夹攻，四面伏兵亦呼噪并起，贼不知所为，遂大溃。追奔十余里，擒斩二千余级，落水死者以万数。贼气大沮，引兵退保八字脑，贼众稍稍遁散。宁王震惧，乃身自激励将士，赏其当先者以千金，被伤者人百两。使人尽发九江、南康守城之兵以益师。

是日，建昌知府曾玙引兵亦至。臣以九江不破，则湖兵终不敢越九江以援我；南康不复，则我兵亦不能逾南康以蹑贼。乃遣知府陈槐领兵四百，合饶州知府林珹之兵，乘间以攻九江。知府曾玙领兵四百，合广信知府周朝佐之兵乘间以取南康。

二十五日，贼复并力盛气挑战。时风势不便，我兵少却，死者数十人。臣急令人斩取先却者头。知府伍文定等立于铳炮之间⑧，火燎其须，不敢退，奋督各兵，殊死并进。炮及宁王舟，宁王退走，遂大败。擒斩二千余级，溺水死者不计其数。贼复退保樵舍，连舟为方阵，尽出其金银以赏士。臣乃夜督伍文定等为火攻之具，邢珣击其左，徐琎、戴德孺出其右，余恩等各官分兵四伏，期火发而合。

二十六日，宁王方朝群臣，拘集所执三司各官，责其间以不致死力，坐观成败者，将引出斩之。争论未决，而我兵已奋击，四面而集，火及宁王副舟，众遂奔散。宁王与妃嫔泣别⑨，妃嫔宫人皆赴水死。我兵遂执宁王，并其世子、郡王、将军、仪宾及伪太师、国师、元帅、参赞、尚书、都督、都指挥、千百户等官，李士实、刘养正、刘吉、屠钦、王纶、熊琼、卢珩、罗璜、丁馈、王春、吴十三、凌十一、秦荣、葛江、刘勋、何镗、王信、吴国七、火信等数百余人。被执胁从宫太监王宏，御史王金，主事金山，按察使杨璋、佥事王畴、潘鹏、参政程果、布政梁辰、都指挥郑文、马骥、白昂等。擒斩贼党三千余级，落水死者约三万余。弃其衣甲、器仗、财物，与浮尸积聚，横亘若洲焉。于是余贼数百艘四散逃溃。臣复遣各官分路追剿，毋令逸入他境为患。二十七日，及之于樵舍，大破之。又破之于吴城，擒斩复千余级，落水死者殆尽。二十八日，得知府陈槐等报，亦各与贼战于沿湖诸处，擒斩各千余级。

臣等既擒宁王而入，阖城内外军民聚观者以数万，欢呼之声震动天地，莫不举首加额，真若解倒悬之苦，而出于水火之中也。除将宁王并其世子、郡王、将军、仪宾、伪授太师、国师、元帅、都督、都指挥等官各另监羁候解，被执胁从等官并各宗室别行议奏。及将擒斩俘获功次一万一千有奇，发御史谢源、伍希儒，暂令审验纪录，另行造册缴报外。

[注释]

①宁王：即朱宸濠（1479~1520），为第一代宁王朱权的第四代继承人，明太祖朱元璋五世孙，宁康王朱觐钧庶子。正德十四年（1519）六月，朱宸濠借口正德皇帝荒淫无道，集兵号称十万谋反。此叛乱被王阳明率兵平定。宗社：宗庙和社稷，代指国家。

②虐焰：形容残暴的气焰。

③道路以目：此处喻宁王淫威之烈，百姓在路上相见不敢交谈，只好用交换眼色来示意。

④阙：皇宫门前两边供瞭望的楼，此处代指宁王叛军欲攻占南京城夺取皇权。

⑤挠蹑（niè）：此处意为捣乱。

⑥萃：此处意为合围。

⑦奇正相角：此处喻正面的交锋。

⑧铳炮：指古代金属管形射击火器的概称，肇始于元，材质包括铜、铁两大类。

⑨妃嫔：此代指皇帝之妾的泛称。

[评析]

  在南赣地区平乱结束后，王阳明以"祖母疾亟故"为由，又一次上疏乞求致仕，但朝廷不允。明正德十四年（1519）六月，王阳明奉命勘处福建叛军，途经江西丰城，闻南昌藩王朱宸濠谋反。突如其来的宗室藩王叛乱，对于一个负有特殊使命的朝廷大员而言，如何处置是一件十分棘手的事，于国、于民、于己都是生死攸关。王阳明只得停止福建之行，急速返回吉安，与吉安知府伍文定商议应变之策。王阳明在数次向朝廷报告朱宸濠谋反的军情后，随即号召地方官府及其所统率武装举义旗参加平叛。平藩王朱宸濠之战，是在敌强我弱的情势下展开的。一场来势汹汹的藩王谋反，被王阳明统领临时召集的地方军队击败，朱宸濠被生俘。平宸濠一战，前前后后王阳明仅用了三十余天时间，其高超的军事指挥艺术再一次得到了展现。从王阳明平叛之战结束后所上《擒获宸濠捷音疏》看，此疏完整地展示了这场惊心动魄的平乱战役，对于世人认识明中时期这一重大历史事件具有很高的历史学、军事学及文献学意义。据此疏所载，整个战役分为三个阶段。

  第一阶段：攻南昌城之战。据《擒获宸濠捷音疏》载："时宁王声言先取南京，臣虑南京尚未有备，恐为所袭，乃先张疑兵于丰城，示以欲攻之势。故宁王先遣兵出攻南康、九江诸处，而自留居省城以御臣。至七月初二日，探知臣等兵尚未集，乃留兵万余，使守江西省城，而自引兵向阙。"王阳明在地方义军尚未集结、朝廷援军杳无音信的情况下，采用"无中生有"之计，派间谍四处散布假情报，目的在于延缓朱宸濠出南昌城迅速攻取南京的战略图谋。这一招果然有效，导致朱宸濠疑惑不定，主力不敢轻举出动，一直拖到七月初二日见朝廷没有什么动向后才出兵鄱阳湖，顺流而下，围攻安庆城。从六月十四日朱宸濠举兵谋反到七月二日出兵，这为王阳明调兵遣将以及州府迎战叛王赢得了宝贵的十八天时间。时安庆告危，对是否驰援问题，征藩义军内部意见不一。据《擒获宸濠捷音疏》载：王阳明通过对敌我双方的情势进行综合分析后，力排众议，决定采用"围魏救赵"之策略，集中有限兵力强攻朱宸濠老巢南昌城。此役，王阳明做了充分的战前准备。于七月十八日，其赶赴丰城，召开军事会议，部署进攻南昌的作战方案。首先，肃清朱宸濠暗中埋伏在新旧坟厂的援军，动摇了敌方军心。十九日，义军发市汊，召开誓师大会。此日薄暮出发，夜间发起攻城。二十日黎明，南昌城攻下，捷报至。攻城的过程在疏中有概括记载："先是，城中为备甚严，滚木、灰瓶、火炮、机械无不毕具。臣所遣兵已破新旧坟厂，败溃之卒皆奔告城中，城中已惊惧。至是复闻我师四面骤集，益震骇夺气。我师乘其动摇，呼噪并进，梯緪而登。城中之兵皆倒戈退奔，城遂破。擒其居守宜春王拱樤及伪太监万锐等千有余人。宁王宫中眷属闻变，纵火自焚，延各居民房屋。臣当令各官分道救火，散释胁从，封府库，谨关防，以抚军民。除将擒斩功次发御史谢源、伍希儒，权令审验纪录。及一面分兵四路，追躐宁王向往，相机擒剿。"攻占南昌城是王阳明平宸濠的关键一战，掌握了整个战役的主动权。次日，遂解安庆之围。

第二阶段：鄱阳湖伏击战。在安庆城久攻不下，南昌老巢又被攻陷的情势下，叛军军心动摇。朱宸濠在万般无奈之下，否定了谋士李士实劝其直取南京之策，决意回师南昌，这正中了王阳明预设的圈套。在鄱阳湖迎战朱宸濠的决策过程中,王阳明与一些义军将领的意见并不一致,据《擒获宸濠捷音疏》载:"当臣督同领兵知府,会集监军及倡义各乡官等官,议所以御之策。众多以宁王兵势众盛,气焰所及,有如燎毛。今四方之援,尚未有一人至者。彼凭其愤怒,悉众并力而萃于我,势必不支。且宜敛兵入城,坚壁自守,以待四邻之援,然后徐图进止。臣以宁王兵力虽强,军锋虽锐,然其所过,徒恃焚掠屠戮之惨,以威劫远近。未尝逢大敌,与之奇正相角,所以鼓动煽惑其下者,全以进取封爵之利为说。今出未旬月,而辄退归,士心既已携沮。我若先出锐卒,乘其惰归,要迎掩击,一挫其锋,众将不战自溃,所谓'先人有夺人之气,攻瑕则坚者瑕'也。"王阳明通过有理有据的分析,说服众将,制定了设疑兵于鄱阳湖,诱敌深入,然后包围歼灭叛军的作战方案。鄱阳湖之战的全过程,疏中有概括记载。经过三天激战,王阳明以劣势兵力全歼叛军,以活捉叛王朱宸濠告终。至此,一场震惊全国的藩王叛乱在王阳明的英明指挥下大获全胜。这不仅仅是中国古代军事史上的奇迹,也是王阳明"致良知"思想在处理复杂社会问题中具体应用的成果。鄱阳湖之战将王阳明的军事指挥艺术发挥到了极致,世人不仅能从王阳明的征藩公文中了解当时的历史背景和战况,还能从其征藩公文中感知其散文的艺术魅力。

此文在写作上极有特色,既重视对战前形势的分析判断,又对平朱宸濠叛乱的场面及细节作了生动细腻的描述,条理清楚,人物形象鲜明,语言明快流畅。尽管篇幅较长,但读来波澜突起、正气凛然,忠实地记载了这一惊心动魄的历史。

平叛王朱宸濠的战役结束后,军民本该休养生息了,然而在封建专制皇权体制下,昏庸的正德皇帝朱厚照不顾百姓的死活、国家的安危,在已闻知叛王被俘的情况下,居然演出了"亲征"的闹剧,欲亲捉朱宸濠于鄱阳湖。王阳明知悉后,在为民、为国消除人祸还是听凭昏君胡作非为的问题上又一次遇到了挑战。从一定意义上说，阻止昏君"亲征"比平宸濠之战要难得多。以一孤臣对抗昏君后果可想而知，王阳明已经有正德元年反阉党而遭贬谪的教训，而这次如何处置又是对其良知的检验。在是非、善恶面前，王阳明义无反顾地选择抗争，但在方式上则不采取"硬顶"，而以"献俘"软顶。在八月十七日王阳明上《请止亲征疏》一文中，以"反之意外"委婉劝说："然欲付之部下各官押解，诚恐旧所潜布之徒，尚有存者，乘隙窃发，或致意外之虞，臣死且有遗憾。况平贼献俘，固国家之常典，亦臣子之职分。臣谨于九月十一日，亲自量带官军，将宸濠并逆贼情重人犯，督解赴阙外，缘系献俘馘，以昭圣武事理，为此具本，专差舍人金升亲赍，谨具题知。"王阳明不顾皇帝的脸面，敢于用行动制止昏君的荒唐之举，昭显了王阳明的良知之心。可以说，在围绕"止亲征"与"献俘"这个问题上，王阳明用其智慧又打了一场没有硝烟的战役，只不过此役用的不是刀枪，而是良知。王阳明以大无畏的浩然正气压倒了昏君邪念，为民、为国再次立奇功，但王阳明为此又付出了极大的代价，此后便被打压，蒙冤数十年。

征剿稔恶瑶贼疏[①]　七年四月十五日

据留抚田州[②]、思恩等处地方[③]，广西布政司右布政林富，原任副总兵都指挥同知张祐等会呈前事，开称：田州、思恩平复，居民悉已各安生理，土夷亦皆各事农耕，地方实已万幸。但惟八寨瑶贼[④]，积年千百成徒，流劫州县乡村，杀害良民，虏掠子女生口财物，岁无虚月，月无虚旬。民遭荼毒冤苦，屡经奏告，乞要分兵剿灭者，已不知几百十番。为因地方多事，若要进兵，未免重为民困，是以官府隐忍抚谕⑤，冀其悔罪改过。而彼乃悍然不顾⑥，愈加凶横，出劫益频。盖缘此贼有众数万，盘据山谷，凭恃险阻，南通交趾等夷⑦，西接云、贵诸蛮，东北与断藤、牛肠、仙台、花相、风门、佛子及柳、庆、府江、古田诸处。瑶贼回旋连络，延袤周遭二千余里⑧，东掠西窜，南摽北突⑨。近因思、田扰攘⑩，各贼乘机出攻州县乡村，远近相煽，几为地方大变。仰赖朝廷威令传播，苟幸未动。缘此瑶贼之与居民，势不两立，若瑶贼不除，则居民决无安生之理。乞要乘此军威，速加征剿，庶不贻患地方⑪。缘由呈乞照详施行等因。

据此行间，随据左江道守巡、守备等官，左参议汪必东、佥事吴天挺、参将张经等会呈，为请兵征剿积年穷凶极恶瑶贼，以除民患事，开称：断藤峡、牛肠、六寺、磨刀等处瑶贼，上连八寨诸蛮，下通白竹、古陶、罗凤、仙台、花相、风门、佛子等峒各贼⑫，累年攻劫郡县乡村，杀人放火，虏掠子女财畜。民遭荼毒，逃窜死亡，抛弃田业，居民日少，村落日空，延袤千百里内，皆已变为盗贼之区。各处被害军民，累奏请兵诛剿，为因地方多事，兵力不敷，官府隐忍招抚，期暂少息，而各贼愈肆猖獗。近因思、田用兵，遂与八寨及白竹、古陶、罗凤等贼乘势朋比连结⑬，杀虏抢劫，月无虚旬；煽惑摇动，将成大变。仰赖神武传播，幸未举发。近幸思、田之诸夷感慕圣化，悉已自缚归降，远近向服。各山瑶、僮⑭，亦皆出来投抚，请给告示，愿求自新，从此不敢为恶。虽其诚伪未可逆料，然皆尚有畏惧之心。独此断藤各巢逆贼，自知罪在不赦，恃险如故，截路劫村，略无忌惮。若不乘此军威，进兵剿灭，将来祸患，焉有纪极。缘由会案呈详到臣。

照得臣近因思、田之役，奉命前来驻军南宁府地方，与八寨瑶贼相去六日之程。朝廷德威宣布，虽外国远夷皆知震慑向慕，输情纳款⑮；而此瑶贼独敢拥众千百，四出劫掠武缘等处乡村，杀人放火，略无忌惮⑯，此臣所亲知。即此焰炽桀骜⑰，平时抑又可知。及照牛肠、六寺、磨刀、古竹、古陶、罗凤、仙台、花相、风门、佛子等巢稔恶各贼，自弘治、正德以来，至于今日，二三十年之间，节该桂平等县被害人户李子太等前后控奏，乞行剿除民害，不下数十余次，皆有部咨行令勘议计剿⑱。若不及今讨伐，其为地方之患，终无底极，诚有如各官所呈者。况臣驻扎南宁，小民纷然诉苦，请兵急救荼毒⑲，皆为朝不谋夕。各贼之恶，委已数穷贯满⑳，神怒人怨，难复逋诛㉑。即欲会案奏请，俟命下之日行事，切恐声迹昭彰，反致冲突奔窜；则虽调十数万之众，以一二年为期，亦未易平荡了事。照得臣节该钦奉敕谕："但遇贼寇生发，即便相机可抚则抚，可捕则捕，钦此。"钦遵。为照思、田变乱之时，该前都御史等官姚镆等，奏调湖广永、保二司土兵前来南宁等处听用。近幸地方悉已平靖㉒，各兵正在班师放回之际，归途所经，正与各贼巢穴相去不远；况思、田二府新附土目卢苏、王受等，感激朝廷生全之恩，屡乞杀贼报效。俱各遵奉敕谕事理，除一面量调官军，协同前项各兵，行委左江道守巡参将等官监统永、保二司宣慰官男，领各头目、土兵人等，分道进剿牛肠、六寺、仙台、花相等贼。并行留抚思、田布政及右江分巡兵备、守备等官，监统思、田土目兵夫，分道进剿八寨等贼。所获功次，俱仰该道分巡兵备官收解，纪功御史纪验、造册奏报，及行总镇太监张赐，密切公同行事。并密行镇巡等官知会外,缘系征剿积年稔恶瑶贼,以除民患,以安地方事理,为此具本题知。

[注释]

①稔(rěn)恶:意为罪恶深重。

②抚:安慰、周济。田州:唐开元间置,宋代在今广西田东县地域设田州土州,明田州土州治所迁往今广西田阳县境内。

③思恩:明正统四年(1439),以土官岑瑛屡有边功升州为思恩土府。正统六年(1441)又升为思恩军民府。正统七年(1442)土知府岑瑛将府治迁到乔利(今广西马山县乔利乡),垒石为城。嘉靖六年(1527),王阳明招抚土目卢苏、王受破八寨、断藤峡贼匪后,亲到乔利,为保治安民,于嘉靖七年(1528)将府治迁到四野旷阔、田地膏腴的武缘县(今广西武鸣县)。

④瑶贼:此指广西少数民族盗贼。

⑤抚谕:安抚晓谕。

⑥悍然不顾:凶暴蛮横,不顾一切。

⑦交趾:又名交阯,古地名,初期包括今广东省和今越南北部。

⑧延袤(mào):绵延伸展。

⑨摽:意为攻打。

⑩扰攘:意为骚乱。

⑪庶:此处意为但愿。贻患:留下祸患。

⑫峒:山洞。

⑬朋比连结:此处意为结帮依附、互相勾结。

⑭僮:今为壮族。

⑮输情纳款:表达情怀,缴纳贡赋。

⑯略无忌惮：毫无畏忌，形容非常放肆。

⑰桀骜（jié'ào）：凶暴倔强。

⑱咨：此处指"公文"。

⑲荼毒：毒害，残害。

⑳贯满：恶贯满盈。

㉑逭诛：逃避诛罚。

㉒平靖：用武力镇压，使社会秩序安定。

[评析]

作为中国古代伟大的军事家，王阳明在生命的最后一年中完成了平定广西土司叛乱及八寨、断藤峡之盗贼。明嘉靖七年（1528）二月，在不付诸武力的情势下，王阳明成功地降服了广西思恩、田州土司的叛乱。其后，实施了一系列治理地方的举措，兴学校、抚新民、办南宁学校等。经过王阳明的精心治理，广西绝大部分地区出现了数十年难得的社会安定景象。然而，盘踞在八寨、断藤峡的少数民族盗贼却据险作乱、残害百姓，民遭灾祸。为解百姓之倒悬，王阳明于此年四月十五日上《征剿稔恶瑶贼疏》后，于七月发起了奇袭八寨、断藤峡战役，一举歼灭了作恶数十年的贼匪，广西全境始得安宁。本文主要是陈述破八寨、断藤峡之理由，期望朝廷批准实施平贼方案。全文分两个部分。

第一部分是向朝廷奏明八寨、断藤峡的匪情严峻。其一，根据广西布政司右布政使林富、原任副总兵都指挥同知张祐的报告："惟八寨瑶贼，积年千百成徒，流劫州县乡村，杀害良民，虏掠子女生口财物，岁无虚月，月无虚旬。民遭荼毒冤苦，屡经奏告，乞要分兵剿灭者，已不知几百十番。"说明匪患十分严重，百姓叫苦连天，不除八寨贼寇，老百姓无以为生。然而，以往当地官府出于种种考虑，无力举兵平乱，"隐忍抚谕"，最后导致"彼乃悍然不顾，愈加凶横，出劫益频"。而且盗贼势力越来越强："贼有众数万，盘据山谷，凭恃险阻，南通交趾等夷，西接云、贵诸蛮，东北与断藤、牛肠、仙台、花相、风门、佛子及柳、庆、府江、古田诸处。瑶贼回旋连络，延袤周遭二千余里，东掠西窜，南摽北突。"由此可见，八寨匪患已闹到难以收拾的地步。其二，根据左江道守巡、守备等官，以及左参议汪必东、佥事吴天挺、参将张经等报告："断藤峡、牛肠、六寺、磨刀等处瑶贼，上连八寨诸蛮，下通白竹、古陶、罗凤、仙台、花相、风门、佛子等峒各贼，累年攻劫郡县乡村，杀人放火，虏掠子女财畜。民遭荼毒，逃窜死亡，抛弃田业，居民日少，村落日空，延袤千百里内，皆已变为盗贼之区。"断藤峡匪患之烈并不亚于八寨，已经沦为重灾区。然而，以往当地官府则因"地方多事，兵力不敷，官府隐忍招抚，期暂少息"，导致"各贼愈肆猖獗"。王阳明据地方官之报告，向朝廷申述八寨、断藤峡匪情严峻，为其请求朝廷批准剿匪方案提供了强有力的依据。在策略上，因王阳明此次两广之行，朝廷并没有授命其平少数民族盗贼的动乱，故通过地方官员的报告转奏朝廷，更具有说服力及避免奸邪之人从中挑拨离间、谗言构祸。

第二部分是向朝廷奏明平乱的必要性和可行性。在王阳明看来，广西思恩、田州土司叛乱已平，诸夷已经感化，然而八寨、断藤峡各巢盗贼，自知罪在不赦，恃险如故，截路劫村，略无忌惮，若不乘此军威进兵剿灭，后患无穷。奏折讲明征剿二处匪患之必要，没有其他选择，然后上报平乱的方略，主要利用征思、田的狼兵返回之际，出其不意，顺道剿灭二处匪巢，地方有关官军配合、协同作战，以最小的代价换取平匪患的胜利。王阳明在奏疏中申明具体的作战方案："各兵正在班师放回之际，归途所经，正与各贼巢穴相去不远；况思、田二府新附土目卢苏、王受等，感激朝廷生全之恩，屡乞杀贼报效。俱各遵奉敕谕事理，除一面量调官军,协同前项各兵,行委左江道守巡参将等官监统永、保二司宣慰官男,领各头目、土兵人等,分道进剿牛肠、六寺、仙台、花相等贼。并行留抚思、田布政及右江分巡兵备、守备等官,监统思、田土目兵夫,分道进剿八寨等贼。"由此可见,王阳明对平定八寨、断藤峡之贼胸有成竹,胜券在握。事实证明,此后王阳明仅用不到一个月的时间,于七月便全歼二处匪巢,擒敌无数,这在其《八寨断藤峡捷音疏》中有十分详细的报告。足见其用兵如神,彰显出王阳明为民扫除祸患的担当精神。

此文在论证上说理清楚,逻辑严密;在结构上层层推进,环环相扣;在语言上用语精到,极具说服力。

四、传道论学文

　　王阳明所处的时代,程朱理学日趋僵化,现实与学术间的互动发生了困难。由于受家学的影响,少年王阳明天赋聪颖,其在十一岁时就立下了"成圣贤"的志向,并用足足二十余年时间探索为学的真谛。佛学、道学、兵法、文学、书法等,凡是可以用来修身明理的学问都有所涉及钻研,但其最终皈依儒学。"阳明心学"发端肇始于其贬谪贵州龙场之际。明正德初年,经过血与火的残酷政治斗争和漫长的谪旅,王阳明在龙场的小山洞中"玩易",终于悟出"吾性自足"的"良知之道"。在谪地龙场创建首个书院,讲学论道,发"知行合一"之教,自此"阳明心学"诞生于贵州的崇山峻岭之中。在长期的社会实践中,"阳明心学"得以不断地发展,"阳明教法"亦在教育实践的互动中渐趋成熟。王阳明在江西前后六年,是其一生中思想学说发展的重要阶段。从南赣平山贼之乱到平藩王朱宸濠叛乱,其人生经历中遭遇了难以想象的艰险,危机四伏。但其终以"良知"学说为立命之定盘针,为官利民,以"良知"启民、化民。在南昌始揭"致良知"之学,标志着"阳明心学"体系的建立。王阳明晚年在绍兴丁父忧及赋闲期间,广纳门生,大兴讲学之风,主教"阳明书院",在余姚龙泉山中天阁办讲会,传播其心学思想,同时力倡"万物一体"学说,发"四句之教"。自此,"阳明心学"发展成为逻辑严密、理论圆通的学说,与程朱理学各表一枝,形成明代以降儒学的新流派。"阳明心学"

的理论特色侧重点在"事上磨炼",强调事上功夫、为学自得。"阳明心学"的理论阐发,主要是以其一生中所撰论学书信、序、说、杂记等文章为传播载体,其中很大一部分是其讲学论道思想观点的文字呈现。本专题选取相关的6篇讲学论道之文,以彰显其立言宗旨于一斑。

送宗伯乔白岩序①

大宗伯白岩乔先生将之南都②,过阳明子而论学③。

阳明子曰:"学贵专。"先生曰:"然。予少而好弈④,食忘味,寝忘寐,目无改观,耳无改听,盖一年而诎乡之人⑤,三年而国中莫有予当者,学贵专哉!"阳明子曰:"学贵精。"先生曰:"然。予长而好文词⑥,字字而求焉⑦,句句而鸠焉⑧。研众史⑨,核百氏⑩,盖始而希迹于宋、唐⑪,终焉浸入于汉、魏⑫,学贵精哉!"阳明子曰:"学贵正。"先生曰:"然。予中年而好圣贤之道⑬,弈吾悔焉,文词吾愧焉,吾无所容心矣⑭。子以为奚若⑮?"阳明子曰:"可哉!学弈则谓之学,学文词则谓之学,学道则谓之学,然而其归远也。道,大路也,外是荆棘之蹊⑯,鲜克达矣⑰。是故专于道,斯谓之专;精于道,斯谓之精。专于弈而不专于道,其专溺也⑱;精于文词而不精于道,其精僻也。夫道广矣、大矣,文词技能于是乎出,而以文词技能为者,去道远矣。是故非专则不能以精,非精则不能以明,非明则不能以诚,故曰'惟精惟一'⑲。精,精也;专,一也。精则明矣,明则诚矣,是故明,精之为也;诚,一之基也。一,天下之大本也;精,天下之大用也。知天地之化育,而况于文词技能之末乎?"先生曰:"然哉!予将终身焉,而悔其晚也。"阳明子曰:"岂易哉?公卿之不讲学也久矣⑳。昔者卫武公年九十而犹诏于国人曰:'毋以老耄而弃予㉑。'先生之年半于武公,而功可倍之也,先生其不愧于武公哉!某也敢忘国士之交警㉒?"

[注释]

①宗伯：周代六卿之一，掌宗庙祭祀等事。后世亦称礼部尚书为大宗伯或宗伯。白岩乔（1457~1524）：名宇，字希大，号白岩山人，乐平（今山西昔阳）人。成化二十年（1484）进士，历户部左、右侍郎，拜南京礼部尚书，后改兵部尚书，参赞机务。世宗即位，召为吏部尚书，因直谏君过，被迫去职回籍，卒谥庄简。与辽州王云凤、太原王琼称"晋中三杰"。《明史》有其传。

②南都：成祖朱棣迁都北京，南京作为留都，故称"南都"。

③阳明子：王阳明之别号。

④弈：下棋。

⑤诎（qū）：此处意为折服。

⑥文词：此处泛指文章。

⑦焉：文言助词。

⑧鸠：通"勼"，此处意为搜求。

⑨研众史：意为研习诸家经史。

⑩核百氏：意为研究百家学说。

⑪宋、唐：指唐代、宋代。

⑫汉、魏：此指东汉末期至曹魏时期。

⑬圣贤之道：此意为修行止于至善的根本道理。

⑭容心：留心，在意。

⑮奚若：何如。

⑯蹊：此处意为小路。

⑰鲜：此处意为少。

⑱溺：淹没。

⑲惟精惟一：语出《尚书·大禹谟》："人心惟危，道心惟微，惟精惟一，允执厥中。"

⑳公卿：三公九卿的简称，此处泛指士大夫。

㉑卫武公：姓姬名和，卫国第十一任国君。毋以老耄而弃子：《国语·楚语上》载卫武公语："自卿以下至于师长士，苟在朝者，无谓我老耄而舍我。"

㉒交警：以交情之深而忠告之。

[评析]

王阳明《送宗伯乔白岩序》一文，作于明正德六年（1511）。此年，王阳明时已调吏部封验清吏司主事，冬升文选清吏司员外郎，时年40岁。乔宇，字希大，成化二十年（1484）进士。山西乐平（今昔阳）人，昔阳东南有白岩山，因为号，世称乔白岩。著有《白岩集》。大宗伯是礼部尚书的别称。乔白岩为王阳明挚友。

该年，乔白岩将任南京礼部尚书，行前到王阳明处论学。王阳明重离别之情，为此专门写了临别赠序。此文在写作上的特色是采用对话结构，将话题步步引向深入。王阳明论学先从"贵专""贵精""贵正"三个方面提出问题后，乔白岩一一作答。显然，乔白岩的论学是结合自身体悟有感而发，但其对为学的要旨并未真正参透，还停留在表层次上。王阳明针对乔白岩思想中存在的误区，作了正面论述。王阳明在论析问题时并不全盘否定乔的看法，而是在稍加肯定后，即转向为学的根本，即在为学中如何把握"道"，并由浅入深地阐明了自己的为学主张，继而阐述了"为学贵明""为学贵诚"的问题。"是故专于道，斯谓之专；精于道，斯谓之精。"在王阳明看来，为学以"专于道""精于道"为上，并引用《尚书·大禹谟》中"惟精惟一"的警句与乔宇共勉，阐释了为学与明道诚心的关系。王阳明说："精，精也；专，一也。精则明矣，明则诚矣，是故明，精之为也；诚，一之基也。一，天下之大本也；精，天下之大用也。知天地之化育，而况于文词技能之末乎？"由浅入深，最后落实到王阳明所一贯倡导的为学"贵道""贵诚"之上，由此彰显了阳明心学的精神。最后，王阳明用西周时期的卫武公（前853～前758）90岁犹诏国人的典例，论证学无止境的道理。"昔者卫武公年九十而犹诏于国人曰：'毋以老耄而弃予。'先生之年半于武公，而功可倍之也，先生其不愧于武公哉！某也敢忘国士之交警？"在王阳明看来，只要生命一息尚存，就要终身学习，这是通向大道的必由之路。王阳明说："岂易哉？公卿之不讲学也久矣。"批评某些士大夫官做大了，不研究为学的大道，暗示国家所潜在的危机。王阳明所指的"道"，即是"良知之道"，贵道，贵诚，即是"知行合一"的具体体现。

此文在写作上深入浅出，层层推进，用设问、对话的形式，将要阐明的学理逐步展现出来，将正确的观点与似是而非的观点都摆出来进行比较，形象生动，使读者从幽默诙谐的对话中明辨是非，得到思想启迪和深化。其实，乔白岩的为学过程也正是王阳明当年所走过的道路，所以王阳明提出为学"五贵"的至理名言。王阳明为文善用比喻，用小道与大道做对比，将深奥的心学观点，转化为明白畅晓的道理。王阳明此序所阐述的为学"五贵"："贵专""贵精""贵正""贵明""贵诚"，最后归结为"为学贵道"这一结论。此论不仅在当时是告谕世人的为学警策之语，而且对当今社会而言亦具有十分重要的现实意义。

答罗整庵少宰书①

某顿首启②：昨承教及《大学》，发舟匆匆，未能奉答。晓来江行稍暇，复取手教而读之③。恐至赣后人事复纷沓④，先具其略以请。来教云："见道固难，而体道尤难。道诚未易明而学诚不可不讲，恐未可安于所见而遂以为极则也。"幸甚幸甚！何以得闻斯言乎？其敢自以为极则而安之乎？正思就天下之有道以讲明之耳。而数年以来，闻其说而非笑之者有矣，诟詈之者有矣⑤，置之不足较量辨议之者有矣，其肯遂以教我乎？其肯遂以教我，而反复晓谕，恻然惟恐不及救正之乎？然则天下之爱我者，固莫有如执事之心深且至矣，感激当何如哉！

夫"德之不修，学之不讲"，孔子以为忧。而世之学者稍能传习训诂⑥，即皆自以为知学，不复有所谓讲学之求，可悲矣！夫道必体而后见，非已见道而后加体道之功也；道必学而后明，非外讲学而复有所谓明道之事也。然世之讲学者有二，有讲之以身心者，有讲之以口耳者。讲之以口耳，揣摸测度⑦，求之影响者也；讲之以身心，行著习察⑧，实有诸己者也。知此，则知孔门之学矣。

来教谓某"《大学》古本之复，以人之为学但当求之于内，而程、朱'格物'之说不免求之于外⑨，遂去朱子之分章，而削其所补之传。"非敢然也。学岂有内外乎？《大学》古本乃孔门相传旧本耳⑩。朱子疑其有所脱误而改正补缉之，在某则谓其本无脱误，悉从其旧而已矣。失在于过信孔子则有之，非故去朱子之分章而削其传也。夫学贵得之心⑪，求之于心而非也，虽其言之出于孔子，不敢以为是也，而况其未及孔子者乎？求之于心而是也，虽其言之出于庸常，不敢以为非也，而况其出于孔子者乎？且旧本之传数千载矣，今读其文词，既明白而可通，论其工夫，又易简而可入，亦何所按据而断其此段之必在于彼，彼段之必在于此，与此之如何而缺，彼之如何而补？而遂改正补缉之，无乃重于背朱而轻于叛孔已乎⑫？

来教谓："如必以学不资于外求，但当反观内省以为务，则'正心诚意'四字亦何不尽之有⑬，何必于入门之际，便困以格物一段工夫也⑭"？诚然诚然！若语其要，则"修身"二字亦足矣⑮！何必又言"正心"？"正心"二字亦足矣，何必又言"诚意"⑯？"诚意"二字亦足矣，何必又言"致知"⑰，又言"格物"？惟其工夫之详密⑱，而要之只是一事，此所以为"精一"之学⑲，此正不可不思者也。夫理无内外，性无内外，故学无内外。讲习讨论，未尝非内也；反观内省，未尝遗外也。夫谓学必资于外求，是以己性为有外也，是"义外"也⑳，用智者也；谓反观内省为求之于内，是以己性为有内也，是有我也，自私者也。是皆不知性之无内外也。故曰："精义入神，以致用也；利用安身，以崇德也。""性之德也，合内外之道也。"此可以知"格物"之学矣。"格物"者，《大学》之实下手处，彻首彻尾㉑，自始学至圣人，只此工夫而已，非但入门之际有此一段也。夫"正心""诚意""致知""格物"，皆所以"修身"；而"格物"者，其所用力，日可见之地。故"格物"者，格其心之物也，格其意之物也，格其知之物也；"正心"者，正其物之心也；"诚意"者，诚其物之意也；"致知"者，致其物之知也。此岂有内外彼此之分哉？理一而已。以其理之凝聚而言则谓之"性"，以其凝聚之主宰而言则谓之"心"，以其主宰之发动而言则谓之"意"，以其发动之明觉而言则谓之"知"，以其明觉之感应而言则谓之"物"，故就物而言谓之"格"，就知而言谓之"致"，就意而言谓之"诚"，就心而言谓之"正"。正者，正此也；诚者，诚此也；致者，致此也；格者，格此也。皆所谓穷理以尽性也。天下无性外之理，无性外之物。学之不明，皆由世之儒者认理为外，认物为外，而不知"义外"之说，孟子盖尝辟之，乃至袭陷其内而不觉，岂非亦有似是而难明者欤？不可以不察也！

凡执事所以致疑于"格物"之说者，必谓其是内而非外也，必谓其专事于反观内省之为，而遗弃其讲习讨论之功也，必谓其一意于纲领本原之约[22]，而脱略于支条节目之详也[23]，必谓其沉溺于枯槁虚寂之偏[24]，而不尽于物理人事之变也[25]。审如是[26]，岂但获罪于圣门[27]，获罪于朱子，是邪说诬民，叛道乱正，人得而诛之也，而况于执事之正直哉？审如是，世之稍明训诂，闻先哲之绪论者[28]，皆知其非也，而况执事之高明哉？凡某之所谓"格物"，其于朱子九条之说，皆包罗统括于其中；但为之有要，作用不同，正所谓毫厘之差耳。然毫厘之差，而千里之谬，实起于此，不可不辨。

孟子辟杨、墨[29]，至于"无父无君"[30]。二子亦当时之贤者，使与孟子并世而生，未必不以之为贤。墨子"兼爱"，行仁而过耳。杨子"为我"，行义而过耳。此其为说，亦岂灭理乱常之甚，而足以眩天下哉[31]？而其流之弊，孟子至比于禽兽、夷狄[32]，所谓"以学术杀天下后世"也。今世学术之弊，其谓之学仁而过者乎[33]？谓之学义而过者乎[34]？抑谓之学不仁不义而过者乎？吾不知其于洪水猛兽何如也[35]。孟子云："予岂好辩哉？予不得已也。"[36]杨、墨之道塞天下，孟子之时，天下之尊信杨、墨，当不下于今日之崇尚朱说，而孟子独以一人呶呶于其间[37]，噫，可哀矣！韩氏云[38]："佛、老之害甚于杨、墨。"韩愈之贤不及孟子，孟子不能救之于未坏之先，而韩愈乃欲全之于已坏之后，其亦不量其力[39]，且见其身之危，莫之救以死也。呜呼[40]！若某者，其尤不量其力，果见其身之危，莫之救以死也矣！夫众力嘻嘻之中[41]，而犹出涕嗟[42]，若举世恬然以趋[43]，而独疾首蹙额以为忧[44]，此其非病狂丧心[45]，殆必诚有大苦者隐于其中[46]，而非天下之至仁，其孰能察之[47]？其为《朱子晚年定论》，盖亦不得已而然。中间年岁早晚，诚有所未考，虽不必尽出于晚年，固多出于晚年者矣。然大意在委曲调停[48]，以明此学为重。平生于朱子之说如神明蓍龟[49]，一旦与之背驰，心诚有所未忍，故不得已而为此。"知我者，谓我心忧；不知我者，谓我何求。"盖不忍抵牾朱子者，其本心也；不得已而与之抵牾者，道固如是，不直则道不见也。执事所谓"决与朱子异"者，仆敢自欺其心哉[50]？夫道，天下之公道也；学，天下之公学也；非朱子可得而私也，非孔子可得而私也。天下之公也，公言之而已矣。故言之而是，虽异于己，乃益于己也。言之而非，虽同于己，适损于己也。益于己者，己必喜之；损于己者，己必恶之。然则某今日之论，虽或于朱子异，未必非其所喜也。君子之过，如日月之食，其更也，人皆仰之，而小人之过也必文。某虽不肖，固不敢以小人之心事朱子也。

执事所以教[51]，反复数百言，皆以未悉鄙人"格物"之说。若鄙说一明，则此数百言皆可以不待辨说而释然无滞[52]，故今不敢缕缕以滋琐屑之渎[53]；然鄙说非面陈口析，断亦未能了了于纸笔间也。

嗟乎！执事所以开导启迪于我者，可谓恳到详切矣！人之爱我，宁有如执事者乎？仆虽甚愚下，宁不知所感刻佩服。然而不敢遽舍其中心之诚然，而姑以听受云者，正不敢有负于深爱，亦思有以报之耳。秋尽东还，必求一面，以卒所请，千万终教！

[注释]

①罗整庵：即罗钦顺（1465~1547），字允升，号整庵，江西泰和人。明弘治六年（1493）进士，官至南京吏部尚书。辞官后，隐居乡里专心研究理学，时称"江右大儒"。著有《困知记》《整庵存稿》《整庵续稿》。赠太子太保，谥文庄。少宰：明时为吏部侍郎别称。

②某顿首启：古代书信中的敬辞。

③手教：对来信者之敬称。

④赣：赣州。

⑤诟訾（gòuzī）：责骂诋毁。

⑥训诂：解释古书中词句、字义。

⑦揣摸测度：用心探求。

⑧习察：学习省察。

⑨格物：穷究事物的原理法则而概括为理性知识。"格物致知"语出《大学》。格，至也；物，犹事也。

⑩《大学》古本：是指未经朱熹所改的《大学》原本。孔门：孔子的门下，此代指儒家。

⑪得：此处意为体悟。心：此处意为思想意识。

⑫朱：此指南宋理学集大成者朱熹。孔：此指儒家学说的创始人孔子。

⑬正心诚意：语出《礼记·大学》，为儒家所倡导的一种道德修养境

界。正心，指心要端正而不存邪念。诚意，指意必真诚而不自欺。

⑭格物：古代儒家思想中的一个重要概念，即专门研究事物道理的一种途径。工夫：此指为了达到修身目的而花费很多的时间和精力。

⑮修身：是指修养身心，具体表现在日常生活中择善而从，博学于文，并约之以礼。

⑯诚意：诚恳的心意，使自身的意念发于精诚，不欺人，也不自欺。

⑰致知：探求真知。此处意指开显人的"良知"。

⑱详密：详细周密。

⑲精一：意为精纯，专一。语出《尚书·大禹谟》："人心惟危，道心惟微，惟精惟一，允执厥中。"

⑳义外：意为"道义"之外显。王阳明反对向外求道义。

㉑彻首彻尾：意为从头到尾，全部，十足。

㉒纲领：总纲、要领。本原：根源，根由。

㉓支条：此处意为从属的或次要的部分。节目：此处意为枝节问题。

㉔枯槁（kūgǎo）：此处形容思想僵化、枯萎。虚寂：此处意为虚无。

㉕物理：探究事物规律性的理性认识成果。人事：此处意为人世间的事。

㉖审：意为知道。如是：如果这样的话。

㉗圣门：即孔门，此代指儒家学说。

㉘先哲：意为先世的圣人。

㉙孟子（约前372~前289）：名轲，邹（今山东邹城）人。战国时期思想家、教育家，儒家学派的代表人物，与孔子并称为"孔孟"。杨：即杨朱，战国初期思想家、哲学家，为道家杨朱学派的创始人。墨：即墨子，春秋末战国初期鲁国人，思想家、政治家。

㉚无父无君：语出《孟子·滕文公下》。

㉛眩：此处意为迷惑。

㉜夷狄：古称东方部族为夷，北方部族为狄，泛指除华夏族以外的各族。

㉝仁：意指儒家的道德伦理学说，为仁爱之理。

㉞义：意指儒家的道德范畴，谓天下合宜之理。

㉟洪水猛兽：此喻极大的祸害。

㊱予岂好辩哉？予不得已也：语出《孟子·滕文公下》。

㊲呶呶：多言，喋喋不休。

㊳韩氏：指唐代韩愈（768~824），字退之，河南河阳（今河南省孟州）人。唐代文学家、思想家、政治家。佛、老之害甚于杨、墨：语见《韩昌黎全集》卷十八。

㊴不量其力：不能正确估计自己的力量，做力不能及的事。

㊵呜呼：文言感叹词，表惊讶、感慨、不可思议等情感。

㊶嘻嘻：象声词，表高兴。

㊷涕：眼泪。嗟：叹息。

㊸恬然：安然，泰然。

㊹疾首蹙（cù）额：头痛，皱眉，形容厌恶痛恨的样子。

㊺病狂丧心：指丧失理智，形容言行昏乱而荒谬。

㊻殆：此处意为大概，几乎。

㊼孰：意为谁。

㊽委曲：此处意为折中朱熹与陆九渊之间学说的异同。

㊾神明：神灵，神圣。蓍（shī）龟：古人以蓍草、龟甲占卜凶吉，此喻德高望重的人。

㊿仆：此为谦称，"我"。

㉛执事：有职守之官员。此是对罗整庵的敬称。

㉒释然无滞：意为解释清楚无思想障碍。

㉓缕缕：连续不断地。滋：意为生发。琐屑：细小、琐碎的事情。渎（dú）：此处意为对人不恭敬。

[评析]

明正德十五年（1520），王阳明在经历了惊心动魄的平藩王朱宸濠之乱后，朝中奸人对其迫害接踵而至。当时，明武宗尚滞留南畿，王阳明力谏其回驾北京无效，并以地方灾异自劾，冀君心开悟而加意黎元。六月，从南昌回赣州。时少宰罗钦顺以书问学，实则是与王阳明商榷朱子格物之说。有感于罗整庵的诚心，王阳明在舟中以书作答，写了著名的《答罗整庵少宰书》一文。这就是此书的写作背景。王阳明在复信中主要阐明了"致良知"学说的内涵。

一是从为学的角度揭示了"良知"的内涵。在文中，王阳明通过对古本《大学》要义的分析，阐明为学宗旨："夫学贵得之心，求之于心而非也，虽其言之出于孔子，不敢以为是也，而况其未及孔子者乎？求之于心而是也，虽其言之出于庸常，不敢以为非也，而况其出于孔子乎？且旧本之传数千载矣，今读及文词，既明白而可通，论其工夫，又易简而可入，亦何所按据而断其此段之必在于彼，彼段之必在于此，与此之如何而缺，彼之如何而补？而遂改正补缉之，无乃重于背朱而轻于叛孔已乎？"王阳明认为，为学必"自得于心"，不能尊于一说，即便对于孔子的学说也不能盲从，只有经过自己的体悟，由"心体"来识别是非。王阳明此论是有针对性的，世儒对古本《大学》在没有彻悟的情况下，随意训释、增删原文，导致对《大学》的误读。由此，导致学术不明，对世风产生了负面影响。文中，王阳明通过否定前提，然后否定罗整庵的观点。王阳明此论可谓振聋发聩，成为开启思想解放的长夜惊雷，为后世论学提供了强大的思想武器，为明中期僵化的学术注入了新的思想。王阳明的"良知"思想萌发于贵州龙场，这一点其弟子钱德洪在《刻文录叙说》中已有明确表述："先生尝曰：'吾良知二字，自龙场以后，便已不出此意。只是点此二字不出。于学者言，费却多少辞说。今幸见出此意。一语之下，洞见全体，真是痛快，不觉手舞足蹈。学者闻之，亦省却多少寻讨功夫。学问头脑，至此已是说得十分下落，但恐学者不肯直下承当耳。'"王阳明在江西平乱期间一直在探讨"良知"之学。正德十三年（1518），王阳明在南赣平乱，当战事稍有空隙就开展讲学活动。据《阳明先生年谱》载："始得专意于朋友，日与发明《大学》本旨，指示入道之方。……以良知指示至善之本体，故不必假于见闻。"为减少传播"良知"学说的障碍，王阳明刻《朱子晚年定论》。其弟子薛侃刻《传习录》于虔州（即今之赣州）。《阳明先生年谱》载："因四方学者辐辏，始寓射圃，至不能容，修濂溪书院。"钱德洪在《与滁阳诸生书并问答语》跋中说道："而征宁藩之后，专发致良知宗旨，则益明切简易矣。"钱德洪明确点出了"专发致良知宗旨"的大体时间是"征宁藩之后"，说明王阳明为学、为教有的放矢，具有很强的针对性和社会实践性。从王阳明在江西的学术活动中可看出，其为复兴儒学，改变学术不明的世风，加大了讲学传道的力度，做了大量思想理论建设上的基础性工作。故其"致良知"学说是从"千难百死"中得来，并非是坐而论道，玩概念游戏。

二是从实践的角度阐明了"良知"思想的本义。由于世儒对《大学》"格物致知"词义的误读，造成凡训释《大学》要旨，必以朱熹的诠释为标准，因而对王阳明提出的"良知"学说予以质疑，有的甚至变相攻击。罗整庵致书问学在动机上虽无恶意，但对王阳明的"良知"学说显然是持批判态度的，且具有代表性。因此，王阳明在复信中对"良知"的词义内涵作了详细的阐述。从"心即理""心外无理"的本体论思想出发，论证了为学无须外求的道理。对《大学》的核心概念"格物致知"训释为：格物，格其心之物，格其意之物，格其知之物；致知者，致其物之知。王阳明将"物"一义训释为"心中之物"，奠定了"致良知"学说的基石，对《大学》的基本概念作了合乎逻辑的阐释。也就是说为学求理都在"心"中，"致良知"即为"正心"，简明扼要，意言关系明白无误。王阳明"致良知"思想是其长期思想探索的产物，绝非是为了标新立异。明正德十四年（1519）九月，王阳明献俘钱塘，将叛王朱宸濠交给太监张永后，以病滞留杭州净慈寺。在与奸党的周旋中，王阳明又一次渡过了难关，后奉旨兼江西巡抚，于十一月返江西。尽管奸党对其的迫害从未停止，但王阳明在极其困难的环境中讲学论道不辍，通过书信等形式与友人、弟子论学。在江西期间王阳明较系统地阐述了"致良知"学说，标志着阳明心学理论体系的日臻完善，故王阳明弟子钱德洪在《阳明先生年谱》中点明"是年先生始揭致良知之教"，即正德十六年（1521）。王阳明在江西南昌揭"致良知之教"，昭示了心学的基本内涵与普世价值。王阳明论"致良知"思想的内涵在《答罗整庵少宰书》一文中有深刻的阐述。正德十五年（1520）九月，王阳明自赣州还南昌，在繁忙的政务之际，其众多弟子来南昌问学，有的以书请问，也有不速之客前来拜师求学。据《阳明先生年谱》载："泰州王银服古冠服，执木简，以二诗为贽，请见。……及论致知格物，悟曰：'吾人之学，饰情抗节，矫诸外；先生之学，精深极微，得之心者也。'遂反服执弟子礼。先生易其名为'艮'，字以'汝止'。"王艮受王阳明亲炙，学问大进，以后成为传承阳明心学泰州学派的创始人。又据《阳明先生年谱》载："进贤舒芬以翰林谪官市舶，自恃博学，见先生问律吕。先生不答，且问元声。对曰：'元声制度颇详，特未置密室经试耳。'先生曰：'元声岂得之管灰黍石间哉？心得养则气自和，元气所由出也。《书》云"诗言志"，志即是乐之本；

"歌永言"，歌即是制律之本。永言和声，俱本于歌。歌本于心，故心也者，中和之极也。'芬遂跃然拜弟子。"从上述两例可知，王阳明在正德十五年时，其"致良知"思想已经有了很大影响，四方求学者闻声前来问学，从先怀疑到最后拜王阳明为师，这说明"致良知"学说已被众多的学者所接受。王阳明对致书问学的友人、弟子都一一作答，阐明"致良知"思想的内涵。在答问学书中，主要是传授如何"致良知"的方法。如在正德十六年，王阳明写了《与邹谦之》《与夏敦夫》《与朱守忠》《与席元山》《答甘泉》《答伦彦式》《与唐虞佐侍御》《答方叔贤》《与杨仕鸣与陆原静》等论学书，其内容主要涉及"致良知"的基本学理。

三是从学术为社会服务的角度阐述了尊于"道"，坚守学术自觉、学术良知才是学者为学的正确态度。王阳明认为："夫道，天下之公道也；学，天下之公学也；非朱子可得而私也，非孔子可得而私也。天下之公也，公言之而已矣。故言之而是，虽异于己，乃益于己也。言之而非，虽同于己，适损于己也。益于己者，己必喜之；损于己者，己必恶之。"此语当然不是针对罗整庵而言的，而是王阳明针对明代中期学术界普遍存在的僵化思想而言的，意在倡导一种自由探索的学术氛围，为"良知"学说的传播清除思想障碍。王阳明在江西前后6年，是其一生中极其艰难的阶段。从谪居贵州龙场到受命江西庐陵知县，从南赣平乱到平藩王朱宸濠叛乱，其经历了常人难以想象的艰难险阻。尽管危机四伏，但其以"良知"作为判断是非的唯一标准，为江西百姓做了大量的实事、好事。其以《南赣乡约》推进乡村自治建设、改变风俗，以兴社学开启民智，江西文教之风为之一变。在南赣平乱中坚持剿抚结合，攻心为上，奏设福建平和县、江西崇义县、广东和平县等地方政权，搞活流通，抗击自然灾害，为地方的长治久安做出了杰出的贡献。在平藩王朱宸濠叛乱中，以弱胜强，为社稷避免战火之灾、生灵涂炭，立下了赫赫战功。在南昌始揭

"致良知"之教，标志着"致良知"学说的社会实践性，并非是坐而论道的空谈。王阳明说："吾教人致良知，在格物上用功，却是有根本的学问。日长进一日，愈久愈觉精明。世儒教人事事物物上去寻讨，却是无根本的学问。"这说明王阳明的"致良知"学说是建立在心本体论基础之上的，从内心开显真知。

王阳明《答罗整庵少宰书》一文在写作上，论点鲜明，辩驳性强。其从罗整庵书中所存在的逻辑矛盾切入，以古本《大学》原义的分析为立论依据，对《大学》基本概念作了全新的阐释，观点清晰，层层推演，逻辑严密，语言犀利，具有强大的论辩力量。故施邦曜评点此文说："直是排倒千古，直接孔门正传，非徒以辨给胜也。"需要指出的是，王阳明在《答罗整庵少宰书》的信中并未点出"致良知"三字，但已深刻地揭示了"致良知"思想的具体内涵。

答顾东桥书①（节录）

来书云："闻语学者，乃谓即物穷理之说，亦是玩物丧志。又取其厌繁就约，涵养本原数说，标示学者，指为晚年定论，此亦恐非。"

朱子所谓"格物"云者②，在即物而穷其理也。即物穷理，是就事事物物上求其所谓定理者也。是以吾心而求理于事事物物之中，析"心"与"理"而为二矣。夫求理于事事物物者，如求孝之理于其亲之谓也。求孝之理于其亲，则孝之理其果在于吾之心邪？抑果在于亲之身邪？假而果在于亲之身，则亲没之后，吾心遂无孝之理欤？见孺子之入井，必有恻隐之理，是恻隐之理果在于孺子之身欤？抑在于吾心之良知欤？其或不可以从之于井欤？其或可以手而援之欤？是皆所谓理也，是果在于孺子之身欤？抑果出于吾心之良知欤？以是例之，万事万物之理，莫不皆然。是可以知析心与理为二之非矣。夫析心与理而为二，此告子"义外"之说③，孟子之所深辟也④。务外遗内，博而寡要，吾子既已知之矣。是果何谓而然哉？谓之玩物丧志⑤，尚犹以为不可欤？若鄙人所谓致知格物者，致吾心之良知于事事物物也。吾心之良知，即所谓天理也。致吾心良知之天理于事事物物，则事事物物皆得其理矣。致吾心之良知者，致知也。事事物物皆得其理者，格物也。是合心与理而为一者也。合心与理而为一，则凡区区前之所云⑥，与朱子晚年之论，皆可以不言而喻矣！

来书云："人之心体本无不明，而气拘物蔽鲜有不昏⑦，非学问思辨以明天下之理，则善恶之机，真妄之辨，不能自觉；任情恣意，其害有不可胜言者矣。"

此段大略似是而非，盖承沿旧说之弊，不可以不辨也。夫学、问、思、辨、行，皆所以为学，未有学而不行者也。如言学孝，则必服劳奉养，躬行孝道，则后谓之学，岂徒悬空口耳讲说，而遂可以谓之学孝乎？学射则必张弓挟矢，引满中的；学书则必伸纸执笔，操觚染翰⑧。尽天下之学，无有不行而可以言学者，则学之始，固已即是行矣。笃者，敦实笃厚之意⑨，已行矣，而敦笃其行，不息其功之谓尔。盖学之不能以无疑，则有问，问即学也，即行也。又不能无疑，则有思，思即学也，即行也。又不能无疑，则有辨，辨即学也，即行也。辨既明矣，思既慎矣，问既审矣，学既能矣，又从而不息其功焉,斯之谓笃行。非谓学、问、思、辨之后而始措之于行也。是故以求能其事而言谓之学,以求解其惑而言谓之问,以求通其说而言谓之思,以求精其察而言谓之辩,以求履其实而言谓之行。盖析其功而言则有五,合其事而言则一而已。此区区心理合一之体,知行并进之功,所以异于后世之说者,正在于是。今吾子特举学、问、思、辨以穷天下之理,而不及笃行,是专以学、问、思、辨为知,而谓穷理为无行也已。天下岂有不行而学者邪?岂有不行而遂可谓之穷理者邪?明道云:"只穷理,便尽性至命。"故必仁极仁,而后谓之能穷仁之理;义极义,而后谓之能穷义之理。仁极仁则尽仁之性矣,义极义则尽义之性矣。学至于穷理,至矣;而尚未措之于行,天下宁有是邪?是故知不行之不可以为学,则知不行之不可以为穷理矣。知不行之不可以为穷理,则知知行之合一并进,而不可以分为两节事矣。夫万事万物之理不外于吾心,而必曰穷天下之理,是殆以吾心之良知为未足,而必外求于天下之广,以裨补增益之,是犹析心与理而为二也。夫学、问、思、辨、笃行之功,虽其困勉至于人一己百,而扩充之极,至于尽性知天,亦不过致吾心之良知而已。良知之外,岂复有加于毫末乎?今必曰穷天下之理,而不知反求诸其心,则凡所谓善恶之机、真妄之辨者,舍吾心之良知,亦将何所致其体察乎?吾子所谓"气拘物蔽"者⑩,拘此蔽此而已。今欲去此之蔽,不知致力于此,而欲以外求,是犹目之不明者,不务服药调理以治其目,而徒伥伥然求明于其外⑪,明岂可以自外而得哉!任情恣意之害⑫,亦以不能精察天理于此心之良知而已。此诚毫厘千里之谬者⑬,不容于不辨,吾子毋谓其论之太刻也。

来书云:"教人以致知明德,而戒其即物穷理,诚使昏暗之士深居端坐,不闻教告,遂能至于知致而德明乎?纵令静而有觉,稍悟本性,则亦定慧无用之见⑭,果能知古今,达事变,而致用于天下国家之实否乎?其曰'知者意之体,物者意之用,格物如格君心之非'之'格',语虽超悟独得,不踵陈见⑮,抑恐于道未相吻合。"

区区论致知格物,正所以穷理,未尝戒人穷理,使之深居端坐而一无所事也。若谓即物穷理,如前所云务外而遗内者,则有所不可耳。昏暗之士,果能随事随物,精察此心之天理,以致其本然之良知,则虽愚必明,虽柔必强,大本立而达道行,九经之属,可一以贯之而无遗矣。尚何患其无致用之实乎?彼顽空虚静之徒,正惟不能随事随物,精察此心之天理,以致其本然之良知,而遗弃伦理,寂灭虚无以为常,是以要之不可以治家国天下。孰谓圣人穷理尽性之学而亦有是弊哉?心者身之主也,而心之虚灵明觉,即所谓本然之良知也⑯。其虚灵明觉之良知,应感而动者谓之意;有知而后有意,无知则无意矣。知非意之体乎?意之所用,必有其物,物即事也。如意用于事亲,即事亲为一物;意用于治民,即治民为一物;意用于读书,即读书为一物;意用于听讼,即听讼为一物。凡意之所用,无有无物者,有是意即有是物,无是意即无是物矣,物非意之用乎?"格"字之义,有以"至"字训者,如"格于文祖"⑰"有苗来格"⑱,是以"至"训者也。然格于文祖,必纯孝诚敬,幽明之间⑲,无一不得其理,而后谓之格。有苗之顽,实以文德诞敷而后格⑳,则亦兼有"正"字之义在其间,未可专以"至"字尽之也。如"格其非心""大臣格君心之非"之类,是则一皆正其不正，以归于正之义，而不可以"至"字为训矣。且《大学》格物之训，又安知其不以"正"字为训，而必以"至"字为义乎？如以"至"字为义者，必曰穷至事物之理，而后其说始通。是其用功之要，全在一"穷"字，用力之地，全在一"理"字也。若上去一"穷"、下去一"理"字，而直曰"致知在至物"，其可通乎？夫穷理尽性，圣人之成训，见于《系辞》者也㉑。苟格物之说而果即穷理之义，则圣人何不直曰"致知在穷理"，而必为此转折不完之语，以启后世之弊邪？盖《大学》格物之说，自与《系辞》穷理大旨虽同，而微有分辨。穷理者，兼格、致、诚、正而为功也；故言穷理，则格、致、诚、正之功皆在其中；言格物，则必兼举致知、诚意、正心，而后其功始备而密。今偏举格物而遂谓之穷理，此所以专以穷理属知，而谓格物未常有行，非惟不得格物之旨，并穷理之义而失之矣。此后世之学，所以析知行为先后两截，日以支离决裂㉒，而圣学益以残晦者㉓，其端实始于此。吾子盖亦未免承沿积习见㉔，则以为于道未相吻合㉕，不为过矣。

[注释]

①顾东桥：即顾璘（1476~1545），字华玉，号东桥。长洲（今属江苏苏州）人，明弘治间进士，授广平知县，历官至南京刑部尚书。少有才名，以诗著称于时，与其同里陈沂、王韦号称"金陵三俊"，其后宝应朱应登声起，时称"四大家"。著有《浮湘集》《山中集》《息园诗文稿》等。

②格物：意为探究事物的道理。格，探究，至。

③告子：战国时期道家思想家。名不详，一说名不害。

④辟（pì）：此处意为驳斥。

⑤玩物丧志：意指玩弄无益之器物而丧失意志，贻误大事。

⑥区区：小，形容微不足道。

⑦气拘物蔽：意指一个人被气质所拘束，为外物所蒙蔽的状态。

⑧操觚（gū）染翰（hàn）：意为作诗文、绘画等。操觚，执木简。染翰，以笔蘸墨。翰，长而硬的鸟羽，此指代"笔"。

⑨敦实笃厚：意为诚心诚意、敦厚笃行。

⑩吾子：古时对他人的尊称，意为"您"。

⑪侥侥然：指无所适从的样子。

⑫任情恣意：任意，放纵。

⑬毫厘千里之谬：喻开始失误虽小，但结果损失很大。

⑭定慧：指学佛者必须修持的三种基本学业，即戒、定、慧。收摄散乱的心意为定，观察照了一切的事理为慧。

⑮踵：脚后跟，此处喻"沿袭"。陈见：此处意为旧的观点。

⑯良知：大意为人内在精神世界的本原状态。

⑰文祖：泛指太祖庙，语出自《书·舜典》。

⑱苗：泛指南方少数民族。格：此处意为至。

⑲幽明：指有形和无形的事物。

⑳诞敷：遍布。

㉑系辞：一般指《易传·系辞》或《周易·系辞》，总论《易经》大义，是战国时期解说和发挥《易经》的论文集。

㉒支离：意指分散、离奇不正。

㉓残晦：意为残缺暗淡。

㉔积习：指长久以来而形成的习惯。

㉕吻合：完全符合。

[评析]

王阳明的《答顾东桥书》写于明嘉靖四年（1525），此书中提出了著名的"万物一体"论，详见原文后半部分。王阳明晚年闲居越城，潜心研究心学，并开展了声势浩大的讲学活动。在嘉靖三年（1524），朝中发生了一场声势浩大的所谓"大礼议"事件。此事，《阳明先生年谱》中有记载："是时大礼议起，先生夜坐碧霞池，有诗曰：'一雨秋凉入夜新，池边孤月倍精神。潜鱼水底传心诀，楼鸟枝头说道真。莫谓天机非嗜欲，须知万物是吾身。无端礼乐纷纷议，谁与青天扫旧尘？'又曰：'独坐秋庭月色新，乾坤何处更闲人？高歌度与清风去，幽意自随流水春。千圣本无心外诀，六经须拂镜中尘。却怜扰扰周公梦，未及惺惺陋巷贫。'盖有感时事，二诗已示其微矣。四月，服阕，朝中屡疏引荐。霍兀涯、席元山、黄宗贤、黄宗明先后皆以大礼问，竟不答。"文中特别提到王阳明对弟子的提问"竟不答"，言下之意蕴含了王阳明对"大礼议"的态度是非常反感的。嘉靖皇帝和满朝文武不以社稷民生为怀，反而陷入旷日持久的党争之中，故王阳明对此态度冷漠。王阳明为什么没有明确发表反对的意见呢？有可能是因为众多为官的阳明弟子也卷入了双方的争斗，不好说话而已，这就是王阳明提出"万物一体"论的历史背景。为了从理论上阐明"万物一体"的内在关系，从心体上解决人与人、人与社会及人与自然的关系问题。王阳明写了著名的《答顾东桥书》一文，系统地提出了"万物一体"学说，从本体论、认识论上论证人与社会、人与万物之间的辩证关系，特别强调为学求知"行"的问题。

"万物一体"说的思想源流可上溯之战国时代的孟子，紧接宋代的思想家。孟子云："万物皆备于我矣。反身而诚，乐莫大焉。"（《孟子·尽心上》）此言揭示了"吾心"与"万物"之间的关系，强调了心灵体验由"诚"至"乐"的过程。北宋的理学家也注意到了世界的统一性问题。诸如张载在《西铭》中也提出了类似的思想:"乾称父,坤称母。予兹藐焉,乃混然中处。故天地之塞,吾其体。天地之帅,吾其性。民吾同胞,物吾与也。"程颢在其《识仁篇》中也明确地提出:"仁者,与天地万物为一体。义、礼、智、信皆仁也。"《识仁篇》全文虽不足300字,但言简意深,立论精深。《识仁篇》是程颢学说的精华所在,只有通过"诚身"功夫才能达到"万物与我为一"的境界。可见,程颢的"万物一体"论与孟子"万物皆备于我"的思想是一脉相承的。但是,程颢强调了"识仁"的重要性,即"仁者,浑然与物同体"。一个有仁爱之心的君子必然将自身与万物同化。这里涉及了"仁者"境界或称为"仁者"气象。程颢还以医家术语"麻木不仁"揭示"仁"的思想内涵,认为"仁"就是指贯通全身、连接你我、贯穿宇宙的本体精神。正如医家所说"手足痿痹"乃是"不仁"之象一样。如果为人不仁,就会导致全身血气不通、精神受阻,也就意味着"仁"的离散。因此,程颢强调学者必须首先"观仁""体仁",以此来消除人与人之间所存在的那种彼此对立、物我两分的偏执态度,从而达到"与物同体",实现"天地万物一体之仁"的境界。

王阳明的"万物一体"说,虽然从思想渊源上来说,与孟子的"万物皆备于我"、程颢的"万物一体"说、陆九渊的"宇宙即是吾心"的思想观点相贯通,但王阳明的"万物一体"说之逻辑起点是"良知",是从心学的角度进行创设的,是其"致良知"学说的进一步展开和系统化。在理论的构建和阐释上更为严密,在内容上更加丰富,在说理上更加透彻。王阳明的"万物一体"说是阳明心学体系的重要组成部分,是心学思想在人生观、社会观和宇宙观上的重要体现。王阳明的"万物一体"说既传达出他的人生理想、社会理想和普世情怀,又表达了对现实社会的忧患意识和批判精神。所以，只有深刻地把握其"万物一体"说的思想内核，才能全面、正确、深刻地理解阳明心学体系，才能准确地把握阳明心学的思想意义。"万物一体"说是王阳明心学思想进一步系统化的标志，其基本思想内涵可从以下三方面作简要的分析。

一是"万物一体"的宇宙观。王阳明的"万物一体"说逻辑起点是基于其"良知"说："仙家说到虚，圣人岂能虚上加得一毫？佛氏说到无，圣人岂能无上加得一毫有？但仙家说虚从养生上来，佛氏说无从出离生死苦海上来，却于本上加却这些子意思在，便不是他虚无的本色了，便于本体有障碍。圣人只是还他良知的本色更不著些子意在。真知之虚便是天之太虚，良知之无便是太虚之无形，日、月、风、雷、山、川、民、物，凡有貌象形色，皆在太虚无形中发用流行。未尝作得天的障碍。圣人只是顺其良知之发用，天地万物在我真知的发用流行中，何尝又有一物起于良知之外能作得障碍？"王阳明通过对佛道学说矛盾性的阐释，说明了只有"良知"才是"万物"的本体，因为"良知"是"太虚无形"，不被任何事物障碍。"真知之虚便是天之太虚，良知之无便是太虚之无形一切"，"有""无"现象都是"太虚无形中发用流行"。日、月、风、雷、山、川、民、物，凡是有貌象形色的东西，皆在太虚无形中发用流行，从来也不会成为天的障碍。"良知"出入"有无之间"，将"万事万物"贯通。显然，王阳明将"良知"作为"万物一体"说之本源，即以世界之本体为立论之出发点。王阳明的弟子朱本思提出了一个尖锐的问题："人有虚灵，方有良知。若草、木、瓦、石之类，亦有良知否？"对这一问题王阳明回答说："人的良知，就是草、木、瓦、石的真知。若草、木、瓦、石无人的良知，不可以为草、木、瓦、石矣。岂惟草、木、瓦、石为然，天、地无人的良知，亦不可为天、地矣。盖天、地、万物与人原是一体，其发窍之最精处，是人心之一点灵明，风、雨、露、雷、日、月、星、辰、禽、兽、草、木、山、川、土、石，与人原只一体。故五谷、禽兽之类皆可以养人，药石之类，皆可以疗疾。只为同此一气，故能相通耳。"朱本思的问题很有代表性，显然他不明白"草、木、瓦、石之类为什么有良知"，而王阳明的回答简明、形象和生动。其认为万事万物都具有"良知"，不然就不能成为事物了，原因在于人与万物"同此一气"，互相贯通。王阳明还举了通俗的例子："故五谷、禽兽之类皆可以养人，药石之类，皆可以疗疾。"此解释，揭示了"万物一体"的基本原理。世界万物之间的信息都是可以交互的、可以相互吸纳的，万物具有统一性。人能认识万物的属性与价值，并通过对万物价值的判断揭示其理性意义和情感意义。王阳明将"万物一体"用"仁"的精神加以概括。"仁"贯穿于万事万物的方方面面，是整个宇宙世界。"精神流贯，志气通达，而无有乎人己之分，物我之间。"用人的生理机制作比，形象地揭示了"万物一体之仁"的精神实质。"万物一体"之说"至简至易，易知易从"，作为人之个体只要恢复"心体"便能进入"万物一体"的"大同"境界。

　　二是"万物一体"的社会观。王阳明在回复其好友《答顾东桥书》信中，提出了著名的"拔本塞源论"。其文观点鲜明，气势磅礴，提出了"万物一体"的社会观，强调"惟以咸德为事"这一社会道德学说。王阳明认为社会的和谐协调在于"德"，以"德"为尊，"德"在"万事万物"之中。王阳明认为"圣人之心"与"天下之人心"本无区别，只是圣人"以天地万物为一体，其视天下之人，无外内远近，凡有血气，皆其昆弟赤子之亲，莫不欲安全而教养之，以遂其万物一体之念"，而"天下之人心"，因"有我之私，隔于物欲之蔽，大者以小，通者以塞，人各有心，至有视其父子兄弟如仇雠者"。王阳明以圣人"推其天地万物一体之仁以教天下，使之皆有以克其私，去其蔽，以复其心体之同然"的教法，肯定和赞美了"三代"社会的和谐美好。这并不是否认历史的发展规律性，而是揭示了人与人之间、人与社会之间和人与自然之间的和谐统一关系。作为个体的人只有"以德为要务"，方能敬重"他人""社会""自然"，这样的社会才具有"和谐之美"的基础。每个人的心体都是"同然"的，无论是百姓，还是国君都是一样的。王阳明的这一思想设定，排除了作为"天子""圣人"的特殊地位，并将此作为人际关系和人与自然关系的基本法则，在物我关系上解决了和谐之美的理论问题。同时，将道德形态方面的问题归纳为"成德"之学与"闻见""记诵""辞章"之学等相区别。"成德"之学是"良知"的外在体现，是"万物一体"学说的理论概括。如果学者将目标定位在"闻见""记诵""辞章"之学上，一旦脱离了"德性"，那么，就违背了"万物一体"的基本原理，成为心体的障碍。

三是"万物一体"的历史观。王阳明善于总结历史经验教训，从历史中发现社会演变的规律性问题，从学术的角度考察历史现象。凡"仁学"不兴，则会造成社会的混乱和不稳定。王阳明从"三代之衰，王道熄而霸术猖，孔孟既没，圣学晦而邪说横，教者不复以此为教，而学者不复以此为学"的社会现象中，揭示了"万物一体"说对于治国的重要性。王阳明反对各种"霸术"，认为"霸术"与"仁学"相左。战国时代的纵横家，以富国强兵为名义，实则干了许多"斗争劫夺，不胜其祸"的勾当，对此他作了否定。而儒家在举世物欲汹汹前还是做了种种努力："慨然悲伤，搜猎先圣王之典章法制，而掇拾修补于煨烬之余。盖其为心，良亦欲以挽回先王之道。"在以上论述中，王阳明认为由于"圣学既远，霸术之传积渍已深，虽在贤知，皆不免于习染"。学者们又通过研究所谓"训诂之学""记诵之学""词章之学"传播天下，世之学者"莫知所适"。历史上这种现象："如人百戏之场，欢谑跳踉，骋奇斗巧，献笑争妍者，四面而竞出，前瞻后盼，应接不遑，而耳目眩瞀，精神恍惑，日夜遨游淹息其间，如病狂丧心之人，莫自知其家业之所归。"由此，造成了严重的社会后果。"时君世主亦皆昏迷颠倒于其说，而终身从事于无用之虚文，莫自知其所谓。间有觉其空疏谬妄，支离牵滞，而卓然自奋，欲以见诸行事之实者，极其所抵，亦不过为富强、功利、五霸之事业而止。圣人之学日远日晦，而功利之习愈趣愈下。"后世，有学者用儒释道来破解社会发展中的难题，但终未破解这一难题。王阳明对圣学不明所造成的严重后果感慨不已，无论官场还是学界都难以幸免。无限膨胀的"私欲"成为消解"三代和谐社会"的洪水猛兽。所谓的各种学问，归根结底没有把"万物一体"的宇宙观、社会观作为学术之本。王阳明这一议论振聋发聩，针砭时弊，荡气回肠，具有警世、醒世的作用，并对各种所谓的"学术"提出了批判，认为是"拔本塞源"。所谓"拔本塞源"，语见《左传·昭公九年》，原意为堵塞源头、背弃根本。现实中的各种学说背弃"仁学"，就是"拔本塞源"，其后果除"误人子弟"外，还对社会的和谐起到了极坏的污染作用。对此，王阳明感到可悲之极。但他坚信每个人是有"良知"的："终有所不可泯，而良知之明，万古一日。"坚信当人们能理解他的"拔本塞源"之论后，定会为感到"恻然而悲，戚然而痛，愤然而起"。在心灵上得到震撼："沛然若决江河而有所不可御者矣！"王阳明也希望有"豪杰之士"能担当起拯救浊世的责任，启民智于"塞源"之中，恢复"圣学"本色——心中的"良知"。

四是"万物一体"说的社会和谐理想。王阳明所向往的社会理想是"万物一体"的"大同世界"。他从"良知"本体出发，构建了社会和谐的蓝图。其所提出的"和谐社会"思想，即"亲民"，以民为本。也就是说，要推己及人，这是三代社会和谐的根本原因，也是治理天下的"良策"，简易而行。同时，其还提出了如何才能实现社会和谐的方略，即"惟以成德为事""各按其才，发挥其长"，按照社会的合理分工，集谋合力，以"礼乐为范"。

王阳明"万物一体"说的意义。

首先，以德为事，走向仁境。个体作为社会的一分子，总是与他人处于同一社会之中，形成相互交往的关系。这种共存状态往往通过日常的生活交往得以展现。而现实社会实际上存在种种利益关系，个体往往出于自身的利益以决定自己的行为和处世方式，这样难免受到"私心"的支配和控制，形成了社会生活的利己排他性。而"万物一体"说将"德"作为处理人际关系的基本原则，将自我的利益和价值取向与他人的利益和价值取向统一起来，具有本体意义上的一致性，这就使人跳出狭隘的自我"小圈子"，也排除了自我封闭，抵御在人际领域中发生的道德滑坡和自我沉沦。王阳明的"以德为事"思想，将"万物一体"的理论推演到日用生活之中，充分体现出作为心学家开放的心态。其将"万物一体"说作为人们处世的核心理念，明显具有超越世俗化之意，引导人们以宽广的胸怀处理人际关系，真诚地关爱他人。因此，"万物一体"说既是一种行为方式，又是一种做人的理想境界。个体只有通过身体力行"仁德"，才能进入"万物一体"的理想境界。

其次，仁爱恻隐，走向大我。孔子的"仁爱观"和孟子的"恻隐之心"，是从儒家的社会观念出发，阐明社会和谐的基础。而王阳明则从心学的角度，在更高的层面上，即宇宙和人类社会统一性的角度论证了"万物一体"对人类自身的意义。这不仅解决了哲学上的理论问题，还从人性的角度回答了人的生存价值和目的，以及人际交往的方式和准则。"万物一体"说以具体的仁道原则，要求个体以"仁"的精神对待一切社会成员，真诚地关心、友爱他人，包括与自然万物和谐相处。王阳明的"万物一体"说是其心学理论在社会领域、宇宙领域的展开，注重的是理论世界的建构，是具有理想化成分的社会生存图式。在人类社会发展的历史长河中,人们就是在不断地通过人际间、人与自然的摩擦和冲突中,逐步走向和谐,这就是王阳明希望达到的"和谐世界"。如果每一个人都有"万物一体"的观念,那么,就会产生推己及人的"仁爱"之心。推而广之,便可消除人我之间、人物之间的隔阂和对立。"万物一体"的基本精神在于尊重和确认"人"与"物"具有同等的内在价值,它作为一个整体存在时,才有意义。

"万物一体"说是王阳明将"心即理""知行合一""致良知"思想推及人类社会、人与自然关系之中的理论学说,是其心学思想体系的重要组成部分。明末施邦曜点评此文说:"此书前悉知行合一之论,广譬博说,旁引曲喻,不啻开云见日。后拔本塞源之论,阐明古今学术升降之因,真是将五藏八宝,悉倾以示人。读之即昏愚亦恍然有觉。此正是先生万物一体之心,不惮详言以启后学也。当详玩毋忽。"施邦曜此论不仅点明了王阳明此文的思想要旨,而且也概括了此文的主要写作特色,议论恣肆,翻江倒澜,文气浩荡。

稽山书院尊经阁记 乙酉

经①,常道也②。其在于天谓之命③,其赋于人谓之性④,其主于身谓之心⑤。心也,性也,命也,一也。通人物,达四海,塞天地,亘古今,无有乎弗具⑥,无有乎弗同,无有乎或变者也,是常道也。其应乎感也,则为恻隐,为羞恶,为辞让,为是非⑦。其见于事也,则为父子之亲,为君臣之义,为夫妇之别,为长幼之序,为朋友之信⑧。是恻隐也,羞恶也,辞让也,是非也。是亲也,义也，序也，别也，信也，一也。皆所谓心也，性也，命也。通人物，达四海，塞天地，亘古今，无有乎弗具，无有乎弗同，无有乎或变者也，是常道也。是常道也，以言其阴阳消息之行焉⑨，则谓之《易》⑩；以言其纪纲政事之施焉，则谓之《书》⑪；以言其歌咏性情之发焉，则谓之《诗》⑫；以言其条理节文之著焉，则谓之《礼》⑬；以言其欣喜和平之生焉，则谓之《乐》⑭；以言其诚伪邪正之辩焉⑮，则谓之《春秋》⑯。是阴阳消息之行也，以至于诚伪邪正之辩也，一也。皆所谓心也，性也，命也。通人物，达四海，塞天地，亘古今，无有乎弗具，无有乎弗同，无有乎或变者也，夫是之谓"六经"⑰。"六经"者非他，吾心之常道也。故《易》也者，志吾心之阴阳消息者也；《书》也者，志吾心之纪纲政事者也；《诗》也者，志吾心之歌咏性情者也；《礼》也者，志吾心之条理节文者也；《乐》也者，志吾心之欣喜和平者也；《春秋》也者，志吾心之诚伪邪正者也。君子之于"六经"也，求之吾心之阴阳消息而时行焉，所以尊《易》也；求之吾心之纪纲政事而时施焉⑱，所以尊《书》也；求之吾心之歌咏性情而时发焉，所以尊《诗》也；求之吾心之条理节文而时著焉⑲，所以尊《礼》也；求之吾心之欣喜和平而时生焉，所以尊《乐》也；求之吾心之诚伪邪正而时辩焉，所以尊《春秋》也。盖昔者圣人之扶人极⑳，忧后世，而述"六经"也，犹之富家者之父祖，虑其产业库藏之积㉑，其子孙者或至于遗忘散失，卒困穷而无以自全也，而记籍其家之所有以贻之㉒，使之世守其产业库藏之积而享用焉，以免于困穷之患。故"六经"者，吾心之记籍也。而"六经"之实，则具于吾心；犹之产业库藏之实积，种种色色，具存于其家。其记籍者，特名状数目而已。而世之学者，不知求"六经"之实于吾心，而徒考索于影响之间，牵制于文义之末，硁硁然以为是"六经"矣㉓。是犹富家之子孙，不务守视享用其产业库藏之实积，日遗忘散失，至于窭人丐夫㉔，而犹嚣嚣然指其记籍曰㉕："斯吾产业库藏之积也。"何以异于是！呜呼！"六经"之学，其不明于世，非一朝一夕之故矣。尚功利，崇邪说，是谓乱经；习训诂㉖，传记诵㉗，没溺于浅闻小见，以涂天下之耳目㉘，是谓侮经㉙；侈淫辞㉚，竞诡辩㉛，饰奸心㉜，盗行逐世㉝，垄断而犹自以为通经㉞，是谓贼经㉟。若是者，是并其所谓记籍者而割裂弃毁之矣，宁复知所以为尊经也乎！

越城旧有稽山书院㊱，在卧龙西冈㊲，荒废久矣。郡守渭南南君大吉既敷政于民㊳，则慨然悼末学之支离㊴，将进之以圣贤之道㊵。于是使山阴令吴君瀛拓书院而一新之㊶，又为尊经之阁于其后。曰："经正，则庶民兴；庶民兴，斯无邪慝矣㊷。"阁成，请予一言，以谂多士㊸。予既不获辞，则为记之若是。呜呼！世之学者得吾说而求诸其心焉，其亦庶乎知所以为尊经也矣㊹。

[注释]

①经：常指儒家经典。此处意为良知之道。

②常道：基本的法则、规律。《荀子·天论》："天有常道矣，地有常数矣。"

③命：天命，生命。

④性：天性，人之本性。

⑤心：此处指人内在的意识之本来状态。

⑥弗：不。

⑦恻隐、羞恶、辞让、是非：出自《孟子·公孙丑上》。孟子认为恻隐之心、羞恶之心、辞让之心、是非之心是人与生俱来的品质。

⑧为父子之亲，为君臣之义，为夫妇之别，为长幼之序，为朋友之信：出自《孟子·滕文公上》："使契为司徒，教以人伦：父子有亲，君臣有义，夫妇有别，长幼有序，朋友有信。""五伦"是中国传统社会的五种基本人伦关系，即父子、君臣、夫妇、兄弟、朋友五种关系，为狭义的"人伦"。

⑨阴阳：《易经》曰："一阴一阳谓之道。"阴阳的概念源自古代的自然观，古人观察到自然界中各种对立又相联的现象，便以哲学思维的方式归纳出"阴阳"的概念。

⑩《易》：指《周易》。《易经》指《连山》《归藏》《周易》三本易书。其中《连山》《归藏》已失传，只有《周易》传世。《周易》是阐述关于事物变化之书，为群经之首。

⑪《书》：指《尚书》。战国时期总称《书》，汉代改称《尚书》，即"上古之书"。又称《书经》，为一部多体裁文献汇编，被认为是中国现存最早的史书。《尚书》所记载的历史，上起传说中的唐尧虞舜时代，下至春秋中期，历史1500多年。它的基本内容是古代帝王的文告和君臣谈话记录，现存二十八篇。《今文尚书》传说是秦、汉之际的博士伏生传下来的，用当时的文字写成，称《今文尚书》。

⑫《诗》：指《诗经》。中国古代最早的一部诗歌总集，反映了西周初年至春秋中叶约500年间的社会面貌，共305篇。

⑬《礼》：指《礼记》，又名《小戴礼记》，为西汉戴圣对秦汉以前汉族礼仪著作加以辑录、编纂而成，共49篇。反映了战国以后及西汉时期社会的变动，包括社会制度、礼仪制度和人们观念的继承和变化。

⑭《乐》：指《乐经》，"六经"之一，已失传。

⑮诚伪邪正：真诚、虚伪、邪恶、正义。

⑯《春秋》：是中国现存的第一部编年体史书，按年记载了春秋时鲁国从隐公元年（前722）到哀公十四年（前481）或十六年间（前479）的历史大事。现存《春秋》分别载于《左传》《公羊传》《榖梁传》，三传经文大同小异。

⑰六经：六部儒家经典，始见于《庄子·天运篇》。是指经过孔子整理而传授的六部先秦古籍，即《诗》《书》《礼》《易》《乐》《春秋》，其中《乐经》已失传，通常称"五经"。

⑱纪纲政事：指国家的法度政务。

⑲条理节文：指礼节秩序。

⑳人极：此处指做人的道德标准。

㉑产业库藏：指家产、储备。

㉒记籍：记录，登记。

㉓硁硁然：浅薄固执的样子。《论语·子路》："言必信，行必果，硁硁然小人哉！"

㉔窭（jù）人丐（gài）夫：窭是贫穷，亦指浅薄鄙陋的人。丐，同丐。

㉕嚣嚣然：傲慢貌。

㉖训诂：解释古书中词句的意义。

㉗记诵：默记背诵。

㉘涂：掩护。

㉙侮经：侮辱经典。

㉚淫辞：此处意为邪僻荒诞的言论。

㉛诡辩：狡辩，即有意地颠倒是非，混淆黑白。

㉜奸心：坏心思，作恶之心。

㉝盗行：作恶行为。逐世：逐年。

㉞通经：精通经典。

㉟贼经：损害、败坏经典。

㊱越城：今绍兴，古称"越"。稽山书院：宋宝元元年（1038），范仲淹出任越州知州，到任后次年，在越州州治（今绍兴城区卧龙山西岗，即府山风雨亭处）创建稽山书院。延聘著名学者石待旦任书院住持，四方受业者甚众。宋乾道六年（1170），朱熹曾在稽山书院讲学敷政。元至正年间，稽山书院得以修葺扩建，至元末书院一度荒废。明正德间，山阴知县张焕移建故址之西。嘉靖三年（1524）知府南大吉令山阴县知县吴瀛拓书院，增建"明德堂""尊经阁"。王阳明应知府南大吉之请，撰《稽山书院尊经阁记》，并招收本府所辖八县俊彦，湖广、广东、江西、直隶等地的学子闻讯纷至沓来。王阳明于此讲论"致良知""万物一体"之学说，再次成为当时著名的书院之一。

㊲卧龙西冈：今绍兴府山"风雨亭"处。

㊳南君大吉：即南大吉（1487～1541），字元善，号瑞泉，陕西渭南人。明正德六年（1511）进士，历官户部主事、员外郎、郎中。嘉靖二年（1523），出任绍兴知府。性豪宕，雄于文。为官清明，政绩斐然，因传播阳明心学及触犯豪强利益，竟以罢官归故里。嘉靖二十年（1541）去世，享年55岁。有《渭南志》《绍兴志》等传世。今浙江绍兴会稽山麓"大禹陵"碑三字即为南君亲笔。敷政：布政，施行政事。

㊴末学：肤浅无本之学。支离：此处意为分离。

㊵圣贤之道：《道德经》云："天之道，利而无害；圣人之道，为而不争。"此意为圣贤对道德本体的认识。

㊶山阴令吴君瀛：嘉靖三年（1524），知府南大吉命山阴县令吴瀛拓书院，增建"明德堂""尊经阁"。

㊷邪慝（tè）：意为邪恶。

㊸谂（shěn）：规谏，劝说，晓喻。

㊹庶乎：差不多。

[评析]

《稽山书院尊经阁记》作于明嘉靖四年（1525）。据《阳明先生年谱》载，嘉靖元年（1522）二月，王阳明父王华逝世，按礼制三年后王阳明丁父忧期满，但朝廷仍未起用王阳明，其只好赋闲在越，专以授徒讲学传道为乐。同年，身为绍兴知府的南大吉，因王阳明为其当年的考官而称门生。南大吉痛惜世儒学风颓败，有志于归圣贤之道，即指令山阴知县吴瀛扩建稽山书院，并新建尊经阁，意欲引导读书人尊孔读经，以消除邪恶。新阁落成，南大吉请其师王阳明作记。王阳明婉辞不得，便应允作记。此记在写作上一反传统作"记"的套路，对建阁的过程，阁本身的形制、建筑特色只字未提，而以"尊经阁"之"经"字作为阐发心学观点的论题，系统地论述了"'六经'者非他，吾心之常道也"的精辟观点，阐明了"经"的内涵，角度新颖，议论深刻，别开生面。此文在结构上可分为三个部分。

第一部分论述了什么是"经"及"六经"的基本内涵。在释"经"词义中，王阳明从良知本体论的角度切入，将"心""性""命"三者归为"常道"，即"良知"。因"常道"充斥宇宙，无时不在，无处不有，为下文展开议论设定了逻辑前提。在王阳明看来，所谓经，不仅仅是指儒家的经典著作这一外在形式，其实质应反映宇宙、社会、人类社会运行之本然状态，即为"常道"。为把"常道"的含义讲得更明白，王阳明又以孟子的"四心"："恻隐之心、羞恶之心、辞让之心、是非之心"，以及"五伦"："父子有亲，君臣有义，夫妇有别，长幼有序，朋友有信"作为论据进一步阐释，认为"四心"与"五伦"都是"常道"在现实生活中的反映，化抽象为具象，以此证明"常道"的普遍性。接着，从两个角度对"六经"的内涵加以定义。从"道"与"经"的内在联系中，论述"常道"与"六经"之间的表里关系。"六经"则不过是"心""性""命"的外显而已，都是"常道"，即"良知"的发用流行。从而推出结论："'六经'者非他，吾心之常道也。"可以说，王阳明对"六经"内涵的诠释，是从"致良知"这个角度立论的，最后归结为"六经"仅仅是"吾心"之外显，外显之"经"，实则为"心"之产物，义理透彻，情感激越，气势磅礴，发人之所未发，言人之未所言。

第二部分论述了后人在对待"六经"问题上存在的不同立场和态度，以及圣人述"六经"之目的。王阳明在阐明"'六经'者非他，吾心之常道也"这一论点后，进一步论述"尊经"应在"心"上"求"道。既然"经"是"心"的外显，那么"尊经"只能在"心"上求，别无他法，因为"心外无物""心外无理"。文中还通过喻证，将圣人述经遗世比作家产的账本传世之结论。由此，类推出"故'六经'者，吾心之记籍也，而'六经'之实，则具于吾心；犹之产业库藏之实积，种种色色，具存于其家。其记籍者，特名状数目而已"。一言以蔽之，通贯全文。在讲清"心"与"六经"之关系后，此文紧接着对"世之学者"在"尊经"问题存在的误区作了批评："而世之学者，不知求'六经'之实于吾心，而徒考索于影响之间，牵制于文义之末，硁硁然以为是'六经'矣。是犹富家之子孙，不务守视享用其产业库藏之实积，日遗忘散失，至于窭人匄夫，而犹嚣嚣然指其记籍曰：'斯吾产业库藏之积也。'何以异于是！"观点犀利，语言诙谐。明末施邦曜评点此论"深得圣人作经之旨。快论！"紧接着，王阳明对世儒曲解、亵渎"六经"的种种"非经"行为做了猛烈地抨击："'六经'之学，其不明于世，非一朝一夕之故矣。尚功利，崇邪说，是谓乱经；习训诂，传记诵，没溺于浅闻小见，以涂天下之耳目，是谓侮经；侈淫辞，竞诡辩，饰奸心，盗行逐世，垄断而犹自以为通经，是谓贼经。若是者，是并其所谓记籍者而割裂弃毁之矣，宁复知所以为尊经也乎！"王阳明将假经学的表现概括为三种类型，即"乱经""侮经""贼经"，并揭露了"非经"的危害，导致"六经"之学不明于世，实质是批判假道学"知行二分"的虚伪性，笔锋犀利，若决江河，沛然莫之能御。

最后一部分，文中交代稽山书院沿革的前世今生，阐明写作缘由。点明知府南大吉建尊经阁的意图，一气呵成，戛然而止。文末最后一句点明题意："呜呼！世之学者得吾说而求诸其心焉，其亦庶乎知所以为尊经也矣。"志吾心为经，求吾心为尊经，道理讲得简洁明白，以归心作结，道出阳明心学"致良知"之本义。从"六经皆史"的传统观念转化为"六经皆心"，由此开启了解经的新思想、新格局。全文围绕什么是"经"，为什么要"尊经"，什么是"非经"等关键性问题，层层推理，其结论无可置疑。

《稽山书院尊经阁记》一文在论证艺术上颇具特色。一是采用反复的修辞手法。在正面论证"经，常道也"这一命题时，三次用"通人物，达四海，塞天地，亘古今，无有乎弗具，无有乎弗同，无有乎或变者也，是常道也"，反复强调"六经"只是"常道"的外显，揭示"常道"才是"六经"之本，真知灼见，气若江河激荡，强化了论证的逻辑力量。二是用类比的手法，将古之圣人著"六经"遗世与后人对"六经"不求真义的荒唐行径作比，形象生动地阐明了如何继承先圣的精神遗产问题。三是多用排比句。有词语间排比，语言短促，语义清晰；有分句间的排比，简洁明快，概括力强，语言节奏跌宕起伏，具有高屋建瓴之势，锐不可当。四是在议论中采用讽刺手法，用极简洁的语言刻画了"非经"者的庸俗愚昧，起到了很强的讽刺效果，显示了王阳明说理文的思想深度和无可辩驳的逻辑力量。此文对当时思想界、学界拨乱反正、澄清是非，对阳明心学的传播起到了极大的作用，后被清人所编《古文观止》收录，影响极其广泛。

书中天阁勉诸生① 乙酉

"虽有天下易生之物，一日暴之，十日寒之，未有能生者也。"②承诸君之不鄙，每予来归，咸集于此，以问学为事，甚盛意也。然不能旬日之留，而旬日之间，又不过三四会。一别之后，辄复离群索居③，不相见者动经年岁。然则岂惟十日之寒而已乎？若是，而求萌蘖之畅茂条达④，不可得矣。故予切望诸君勿以予之去留为聚散。或五六日、八九日，虽有俗事相妨⑤，亦须破冗一会于此。务在诱掖奖劝⑥，砥砺切磋⑦，使道德仁义之习日亲日近，则世利纷华之染亦日远日疏，所谓"相观而善，百工居肆以成其事者也"⑧。相会之时，尤须虚心逊志⑨，相亲相敬。大抵朋友之交，以相下为益。或议论未合，要在从容涵育⑩，相感以诚，不得动气求胜，长傲遂非。务在默而成之，不言而信。其或矜己之长⑪，攻人之短，粗心浮气，矫以沽名⑫，讦以为直⑬，扶胜心而行愤嫉，以圮族败群为志⑭，则虽日讲时习于此，亦无益矣。诸君念之，念之！

[注释]

①中天阁：位于浙江余姚城区龙泉山上。其名取唐代诗人方干"中天

气爽星河近"诗意。

②此四句语出《孟子·告子上》。原意为,即使是最容易生长的植物,晒一天,冻十天,也不可能生长。比喻学习或做事三心二意,没有恒心。

③离群索居:意为远离人群,孤独的人。语出《礼记·檀弓上》。

④萌蘖(niè):发芽,开始发生。喻指事物的发展。

⑤妨:阻碍。

⑥诱掖(yè)奖劝:引导扶持,奖励劝勉。宋朱熹《论语集注》:"成者,诱掖奖劝以成其事也。"

⑦砥砺:磨炼。切磋:将骨、角、玉、石加工制成器物的方法,比喻学习或研究问题时彼此商讨,互相吸取长处。

⑧百工居肆以成其事:工匠在作坊里完成产品。

⑨逊志:虚心谦让。

⑩涵育:涵养化育。《宋书·顾觊之传》:"夫圣人怀虚以涵育,凝明以洞照。"

⑪矜(jīn)己之长:此处意为自大,自夸。《朱文公家训》:"慎勿谈人之短,切勿矜己之长。"

⑫沽名:指故意做作或用某种手段谋取名誉。唐聂夷中《胡无人行》:"男儿徇大义,立节不沽名。"

⑬讦(jié):揭发别人的隐私或攻击别人的短处。

⑭圮(pǐ):此处意为破裂。

[评析]

浙江余姚是王学传播的重镇,也是王阳明晚年群体性接受弟子最多之地。明正德十四年(1519)九月,王阳明移交被擒获的叛王朱宸濠后,即遭到了奸党张忠、许泰之流的诽谤、陷害，人生命运又一次卷入漩涡之中。次年七月，王阳明重上《江西捷音书》，明武宗始议回京城，一场闹剧方平静下来。至正德十六年（1521），待局势稳定后，王阳明又开始在江西从事讲学活动。正月，在南昌始揭"致良知"之教。随后刻《象山文集》，作序以彰显陆九渊学术思想。五月，集门人于庐山白鹿洞讲学。六月，奉旨进京，行至杭州，即遭到朝中权贵的阻拦，无奈上疏要求归家省亲。经批准后，于八月至越，九月归余姚省祖茔。据《阳明先生年谱》记载：余姚学人钱德洪携侄子大经、应扬和学子郑寅、俞大本，通过王阳明从侄子王正心通贽拜见。次日，夏淳、范引年、吴仁、柴凤、孙应奎、诸阳、徐珊、管州、谷钟秀、黄文焕、周于德、杨珂等74人拜王阳明为师。此后，王阳明来往于绍兴与余姚间，在余姚龙泉山中天阁讲学不辍。钱德洪则成为王阳明的侍学弟子。

明嘉靖四年（1525）九月，王阳明自越城归姚省墓期间，在龙泉山中天阁举行讲会。为使余姚的讲学活动健康、持续地开展，从制度上加以规范，王阳明为讲会亲定学规，撰《书中天阁勉诸生》一文，题于壁上，并规定"月讲"以每月的初一、初八、十五、二十三为期。据明万历《绍兴府志·古迹志一》记载："白石灰壁上公自书，笔法甚清劲。"由此可知，余姚龙泉山中天阁成为阳明心学传播的重要道场。王阳明来往于绍兴、余姚间，为弟子讲授心学理论，培养了一大批心学人才，成为浙中王学的骨干。明末清初思想家黄宗羲在《明儒学案·浙中王门》中所提及的浙中王门中坚人物，多有出于中天阁讲会的。

《书中天阁勉诸生》全文仅300余字，主要内容是要求学子务必做到"虚心逊志，相亲相敬"，提倡一种"从容涵育，相感以诚"的良好学风。在王阳明看来，办讲会容易，但要坚持难；偶尔来听讲容易，要持之以恒难；在学习研讨中做到谦虚谨慎，相亲相敬就更难了。故其以孟子名言教导弟子，为学绝不能"一暴十寒"，这是强调为学的恒心问题，是为学之要。其次，强调了为学要开显主体意识，也就是要开显良知，正确处理好学子之间的相互关系问题。再次，王阳明列举了为学中的恶习，告诫学子引以为戒："矜己之长，攻人之短，粗心浮气，矫以沽名，讦以为直，扶胜心而行愤嫉，以圮族败群为志。"这五方面的问题，是为学之大害，亦是做人的大敌，故王阳明将其点出，犹如警钟长鸣。其目的是要让学子做到"道德仁义之习日亲日近，则世利纷华之染亦日远日疏"。即为学是"致良知"的具体形式，也是办讲会的宗旨。王阳明中天阁题壁文，不仅仅是对余姚学子的告诫，还是对弟子为学"成圣贤"的一种期盼。尽管此题壁距今将近500年了，然此文至今读来仍具有极强的现实针对性。中天阁讲会至王阳明出征广西后仍坚持办学。嘉靖七年（1528）九月，王阳明在《与钱德洪王畿书》中说："地方事幸遂平息，相见渐可期矣。近年不审同志聚会如何，得无法堂前今已草深一丈否？想卧龙之会，虽不能大有所益，亦不宜遂尔荒落；且存饩羊，后或兴起，亦未可知。余姚得应元诸友相与倡率，为益不小。近有人自家乡来，闻龙山之讲，至今不废，亦殊可喜。书到，望遍寄声，益相与勉之。"王阳明之言，言简意赅，既是对前来讲学之师的希望，又是对学子的谆谆教诲，具有很强的针对性及现实意义。十月，王阳明又致书钱德洪、王畿："书来见近日工夫之有进，足为喜慰！而余姚、绍兴诸同志又能相聚会讲切，奋发兴起，日勤不懈，吾道之昌，真有火燃泉达之机矣，喜幸当何如哉！"余姚龙泉山中天阁讲会，坚持许久后因社会情势的变化方中止。然中天阁讲会的宗旨并没有因时势的变化而改变，其后被阳明心学余姚传人所继承。余姚之"姚江书院""龙山书院"学人即是"中天阁讲会"精神的传承者、弘扬者。清代余姚"龙山书院"即在"中天阁讲会"旧址基础上办起来的。"浙东姚江旧乡，阳明精神尚存。"中天阁讲会与"姚江学派·浙中学派"具有十分密切的关系,是阳明心学发展和传播的重要里程碑。

此文在论述上采用引证法、正反对比法,深入浅出,说理简洁明快。尤其在语言上,采用骈句、四言句居多,语句洗练,句式工整,皆为警策之语,具有较强的生命力。

客座私祝① 丁亥

但愿温恭直谅之友来此讲学论道②,示以孝友谦和之行③;德业相劝④,过失相规⑤,以教训我子弟,使毋陷于非僻⑥。不愿狂躁惰慢之徒来此博弈饮酒⑦,长傲饰非⑧,导以骄奢淫荡之事⑨,诱以贪财黩货之谋⑩;冥顽无耻⑪,扇惑鼓动⑫,以益我子弟之不肖。呜呼⑬!由前之说,是谓良士⑭;由后之说,是谓凶人⑮。我子弟苟远良士而近凶人⑯,是谓逆子⑰,戒之,戒之!嘉靖丁亥八月,将有两广之行,书此以戒我子弟,并以告夫士友之辱临于斯者⑱,请一览教之。

[注释]

①客座:招待客人的屋室,此处应指前来书院讲学者。

②温恭直谅:意指具有和气、谦恭、正直、诚信之品格的君子。《论语·季氏》:"益者三友,损者三友。友直、友谅、友多闻,益矣;友便辟、友善柔、友便佞,损矣。"

③孝友:事父母孝顺、对兄弟友爱。谦和:谦逊易接近。

④德业:道德修养。相劝:相互勉励。

⑤过失：此处指非故意的错误行为。相规：互相劝诫。

⑥非僻：邪僻。

⑦狂燥：狂躁不安。惰慢：懒惰散漫。博弈：下棋。

⑧长傲饰非：滋长骄傲、掩饰过错。清陈确《答张考夫书》："怙恶不悛，长傲饰非者，古下愚不肖之流。"

⑨骄奢淫荡：形容生活放纵奢侈，荒淫无度。《左传·隐公三年》："骄奢淫泆，所自邪也。"

⑩黩（dú）货：贪污纳贿。宋苏轼《论特奏名》："臣等伏见恩榜得官之人，布在州县，例皆垂老，别无进望，惟务黩货，以为归计。"

⑪冥顽：愚昧顽固。明宋濂《西天僧禅师诰》："冥顽而怙恶者，尔推报应之说以导之。"

⑫扇惑：煽动蛊惑。

⑬呜呼：文言感叹语，表示赞颂、愤慨等情感。

⑭良士：贤士，有才能的人。《书·秦誓》："番番良士，旅力既愆，我尚有之。"

⑮凶人：恶人。

⑯苟：如果。

⑰逆子：忤逆不孝顺的儿子。

⑱士友：古时称在官僚知识阶层或普通读书人中的朋友。《后汉书·张奂传》："奂少立志节，尝与士友言曰：大丈夫处世，当为国家立功边境。"辱临：敬称他人的来临。《左传·昭公七年》："嘉惠未至，唯襄公之辱临我丧。"

[评析]

明嘉靖四年（1525）十月，王阳明门人建阳明书院于越城。书院位于绍兴西郭门内光相桥之东。嘉靖六年（1527）五月，朝廷下旨命王阳明出征广西。王阳明在临行前，将绍兴阳明书院、余姚龙泉山中天阁讲会之事委托弟子办理。为保持书院讲学、研修的纯正，免遭心术不正之徒利用讲学贻害学子，为长远计，王阳明于当年九月，赴任前夕，亲书《客座私祝》公示于众，以期起到警示作用。

  此文虽不足二百字，但言简意赅，嘱托之语严肃而又不失礼节。其嘱托内容分两部分：一是对来书院讲学的先生，嘱语采用正反对举的方法，先从正面提出要求，"愿温恭直谅之友""示以孝友谦和之行""德业相劝，过失相规"，以此讲学论道教弟子者，王阳明将此类人称为"良士"，表示欢迎。从中也反映出王阳明对来书院讲学者师德上的基本要求，以及书院培养人才的目的。反过来，对那些"狂愫惰慢之徒""来此博弈饮酒""长傲饰非""导以骄奢淫荡之事""诱以贪财黩货之谋""冥顽无耻""扇惑鼓动"之徒，王阳明将此类人称为"凶人"，是不受欢迎者。从中也反映出王阳明对社会上各种邪僻之教、私欲横行的警觉。从一定意义上说，即如何解决被放逐的人心问题。二是对其弟子，王阳明则告诫"苟远良士而近凶人是谓逆子"，语气严厉。从此文中某些用语看，在绍兴阳明书院求学弟子的年龄并不大，阅历也不广，尚缺乏较强的道德判断能力，故为呵护这些学子的健康成长，作一关照，是很有必要的。王阳明的《客座私祝》公示后，为保证书院的发展方向，防止"凶人"害人，避免弟子走上邪路确实起到了重要的作用，这为后来书院发展的实践所证明。

五、交谊游览文

纵观王阳明的一生，亦可以说是其交友明道的一生。他从小立下"成圣贤"之志后，苦苦地追寻师友，以实现宏愿。直到明弘治十八年（1505），在京师遇到志同道合的广东增城人庶吉士湛若水后，一见定交，共以倡明圣学为己任。这在王阳明的求道生涯中，标志着由一己之学向结友共学的重大转变。此后，无论人生道路如何坎坷曲折，还是为学路径发生变化，但其交谊的初心始终未变，直至生命的尽头。这种交谊的方式所产生的积极作用深深地影响到明代中后期的社会思潮，以及其弟子、后学，甚至亲属。王阳明的交谊对象十分广泛，无论是官场士大夫，还是莘莘学子、贩夫走卒、农夫工匠，甚至出家人，等等，只要能做到为学求道，不分高贵低贱、年龄大小，皆为师友。王阳明的交谊是有原则的，即为开显自身的良知，从而达于人生、社会、世界，而非为一己之利而结党营私。因此，其交谊的品位是高雅的，情感是纯洁的，故能做到师友间友谊长存，终身不渝。正因为这种建立在求道基础上的交谊，无论其身处逆境还是顺境，王阳明都能与师友并肩而行，成为明代中期交谊的典范。王阳明的交谊方式是多种多样的，主要是通过讲学论道、书信来往、题诗题画、诗歌唱和、游历山水等途径实现。人到何处，交谊到何处，故能突破时空的限制，将交谊的范围最大化，故长城内外、大江南北都有王阳明的师友存在。本专题选录反映王阳明与不同社会阶层人士交谊的13篇文章，阐释王阳明交谊的精神风范与历史影响。

送黄敬夫先生佥宪广西序①

古之仕者，将以行其道；今之仕者，将以利其身。将以行其道，故能不以险夷得丧动其心，而惟道之行否为休戚。利其身，故怀土偷安，见利而趋，见难而惧。非古今之性尔殊也，其所以养于平日者之不同，而观夫天下者之达与不达耳。

吾邑黄君敬夫，以刑部员外郎擢广西按察佥事②。广西，天下之西南徼也③。地卑湿而土疏薄，接境于诸岛蛮夷④；瘴疠郁蒸之气⑤，朝夕弥茫，不常睹日月；山僮海獠⑥，非时窃发⑦；鸟妖蛇毒之患⑧，在在而有。固今仕者之所惧而避焉者也。然予以为中原固天下之乐土，人之所趋而聚居者。然中原之民至今不加多，而岭广之民至今不加少⑨，何哉？中原之民，其始非必尽皆中原者也，固有从岭广而迁居之者矣。岭广之民，其始非必尽皆岭广者也，固有从中原而迁居之者矣。久而安焉，习而便焉，父兄宗族之所居，亲戚坟墓之所在，自不能一日舍此而他也。古之君子，惟知天下之情不异于一乡，一乡之情不异于一家，而家之情不异于吾之一身。故视其家之尊卑长幼，犹家之视身也；视天下之尊卑长幼，犹乡之视家也。是以安土乐天，而无入不自得⑩。后之人视其兄之于己，固已有间，则又何怪其险夷之异趋，而利害之殊节也哉？今仕于世，而能以行道为心，求古人之意以达观夫天下，则岭广虽远，固其乡间⑪；岭广之民，皆其子弟；郡邑城郭⑫，皆其父兄宗族之所居；山川道里，皆其亲戚坟墓之所在。而岭广之民，亦将视我为父兄，以我为亲戚，雍雍爱戴⑬，相眷恋而不忍去，况以为惧而避之耶？

敬夫，吾邑之英也。幼居于乡，乡之人无不敬爱。长徙于南畿之六合⑭，六合之人，敬而爱之，犹吾乡也。及举进士⑮，宰新郑⑯，新郑之民曰："吾父兄也。"入为冬官主事⑰，出治水于山东，改秋官主事⑱，擢员外郎⑲，僚采曰⑳："吾兄弟也。"盖自居于乡，以至于今，经历且十余地，而人之敬爱之如一日。君亦自为童子，以至于为今官，经历且八九职，而其所以待人爱众者，恒如一家。今之擢广西也㉑，人咸以君之贤，宜需用于内，不当任远地。君曰："吾则不贤。使或贤也，乃所以宜于远。"

呜呼！若君者，可不谓之志于行道，素养达观㉒，而有古人之风也欤？夫志于为利，虽欲其政之善，不可得也。志于行道，虽欲其政之不善，亦不可得也。以君之所志，虽未有所见，吾犹信其能也。况其赫烨之声㉓，奇伟之绩，久熟于人人之耳目，则吾于君之行也，颂其所难，而易者见矣。

[注释]

①黄敬夫（1441~1526）：名肃，字敬夫，号静庵，浙江余姚梁弄人。明成化七年（1471）中举，成化十四年（1478）中进士。官至湖广按察副使。光绪《余姚县志》有其传。

②按察佥事：官名，正五品，职掌与按察副使同，后演变为道员。

③徼（jiào）：边界。

④蛮夷：亦作"蛮彝"。古代对四方边远地区少数民族的贬称，亦专指南方少数民族。《书·舜典》："柔远能迩，惇德允元，而难任人，蛮夷率服。"

⑤瘴疠：亦作"瘴厉"，感受瘴气而生的疾病。

⑥山僮海僚：此处借代山中的怪兽、海上的怪物。

⑦窃发：此处意为突然出现。

⑧鸟妖：此处指怪鸟。

⑨岭广：泛指岭南两广之地。《元史·郝经传》："两淮之兵尽集白鹭，江西之兵尽集隆兴，岭广之兵尽集长沙。"

⑩无入不自得：意为世界万物由自身体悟其理。语出《礼记·中庸》："君子素其位而行，不愿乎其外。素富贵行乎富贵，素贫贱行乎贫贱，素夷狄行乎夷狄，素患难行乎患难。君子无入而不自得焉。"

⑪乡间：此处泛指乡村。

⑫郡邑：此处意指府县。

⑬雍雍：和洽貌，和乐貌。

⑭南畿之六合：指明代南直隶所属的六合县（今南京市六合区），素有"京畿之屏障、冀鲁之通道、军事之要地、江北之巨镇"之称。

⑮举进士：黄敬夫于明成化十四年（1478）中进士。

⑯宰：此处指主管县事，任知县。新郑：地名，位于河南省中部，为今之郑州市所辖。

⑰冬官：周代设六官，司空称为冬官，掌管工程制作，后世以"冬官"代称工部。黄敬夫曾任工部都水清吏司主事。

⑱秋官：为刑部的代称。黄敬夫由工部都水清吏司主事转任刑部主事。

⑲员外郎：官名。明代各部以郎中、员外郎、主事为司官的职级。

⑳僚采：同僚。《金石萃编·唐褚亮碑》："动名教于搢绅，暎徽猷于僚采。"

㉑擢广西：指黄敬夫升任广西按察佥事。

㉒素养达观：此处意为心胸开朗，见解通达。

㉓赫烨（yè）：此处意为声誉显赫。

[评析]

此文为王阳明所撰赠序，《送黄敬夫先生佥宪广西序》因题下没有标注写作时间，故只能从与黄敬夫相关的文献中寻找线索。从余姚梁弄《四明黄氏宗谱》相关的记载中可知，黄肃在明弘治十三年（1500）时已由工部主事转任刑部员外郎。又据《阳明先生年谱》记载，是年，王阳明任刑部主事，两人有交集，同任职于刑部，故此序写作时间应为弘治十三年。全文分为四个部分。

第一部分：即此序首段，阐述为官之道在于"达"与"不达"。文中通过比较古今的"出仕"观，阐述了为官之根本区别在于"行其道"与"利其身"。此见解充分揭示了出仕为官的使命。王阳明认为："古之仕者，将以行其道；今之仕者，将以利其身。将以行其道，故能不以险夷得丧动其心，而惟道之行否为休戚。利其身，故怀土偷安，见利而趋，见难而惧。非古今之性尔殊也，其所以养于平日者之不同，而观夫天下者之达与不达耳。"从历史的发展看，出仕为官，是践行"仁道"，为天下之公不惜赴汤蹈火，不动其心，还是为一己之利，贪图荣华富贵，趋利避祸，明哲保身，苟且偷安，是检验其官德最基本的准则。能行大道者均是平时修炼的结果，而利己者均是平时放纵私欲的结果。王阳明十分推崇历史上行大道之圣贤，上达天理而下爱生民。对世人中那些鼠目寸光、庸庸碌碌、谋求私利之辈则认为是"失道"之人。

第二部分：赞扬余姚同邑人黄敬夫将赴广西任职是仁爱之举。序文从西南边陲环境之险恶着笔，以衬托黄敬夫将要面对的挑战。黄敬夫从京官到边陲广西任按察佥事，从环境上看显然有很大的落差。当时广西的自然环境、社会情势十分险恶。文中说:"广西,下之西南徼也。地卑湿而土疏薄,接境于诸岛蛮夷;瘴疠郁蒸之气,朝夕弥茫,不常睹日月;山獞海獠,非时窃发;鸟妖蛇毒之患,在在而有。固今仕者之所惧而避焉者也。"王阳明从地域、气候、社会等诸方面因素进行分析,认为黄敬夫此行将面对常人难以承受的困难,并以当朝一些士大夫千方百计规避去广西任职的现状为证,以此凸显黄敬夫此行的悲壮色彩。正因为王阳明在刑部云南清吏司任主事,故对西南地区的现状是十分清楚的。然而,世事难料,六年后,王阳明因仗义执言得罪阉党头目刘瑾而被贬谪贵州龙场。又过了二十一年,王阳明受命赴广西平乱,这是历史的巧合。一般来说,送友人赴边远之地的赠序不外乎鼓励之类的语言,然而此文则跳出窠臼,另辟蹊径。文中从中原与岭广两地人口增减变化切入,论述了地域环境之异与天下同德、四海为家的哲理。文中说:"然予以为中原固天下之乐土,人之所趋而聚居者。然中原之民至今不加多,而岭广之民至今不加少,何哉?中原之民,其始非必尽皆中原者也,固有从岭广而迁居之者矣。岭广之民,其始非必尽皆岭广者也,固有从中原而迁居之者矣。"社会变迁,人口流动,导致文化的传播,其背后则是"大道"的流行化育。写此序时王阳明还不足三十岁,但其对自然、社会、人口之间的相互关系认识是极其深刻的。同时,其还认为,人口的流动,文化起纽带作用,而文化主要是通过开显人性得以落地生根。文中说道:"久而安焉,习而便焉,父兄宗族之所居,亲戚坟墓之所在,自不能一日舍此而他也。古之君子,惟知天下之情不异于一乡,一乡之情不异于一家,而家之情不异于吾之一身。故视其家之尊卑长幼,犹家之视身也;视天下之尊卑长幼,犹乡之视家也。是以安土乐天,而无入不自得。后之人视其兄之于己,固已有间,则又何怪其险夷之异趋,而利害之殊节也哉?"这段议论酣畅淋漓,是王阳明对儒家"体仁"思想的具体发挥,亦是其"万物一体"思想的最初表述。凡人也好，出仕为官也好，无论在何时何地都要坚守"安土乐天""无入不自得"的主体精神，才能正视现实，超越现实，与"道"同行。通过论证，王阳明对把"岭广"看作"险恶之地"的认识作了重新解读。他认为："今仕于世，而能以行道为心，求古人之意以达观夫天下，则岭广虽远，固其乡间；岭广之民，皆其子弟；郡邑城郭，皆其父兄宗族之所居；山川道里，皆其亲戚坟墓之所在。而岭广之民，亦将视我为父兄，以我为亲戚，雍雍爱戴，相眷恋而不忍去，况以为惧而避之耶？"此言不仅是王阳明对儒道体悟的真言，而且是其处世立身的基本态度。正因为王阳明以天下为怀的博大胸怀，才使其能以平和的心态对待万事万物，能够在遭遇艰难险阻时从容应对。在黄敬夫赴任广西这一问题上，王阳明的认识可谓高瞻远瞩，由此及彼，推己及人，情理相融。

第三部分：概述黄敬夫的生平事迹，赞扬其居家处世、为官理政以"爱人"为本的道德品质。作为同邑人，王阳明对黄敬夫是十分敬重的，从年龄上说黄敬夫长其32岁，可谓忘年之交。王阳明赞誉黄敬夫为"吾邑之英"，这是极高的评价。黄敬夫的为人，可以说是"君子人格"的典范。"幼居于乡，乡之人无不敬爱。长徙于南畿之六合，六合之人，敬而爱之，犹吾乡也。及举进士，宰新郑，新郑之民曰：'吾父兄也。'入为冬官主事，出治水于山东，改秋官主事，擢员外郎，僚采曰：'吾兄弟也。'盖自居于乡，以至于今，经历且十余地，而人之敬爱之如一日。君亦自为童子，以至于为今官，经历且八九职，而其所以待人爱众者，恒如一家。"正因为黄敬夫以仁义道德为立身之本，故无论在何时何地，均能恪守君子本性，这就成为王阳明赞扬其美德之依据，也是写作此序的底气。同时，自然引出黄敬夫赴广西任职的原委："今之擢广西也，人咸以君之贤，宜需用于内，不当任远地。君曰：'吾则不贤。使或贤也，乃所以宜于远。'"从中可知，黄敬夫此去广西任职是有充分思想准备的，表现出其积极达观的人生态度，不愧为"精英之才"。

最后一部分：高度评价黄敬夫赴广西任职的美德，是力行"志于行道，素养达观"之古道。对于黄敬夫赴广西任职之举，王阳明给予高度的评价："夫志于为利，虽欲其政之善，不可得也。志于行道，虽欲其政之不善，亦不可得也。以君之所志，虽未有所见，吾犹信其能也。"文末交代写作此序的目的："况其赫烨之声，奇伟之绩，久熟于人人之耳目，则吾于君之行也，颂其所难，而易者见矣。"卒章显志，理气贯通。

此文在写作上特色鲜明：一是善于推理，从一般的原理推及个体事例，通过"行道"与"利己"、"古人"与"今人"之比较，用事实说理，分析透彻，逻辑缜密。二是结构严谨，层次清晰，前后照应，浑然一体。三是用概括的语言揭示为官之道："志于行道，素养达观。"心中有百姓，自然就无所谓"地远乡僻"了。

别三子序① 丁卯

自程、朱诸大儒没而师友之道遂亡②。"六经"分裂于训诂③，支离芜蔓于辞章业举之习④，圣学几于息矣⑤。有志之士思起而兴之，然卒徘徊咨嗟⑥，逡巡而不振⑦；因弛然自废者，亦志之弗立，弗讲于师友之道也⑧。夫一人为之，二人从而翼之⑨，已而翼之者益众焉，虽有难为之事，其弗成者鲜矣⑩。一人为之，二人从而危之，已而危之者益众焉，虽有易成之功，其克济者亦鲜矣⑪。故凡有志之士，必求助于师友。无师友之助者，志之弗立弗求者也。自予始知学，即求师于天下，而莫予诲也；求友于天下，而与予者寡矣；又求同志之士，二三子之外，邈乎其寥寥也⑫。殆予之志有未立邪？盖自近年，而又得蔡希颜、朱守忠于山阴之白洋⑬，得徐曰仁于余姚之马堰⑭。曰仁，予妹婿也。希颜之深潜⑮，守忠之明敏⑯，曰仁之温恭⑰，皆予所不逮⑱。三子者，徒以一日之长，视予以先辈，予亦居之而弗辞。非能有加也，姑欲假三子者而为之证，遂忘其非有也。而三子者，亦姑欲假予而存师友之饩羊⑲，不谓其不可也。当是之时，其相与也⑳，亦渺乎难哉㉑！予有归隐之图，方将与三子就云霞㉒，依泉石㉓，追濂、洛之遗风㉔，求孔、颜之真趣㉕；洒然而乐，超然而游，忽焉而忘吾之老也。

今年，三子者为有司所选㉖，一举而尽之。何予得之之难，而有司者袭取之之易也？予未暇以得举为三子喜，而先以失助为予憾；三子亦无喜于其得举，而方且戚于其去予也。漆雕开有言㉗："吾斯之未能信。"斯三子之心欤？曾点志于咏歌浴沂㉘，而夫子喟然与之㉙，斯予与三子之冥然而契㉚，不言而得之者欤？三子行矣，遂使举进士㉛，任职就列，吾知其能也，然而非所欲也。使遂不进而归，咏歌优游有日，吾知其乐也，然而未可必也。天将降大任于是人㉜，必先违其所乐而投之于其所不欲，所以衡心拂虑㉝，而增其所不能。是玉之成也㉞，其在兹行欤！三子则焉往而非学矣，而予终寡于同志之助也！三子行矣。"沉潜刚克，高明柔克"㉟，非箕子之言乎㊱？温恭亦沉潜也，三子识之，焉往而非学矣。苟三子之学成，虽不吾迩㊲，其为同志之助也，不多乎哉！

增城湛原明宦于京师㊳，吾之同道友也，三子往见焉，犹吾见也已。

[注释]

①三子：指徐爱、蔡家衮、朱节三人。徐爱（1487~1518），字曰仁，号横山，为王阳明之妹夫。浙江余姚马堰人。明正德三年（1508）进士。历任祁州知州、南京兵部员外郎、南京工部郎中等职务。正德十三年（1518）去世，终年31岁。蔡宗衮，字希渊，一字希颜，号我斋，浙江山阴（绍兴府属县）白洋人。进士。官至四川提学佥事。朱节（1475~1523），字守中，号白浦，浙江山阴白洋人。正德九年（1514）进士。历官湖广黄州府推官、山东巡按监察御史。卒赠光禄寺少卿。

②程、朱：为北宋理学家程颢、程颐与南宋理学集大成者朱熹的并称。程颢（1032~1085），字伯淳，河南洛阳人，学者称"明道先生"。北宋哲学家、教育家、诗人，北宋理学的奠基者。程颐（1033~1107），字正叔，世称伊川先生。北宋理学家、教育家。为程颢之胞弟。历官汝州团练推官、西京国子监教授。元祐元年（1086），除秘书省校书郎，授崇政殿说书。程颢、程颐的学说被称为"洛学"，有《二程全书》传世。朱熹（1130~1200），字元晦，又字仲晦，号晦庵，晚称晦翁，谥文，世称朱文公。祖籍徽州婺源县（今江西婺源），出生于南剑州尤溪（今福建尤溪县）。南宋理学家、思想家、教育家，其学说被称为"闽学"。朱熹是程颢、程颐的三传弟子李侗的弟子。历任江西南康、福建漳州知府、浙东巡抚，焕章阁侍制兼侍讲。有《四书章句集注》等传世。

③六经：指《诗经》、《书经》（即《尚书》）、《礼经》、《易经》、《乐经》、《春秋》。这六部儒家经典，后世称之为"六经"，其中《乐经》已失传，通常称"五经"。孔子晚年曾整理过"六经"。"六经"的说法始见于《庄子·天运篇》。

④支离：分散、残缺。芜蔓：荒芜。辞章：诗词文章等的总称。业

举：为科举应试而学习。

⑤圣学：泛指孔子之学。

⑥咨嗟：此处意为叹息。

⑦逡（qūn）巡：因为有所顾虑而徘徊不前或退却。汉贾谊《过秦论》："大阎亦逡巡畏义。"

⑧师友：老师和朋友，泛指可以请益的人。《荀子·修身》："庸众驽散，则劫之以师友。"

⑨翼之：此处意为相互帮助。

⑩鲜：此处意为少。

⑪克济：意为成就。《后汉书·杜诗传》："陛下亮成天工，克济大业。"

⑫邈：遥远。

⑬山阴之白洋：今为浙江省绍兴市柯桥区安昌镇白洋村。

⑭马堰：旧属余姚县，地名。今为浙江省慈溪市横河镇马堰村。

⑮沉潜：形容深藏不露，内蕴刚强。《尚书·洪范》："沉潜刚克，高明柔克。"

⑯明敏：聪明机敏。语出《北齐书·文宣帝纪》："（文宣）内虽明敏，貌若不足，世宗每嗤之。"

⑰温恭：温和恭敬。《书·舜典》："濬哲文明，温恭允塞。"

⑱逮：此处意为及。

⑲饩（xì）羊：古代祭祀或馈赠用的活羊。此处借用典故喻"拜师之礼"仅为形式而已。

⑳相与：同时同地做某件事。

㉑渺：此处意为可能性极小。

㉒就云霞：借喻归隐山林。

㉓依泉石：借喻游览山水。

㉔濂、洛：指北宋理学周敦颐与其弟子程颢、程颐。周敦颐（1017~1073），字茂叔。北宋道州（今湖南道县）人。因定居庐山时，为纪念家乡而为住所旁的一条溪水命名为"濂溪"，并命名书屋为"濂溪书堂"，世称"濂溪先生"。理学开山鼻祖，著有《周元公集》。因二程为洛阳人，后世称其学说为"洛学"。

㉕孔、颜：指孔子与其弟子颜渊。孔子（前551~前479），名丘，字仲尼，春秋时期鲁国陬邑（今山东曲阜）人。思想家、教育家。晚年修订"六经"。中华文化思想的集大成者，儒家学说的创始人。颜渊，颜回，字子渊，春秋末期鲁国人。十四岁拜孔子为师，终生师事之，是孔子的得意门生。

㉖有司：古代设官分职，各有专司，故称"有司"。指主管某部门的官吏，泛指官吏。语出《史记·孝武本纪》："其后三年，有司言元宜以天瑞命，不宜以一二数。"

㉗漆雕开（前540~前489）：字子开，春秋时鲁国人。孔子的弟子。著有《漆雕子》十三篇。

㉘曾点：字皙。春秋时期鲁国人，曾参之父，孔子的弟子。被列为孔子门徒七十二贤人之一，祀于曲阜孔庙的崇圣祠。沂：沂水。

㉙夫子：指孔子。

㉚冥然而契：默契，暗相投合。

㉛进士：中国古代科举制度中，通过最后一级殿试者，称"进士"。元、明、清时，贡士经殿试后，及第者皆赐出身，称进士。且分为三甲：一甲3人，赐进士及第；二、三甲，分赐进士出身、同进士出身。

㉜天将降大任于是人：语出《孟子·告子下》："故天将降大任于斯人也，必先苦其心志，劳其筋骨，饿其体肤，空乏其身，行拂乱其所为，

所以动心忍性，增益其所不能。"

㉝衡心拂虑：意为费尽心力，经过艰苦的思考。

㉞玉之成：此处喻像打磨璞玉一样琢磨，使人成功。

㉟沉潜刚克，高明柔克：语出《尚书·洪范》。

㊱箕子：名胥余，是商纣王的叔父，文丁的儿子，帝乙的弟弟，官太师，因其封地在箕，故称箕子，与微子、比干齐名，史称"殷末三贤"。

㊲迩：近。

㊳湛原明：即湛若水（1466~1560），字元明，号甘泉。广东增城人。明代著名学者。弘治十八年（1505）参加会试，中进士。先后被授为翰林院编修、侍读。嘉靖三年（1524），升南京国子监祭酒，后历任南京吏、礼、兵三部尚书。嘉靖十九年（1540）致仕。三十九年（1560）逝世。著有《心性图说》《圣学格物通》。弘治十八年（1505），与王阳明在北京定交，共倡圣学。

[评析]

明正德元年（1506）年底，王阳明因上疏救援被阉党头目刘瑾陷害的南京科道官戴铣等人而被廷杖四十、下诏狱，于次年初被逐出京城，贬谪贵州龙场任驿丞。离京后，王阳明行至浙江，便道至绍兴探望亲属。此时，王阳明的妹夫、余姚人徐爱，绍兴山阴人蔡宗兖、朱节在中举后，不避嫌疑，拜王阳明为师。《阳明先生年谱》记载了这件事："是时先生与学者讲授，虽随地兴起，未有出身承当，以圣学为己任者。徐爱，先生妹婿也，因先生将赴龙场，纳贽北面，奋然有志于学。爱与蔡宗兖、朱节同举乡贡，先生作《别三子序》以赠之。"从这条史料记载看，王阳明对贬谪贵州龙场之事看得非常坦然，并未有失落感，所到之处仍然讲学不辍，展露出博大的胸怀。徐爱等学子，有感于王阳明的道德文章、精神风范，毅然纳贽拜入王门，成为王阳明早期的及门弟子。王阳明在继续赴谪地之前，写了这篇感人肺腑的《别三子序》，实质上是临别赠言。

在这篇序中，王阳明从儒学的衰微切入，并结合自己交友学道的经历，重点阐述了"师友之道"与自身修养的提升、人生志向的实现有密切关系，并勉励三子在人生道路上尊师重友，兴师友之道。此序从内容上看，对"师友之道"作了三方面的阐释：一是阐述了"师友之道"与儒学兴衰之间的关系。王阳明认为，宋代以降，儒学衰微，其重要原因之一，即是程颢、程颐、朱熹等理学家去世后，其"师友之道"的传统没有得到很好地传承，导致儒学几乎消亡。"'六经'分裂于训诂，支离芜蔓于辞章业举之习，圣学几于息矣。"学者均注重形式方面的训诂、词章、科举等，而学者之间相互切磋，互相帮助，提升道德修养被淡化了。即便有志于儒学振兴的学者，如没有"师友"相助，也是达不到目标的。二是阐述了"师友之道"对于实现成圣贤人生理想的重要性，揭示了内在的逻辑联系。"夫一人为之，二人从而翼之，已而翼之者益众焉，虽有难为之事，其弗成者鲜矣。一人为之，二人从而危之，已而危之者益众焉，虽有易成之功，其克济者亦鲜矣。故凡有志之士，必求助于师友。无师友之助者，志之弗立弗求者也。"王阳明从正反两方面论证"师友之道"的重要意义在于依靠"众人之力"方能成大事；反之，则一事无成。并以自己求"师友之道"的经历，告诫三子寻求志同道合的"师友"是十分不容易的，希望三子能珍惜已经得到的"师友"。纵观王阳明此前的求友交友过程，无论是访南昌铁柱宫道士还是上饶求师娄谅，或是在与钱姓朋友一起"格竹"，或是王阳明在第二次会试落第后与忘年交致仕官员余姚人魏瀚在龙泉山上唱和联诗，及至入仕后到江北录囚事毕上九华山访老道蔡蓬头，回京后与京中旧友一起学古诗文，再到因病归越在宛委山阳明洞练导引术、与道友王思舆等人交谊，继而到杭州净寺、虎跑诸寺与佛儒交往，直至其在三十四岁那年，在京城与广东增城人翰林院庶吉士湛若水定交，共倡圣学，自此开始授徒讲学，这一路走来，王阳明始终在寻求"师友之道"，故其在序中反复强调"师友"之难得，并对自己在危难之际得"三子"感到由衷地欣慰。三是阐述了人生之路上克服和抗衡种种危难厄运亦需要"师友"相助，不能因为命运的不公而忽视了"师友之道"，这才是兴圣学应有之理。序文的最后，王阳明向"三子"推荐了自己的道友湛若水，希望"三子"进京参加会试时有便造访，其意是践行"师友之道"。另外，王阳明在文中透露出对未来归隐山林的希冀，就云霞依泉石享受"天道"的真趣，但此时只能面对现实与"三子"作别，直面赴谪地的人生考验！

此文在写作中，以儒学发展与衰落的历史作为阐述观点的背景，用比较、举例、引用等方法论证"师友之道"的重要性，老话题翻出新意，讲清了"师友"与"儒道"、学子立志与成圣贤之间的相互关系，逻辑严谨，内涵深邃，情意真切，意境宏阔，超脱洒落。

卧马冢记① 戊辰

卧马冢，在宣府城西北十余里。有山隆然，来自苍茫②；若涌若潏③，若奔若伏。布为层裀④，拥为覆釜⑤；漫衍陂迤⑥，环抱涵洄⑦；中凝外完⑧，内缺门若⑨。合流泓洄，高岸屏塞，限以重河⑩，敷为广野⑪，乾桑燕尾⑫，远泛近挹⑬。

今都宪怀来王公实葬厥考大卿于是⑭。方公之卜兆也，祷于大卿⑮，然后出从事⑯，屡如未迪⑰；末乃来兹，顾瞻徘徊，心契神得，将归而加诸卜⑱。爱视公马，眷然踞卧⑲，嚘嗅盘旋⑳，缱绻嘶秣㉑，若故以启公之意者。公曰："呜呼！其弗归卜，先公则既命于此矣。"就其地窆焉㉒。厥土五色㉓，厥石四周；融润煦淑㉔，面势环拱。既葬，弗震弗崩，安靖妥谧㉕。植树菶蔚㉖，庶草芬茂；禽鸟哺集，风气凝毓㉗；产祥萃休㉘，祉福骈降㉙。乡人谓公孝感所致，相与名其封曰"卧马"，以志厥祥㉚，从而歌之。士大夫之闻者，又从而和之。

　　正德戊辰，守仁谪贵阳㉛，见公于巡抚台下。出，闻是于公之乡人。客有在坐者曰："公其休服于无疆哉㉜！昔在士行㉝，牛眠协兆㉞，峻陟三公㉟，公兹实类于是。"守仁曰："此非公意也。公其慎厥终，惟安亲是图，以庶几无憾焉耳已，岂以徼福于躬㊱，利其嗣人也哉？虽然，仁人孝子，则天无弗比㊲，无弗祐㊳，匪自外得也。亲安而诚信竭㊴，心斯安矣。心安则气和，和气致祥，其多受祉福，以流衍于无尽，固理也哉！"他日，见于公，以乡人之言问焉。公曰："信。"以守仁之言正焉，公曰："呜呼！是吾之心也。子知之，其遂志之，以训于我子孙，毋替我先公之德㊵！"

[注释]

　　①卧马冢：时在贵阳宣慰使治所西北十余里，现已为贵阳市区。冢，坟墓。

　　②苍茫：喻在云海间奔腾之状。

　　③滀（chù）：积聚，喻静态状。

　　④裀（yīn）：古同"茵"，垫子，褥子。

　　⑤釜：古代的一种锅，此处用作比喻。

⑥陂迤（pōyì）：喻倾斜不平，绵延不绝。

⑦环抱涵迥：喻山势回旋曲折伸向远方。

⑧中凝外完：喻中间相聚周边弥合。

⑨内缺门若：喻溪谷裂缺如同门户。

⑩重河：水系汇流。

⑪敷：展开。

⑫乾桑燕尾：为水流名，此处借喻水流的状态。

⑬远泛近挹（yì）：此处指水流远近呈现的不同状态。挹，舀，把液体盛出来。

⑭王公：即指王质，字上古。明山东济宁人（怀来卫）。成化二十年（1484）进士，历任吏科给事中、太仆寺少卿，官至右佥都御史、贵州巡抚。厥考：指王质之先父。大卿：此处为尊称。

⑮祷：祈祷。

⑯从事：此处指选定墓地。

⑰未迪：意为未能如愿。

⑱卜：占卜。

⑲跽（jì）：跪。

⑳嚏（tì）：喷嚏。

㉑缱绻（qiǎnquǎn）：此处意为难离难分。

㉒窆（biǎn）：意为下葬。

㉓厥：古同"撅"，掘。

㉔融润煦淑：意为细腻光滑温存。

㉕安靖妥谧：意为幽深闲静。

㉖蓊（wěng）蔚：草木茂盛的样子。

㉗风气凝毓（yù）：意为富有生机。

㉘产祥萃休：意为物产富饶。萃，此处意为茂盛。

㉙祉福：祉福。《诗·周颂·烈文》："烈文辟公，锡兹祉福。"

㉚厥祥：意为吉祥。《诗经·大雅·大明》："文定厥祥，亲迎于渭。"

㉛正德戊辰（1508），守仁谪贵阳：据《阳明先生年谱》载："三年戊辰，先生三十七岁，在贵阳。春，至龙场。"

㉜休服：此处意为福禄。

㉝士行：士大夫的品行。

㉞协兆：应验占卜预兆。

㉟峻陟三公：此处泛指威严地登上了显贵的官位。三公：中国古代朝廷中最尊显的三个官职的合称。周代已有记载，西汉今文经学家据《尚书大传》《礼记》等书以为"三公"指司马、司徒、司空。古文经学家则据《周礼》以太师、太傅、太保为"三公"。

㊱徼福于躬：意为谋求自身的福祉。徼，求。

㊲弗比：没有不亲和的。

㊳弗祐：没有不保佑。

㊴竭：用力到达极限。

㊵替：改变。

[评析]

此文作于明正德三年（1508）秋，为王阳明在当年第二次拜见贵州巡抚王质之后所撰。文中所反映的内容，是王阳明两次拜见王质所了解的情况，围绕王质为葬父择墓地一事，由此及彼，阐明了其"求福于自身诚心"的心学思想。从一定意义上说也见证了初到贵州的王阳明与地方政要之间的友谊。

首先，此文从描写山水形胜切入，极力渲染山川之气势，这在王阳明散文中是十分少见的。此文首以状摹贵阳城周边山水气势着笔，以极夸张的语言力显造物主之恩赐。"有山隆然，来自苍茫；若涌若潏，若奔若伏。布为层裀，拥为覆釜；漫衍陂迤，环抱涵迴；中凝外完，内缺门若。合流泓洄，高岸屏塞，限以重河，敷为广野，乾桑燕尾，远泛近挹。"以十六个四言短句，描述了山川之壮丽雄奇。采用比喻、借代等修辞手法，刻画出贵州山水的灵性，同时为凸显卧马冢的风水佳境作了有力铺垫。

其次，叙述通灵之马选葬地的神奇故事。时任贵州巡抚的山东济宁（怀来）人王质，为葬其父而选墓地屡屡不得。一次，他来到城外十余里处山清水秀之地，但还是不中意，因此地不符合所卜占的神示。正欲回府之时，只见其坐骑跪卧于地，貌显眷恋之意，并发出悦耳的嘶鸣声，似乎在给主人明示。王质通其意，一阵惊喜，惊叹先父神示。于是，开土营造其父寝墓。未几，墓成。王阳明用明快之语描述了筑墓的过程："厥土五色，厥石四周；融润煦淑，面势环拱。"墓筑成后呈现出一派肃穆气象："弗震弗崩，安靖妥谧。植树翁蔚，庶草芬茂；禽鸟哺集，风气凝毓；产祥萃休，祉福骈降。"对寻访墓地的神奇故事与葬后的祥瑞之气，当地乡人以为是王质之孝感动神灵所致，纷纷传言，以为墓地应命名"卧马"，以示纪念。乡人有感于"卧马"之吉祥，发为歌声。当地的官员知道这件事后，也纷纷以诗文唱和，一时成为美谈。

最后，交代写作缘由与对"卧马冢"的看法。王阳明于明正德三年因得罪宦官刘瑾而被贬谪贵州龙场。在此年初到达贵阳后，就去贵阳拜见巡抚王质，待告辞出来后，从王质的同乡人处知道了"卧马冢"这件事。同时，在王质府上，还听到了一些客人的赞美声，认为王质的孝行可以为其带来好运。传统的观念认为，建房、筑墓等需选择好的风水环境，如此能带来吉祥，升官发财。有感于此，王阳明提出了自己的观点。在其看来，王质行孝道并非是为了图一己之利，只要有孝心孝行，神灵一定会保佑他，而不是求诸身外之物。犹如王质以孝心葬父，真正做到"亲安而诚信竭，心斯安矣。心安则气和，和气致祥，其多受祉福，以流衍于无尽，固理也哉"。其后数个月，王阳明再次拜见王质，将乡人的话求证于王质，王质十分赞同王阳明的见解："是吾之心也。子知之，其遂志之，以训于我子孙，毋替我先公之德！"由此可知，王阳明写《卧马冢记》的目的是为了阐明良知是人内在的本能，按照良知行事，才是真正的福祉，将心学思想深入浅出地表述清楚，这就是本文写作的主旨。

《卧马冢记》虽以记事为主，但其落脚点还是在说理，即阐释"内得"的心学思想。此文在写作上最大的特色是融描写、叙述、说理于一体。篇幅虽短，但结构严谨，层次分明。在描写上波澜起伏，由远及近，动静相间，气势恢宏。人物形象则通过独白、对话等刻画，极富个性色彩，将状物与写人有机地结合起来。

重修月潭寺建公馆记[①] 戊辰

隆兴之南有岩曰月潭[②]，壁立千仞，檐垂数百尺。其上须洞玲珑[③]，浮者若云霞，亘者若虹霓；豁若楼殿门阙，悬若鼓钟编磬[④]。幨幢缨络[⑤]，若抟风之鹏[⑥]，翻集翔鹄[⑦]，螭虺之纠蟠[⑧]，猱猊之骇攫[⑨]，谲奇变幻，不可具状。而其下澄潭邃谷，不测之洞，环秘回伏。乔林秀木，垂荫蔽亏；鸣瀑清溪，停洄引映。天下之山，萃于云、贵；连亘万里，际天无极。行旅之往来[⑩]，日攀缘下上于穷崖绝壑之间。虽雅有泉石之癖者，一入云、贵之途，莫不困踣烦厌[⑪]，非复夙好[⑫]。而惟至于兹岩之下，则又皆洒然开豁，心洗目醒。虽庸偋俗侣⑬，素不知有山水之游者，亦皆徘徊顾盼，相与延恋而不忍去。则兹岩之胜，盖不言可知矣。

岩界兴隆、偏桥之间，各数十里。行者至是，皆惫顿饥悴，宜有休息之所。而岩麓故有寺，附岩之戍卒、官吏，与凡苗夷犵狫之种⑭，连属而居者，岁时令节皆于是焉厘祝⑮。寺渐芜废，行礼无所。宪副滇南朱君文瑞按部至是⑯，乐兹岩之胜，悯行旅之艰，而从士民之请也。乃捐资化材⑰，新其寺于岩之右，以为厘祝之所⑱。曰："吾闻为民者，顺其心而趋之善。今苗夷之人⑲，知有尊君亲上之礼，而憾于弗伸也。吾从而利道之，不亦可乎！"则又因寺之故材与址，架楼三楹，以为部使者休食之馆。曰："吾闻为政者，因势之所便而成之，故事适而民逸。今旅无所舍，而使者之出，师行百里，饥不得食，劳不得息。吾图其可久而两利之，不亦可乎！"使游僧正观任其劳，指挥逊远度其工⑳；千户某某相其役㉑。远近之施舍勤助者欣然而集，不两月而工告毕。自是饥者有所炊，劳者有所休，游观者有所舍，厘祝者有所瞻依，以为竭虔效诚之地；而兹岩之奇，若增而益胜也。

正观将记其事于石㉒，适予过而请焉。予惟君子之政，不必专于法，要在宜于人。君子之教，不必泥于古，要在入于善。是举也，盖得之矣。况当法纲严密之时㉓，众方喘息忧危，动虞牵触㉔，而乃能从容于山水泉石之好，行其心之所不愧者，而无求免于俗焉。斯其非见外之轻而中有定者，能若是乎？是诚不可以不志也矣！

寺始于戍卒周斋公，成于游僧德彬；增治于指挥刘瑄、常智、李胜及其属王威、韩俭之徒；至是凡三缉㉕。而公馆之建，则自今日始。

[注释]

①月潭寺：位于贵州省黔东南苗族侗族自治州黄平县城东北的飞云崖下。

②隆兴：即指兴隆卫，明洪武二十二年（1389）置，属贵州都司。治所即今贵州黄平县。

③澒（hòng）洞：绵延，弥漫，虚空混沌的样子。

④编磬：古代汉族的打击乐器，在木架上悬挂一组音调高低不同的石制或玉制的磬，用小木槌敲打奏乐。

⑤幨（chān）幢：经幢，帷幔。缨络：用珠玉串成的饰物。

⑥抟（tuàn）风：旋风。《庄子·逍遥游》："抟扶摇而上者九万里。"

⑦鹄（hú）：鸟名，即天鹅。

⑧螭虺（chīhuǐ）：螭是传说中一种没有角的龙，虺是古书上说的一种毒蛇。蟠：屈曲，环绕，盘伏。

⑨猱（náo）：猱是古书上说的一种猴。猊（ní）：传说中的一种猛兽，形如狮。攫：抓取。

⑩行旅：指旅人。

⑪困踣（bó）：困顿潦倒。

⑫夙好：素所喜好，早年的喜好。

⑬俦（chóu）：同辈，伴侣。

⑭犵狫（láomù）：今作"仡佬"，中国西南地区少数民族之一。

⑮厘祝：祈祷求福。

⑯朱君文瑞：即朱玑，字文瑞，号恒斋，北京永平府滦州人，落籍云南蒙化卫。明成化二十三年（1487）丁未科进士。任大理寺评事，后出任四川按察司佥事、贵州按察副使职。

⑰化（pǐ）材：备齐材料。
⑱厘祝之所：用于祈祷的寺院建筑。
⑲苗夷：我国古代对南方、东部各民族的统称。
⑳指挥：官职名。
㉑役：服劳力之事。
㉒正观：僧人。
㉓法纲：佛教语，指戒律，此处意为法律。
㉔动虞牵触：意为动不动就触犯法条。
㉕缉：此处意为修补。

[评析]

  在王阳明的散文中，记叙描写性散文极少，《重修月潭寺建公馆记》一文是其从湖南进入黔东地区后赴谪地贵州龙场途中，路经兴隆卫时应邀所写，时间在明正德三年（1508）。王阳明在写作此文的同时亦写了《兴隆卫书壁》一诗，有诗句"莺花夹道惊春老，雉堞连云向晚开"，透露出写作时间在春天。月潭寺前有岩潭似月，故名。时贵州按察副使朱文瑞有感于月潭寺荒废多年，百姓礼佛无所，故筹资加以修缮，为使行旅之人有一个休憩之所就在寺旁修建了公馆。仅用两个月竣工，具体经办此事的僧人正观想将此功德勒石记事，王阳明正好落脚于此，便邀其撰文。此记分三个层次。

  首先，用夸张的手法描述了月潭寺背依飞云崖的壮观气势与奇幻瑰丽："壁立千仞，檐垂数百尺。其上颏洞玲珑，浮者若云霞，亘者若虹霓；豁若楼殿门阙，悬若鼓钟编磬。幡幢缨络，若抟风之鹏，翻集翔鹄，螭魑之纠蟠，猱狖之骇攫，谲奇变幻，不可具状。"以上描述总括月潭寺依托飞云崖的壮景，山岩高耸，屏峰展旗，岩洞形若云霓、变幻无穷。经幡飘拂，鸿鹄翻飞，静态与动态画面构成了奇妙的佛寺景观，反映出王阳明高超的艺术想象力。然后，描述月潭美妙的景象："而其下澄潭邃谷，不测之洞，环秘回伏。乔林秀木，垂荫蔽亏；鸣瀑清溪，停洄引映。"在林木阴翳的幽深环境中，鸣瀑清溪，回流倒澜，动静相应，犹如天籁中和之音。秀丽的景色当然也吸引了不少行旅者盘桓游览："行旅之往来，日攀缘下上于穷崖绝壑之间。虽雅有泉石之癖者，一入云、贵之途，莫不困蹜烦厌，非复夙好。而惟至于兹岩之下，则又皆洒然开豁，心洗目醒。虽庸倗俗侣，素不知有山水之游者，亦皆徘徊顾盼，相与延恋而不忍去。则兹岩之胜，盖不言可知矣。"王阳明通过先抑后扬的手法，极言月潭寺胜景的魅力。对月潭寺所处自然环境的描写，古朴典雅，充满无限生机，并为后文记述修寺建馆作铺垫。

其次，写重修月潭寺与建公馆的原委与过程，为全文之重点。月潭寺位于飞云崖下兴隆卫与偏桥之间，与两地之间的距离各数十里。这对那些在群山之中、贯通云贵交通要道上的行旅者来说，需要有一个休息之所。然而，由于月潭寺长年失修，又没有公馆，给行旅者带来了极大的困难。时任贵州按察副使的朱玑，字文瑞，在巡视中发现了此问题，为顺从民意，带头捐资修缮古寺以礼佛。同时，其利用古寺的一些建筑材料与地基建了公馆，以方便行旅者休食之用。在朱文瑞的倡导和组织下，四方远近之人纷纷捐资出力，僧人正观总管其工程，指挥逖远组织劳力，某千户负责监工，仅仅花二个月时间，即修复月潭寺和新建公馆。文中记载："宪副滇南朱君文瑞按部至是，乐兹岩之胜，悯行旅之艰，而从士民之请也。乃捐资化材，新其寺于岩之右，以为厘祝之所。曰：'吾闻为民者，顺其心而趋之善。今苗夷之人，知有尊君亲上之礼，而憾于弗伸也，吾从而利道之，不亦可乎！'则又因寺之故材与址，架楼三楹，以为部使者休食之馆。曰：'吾闻为政者，因势之所便而成之，故事适而民逸。今旅无所舍，而使者之出，师行百里，饥不得食，劳不得息。吾图其可久而两利之，不亦可乎！'"王阳明对朱宪副这种文治教化的思想和行为，以及体恤民生的务实精神极为赞赏。同时，这也反映出明中期佛教在贵州地区的传播。

最后，交代写此记的缘由、对此事的议论，以及对月潭寺的历史作了简单的介绍，全文一气贯通，记事清楚有序。其中，王阳明对月潭寺的修复与公馆的新建阐发了独到的见解："予惟君子之政，不必专于法，要在宜于人。君子之教，不必泥于古，要在入于善。是举也，盖得之矣。况当法纲严密之时，众方喘息忧危，动虞牵触，而乃能从容于山水泉石之好，行其心之所不愧者，而无求免于俗焉。斯其非见外之轻而中有定者，能若是乎？是诚不可以不志也矣！"这番议论十分精彩，既表达了王阳明的"文治"思想，又深化了全文的主旨。

王阳明此记在写作上的主要特色是融描写、记叙、议论和说明于一体。从内容上看，是一篇特殊的游记文。由描写飞云崖起笔，极力渲染飞云崖之壮观美景，衬托旧时月潭寺的辉煌及以后的毁损。王阳明对月潭寺形胜的细腻描写，反映其观景状物的时空观，神游四极，万物一体，生机勃勃，雅致情趣，抒发了其在谪旅途中超脱罗网的自由心境。然后，记叙了修复月潭寺和建公馆之必要性。最后，有感而发，说明月潭寺兴废与数次修复的历史。明末施邦曜评点此文："读之如登太华之巅，划然长啸。"文章结构严谨，语言雅俗相间，具有很高的欣赏与认识价值。同时，也是研究月潭寺历史不可多得的文献。

送毛宪副致仕归桐江书院序 戊辰

正德己巳夏四月，贵州按察司副使毛公承上之命①，得致其仕而归②。先是，公尝卜桐江书院于子陵钓台之侧者几年矣③，至是将归老焉，谓其志之始获遂也，甚喜。而同僚之良惜公之去，乃相与咨嗟不忍④，集而饯之南门之外⑤。酒既行，有起而言于公者，曰："君子之道，出与处而已⑥。其出也有所为，其处也有所乐。公始以名进士从政南部⑦，理繁治剧⑧，顾然已有公辅之望⑨。及为方面于云、贵之间者十余年，内厘其军民⑩，外抚诸戎蛮夷⑪，政务举而德威著。虽或以是召嫉取谤⑫，而名称亦用是益显建立，暴于天下⑬。斯不谓之有为乎？今兹之归，脱屣声利⑭，垂竿读书，乐泉石之清幽，就烟霞而屏迹；宠辱无所与，而世累无所加。斯不谓之有所乐乎？公于出处之际，其亦无憾焉耳已！"公起拜谢。复有言者曰："虽然，公之出而仕也，太夫人老矣，先大夫忠襄公又遗未尽之志⑮，欲仕则违其母，欲养则违其父，不得已权二者之轻重，出而自奋于功业。人徒见公之忧劳为国而忘其家，不知凡以成忠襄公之志，而未尝一日不在于太夫人之养也。今而归，告成于忠襄之庙⑯，拜太夫人于膝下，旦夕承欢，伸色养之孝⑰，公之愿遂矣。而其劳国勤民，拳拳不舍之念，又何能释然而忘之！则公虽欲一日遂归休之乐，盖亦有所未能也。"公复起拜谢。又有言者曰："虽然，君子之道，用之则行，舍之则藏⑱。用之而不行者，往而不返者也；舍之而不藏者，溺而不止者也。公之用也，既有以行之；其舍之也，有弗能藏者乎？吾未见夫有其用而无其体者也。"公又起拜，遂行。

阳明山人闻其言而论之曰："始之言，道其事也，而未及于其心；次之言者，得公之心矣，而未尽于道；终之言者，尽于道矣，不可以有加矣。斯公之所允蹈者乎！"诸大夫皆曰："然。子盍书之以赠从者⑲？"

[注释]

①毛公：指毛科（1453~1532），字应魁，号拙庵，浙江余姚人。进士，官至贵州按察副使兼提学副使。

②得致其仕而归：毛科于明正德四年（1509）致仕，归隐浙江桐庐。

③桐江书院：在浙江桐庐富春江严子陵钓台一侧，已毁。子陵钓台：位于今浙江省杭州市桐庐县城南15公里的富春山麓。东汉高士、余姚人严子陵拒绝光武帝刘秀之召，拒封"谏议大夫"，隐居垂钓于富春江而闻名古今。

④咨嗟：此处意为叹息。

⑤饯：意为饯别，宴饮礼仪。亲朋好友欲远行，置办酒席为其送行，以示祝福和惜别。

⑥君子之道，出与处而已：语出《周易·系辞》："君子之道，或出或处，或默或语。"

⑦公始以名进士从政南部：毛科，成化十四年（1478）进士，历任南京工部主事、山东按察副使、徐淮兵备副使、云南布政司左参议、云南参政、贵州按察副使兼提学副使。

⑧理繁治剧：意为公务繁忙。

⑨顾然：此处意为风姿秀貌。

⑩厘：此处意为治理。

⑪诸戎蛮夷：此处泛指云南、贵州一带的少数民族。

⑫召嫉取谤：此处意为招致嫉妒与诽谤。

⑬暴：显露。

⑭脱屣（xǐ）声利：比喻轻名声利禄，无所顾恋，犹如脱掉鞋子。语出《三国志·魏书·崔林传》："林曰：刺史视去此州如脱屣，宁当相

累邪?"

⑮先大夫忠襄公:毛吉(1426~1465),字宗吉,号思庵,浙江余姚人。明景泰五年(1454),中进士,任刑部广东司主事,后升为广东按察佥事,分巡惠州、潮州二府。升按察副使。后在剿匪中身亡。追赠嘉议大夫。成化十四年(1478),追谥忠襄。《明史》有其传。

⑯忠襄之庙:在毛吉殉国后,明弘治四年(1491)朝廷下旨,在其故乡浙江余姚县治东建祠。光绪《余姚县志》有记载。

⑰色养:称人子和颜悦色奉养父母或承顺父母。

⑱用之则行,舍之则藏:语出《论语·述而》:"用之则行,舍之则藏,唯我与尔有是夫。"意为个人处世的态度:当为世所用时,则积极努力地去做;当不为世所用时,则退而隐居起来。

⑲盍:此处意为聚合、综合。

[评析]

王阳明在贵州谪居期间,尤其是受聘到贵阳的"文明书院"主讲以后,与贵州上层官员的交往日益频繁,其中与余姚老乡时为贵州提学副使兼按察副使的毛科交谊日深。在贵州期间,王阳明致书、题诗、撰文与毛科的有:书信《答毛宪副》、诗歌《答毛拙庵见招书院》、文《远俗亭记》,以上从不同的角度反映出王阳明与毛科之间思想观点的交流、沟通以及对社会现实问题的看法,表现出二人之间"以道处世""以礼待人"的深厚友情。明正德四年(1509)四月,毛科"承上之命"致仕,王阳明与毛科的几位同僚在贵阳南门外设宴为毛科饯行。送别后,王阳明写了《送毛宪副致仕归桐江书院序》一文,在表达惜别之情的同时,通过侧面评述友人的观点,阐述了自己对于"君子之道"的观点。全文可分为三个部分。

第一部分：交代送别毛科的缘由。一是交代了毛科奉命致仕的时间在正德四年四月，说明此时王阳明已在贵阳"文明书院"任主讲。二是交代了毛科致仕后的去向，归隐其所选定的浙江富春江畔严子陵钓台旁的桐江书院。三是交代了同僚为其饯行的时间、地点、原因、人物，为下文引起议论作了必要的铺垫。

第二部分：围绕"致仕归隐"问题阐明"君子之道"的要义，为全文的核心内容。毛科的"致仕"并非主动提出，且其在任上功德卓著，故同僚中对此感到"良惜公之去"，有不平之意。酒行三巡后，毛科的几位同僚就"君子之道"问题展开议论，一同僚率先说："君子之道，出与处而已。其出也有所为，其处也有所乐。公始以名进士从政南部，理繁治剧，顾然已有公辅之望。及为方面于云、贵之间者十余年，内厘其军民，外抚诸戎蛮夷，政务举而德威著。虽或以是召嫉取谤，而名称亦用是益显建立，暴于天下。斯不谓之有为乎？今兹之归，脱屣声利，垂竿读书，乐泉石之清幽，就烟霞而屏迹；宠辱无所与，而世累无所加。斯不谓之有所乐乎？公于出处之际，其亦无憾焉耳已！"此同僚认为君子之道在于出仕从政勤勉廉政，而毛科在任上政绩斐然，德声远播，已经实现了君子的价值，现功成身退，归隐山水，已是君子最理想的结局了。此同僚所言，重点阐述了毛科在仕途上的成就，认为已实现了"君子之道"，该自足了。另一同僚接着说："虽然，公之出而仕也，太夫人老矣，先大夫忠襄公又遗未尽之志，欲仕则违其母，欲养则违其父，不得已权二者之轻重，出而自奋于功业。人徒见公之忧劳为国而忘其家，不知凡以成忠襄公之志，而未尝一日不在于太夫人之养也。今而归，告成于忠襄之庙，拜太夫人于膝下，旦夕承欢，伸色养之孝，公之愿遂矣。而其劳国勤民，拳拳不舍之念，又何能释然而忘之！则公虽欲一日遂归休之乐，盖亦有所未能也。"此同僚所言，侧重于毛科致仕后能尽孝道，抚养其老母，亦是乐事。第三位同僚最后说:"虽然,君子之道,用之则行,舍之则藏。用之而不行者,往而不返者也;舍之而不藏者,溺而不止者也。公之用也,既有以行之;其舍之也,有弗能藏者乎?吾未见夫有其用而无其体者也。"此同僚所言,则从儒家的处世角度阐述了"君子之道",进退自如,依心行事,自作主宰。最后,王阳明对毛科等三位同僚的观点分别作了点评。他认为:"始之言,道其事也,而未及于其心。"即仅说了出仕为官,只不过是为履职而已,没有从内心达于政事。"次之言者,得公之心矣,而未尽于道。"即致仕尽孝,虽通情达理,但并未讲清楚做官与尽孝二者都是与道相通的,将二者分离了。王阳明对最后一位毛科的同僚之言极其赞赏:"终之言者,尽于道矣,不可以有加矣。斯公之所允蹈者乎!"王阳明认为,"道"是指儒家的"仁者"之道,无论"出仕"还是"致仕"都应该坚守,"道"在心中,出仕与致仕尽孝均是"大道"之行,这是王阳明对孔子"用之则行,舍之则藏"思想的深度解读,翻出了新意。王阳明此时还是谪臣的身份,但仍以"儒道"作为做人处世的准则。其对世事的洞察则超群出类,此文的深意是对儒家处世居家"君子之道"的全新解读。

王阳明此赠序的写作特色,是借三位为毛科饯行的同僚之口,一层一层地展开理论演绎,自然贴切,最后归纳作结,深刻地阐述了"出仕"与"归隐""尽孝"之间的内在联系,揭示了士大夫在其生命过程中必须恪守心中之道,并体现在日常的行为中。"出仕"与"归隐""尽孝"并不妨碍对"道"的体认。如果将"道"与具体的"事"隔离开来,那么就支离了道的统一性,即否定了"道"的存在。从王阳明与毛科的交谊中理解王阳明"龙场悟道"的内涵,即指本性道德,吾性自足,无时不显,无处不有,这与是否出仕、致仕或为平民百姓并无必然联系,心体才是根本,心主万物,道在其中。这就是阳明心学大众化、日用化的逻辑基础和理论基点，王阳明此后的思想探索和社会实践都是沿着这一心路走的。

徐昌国墓志 辛未

正德辛未三月丙寅，太学博士徐昌国卒①，年三十三。士夫闻而哭之者，皆曰："呜呼，是何促也！"或曰："孔门七十子，颜子最好学，而其年独不永，亦三十二而亡。"说者谓颜子好学②，精力瘁焉。夫颜虽既竭吾才，然终日如愚，不改其乐也。此与世之谋声利，苦心焦劳，患得患失，逐逐终其身，耗劳其神气，奚啻百倍③！而皆老死黄馘④，此何以辨哉？天于美质，何生之甚寡而坏之特速也！夫鼪鼯以夜出⑤，凉风至而玄鸟逝⑥，岂非凡物之盛衰以时乎？夫嘉苗难植而易槁⑦，芝荣不逾旬⑧，蔓草剃而益繁，鸱枭虺蝮遍天下⑨，而麟凤之出，间世一睹焉。商、周以降⑩，清淑日浇而浊秽熏积⑪，天地之气则有然矣，于昌国何疑焉！

始昌国与李梦阳⑫、何景明数子友⑬，相与砥砺于辞章⑭，既殚力精思⑮，杰然有立矣⑯。一旦，讽道书⑰，若有所得，叹曰："弊精于无益，而忘其躯之毙也，可谓知乎？巧辞以希俗，而捐其亲之遗也，可谓仁乎？"于是习养生。有道士自西南来，昌国与语，悦之，遂究心玄虚⑱，益与世汩，自谓长生可必至。正德庚午冬，阳明王守仁至京师⑲。守仁故善数子，而亦尝没溺于仙、释⑳，昌国喜，驰往省，与论摄形化气之术㉑。当是时，增城湛元明在坐㉒，与昌国言不协，意沮去㉓。异日复来，论如初，守仁笑而不应。因留宿，曰："吾授异人'五金八石'之秘㉔，服之冲举可得也，子且谓何？"守仁复笑而不应。乃曰："吾臄黜吾昔而游心高玄㉕，塞兑敛华而灵株是固㉖，斯亦去之竞竞于世远矣㉗。而子犹余拒然，何也？"守仁复笑而不应。于是默然者久之，曰："子以予为非耶？抑又有所秘耶？夫居有者，不足以超无；践器者，非所以融道。吾将去知故而宅于埃壒之表㉘，子其语我乎？"守仁曰："谓吾为有秘，道固无形也；谓吾谓子非，子未吾是也。虽然，试言之。夫去有以超无，无将奚超矣？外器以融道，道器为偶矣。而固未尝超乎！而固未尝融乎！夫盈虚消息㉙，皆命也；纤巨内外，皆性也；隐微寂感，皆心也。存心尽性，顺夫命而已矣，而奚所趋舍于其间乎？"昌国首肯，良久曰："冲举有诸？"守仁曰："尽鸢之性者㉚，可以冲于天矣；尽鱼之性者，可以泳于川矣。"曰："然则有之。"曰："尽人之性者，可以知化育矣。"昌国俯而思，蹶然而起曰："命之矣！吾且为萌甲㉛，吾且为流澌㉜，子其煦然属我以阳春哉！"数日，复来，谢曰："道果在是，而奚以外求！吾不遇子，几亡人矣。然吾疾且作，惧不足以致远，则何如？"守仁曰："悸乎？"曰："生，寄也；死，归也。何悸？"津津然既有志于斯。已而不见者逾月，忽有人来讣，昌国逝矣。王、湛二子驰往哭，尽哀，因商其家事。其长子伯虬言，昌国垂殁㉝，整衽端坐㉞，托徐子容以后事。子容泣，昌国笑曰："常事耳。"谓伯虬曰："墓铭其请诸阳明。"气益微，以指画伯虬掌，作"冥冥漠漠"四字，余遂不可辨，而神气不乱。

呜呼！吾未竟吾说，以时昌国之及，而昌国乃止于是，吾则有憾焉！临殁之托，又何负之？昌国名祯卿，世姑苏人。始举进士，为大理评事。不能其职，于是以亲老，求改便地为养。当事者目为好异，抑之，已而降为五经博士。故虽为京官数年，卒不获封其亲，以为憾。所著有《谈艺录》、古今诗文若干首，然皆非其至者。昌国之学凡三变，而卒乃有志于道。墓在虎丘西麓。铭曰：

惜也昌国！吾见其进，未见其至。早攻声词，中乃谢弃；脱淖垢浊，修形炼气；守静致虚，恍若有际。道几朝闻，遽夕先逝。不足者命，有余者志。璞之未琢，岂方顽砺？隐埋山泽，有虹其气。后千百年，曷考斯志！

[**注释**]

①徐昌国：即徐祯卿（1479~1511），字昌谷，一字昌国，吴县（今江苏苏州）人。明代文学家，后世称其为"吴中诗冠"，为"吴中四才子"（亦称"江南四大才子"）之一。

②颜子：即颜回，字子渊，春秋末期鲁国人。其十四岁时拜孔子为师，终生师事之，为孔子最得意的门生。

③奚啻（chì）：亦作"奚翅"，何止，岂但。

④黄馘（xù）：黄瘦的脸，借指贫弱、年老者。

⑤鼪鼯（shēngwú）：指鼪鼠与鼯鼠。语出《庄子集释·杂篇·徐无鬼》，比喻志趣相投的亲密朋友。

⑥玄鸟：古代汉族神话传说中的神鸟。出自《山海经》。

⑦槁：枯干。

⑧芝：香草。

⑨鸱枭（chīxiāo）：亦称"鸱鸮"，可分为鸱和鸮，也可合称"鸱鸮"，即猫头鹰。虺（huǐ）蝮：蝮蛇类毒蛇。

⑩商、周：商朝与西周、东周（春秋、战国）。

⑪清淑：清和。北宋米芾《吴江舟中诗》："快霁一天清淑气，健帆千里碧榆风。"浊秽：浊滓，比喻丑恶、鄙陋之事物。

⑫李梦阳（1473~1530）：字献吉，号空同，河南人。明代中期文学家，复古派"前七子"的领袖人物。

⑬何景明（1483~1521）：字仲默，号白坡，又号大复山人，河南人。十九岁中进士，授中书舍人。正德初，宦官刘瑾擅权，何景明谢病归。刘瑾诛，官复原职。官至陕西提学副使。明代"文坛四杰"中的重要人物，"前七子"之一，与李梦阳并称文坛领袖。

⑭砥砺：借喻磨炼。

⑮殚力精思：意为耗尽精力，用尽心思。

⑯杰然：特指超群出类，卓越不凡貌。

⑰讽道书：此泛指背诵典籍。

⑱玄虚：此处形容道的玄远虚无。

⑲正德庚午冬，阳明王守仁至京师：据《阳明先生年谱》载，明正德五年（1510），冬十一月，先生入京。

⑳守仁故善数子，而亦尝没溺于仙、释：据《阳明先生年谱》载，明弘治十五年（1502），先生三十一岁，在京师。是年，先生渐悟仙、释二氏之非。先是五月复命，京中旧游俱以才名相驰骋，学古诗文。此"京中旧游"即指与徐卿祯等"前七子"文友的交谊。此前，王阳明有沉溺于佛、道之经历。

㉑摄形化气之术：道教修炼之法，炼形化气、炼气成神、炼神合道、炼道入圣。

㉒增城湛元明：即湛若水，王阳明道友。据《阳明先生年谱》载：明正德五年（1510）十一月，王阳明在京城，馆于大兴隆寺，与黄岩人后军都督府都事黄绾及湛若水等"订与终身共学"。

㉓沮：此处意为灰心失望。

㉔五金八石：外丹中的五金八石，乃是外丹中的一些特殊的药材。五金，黄金、白银、赤铜、青铅、黑铁。八石，朱砂、雄黄、硫黄、雌黄、云母、空青、戎盐、硝石。

㉕隳黜（huīchù）：此处意为毁弃。

㉖塞兑：道家修炼术语。垂帘时耳朵不去听外面的声音，眼睛的上眼皮自动垂下来不去看外面的事物，默默返观内视。敛华：此处意为收敛浮华的表面功夫。灵株：灵性，内养灵性，像培养种子一样，慢慢使它发芽成长，新的生命开始。

㉗兢兢：小心谨慎。

㉘埃壒（ài）：指尘土。

㉙盈虚：盈满或虚空，意为发展变化。

㉚鸢（yuān）：老鹰。

㉛萌甲：植物初生的芽。

㉜流澌（sī）：亦作"流渐"。

㉝殁（mò）：死，亦作"没"。

㉞衽（rèn）：衣襟。

[评析]

在《阳明先生年谱》中，明弘治十五年（1502）条下记载：是年五月，自江北录囚结束后返回京城。返京前曾到九华山访道礼佛，"渐悟仙、释二氏之非"。在京城，王阳明深感求道之难，故有"会心人远"之叹，于是与"京中旧游俱以才名相驰骋，学古诗文"，向外求理。此条记载中的"京城旧友"实指明代中期文坛赫赫有名的"前七子"，其中本文墓志主人徐昌国即为其中之一，亦是王阳明的挚友。

徐祯卿以诗歌名世，在明中文坛的地位仅次于李梦阳、何景明。《明史》中称其为"吴中诗人之冠"。王阳明所撰墓志为徐昌国生前所嘱托，亦可证两人之间的友谊。此文可分为四部分。

第一部分：由徐昌国之逝世所引发的对"生死观"的议论。王阳明自"龙场悟道"后，对生死问题已有了透彻的体悟，于是当挚友徐昌国逝世的噩耗传来后，即引起了对生死问题的追问。此文首句即交代了徐昌国的忌日及身份："正德辛未三月丙寅，太学博士徐昌国卒，年三十三。"明正德六年（1511）三月，时任太学博士的学官徐昌国英年早逝，这一消息对王阳明来说太突然了，故列于文首。紧接着，借用他人关于徐昌国之死的议论，阐述了对生死、人寿之长短的议论。"或曰：'孔门七十子，颜子最好学，而其年独不永，亦三十二而亡。'说者谓颜子好学，精力瘁焉。夫颜虽既竭吾才，然终日如愚，不改其乐也。此与世之谋声利，苦心焦劳，患得患失，逐逐终其身，耗劳其神气，奚啻百倍！而皆老死黄馘，此何以辨哉？天于美质，何生之甚寡而坏之特速也！夫鼪鼯以夜出，凉风至而玄鸟逝，岂非凡物之盛衰以时乎？夫嘉苗难植而易槁，芝荣不逾旬，蔓草剃而益繁，鸱枭虺蝮遍天下，而麟凤之出，间世一睹焉。商、周以降，清淑日浇而浊秽熏积，天地之气则有然矣，于昌国何疑焉！"王阳明从孔子的得意门生颜回寿命之短论及自然界生物的消长，再到社会现象之怪异，剖析了生命现象与道的本质联系。在王阳明看来，万物各随其性，人的寿命有长短，动植物的消长亦有长短，这种现象是天道流行的反映，并非老天爷特别的安排或者不公，二者没有必然的联系。徐昌国之死也不会例外，关键是如何去看待这一现象。再次，王阳明简单介绍了徐昌国对于道的探索经历："始昌国与李梦阳、何景明数子友，相与砥砺于辞章，既殚力精思，杰然有立矣。一旦，讽道书，若有所得，叹曰：'弊精于无益，而忘其躯之毙也，可谓知乎？巧辞以希俗，而捐其亲之遗也，可谓仁乎?'于是习养生。有道士自西南来,昌国与语,悦之,遂究心玄虚,益与世泊,自谓长生可必至。"此段文字对于理解徐昌国积极的人生态度十分重要,从侧面也可体认王阳明的心学历程。徐昌国是明代中期文坛"前七子"的重要人物,与李梦阳、何景明等齐名,这一文学流派由于较注重文学外在的形式且有泥古的陈习,忽视文学内在的思想情感,最终徐昌国亦认识到违背了生命之真,于是转入道教的养生,追求长生之道的超然。徐昌国从文学转向道学,这是其思想的重大转变,然而并未真正接近道的本然状态,这为下文徐昌国求教于王阳明埋下了伏笔。

第二部分:写徐昌国向王阳明问道的过程,为全文重点。王阳明自正德五年(1510)十月离开江西庐陵(今吉安)知县任上、赴京述职。十二月,即升任南京刑部四川清吏司主事。次年正月,调吏部验封清吏司主事。此期间,徐昌国闻知老友又回到北京任职,急急赶来叙旧问道。本部分是对徐昌国问道与思想转变过程的叙述。第一次相见,徐昌国与王阳明谈道家的"摄形化气之术",其时王阳明的道友湛若水正好在场,徐昌国因与湛若水的观点相左,话不投机的徐昌国闷闷不乐地辞退而去。过了几天,徐昌国又来拜访王阳明,聊谈的内容仍是道教的养生,且聊至夜深,并在王阳明处留宿。王阳明因了解其个性与思想,不便直接发表相左的观点,以免其不乐,只是"笑而不应"。徐昌国一再询问王阳明的见解,因见其"笑而不应"有点急了。在此情景下,王阳明只好亮明自己的观点:"谓吾为有秘,道固无形也;谓吾谓子非,子未吾是也。虽然,试言之。夫去有以超无,无将奚超矣?外器以融道,道器为偶矣。而固未尝超乎!而固未尝融乎!夫盈虚消息,皆命也;纤巨内外,皆性也;隐微寂感,皆心也。存心尽性,顺夫命而已矣,而奚所趋舍于其间乎?"王阳明从"道器合一"的观点论述了"命""性"皆为"心"的道理,心即理,有无相对,万物之性、运数变化,只要尽心,就尽了性,就应了命,没有必要做刻意的选择。显然，这是王阳明数十年来思想探索的结晶，是其"龙场悟道"后"心即理"学说的表述，同时也是其为学教训所得出的结论。因王阳明自身也曾有过沉溺辞章之学、佛道之学的经历，王阳明的一番话，显然给徐昌国以思想触动，但他所关心的学道"升天"问题还没有解决。王阳明开导说："尽鸢之性者，可以冲于天矣；尽鱼之性者，可以泳于川矣。"用"鸢飞""鱼跃"设喻，说明万物只要尽性，便是"升天得道"。徐昌国听了王阳明的此番话后，稍加思考，顿悟了，兴奋地说："命之矣！吾且为萌甲，吾且为流澌，子其煦然属我以阳春哉！"表示要改变以前的为学之路，重新开始新的生活。经过几天领悟，徐昌国精神面貌发生了很大的变化，对王阳明的学说心悦诚服，特地前来致谢。同时，认识到此前向外求理之误，走了弯路，浪费了诸多精力，如今找回了被放逐之心，重新把握了自己的命运。最后，两人的话题回到"生死观"上，再经王阳明的启发，徐昌国认识到生命的过程与人生境界并不以存世时间长短为标准，只有把握了"心道"，才是人生最高的境界。由此可见，阳明心学在当时士大夫中所产生的作用和影响，将那些深受佛道影响难以自拔的士大夫从思想困境中解脱出来，重新获得了精神自由，超越了自我。

第三部分：写徐昌国临死前的交代以及对死亡的从容态度。由于疾病严重，徐昌国过早地离开了人世，但其已认识到了生命的全部价值和意义，因而面对死亡十分坦然，从容地交代了对自己身后事的安排，安然地离开了这个世界。事后，王阳明得知挚友徐昌国去世前的从容表现深为感动，并为老友的悟道感到欣慰。如果天假其年，徐昌国的思想学说应该还会有更高的造诣、在道德境界上还会有更高的提升。

第四部分：追记徐昌国的生平简历、著述，以及对其为学三变的评述，并以铭文概括其一生事迹及影响。

王阳明的这篇《徐昌国墓志》，不仅仅是研究明中文坛杰出的诗人、吴中名士徐昌国的极好文献史料，同时也是研究阳明心学发展的极好证据。此文在写作上特色鲜明，除语言上善用设喻取比外，以写人物的言行为主，主要采用对话描写的方法。通过徐昌国三次造访王阳明的对话，其中两次仅为徐昌国的独白，将徐昌国的个性以及执着于道教养生观的性格刻画得惟妙惟肖。另外，在一些细节上描写了徐昌国临死前的从容坦然，在长子伯虬掌上指画"冥冥漠漠"四字，极其传神，传达出徐昌国得道"升天"的神韵，验证了孔子"朝闻道，夕死可矣"的人生境界，发人深省。此文亦是研究王阳明道教观的极好史料。

别湛甘泉序 壬申

颜子没而圣人之学亡①。曾子唯"一贯"之旨传之孟轲②，终又二千余年而周、程续③。自是而后，言益详，道益晦④；析理益精，学益支离无本⑤；而事于外者，益繁以难。盖孟氏患杨、墨，周、程之际⑥，释、老大行⑦。今世学者，皆知宗孔、孟，贱杨、墨，摈释、老，圣人之道，若大明于世。然吾从而求之，圣人不得而见之矣。其能有若墨氏之兼爱者乎？其能有若杨氏之为我者乎？其能有若老氏之清净自守、释氏之究心性命者乎？吾何以杨、墨、老、释之思哉？彼于圣人之道异，然犹有自得也。而世之学者，章绘句琢以夸俗⑧，诡心色取⑨，相饰以伪⑩，谓圣人之道，劳苦无功，非复人之所可为，而徒取辩于言词之间。古之人有终身不能究者，今吾皆能言其略，自以为若是亦足矣，而圣人之学遂废。则今之所大患者，岂非记诵词章之习！而弊之所从来，无亦言之太详、析之太精者之过欤!夫杨、墨、老、释,学仁义,求性命,不得其道而偏焉。固非若今之学者,以仁义为不可学,性命之为无益也。居今之时,而有学仁义,求性命,外记诵辞章而不为者,虽其陷于杨、墨、老、释之偏,吾独且以为贤,彼其心犹求以自得也。夫求以自得,而后可与之言学圣人之道。某幼不问学⑪,陷溺于邪僻者二十年⑫,而始究心于老、释。赖天之灵,因有所觉,始乃沿周、程之说求之,而若有得焉。顾一二同志之外,莫予翼也⑬,岌岌乎仆而后兴。晚得友于甘泉湛子,而后吾之志益坚,毅然若不可遏,则予之资于甘泉多矣。甘泉之学⑭,务求自得者也。世未之能知其知者,且疑其为禅⑮。诚禅也,吾犹未得而见,而况其所志卓尔若此⑯。则如甘泉者,非圣人之徒欤?多言又乌足病也⑰!夫多言不足以病甘泉,与甘泉之不为多言病也,吾信之。吾与甘泉友,意之所在,不言而会;论之所及,不约而同;期于斯道,毙而后已者⑱。今日之别,吾容无言。夫惟圣人之学难明而易惑,习俗之降,愈下而益不可回,任重道远,虽已无俟于言,顾复于吾心,若有不容已也。则甘泉亦岂以予言为缀乎?

[注释]

①颜子:即颜回,字子渊,尊称颜子,春秋末期鲁国人。

②孟轲(约前372~前289):字子舆,邹(今山东邹城)人,战国时期思想家、教育家。

③周、程:为北宋理学家周敦颐与程颢、程颐之并称。

④晦:此处意为昏暗不明。

⑤支离:此处意为分散,离奇不正。

⑥杨、墨：战国时杨朱与墨翟之并称。杨朱（约前450~约前370），字子居，魏国（一说秦国）人，战国初期思想家，道家杨朱学派的创始人。墨子（生卒年不详），名翟（dí），华夏族滕国人。战国时期思想家、教育家、科学家、军事家，墨家学派的创始人。

⑦释、老：此处指佛教与道教。

⑧章绘句琢：意为铺张辞藻，雕琢文句。

⑨诡心色取：欺诈糊弄。

⑩相饰以伪：意为用虚假的言辞粉饰。

⑪某幼不问学：此指王阳明反思青少年时期没有通过结友切磋道德学问，以实现自我道德修养提升的那段经历。

⑫陷溺于邪僻者二十年：据《阳明先生年谱》载，王阳明自明成化二十二年（1486）起，一直致力于思想探索，钻研书法、程朱理学、骑射、兵法、词章、佛道等，至弘治十八年（1505），这二十年间，深感没有遇到共倡圣学的同志，为专于"小道"深感愧疚。

⑬翼：此处意为帮助。

⑭甘泉之学：指湛若水心学的宗旨——"随处体认天理"。

⑮禅：佛教意指"静思"。

⑯卓尔：超群出众。

⑰病：此处意为责备。

⑱毙：此处意为死。

[评析]

明正德七年（1512）二月，王阳明道友、时任翰林院编写的湛若水奉命到安南（今越南）册封安南国王。据《增城沙堤湛氏族谱序》记载："七日，甘泉先生离京，奉命往封安南国王。"湛若水在《二月七日出京驻通州有怀》诗题中注明了时间。（见《甘泉先生文集》嘉靖本，第25卷）在隆庆本《王文成公全书》中此序题下亦标注为"壬申"，由此可知，王阳明此序写作的时间为正德七年。然而，王阳明弟子钱德洪所编《阳明先生年谱》将此序列在"正德六年十月"条下，显然有误。王阳明在与湛若水分别前写有《别湛甘泉》诗二首，在《其二》中有诗句"南寺春月夜，风泉闲竹房"，亦可证时间在春天。

王阳明与湛若水是道友亦是挚友。明正德五年（1510）十一月，王阳明自江西庐陵入京述职。据《阳明先生年谱》载："十有八年乙丑，先生三十四岁，在京师。是年，先生门人始进。学者溺于词章记诵，不复知有身心之学。先生首倡言之，使人先立必为圣人之志。闻者渐觉兴起，有愿执贽及门者。至是专志授徒讲学。然师友之道久废，咸目以为立异好名，惟甘泉湛先生若水时为翰林庶吉士，一见定交，共以倡明圣学为事。"自此，王阳明与湛若水开始了长达近二十年的交谊。尽管二人在学术观点上各有所立，但这并不影响二人间真挚的友情。王阳明为学倡论"致良知"，而湛若水倡论为学"随处体认天理"，为此相互切磋，各立学术宗旨。正德元年（1506），王阳明因伸张正义被阉党头目刘瑾贬谪贵州龙场时，湛若水不顾政治上受牵连的危险，赋诗慰抚，勉励王阳明不要屈服邪恶势力，坚定必胜的信念。王阳明亦作诗致谢，抒发了抗争到底的决心。王阳明在嘉靖七年（1528）十月平息广西之乱后，因病乞休，在回家乡途中，还转道广东增城，特地寻访湛若水故居并题诗壁上，表现出二人之间至死不渝的情感。《别湛甘泉序》一文正是二人深厚友谊的有力证明。

此序虽为王阳明因湛若水赴安南送别而撰，但全文没有交代写作的具体缘由，这在王阳明的赠序中是极少见的。此序主要内容是论述儒学衰微的原因以及对湛甘泉学说的评价，重点论述了三个问题。

一是儒学衰微的原因在于后儒仅注重形式上的阐释而忽视对其内在主旨的体认。王阳明认为："颜子没而圣人之学亡。曾子唯'一贯'之旨传之孟轲，终又二千余年而周、程续。自是而后，言益详，道益晦；析理益精，学益支离无本，而事于外者，益繁以难。"此言阐明了儒学的真谛在于内心良知的开显，而不是向外"求理"。王阳明反对世儒在形式上独尊孔、孟，排斥杨、墨、佛、道，而并未真正传承弘扬孔、孟之精神，同时也否定了杨、墨、佛、道中合理的思想，认为这不是为学"自得"，会导致学术不明，知行分离。"而世之学者，章绘句琢以夸俗，诡心色取，相饰以伪，谓圣人之道，劳苦无功，非复人之所可为，而徒取辩于言词之间。古之人有终身不能究者，今吾皆能言其略，自以为若是亦足矣，而圣人之学遂废。则今之所大患者，岂非记诵词章之习！而弊之所从来，无亦言之太详、析之太精者之过欤！"之所以造成这一弊端，是因为学者追求表面的、外在的知识。王阳明在批评这种不良的为学习气中，亦阐述了自己的为学主张。"夫求以自得，而后可与之言学圣人之道"，强调为学要先求自"内心"，方能把握儒学的真谛。

二是从自身为学的探索过程中阐明"师友"的重要性。王阳明在思想探索过程中，十分看重"师友"对于"明理"的影响作用。他说："某幼不问学，陷溺于邪僻者二十年，而始究心于老、释。赖天之灵，因有所觉，始乃沿周、程之说求之，而若有得焉。顾一二同志之外，莫予翼也，岌岌乎仆而后兴。晚得友于甘泉湛子，而后吾之志益坚，毅然若不可遏，则予之资于甘泉多矣。"文中所说的"幼不问学"意为没有找到志合道同的学友。如果从明弘治二年（1489）王阳明在江西上饶向大儒娄谅求教"格物"之学算起的话，至正德三年（1508）龙场悟道，正好为20年。此期间，正如王阳明自己所说"陷溺于邪僻"，意为没有悟到天理究竟在何方。其从先秦儒家经典、宋儒理学、兵法、词章、佛道中，均没有体悟出天理的真谛是什么。然而，直到弘治十八年（1505），王阳明交上道友湛若水后，对其为学之路产生了积极的影响。湛若水是明初江门心学祖师陈献章（号白沙）的弟子，故湛若水的为学思想在一定程度上影响了王阳明的思想探索。王阳明在序文中说："晚得友于甘泉湛子，而后吾之志益坚，毅然若不可遏，则予之资于甘泉多矣。甘泉之学，务求自得者也。"王阳明在与道友湛若水共同倡明圣学的道路上，相互学习、交流，这对王阳明坚定"成圣贤"志向起到了重要作用。从某种意义上说，湛甘泉的为学"务求自得"暗合了王阳明向内求理的为学之路。同时，也含有对道友的感激之意。

三是为湛若水"自得"之说正名。此序最后一部分，王阳明阐述了对湛甘泉学说的认同与支持。其从世人并不知悉湛甘泉学说而怀疑其为"禅学"，王阳明则认为湛若水"所志卓尔"，为"圣人之徒"，世人之谬言责难湛若水的学说是不能成立的，这一点王阳明是确信的。然后，阐述了二人在为学上心灵相依默契会通："吾与甘泉友，意之所在，不言而会；论之所及，不约而同；期于斯道，毙而后已者。"由此可见，二人相互切磋、相得益彰的师友关系。文末，王阳明以"任重道远"一语与道友共勉，并以"顾复于吾心"之语为赠，表达了自己为学的主旨，希望对湛若水的学说有所融会。

此序几乎通篇在说一个道理，即王阳明的"良知"学说，学术视野宏阔，说理绵密，但没有学究味。王阳明从儒学之衰微，自己为学之路的坎坷经历，对湛若水"自得"学说的评价，最后提出希望，似乎是与挚友在临别前的一次论学，言辞恳切，情在文中。此文在写作上主要通过逻辑推理的方法，不露痕迹地阐述了"良知"思想，展示了王阳明说理文内在的气韵和强大的思想冲击力。同时，此序对研究阳明心学与湛若水心学、对研究明中士大夫之间的交谊方式大有裨益。

别黄宗贤归天台序① 壬申

君子之学以明其心。其心本无昧也②,而欲为之蔽③,习为之害④。故去蔽与害而明复,匪自外得也。心犹水也,污入之而流浊,犹鉴也⑤,垢积之而光昧⑥。孔子告颜渊"克己复礼为仁"⑦,孟轲氏谓"万物皆备于我""反身而诚"⑧。夫已克而诚,固无待乎其外也。世儒既叛孔、孟之说,昧于《大学》"格致"之训⑨,而徒务博乎其外,以求益乎其内,皆入污以求清,积垢以求明者也,弗可得已。守仁幼不知学,陷溺于邪僻者二十年⑩。疾疢之余⑪,求诸孔子、子思、孟轲之言,而恍若有见,其非守仁之能也。宗贤于我,自为童子,即知弃去举业,励志圣贤之学。循世儒之说而穷之,愈勤而益难,非宗贤之罪也。学之难易失得也有原,吾尝为宗贤言之。宗贤于吾言,犹渴而饮,无弗入也,每见其溢于面。今既豁然⑫,吾党之良⑬,莫有及者。谢病去⑭,不忍予别而需予言。夫言之而莫予听,倡之而莫予和,自今失吾助矣!吾则忍于宗贤之别而容无言乎?宗贤归矣,为我结庐天台、雁荡之间⑮,吾将老焉。终不使宗贤之独往也!

[注释]

①黄宗贤(1477~1551):名绾,字宗贤,一字叔贤,号久庵、石龙。浙江黄岩洞黄(今属温岭)人。嘉靖元年(1522),黄绾正式拜王阳明为师。承祖荫官后军都督府都事,官至南京礼部尚书。晚年,归乡,在石龙

书院讲学论道。天台：指天台山，此处指代黄绾的家乡，黄岩隶属台州府。

②无昧：有欺瞒之心。

③蔽：遮掩。

④习：陋习。

⑤鉴：镜子。

⑥垢（gòu）：污秽。

⑦克己复礼为仁：语出《论语·颜渊》。

⑧万物皆备于我：语出《孟子·尽心上》。意为感悟世界万物与自身处于一体才完备。反身而诚：内省才能达到诚心。

⑨格致："格物致知"的简写，语出《大学》。意为穷究事物的原理法则而总结为理性知识。

⑩陷溺：深深地迷惑。邪僻：亦作"邪辟"，意为乖谬不正。

⑪疢疢：疾病。

⑫豁然：此处意为开悟。

⑬党：此处意为志同道合的学术团体。

⑭谢：此处意为托病辞职。

⑮天台：天台山。雁荡：雁荡山。

[评析]

明正德七年（1512）深秋，王阳明道友台州黄岩人黄绾以病上奏归乡，在其离京之际，王阳明撰《别黄宗贤归天台序》。据《阳明先生年谱》记载，王阳明与黄绾的交谊始自正德五年（1510）十一月，时王阳明入京述职："馆于大兴隆寺，时黄绾为后军都督府都事，因储瓘请见。先生与之语，喜曰：'此学久绝，子何所闻？'对曰：'虽粗有志，实未用功。'先生曰：'人惟患无志，不患无功。'"明日引见甘泉，订与终日共学。"然而，黄绾真正成为王阳明的弟子是在明嘉靖元年（1522）。黄绾是王阳明最忠实的挚友与弟子之一。尽管其晚年学术观点与王阳明良知学说有所不同，但作为阳明弟子是尽心尽职的。王阳明殁后，黄绾主动承担起抚养王阳明嗣子王正亿的重任，并将其女嫁给正亿为妻。而王阳明生前对黄绾也关怀备至、十分器重，此序亦是明证。作为临别赠序，篇幅不长，其主要内容还是论学悟道，全序可分三层意思。

一是阐明"良知"即是"明心"，此为王阳明为教要旨。文中说："君子之学以明其心。其心本无昧也，而欲为之蔽，习为之害。故去蔽与害而明复，匪自外得也。心犹水也，污入之而流浊，犹鉴也，垢积之而光昧。"此言包含了"致良知"的基本精神，即"去蔽复明"，从内心求理，亦是王阳明的基本教法。王阳明还引用孔孟之语作为论据，佐证自己的观点："孔子告颜渊'克己复礼为仁'，孟轲氏谓'万物皆备于我''反身而诚'。"其意为去掉遮蔽"良知"的过分私欲，即能恢复光明的心体。又从相反的方面论证："世儒既叛孔、孟之说，昧于《大学》'格致'之训，而徒务博乎其外，以求益乎其内，皆入污以求清，积垢以求明者也，弗可得已。"意为后儒没有领悟孔孟学说的真谛，向外求理，走偏了方向，最后导致学术不明、知行分离。接着，其用为学所走过的弯路作自证，从切身体会中阐明唯有开显良知，才是为圣学的不二法门，并点出这是圣学的本意，并非自己的发现，意为儒学的精神即为求诸于心，去欲明理。

二是追忆了为学之路的坎坷。序文中说："宗贤于我，自为童子，即知弃去举业，励志圣贤之学。循世儒之说而穷之，愈勤而益难，非宗贤之罪也。学之难易失得也有原，吾尝为宗贤言之。宗贤于吾言，犹渴而饮，无弗入也，每见其溢于面。今既豁然，吾党之良，莫有及者。"王阳明与黄绾在未相交谊前，都胸怀"成圣贤"之志，勤奋好学；然而，由于受世儒"格物"之学的影响，向外求理，走了不少弯路。结交以后，相互切磋、互助互学，成为良师益友。对黄宗贤为学的长进，王阳明感到十分满意和欣慰。

三是饱含深情，表达了别后的期许。黄绾的离别对王阳明而言是十分惋惜的，其在文中说："谢病去，不忍予别而需予言。夫言之而莫予听，倡之而莫予和，自今失吾助矣！吾则忍于宗贤之别而容无言乎？"字里行间流露出惜别的惆怅和无奈。最后，希望自己有生之年终老相伴："宗贤归矣，为我结庐天台、雁荡之间，吾将老焉。终不使宗贤之独往也！"这种至死不渝的真情表达了王阳明对道友的关爱与期望，天长地久，此心相连。

此序在观点论证上采用比喻、引用、举例等多种方法，观点鲜明，论证结构清晰，语言简洁明快，具有很强的逻辑。此序亦是研究阳明心学发展历程的重要史料。

送日东正使了庵和尚归国序①

世之恶奔兢而厌烦挐者②，多遁而之释焉③。为释有道，不曰清乎？挠而不浊④，不曰洁乎？狎而不染⑤，故必息虑以浣尘⑥，独行以离偶，斯为不诡于其道也⑦。苟不如是，则虽皓其发⑧、缁其衣⑨、焚其书⑩，亦逃租徭而已耳⑪，乐纵诞而已耳，其于道何如耶！

今有日本正使堆云桂悟，字了庵者，年逾上寿⑫，不倦为学，领彼国王之命，来贡珍于大明。舟抵鄞江之浒⑬，寓馆于鄞⑭。予尝过焉，见其法容洁修⑮、律行坚巩⑯，坐一室，左右经书，铅朱自陶⑰，皆楚楚可观⑱，爰非清然乎！与之辨空⑲，则出所谓预修诸殿院之文，论教异同，以并吾圣人，遂性闲情安，不哗以肆，非净然乎！且来得名山水而游，贤士大夫而从。靡曼之色⑳，不接于目；淫哇之声㉑，不入于耳；而奇邪之行㉒，不作于身。故其心日益清，志日益净，偶不期离而自异，尘不待浣而已绝矣。兹有归思，吾国兴之文字以交者，若太宰公及诸缙绅辈㉓，皆文儒之择也㉔，咸惜其去㉕，各为时章㉖，以艳饰迥躅㉗，固非贷而滥㉘，吾安得不序！

皇明正德八年岁在癸酉五月既望，余姚王守仁书。

[注释]

①日东：此处应为"日本"与"东福寺"之省称。正使：一国派往外国的正式使臣，相对于副使而言。了庵和尚：即堆云桂悟，了庵为其字。日本东福寺僧，谥佛日。堆云桂悟充任正使，曾于明正德六年（1511）至八年（1513），奉命出使中国。明武宗嘉其年高德劭而令住育王寺，并赐金襕袈裟。在宁波居留期间，了庵与当地硕学鸿儒多有交往。原稿系日本九鬼隆重辉所藏，今存佚不详。齐藤拙堂的《拙堂文话》载有此文墨迹。据齐藤言，墨迹"字画称秀，神采奕奕，其为亲笔无可疑也"。现据钱明编校《王阳明全集》（第5册），浙江古籍出版社2011年版移录。

②奔兢：指为某种利益而奔走。烦挐：牵缠、纷乱。挐，同"拿"。

③释：佛教创始人释迦牟尼的简称，后泛指佛教。

④挠：搅，搅动。

⑤狎：此处意为亲近。

⑥浣：洗。

⑦诡：欺诈。

⑧皓（hào）：白。

⑨缁（zī）：黑色。

⑩焚：烧。

⑪租徭：田赋徭役。

⑫上寿：高寿。了庵和尚第二次来中国时，年届九十余岁。

⑬鄞江：位于今宁波市海曙区鄞江镇，旧称兰江，为奉化江支流。

⑭鄞：此指明代宁波府鄞县之地。

⑮法容：僧人的仪容。

⑯律行：指僧徒持守戒律的行为。坚巩：坚劲。

⑰铅朱：此处借代佛经著作。

⑱楚楚可观：清楚简洁，值得一看。

⑲辨空：此处意为探讨佛法之理。

⑳靡曼之色：意为华丽的色彩。

㉑淫哇之声：意为淫邪之声（多指乐曲）、淫荡的话语。

㉒奇邪之行：意为怪诞的行为。

㉓太宰公：此指吏部尚书杨一清（1454~1530），字应宁，号邃庵，别号石淙，镇江府丹徒人。成化八年（1472）进士，曾任陕西按察副使兼督学。弘治十五年（1502），以南京太常寺卿都察院左副都御史的头衔任督理陕西马政。后又三任三边总制。历经成化、弘治、正德、嘉靖四朝，为官五十余年，官至内阁首辅。时杨一清任吏部尚书，"太宰"为别称。了庵和尚归国时，杨一清亦有诗文相赠。

㉔文儒：此处指饱学之士。

㉕咸：都。

㉖时章：指送了庵和尚回国的诗文。

㉗以艳饰迥躅：意为美好的语言祝愿了庵和尚远行快乐。迥：远。躅：足迹。

㉘贷：此处意为夸大溢美之词。

[评析]

　　据文末落款，此序写于明正德八年（1513）五月十五日。据《阳明先生年谱》载："正德八年二月，归省至越。"日本正使了庵和尚于后柏原天皇永正八年（1511，明正德六年）充任正使入明，于正德八年五月某日返回日本，故在时间上相契合。王阳明在文中亦交代自己曾拜访过了庵和尚，据今人束景南先生考证，地点在绍兴。且此文的墨迹仍保存在日本有关方面，由此可确定此序的真实性。

　　此文是一篇赠序，为归国僧人了庵和尚所作。内容主要是赞扬了庵和尚的人品大德。此文紧扣了庵和尚的人格特征，阐释了高僧的道德境界。文章起笔以儒者的眼光品评释家的德行："清"与"洁"。王阳明认为："为释有道，不曰清乎？挠而不浊，不曰洁乎？狎而不染，故必息虑以浣尘，独行以离偶，斯为不诡于其道也。"为什么释家必须具有这样的品格呢？因为出家人是"恶奔竞而厌烦挐而遁入空门"的，要超脱凡尘的私利与污浊，因而能自觉静心修行，墨守清规戒律，这才是真正的出家人。相反，如内心不宁，杂念躁动，即便"皓其发、缁其衣、梵其书"，亦不能真心向佛，在王阳明看来，只不过是"逃租徭""乐纵诞"而已，是一种消极的避世方式，权宜之计罢了，绝非潜心修道。王阳明从道理上厘清了"真僧"与"假僧"的区别，用"清"与"洁"这两个基本标准衡量、判断僧人的品格。

　　紧接着，转入对了庵和尚的评价，亦用这两个基本标准。文中从与了庵和尚的交谈切入，对其虔诚修行之心与功德作了概括性的描述："予尝过焉，见其法容洁修、律行坚巩，坐一室，左右经书，铅朱自陶，皆楚楚可观，爰非清然乎！与之辨空，则出所谓预修诸殿院之文，论教异同，以并吾圣人，遂性闲情安，不哗以肆，非净然乎！"文中以其法容、研修佛典证其"清"；以其学说、编修佛经，布道施教，妙法莲花，证其"洁"。然后，从交游的角度看其平常的言行："且来得名山水而游，贤士大夫而从。靡曼之色，不接于目；淫哇之声，不入于耳；而奇邪之行，不作于身。"证其"心日益清，志日益净，偶不期离而自异，尘不待浣而已绝矣"的修炼功夫。

序末交代写作缘由，点出吏部尚书杨一清等诸多士大夫为了庵和尚归国题诗作序，反映出明代中期明王朝与日本之间的睦邻友好关系。正因如此，当王阳明知道了庵和尚要归国，亦作序相送，反映出两人之间的友谊，以及王阳明与日本僧人的关系和对佛教的态度。

此序是迄今为止发现的唯一的王阳明与日本友人之间交谊的序文，这对研究阳明心学与日本的关系问题，研究明代中期明王朝与日本的交往史无疑是极好的史料，其史料价值不容低估。此文在写作上采用严密的逻辑推理方法，从理论与道德实践上评判人物，具有不容置疑的逻辑力量。在修辞上多采用排比句式，从不同层面反映了庵和尚作为日本高僧具备玉之洁润、松之坚劲的情操德性。

程守夫墓碑 甲申

吾友程守夫以弘治丁巳之春卒于京[①]，去今嘉靖甲申二十有八年矣。呜呼！朋友之墓有宿草则勿哭[②]，而吾于君，尚不能无潸然也③。君之父味道公与家君为同年进士④，相知甚厚，故吾与君有通家之谊⑤。弘治壬子，又同举于乡⑥，已而又同卒业于北雍⑦，密迩居者四年有余⑧。凡风雪之晨，花月之夕，山水郊园之游，无不与共。盖为时甚久而为迹甚密也，而未尝见君有愤词忤色⑨，情日益笃，礼日以恭。其在家庭，雍雍于于⑩，内外无间。交海内之士，无贵贱少长，咸敬而爱之。虽粗鄙暴悍⑪，遇君未有不熏然而心醉者⑫。当是时，予方驰骛于举业词章⑬，以相矜高为事⑭，虽知爱重君，而未尝知其天资之难得也。其后君既殁，予亦入仕，往往以粗浮之气得罪于人。稍知创艾⑮，始思君为不可及。寻谪贵阳，独居幽寂穷苦之乡，困心衡虑⑯，乃从事于性情之学⑰。方自苦其胜心之难克，而客气之易动；又见夫世之学者，率多娼嫉险陿⑱，不能去其有我之私，以共明天下之学，成天下之务，皆起于胜心客气之为患也。于是愈益思君之美质，盖天然近道者，惜乎当时莫有以圣贤之学启之⑲！有启之者，其油然顺道，将如决水之赴壑矣。呜呼惜哉！乃今稍见端绪⑳，有足以启君者，而君已不可作也已。君之子国子生烓致君临没之言，欲予与林君利瞻为之表志。林君既为之表，而君之葬已久，志已无所及，则为书其墓之碑，聊以识吾之哀思。夫君者，不徒嬉游征逐之好而已。君讳文楷，世居严之淳安㉑，其详已具于墓表。

[注释]

①程守夫：名文楷，守夫为其字，浙江淳安人。

②宿草：隔年的草，此借指坟墓。

③潸（shān）然：流泪的样子。

④家君：此指王阳明父王华，于明成化十七年（1481）进士及第，状元。

⑤通家之谊：指两家交情深厚，如同一家人一样。

⑥弘治壬子，又同举于乡：即明弘治五年（1492），王阳明中举。

⑦北雍：指北京国子监。

⑧密迩：意为密切。

⑨忤色：怨怒之色。

⑩雍雍于于：意为和乐貌。

⑪粗鄙：粗野鄙陋。暴悍：凶暴强悍。

⑫熏然：温和貌。

⑬举业：科举时代专为应试的诗文、学业、课业、文字。亦指"八股文"。

⑭矜（jīn）高：高傲自大。

⑮创艾：亦作"创刈"，意为戒惧。

⑯困心衡虑：心意困苦，思虑阻塞。意为费尽心力，经过艰苦的思考。语出《孟子·告子下》："困于心，衡于虑，而后作。"

⑰性情之学：此处意为心性之学，即关乎本心、本性的学问。

⑱媢（mào）嫉险谄：此处意为妒贤嫉能、心胸狭窄的小人。

⑲圣贤之学：指儒家的学说。

⑳端绪：指头绪。

㉑严：指严州。明洪武八年（1375），改建德府为严州府，属浙江承宣布政使司，府治建德，辖建德、寿昌、桐庐、分水、淳安、遂安6县。

[评析]

据此文所述，墓碑文撰于明嘉靖三年（1524），是王阳明为其同窗好友浙江淳安人程守夫所撰。程守夫去世在明弘治十年（1497）春，距王阳明写此墓碑文时已28年。因种种原因，当程守夫去世20多年后其子才将其父的临终嘱托转言王阳明、林利瞻，请求二位撰写墓表、墓志。当王阳明获悉林利瞻已撰墓表后，觉得再写墓志铭已无必要，于是就写了这篇碑文。

此文主要回顾了与程守夫的同窗之谊，叙述了程氏内在的美质，以及二人间深厚的情感。王阳明与程守夫之间的深情厚谊主要取决于三方面的原因：一是有"通家之谊"。"君之父味道公与家君为同年进士，相知甚厚，故吾与君有通家之谊。"王阳明父王华为明成化十七年（1481）辛丑科状元，与程守夫之父程味道为同科进士，且为至交。由父辈的友谊传递给晚辈，且王阳明与程守夫又同为北京国子监学友，"通家之谊"可谓名副其实。二是经历相似且同窗四年、意趣相投。"弘治壬子，又同举于乡，已而又同卒业于北雍，密迩居者四年有余。凡风雪之晨，花月之夕，山水郊园之游，无不与共。"从以上文句中可知，王、程之间关系非同一般，可谓情同手足。三是程守夫内在的高雅气质令王阳明钦佩不已。"盖为时甚久而为迹甚密也，而未尝见君有愤词忤色，情日益笃，礼日以恭。其在家庭，雍雍于于，内外无间。交海内之士，无贵贱少长，咸敬而爱之。虽粗鄙暴悍，遇君未有不熏然而心醉者。"从中可见，程守夫居家处世，温文尔雅，敦庄淳厚，是恪守儒家礼仪之风的谦谦君子，而这些均为"成圣贤"的基本品质，自然与王阳明的人生追求相契合。由此可知，二人之间的友情是建立在志同道合基础之上的。尽管程守夫去世已近三十年，王阳明撰此碑文时年已53岁，但其对老友的道德操守记忆犹新。

此文在写作上的主要特色是运用对比手法，抑己扬人，即通过自身的经历来凸显程守夫的美质。"其后君既殁，予亦入仕，往往以粗浮之气得罪于人。稍知创艾，始思君为不可及。"王阳明对自己入仕后所谓粗浮之气的解剖,实则是责己内敛不足。此语则反衬了程守夫的内修功夫,也反映了王阳明对自身道德修炼的严格要求与反思精神。如果本文仅仅停留在对逝者生平事迹的追忆上,文意与文气会显得落入俗套。故王阳明通过自己在谪居贵州龙场时的体悟,将人的"美质"与"圣贤之学"相联系,与"天道"相沟通,并将自己的心学理论融入其中,升华了主题,文气充盈,耐人寻味。"寻谪贵阳,独居幽寂穷苦之乡,困心衡虑,乃从事于性情之学。方自苦其胜心之难克,而客气之易动;又见夫世之学者,率多媚嫉险隘,不能去其有我之私,以共明天下之学,成天下之务,皆起于胜心客气之为患也。"此语由追忆转入对开显良知的思考,可谓由表及里,言浅意深。程守夫虽然英年早逝,但其内在的美质、精神是永恒的,值得后人敬仰。从中也可看出程守夫的品质对王阳明人生道路的影响,而王阳明对这位益友的追怀则是内心美质的彰显!

从吾道人记 乙酉

海宁董萝石者①,年六十有八矣,以能诗闻江湖间②。与其乡之业诗者十数辈为诗社③,旦夕操纸吟鸣,相与求句字之工,至废寝食,遗生业④。时俗共非笑之,不顾,以为是天下之至乐矣。嘉靖甲申春,萝石来游会稽⑤,闻阳明子方与其徒讲学山中,以杖肩其瓢笠诗卷来访。入门,长揖上坐⑥。阳明子异其气貌,且年老矣,礼敬之。又询知其为董萝石也,与之语连日夜。萝石辞弥谦⑦,礼弥下,不觉其席之弥侧也⑧。退,谓阳明子之徒何生秦曰⑨:"吾见世之儒者,支离琐屑,修饰边幅,为偶人之状⑩;其下者,贪饕争夺于富贵利欲之场⑪；而尝不屑其所为，以为世岂真有所谓圣贤之学乎，直假道于是以求济其私耳！故遂笃志于诗，而放浪于山水。今吾闻夫子'良知'之说，而忽若大寐之得醒，然后知吾向之所为，日夜弊精劳力者，其与世之营营利禄之徒，特清浊之分，而其间不能以寸也。幸哉！吾非至于夫子之门，则几于虚此生矣。吾将北面夫子而终身焉⑫，得无既老而有所不可乎？"秦起拜贺曰："先生之年则老矣，先生之志何壮哉！"入以请于阳明子。阳明子喟然叹曰："有是哉？吾未或见此翁也！虽然，齿长于我矣⑬。师友一也⑭，苟吾言之见信，奚必北面而后为礼乎⑮？"萝石闻之，曰："夫子殆以予诚之未积欤⑯？"

辞归两月，弃其瓢笠，持一缣而来⑰。谓秦曰："此吾老妻之所织也。吾之诚积，若此缣矣。夫子其许我乎？"秦人以请。阳明子曰："有是哉？吾未或见此翁也！今之后生晚进，苟知执笔为文辞，稍记习训诂，则已侈然自大，不复知有从师学问之事。见有或从师问学者，则哄然共非笑，指斥若怪物。翁以能诗训后进，从之游者遍于江湖，盖居然先辈矣。一旦闻予言，而弃去其数十年之成业如敝屣⑱，遂求北面而屈礼焉，岂独今之时而未见若人，将古之记传所载，亦未多数也。夫君子之学，求以变化其气质焉尔。气质之难变者，以客气之为患，而不能以屈下于人，遂至自是自欺，饰非长敖⑲，卒归于凶顽鄙倍⑳。故凡世之为子而不能孝，为弟而不能敬，为臣而不能忠者，其始皆起于不能屈下，而客气之为患耳。苟惟理是从，而不难于屈下，则客气消而天理行。非天下之大勇，不足以与于此！则如萝石，固吾之师也，而吾岂足以师萝石乎？"萝石曰："甚哉！夫子之拒我也。吾不能以俟请矣。"入而强纳拜焉。阳明子固辞不获，则许之以师友之间。

与之探禹穴㉑，登炉峰㉒，陟秦望㉓，寻兰亭之遗迹㉔，徜徉于云门、若耶、鉴湖、剡曲㉕。萝石日有所闻，益充然有得，欣然乐而忘归也。其乡党之子弟亲友㉖，与其平日之为社者，或笑而非，或为诗而招之返，且曰："翁老矣，何乃自苦若是耶？"萝石笑曰："吾方幸逃于苦海，方知悯若之自苦也㉗，顾以吾为苦耶？吾方扬鬐于渤澥㉘，而振羽于云霄之上，安能复投网罟而入樊笼乎㉙？去矣，吾将从吾之所好！"遂自号曰"从吾道人"。阳明子闻之，叹曰："卓哉萝石！'血气既衰，戒之在得'矣㉚。孰能挺特奋发㉛，而复若少年英锐者之为乎㉜？真可谓之能'从吾所好'矣。世之人从其名之好也，而竞以相高㉝；从其利之好也，而贪以相取；从其心意耳目之好也，而诈以相欺㉞；亦皆自以为从吾所好矣。而岂知吾之所谓真吾者乎？夫吾之所谓真吾者，良知之谓也。父而慈焉，子而孝焉，吾良知所好也；不慈不孝焉，斯恶之矣㉟。言而忠信焉，行而笃敬焉，吾良知所好也；不忠信焉，不笃敬焉，斯恶之矣。故夫名利物欲之好，私吾之好也，天下之所恶也；良知之好，真吾之好也，天下之所同好也。是故从私吾之好，则天下之人皆恶之矣，将心劳日拙而忧苦终身㊱，是之谓物之役㊲。从真吾之好，则天下之人皆好之矣，将家、国、天下，无所处而不当；富贵、贫贱、患难、夷狄㊳，无入而不自得。斯之谓能从吾之所好也矣。夫子尝曰：'吾十有五而志于学'，是从吾之始也。'七十而从心所欲不逾矩'㊴，则从吾而化矣。萝石逾耳顺而始知从吾之学，毋自以为既晚也。充萝石之勇，其进于化也何有哉？呜呼！世之营营于物欲者㊵，闻萝石之风，亦可以知所适从也乎！"

[注释]

①海宁董萝石（1457～1533）：名沄，字复宗，号萝石，晚号从吾道人。浙江海宁人。学者、诗人。

②江湖：此处泛指四方各地。

③诗社：定期聚会赋诗吟咏而结成的社团。

④生业：此处意为谋生的职业。

⑤会稽：指会稽山。

⑥上坐：亦作"上座"，受尊敬的席位。

⑦弥谦：更加谦虚。

⑧弥侧：向旁边移位。

⑨何生秦：即何廷仁，初名秦，字性之，号善山，王阳明弟子，江西于都人。

⑩偶人：用土木陶瓷等制成的人物造型，此处喻道貌岸然之腐儒。

⑪贪饕（tāo）：贪得无厌。

⑫夫子：此为董沄敬称王阳明之辞。

⑬齿：此指代年龄。

⑭师友：老师和朋友，泛指可以求教或互相切磋的学人。

⑮北面：此处意为北向行拜师礼。

⑯积：积愿。

⑰缣（jiān）：双经双纬的粗厚织物之古称。

⑱敝屣（xǐ）：破旧的鞋，喻没有价值的东西。

⑲饰非长敖：此处意为掩盖错误，自鸣得意。

⑳鄙倍：浅陋背理。

㉑禹穴：相传为夏禹的葬地，在今之浙江绍兴大禹陵。

㉒炉峰：香炉峰，与大禹陵所在的山脉相连，为会稽山诸峰之一。香炉峰高354米，峰顶形似香炉，由此得名。

㉓秦望：南宋施宿《嘉泰会稽志》载，秦望山在会稽县东南四十里，旧经云众岭最高者。

㉔兰亭：位于今绍兴市西南兰亭镇区域的兰渚山下，相传春秋时越王勾践曾在此植兰，汉时设驿亭，故名兰亭。

㉕云门：位于今绍兴城南平水镇寺里头村秦望山麓脚下，为千年古刹。若耶：即若耶溪，是绍兴市区境内的溪流。鉴湖：位于浙江省绍兴城西南。史载，东汉会稽太守马臻拦堤筑湖。剡（shàn）曲：即为剡溪，为今绍兴市嵊州境内的主要河流。

㉖乡党：此处泛指乡里。

㉗悯：哀怜。

㉘渤澥：古代称东海的一部分，即渤海。

㉙网罟：捕鱼及捕鸟兽的工具。樊笼：关鸟兽的笼子。"网罟""樊笼"借喻受束缚而不自由的境地。

㉚血气既衰，戒之在得：语出《论语·季氏》。

㉛挺特奋发：意为超群特出，奋发有为。

㉜英锐：英明而勇于进取。

㉝竞以相高：相互抬高。

㉞诈：欺骗。

㉟斯恶之矣：这是因为恶的存在。

㊱心劳日拙：费尽心机，越来越笨拙。

㊲物之役：被物所役使。

㊳夷狄：泛称除华夏族以外的各族。

㊴七十而从心所欲不逾矩：语出《论语·为政》。

㊵营营：形容人急切求取名利的样子。

[评析]

在王阳明一生的交谊活动中，有一类人比较特殊，即年龄长于王阳明者，浙江海宁诗人董沄即是其中较有代表性的人物。王阳明在《从吾道人记》一文中较详细地记载了与这位长者弟子的交谊过程。此文的写作时间，据文中题下标注为明嘉靖乙酉，即嘉靖四年（1525），然王阳明弟子钱德洪等所编撰的《阳明先生年谱》则将此事列在嘉靖三年（1524）条目下。此记行文脉络，据其内容可分为三部分。

第一部分：简要叙述了董萝石在拜师以前沉溺于诗歌创作的情况。在海宁已有诗名的董萝石，年已68岁，与众人结诗社，"旦夕操纸吟鸣，相与求句字之工，至废寝食，遗生业"，以致遭到世人的讥讽，但他不以为然，将诗歌创作作为人生的追求和最大乐趣。这一交代亦反映出明代中期文人的雅好及沉溺于词章之学的状况，有的甚至到了如狂如痴、废寝忘食、不务生计的地步。首段简介为后文衬托董萝石思想的转变形成了强烈的对照。

第二部分：叙述了董萝石拜王阳明为师的曲折过程，即初拜遭婉拒、再拜亦遭婉拒、最后强拜而成为弟子。

董萝石拜王阳明为师有偶然的因素，当然主要是取决于内心对王阳明道德学说的敬重和执着。嘉靖三年春，王阳明丁父忧毕，未被朝廷起用，其在越城开展授徒讲学活动，甚至连绍兴府知府南大吉也从王阳明学。据《阳明先生年谱》载："（南大吉）于是辟稽山书院，聚八邑彦士，身率讲习以督之。于是萧谬、杨汝荣、杨绍芳等来自湖广，杨仕鸣、薛宗铠、黄梦星等来自广东，王艮、孟源、周冲等来自直隶，何秦、黄弘纲等来自南赣，刘邦采、刘文敏等来自安福，魏良政、魏良器等来自新建，曾忭来自泰和。宫刹卑隘，至不能容。盖环坐而听者三百余人。先生临之，只发《大学》万物同体之旨，使人各求本性，致极良知以至于至善，功夫有得，则因方设教。故人人悦其易从。"从这一记载看，当时王阳明的讲学活动声势之大，弟子来自四方达到了空前的状态。因稽山书院已难以容纳，只得借寺庙容纳，有时只能席地"环坐而听"。董萝石初遇王阳明，正是其从海宁游览会稽山，听说王阳明正在山中讲学而直接造访。文中通过白描手法，刻画董萝石入访时的情景十分传神："以杖肩其瓢笠诗卷来访。入门，长揖上坐。阳明子异其气貌，且年老矣，礼敬之。又询知其为董萝石也，与之语连日夜。萝石辞弥谦，礼弥下，不觉其席之弥侧也。"从文中描述看，与王阳明初次见面，董萝石江湖诗人装束，入门"长揖"，入则"上坐"，无不透露出一股"傲气"。而王阳明则以长者相待，持礼甚恭，且日以继夜地与其长谈，可见彼此越谈越投机。以致董萝石的语态、肢体位置都发生了戏剧性地变化，从"辞弥谦"到"礼弥下""席之弥侧"。经过彻夜长谈后，董萝石对王阳明的"良知"学说有了较深的领悟，于是同王阳明的弟子何秦谈了自己的体悟，并希望何秦转达其拜师王阳明的心愿："吾见世之儒者，支离琐屑，修饰边幅，为偶人之状；其下者，贪饕争夺于富贵利欲之场；而尝不屑其所为，以为世岂真有所谓圣贤之学乎，直假道于是以求济其私耳！故遂笃志于诗，而放浪于山水。今吾闻夫子良知之说，而忽若大寐之得醒，然后知吾向之所为，日夜弊精劳力者，其与世之营营利禄之徒，特清浊之分，而其间不能以寸也。幸哉！吾非至于夫子之门，则几于虚此生矣。吾将北面夫子而终身焉，得无既老而有所不可乎？"何秦闻之，深表理解与祝贺，并向阳明先生转达了董萝石的意愿。王阳明对萝石这种老而好学精神深表钦佩，然而觉得萝石为年长受之不妥，执意以朋友相处，婉言拒之。萝石以为自己的诚意不够，就告辞归家。

二个月后，董萝石再次造访，欲拜王阳明为师。来时再未"以杖肩其瓢笠诗卷"，而是持老妻所织之"縑"作为拜师礼，以显诚意。当何秦将董萝石的拜师之礼转呈给其师后，王阳明闻之，对萝石的诚意深表感慨，对弟子何秦说："翁以能诗训后进，从之游者遍于江湖，盖居然先辈矣。一旦闻予言，而弃去其数十年之成业如敝屣，遂求北面而屈礼焉，岂独今之时而未见若人，将古之记传所载，亦未多数也。"并对萝石年老弃数十年词章之学，改变志向，而从圣贤之学的行为感到吃惊："岂独今之时而未见若人，将古之记传所载，亦未多数也。"同时，王阳明还发现了董萝石内心对"良知"之道的开显，认为萝石的体悟已经达到了很高的境界，应以萝石为师。王阳明在文中说道："夫君子之学，求以变化其气质焉尔。气质之难变者，以客气之为患，而不能以屈下于人，遂至自是自欺，饰非长敖，卒归于凶顽鄙倍。故凡世之为子而不能孝，为弟而不能敬，为臣而不能忠者，其始皆起于不能屈下，而客气之为患耳。苟惟理是从，而不难于屈下，则客气消而天理行。非天下之大勇，不足以与于此！则如萝石，固吾之师也，而吾岂足以师萝石乎？"王阳明对萝石从师之举表示了高度的赞赏，并再一次婉拒了拜师的请求。这下可急坏了董萝石，其再也不顾谦谦之礼了，而是采用强硬的方式，"入而强纳拜"。王阳明见此状再无法婉拒，"则许之以师友之间"。此后，王阳明与董萝石之间的关系是亦师亦友，王阳明采取的教法也很独特，像老朋友一样在山水中点化"良知"之道："与之探禹穴，登炉峰，陟秦望，寻兰亭之遗迹，徜徉于云门、若耶、鉴湖、剡曲。萝石日有所闻，益充然有得，欣然乐而忘归也。"会稽山水留下了这对忘年交的足迹和友情。海宁董萝石从此成为王阳明晚年所接收的最年长的弟子，且亦为真挚的朋友。董萝石从王阳明之学，乐而忘归，此事引起了不小的轰动。董萝石在海宁的乡党、亲友及诗友等对其这一"弃诗从道"的做法很不理解，有的甚至讥讽他，并要其立刻回家。董萝石闻之，十分坦然地作答："吾方幸逃于苦海，方知悯若之自苦也，顾以吾为苦耶？吾方扬鬐于渤澥，而振羽于云霄之上，安能复投网罟而入樊笼乎？去矣，吾将从吾之所好！"遂自号曰"从吾道人"。至此，董萝石已彻底完成了从"词章之学"到"圣人之学"的转变，并以高龄有志于"良知之学"，把握自我，完全顺从"良知"行事，自号"从吾道人"。

第三部分：借董萝石"从吾道人"之号论述"私我"与"真我"之道。王阳明对董萝石晚年之举十分感叹，认为："卓哉萝石！'血气既衰，戒之在得'矣。孰能挺特奋发，而复若少年英锐者之为乎？真可谓之能'从吾所好'矣。"这是王阳明对论语中"血气既衰，戒之在得"的独到领悟与精辟阐述。在其看来，年老之人，因戒物欲，不为物累；而对道的追求，即对"良知"的探求则是无止境的，也就是"从吾道"者则能"挺特奋发""复若少年英锐"，这是一种超凡脱俗的人生追求与境界，与人其寿。王阳明以董萝石高寿学道的事例，深刻地阐述了"致良知"应戒"私我之欲"："世之人从其名之好也，而竞以相高；从其利之好也，而贪以相取；从其心意耳目之好也，而诈以相欺；亦皆自以为从吾所好矣。"王阳明认为"争名夺利""尔虞我诈""耳目之好"均属"私我"，需力戒之。而"真我"则因开显内心良知："父而慈焉，子而孝焉，吾良知所好也；不慈不孝焉，斯恶之矣。言而忠信焉，行而笃敬焉，吾良知所好也；不忠信焉，不笃敬焉，斯恶之矣。"由此可知，"真吾"即为"良知"之学，在人伦关系上"良知"则表现为"慈""孝""忠""信"。王阳明还进一步论述了"私我"与"真我"两种截然不同的社会结果："是故从私吾之好，则天下之人皆恶之矣，将心劳日拙而忧苦终身，是之谓物之役。从真吾之好，则天下之人皆好之矣，将家、国、天下，无所处而不当；富贵、贫贱、患难、夷狄，无入而不自得。斯之谓能从吾之所好也矣。"此言振聋发聩,具有醒世、警示、恒世的价值和意义。王阳明从董萝石68岁"从吾道""无入而不自得",其行为完全合乎孔子"七十而从心所欲,不逾矩"的古训。董萝石对王阳明的"致良知"之教深信不疑,则是开出新风气。最后,王阳明以勉励之语告诫世人:"萝石逾耳顺而始知从吾之学,毋自以为既晚也。充萝石之勇,其进于化也何有哉?呜呼!世之营营于物欲者,闻萝石之风,亦可以知所适从也乎!"从而完成了对"从吾道人"的深刻阐解。

王阳明此文通过夹叙夹议的手法,以"从吾道人"之号为线索,将董萝石弃"词章之学"转向"良知之学"的过程叙说得曲折有致,人物性格刻画简练,入木三分,警句迭出,妙语连篇。在叙述的基础上,通过对"私我之欲"与"真我之得"对比性的论述,纵横开阖,议论恣肆,将深奥的"致良知"学说深入浅出、通俗易懂地阐释清楚,展示了王阳明高超的论证水平。同时,也表现了作为心学家的王阳明在与德高望重的年长弟子交谊过程中的诚心,在阳明心学的传播史上留下了一段感人肺腑的师友佳话。

祭元山席尚书文 丁亥

呜呼元山[①]!真可谓豪杰之士,社稷之臣矣[②]。世方没溺于功利辞章[③],不复知有身心之学[④],而公独超然远览[⑤],知求绝学于千载之上[⑥]。世方党同伐异[⑦],徇俗苟容[⑧],以钩声避毁[⑨],而公独卓然定见,惟是之从,盖有举世非之而不顾。世方植私好利,依违反覆,以垄断相与,而公独世道是忧。义之所存,冒孤危而必吐[⑩];

心之所宜，经百折而不回。盖其所论虽或亦有动于气、激于忿，而其心事磊磊⑪，则如青天白日，洞然可以信其无他。世方媚嫉谗险⑫，排胜己以嫉高明，而公独诚心乐善。求以伸人之才⑬，而不自知其身之为屈，求以进贤于国，而不自知其怨谤之集于其身。盖所谓"断断休休，人之有技，若己有之者"⑭。此大臣之盛德，自古以为难，非独近世之所未见也。呜呼！世固有有君而无臣，亦有有臣而无君者矣。以公之贤，而又遭逢主上之神圣，知公之深而信公之笃，不啻金石之固⑮、胶漆之投⑯，非所谓明良相逢⑰，千载一时者欤？是何天意之不可测？其行之也，方若巨舰之遇顺风，而其倾之也，忽中流而折樯舵；其植之也，方尔枝叶之敷荣，而摧之也，遂根株而蹶拔⑱。其果无意于斯世斯人也乎？呜呼痛哉！呜呼痛哉！

某之不肖⑲，屡屡辱公过情之荐，自度终不能有济于时，而徒以为公知人之累，每切私怀惭愧。又忆往年与公论学于贵州，受公之知实深。近年以来，觉稍有所进，思得与公一面，少叙其愚以来质正，斯亦千古之一快；而公今复已矣！呜呼痛哉！

闻公之讣⑳，不能奔哭；千里设位㉑，一恸割心㉒。自今以往，进吾不能有益于君国，退将益修吾学，期终不负知己之报而已矣。呜呼痛哉！言有尽而意无穷，呜呼痛哉！

[注释]

①元山：即指席书（1461~1527），字文同，号元山，四川人。进士，历任山东郏县知县、河南按察司佥事、贵州提学副使、右副金都御史、巡抚湖广、礼部尚书。赠太傅，谥文襄。

②社稷：土神和谷神，古代君主都要按制祭祀，此处指代国家。

③辞章：诗词文章等的总称，此亦指习科举之文。

④身心之学：意指儒家的修身养性之学。

⑤超然远览：意为超凡脱俗、高瞻远瞩。

⑥绝学：此处意指孔子儒学。

⑦党同伐异：意指结党营私，打击不同意见的人。

⑧徇俗苟容：意指迎合世俗，取悦于人。

⑨钧声避毁：回避诋毁而追求称誉。

⑩孤危：孤立危急。

⑪心事磊磊：形容襟怀坦白，志节分明。

⑫谖险：指奸诈阴险。

⑬伸：此处意为扩大。

⑭断断休休，人之有技，若己有之者：语出《尚书·秦誓》。

⑮金石之固：金和美石，喻事物的坚固、刚强，心志的坚定、忠贞。

⑯胶漆之投：喻情深谊厚、亲密无间。

⑰明良相逢：指贤明的君主和忠良的臣子耦合在一起。

⑱蹶拔：掘取，拔出。

⑲不肖：此处为谦辞，不才，不贤。

⑳闻公之讣：席书去世时，王阳明正在绍兴伯府第家中授徒讲学。

㉑千里设位：王阳明在绍兴家中设灵位祭奠。

㉒恸：极悲伤地大哭。

[评析]

此文写作时间约在明嘉靖六年（1527）年三四月间，时王阳明正在绍兴授徒讲学，尚未出征广西。四川人、礼部尚书席书年长王阳明12岁，然二人在为官理念、道德实践上可谓志同道合，心心相印，在长达近20年的交谊中结成了深厚的友情。席书对王阳明有知遇之恩，而王阳明又是席书接受"王学"的老师。故当席书的讣告传来以后，王阳明怀着极其悲痛的心情写了这篇祭文。

此文通过比较的方法，首先高度概括了席书一生的品行与高风亮节的道德境界，并对其作出"豪杰之士，社稷之臣"的高度评价。然后，从四个方面对席书的生平事迹加以阐述：一是为学"致良知"。"世方没溺于功利辞章，不复知有身心之学，而公独超然远览，知求绝学于千载之上。"二是为臣惟心是从。"世方党同伐异，徇俗苟容，以钩声避毁，而公独卓然定见，惟是之从，盖有举世非之而不顾。"三是处世恪守道义。"世方植私好利，依违反覆，以垄断相与，而公独世道是忧。义之所存，冒孤危而必吐；心之所宜，经百折而不回。盖其所论虽或亦有动于气、激于忿，而其心事磊磊，则如青天白日，洞然可以信其无他。"四是为人诚信乐善。"世方媚嫉谗险，排胜己以嫉高明，而公独诚心乐善。求以伸人之才，而不自知其身之为屈，求以进贤于国，而不自知其怨谤之集于其身。盖所谓'断断休休，人之有技，若己有之者'。"上述四个方面是王阳明对席书为官之道高度的概括性评价。席书一生信奉儒家治国之道，格物致知，诚心正意，身体力行，守身如玉，堪为一代廉臣。席书的去世，对王阳明来说是失去了一位知心的道友和敦厚的兄长。

此文中王阳明回顾自己与席书的交谊之情，尤其是对席书的知遇之恩感激涕零。文中说道："又忆往年与公论学于贵州，受公之知实深。"此事《阳明先生年谱》有记载："正德四年己巳，先生三十八岁，在贵阳。提学副使席书聘主贵阳书院。是年，先生始论知行合一。始席元山书提督学政，问朱陆同异之辨。先生不语朱陆之学，而告之以其所悟。书怀疑而去。明日复来，举知行本体证之"五经"诸子，渐有省。往复数四，豁然大悟，谓'圣人之学复睹于今日；朱陆异同，各有得失，无事辩诘，求之吾性本自明也'。遂与毛宪副修葺书院，身率贵阳诸生，以所事师礼事之。"席书接任毛科的提学副使之职后，闻王阳明在龙场办龙冈书院影响很大，便不顾政治风险，将其聘请到贵阳的文明书院任主教。席书原来笃信程朱理学，在与王阳明的初次交往中，问"朱陆同异"，而王阳明不言"朱陆异同"，只论自"龙场悟道"以来的"吾性自足""知行合一"等心学体悟。起初，席书不以为然，思想有疑虑，没有接受。后来经过多次问学辩难，最终接受了王阳明的心学学说，豁然明觉，认为儒学真谛即为王阳明所阐述的理论。自此席书与毛科修葺了书院，亲率贵阳诸生，执弟子礼，转入王阳明门下，成为亦师亦友的亲密道友。

自贵阳与席书相遇以后，王阳明与席书仍保持着密切的关系。明正德十六年（1521）六月，王阳明奉旨进京侯命，中途被朝中权臣借机阻扰未成，于是王阳明便上奏顺道归省。在江西境内时，王阳明接到席书问学之信，便回了《与席元山》一信，主旨是为学须"诚诸其心身"。嘉靖二年（1523），王阳明在绍兴丁父忧期间，撰有《寄席元山》一文，除对席书寄给其有关书籍表示感谢外，还抒发了自己在席书逝世后的悲痛之情。据《阳明先生年谱》记载，嘉靖三年（1524），朝廷"大礼议"起，王阳明的众多弟子卷入争辩。时至四月，王阳明丁父忧期满，朝中有识之士纷纷上疏举荐王阳明复职。同时，王阳明弟子中支持嘉靖皇帝"议礼"的官员"先后皆以大礼问"，其中就有席书，而王阳明鉴于朝政复杂的情势"竟不答"，由此也可看出席书对王阳明的敬重和信任。其后，"议礼派"胜出，嘉靖皇帝重用席书等。次年六月，时任礼部尚书的席书上疏极力举荐王阳明回朝任要职。席书在奏疏上说："生在臣前者见一人，曰杨一清；生在臣后者见一人，曰王守仁。"表达了对王阳明的敬仰、赞美之意。二人间的深厚友谊一直保持到嘉靖六年（1527）三月席书逝世为止。

王阳明与席书之间的交谊是知遇之交、感恩之交，是以时间见证的君子之交。对席书的逝世，王阳明的悲痛之情可从其文末的致哀言辞中感知："闻公之讣，不能奔哭；千里设位，一恸割心。自今以往，进吾不能有益于君国，退将益修吾学，期终不负知己之报而已矣。呜呼痛哉！言有尽而意无穷，呜呼痛哉！"悲伤之语，无须赘述。

此文，写作上的特色是以比较的手法凸显席书为人处世的道德风范，将十分抽象的精神世界、情感世界极有深度地展现出来，使席书的人格内涵具有丰富的质感和感召力。

与钱德洪王汝中

一　丁亥①

家事赖廷豹纠正②，而德洪、汝中③，又相与薰陶切劘于其间④，吾可以无内顾矣。绍兴书院中同志⑤，不审近来意向如何⑥？德洪、汝中既任其责，当能振作接引⑦，有所兴起⑧。会讲之约但得不废⑨，其间纵有一二懈驰⑩，亦可因此夹持⑪，不致遂有倾倒⑫。余姚又得应元诸友作兴鼓舞⑬，想益日异而月不同⑭。老夫虽出山林⑮，亦每以自慰。诸贤皆一日千里之足，岂俟区区有所警策⑯？聊亦以此示鞭影耳⑰。即日已抵肇庆⑱，去梧不三四日可到⑲。方入冗场⑳，未能多及，千万心亮㉑！绍兴书院及余姚各会同志诸贤，不能一一列名字，幸亮㉒！

二　戊子㉓

地方事幸遂平息㉔，相见渐可期矣。近来不审同志叙会如何㉕？

得无法堂前今已草深一丈否㉖？想卧龙之会㉗，虽不能大有所益，亦不宜遂荒落。且存饩羊㉘，后或兴起亦未可知。余姚得应元诸友相与倡率㉙，为益不小。近有人自家乡来，闻龙山之讲至今不废㉚，亦殊可喜。书到，望为寄声，益相与勉之㉛。九、十弟与正宪辈㉜，不审早晚能来亲近否㉝？或彼自绝㉞，望且诱掖接引之㉟。谅与人为善之心㊱，当不俟多喋也㊲。魏廷豹决能不负所托，儿辈或不能率教㊳，亦望相与夹持之。人行匆匆，百不一及。诸同志不能尽列姓字，均致此意。

三　戊子

德洪、汝中书来，见近日工夫之有进，足为喜慰㊴！而余姚、绍兴诸同志，又能相聚会讲切，奋发兴起，日勤不懈。吾道之昌，真有火然泉达之机矣㊵。喜幸当何如哉！喜幸当何如哉！此间地方悉已平靖㊶，只因二三大贼巢㊷，为两省盗贼之根株渊薮㊸，积为民患者，心亦不忍不为一除翦，又复迟留二三月㊹。今亦了事矣，旬月间便当就归途也。守俭、守文二弟㊺，近承夹持启迪㊻，想亦渐有所进。正宪尤极懒惰，若不痛加针砭㊼，其病未易能去。父子兄弟之间，情既迫切，责善反难㊽，其任乃在师友之间。想平日骨肉道义之爱，当不俟于多嘱也㊾。书院规制㊿，近闻颇加修葺㉛，是亦可喜。寄去银二十两，稍助工费。墙垣之未坚完及一应合整备者，酌量为之。余情面话不久。

[注释]

①丁亥：时为明嘉靖六年（1527）。

②廷豹：即魏廷豹，浙江萧山人，王阳明弟子。王阳明出征广西前，将绍兴伯府家务委托魏廷豹管理。纠正：此处意为处置不当的事务。

③德洪：即钱德洪（1496~1574），名宽，字德洪，一字洪甫，号绪山。浙江余姚人。尝读《易》于灵绪山（余姚龙泉山）中，世称"绪山先生"。明嘉靖十一年（1532）进士，历官至刑部陕西司员外郎。王阳明侍学弟子，浙中王门的主要代表人物之一。著有《绪山会语》《平濠记》等，并为《阳明先生年谱》的主要编撰人。汝中：即王畿（1498~1583），字汝中，号龙溪，学者称"龙溪先生"。浙江山阴（今绍兴）人。嘉靖十一年（1532）中进士，官至南京兵部武选郎中，王阳明侍学弟子，浙中王门的主要代表人物之一。著有《王龙溪全集》二十卷。

④相与：一起。薰陶：熏染陶冶，喻经常与某些人物及环境相接触，而使人在思想、性格、品德等方面受到好的影响。切劘（mó）：切磋相正。

⑤绍兴书院：据《阳明先生年谱》载，明嘉靖四年（1525）十月，阳明书院建于越城西郭门内光相桥之东，故此指"阳明书院"。

⑥不审：不知，不清楚。

⑦振作：意为积极作为。接引：引导，教导。

⑧兴起：意为起色。

⑨会讲：古代学术研讨方式，以讨论、辩论明晰学术主张。

⑩懈驰：意为懈怠、松懈。

⑪夹持：意为着力帮助。

⑫倾倒：意为退步。

⑬应元：即钱应元，王阳明高足弟子钱德洪之侄。此意指钱应元等学人加入龙泉山讲会，王阳明深感欣喜。

⑭益：意为必定。

⑮出山林：此处指重新出任官职。山林，喻隐居。

⑯区区：小小。警策：鞭策。

⑰聊：略微。鞭影：喻指鞭策自己。

⑱肇庆：明洪武元年（1368），复称肇庆府，隶广东布政使司。据《阳明先生年谱》记载：嘉靖六年（1527）十一月十八日，王阳明抵肇庆。

⑲梧：指梧州。明洪武元年（1368），改梧州路为梧州府。成化元年（1465），设两广总督驻梧州。

⑳冗场：此处形容事务繁重。

㉑心亮：意为见谅。

㉒幸亮：亦作见亮，谦词，意为请对方谅解。

㉓戊子：明嘉靖七年（1528）。

㉔平息：此指王阳明在嘉靖七年二月，不动一兵一卒平定广西田州、思恩土司的叛乱。

㉕叙会：此指讲会。

㉖得无：该不会。法堂：此处指讲学论道之所。

㉗卧龙之会：指阳明先生门人在稽山书院所举办的讲会。卧龙，即绍兴"卧龙山"，亦称"府山"。

㉘饩（xì）羊：古代用为祭品的羊。此处意为要坚持办讲会。

㉙倡率：此处意为引导。

㉚龙山之讲：指阳明先生门人在龙泉山中天阁所举办的讲会。龙山，即余姚龙泉山，古称"灵绪山"。

㉛勉之：意为努力。

㉜九、十弟：指王阳明弟守俭、守文。正宪辈：指王阳明继子王正宪及侄子辈。

㉝亲近：亲密地接近。此处意为虚心就教。

㉞彼：此指王阳明九弟、十弟及正宪及子侄辈。

㉟诱掖：意为引导、扶持。

㊱谅：此处意为体察。

㊲多喋：啰唆。

㊳率教：遵从教导。

㊴喜慰：欣慰。

㊵火然泉达：此喻阳明心学传播迅猛。语出《孟子·公孙丑上》："凡有四端于我者，知皆扩而充之矣，若火之始然，泉之始达。"然，通"燃"。

㊶平靖：使社会秩序安定。

㊷二三大贼巢：此指广西断藤峡、八寨等地的少数民族盗匪的贼巢。

㊸根株渊薮：此处专指盗贼的集聚地。

㊹迟留：意为停滞。

㊺守俭、守文：为王阳明大弟、二弟。

㊻启迪：开导，启发。

㊼针砭：喻指出错误，劝人改正。

㊽责善：劝勉从善。

㊾俟（sì）：等待。

㊿规制：此指建筑物的格局。

㊑修葺（qì）：指修理建筑物。

[评析]

王阳明在生命的最后两年中，为国为民又做了一件大事。据《阳明先生年谱》载："嘉靖六年（1527）五月，朝廷命兼都察院左都御史，征思、田。六月，疏辞，不允。八月，先生将入广，尝为《客座私祝》。九月，发越中。"王阳明于十一月至广西梧州开府。经过深入调查研究，搞清了广西土司官员发动叛乱的真实原因，并迅速作了处置。次年初，发动组织叛乱的土司官员卢苏、王受感恩不战而降，王阳明不费一兵一卒就平定了广西田州、思恩土司的叛乱。随后，出奇兵剿灭了危害荼毒广西百姓数十年的断藤峡、八寨的盗贼，使广西社会得以安宁。王阳明在出征前，将绍兴伯府的家务事托付给弟子魏廷豹管理，将书院会讲、教育亲属的任务托付给其弟子钱德洪与王畿，并亲笔写下了《客座私祝》，告诫来书院讲学论道者："德业相劝，过失相归。"王阳明在出征后的一年多时间中，尽管戎马倥偬、政务繁忙，但其一直关注着绍兴之书院、余姚的会讲是否仍坚持，以及其晚辈的思想与学业情况。王阳明前后写给其高足弟子钱德洪、王畿的三书是最好的证明。

此三书分别注明写作时间为丁亥、戊子，即写于明嘉靖六年（1527）、七年（1528）。写于明嘉靖丁亥年之信，时为嘉靖六年十一月。据《阳明先生年谱》载："（嘉靖六年）十一月。至肇庆。是月十八日抵肇庆。先生寄书德洪、畿。"并收录此信的全文。写于嘉靖七年的二封信，写作地点应在广西南宁。据信中所述背景可知，第一封应写于嘉靖七年初王阳明平广西土司卢苏、王受叛乱之后。又据《壮陶阁书画录·王阳明手札册》（卷十）载，写作的具体时间表明在"四月一日"。然而，《阳明先生年谱》将此信录于嘉靖七年九月，"疏谢奖励赏赉"条目后，应有误。第二封信，据信中所述背景可知，应写于王阳明在出兵平定广西断藤峡、八寨盗贼之后。据《阳明先生年谱》记载："（嘉靖七年）七月，袭八寨、断藤峡，破之。"又：在《年谱》的"十月，祀增城先庙"条目下，收录了此信的主要内容。由此可知，此信应写于此年的九、十月间。从三书的内容看，均为王阳明处理完军政大事后，挤出时间给二弟子写信或作答。

　　此三书的主要内容涉及以下几个方面：一是对绍兴阳明书院讲会和余姚龙泉山中天阁讲会的关心。在写于嘉靖六年十一月的信中说道："绍兴书院中同志，不审近来意向如何？德洪、汝中既任其责，当能振作接引，有所兴起。会讲之约但得不废，其间纵有一二懈驰，亦可因此夹持，不致遂有倾倒。余姚又得应元诸友作兴鼓舞，想益日异而月不同。"信中要求钱、王二弟子切实担当起所托之责任，以保证会讲健康发展，为此寄予厚望。在写于嘉靖七年的第一封信中，除对绍兴阳明书院会讲能否持续进行感到担忧外，还对余姚龙泉山会讲"至今不废，亦殊可喜"，表示出由衷的欣慰。同时，对其亲属的教育问题："九、十弟与正宪辈，不审早晚能来亲近否？或彼自绝，望且诱掖接引之。谅与人为善之心，当不俟多喋也。魏廷豹决能不负所托，儿辈或不能率教，亦望相与夹持之。"信中亦要求钱、王二弟子加强对其亲属尤其是晚辈的教育。其第二封信是对钱、王二弟子的复信。在信中，王阳明对绍兴阳明书院会讲、余姚龙泉山中天阁会讲能持续举行，并取得成果感到十分高兴。信中说道："德洪、汝中书来，见近日工夫之有进，足为喜慰！而余姚、绍兴诸同志，又能相聚会讲切，奋发兴起，日勤不懈。吾道之昌，真有火然泉达之机矣。"字里行间流露出对钱、王二弟子的赞许之情。同时，对其继子正宪在思想、学业上存在的问题，亦表示担忧。信中说到："正宪尤极懒惰，若不痛加针砭，其病未易能去。"要求钱、王二弟子对正宪"痛加针砭"，除去"懒惰"之痼疾。信末，提及对绍兴阳明书院修葺，王阳明资助白银二十两，亦示重视、帮助之意。此信的结句"余情面话不久"，表达了其对弟子的关爱之情，亦显露出归乡后继续从事讲学论道的愿望。然而，王阳明当时身体状况越来越差，重病缠身，上奏朝廷要求归乡养病，疏入，遭朝中阁臣阻扰，未批。王阳明在百般无奈之下，交代完公务后，匆匆赶程返乡。

不料，一代伟人客死于江西大余青龙铺码头舟中，这应是王阳明在写此信时万万不会想到的。

  在王阳明生命的最后两年，其写给钱、王二弟子的三书对研究王阳明的思想学说有十分重要的价值与意义。首先，王阳明对会讲这种形式培养学子、传播其思想学说十分重视。在其看来，学子只有通过自我体认、相互激发，才能明辨是非，为社会做出贡献，从根本上解决社会存在的诸多问题。其次，从三书中对钱、王等弟子的要求看，王阳明对其弟子极其信任，并寄予很高的期望，希望通过他们广泛地传播其心学思想，由这些"教授师"们一代一代传下去。纵观阳明心学的发展历程，王阳明这一愿望固如其愿，钱德洪、王畿等亲传弟子在王学的传承中确实发挥了重大作用，尤以钱德洪为最。这从一定程度上反映出浙中王门在学术研讨方面的传承形式。再次，从三书中对其亲属的严格要求中可知，王阳明十分重视修身齐家的实践功夫，故再三叮嘱钱、王二弟子对晚辈进行严格教育，切实帮助，使之成为对社会有用之人。

  另外，此三书在写作上，主旨清晰，要求明确，言语简易，情感丰满。诸如"薰陶切劘""诱掖接引""火然泉达""夹持启迪"等语富有哲理，激励后世。

六、家教家风文

南宋中期，姚江秘图山王氏家族迁姚始祖王季，自上虞达溪（在今绍兴市上虞陈溪一带）迁居余姚县衙之后秘图山北麓定居，至王阳明已十世。王阳明祖父王伦之上三代均为读书人，但未进入仕途，待王阳明父王华入仕后，家族中兴，成为官宦之家。姚江秘图山王氏家族历代均十分注重家教家风的传承，以提升家族成员的道德素质和品位。作为礼义之家，王氏家族的一个鲜明特征是重视家庭教育，家学传世，形成了鲜明的家族文化传统。就王阳明而言，作为姚江秘图山王氏家族的杰出人物，其一生"立德""立功""立言"皆居绝顶。王阳明为传播心学思想一生中创办了诸多书院，培养和造就了众多杰出的心学人才。同时，王阳明也十分重视家教与家风的传承，上敬祖父母、父母、叔伯父母，对其弟（包括从弟等），对其继子及侄子等家族成员从不放松教育，乃至姻亲亦同，为此做出了极大的努力。由此形成了家族两大基本的精神：一是慈孝精神，二是传道精神。慈孝，是衡量一个家族礼仪文化的重要标志，反映出作为一地望族的重要文化内涵。王氏家族以慈孝为立族之本，延为世风，并对乡里产生了积极的影响。传道，是王氏家族数代在学风、学术精神上的前后传承。王阳明先祖均以《礼》《易》为家学，其后"阳明心学"成为其家族的传世之学，并对明代中后期的学术发展产生了重大影响。本专题选录了王阳明在不同时期所撰的家书、手札等

12篇,从中可考察阳明心学丰富的思想内涵,以及家族文化与地域文化之间的内在联系,这对研究阳明心学的发展、传播历程具有极为重要的现实意义。

易直先生墓志① 壬戌

易直先生卒②，乡之人相与哀思不已，从而纂述其行以诔之曰③：

呜呼④！先生之道，谅易平直⑤。内笃于孝友⑥，外孚于忠实⑦；不戚戚于穷⑧，不欣欣于得⑨。蕲彻厓幅⑩，于物无牴⑪；于于施施⑫，率意任真⑬，而亦不干于礼⑭。艺学积行⑮，将施于邦⑯；六举于乡⑰，竟弗一获以死⑱，呜呼伤哉！自先生之没，乡之子弟无所式⑲，为善者无所倚，谈经究道者莫与考论⑳，含章秘迹㉑，林栖而泽遁者㉒，莫与遨游以处㉓。天胡夺吾先生之速耶！先生姓王，名衮，字德章。古者贤士死则有以易其号，今先生没且三年，而犹袭其常称㉔，其谓乡人何㉕！盍相与私谥之曰：易直㉖。于是先生之侄守仁闻而泣曰："叔父有善，吾子侄弗能纪述，而以辱吾之乡老，亦奚为于子侄？请得志诸墓。"㉗

呜呼！吾宗江左以来㉘，世不乏贤。自吾祖竹轩府君以上㉙，凡积德累仁者数世，而始发于吾父龙山先生㉚。叔父生而勤修砥砺㉛，能协成吾父之志。人谓相继而兴以昌王氏者，必在叔父；而又竟止于此，天意果安在哉！叔母叶孺人，先叔父十有三年卒㉜，生二子，守礼、守信。继孺人方氏，生一子守恭。叔父之生，以正统己巳十月戊午，得寿四十有九；而以弘治戊午之八月廿三卒。卒之岁，太夫人岑氏方就养于京㉝，泣曰："须吾归，视其柩。"于是壬戌正月，太夫人自京归，始克以十月甲子葬叔父于邑东穴湖山之阳㉞，南去竹轩府君之墓十武而近㉟，去叶孺人之墓十武而遥。未合葬，盖有所俟也㊱。

[注释]

①墓志：指放入墓中刻有死者生平事迹的石刻，亦指墓志上的文字。

②易直：王阳明叔父，名衮，字德章，"易直"为乡人私谥。

③诔：哀悼死者的文章。

④呜呼：指人丧命，对事物的一种感叹语，此处表哀伤。

⑤谅易平直：包容、和易、平和、正直。

⑥孝友：事父母孝顺、对兄弟友爱。

⑦外孚：意为被人所信服。

⑧戚戚于穷：不为贫贱而忧愁。

⑨欣欣：欣喜貌。

⑩蕲彻厓幅：意为生活简朴。

⑪于物无牴：意为不计较得失。牴，同"抵"。

⑫于于施施：形容随和从容。

⑬率意任真：意为率真任情，不加修饰。

⑭干：此处意为违背。礼：礼仪。

⑮艺学积行：意为好学积德。

⑯邦：国。

⑰六举于乡：六次参加乡试。

⑱弗：不。

⑲所式：意为榜样。

⑳考论：考查论证。

㉑含章秘迹：意为含蓄地处世，保持美好的德行。

㉒泽逋：意为行迹于江湖之间。

㉓遂游：意为旅行。

㉔常称：意为日常的称呼。

㉕何：意为怎样。

㉖盍：聚合。相与：一起。私谥：非朝廷的行为，由亲属、朋友或门人给予的谥号。

㉗志：墓志。

㉘江左：即江东。余姚秘图山派王氏为乌衣王氏之后，始祖为王导，世居于今之南京乌衣巷。

㉙竹轩府君：指王阳明祖父王伦，字天叙。

㉚龙山先生：指王阳明父王华，字德辉，号实庵。

㉛砥砺：意为磨炼。

㉜十有三年：十三年。

㉝岑氏：王阳明祖母岑太夫人。

㉞邑东穴湖山之阳：指王衮墓在余姚城东十余里处穴湖山之南。

㉟武：此处意为半步。

㊱俟：等待。

[评析]

此墓志是王阳明在其叔父王衮去世后三年所撰，时间在明弘治十五年（1502）。从墓志内容可知，王阳明对其叔父离世十分悲痛，对其一生的道德学问亦十分敬仰。此文分三部分。

第一部分：简单叙述了撰写墓志的缘由："易直先生卒，乡之人相与哀思不已，从而纂述其行。"交代了乡人对其叔父逝世的哀思，进一步促使其写哀悼叔父的墓志，反映出对叔父的追怀之情。

第二部分：追忆了其叔父的生平事迹，着重记述了王衮"谅易平直""孝友忠实"的品行："先生之道，谅易平直。内笃于孝友，外孚于忠实；不戚戚于穷，不欣欣于得。"同时，亦是一位"率意任真""艺学积行"的博雅君子。对乡里而言，王衮的去世是一损失："自先生之没，乡之子弟无所式，为善者无所倚，谈经究道者莫与考论，含章秘迹，林栖而泽遁者，莫与遨游以处。"出于对王衮一生善行的敬仰，乡人私谥其号为"易直"，以彰显其"谅易平直"之德性。由此可知，乡人对王阳明叔父是十分怀念的。然而，如此品行高尚的人在科举上却屡屡失利："六举于乡，竟弗一获以死。"由此，王阳明对叔父的遭遇深表痛惜。王衮虽无科举功名，但清光绪《余姚县志·王华传》中，附录了王衮简要的生平介绍："（王华）弟衮，艺学积行，六举于乡不第。早卒。乡人私谥易直先生。"这也说明王衮是一位饱学之士，在乡里有较大的影响。

第三部分：是对姚江秘图山王氏世系的流脉以及对家风、王衮生卒等的简要介绍。这部分内容是王阳明对自己家族史流变的认定，因而是研究其家族史十分重要的史料。一是表明姚江秘图王氏世系的来源"自吾宗江左以来"，此指接脉东晋乌衣王氏世系。"自吾祖竹轩府君以上，凡积德累仁者数世"，此指自王阳明祖父王伦以上三世，均为耕读之家，修身明德，不愿仕进。"始发于吾父龙山先生"，此指王阳明的父亲王华于明成化十七年（1481）中状元，由此其家族步入官宦家族、家道中兴，成为一地望族。王衮在支持其兄王华走上仕途是出了力的。另外，还交代了王衮的生卒年，以及其妻子、继弦、儿子等家庭成员的相关信息。文中对王衮、王伦等墓葬地在余姚城东穴湖的位置表述十分清楚，对王阳明祖母岑太夫人在王衮去世前被王华供养在北京等情况亦作了交代。以上史实为研究姚江秘图山王氏家族提供了非常可靠的相关信息。

此文在追述王衮生平品行上主要采用侧面叙述的手法，通过乡人对王衮一生善行的评价来凸显其为人的直谅与忠实、勤修与砥砺，由此反衬出王阳明对其叔父的真挚感情以及其家族的风范懿德。

示徐曰仁应试^① 丁卯

　　君子穷达^②，一听于天^③，但既业举子，便须入场^④，亦人事宜尔^⑤。若期在必得，以自窘辱^⑥，则大惑矣。入场之日，切勿以得失横在胸中，令人气馁志分^⑦，非徒无益，而又害之。场中作文，先须大开心目，见得题意大概了了，即放胆下笔；纵昧出处^⑧，词气亦条畅。今人入场，有志气局促不舒展者，是得失之念为之病也。夫心无二用，一念在得，一念在失，一念在文字，是三用矣，所事宁有成耶？只此便是执事不敬，便是人事有未尽处，虽或幸成^⑨，君子有所不贵也。将进场十日前，便须练习调养。盖寻常不曾起早得惯，忽然当之，其日必精神恍惚^⑩，作文岂有佳思^⑪？须每日鸡初鸣即起，盥栉整衣端坐^⑫，抖擞精神^⑬，勿使昏惰^⑭。日日习之，临期不自觉辛苦矣。今之调养者，多是厚食浓味，剧酣谑浪^⑮，或竟日偃卧^⑯。如此，是挠气昏神^⑰，长傲而召疾也^⑱，岂摄养精神之谓哉^⑲！务须绝饮食，薄滋味，则气自清；寡思虑，屏嗜欲^⑳，则精自明；定心气，少眠睡，则神自澄。君子未有不如此而能致力于学问者，兹特以科场一事而言之耳。每日或倦甚思休，少偃即起^㉑，勿使昏睡；既晚即睡，勿使久坐。进场前两日，即不得翻阅书史，杂乱心目，每日止可看文字一篇以自娱。若心劳气耗，莫如勿看，务在怡神适趣^㉒。忽充然滚滚，若有所得，勿便气轻意满，益加含蓄酝酿，若江河之浸㉓，泓衍泛滥㉔，骤然决之，一泻千里矣。每日闲坐时，众方嚣然㉕，我独渊默；中心融融，自有真乐，盖出乎尘垢之外而与造物者游。非吾子概尝闻之，宜未足以与此也。

[注释]

①徐曰仁：即徐爱（1487~1518），字曰仁，号横山，浙江余姚马堰（今属慈溪市）人。明正德三年（1508）进士。为王阳明早期入室弟子、妹夫。历任祁州知州，南京兵部员外郎，南京工部郎中等。

②穷达：困顿与显达。

③一听于天：此处意为顺从天命。

④场：考场。

⑤宜尔：和顺。

⑥窘辱：困迫凌辱。

⑦气馁（něi）：灰心丧气，失去勇气。

⑧纵昧出处：即使不明白（题目）出处。

⑨幸成：侥幸成功。

⑩精神恍惚：糊里糊涂的样子。

⑪佳思：此处意为良好的心态。

⑫盥栉（guànzhì）：梳洗整容。

⑬抖擞精神：形容精神振奋，饱满。

⑭昏惰：昏昧怠惰，懈怠。

⑮谑（xuè）浪：戏谑放荡。

⑯偃卧：仰卧。

⑰挠气：扰乱心气。

⑱傲：此处意为性情浮躁。

⑲摄养：此处意为调养。

⑳嗜（shì）欲：此处意为各种杂乱的欲望、过度的嗜好。

㉑少偃：此处意为少睡。

㉒怡神：怡悦心神。

㉓浸：此处意为逐渐。

㉔泓衍：此处意为汹涌的水势似的。

㉕嚣然：此处为得意貌。

[评析]

王阳明此文写于明正德二年（1507）夏，时王阳明在赴谪地贵州龙场时，途经浙江，转道绍兴家中看望亲人，闻之其妹夫徐爱正准备参加乡试，王阳明便写了此文，传授应试的注意事项。在王阳明的一生中，其论述科举应试之法的文章仅此一篇，故弥足珍贵。

王阳明与徐爱的关系非同一般，徐爱是王门早期的及门弟子。据《阳明先生年谱》记载："徐爱，先生妹婿也，因先生将赴龙场，纳贽北面，奋然有志于学。"在王阳明罹难贬谪贵州龙场之际，徐爱与山阴蔡希渊、朱守中不避嫌疑，纳贽拜王阳明为师，足见徐爱等学子对王阳明的敬重。正德二年夏，当王阳明继续踏上赴谪之路时，王阳明作《别三子序》勉励三子："追濂、洛之遗风，求孔、颜之真趣。"徐爱亦是王阳明之妹夫，由阳明父王华择定。

王阳明《示徐曰仁应试》文，从时间上看是为徐爱参加乡试前所撰的应考指导文。文中主要涉及三方面的注意事项：一是正确对待科举。在王阳明看来，参加科举考试切忌患得患失："一念在得，一念在失，一念在文字。"如此应试心态焉能成功。考生心态要豁达，顺应天时。二是应试前十天要进行适应性训练,在作息时间、饮食、心气调养等方面自我调适,以适应紧张的考试。三是在进入考场后,要掌握应试的技巧:"场中作文,先须大开心目,见得题意大概了了,即放胆下笔;纵昧出处,词气亦条畅。"此三方面的指导性意见,采用比较的方法说理,正确与错误一目了然。关于考前准备与应试的正确做法,显然是王阳明历次参加科举考试的经验之得。尽管王阳明在弘治五年(1492)中举,然而此后的二次会试均失利,但王阳明对会试失利并没有放在心上,心中十分坦然。据《阳明先生年谱》记载:"及丙辰会试,果为忌者所抑。同舍有以不第为耻者,先生慰之曰:'世以不得第为耻,吾以不得第动心为耻。'识者服之。归余姚,结诗社龙泉山寺。致仕方伯魏瀚平时以雄才自放,与先生登龙山,对弈联诗,有佳句辄为先生得之,乃谢曰:'老夫当退数舍。'"王阳明之所以对自己会试落第不动心,是因为对科举考试没有患得患失的杂念。及至弘治十二年(1499),王阳明方中进士。故王阳明写此文也是对自己应试经验教训的总结,并将自己的切身体会传授给徐爱。徐爱在王阳明的精心指导下,于正德三年(1508)中进士二甲第六。次年,以"明达有为"的称誉出任祁州知州。

王阳明对年轻有为的弟子、妹夫关怀备至,将自己的心学理论系统地传授给徐爱。据《阳明先生年谱》记载:"(正德)七年(1512)壬申,先生四十一岁,在京师。十二月,升南京太仆寺少卿,便道归省。与徐爱论学。(徐)爱是年以祁州知州考满进京,升南京工部员外郎。与先生同舟归越,论《大学》宗旨。闻之踊跃痛快,如狂如醒者数日,胸中混沌复开。仰思尧、舜、三王、孔、孟千圣立言,人各不同,其旨则一。"此后,徐爱亦成为传承阳明心学的忠实门徒,今之《传习录》第一卷便由徐爱等整理而成。徐爱在其自叙中云:"爱因旧说汩没,始闻先生之教,实骇愕不定,无入头处。其后闻之既久,渐知反身实践,然后始信先生之学为孔门嫡传,舍是皆傍蹊小径,断港绝河矣。如说格物是诚意功夫,明善是诚身功夫,穷理是尽性功夫,道问学是尊德性功夫,博文是约礼功夫,惟精是惟一功夫,诸如此类,皆落落难合。其后思之既久,不觉手舞足蹈。"由此可见,徐爱对阳明心学的体悟与感奋。然而,正德十三年(1518),徐爱因病英年早逝,年仅三十一岁。此时,王阳明正在南赣平乱,接到徐爱的讣告后,万分悲痛,竟"哽咽而不能食者两日",即撰《祭徐曰仁文》,抒发自己的悲伤之情。在徐爱逝世数年后,王阳明撰《又祭徐曰仁文》,抒发对徐爱无尽的哀思。明末清初,大学者黄宗羲在《姚江逸诗》中对此有感而发:"文成之学得曰仁而门人益亲。曰仁之亡,文成有丧子之恸。"徐爱之死,对王阳明来说,不啻是丧子之恸,更重要的是失去了一位心学的传承人。

示弟立志说 乙亥

予弟守文来学①,告之以立志。守文因请次第其语②,使得时时观省③;且请浅近其辞,则易于通晓也。因书以与之。

夫学,莫先于立志。志之不立,犹不种其根而徒事培拥灌溉④,劳苦无成矣。世之所以因循苟且⑤,随俗习非⑥,而卒归于污下者⑦,凡以志之弗立也。故程子曰⑧:"有求为圣人之志,然后可与共学。"人苟诚有求为圣人之志,则必思圣人之所以为圣人者安在,非以其心之纯乎天理,而无人欲之私欤?圣人之所以为圣人,惟以其心之纯乎天理而无人欲,则我之欲为圣人,亦惟在于此心之纯乎天理而无人欲耳。欲此心之纯乎天理而无人欲,则必去人欲而存天理。务去人欲而存天理，则必求所以去人欲而存天理之方。求所以去人欲而存天理之方，则必正诸先觉⑨，考诸古训，而凡所谓学问之功者，然后可得而讲，而亦有所不容已矣。

夫所谓正诸先觉者，既以其人为先觉而师之矣，则当专心致志，惟先觉之为听。言有不合，不得弃置，必从而思之；思之不得，又从而辨之，务求了释，不敢辄生疑惑。故《记》曰⑩："师严，然后道尊；道尊，然后民知敬学。"苟无尊崇笃信之心，则必有轻忽慢易之意。言之而听之不审，犹不听也；听之而思之不慎，犹不思也；是则虽曰师之，犹不师也。

夫所谓考诸古训者，圣贤垂训，莫非教人去人欲而存天理之方，若五经四书是已⑪。吾惟欲去吾之人欲，存吾之天理而不得其方，是以求之于此，则其展卷之际，真如饥者之于食，求饱而已；病者之于药，求愈而已；暗者之于灯，求照而已；跛者之于杖，求行而已。曾有徒事记诵讲说，以资口耳之弊哉！

夫立志亦不易矣。孔子，圣人也，犹曰⑫："吾十有五而志于学，三十而立。"立者，志立也。虽至于"不逾矩"，亦志之不逾矩也。志岂可易而视哉！夫志，气之帅也，人之命也，木之根也，水之源也。源不浚则流息，根不植则木枯，命不续则人死，志不立则气昏。是以君子之学，无时无处而不以立志为事。正目而视之，无他见也；倾耳而听之，无他闻也。如猫捕鼠，如鸡覆卵，精神心思凝聚融结⑬，而不复知有其他，然后此志常立，神气精明，义理昭著⑭。一有私欲，即便知觉，自然容住不得矣。故凡一毫私欲之萌，只责此志不立⑮，即私欲便退听⑯；一毫客气之动⑰，只责此志不立，即客气便消除。或怠心生，责此志，即不怠；忽心生，责此志，即不忽；燥心生，责此志，即不燥；妒心生，责此志，即不妒；忿心生，责此志，即不忿；贪心生，责此志，即不贪；傲心生，责此志，即不傲；吝心生，责此志，即不吝。盖无一息而非立志责志之时，无一事而非立志责志之地。故责志之功，其于去人欲，有如烈火之燎毛，太阳一出，而魍魉潜消也⑱。

自古圣贤，因时立教，虽若不同，其用功大指，无或少异。《书》谓"惟精惟一"⑲，《易》谓"敬以直内，义以方外"⑳，孔子谓"格致诚正，博文约礼"㉑，曾子谓"忠恕"㉒，子思谓"尊德性而道问学"㉓，孟子谓"集义养气，求其放心"㉔，虽若人自为说，有不可强同者，而求其要领归宿，合若符契㉕。何者？夫道一而已。道同则心同，心同则学同。其卒不同者，皆邪说也㉖。

后世大患，尤在无志，故今以立志为说。中间字字句句，莫非立志。盖终身问学之功，只是立得志而已。若以是说而合精一，则字字句句皆精一之功；以是说而合敬义，则字字句句皆敬义之功。其诸"格致""博约""忠恕"等说，无不吻合。但能实心体之，然后信予之非妄也。

[注释]

①守文：王阳明异母弟，字伯显，为王华仲子，王华继室赵氏所出。

②次第：此处意为按顺序列出要点。

③观省：反观内省。《书·酒诰》："尔克永观省，作稽中德。"

④培拥：于植物根部堆土以保护其根系，促其生长。

⑤因循苟且：沿袭旧的，敷衍应付。宋吕祖谦《答潘叔度》："以此等语言自恕，则因循苟且，无一事可为矣！"

⑥随俗习非：随世俗浮沉，对某些错误行为形成了习惯。

⑦污下：卑下。此处意为道德品行卑劣。

⑧程子：即北宋理学家程颢、程颐兄弟俩，世称"二程"。有《二程集》传世。王阳明此文所引为程颐所言："有求为圣人之志，然后可与共学；学而善思，然后可与适道；思而有所得，则可与立；立而化之，则可与权。"

⑨先觉：意为对事物有先知先觉的能力，觉悟早于常人。

⑩《记》：指《礼记》。此引文出自《礼记·学记》。

⑪五经四书：即四书五经，为"四书"和"五经"之合称，是儒家的经典书籍。四书，《大学》《中庸》《论语》《孟子》。五经，《诗经》《尚书》《礼记》《周易》《春秋》。

⑫犹曰：还说。文中所引之语出自《论语·为政》。

⑬融结：融合凝聚。语出晋孙绰《游天台山赋》："融而为川渎，结而为山阜。"

⑭昭著：明白，显著。

⑮责：此处意为反省。

⑯退听：退让顺从。宋陆游《急雨》诗句："祝融退听不敢骄，父老歌舞看稻苗。"

⑰客气：此处意为虚浮之气。

⑱魍魉（wǎngliǎng）：为古代传说中的鬼怪，喻指各种各样的坏人。魍魉常与魑魅并称。《左传·宣公三年》："魑魅魍魉，莫能逢之。"

⑲惟精惟一：语出《尚书·大禹谟》："人心惟危，道心惟微，惟精惟一，允执厥中。"意为人心是复杂的，而道心则是精纯专一的。只有用功精深，用心专一，才能符合中正之道。

⑳敬以直内，义以方外：语出《周易·坤卦·文言》："君子敬以直

内,义以方外,敬义立而德不孤。"意为以恭敬之心使内心正直,言行合宜外显于方正。

㉑格致诚正:即格物、致知、诚意、正心。语出《礼记·大学》:"古之欲明明德于天下者,先治其国;欲治其国者,先齐其家;欲齐其家者,先修其身;欲修其身者,先正其心;欲正其心者,先诚其意;欲诚其意者,先致其知,致知在格物。物格而后知至,知至而后意诚,意诚而后心正,心正而后身修,身修而后家齐,家齐而后国治,国治而后天下平。"博文约礼:君子广泛地学习文化典籍,用礼来约束自己的行为。语出《论语·雍也》:"君子博学于文,约之以礼,亦可以弗畔矣夫!"

㉒曾子:名参,字子舆,孔子弟子。忠恕:儒家所信奉的道德规范。忠,谓尽心为人;恕,谓推己及人。《论语·里仁》:"子曰:参乎!吾道一以贯之。曾子曰:唯。子出,门人问曰:何谓也?曾子曰:夫子之道,忠恕而已矣。"

㉓子思:名伋,字子思,孔子的嫡孙、孔鲤之子。尊德性而道问学,语出《礼记·中庸》:"故君子尊德性而道问学,致广大而尽精微,极高明而道中庸。"意为君子既要以德性为重,又要广泛地探求学问之道,仁义博大而精微,达到高尚的境界而合乎道义。

㉔集义养气:聚合道义涵养浩然之气,由内心生成;与道义并生,而不是仅仅集取道义的表面。语出《孟子·公孙丑》:"我知言,我善养吾浩然之气。……是集义所生者,非义袭而取之也。行有不慊于心,则馁矣。"求其放心:追回被自己放逸之心,回归本心。语出《孟子·告子》:"学问之道无他,求其放心而已矣。"

㉕合若符契:如符契相合。符契,虎符,符信,符节。古代的符契都分为两半,验契时合二为一始有效。

㉖邪说:不正当的议论、主张。

[评析]

据《阳明先生年谱》载：明正德九年（1514）四月，王阳明任南京鸿胪寺卿，于次年赴北京考功。事后，再返南京。于次年九月升任都察院左佥都御史，巡抚南、赣、汀、漳等处。其间，其二弟守文来南京求学，并要求其长兄用条文的形式告知为学要领。王阳明于是作《示弟立志说》以答。王阳明在十一岁时立志"成圣贤"，并在事上努力践行这一志向。其启发教育弟子亦大多从"立志切入"，即便对其弟，亦如此。此文从"明心悟理""专心致志""恒心责志""守心集义"等四个方面，系统地论述了"立志"的内涵。

所谓"明心悟理"，在王阳明看来，"学莫先于立志"，志不立，做任何事均劳而无成，且有可能成为道德卑下之人，从正反两方面说明了"立志"是为学的"第一要务"。接着，引用北宋理学家程颐之言，论述了"立志"的内涵，即为"成圣贤"，只有开显自我良知，方能成为具有道德理想和高尚品质的人。而具体的实现途径，即"去人欲，存天理"。这里所谓的"人欲"，在北宋理学家看来其内涵是人内心深处过分的私心；而在王阳明看来，即指那些违背良知的欲望、与人的本然之心相脱离的私欲。因此，成圣贤的人生远大目标是去掉与良知相悖的私欲，使良知开显，即为"明心悟理"。

所谓"专心致志"，立志成圣贤，在王阳明看来只是实践功夫。从师是外部的途径，最主要的是开显自身内在的本性，并在道德实践中不断修炼和升华，如此才能意志坚定，尊道敬学，培植慎独之心，凡事务求专一，即为"专心致志"。

所谓"恒心责志"，即为学除要心到、心专外，在王阳明看来，尚需不断地"责志"。所谓"责志"，即要善于在"意念"上去掉各种消解

"志向"的不良欲念、不良情绪与习惯,"一有私欲,即便知觉,自然容住不得"。"故凡一毫私欲之萌,只责此志不立,即私欲便退听;一毫客气之动,只责此志不立,即客气便消除。或怠心生,责此志,即不怠;忽心生,责此志,即不忽;燥心生,责此志,即不燥;妒心生,责此志,即不妒;忿心生,责此志,即不忿;贪心生,责此志,即不贪;傲心生,责此志,即不傲;吝心生,责此志,即不吝。盖无一息而非立志责志之时,无一事而非立志责志之地。故责志之功,其于去人欲,有如烈火之燎毛,太阳一出,而魍魉潜消也。"在"事上"始终保持谨慎与反思的良好习惯,如此才能保持"神气精明,义理昭著"的良好状态,即为"恒心责志"。

所谓"守心集义",即要守住自身内心的精神家园,在王阳明看来即为恪守良知。先秦以来,儒家始终追求"惟精惟一"的求道境界。尽管社会在不断发展,改朝换代,治世之法各异,但作为自然、社会、人类之道却是永恒的。先圣之学说,门派众多,但基本的道义是唯一的。故恪守道德良知,即能亘古天地,位育万物,是所谓"守心集义"之要诀。

以上四个方面是统一连贯的,即为立志之不二法门。文末,王阳明将立志概括成为学宗旨,可谓纲举目张,微言大义。尽管此文是启发其弟如何为学的说理文,但通篇是王阳明论立志的肺腑之言,充满希冀,从中也反映出王阳明对其弟学业上的关心,着重体现在道德心体上的开显。如果从认识论的角度看,此文揭示了为学与为人、为学与社会、为学与自然的相互关系,故具有道德哲学的普遍意义。

"说"作为一种文体,主要是通过充分的论证,阐明观点,达到启发他人思想觉悟之目的。本文在写作上的特色亦十分鲜明,即采用了多种论证方法,气势恢宏,逻辑严谨。一是喻证法。阐明了立志的重要性:"志之不立,犹不种其根而徒事培拥灌溉,劳苦无成矣。""夫志,气之帅也,人之命也，木之根也，水之源也。源不浚则流息，根不植则木枯，命不续则人死，志不立则气昏。"采用喻证法，形象生动，说理透彻。二是引证法。据北宋理学家程颢之言，证为学之要义。以《礼记》之言，证师道之尊。以孔子之言，证少年立志与成圣贤之关系。以《书》《易》《礼》《孟子》等经典证立志之内涵，论说持之有据，脉络清晰。三是综合修辞法。将比喻与排比相结合，形成强烈的说理气势，此为王阳明议论性散文的一大特色。文中："吾惟欲去吾之人欲，存吾之天理而不得其方，是以求之于此，则其展卷之际，真如饥者之于食，求饱而已；病者之于药，求愈而已；暗者之于灯，求照而已；跛者之于杖，求行而已。"将"去人欲，存天理"对于为学之作用剖析如镂，力重千钧。王阳明此文，紧扣立志主旨，引经据典，左右开阖，层层递进，议论恣肆，为明代说理文之佳作。

赣州书示四侄正思等①

近闻尔曹学业有进②，有司考校③，获居前列，吾闻之喜而不寐。此是家门好消息，继吾书香者④，在尔辈矣。勉之勉之！吾非徒望尔辈但取青紫荣身肥家⑤，如世俗所尚，以夸市井小儿⑥。尔辈须以仁礼存心，以孝弟为本⑦，以圣贤自期，务在光前裕后⑧，斯可矣。吾惟幼而失学无行，无师友之助，迨今中年⑨，未有所成。尔辈当鉴吾既往，及时勉力，毋又自贻他日之悔，如吾今日也。习俗移人，如油渍面⑩，虽贤者不免，况尔曹初学小子能无溺乎⑪？然惟痛惩深创⑫，乃为善变。昔人云："脱去凡近，以游高明⑬"。

此言良足以警，小子识之！吾尝有"立志说"与尔十叔⑭，尔辈可从钞录一通⑮，置之几间，时一省览，亦足以发。方虽传于庸医，药可疗夫真病。尔曹勿谓尔伯父只寻常人尔⑯，其言未必足法；又勿谓其言虽似有理，亦只是一场迂阔之谈⑰，非我辈急务；苟如是，吾末如之何矣！读书讲学，此最吾所宿好⑱，今虽干戈扰攘中⑲，四方有来学者，吾未尝拒之。所恨牢落尘网⑳，未能脱身而归。今幸盗贼稍平，以塞责求退㉑，归卧林间，携尔曹朝夕切磋砥砺，吾何乐如之！偶便先示尔等，尔等勉焉，毋虚吾望。正德丁丑四月三十日㉒。

[注释]

①正思：即王正思，王阳明从侄子、王阳明叔父王衮之孙、从弟守信之子。明嘉靖八年（1529）中进士。历官建宁知府。

②尔曹：你们这些人。曹，等，辈。

③有司：此指主管教育的官吏。考校：考试，考查。

④书香：意为传承读书家风。

⑤青紫：指古代高官印绶、服饰的颜色。此喻进身仕途。荣身肥家：意为使自身荣华、自家富裕。

⑥市井小儿：意为庸俗鄙陋之人。

⑦孝弟：孝顺父母，敬爱兄长。弟，通"悌"。

⑧光前裕后：为祖先增光，为后代造福，形容功业伟大者。

⑨迨（dài）：等到。

⑩渍（zì）：浸。

⑪溺：淹没。

⑫惩：惩治。

⑬高明：高超，高深。

⑭十叔：此指王阳明异母弟守文。

⑮钞录：抄写誊录。钞，同"抄"。

⑯寻常：平常，普通。

⑰迂阔：意指不符合实际的、空洞的言论，此为王阳明谦词。

⑱宿好：素所嗜爱。

⑲干戈：古代常用兵器，此喻平乱之战。扰攘：意为"混乱"。

⑳牢落：零落貌。尘网：喻束缚人的罗网。

㉑塞责：敷衍。此处意为王阳明愤懑之语。

㉒正德丁丑：即明正德十二年（1517）。

[评析]

此家书写于明正德十二年（1517）四月三十日，时王阳明奉命在江西赣州指挥平乱，但其对晚辈侄子的学业进德仍十分关心，此信从内容看应是对侄子们来信的回复。

在信中，王阳明对侄子们在学业上的进取感到由衷的欣慰，并大为称赞："近闻尔曹学业有进，有司考校，获居前列，吾闻之喜而不寐。此是家门好消息，继吾书香者，在尔辈矣。勉之勉之！"比较而言，王阳明最关注的是侄辈在道德上的修炼功夫，不以仕进作为衡量成才的唯一标准，这是王阳明家教的准则。其在信中说："吾非徒望尔辈但取青紫荣身肥家，如世俗所尚，以夸市井小儿。尔辈须以仁礼存心，以孝弟为本，以圣贤自期，务在光前裕后，斯可矣。"其时，王阳明无论在仕途上还是在成圣贤的思想、实践探索上均取得了极大的成就，但其并没有以此骄人，反而说自己"未有成就"，以此告诫侄子们戒骄戒躁，严格要求自己，希望侄辈们"以仁礼存心,以孝弟为本,以圣贤自期"。同时,提醒侄子们为学一定要"立志",显然是指"成圣贤"之志,并引用古人语"脱去凡近,以游高明",勉励侄子们多向道德高尚之人学习,修身齐家;还要求侄子们脚踏实地践行圣贤之道,摒弃夸夸其谈、华而不实的浮习。信末,王阳明希望在平乱结束后与侄子们一起"归卧林间,携尔曹朝夕切磋砥砺",讲学论道。此信虽不长,但体现了王阳明一贯的家教思想,学子要以德业为重,从心体上开显良知。侄辈们对王阳明的谆谆教诲和殷切期望亦铭刻在心,身体力行。王阳明晚年在余姚讲学时,从侄子王正思、王正心等晚辈在学业上均受到王阳明亲炙。在王阳明的侄辈中,王正思最有建树。

王正思通过科举道路入仕,官建宁知府。王正思对王阳明十分崇敬,曾题《王阳明像赞》:"思自孩童,即闻至教。言辞动履,并皆心妙。学问由成,中和体效。功业所就,仁义肯要。千圣一心,良知孔巧。俯仰古今,至诚合道。"此像赞言辞平和,真切地传达出阳明心学的要旨。王正思长期宦游在外,但其对家乡的名胜古迹保护十分重视。嘉靖二十七年(1548),时任余姚知县的胡宗宪为彻底解决破坏余姚名胜胜归山的采石行为,带头捐出俸银买入山田归官府。王正思积极响应胡宗宪的倡议,主动捐出了属于自己的山宕六亩,为保护余姚名胜做出了贡献。在"复胜归山形胜碑"的背面,王正思撰有《碑阴记》,赞扬胡宗宪保护胜归山的功德。落款为"赐进士中顺大夫知建宁府事邑人龙川王正思撰。嘉靖二十七年戊申正月吉旦立"。王正思对家乡的文化建设亦十分重视。明万历十年(1582),因位于余姚龙泉山西麓的武安王庙年久而圮,众多官宦出资重新修建。在"武安王庙题名碑"中,时任建宁知府的王正思也名列其中。此外,王正思对保存王阳明遗著也做出了较大的贡献。

寄诸弟 戊寅

屡得弟辈书①,皆有悔悟奋发之意②,喜慰无尽。但不知弟辈果出于诚心乎?亦谩为之说云尔③?

本心之明,皎如白日,无有有过而不自知者,但患不能改耳。一念改过,当时即得本心。人孰无过?改之为贵。蘧伯玉④,大贤也,惟曰"欲寡其过而未能"⑤。成汤⑥、孔子,大圣也,亦惟曰"改过不吝""可以无大过"而已⑦。人皆曰:"人非尧舜,安能无过?"⑧此亦相沿之说,未足以知尧舜之心⑨。若尧舜之心而自以为无过,即非所以为圣人矣。其相授受之言曰:"人心惟危,道心惟微,惟精惟一,允执厥中。"⑩彼其自以为人心之惟危也,则其心亦与人同耳,危即过也。惟其兢兢业业⑪,尝加"精一"之功,是以能"允执厥中"而免于过。古之圣贤,时时自见己过而改之,是以能无过⑫,非其心果与人异也。戒慎不睹、恐惧不闻者⑬,时时自见己过之功。吾近来实见此学有用力处,但为平日习染深痼⑭,克治欠勇⑮。故切切预为弟辈言之⑯,毋使亦如吾之习染既深,而后克治之难也。

人方少时,精神意气既足鼓舞,而身家之累尚未切心,故用力颇易。迨其渐长⑰,世累日深,而精神意气亦日渐以减,然能汲汲奋志于学⑱,则犹尚可有为。至于四十、五十,即如下山之日,渐以微灭,不复可挽矣。故孔子云:"四十、五十而无闻焉,斯亦不足畏也已。"⑲又曰:"及其老也,血气既衰,戒之在得⑳。"吾亦近来实见此病，故亦切切预为弟辈言之，宜及时勉力，毋使过时而徒悔也。

[**注释**]

①弟辈：指王阳明异母诸弟及从弟。

②悔悟：追悔前非，醒悟改过。晋葛洪《抱朴子·勤求》："病者不愈，死丧相袭，破产竭财，一无奇异，终不悔悟。"

③谩：此处意为"徒""空"。云尔：句末语气词，罢了。

④蘧（qú）伯玉：蘧瑗，字伯玉，谥成子。春秋时期卫国大夫。奉祀于孔庙东庑第一位。

⑤惟：此处意为"只"。

⑥成汤：即商汤，子姓，名履，又名天乙，建立商朝。

⑦改过不吝：改正错误态度坚决、不犹豫。吝，可惜。《尚书·仲虺之诰》："改过不吝。"可以无大过：语出《论语·述而》："子曰：加我数年，五十以学易，可以无大过矣。"

⑧人非尧舜，安能无过：意思同《左传·宣公二年》中语："人谁无过，过而能改，善莫大焉。"

⑨足以：完全可以，够得上。

⑩人心惟危，道心惟微，惟精惟一，允执厥中：语出《尚书·虞书·大禹谟》。

⑪兢兢业业：做事小心谨慎，认真踏实。语出《诗经·大雅·云汉》："兢兢业业，如霆如雷。"

⑫是以：因此。

⑬戒慎不睹、恐惧不闻：意为君子即使在别人看不到的地方，也要谨慎小心；在别人听不到的地方，也要警惕注意。语出《礼记·中庸》：

"戒慎乎其所不睹，恐惧乎其所不闻。"

⑭深痼：病根深固。比喻积习难返。宋苏轼《子玉家宴用前韵见寄复答之》："诗病逢春转深痼，愁魔得酒暂奔忙。"

⑮克治：克服、整治，去掉所发现的那些不良倾向，坏的念头、毛病。

⑯切切：此处意为急切、急迫、恳挚、深切貌。

⑰迨：等到。

⑱汲汲：此处形容急切的样子。

⑲语出《论语·子罕》子曰："后生可畏，焉知来者之不如今也？四十、五十而无闻焉，斯亦不足畏也已。"

⑳语出《论语·季氏》。

[评析]

此《寄诸弟》一文，在《王文成公全书》中题下注有"戊寅"，即写于明正德十三年（1518）。据《阳明先生年谱》载：王阳明在南赣经过一年多时间的平乱，时至正德十三年初，经三浰之战后，已扫除了南赣各地的盗贼，社会渐趋安定，遂转入地方治理之事。立社学、举乡约，奏请通盐法，加强地方政权建设，奏设和平县，表彰平乱有功的将士。同时，在学术上亦有较多建树，刻古本《大学》、刻《朱子晚年定论》，修濂溪书院等。一时间，地方政通人和，出现了前所未有的兴旺景象。其间，王阳明在家乡的诸兄弟时常就为学问题去信向兄长求教，故此信首语用"屡得"一语。此信是统一回复诸弟来信而写。从信中所论述的主题思想看，针对性很强，主要是启发诸弟为学要加强"改过"。从论述的内容看，可分三部分。

首先，对诸弟在为学上的进步——"皆有悔悟奋发之意"，甚感欣慰。但王阳明内心仍有不安，觉得诸弟内心的良知并未真正开显，有必要加以开导。其次，重点论述了"改过"的必要性和自觉性。在王阳明看来，为学主要是开显本心，"本心之明，皎如白日"。如何"明本心"，就要向先圣学习，在事上省察克治。在王阳明看来，圣人为何至圣，并非圣人天生就没有错误，而在于圣人能在细微之处及时发现自身的错误，随时改正，何况绝大多数人离圣人的道德修养和境界还很远，以此告诫诸弟要在"戒慎不睹、恐惧不闻"上见功夫。王阳明并非采用居高临下的态度教训诸弟，而是将自己摆进去，用自己在为学修道方面存在的不足，以自己的教训作为诸弟的借鉴，坦诚交流，体现了王氏家风之淳朴。再次，即此信的最后一部分，告诫诸弟要珍惜时间，趁着年轻，尚无身家之累之时，汲汲奋志于学，而有所作为，寄意深切，真挚之情言于溢表。"成圣贤""立志"与"改过"，是人生目标与践行途径的统一。因生命有限，这对少年来说就更为重要了，故王阳明将"立志"与"改过"放在同等重要的位置上开导诸弟，其实亦是阳明心学发行流用之体现。

王阳明身为兄长，时刻不忘兄长之责。其一生尽管戎马倥偬，但从未间断过对诸弟为学为人上的关心和开导。即便到了明嘉靖七年（1528），在其生命的最后一年，王阳明在广西平乱期间所写《与钱德洪王汝中》一信中，亦提及"守俭、守文二弟，近承夹持启迪，想亦渐有所进"。其对诸弟的道德、学业无时无处不在关注之中。其对自己的兄弟如此，对诸从弟亦如此，有诸多家书为证。王阳明在修身齐家方面是从自身做起，率先垂范，而不是注重说教。王阳明不仅在道德学业上对诸弟十分关心，而且在生活细节上也无微不至地照顾。有一件小事很能说明问题。据《阳明先生年谱》载，其父王华卒后，按当地风俗，要吃素三年，但王阳明根据诸弟及侄辈们年龄尚小，正是长身体的时候，便作了变通处理："室中斋食，百日后，令弟侄辈稍进干肉，曰：诸子豢养习久，强其不能，是恣其作伪也。稍宽之，使之各求自尽可也。"充分体现出其对诸弟、侄辈的友善与关心。

此信在论证上主要采用例证和引用法，通过圣人事迹的昭示及圣人言语的警示，启发诸弟在为学上要有"克治之勇"，痛改日常所染痼疾。故此信在思想道德上与《示弟立志说》一文是高度一致的。

书诸阳伯卷

一　戊寅

诸阳伯偶从予而问学①，将别请言。予曰："相与数月而未尝有所论，别而后言也，不既晚乎？"曰："数月而未敢有所问，知夫子之无隐于我②，而冀或有所得也③。别而后请言，已自知其无所得，而虑夫子之或隐于我也。"予曰："吾何所隐哉？道若日星然④，子惟不用目力焉耳，无弗睹者也。子又何求乎？道在迩而求诸远⑤，事在易而求诸难，天下之通患也⑥。子归而立子之志，竭子之目力，若是而有所弗睹，则吾为隐于子矣！"

二　甲申

妻侄诸阳伯复请学，既告之以格物致知之说矣⑦。他日复请曰："致知者，致吾心之良知也，是既闻教矣。然天下事物之理无穷，果惟致吾之良知而可尽乎？抑尚有所求于其外也乎？"复告之曰："心之体，性也，性即理也⑧。天下宁有心外之性？宁有性外之理乎？宁有理外之心乎？外心以求理，此告子'义外'之说也⑨。理也者，心之条理也。是理也，发之于亲则为孝，发之于君则为忠，发之于朋友则为信，千变万化，至不可穷竭，而莫非发于吾之一心。故谓端庄静一为养心，而以学问思辩为穷理者，析心与理而为二矣。若吾之说，则端庄静一亦所以穷理，而学问思辩亦所以养心，非谓养心之时无有所谓理，而穷理之时无有所谓心也。此古人之学，所以知行并进而收合一之功；后世之学，所以分知行为先后，而不免于支离之病者也。"曰："然则朱子所谓如何而为'温清之节'⑩、如何而为'奉养之宜'者⑪，非致知之功乎⑫？"曰："是所谓知矣，而未可以为致知也。知其如何而为温清之节，则必实致其温清之功，而后吾之知始至；知其如何而为奉养之宜，则必实致其奉养之力，而后吾之知始至。如是，乃可以为致知耳。若但空然知之为如何温清奉养，而遂谓之致知，则孰非致知者耶？《易》曰⑬：'知至至之。'知至者，知也；至之者，致知也。此孔门不易之教⑭，百世以俟圣人而不惑者也。"

[注释]

①诸阳伯俌：为王阳明妻舅诸经（字用明）之仲子，名阳，字伯复，又字伯俌，号见心。明嘉靖元年（1522）举人。历任南直隶宁国府推官、太平府通判。

②无隐：没有隐瞒或掩饰。

③冀：希望。

④然：此表"什么的样子"，犹言如此一般。

⑤迩（ěr）：近。

⑥通患：犹通病。

⑦格物致知：古代儒家学说中重要的概念，为儒家专门研究事物道理的专门术语，意指推究事物原理上升为理性知识。语出《礼记·大学》。

⑧性即理：意为性皆本于理，或称"天理"。王阳明认为，"理""性""心"相互贯通。

⑨义外：此处意为不符合内心良知的中和之道。

⑩温凊（qìng）：冬温夏凊的省称。冬天温被使暖，夏天扇席使凉，为儿女侍奉父母之礼。

⑪奉养：侍候、赡养。

⑫致知：达到完善的理解。

⑬《易》：指《易经》。

⑭孔门：意为孔子的门下，借指儒家。

[评析]

王阳明书诸阳卷现存有二：一是撰于明正德十三年（1518），时王阳明正在平南赣地区盗贼之乱，诸阳前往从学；后诸阳归家时临别请言，王阳明以书卷作别。二是撰于嘉靖三年（1524），时王阳明正在绍兴府邸丁父忧刚满期，并在绍兴、余姚两地授徒讲学，诸阳又前往绍兴请学，王阳明以书卷作答。

诸阳，字伯复，为王阳明妻舅诸用明次子。嘉靖元年（1522）举人。由于王阳明道德文章皆为世人楷模，因而也赢得了诸氏家族成员的敬重。王阳明的几个内侄有志于学，拜其为师。其中，王阳明对诸阳的题诗、书卷最多。明弘治十八年（1505），时王阳明在京任兵部主事，曾为诸阳题诗一首《赠阳伯》，勉励其致力圣学，以免走弯路。正德九年（1514），王阳明在南京任鸿胪寺卿，诸阳从学于王阳明，在诸阳归省前，王阳明又作诗相送，勉励其修身要在日用上下功夫。

正德十三年（1518），时王阳明奉命在南赣地区平定盗贼，诸阳继续从王阳明学。因王阳明军政事务繁忙，在学业上并没有较多地指导诸阳，其在归省前请王阳明赠言示教，王阳明与他简单地聊了几句，并将聊谈的内容书卷作别。此书卷中，王阳明将二人的对话逐次展开，一问一答，解疑释难。此书卷提出了当时学子存在的通病："道在迩而求诸远，事在易而求诸难，天下之通患也。"王阳明以此点拨诸阳，为学之道重在日用生活中观察体悟，而不是好高骛远、舍本求末，丧失自己的主体意识。故要立大志，笃实行，充分发挥自己的主体精神，这就是王阳明最简易的教法。此书卷亦是研究阳明心学思想与教法的重要文献。

时至嘉靖三年（1524），诸阳再次向王阳明请学。王阳明作《书诸阳伯卷》以答，重点阐述了《大学》中"格物致知"的含义，主要论证了"致知"的内涵，即"致知者，致吾心之良知也"。王阳明提纲挈领地阐明了心学的基本原理，即"心即理""知行合一""知良知"和"万物一体"的心学基本思想。"心之体，性也，性即理也。天下宁有心外之性？宁有性外之理乎？宁有理外之心乎？外心以求理，此告子'义外'之说也。理也者，心之条理也。"王阳明从"知行合一"的角度出发，认为在学理上"心""性""理"三者均是贯通的："心之体，性也，性即理也。天下宁有心外之性？宁有性外之理乎？宁有理外之心乎？外心以求理，此告子'义外'之说也。理也者，心之条理也。是理也，发之于亲则为孝，发之于君则为忠，发之于朋友则为信，千变万化，至不可穷竭，而莫非发于吾之一心。""心""性""理"三者并不是相互独立、相互分离的。故王阳明对"后世之学，所以分知行为先后，而不免于支离之病"提出批评，认为是"析心与理而为二"，应该防止与克服。同时，王阳明强调为学的实践功夫："发之于亲则为孝，发之于君则为忠，发之于朋友则为信，千变万化，至不可穷竭，而莫非发于吾之一心。"阐述了"致知"是

"端庄静一"与"学问思辩"的统一,以此达到"养心""穷理"的目标,实则就是"知行合一""致良知"的功夫。在王阳明看来,"此孔门不易之教,百世以俟圣人而不惑者也"。

王阳明对诸阳的教诲,反映了其以良知之教启迪学子的教育思想与教学方法,此二卷亦是有力的佐证。比较而言,前一书卷重在启发诸阳的主体性,语言通俗易懂,口语化;后一书卷则重在阐释为学须"知行合一""致良知"的道理,故理性成分较多,使用了诸多古代哲学术语。从二书卷的时间跨度说明,诸阳在王阳明的教育下,思想认识、理论修养有了很大的提高。

寓赣州上海日翁手札①

寓赣州男王守仁百拜书上父亲大人膝下②:

久不得信,心切悬悬③,间有乡人至者,略问消息,审知祖母老大人、大人下起居万福,稍以为慰。男自正月初四出征剿贼④,三月半始得回军,赖大人荫庇⑤。盗贼略已底定。虽有残党百余,皆势穷力屈,投哀告招⑥,今亦姑顺其情⑦,抚定安插之矣⑧。所恨两广府江诸处苗贼⑨,经年彼处三堂⑩,虽屡次征剿⑪,然贼根未动⑫,旋复昌炽⑬,今闻彼又大起,若彼中兵力无以制之,势必摇动远近⑭,为将来之忧。况兼时事日难,隐忧日甚。昨已遣人具本乞休,要在必得乃已。男因贼巢瘴毒,患疮疠诸疾⑮,今幸稍平。数日后,亦将遣人归问起居。因诸仓官便⑯,灯下先写此报安。四月初十日,男守仁百拜书。

[注释]

①海日翁：王阳明父王华晚年之号。

②膝下：给父母或祖父母写信时，在称呼下面加上"膝下"两字，表尊敬之意。

③悬悬：形容心情不安，表惦念之意。

④男：儿子。

⑤大人：指王阳明父王华。

⑥投哀告招：意为盗贼投降归顺。

⑦姑顺其情：意为暂且满足归顺者的心愿。

⑧抚定安插：意为安抚、平定，安置妥当。

⑨府江：广西桂江在明代被称为府江，亦称"抚江"。苗贼：泛指少数民族之盗贼。

⑩三堂：此处指代隶属不同的行政管辖区。堂，旧时官吏审案办事的地方。

⑪征剿：犹征讨。

⑫贼根：意指盗贼的本性。

⑬昌炽：此处形容盗贼猖狂再起。

⑭摇动远近：此处形容波及周边及边远地区的社会安定。

⑮疮疠：疮痛等体表疾患。

⑯仓官：管理军需保障的官员。

[评析]

王阳明此信写于明正德十三年（1518）四月初十晚上，平广东三浰之战以后。此书手札真迹为行书，现珍藏于浙江余姚市博物馆。此信行文简洁，但从信中所叙述的内容看，主要有三层意思。

一是向祖母、父亲问安。王阳明身负在南赣指挥剿匪安民之重任，但因很久没有接到家中的来信，心中一直很挂念："久不得信，心切悬悬。"言辞恳切，对祖母、老父的思念之情跃然纸上。后来，有同乡人来访，了解到祖母、父亲平安，悬着的心才放下，说明王阳明的心中把祖母、父亲的平安视为最大的安慰。

二是趁有公差人员返乡，顺便捎信问候，并向父亲陈述平盗贼的战况。据《阳明先生年谱》记载：平三浰之战自明正德十三年正月发起，至三月袭平大帽、浰头诸寇，不到一百天时间，就将作恶数十年的盗寇平息。这与信中所言"男自正月初四出征剿贼，三月半始得回军，赖大人荫庇，盗贼略已底定。虽有残党百余，皆势穷力屈，投哀告招，今亦姑顺其情，抚定安插之矣"是一致的。从信中可知，王阳明征三浰之盗贼，用兵神速，趁正月之际盗贼防备松懈，发起突然袭击，一网将惯匪打尽。然而，王阳明"所恨两广府江诸处苗贼，经年彼处三堂，虽屡次征剿，然贼根未动，旋复昌炽，今闻彼又大起，若彼中兵力无以制之，势必摇动远近，为将来之忧"。两广府江诸处苗贼仍在作乱，令王阳明深为担忧。因为两广的匪情会波及四面八方，引发社会的极度动乱，反映出王阳明为国为民的忧患意识。

三是向父亲陈述自己的身体状况。"男因贼巢瘴毒，患疮疠诸疾，今幸稍平。"王阳明在平三浰之乱期间，因在平乱中染上瘴毒，迸发疮疠诸疾，身患重病。由此可见，当年其平乱之艰难。同时，从信中亦反映出王阳明当时的心态，身心疲惫，已向朝廷提交了辞呈，意欲回乡休养，但此愿望并未实现。

此信是王阳明公务繁忙之中所写，故语言简洁，以问安、报平安为主，附带提及公事。虽寥寥数语，仍包含了丰富的历史信息，尤其是平三浰的战况及对当时平乱形势的分析,均是研究明代中期平乱历史的极好佐证。因为是家书,其真实程度极高,故此信具有很高的认识价值和史料价值。从家风来说,亦是姚江秘图山王氏家族孝风的体现。

寄闻人邦英邦正^①

一　戊寅

昆季敏而好学^②,吾家两弟得以朝夕亲资磨励^③,闻之甚喜。得书,备见向往之诚,尤极浣慰^④。家贫亲老,岂可不求禄仕^⑤？求禄仕而不工举业^⑥,却是不尽人事,而徒责天命^⑦,无是理矣。但能立志坚定,随事尽道,不以得失动念^⑧,则虽勉习举业,亦自无妨圣贤之学^⑨。若是原无求为圣贤之志,虽不业举,日谈道德,亦只成就得务外好高之病而已。此昔人所以有"不患妨功,惟患夺志"之说也^⑩。夫谓之夺志^⑪,则已有志可夺；若尚未有可夺之志,却又不可以不深思疑省而早图之。每念贤弟资质之美^⑫,未尝不切拳拳^⑬。夫美质难得而易坏,至道难闻而易失,盛年难遇而易过,习俗难革而易流。昆玉勉之^⑭！

二　戊寅

得书,见昆季用志之不凡。此固区区所深望者,何幸何幸！世俗之见,岂足与论？君子惟求其是而已。"仕非为贫也,而有时乎为贫"^⑮,古之人皆用之,吾何为独不然？然谓举业与圣人之学相戾者^⑯,非也。程子云："心苟不忘,则虽应接俗事,莫非实学,无非道也。"而况于举业乎？谓举业与圣人之学不相戾者，亦非也。程子云："心苟忘之，则虽终身由之，只是俗事。"而况于举业乎？忘与不忘之间，不能以发，要在深思默识，所指谓不忘者，果何事耶？知此，则知学矣。贤弟精之熟之，不使有毫厘之差，千里之谬，可也。

三 庚辰

书来，意思甚恳切，足慰远怀。持此不懈，即吾立志之说矣。"源泉混混，不舍昼夜，盈科而后进。放乎四海，有本者如是。"⑰立志者，其本也。有有志而无成者矣，未有无志而能有成者也。贤弟勉之！色养之暇⑱，怡怡切切⑲，可想而知。交修罔怠⑳，庶吾望之不孤矣。地方稍平，退休有日；预想山间讲习之乐，不觉先已欣然㉑。

[注释]

①闻人邦英：即闻人阆，字邦英，邑庠生。邦正：即闻人铨，字邦正，号北江。进士。宝应知县，官至御史。母王孺人，为王阳明父王华之妹。闻氏兄弟为王阳明姑表弟。

②昆季：指兄弟。长为昆，幼为季。

③亲资：此意为相互帮助。

④浣慰：犹宽慰。

⑤禄仕：泛指居官食禄。

⑥举业：科举时代指专为应试的诗文、学业等。

⑦天命：泛指上天主宰之下人的命运。

⑧念：念头，想法。

⑨圣贤：指圣人与贤人的合称，意为品德高尚，有超凡才智的人。通常是指那些实践了儒家生命价值观对社会做出重大贡献的人物。

⑩不患妨功，惟患夺志：为北宋理学家程颐语。

⑪夺志：指迫使他人改变志向。

⑫资质：禀赋。

⑬拳拳：喻诚恳、深切的样子。

⑭昆玉：美玉。此喻意趣高洁、文章精美、人才杰出等。

⑮仕非为贫也，而有时乎为贫：语出《孟子·万章下》。

⑯相戾（lì）：前后矛盾，相违背。

⑰源泉混混，不舍昼夜，盈科而后进。放乎四海，有本者如是：语出《孟子·离娄下》。

⑱色养：形容人子和颜悦色奉养父母或承顺父母。

⑲怡怡切切：和顺貌，安适自得貌，特指兄弟和睦。

⑳交修罔怠：意为交更修治不懈怠。

㉑欣然：形容非常愉快。

[评析]

王阳明不仅对王氏家族中的亲属时时处处关心备至，而且对其表兄弟的为学进德同样关心。明正德十三年（1518），时王阳明在南赣率军平盗贼，在浙江余姚老家的姑表弟闻人邦（字邦英）、闻人诠（字邦正）兄弟俩数致书问学。

在正德十三年间，王阳明两次复信，分别就学业与科业的关系，以及如何摆正"立志成圣贤"与科业关系等修身问题答复表弟。在鼓励表弟参加科举的同时，阐明科举与圣人之学两者并不矛盾，信中十分强调举业必先立志的问题,即求圣贤之志,解决好为谁做官的问题,并引用北宋理学家程子之语,告诫表弟正确处理好两者的关系。

时隔两年,于正德十五年(1520),兄弟俩又一次致书王阳明,时在王阳明举义旗平南昌叛王朱宸濠不久。收到来信后,王阳明即修书作答。在复信中,王阳明仍以"立志"为话题,反复强调"立志"的重要性,并引用孟子的话勉励两位表弟,反映出其对圣贤之道的笃信。信中,也流露出王阳明希望早日致仕,享受"山间讲习"的乐趣,反映出其超脱的人生境界。闻人诠兄弟俩听从王阳明的教诲,正确处理好举业与成圣贤之间的关系,立志走圣贤之路。据光绪《余姚县志》载:"(闻人诠)尝危病,兄阆祈死求代。未及几,阆卒。其母哭丧明。守仁曰:'闻人氏可谓慈孝兼至。'"其后,闻人诠走上科举道路:"举嘉靖五年(1526)进士,知宝应县。治理县南泛光湖有政绩,擢御史。"从光绪《余姚县志》的记载中可知,闻人兄弟二人,德性甚高。兄闻人阆为弟"祈死求代",现在看来是不现实的,但在古代却反映出为兄慈爱的德性。走上仕途的闻人诠恪守表兄王阳明教诲,为官以民为本,在任宝应知县期间,为当地的百姓做了大量实事、好事。由此可见,王阳明对二位表弟的教诲起到了积极的作用。

以上三封复闻人诠兄弟的书信,在写作上言简意赅,点到为止,引用先哲的教诲启发两位表弟,并给以热情鼓励与殷切期待。

上海日翁书

寓吉安男王守仁百拜书上父亲大人膝下①:

江省之变②,昨遣来隆归报③,大略想已如此。时宁王尚留省城④,未敢远出,盖虑男之捣其虚⑤,蹑其后也⑥。男处所调兵亦稍稍聚集⑦,忠义之风日以奋扬⑧,观天道人事,此贼不久断成擒矣。昨彼遣人赍檄至⑨,欲遂斩其使,奈赍檄人乃参政季斅⑩,此人平日善士⑪,又其势亦出于不得已,姑免其死,械击之。已发兵至丰城诸处分布⑫,相机而动⑬。所虑京师遥远,一时题奏无由即达。命将出师,缓不及事,为可忧尔。男之欲归已非一日,急急图此已两年,今竟陷身于难。人臣之义至此,岂复容苟逃幸脱⑭!惟俟命师之至,然后敢申前恳⑮。俟事势稍定,然后敢决意驰归尔。伏望大人陪万保爱⑯,诸弟必能勉尽孝养,旦暮切勿以不孝男为念。天苟悯男一念血诚⑰,得全首领⑱,归拜膝下,当必有日矣。因闻巡检便,草此。临书慌惯⑲,不知所云。七月初二日。

[注释]

①吉安:为江西省所辖。古称庐陵、吉州,元初取"吉泰民安"之意改称吉安。

②江省之变:指南昌藩王朱宸濠谋反叛乱。

③来隆:王阳明远亲属,时侍从王阳明。

④宁王:指藩王朱宸濠(1479~1520),为初代宁王朱权的第四代继承人,明太祖朱元璋五世孙,宁康王朱觐钧庶子。省城:指南昌城。

⑤男:儿子。

⑥蹑:此处意为追踪。

⑦聚集:指平叛义军汇集。

⑧奋扬:奋发激扬。

⑨赍(jī)檄(xí):此处指朱宸濠派使者持谋反文书至各地。

⑩季斅（xiào）：时为江西省参政。其在南安知府任上曾协助王阳明平山贼。

⑪善士：意为有德之士。

⑫丰城：明洪武九年（1376），改富州为丰城县，隶南昌府。

⑬相机而动：观察时机，抓住适当机会立即行动。

⑭苟逃幸脱：意为临阵脱逃。

⑮前恳：意指此前乞求归省之愿望。

⑯伏望：表希望的敬词，多用于下对上。陪万保爱：意为千万保重。

⑰血诚：赤诚。

⑱首领：意为性命。

⑲慌愦：惊慌不安。此处意为战事紧迫，仓促禀报之意。

[评析]

此信写于明正德十四年（1519）七月初二，时为王阳明率义军平南昌叛王之际。据《阳明先生年谱》记载："然念两京仓卒无备，欲沮挠之，使迟留旬月。于是故为两广机密大牌，备兵部咨及都御史颜咨云：'率领狼达官兵四十八万江西公干。'令雷济等飞报摇之。濠见檄，果疑惧，迟延未发。"王阳明采用"以假乱真"的战术，迷惑叛王朱宸濠，为延误其出城起到了极大作用。同时，为王阳明集结地方官军平叛赢得了时间。在此期间，王阳明担心在家的老父担忧，就让人送信给老父。从信中可知，当时王阳明所面临的情况万分危急，叛王蓄谋已久，剑锋直指南京，继而北上欲夺取皇位，且志在必得，而王阳明又被朱宸濠盯上，处在被追捕之中。其后，王阳明设计逃脱追捕，借风返还吉安。此时，其一方面向朝廷奏报，另一方召集地方官员商议平叛事宜。此信的价值在于记载了当年平宁王叛乱的一些重大史实：一是王阳明用散发假情报迷惑朱宸濠之计起到了实效;二是王阳明平乱的决心坚定不移,果断处置朱宸濠来使,又能分清主从责任;三是对朱宸濠叛乱的结局有正确的判断,但对自己所处的困境亦十分担忧;四是以社稷安危为重,临危不惧,将个人生死置之度外,把身后事托付于诸弟:"伏望大人陪万保爱,诸弟必能勉尽孝养,旦暮切勿以不孝男为念。"信中,王阳明已做好了以身许国的准备。从某种意义上说,王阳明写此信有一种绝笔的考虑。信末对老父的问候,亦较局促。

尽管此信是王阳明在战事十分紧张的形势下所写,但对平叛形势的介绍、对一些重大问题的处置及自身心理活动的叙述等都十分简练,表意有序,对老父的关切之心跃然纸上。

附:王阳明弟子钱德洪对本手札写作背景介绍的跋语

右吾师逢宁濠之变,上父海日翁第二书也。自丰城闻变,与幕士定兴兵之策,恐翁不知,为贼所袭,即日遣家人间道趋越。至是发兵于吉安,复为是报,慰翁心也。且自称姓者,别疑也。尝闻幕士龙光云:"时师闻变,返风回舟。濠追兵将及,师欲易舟潜遁。顾夫人诸、公子正宪在舟。夫人手提剑别师曰:'公速去,毋为妾母子忧。脱有急,吾恃此以自卫尔!'及退还吉安,将发兵,命积薪围公署,戒守者曰:'傥前报不利,即举火爇公署。'时邹谦之在中军,闻之,亦取其夫人来吉城,同誓国难。人劝海日翁移家避仇。翁曰:'吾儿以孤旅急君上之难,吾为国旧臣,顾先去以为民望耶!'遂与有司定守城之策,而自密为之防。"噫!吾师于君臣、父子、夫妇之间,一家感遇若此,至今人传忠义凛凛。是书正亿得于故纸堆中,读之怆然,如身值其时。晨夕展卷,如侍对亲颜。嘉靖壬子,海夷寇黄严,全城煨烬。时正亿游北雍,内子黄哀惶奔亡,不携他物,而独抱木主图像以行,是卷亦幸无恙。噫!岂正亿平时孝感所积,抑吾师精诚感通，先时身离患难，而一墨之遗，神明有以护之耶？后世子孙受而读之，其知所重也哉！德洪拜手跋。

书正宪扇① 乙酉

今人病痛②，大段只是傲③。千罪百恶，皆从傲上来。傲则自高自是，不肯屈下人④。故为子而傲，必不能孝；为弟而傲，必不能弟⑤；为臣而傲，必不能忠。象之不仁⑥，丹朱之不肖⑦，皆只是一"傲"字，便结果了一生，做个极恶大罪的人，更无解救得处。汝曹为学⑧，先要除此病根，方才有地步可进。"傲"之反为"谦"，"谦"字便是对症之药。非但是外貌卑逊⑨，须是中心恭敬⑩，撙节退让⑪，常见自己不是，真能虚己受人。故为子而谦，斯能孝⑫；为弟而谦，斯能弟；为臣而谦，斯能忠。尧舜之圣，只是谦到至诚处，便是允恭克让⑬，温恭允塞也⑭。汝曹勉之敬之，其毋若伯鲁之简哉⑮！

[注释]

①正宪：王阳明继子，王阳明从弟守信之子。

②病痛：此处喻道德修养上存在的缺点。

③傲：自高自大。

④下人：自卑而尊人。《礼记·曲礼》："夫礼者，自卑而尊人。"

⑤弟：通"悌"，孝悌。

⑥象：传说中舜之弟。

⑦丹朱：传说中尧长子，讳铄，名元明，号陶朱，以居丹水，故名丹朱。丹朱荒淫无度，不为尧所器重，放逐讙头国。《史记·五帝本纪》："尧知子丹朱之不肖，不足授天下，于是乃权授舜。"

⑧汝曹：你们。汝，你。曹，辈、们。

⑨卑逊：谦虚恭谨。

⑩中心：内心。

⑪撙节：克制。

⑫斯：这。

⑬允恭克让：诚实、恭敬又能够谦让。允，诚信；克，能够；让，谦让。《尚书·尧典》："曰若稽古帝尧，曰放勋，钦、明、文、思、安安，允恭克让，光被四表，格于上下。"

⑭温恭允塞：文明温恭，信能充实上下。《书·禹贡》："濬哲文明，温恭允塞。"

⑮伯鲁之简：意为赵简子授予长子伯鲁之写有训词的竹简。典出自《资治通鉴·周纪一》："赵简子之子，长曰伯鲁，幼曰无恤。将置后，不知所立。乃书训诫之词于二简，以授二子，曰：'谨识之。'"

[评析]

王阳明此书扇文作于明嘉靖四年（1525），时为其父丁忧期满后未被朝廷起用，王阳明在绍兴家中授徒讲学。题扇文字是教育其继子正宪要戒"傲"。王阳明于弘治二年（1489）遵父命在南昌完婚，时年十八岁，婚后无子女。直到四十四岁时，其父王华择阳明从弟守信第五子正宪立为嗣子，时正宪八岁。王阳明对嗣子正宪十分关爱，视同己出。王阳明弟子薛侃在《同门轮年抚孤题单》中说道："先师年逾四十，未有嗣子，择守信第五男正宪为嗣，抚育婚娶。"王阳明十分重视对嗣子的培养、教育，胜似己出，还通过题诗、书扇、书信等多种途径对正宪进行道德教育，对其成长寄予厚望。即便是戎马倥偬的平乱平叛之际，亦没有放松对继子的教育。据《阳明先生年谱》载："十有三年（1518）戊寅，先生四十七岁，在赣。正月，征三浰。《与薛侃书》曰：'小儿正宪，犹望时赐督责。'"

此题扇文从析"傲"之危害入手，王阳明认为"傲"是"千罪百恶"之"恶念"，其表现形式是"自高自是，不肯屈下人"，并进一步分析"傲"的危害：在家不能尽孝、尊重兄长、为国不能尽忠。还以传说人物舜之弟"象之不仁"与尧之长子"丹朱之不肖"为例，说明"傲"必然对自身与社会造成危害。可以说这是王阳明在长期的思想探索和社会实践中总结出来的人生经验，以及对某些社会问题产生原因的深刻解剖。"傲"从现象上看是个人的道德修养问题，但本质上是人性中存在的一个缺陷，使良知遭受遮蔽。傲气一旦膨胀若不及时克制，就会导致严重的社会问题。解决这一"病痛"则须"谦"，以"谦"治"傲"，别无他法。要做到"谦"，必须开显"恭敬"之心，撙节退让，思己之过，包容他人，而不是仅仅停留在言语上、外表上作谦虚状。最后，王阳明引用典故，希望正宪学圣人之行，而不要成为"伯鲁"式的庸人。正因为王阳明早就看到了人格中存在的缺陷，继子正宪日常的言行正暴露出令其担忧的"傲劲"，故时时处处严加教育，启发引导。王阳明五十五岁那年，妻子诸氏逝世。其后，继室张氏生育一子，名正聪，后改名正亿。尽管王阳明有了亲子，但对继子正宪的教育仍没有放松。明嘉靖六年（1527）八月，王阳明奉命平广西之乱，过岭南后，即寄书正宪，其中说道："家中凡百皆只依我戒谕而行。魏廷豹、钱德洪、王汝中当不负所托，汝宜亲近敬信，如就芝兰可也。廿二叔忠信好学，携汝读书，必能切励。汝不审近日亦有少进益否？"王阳明在远征广西的途中，对正宪的教育问题还是不放心，信中一再叮嘱正宪要听魏廷豹指教，跟廿二叔好好读书，苦口婆心，语意深长。同时，针对正宪性格和品行上存在的问题，还郑重关照弟子钱德洪、王畿对正宪严加管教，不要有所顾忌："正宪尤极懒惰，若不痛加针砭，其病未易能去。父子兄弟之间，情既迫切，责善反难，其任乃在师友之间。想平日骨肉道义之爱，当不俟于多嘱也。"在《又与克彰太叔》信中，王阳明也提到对正宪的教育问题："正宪辈狂稚，望以此意晓谕之。""正宪读书，一切举业功名等事皆非所望，但惟教之以孝弟而已。"从题扇文与其他书信中可以看出，王阳明对继子正宪的教育从来也没有放松过，可见其家教之严，用心良苦。

此题扇文因受制于材料的局限，文字简短，但言简意赅，直指"病根"。通过比喻将抽象的"傲"转化为直观的"病痛"，用排比句直陈"傲"之危害，用典故例证"傲"之后果。在分析上，由普遍性问题推及个别性问题，又从个别问题推演到一般问题，由表及里，步步深入。并用正反对比，揭示成圣之路可学可行，这正是王阳明所希望看到的，也是其"致良知"思想在教子问题上的体现。

寄正宪男手墨二卷①

即日舟已过严滩②，足疮尚未愈，然亦渐轻减矣。家中事凡百与魏廷豹相计议而行③。读书敦行④，是所至嘱。内外之防，须严门禁⑤。一应宾客来往及诸童仆出入，悉依所留告示，不得少有更改。四官尤要戒饮博⑥，专心理家事。保一谨实可托⑦，不得听人哄诱，有所改动。我至前途，更有书报也。

舟过临江⑧，五鼓与叔谦遇于途次⑨，灯下草此报汝知之。沿途皆平安，咳嗽尚未已，然亦不大作。广中事颇急⑩，只得连夜速进，南赣亦不能久留矣⑪。汝在家中，凡宜从戒谕而行。读书执礼，日进高明，乃吾之望。魏廷豹此时想在家，家众悉宜遵廷豹教训，汝宜躬率身先之。书至，汝即可报祖母诸叔。况我沿途平安，凡百想能体悉我意，钤束下人谨守礼法⑫，皆不俟吾喋喋也⑬。廷豹、德洪、汝中及诸同志亲友⑭，皆可致此意。

近两得汝书，知家中大小平安。且汝自言能守吾训戒⑮，不敢违越，果如所言，吾无忧矣。凡百家事及大小童仆，皆须听魏廷豹断决而行。近闻守度颇不遵信⑯，致抵牾廷豹。未论其间是非曲直，只是抵牾廷豹⑰，便已大不是矣。纪闻其游荡奢纵如故，想亦终难化导。试问他毕竟如何乃可，宜自思之。守悌叔书来⑱，云汝欲出应试，但汝本领未备，恐成虚愿⑲。汝近来学业所进吾不知，汝自量度而行，吾不阻汝，亦不强汝也。德洪、汝中及诸直谅高明，凡肯勉汝以德义，规汝以过失者，汝宜时时亲就。汝若能如鱼之于水，不能须臾而离，则不及人不为忧矣。吾平生讲学，只是"致良知"三字⑳。仁，人心也；良知之诚爱恻怛处㉑，便是仁，无诚爱恻怛之心，亦无良知可致矣。汝于此处，宜加猛省。家中凡事不暇一一细及，汝果能敬守训戒，吾亦不必一一细及也。余姚诸叔父昆弟皆以吾言告之。前月曾遣舍人任锐寄书㉒，历此时当已发回。若未发回，可将江西巡抚时奏报批行稿簿一册，共计十四本，封固付本舍带来。我今已至平南县㉓，此去田州渐近㉔。田州之事，我承姚公之后㉕，或者可以因人成事。但他处事务似此者尚多，恐一置身其间，一时未易解脱耳。汝在家凡百务宜守我戒谕㉖，学做好人。德洪、汝中辈须时时亲近，请教求益。聪儿已托魏廷豹时常一看。

廷豹忠信君子，当能不负所托。但家众或有桀骜不肯遵奉其约束者㉗，汝须相与痛加惩治。我归来日，断不轻恕。汝可早晚常以此意戒饬之㉘。廿二弟近来砥砺如何㉙？守度近来修省如何？保一近来管事如何？保三近来改过如何㉚？王祥等早晚照管如何㉛？王祯不远出否㉜？此等事，我方有国事在身，安能分念及此？琐琐家务，汝等自宜体我之意，谨守礼法，不致累我怀抱乃可耳。

又

去岁十二月廿六日始抵南宁㉝，因见各夷皆有向化之诚㉞，乃尽散甲兵㉟，示以生路。至正月廿六日，各夷果皆投戈释甲㊱，自缚归降㊲，凡七万余众。地方幸已平定。是皆朝廷好生之德感格上下，神武不杀之威潜孚默运㊳，以能致此。在我一家则亦祖宗德泽阴庇㊴，得无杀戮之惨，以免覆败之患。俟处置略定，便当上疏乞归。相见之期渐可卜矣。家中自老奶奶以下想皆平安。今闻此信，益可以免劳挂念。我有地方重寄㊵，岂能复顾家事！弟辈与正宪，只照依我所留戒谕之言，时时与德洪、汝中辈切磋道义㊶，吾复何虑。余姚诸弟侄，书到咸报知之。八月廿七日南宁起程，九月初七日已抵广城㊷，病势今亦渐平复，但咳嗽终未能脱体耳。养病本北上已二月余，不久当得报。即逾岭东下，则抵家渐可计日矣。书至即可上白祖母知之。近闻汝从汝诸叔诸兄皆在杭城就试。科第之事，吾岂敢必于汝，得汝立志向上，则亦有足喜也。汝叔汝兄今年利钝如何㊸？想旬月后此间可以得报，其时吾亦可以发舟矣。因山阴林掌教归便㊹，冗冗中写此与汝知之。

我至广城已逾半月，因咳嗽兼水泻，未免再将息旬月㊺，候养病疏命下，即发舟归矣。家事亦不暇言，只要戒饬家人，大小俱要谦谨小心，余姚八弟等事近日不知如何耳㊻？在京有进本者，议论甚传播，徒取快谗贼之口，此何等时节，而可如此！兄弟子侄中不肯略体息㊼，正所谓操戈入室，助仇为寇者也，可恨可痛！兼因谢姨夫回㊽，便草草报平安。书至，即可奉白老奶奶及汝叔辈知之。钱德洪、王汝中及书院诸同志皆可上覆，德洪、汝中亦须上紧进京，不宜太迟滞。

近因地方事已平靖㊾，遂动思归之怀，念及家事，乃有许多不满人意处。守度奢淫如旧，非但不当重托，兼亦自取败坏，戒之戒之！尚期速改可也。宝一勤劳，亦有可取。只是见小欲速，想福分浅薄之故，但能改创亦可。宝三长恶不悛㊿，断已难留，须急急遣回余姚，别求生理；有容留者，即是同恶相济之人，宜并逐之。来贵奸惰略无改悔(51)，终须逐出。来隆、来价不知近来干办何如(52)？须痛自改省，但看同辈中有能真心替我管事者，我亦何尝不知。添福、添定、王三等辈(53)，只是终日营营，不知为谁经理，试自思之！添保尚不改过(54)，归来仍须痛治。只有书童一人实心为家(55)，不顾毁誉利害，真可爱念。使我家有十个书童，我事皆有托矣。来琐亦老实可托(56)，只是太执戆(57)，又听妇言，不长进。王祥、王祯务要替我尽心管事，但有阙失，皆汝二人之罪。俱要拱听魏先生教戒(58)，不听者责之。

[注释]

①正宪（1508~1562）：即王正宪，字仲肃，号紫汉，为王阳明继子。据《阳明先生年谱》载，王阳明44岁时，其与弟守俭、守文、守章俱未

有子，父王华即择弟王衮子守信第五子正宪过继，是年，正宪8岁。手墨：亲手书写的墨迹。

②严滩：又名严陵濑，位于浙江桐庐的富春江。富春江共有十六滩，严滩是第二滩。相传东汉初年严子陵在此隐身钓鱼，故名。严子陵，余姚人，东汉高士。曾与后为光武帝的刘秀同窗。刘称帝后，礼聘严子陵任谏议大夫。严子陵不恋官位，到富春山隐居。

③魏廷豹：即魏直，字廷豹，浙江萧山人。精医术。为王阳明弟子。

④敦行：笃行。

⑤门禁：此处意为戒备防范。

⑥饮博：饮酒博戏。

⑦保一：为王阳明母系亲属，时在绍兴伯府中。

⑧临江：临江古称"石龙城"。明洪武年间，改临江路为临江府，府治清江（在今江西省樟树市临江镇）。

⑨五鼓：古代把夜晚分成五个时段，用鼓打更报时，称"五更""五鼓"。叔谦：即张元冲，字叔谦，号浮峰。绍兴府山阴人。进士。历官至右副都御史。

⑩广中：指广西。

⑪南赣：指江西、福建、广东、湖广四省交界山区，军政主管为"巡抚南赣汀韶等处地方提督军务"。明弘治十年（1497）始置，驻赣州（治今江西赣州市）。

⑫钤（qián）束：管束，约束。

⑬喋喋：形容说话多。

⑭汝中：即王畿（1498~1583），字汝中，号龙溪，学者称"龙溪先生"。绍兴府山阴（今绍兴）人。王阳明高足弟子。官至南京兵部武选司郎中。著有《王龙溪全集》二十卷。

⑮训戒：告诫。

⑯守度：为王阳明从弟。

⑰抵牾：抵触。

⑱守悌：为王阳明从弟。

⑲虚愿：不切实际的愿望。

⑳致良知：阳明心学术语，意为开显人的心体，即人性本来的状态。

㉑恻怛：此处意为恻隐之心。

㉒舍人：门客。

㉓平南县：今为广西贵港市所辖的一个县。

㉔田州：宋代，在今广西田东县地设田州土州。至明代，田州土州治所迁往今广西田阳县境内。

㉕姚公：即姚镆，字英之，浙江慈溪人。进士。明嘉靖四年（1525）任右都御史，提督两广军务兼巡抚。

㉖戒谕：告诫训谕。

㉗桀（jié）骜：意为强悍。

㉘戒饬（chì）：告诫。

㉙廿二弟：此以王正宪的辈分称说，应指王阳明侄子王正感，字仲诚，号盛塘，王阳明大弟守俭之子。砥砺：此处意为磨炼。

㉚保三：为王阳明母系亲属，时在绍兴伯府中。

㉛王祥：王阳明族人，时在绍兴伯府。

㉜王祯：王阳明族人，时在绍兴伯府。

㉝去岁：指明嘉靖六年（1527）。

㉞向化：归化或顺服。

㉟甲兵：指披坚执锐的士卒。

㊱各夷：此指瑶、僮贼寇。

㊲归降：投诚。

㊳潜孚默运：意为内心诚服，不露声色地服从。

㊴阴庇：覆荫庇护。

㊵重寄：意为朝廷重大的托付。

㊶切磋（cuō）：此处意为相互研讨问题。

㊷广城：指广州。

㊸利钝：锋利与滞钝，此处意为参加乡试成败。

㊹掌教：主管教授事务。

㊺将息：调养，休息。

㊻八弟：指王阳明从兄王守恭，为王衮幼子。

㊼体息：此处意为体谅。

㊽谢姨夫：指王阳明连襟谢丕，余姚人大学士谢迁之仲子。此以正宪辈分指称。

㊾平靖：此处意为社会秩序安定。

㊿宝三：为王阳明母郑氏系亲属。长恶不悛：指长期作恶，不肯悔改。

㈤来贵：王阳明远亲属，时在绍兴伯府。

㈤来隆、来价：王阳明远亲属，时在绍兴伯府。干办：意为"办事"。

㉝添福、添定、王三：王阳明远亲属，时在绍兴伯府。

㉞添保：王阳明远亲属，时在绍兴伯府。

㉟书童：王阳明远亲属，时在绍兴伯府。

㊱来琐：王阳明远亲属，时在绍兴伯府。

㊲执戆（gàng）：意为戆头戆脑。

㊳拱听：恭听。

[评析]

　　王阳明婚后无子女，其父王华择其弟之子守信第五子正宪为王阳明嗣子，时年为明正德十年（1515），正宪八岁。王阳明对继子的抚养、教育十分重视，胜似己出。还通过题诗、书扇、书信等多种途径对正宪进行道德教育，希望将其培养成才。诸如在正德十六年（1521），王阳明归越在家时作三言《示宪儿》训语，用通俗的比喻谆谆告诫正宪做人的道理。"凡做人，在心地。""譬树果，心是蒂，蒂若坏，果必坠。"在王阳明"居越诗四十一首"中收录《书扇示正宪》一诗："汝自冬春来，颇解学文义，吾心岂不喜？顾此枝叶事，如树不植根，暂荣终必瘁。植根可如何？愿汝且立志！"在诗中，王阳明将立志比作植根，勉励正宪立志、修心成德业。明嘉靖六年（1527）五月，朝廷命王阳明兼都察院左都御史，出征广西思恩、田州。六月，王阳明上疏请辞不允。九月，在安排好书院、家务等事宜后，即从绍兴启程赴任。从此二卷家书的内容看，首卷是王阳明一行舟过江西临江于灯下所书，实则是对正宪二次来书的复信；次卷是嘉靖七年（1528）九月，王阳明在平定广西土司叛乱及八寨、断藤峡盗贼以后欲返家乡途经广州时所写，离前书已一年左右。

　　首信的主要内容：一是告诫正宪要服从和协助管家魏廷豹处理好家事，管理好家中的杂役，并在家中做出表率。魏廷豹是王阳明委托的王府大管家。二是告诫正宪要自觉接受钱德洪、王畿的教诲，此二人是王阳明的高足弟子，其临行前委托他们教育正宪。王阳明特别告诫说："德洪、汝中及诸直谅高明，凡肯勉汝以德义，规汝以过失者，汝宜时时亲就。汝若能如鱼之于水，不能须臾而离，则不及人不为忧矣。"从中可看出王阳明对两位弟子的器重，并把教育正宪的重任交给两位弟子。三是告诫正宪要在修身养性上着力，即"致良知"。"吾平生讲学，只是'致良知'三字。仁，人心也；良知之诚爱恻怛处，便是仁，无诚爱恻怛之心，亦无良知可致矣。汝于此处，宜加猛省。家中凡事不暇一一细及，汝果能敬守训戒，吾亦不必一一细及也。"王阳明此番教诲，亦是此信主旨，是其心学的核心思想，其将"致良知"作为家教训语，反映出王阳明亦将心学要旨落实在家庭成员的教育中。另外，此信中亦反映出家中某些成员及其亲戚不守礼数、无视家规管束等问题，令王阳明十分担忧，故对自己的继子提出了更高的要求，正人先正己，这也许是王阳明写此信的一个重要原因。

次信的主要内容：一是介绍了王阳明平广西思恩、田州之乱的情况。二是叙说了上奏朝廷要求回乡养病的理由及归途行程的情况。据《阳明先生年谱》记载：明嘉靖七年十月，王阳明在平定广西土司的叛乱以及八寨、断藤峡的盗贼后，即向朝廷上奏养病乞归的要求，奏疏上报后被朝中权臣搁置。无奈之下，王阳明将公事委托他人代为办理后，踏上归程，边走边等朝廷的批复。途经伏波庙拜谒、辗转至广东增城祭祀先祖王纲庙，访道友湛若水故居并题诗于壁。后行之广州，继续等朝廷批复，期间写信给继子正宪。三是对家中某些成员以及亲戚不守家法、道德沦丧的行为感到十分气愤，要求正宪协助魏廷豹严加管束。从信中所述的情况看，王阳明对大家庭中一些人因道德素养低下将会导致的结果是十分清楚的，故在广州滞留之际写信给正宪，实际上是警告这些道德素养低下的家庭成员行为要收敛。同时，也反映出王阳明内心深深的不安。这也说明，即便在王阳明的家庭中，"知行合一""致良知"的自我修炼也同等重要，个人自觉的修身实践并不是王阳明的家庭教育可以替代的，其道德修养功夫在于自身的努力。然而，正当王阳明欲返乡后整治大家庭中的无良成员时，在没有等到朝廷批复前，因重病缠身，起程归乡，最后病逝于江西南安大余青龙铺舟中，而未能实现亲自整肃家风的愿望。

王阳明于嘉靖六年在征广西的途中及次年欲归乡滞留广州期间前后写

给继子正宪的两封家书，反映了王阳明一生追求光明，并将自己的为学宗旨推行到家庭之中，对家庭成员亦不放松教育。这两封家书对研究王阳明在逝世前两年中的事迹及处理家庭问题提供了最直接的史料，对于考察其心学思想发展的整个过程亦是不可多得的佐证材料。从家教家风的角度看，王阳明治家十分严格，这从对其继子的教育中就可以得到证明。应该说王正宪在其父王阳明的严格教育下虽无大的功德，但考其一生事迹还是做了不少有益的事。王阳明弟子钱德洪、邹守益、陈惟浚在读到王正宪保存的此二书后均有评语，对阳明先生的教诲之言深受感动，说明此家书意义之重大。

附：王阳明弟子钱德洪、邹守益、陈惟浚题跋：

钱德洪题注：正宪字仲肃，师继子也。嘉靖丁亥，师起征思、田，正亿方二龄。托家政于魏廷豹，使饬家众以字胤子。托正宪于洪与汝中，使切磨学问以饬内外。延途所寄音问，当军旅倥偬之时，犹字画遒劲，训戒明切。至今读之，宛然若示严范。师没后，越庚申，邹子谦之、陈子惟浚来自怀玉，奠师墓于兰亭，正宪携卷请题其后。噫！今二子与正宪俱为泉下人矣，而斯卷独存。正宪年十四，袭师锦衣荫，喜正亿生，遂辞职出就科试。即其平生，邹子所谓"授简不忘""夫子于昭"之灵，实宠嘉之，其无愧于斯言矣乎！

东廓邹守益跋：先师阳明夫子家书二卷，嗣子正宪仲肃甫什袭藏之。益趋天真，奠兰亭，获睹焉。喜曰："是能授简不忘矣！"书中"读书敦行，日进高明""钤束下人，谨守礼法"及切磋道义，请益求教，互相夹持，接引来学，真是一善一药。至"吾平日讲学，只是'致良知'三字。仁，人心也；良知之诚爱恻怛处，便是仁，无诚爱恻怛，亦无良知可致"，是以继志述事望吾仲肃也。仲肃日孳孳焉，进而书绅，退而服膺，则大慰吾党爱助之怀，而夫子于昭之灵，实宠嘉之。

明水陈九川跋：此先师广西家书付正宪仲肃者也。中间无非戒谕家人谨守素训。至"致良知"三字，乃先师平素教人不倦者。云"诚爱恻怛之心，即是致良知"，此晚年所以告门人者，仅见一二于全集中，至为紧要。乃于家书中及之，可见先师之所以叮宁告戒者，无异于得力之门人矣。仲肃宜世袭之。

为善最乐文 丁亥

君子乐得其道①，小人乐得其欲②。然小人之得其欲也，吾亦但见其苦而已耳③。"五色令人目盲，五声令人耳聋，五味令人口爽，驰骋田猎令人心发狂④。"营营戚戚⑤，忧患终身⑥，心劳而日拙⑦，欲纵恶积，以亡其生⑧，乌在其为乐也乎？若夫君子之为善⑨，则仰不愧，俯不怍⑩；明无人非，幽无鬼责；优优荡荡⑪，心逸日休⑫。宗族称其孝，乡党称其弟⑬；言而人莫不信，行而人莫不悦。所谓无入而不自得也⑭，亦何乐如之？

妻弟诸用明⑮，积德励善，有可用之才而不求仕⑯。人曰："子独不乐仕乎？"用明曰："为善最乐也。"因以四字匾其退居之轩⑰，率二子阶、阳⑱，日与乡之俊彦，读书讲学于其中。已而，二子学日有成，登贤荐秀。乡人啧啧⑲，皆曰："此亦为善最乐之效矣！"用明笑曰："为善之乐，大行不加，穷居不损，岂顾于得失荣辱之间而论之？"闻者心服。仆夫治圃⑳，得一镜，以献于用明。刮土而视之，背亦适有"为善最乐"四字。坐客叹异，皆曰："此用明为善之符㉑，诚若亦不偶然者也㉒。"相与咏其事㉓，而来请于予以书之，用以训其子孙㉔，遂以勖夫乡之后进㉕。

[注释]

①道：此处意为道德境界。

②欲：满足某种私欲。

③耳：罢了。

④五色令人目盲，五声令人耳聋，五味令人口爽，驰骋田猎令人心发狂：语出《老子·十二章》。大意为：缤纷的色彩，使人眼花缭乱；嘈杂的音调，使人听觉失灵；丰盛的食物，使人舌不知味；纵情狩猎，使人心情放荡发狂。五色，指青、黄、赤、白、黑，意指色彩多样。目盲，比喻眼花缭乱。五音，指宫、商、角、徵、羽，意为各种音乐声。耳聋，比喻听觉不灵敏，分不清五音。五味，指酸、苦、甘、辛、咸，意为各种美味。口爽，意为味觉失灵，生了口病。古代以"爽"为口病的专用名词。驰骋，纵横奔走，比喻纵情放荡。田猎，打猎获取动物。心发狂，心旌放荡而不可制止。

⑤营营戚戚：此处形容为追逐名利内心躁急不安而忧虑的样子。

⑥忧患：困苦患难。

⑦拙：笨，不灵巧。

⑧生：生命。

⑨若夫：用在句首或段落的开始，表示另提一事，意为至于。

⑩怍（zuò）：惭愧。

⑪优优荡荡：此处意为胸襟坦荡。

⑫逸：此处意为安逸，安乐。

⑬乡党：古代五百家为党，一万二千五百家为乡，合而称乡党。此处

泛指乡亲。弟：通"悌"，敬重兄长。

⑭无入而不自得：君子无论处在什么境遇都能保持中庸之道，安然自足，语出《礼记·中庸》。

⑮诸用明：名经，字用明，号前川，王阳明岳父诸让子。光绪《余姚县志·诸用明传》载："诸用明，王守仁妻弟也。积德励善，有可用之才而不求仕。"

⑯仕：做官。

⑰轩：此处指有窗的小屋。

⑱阶、阳：为诸用明的儿子诸阶、诸阳。据《诸氏宗谱》载，诸阶，字伯登，号四山。明嘉靖甲午廪贡生，钦授儒官。诸阳，字伯复，又字伯偶，号见心。治《书经》。嘉靖元年（1522）举人。历任南直隶宁国府推官、太平府通判。二人皆从王阳明学。

⑲啧啧：拟声词，形容非常赞赏。

⑳仆夫：此处指家庭佣人。治圃：意为在园子内种植菜蔬、花草、瓜果。

㉑符：此处意为天降"符瑞"，与人事相应，吉祥的征兆。

㉒诚若：至诚和顺。《礼记·礼器》："君子之于礼也，有所竭情尽慎，致其敬而诚若，有美而文而诚若。"

㉓相与：一起。咏：此处意为传颂。

㉔训：教诲，开导。

㉕勖（xù）：古同勉励。

[评析]

据《阳明先生年谱》载，明嘉靖六年（1527）八月，王阳明奉命出征广西。此文题下注"丁亥"，故应写于出征之前。诸用明为王阳明岳父诸让之子。从现存的史料看，王阳明与妻舅的关系中，与诸用明的关系最为密切。

明正德六年（1511），诸用明曾致书时任吏部员外郎的王阳明问学。王阳明在《寄诸用明》的回信中，一再强调君子应以学业为重，尤其是年轻人，不要将精力过分地用在科举上，这也可说是王阳明的人生总结，其将自己的体悟毫无保留地告于诸用明及其儿子诸阶、诸阳。诸用明听从王阳明的劝告，时时处处积德励善，故王阳明称其"有可用之才而不求仕"。此文尽管篇幅短小，不足500字，但思想内涵十分深刻，揭示了人生的"至乐"境界。前后分两部分。

第一部分，开宗明义，用"君子乐得其道，小人乐得其欲"一语点明全文主旨，将"君子"与"小人"的内涵作了明确界定。君子之乐，追求一种高尚的人生境界；而小人之乐，仅仅是满足物欲。在王阳明看来，此"乐"中包藏着"苦"之生。有的人为满足感官刺激而近于发狂，欲壑难填，为利欲四处奔走，投机钻营，终身烦恼，最后必将乐极生悲，甚至断送性命。怎么才算得上"乐"呢？真正的乐境，在王阳明看来，即"为善"，别无他途。"善"作为一种道德伦理观念，是人的良知在日用中的流行，是人性的展现，或者说是"人性"之根，并非仅仅做一二件好事这样简单。《国语·晋语》中有言："善，德之建也。"因此，"善"即为人道德境界之追求，亦是道德实践之日用。能真正做到"为善"，与"小人"追求物欲相比，则是另外一番天地了。俯仰天地，心中无愧；人前人后，胸中坦荡；居家处世，和谐共乐。无论处于什么样的境遇之中，都能保持善良之心，安然自乐，自得其中。此"善心"，即为阳明心学之精髓"致良知"。达于己，则乐其终身；达于家庭，则和乐怡然；达于社会，则和睦共处。王阳明认为，"为善"重于"为仕"，还有什么比"为善"更乐的事吗？继而阐明了"为乐之道"的深意，在于"无入而不自得",将"为乐"上升至道德层面。为此,王阳明对其妻舅的处世之道给予了高度赞赏。

第二部分,高度赞扬了诸用明积德励善的品行:"有可用之才而不求仕。"文中用一段对话,揭示了诸用明的内心追求,即对于"乐"的体悟。"为善最乐"语出《后汉书·东平宪王苍传》:"日者,问东平王,处家何等最乐?王言为善最乐。"由此,还可追溯至庄子的"至乐"观,这对研究王阳明的道家思想亦是有力佐证。诸用明顺其自然,将"为善最乐"四字书于家轩以自勉,并作家训之用。诸用明还将自己的道德体悟传导给儿子,二子承父志,学有所成,受到乡人称赞,一时成为美谈。

此文在写作上堪为神奇,在阐述抽象的"善"之道理中,运用了多种论证方法:采用引证法,引《老子》语证"物欲"之害;用正反对比法,论证"小人"之乐与"君子"之乐的本质区别。并对何为"君子之乐"、何为"小人之欲"的内涵作了深刻的界定,以此设置论证的逻辑前提。然后,以其妻舅诸用明"有可用之才而不仕"为小前提,推出"为善"之道的结论。更为叫绝的是文末用一个神奇故事,将"为善最乐"的内涵上升到哲理层面。"仆夫治圃,得一镜,以献于用明。刮土而视之,背亦适有'为善最乐'四字。坐客叹异,皆曰:'此用明为善之符,诚若亦不偶然者也。'"文中以偶得之镜,喻其天道、地道、人道之合,奇峰突起,意境高远,彰显出王阳明说理小品文之理趣。另外,此文造语新颖,读之令人耳目一新。诸如营营戚戚、忧患终身、心劳而日拙、欲纵恶积、以亡其生、积德励善,等等,既高度概括了社会现象,又增加了论证力量。

附录

一、王阳明辞赋简析

太白楼赋　丙辰

岁丙辰之孟冬兮，泛扁舟予南征。凌济川之惊涛兮，览层构乎任城。曰太白之故居兮，俨高风之犹在。蔡侯导余以从陟兮，将放观乎四海。木萧萧而乱下兮，江浩浩而无穷。鲸敖敖而涌海兮，鹏翼翼而承风。月生辉于采石兮，日留景于岳峰。蔽长烟乎天姥兮，渺匡庐之云松。慨昔人之安在兮，吾将上下求索而不可。蹇余虽非白之俦兮，遇季真之知我。羌后人之视今兮，又乌知其不果？吁嗟太白公奚为其居此兮，余奚为其复来？倚穹霄以流盼兮，固千载之一哀！昔夏桀之颠覆兮，尹退乎莘之野。成汤之立贤兮，乃登庸而伐夏。谓鼎俎其要说兮，维觉人之挤诟。曾圣哲之匡时兮，夫焉前枉而直后！当天宝之末代兮，淫好色以信谗。恶来妹喜其猖獗兮，众皆狐媚以贪婪。判独毅而不顾兮，爰命夫以仆妾之役。宁直死以颠颔兮，夫焉患得而局促。开元之绍基兮，亦遑遑其求理。生逢时以就列兮，固云台麟阁而容与。夫何漂泊于天之涯兮？登斯楼乎延伫。信流俗之嫉妒兮，自前世而固然。怀夫子之故都兮，沛余涕之湲湲。庙堂之偃蹇兮，或非情之所好。惟不合于斯世兮，恣沉酣而远眺。进吾不遇于武丁兮，退吾将颜氏之箪瓢。奚曲蘖其昏迷兮，亦夫子之所逃。管仲之辅纠兮，孔圣与其改行。佐璘而失节兮，始以见道之未明。睹夜郎之有作兮，横逸气以徘徊。亦初心之无他兮，故虽悔而弗摧。吁嗟其谁无过兮，抗直气之为难。轻万乘于褐夫兮，固孟轲之所叹。旷绝代而相感兮，望天宇之漫漫。去夫子其千祀兮，世益隘以周容。媒妇妾以驰骛兮，又从而为之吭痈。贤者化而改度兮，竞规曲以为同。

卒曰：峄山青兮河流泻，风飕飕兮澹平野。凭高楼兮不见，舟楫纷兮楼之下，舟之人兮俨服，亦有庶几夫之踪者！

【简析】

《太白楼赋》题下所注年代为"丙辰"，即此赋作于明弘治九年（1496）。据《阳明先生年谱》载："及丙辰会试，果为忌者所抑。同舍有以不第为耻者，先生慰之曰：'世以不得第为耻，吾以不得第动心为耻。'识者服之。归余姚，结诗社龙泉山寺。"由此可知，此赋为王阳明第二次会试下第后返余姚故乡，在途经山东济宁时，登太白楼游览所作，其时年方二十五岁。

太白楼原称"太白酒楼"，为唐代贺兰氏经营之酒楼，诗人李白于唐玄宗开元二十四年（736）携家人移居酒楼前，常在酒楼宴饮。李白逝世后，至唐懿宗咸通二年（861），江苏吴兴人沈光过济宁时题"太白酒楼"匾，并作《李翰林酒楼记》，从此"太白酒楼"名扬天下。明洪武二十四年（1391），济宁左卫指挥使狄崇依原楼样式重建太白楼，移迁于南门城楼东城墙之上（今址），并去"酒"字。由此，"太白楼"名留传至今。

青年王阳明借登楼怀古之机，托物言志，作此赋抒发了对"诗仙"李白的崇敬之情，以追慕先贤，表达自己的远大志向。此赋从途经济宁、登太白楼落笔，文思由近及远，谈古论今，纵论天下治乱得失，世事之变迁，不乏真知灼见，充满了生命的激情和对前途的希冀。王阳明用如椽之笔，盛赞李白之"直气"，慨叹世道之污浊，并对李白因佐李璘"失节"一事，表达了独到的看法："吁嗟其谁无过兮，抗直气之为难。"他还对世俗的乱象表示愤慨，欲以贤者为典范，"贤者化而改度兮，竞规曲以为同"，立志投身于社会的变革。此赋文思如涌，汪洋恣肆，大气磅礴，表现出王阳明积极入世、刚直不阿、勇于抗争的精神。王阳明一生光明磊落，从某种意义上说与其崇尚屈原、李白等贤达的人格有关。在历代登临凭吊李白的同类赋作中，极少有人达到此赋所蕴含的历史知识、政治思想和语言艺术的高度。此赋与其后所作的《吊屈原赋》在立意与情感上一以贯之，曲折地表达了王阳明的理想人格，具有较高的审美价值。

大伾山赋

王子游于大伾山之麓，二三子从焉。秋雨霁野，寒声在松。经龙居之窈窕，升佛岭之穹窿。天高而景下，木落而山空。感鲁卫之故迹，吊长河之遗踪。倚清秋而远望，寄遐想于飞鸿。于是开觞云石，洒酒危峰。高歌振于岩壑，余响递于悲风。二三子慨然太息曰："夫子之至于斯也，而仆右之乏，二三子走，偶获供焉。兹山之长存，固夫子之名无穷也。而若走者，袭荣枯于朝菌，与蟪蛄而始终。吁嗟乎！亦何怪于牛山、岘首之沾胸！"王子曰："嘻！二三子尚未喻于向之与尔感叹而吊悲者乎？当鲁卫之会于兹也，车马玉帛之繁，衣冠文物之盛，其独百倍于吾侪之聚于斯而已耶！而其囿于麋鹿，宅于狐狸也，即已不待今日而知矣。是故盛衰之必然，尔尚未睹夫长河之决龙门，下底柱，以放于兹土乎？吞山吐壑，奔涛万里，固千古之经渎也，而且平为禾黍之野，崇为邑井之虚。吁嗟乎！流者而有湮，峙者其能无夷！则斯山之不荡为尘沙而化为烟雾者几稀矣！况吾与子，集露草而随风叶，曾木石之不可期，奈何忌其飘忽之质，而欲较久暂于锱铢者哉！吾姑与子达观于宇宙，可乎？"二三子曰："何如？"王子曰："山河之在天地也，不犹毛发之在吾躯乎？千载之于一元也，不犹一日之于须臾乎？然则久暂奚容于定执，而小大未可以一隅也。而吾与子固将齐千载于喘息，等山河于一芥，遨游八极之表，而往来造物之外。彼人事之倏然，又乌足为吾人之芥蒂者乎！"二三子喜，乃复饮。已而，夕阳入于西壁，童仆候于岩阿。忽有歌声自谷而出，曰："高山夷兮，深谷嵯峨。将胼胝是师兮，胡为乎蹉跎？悔可追兮，遑恤其他。"王子曰："夫歌者为吾也。"盖急起而从之，其人已入于烟萝矣。

大明弘治己未重阳，余姚王守仁伯安赋并书。

【简析】

王阳明所作《大伾山赋》，未收入《王文成公全书》，近年方收入今人所编《王阳明全集》，参见钱明编校《王阳明全集》（新编本第五册）。此赋据故宫出版社《王阳明书法作品全集》（2017年版）拓本移录。据赋末落款时间为"己未重阳"，即明弘治十二年（1499）。结合《阳明先生年谱》看，为其初入仕途观政工部，奉命赴河南浚县督造王越墓竣工后，游览当地大伾山时所作。

此赋主要记录了王阳明一行登大伾山的行踪和游感："王子游于大伾山之麓,二三子从焉。秋雨霁野,寒声在松。经龙居之窈窕,升佛岭之穹窿。天高而景下,木落而山空。感鲁卫之故迹,吊长河之遗踪。倚清秋而远望,寄遐想于飞鸿。于是开觞云石,洒酒危峰,高歌振于岩壑,余响递于悲风……"赋作除表达王阳明对大伾山的赞美之情外,还充满了对人生、对仕途的激情,踌躇满志。阐述了"山河之在天地也,不犹毛发之在吾躯乎?千载之于一元也,不犹一日之于须臾乎"的宇宙运行辩证思想。一咏一叹,抒发了王阳明博大的胸怀。不难看出,王阳明作《大伾山赋》,气盛志满,笔端无不透露出珍惜时间、建功立业的英壮气概。同时,赋中似乎也隐约地显露出王阳明有志于山林之意。可见,王阳明的"庙堂"与"山林"意识并存。此赋状景与抒情相结合,在抒情小赋中具有重要地位。王阳明的《大伾山赋》,从某个角度看反映出其在思想探索中的特征,青年王阳明总是在"书与剑""道与山"之间求索,苦苦地追寻人生之路。《大伾山赋》为研究王阳明早期思想提供了文献依据。

从《大伾山赋》可知,初入仕途的王阳明对前途充满了自信,以社稷安危为己任,建功立业之心甚为迫切,是此赋的主旋律。此赋风格雄健豪放,充满激情。

来雨山雪图赋

昔年大雪会稽山,我时放迹游其间。岩岫皆失色,崖壑俱改颜。历高林兮入深峦,银幢宝纛森围圆。长矛利戟白齿齿,骇心栗胆如穿虎豹之重关。涧溪埋没不可辨,长松之杪,修竹之下,时闻寒溜声潺潺。沓嶂连天，凝华积铅，嵯峨崭削，浩荡无颠。嶙峋眩耀势欲倒，溪回路转，忽然当之，却立仰视不敢前。嵌窦飞瀑，忽然中泻，冰磴崚嶒，上通天罅，枯藤古葛，倚岩嶅而高挂，如瘦蛟老螭之蟠纠，蜕皮换骨而将化。举手攀援足未定，鳞甲纷纷而乱下。侧足登龙虬，倾耳俯听寒籁之飕飕。陆风蹀躞，直际缥缈，恍惚最高之上头。乃是仙都玉京，中有上帝遨游之三十六瑶宫，傍有玉妃舞婆娑十二层之琼楼。下隔人世知几许，真境倒照见毛发，凡骨高寒难久留。划然长啸，天花坠空，素屏缟障坐不厌，琪林珠树窥玲珑。白鹿来饮涧，骑之下千峰。寡猿怨鹤时一叫，彷佛深谷之底呼其侣。苍茫之外，争行虩阵排天风。鉴湖万顷寒蒙蒙，双袖拂开湖上云，照我须眉，忽然皓白成衰翁。手掬湖水洗双眼，回看群山万朵玉芙蓉。草围蒲帐青莎蓬，浩歌夜宿湖水东。梦魂清彻不得寐，乾坤俯仰真在冰壶中。幽朔阴岩地，岁暮常多雪。独无湖山之胜，使我每每对雪长郁结。朝回策马入秋台，高堂大壁寒崔嵬。恍然昔日之湖山，双目惊喜三载又一开。谁能缩地法此景，何来石田画师，我非尔，胸中胡为亦有此？来君神骨清莫比，此景奇绝酷相似。石田此景非尔不能摸，来君，来君，非尔不可当此图。我尝亲游此景得其趣，为君题诗，非我其谁乎？

【简析】

　　从赋中反映的情景及相关资料考证看，此《来雨山雪图赋》应作于明弘治十年（1497），时王阳明正在家乡。此赋对研究王阳明艺术思想与诗歌创作之关系十分重要，除印证王阳明对绘画艺术的娴熟和精通外，还可看出王阳明对青年画家的提携。

赋中所提及的作画人来雨，应是王阳明的晚辈亲属。赋作通过对会稽雪景的形象描绘，透露出王阳明对越中山水的喜爱，以及喜欢游览探胜的秉性。此赋可分两部分。

第一部分：回忆了当年登会稽山观雪景的缘由、游踪和游感。赋首两句："昔年大雪会稽山，我时放迹游其间。"交代了昔年适逢会稽山大雪，王阳明乘兴观景。接着，描写了会稽山雪景的壮观和瑰丽："岩岫皆失色，崖壑俱改颜。历高林兮入深峦，银幢宝蘘森围圆。长矛利戟白齿齿，骇心栗胆如穿虎豹之重关。涧溪埋没不可辨，长松之杪，修竹之下，时闻寒溜声潺潺。杳嶂连天，凝华积铅，嵯峨崭削，浩荡无颠。"紧接着，描述会稽山奇特的山势地貌、飞流古藤。特别是对枯藤古葛作了十分细腻形象的描写："如瘦蛟老螭之蟠纠，蜕皮换骨而将化。举手攀援足未定，鳞甲纷纷而乱下。侧足登龙虬，倾耳俯听寒籁之飕飕，陆风蹀躞，直际缥缈，恍惚最高之上头。"王阳明攀援在白雪覆盖的奇伟险峻的会稽山中，心中激起无限的遐想。"侧足登龙虬，倾耳俯听寒籁之飕飕。陆风蹀躞，直际缥缈，恍惚最高之上头。乃是仙都玉京，中有上帝遨游之三十六瑶宫，傍有玉妃舞婆娑十二层之琼楼。下隔人世知几许，真境倒照见毛发，凡骨高寒难久留。划然长啸，天花坠空，素屏缟障坐不厌，琪林珠树窥玲珑。"其神思遨游于瑶宫琼楼，沉浸在超尘脱俗的仙境之中。"白鹿来饮涧，骑之下千峰"，描写下山至鉴湖，观赏鉴湖景色。"鉴湖万顷寒蒙蒙，双袖拂开湖上云，照我须眉，忽然皓白成衰翁。手掬湖水洗双眼，回看群山万朵玉芙蓉。草围蒲帐青莎蓬，浩歌夜宿湖水东。梦魂清彻不得寐，乾坤俯仰真在冰壶中。"上述描述，王阳明极力渲染鉴湖奇异的美景，抒发了其对古越山水的挚爱之情。

第二部分：王阳明看到来雨所作《山雪图》，画景酷似当年登会稽观雪景情状，激起了浓郁的兴致，不胜感慨，欣然命笔，作赋赠之，并交代了写作缘由："幽朔阴岩地，岁暮常多雪。独无湖山之胜，使我每每对雪长郁结。朝回策马入秋台，高堂大壁寒崔嵬。恍然昔日之湖山，双目惊喜三载又一开。谁能缩地法此景，何来石田画师，我非尔，胸中胡为亦有此？来君神骨清莫比，此景奇绝酷相似。石田此景非尔不能摸，来君，来君，非尔不可当此图。我尝亲游此景得其趣，为君题诗，非我其谁乎？"赋作结尾，点明自己为来雨的《山雪图》作赋是当之无愧的。一是王阳明认为来雨的《山雪图》神骨清韵，把会稽山奇特的雪景之美立体地呈现在人们的面前，即便是明代著名画师石田也难以描绘。二是王阳明亲历奇景，堪任作赋品评。王阳明此赋描绘了江南雪景秀色，想象奇特，表现了其对会稽山镜水的审美情趣。赋作造句工整，语言清丽自然，行文流畅，笔调清淡。从中可知，王阳明观画、评画与辞赋创作融于一体。

从上述王阳明的题画赋看，此赋别具一格，诗情画意交相辉映，画面感强，这与其精通绘画艺术有关。王阳明的辞赋如苏轼评王维之诗："味摩诘之诗，诗中有画；观摩诘之画，画中有诗。"借此评语转评王阳明赋作的这一艺术特色并不为过。其从绘画中吸取了诗歌创作的营养，融于赋作。其在辞赋创作中善于吸收绘画的视觉美感技法，同时自然地融入内心情感。从而，其赋作产生一种诗情画意的审美效果。中国山水画讲究萧散简远的意境，贵"真"尚"情"，表现文人的高蹈情怀和雅趣。中国古典人物画讲究"形神兼备"，以表现文人的生命价值取向。中国古代绘画美学观念在王阳明的辞赋中表现得非常突出。值得一提的是，王阳明与明代的著名画家关系非常密切。例如：与吴中著名画家唐寅，浙派画坛大师吴伟等交谊很深。王阳明也有画作传世，具有明人山水画作的基本特征和审美情趣。因此，王阳明的辞赋与国画的美学精神存在着明显的同构关系。

九华山赋 壬戌

　　循长江而南下，指青阳以幽讨。启鸿蒙之神秀，发九华之天巧。非效灵于坤轴，孰构奇于玄造！涉五溪而径入，宿无相之窈窕。访王生于邃谷，掏金沙之清潦。凌风雨乎半霄，登望江而远眺。步千仞之苍壁，俯龙池于深窅。吊谪仙之遗迹，跻化城之缥缈。钦钵盂之朝露，见莲花之孤标。扣云门而望天柱，列仙舞于晴昊。俨双椒之辟门，真人驾阳云而独蹻。翠盖平临乎石照，绮霞掩映乎天姥。二神升于翠微，九子邻于积稻。炎熇起于玉甑，烂石碑之文藻。回澄秋于枕月，建少微之星旐。覆瓯承滴翠之余沥，展旗立云外之旌纛。下安禅而步逍遥，览双泉于松杪。逾西洪而憩黄石，悬百丈之灏灏。

　　濑流筋而萦纡，遗石船于涧道。呼白鹤于云峰，钓嘉鱼于龙沼。倚透碧之巉岏，谢尘寰之纷扰。攀齐云之巉削，鉴琉璃之浩溔。沿东阳而西历，飧九节之蒲草。樵人导余以冥探，排碧云之瑶岛。群峦翳其缪蔼，失阴阳之昏晓。垂七布之沉沉，灵龟隐而复佻。履高僧而履招贤，开白日之杲杲。试明茗于春阳，汲垂云之渊湫。凌绣壁而据石屋，何文殊螺髻之蟠纠？梯拱辰而北盼，隳遗光于拾宝。缁裳辽于黄匏，休圆寂之幽俏。鸟呼春于丛篁，和云韶之鷮鷮。唤起促余之晨兴，落星河于檐橑。护山嘎其惊飞，怪游人之太早。揽卉木之如濯，被晨辉而争姣。静镜声之剥啄，幽人剧参蕨于冥杳。碧鸡哕于青林，鹇翻云而失皓。隐捣药以樛萝，挟提壶饼

王阳明诗文选 | 661

焦而翔绕。凤凰承孟冠以相遗,饮沆瀣之仙醴。羞竹实以嬉翱,集梧枝之袅袅。岚欲雨而霏霏,鸣湿湿于葑菼。蹰三游而转青,峭拂天香于茫渺。席泓潭以濯缨,浮桃泻而扬缟。淙渐渐而落荫,饮猿猱之捷狡。睨斧柯而升大还,望会仙于云表。悯子京之故宅,款知微之碧桃。俟金光之闪映,睫累景于穹坳。弄玄珠于赤水,舞千尺之潜蛟。并花塘而峻极,散香林之回飙。抚浮屠之突兀,泛五钗之翠涛。袭珍芳于绝巘,袅金步之摇摇。莎罗踯躅芬敷而灿耀,幢玉女之妖娇。搴龙须于灵宝,堕钵囊之飘飘。开仙掌于嵚嵌,散青馨之迢迢。披白云而蹑崇寿,见参错之僧寮。日既夕而山冥,挂星辰于窿嶅。宿南台之明月,虎夜啸而黑嗥。鹿麋群游于左右,若将侣幽人之岑寥。迥高寒其无寐,闻冰壑之洞箫。

　　溪女厉晴泷而曝术,杂精芩之春苗。邀予觞以玉液,饭玉粒之琼瑶。溘辞予而远去,飒霞裾之飘飘。复中峰而怅望,或仙踪之可招。乃下见阳陵之螟蜓,忽有感于子明之宿要。逝予将遗世而独立,采石芝于层霄。虽长处于穷僻,乃永离乎厄嚣。彼苍黎之缉缉,固吾生之同胞。苟颠连之能济,吾岂靳于一毛!矧狂胡之越獗,王师局而奔劳。吾宁不欲请长缨于阙下,快平生之郁陶?顾力微而任重,惧覆败于或遭。又出位以图远,将无诮于鹪鹩。嗟有生之迫隘,等灭没于风泡。亦富贵其奚为?犹荣蕣之一朝。旷百世而兴感,薆雄杰于蓬蒿。吾诚不能同草木而腐朽,又何避乎群喙之咬咬!已矣乎!吾其鞭风霆而骑日月,被九霞之翠袍。抟鹏翼于北溟,钓三山之巨鳌。道昆仑而息驾,听王母之云璈。呼浮丘于子晋,招句曲之三茅。长遨游于碧落,共太虚而逍遥。

　　乱曰:蓬壶之藐藐兮,列仙之所逃兮。九华之矫矫兮,吾将于此巢兮。匪尘心之足搅兮，念鞠育之劬劳兮。苟初心之可绍兮，永矢弗挠兮！

【简析】

　　王阳明的《九华山赋》题下注"壬戌"，即明弘治十五年（1502）。据《阳明先生年谱》载："十有四年辛酉，先生三十岁，在京师。奉命审录江北。先生录囚多所平反。事竣，遂游九华，作《游九华赋》。"但从赋中"试明茗于春阳""鸟呼春于丛篁"等句子看，此赋写作应在弘治十五年春天，两者时间上不一致，有待进一步考证，本文从弘治十五年写作说。此赋是王阳明辞赋作品中篇幅最长的一篇，可分为五部分。

　　第一部分：交代了游九华山的缘由、路径。由五溪入山，简要地介绍游览的过程、所到之处以及游感。"循长江而南下，指青阳以幽讨。启鸿蒙之神秀，发九华之天巧。非效灵于坤轴，孰构奇于玄造！涉五溪而径入，宿无相之窈窕。访王生于邃谷，掏金沙之清潦。凌风雨乎半霄，登望江而远眺。步千仞之苍壁，俯龙池于深窅。吊谪仙之遗迹，跻化城之缥缈。钦钵盂之朝露，见莲花之孤标。扣云门而望天柱，列仙舞于晴昊。俨双椒之辟门，真人驾阳云而独蹻。翠盖平临乎石照，绮霞掩映乎天姥。二神升于翠微，九子邻于积稻。炎燔起于玉甑，烂石碑之文藻。回澄秋于枕月，建少微之星旄。覆瓯承滴翠之余沥，展旗立云外之旌纛。下安禅而步逍遥，览双泉于松杪。逾西洪而憩黄石，悬百丈之灏灏。"王阳明驰骋想象的翅膀，思绪上天入地，虚实相交，营造出时空中生命力的变幻无穷，传达出其心境的飘逸之状。

　　第二部分：极力铺陈九华山的奇特景色和神思逸兴。身临九华圣景，与白鹤对话，与嘉鱼游戏。"濑流觞而紫纤，遗石船于涧道。呼白鹤于云峰，钓嘉鱼于龙沼"，"攀齐云之巉削，鉴琉璃之浩瀁。沿东阳而西历，飧九节之蒲草"，并糅合神话传说，呈现在读者面前的是扑朔迷离的神话世界。"樵人导余以冥探，排碧云之瑶岛。群峦翳其缪蔼，失阴阳之昏晓。垂七布之沉沉，灵龟隐而复佻。履高僧而屡招贤，开白日之杲杲。试明茗于春阳，汲垂云之渊湫。凌绣壁而据石屋，何文殊螺髻之蟠纠？梯拱辰而北盼，醵遗光于拾宝。缁裳迂于黄匏，休圆寂之幽俏。"王阳明的足迹穿行于九华山的瑰丽世界之中，忘却了尘世的烦恼。"倚透碧之峣屼，谢尘寰之纷扰"，表现出王阳明内心思想的跌宕起伏。同时，王阳明极写九华的灵动和生机："鸟呼春于丛篁，和云韶之鹭鹭。唤起促余之晨兴，落星河于檐橑。护山嘎其惊飞，怪游人之太早。揽卉木之如濯，被晨辉而争姣。静镜声之剥啄，幽人剧参蕨于冥杳。碧鸡哕于青林，鹇翻云而失皓。隐捣药以檬萝，挟提壶饼焦而翔绕。凤凰承孟冠以相遗，饮沆瀣之仙醴。羞竹实以嬉翱，集梧枝之嫋嫋。岚欲雨而霏霏，鸣湿湿于姜葆。蹦三游而转青，峭拂天香于茫渺。席泓潭以濯缨，浮桃洿而扬缟。淙渐渐而落荫，饮猿猱之捷狡。睨斧柯而升大还，望会仙于云表。悯子京之故宅，款知微之碧桃。俟金光之闪映，睫累景于穷坳。弄玄珠于赤水，舞千尺之潜蛟。并花塘而峻极，散香林之回飙。抚浮屠之突兀，泛五钗之翠涛。袭珍芳于绝巘，袅金步之摇摇。莎罗踯躅芬敷而灿耀，幢玉女之妖娇。搴龙须于灵宝，堕钵囊之飘摇。开仙掌于嵌嵌，散青馨之迢迢。披白云而踬崇寿，见参错之僧寮。日既夕而山冥，挂星辰于篷嶅。宿南台之明月，虎夜啸而罴嗥。鹿麋群游于左右，若将侣幽人之岑寥。迥高寒其无寐，闻冰壑之洞箫。"这部分内容是全赋的重心，王阳明用心感受九华山的精灵，九华山的伟岸、神秘、奇特、美好，成为其心灵的栖居地，并为下文思绪的深化做了铺垫。

第三部分：写自身不愿与世俗同流合污，坚守求圣贤节操，流露出向往大自然，避开喧嚣的尘世之念："逝予将遗世而独立，采石芝于层霄。"

"虽长处于穷僻,乃永离乎尨嚣。"王阳明叹息年华的流逝,视富贵为烟云,不愿虚度光阴,但又找不到人生的出路,内心既矛盾又苦闷。"嗟有生之迫隘,等灭没于风泡。亦富贵其奚为?犹荣蕣之一朝。旷百世而兴感,蔽雄杰于蓬蒿。吾诚不能同草木而腐朽,又何避乎群喙之呶呶!"说明其对当时社会政治已有了一定的警惕,同时也鄙视猥琐庸俗的世俗生活。王阳明志存高远,导致了内心的失落和苦闷,这是其耿介的个性和凛然气节使然。这种高蹈出世、旷达超俗、守正不阿、越名教而任自然的境界,是赋作的灵魂。

第四部分:写追求自由的境界,以奇特的想象力,表现出独来独往的自由精神。"吾其鞭风霆而骑日月,被九霞之翠袍。抟鹏翼于北溟,钓三山之巨鳌。道昆仑而息驾,听王母之云璈。呼浮丘于子晋,招句曲之三茅。长邀游于碧落,共太虚而逍遥。"赋中化用庄子《逍遥游》的名句,心灵与宇宙同一,努力摆脱人世间的各种困惑与烦恼,让思想之神无拘无束地驰骋,进入澄明的太虚世界。

结语部分:"蓬壶之巍巍兮,列仙之所逃兮。九华之矫矫兮,吾将于此巢兮。"王阳明借歌咏九华之胜景,抒发其内心的惆怅和苦闷之情,并流露出归隐之意,反映出王阳明当时的心境。

此赋从内容到形式多有独到之处,既有触景生情的感叹,又有充满哲人的睿智。文笔洗练,意境极妙,充满哲理,有峰回路转之妙。中间贯穿记游之事,达到了出神入化的境界。叙事前后贯穿,形式灵活,表现力极强。幻境般绮丽的故事情节,浓郁的抒情色彩,相互辉映。语言表达上深受《楚辞》的影响,描写精致,优美清新。铺陈景物奇特而传神,寄寓作者卓然独立的人格品性,对后世文人有很大的影响。

黄楼夜涛赋

朱君朝章将复黄楼，为予言其故。夜泊彭城之下，子瞻呼予曰："吾将与子听黄楼之夜涛乎？"觉则梦也。感子瞻之事，作《黄楼夜涛赋》。

子瞻与客宴于黄楼之上。已而客散，日夕，暝色横楼，明月未出。乃隐几而坐，嗒焉以息。忽有大声起于穹窿，徐而察之，乃在西山之麓。倏焉改听，又似夹河之曲，或隐或隆，若断若逢，若揖让而乐进，歘掀舞以相雄。触孤愤于崖石，驾逸气于长风。尔乃乍阖复辟，既横且纵。摐摐䬃䬃，汹汹㶀㶀，若风雨骤至，林壑崩奔，振长平之屋瓦，舞泰山之乔松。咽悲吟于下浦，激高响于遥空。恍不知其所止，而忽已过于吕梁之东矣。子瞻曰："噫嘻，异哉！是何声之壮且悲也？其乌江之兵，散而东下，感帐中之悲歌，慷慨激烈，吞声饮泣，怒战未已，愤气决臆，倒戈曳戟，纷纷籍籍，狂奔疾走，呼号相及，而复会于彭城之侧者乎？其赤帝之子，威加海内，思归故乡，千乘万骑，雾奔云从，车辙轰霆，旌旗蔽空，击万夫之鼓，撞千石之锺，唱大风之歌，按节翱翔，而将返于沛宫者乎？"于是慨然长噫，欠伸起立，使童子启户，凭栏而望之。则烟光已散，河影垂虹，帆樯泊于洲渚，夜气起于郊坰，而明月固已出于芒砀之峰矣。子瞻曰："噫嘻！予固疑其为涛声也。夫风水之遭于颒洞之滨而为是也，兹非南郭子綦之所谓天籁者乎？而其谁倡之乎？其谁和之乎？其谁听之乎？当其滔天浴日，湮谷崩山，横奔四溃，茫然东翻，以与吾城之争于尺寸间也。吾方计穷力屈，气索神怠,憪孤城之岌岌,觊须臾之未坏,山颓于目懵,霆击于耳聩,而岂复知所谓天籁者乎?及其水退城完,河流就道,脱鱼腹而出涂泥,乃与二三子徘徊兹楼之上而听之也。然后见其汪洋涵浴,濔濔汩汩,彭湃掀簸,震荡潭渤,吁者为竽,喷者为篪,作止疾徐,钟磬祝敔,奏文以始,乱武以居。呹者,嗝者,嚣者,噪者,翕而同者,绎而从者,而唧唧者,而嘟嘟者。盖吾俯而听之,则若奏箫咸于洞庭,仰而闻焉,又若张钧天于广野。是盖有无之相激,其殆造物者将以写千古之不平,而用以荡吾胸中之噎郁者乎?而吾亦胡为而不乐也?"

客曰:"子瞻之言过矣。方其奔腾漂荡而以厄子之孤城也,固有莫之为而为者,而岂水之能为之乎?及其安流顺道,风水相激,而为是天籁也,亦有莫之为而为者,而岂水之能为之乎?夫水亦何心之有哉?而子乃欲据其所有者以为欢,而追其既往者以为戚,是岂达人之大观,将不得为上士之妙识矣。"子瞻展然而笑曰:"客之言是也。"乃作歌曰:"涛之兴兮,吾闻其声兮。涛之息兮,吾泯其迹兮。吾将乘一气以游于鸿蒙兮,夫孰知其所极兮。"

弘治甲子七月,书于百步洪之养浩轩。

【简析】

《黄楼夜涛赋》文末落款为"弘治甲子七月,书于百步洪之养浩轩",弘治甲子即明弘治十七年(1504)。据《阳明先生年谱》载:弘治十五年,王阳明因病在越休养。至十七年秋,因巡按监察御史陆偁之邀,赴山东主考乡试。王阳明于当年六月启程赴山东。七月,途经徐州,因友人朱朝章欲修黄楼,作《黄楼夜涛赋》以明志。此赋题下有注,阐明写作缘由："朱君朝章将复黄楼，为予言其故。夜泊彭城之下，子瞻呼予曰：'吾将与子听黄楼之夜涛乎。'觉则梦也。感子瞻之事，作《黄楼夜涛》。"朱朝章，即朱衮，朝章为其字，号三峰，浙江上虞人。朱朝章学宗王阳明，在平南昌叛王朱宸濠叛乱、平广西之乱中皆有功，为王阳明所赏识，此当为后话。

徐州黄楼建于北宋神宗元丰元年（1078）八月，为徐州五大名楼之一。时任徐州知府的苏轼率军民抗击洪水后，在徐州城东门之上建楼。涂上黄土，意为土能克水，故名"黄楼"。苏轼之弟苏辙撰《黄楼赋》，苏轼书其赋。苏轼弟子秦观亦作有《黄楼赋》。自北宋神宗元丰元年至明弘治十六年（1503），期间相隔四百余年，王阳明此赋可与苏辙、秦观之赋相媲美。苏辙的《黄楼赋》记叙了苏轼当年亲率军民守徐州城抵御特大洪水的动人事迹，赞扬了苏轼与民患难与共、视民若己的担当精神，同时介绍了苏轼"以土克水"的思想及建造黄楼的缘由，点出苏轼治水的深谋远虑。其赋主体部分，通过与历史上江淮地区洪水泛滥给百姓带来的灾难，与徐州修筑城墙后给老百姓带来的安全做对比，阐述了官吏应"忧民之忧""乐民之乐"的"仁政思想"。艺术上通过主客对话的手法，刻画了苏轼作为政治家的远大抱负和求真务实、为民造福的廉吏形象，以及乐观洒脱的人生态度。相对于苏辙之赋，秦观之赋则采用楚辞的表达方法，抒发了游黄楼后的感慨，极力赞美建筑雄伟壮观之气势。王阳明此赋，一反常人登临游览赋作之俗套，未铺陈渲染黄楼之雄奇，而从黄楼听夜涛这一特定的虚幻场景入笔，采用超现实的手法，客与苏轼宴游黄楼，以夜听涛声为议题，展开主客对话，构思别开生面，想象奇特。

此赋在结构上可分四个层次。第一层次：王阳明极言涛声之奇妙，由远而近，戛然而止。第二层次：引出苏轼的议论。王阳明借苏轼之言，纵论天下治乱之历史，言违背"天道"则危亡。第三层次：王阳明以客人的身份,阐述了应如何顺"天道"的问题。第四层次:卒章显志,言苏轼赞同客人的观点,表示"吾将乘一气以游于鸿蒙"。此赋通过主客对话的结构,传达出王阳明的道家意识,发老庄"无为"之论,抒逍遥自然之志。道家"无为自化,清静自正""逍遥妙本之美"在此赋中反映得淋漓尽致,传达出王阳明豁达超越自我的宇宙观、人生观。很明显,此赋是暗示朱朝章顺从天道,与天地相通,以"内用黄老外用儒术"的思想治理地方,揭示了复建黄楼的意义与价值。

此赋通过虚拟、象征的手法,明为"听涛",实则蕴含了博大深闳的主题,即"心存天道"之理。文思潮涌,汪洋恣肆,仪态万方,有吞吐宇宙之气。

咎言 丙寅

正德丙寅冬十一月,守仁以罪下锦衣狱。省愆内讼,时有所述。既出,而录之。

何玄夜之漫漫兮,悄予怀之独结。严霜下而增寒兮,瞰明月之在隙。风呦呦以憎木兮,鸟惊呼而未息。魂营营以惝恍兮,目眢眢其焉极!懔寒飚之中人兮,杳不知其所自。夜辗转而九起兮,沾予襟之如泗。胡定省之弗遑兮,岂荼甘之如荠?怀前哲之耿光兮,耻周容以为比。何天高之冥冥兮,孰察予之衷?予匪戚于累囚兮,惜匪予之为恫。沛洪波之浩浩兮,造云阪之蒙蒙;税予驾其安止兮,终予去此其焉从?孰瘿瘰之在颈兮,谓累足之何伤?熏目而弗顾兮,惟盲者以为常。孔训之服膺兮,恶讦以为直。辞婉娈期巷遇兮，岂予言之未力？皇天之无私兮，鉴予情之靡他！宁保身之弗知兮，膺斧锧之谓何。蒙出位之为愆兮，信愚忠者蹈亟。苟圣明之有神兮，虽九死其焉恤！

乱曰：予年将中，岁月遒兮！深谷崆峒，逝息游兮；飘然凌风，八极周兮。孰乐之同，不均忧兮。匪修名崇仁之求兮，出处时从天命何忧兮！

【简析】

此赋的写作时间及背景，王阳明在题下有一说明，即为明正德元年（1506）冬十一月，出锦衣卫狱后所作。此赋中明白无误地点明其下狱时间，可知其弟子钱德洪等编撰《阳明先生年谱》时，并未注意到此赋的表述，故在年谱中将王阳明入狱的时间误记成："武宗正德元年丙寅，先生三十五岁，在京师。二月，上封事，下诏狱，谪龙场驿驿丞。"故此赋具有证误的史料价值。

据《阳明先生年谱》记载："是时武宗初政，奄瑾窃柄。南京科道戴铣、薄彦徽等以谏忤旨，逮击诏狱。先生首抗疏救之。"因王阳明恪守道义，舍身援救惨遭迫害的正直官员，而招致阉党头目、专权横行的刘瑾打击，王阳明被廷杖，然后下锦衣卫狱，受尽折磨。此赋是王阳明出狱后，赴谪贵州龙场前所作。此赋，王阳明回顾了自己身陷铁窗，在狱中受尽折磨的状况。漫漫长夜，严霜增寒，惊魂不安，转侧难寐。在痛苦的反省中，王阳明以先哲为典范，对照自己的正义之举，坚信自己的行为问心无愧，虽死无憾："苟圣明之有神兮，虽九死其焉恤！"

此赋题为"咎言"，即为内省自责之意，但从赋的内容看，则是反其意而用之，实为申明自己上奏抨击奸党罪恶、救援正直官员行为的正义性。此赋思想内涵，与其在狱中所作数首诗歌在思想上一脉相承，亦是对狱中生活的回顾、自我体悟，反映出王阳明"威武不能屈"的志士担当精神。此赋虽系骚体小赋，但融叙事、议论、抒情于一体，内心世界刻画入情入理。赋末总括要旨，阐发珍惜光阴，直面现实，坦荡地对待命运安排的人生态度，表现出王阳明身遭厄运，临危不惧的豁达性格。

吊屈平赋　丙寅

正德丙寅，某以罪谪贵阳。取道沅、湘，感屈原之事，为文而吊之。其词曰：

山黯惨兮江夜波，风飕飕兮木落森柯。泛中流兮焉泊？湛椒醑兮吊湘累。云冥冥兮月星蔽晦，冰崚嶒兮霰又下。累之宫兮安在？怅无见兮愁予。高岸兮嵌崎，纷纠错兮樛枝。下深渊兮不侧，穴泂洞兮蛟蠄。山岑兮无极，空谷谽谺兮迥寥寂。猿啾啾兮吟雨，熊罴嗥兮虎交迹。念累之穷兮焉托处？四山无人兮骇狐鼠。魑魅游兮群跳啸，瞰出入兮为累奸宄。嫉累正直兮反诋为殃，昵比上官兮子兰为臧。幽业薄兮畴侣，怀故都兮增伤。望九疑兮参差，就重华兮陈辞。沮积雪兮涧道绝，洞庭渺藐兮天路迷。要彭咸兮江潭，召申屠兮使骖。娥鼓瑟兮冯夷舞，聊遨游兮湘之浦。乘回波兮泊兰渚，眷故都兮独延伫。君不还兮郢为墟，心壹郁兮欲谁语！郢为墟兮函崤亦焚，谗鬼逋戮兮快不酬冤。历千载兮耿忠愊，君可复兮排帝阍。望遁迹兮渭阳，箕罹囚兮其伴以狂。艰贞兮晦明，怀若人兮将予退藏。宗国沦兮摧腑肝，忠愤激兮中道难。勉低回兮不忍，溘自沉兮心所安。雄之谀兮逸喙，众狂稚兮谓累扬。已为魑为魅兮为逸媵妾，累视若鼠兮佞颡有沘。累忽举兮云中，龙旗晻霭兮飘风。横四海兮倏忽，驷玉虬兮上冲。降望兮大壑，山川萧条兮渌寥廓。逝远去兮无穷，怀故都兮蜷局。

乱曰：日西夕兮沅湘流，楚山嵯峨兮无冬秋。累不见兮涕泗，世愈隘兮孰知我忧！

【简析】

《吊屈平赋》是王阳明谪旅至沅湘之地，过洞庭湖时，触景生情，有感于屈原故事而作，时间在明正德三年（1508）二月。《吊屈平赋》题下有注："正德丙寅，某以罪谪贵阳。取道沅、湘，感屈原之事，为文而吊之。"需要指出的是，在《王文成公全书·外集·赋》中，将时间标注为"丙寅"，即正德元年（1506），为误标。今本《王阳明全集》中，亦照旧移录，误。

《吊屈平赋》是王阳明追怀先贤，述志之作。屈原不仅是战国时代伟大的爱国诗人，还是对中国历史产生了重大影响的历史伟人，尤其是他那种独立不移、"香草美人"的人格操守更为历代正直士大夫、骚人墨客所欣赏和效法。王阳明自少年时代起就立志成圣贤，敬重先哲，仰慕英雄人物，故谪旅行经沅湘之地，凭吊、缅怀屈原是情理之事。就赋作本身而言，历史上西汉贾谊的《吊屈原赋》已名扬天下，王阳明以同一题材作赋难度极大，然而其能独辟蹊径，自成一格，且有出新独到之处，实属不易。贾谊的《吊屈原赋》，从屈原"信而见疑，忠而被谤"，最后遭谗被谪，自沉汨罗江的遭遇为生发点，由此联系自身的命运，在思想上着重抒发愤懑之情。在艺术上，主要通过借喻的手法，将奸臣与贤士，小人与君子做对举，以彰显自己忠诚不阿，反遭谗受贬的忠臣品格。其赋格调铺张扬厉，辞清而理哀，借屈原而自寄，思想与艺术均达到了吊屈原赋作的高峰。王阳明此赋似乎突破了这一格局。为避免重复使用同一题目，王阳明以"屈平"入题，"平"为屈原之名，而"原"则为其字，这样在题目上以示区别。在内容上，王阳明的《吊屈平赋》则借凭吊之机，着重揭示万物世界中所蕴含的社会历史兴衰规律，以及个体如何适应社会的变易，保持独立的人格志向。

此赋在结构上可分四个层次。第一层次：从特定的行旅场景入手，江面上波涛汹涌，寒风飕飕，岸边危岩耸立，猿鸣熊嚎，极言江上行船情势险恶，喻自身处境的艰难。第二层次：临流思人，联想屈原行旅于此情景，体悟其当时的心境，歌颂屈原的赤诚之心，家国情怀，可以说王阳明与屈原、贾谊之心是相通的。第三层次：以飞龙破云而出象征黑暗早晚会过去，"历千载兮耿忠愊，君可复兮排帝阊"，阐明对正义战胜邪恶的信念。第四层次：以"日西夕兮沅湘流，楚山嵯峨兮无冬秋"设喻，托物明志，日月轮转，江山依旧，发长怀忧国忧民之心作结。故此赋打破了借屈原之形，发生不逢时、抒怀才不遇之叹的格局，少了"同是天涯沦落人"的愁思离肠。"横四海兮倏忽，驷玉虬兮上冲"之句，给人以一种恢宏高扬的精神力量。王阳明此赋为何有如此震撼力呢？这与其被逐出京师后，在漫漫的谪旅途中受到诸多道友、正直官员道义上的支持、精神上的慰藉有很大关系。同时，王阳明在沿途通过观察民情世态，大量接触下层百姓的实际生活，对社会已有了全新的认识，故内心涌动一股激情，胸襟更加豁达，敢于直面现实、挑战厄运，并对前程充满了信心和期待。

历史上，凭吊屈原的文学作品何其多也，然而，王阳明此赋，哀而不伤，腾而不空，胸怀达观大气，辞风清朗蕴藉，在赋坛上不依不傍，独树一帜，为后人所传咏。

守俭弟归，曰仁歌楚声为别，予亦和之

庭有竹兮青青，上乔木兮鸟嘤嘤。妹之来兮，弟与偕行。竹青青兮雨风，鸟嘤嘤兮西东。弟之归兮，兄谁与同？江云暗兮暑雨，江波渺渺兮愁予。弟别兄兮须臾，兄思弟兮何处？景翳翳兮桑榆，念重闱兮离居。路修远兮崎险，沮风波兮江湖。山有洞兮洞有云，深林窅窅兮涧道曛。松落落兮葛累累，猿啾啾兮鹤怨群。山之人兮不归，山鬼昼啸兮下上烟霏。风袅袅兮桂花落，草萋萋兮春日迟。葺予屋兮云间，荒予圃兮溪之阳。驱虎豹兮无践我藿，扰麋鹿兮无骇我场。解予绶兮钟阜，委予佩兮江湄。往者不可追兮，叹凤德之日衰。将沮溺其耦耕兮，孰接舆之避予。回予驾兮扶桑，鼓予枻兮沧浪。终携汝兮空谷，采三秀兮徜徉。

【简析】

题中所指"守俭弟"，为王阳明同父异母弟；"曰仁"为王阳明妹夫徐爱，字"曰仁"，明正德二年（1507）拜王阳明为师。王阳明妹，为同父异母赵氏所出，嫁徐爱。正德八年（1513）冬，徐爱任南京兵部员外郎。至正德九年（1514）五月，王阳明亦至南京，得与徐爱夫妇及大弟守俭相处。不久，守俭即告归越，有辞云："江云暗兮暑雨，江波渺渺兮愁予。"由此可知，此辞作于正德九年夏。

此赋篇幅虽短，但情意深长。首以"翠竹""鸟鸣"起兴，借喻兄弟姐妹之间的亲情。"庭有竹兮青青，上乔木兮鸟嘤嘤"，这种发自内心的

对弟妹、妹夫到来由衷的喜悦之情言于溢表。接着，叙述亲人相见的缘由："妹之来兮，弟与偕行。"同时，倾诉亲人间这种离多聚少的惆怅之情："竹青青兮雨风，鸟嘤嘤兮西东。"描述了亲人相见时的欢乐场面。接下来，则转入离愁别绪的场景。欣喜之余，弟守俭将归越城，孤独而返，作为兄长，内心是矛盾的。于是，王阳明通过诸多的比况，暗示人生的复杂和世事的艰难，告诫其弟要有心理准备，过一种平凡的生活亦不失为一种乐趣，蕴含未必走科举之路。同时，许诺自己离开官场之时，亦是与兄弟们归隐林壑之时，表现出王阳明一贯的向往田园生活的平民情怀。此赋通过咏物抒怀，畅诉衷肠，表达出王阳明珍惜亲情、淡泊名利、恬淡洒脱的长兄风范，亦是后人了解王阳明的家庭关系、人生志趣极好的心灵观察点。

祈雨辞 正德丙子南赣作

呜呼！十日不雨兮，田且无禾；一月不雨兮，川且无波；一月不雨兮，民已为疴；再月不雨兮，民将奈何？小民无罪兮，天无咎民！抚巡失职兮，罪在予臣。呜呼！盗贼兮为民大屯，天或罪此兮赫威降嗔。臣则何罪兮，玉石俱焚？

呜呼！民则何罪兮，天何遽怒？油然兴云兮，雨兹下土。彼罪遏逋兮，哀此穷苦！

【简析】

王阳明对百姓的疾苦是十分同情和关心的。其在南赣巡抚任上，常常碰到大旱灾。《祈雨辞》是收入《王文成公全书》的唯一辞作，篇幅短小，一百余字。作于正德十一年（1516），在题目下附注：正德丙子南赣作。据《阳明先生年谱》载："十有一年丙子，先生四十五岁，在南京。九月，升都察院左佥都御史，巡抚南、赣、汀、漳等处。"此辞是其巡抚南赣之际，适逢大旱，体恤民情，顺从民意，为民祭天求雨而作。

此辞从旱情入笔，未详叙祈雨场面，极言灾害给老百姓生活带来的困境，民不聊生。同时，采用自责的态度，诉说了天灾给老百姓造成的苦难，传达出对命运的无可奈何，也蕴含了对百姓疾苦深切的关注和爱民情怀。但王阳明到任后，并没有停留在"祈雨"上，而是勤政为民，积极采取措施，深入了解民众疾苦，着力整顿军队，奏立地方政权，发展经济，使民安定谋生。说明其心系百姓，将社会的安定和人心向善当作施政的头等大事，"祈雨"仅为顺从民意而已。

此辞语言简洁明快，抒情与议论相结合，显示出王阳明为民求雨，情意恳切。辞作虽寥寥数语，但采用直抒胸臆的手法，语调低沉与感伤，这与动乱年代有直接的关系，强烈地渲染了天灾人祸、社会动荡不安、百姓凄苦的命运，反映出王阳明对百姓苦难的同情。

思归轩赋　庚辰

阳明子之官于虔也，廨之后乔木蔚然。退食而望，若处深麓而游于其乡之园也。构轩其下，而名之曰"思归"焉。门人相谓曰："归乎！夫子之役役于兵革，而没没于徽缠也，而靡寒暑焉，而靡昏朝焉，而发萧萧焉，而色焦焦焉。虽其心之固嚣嚣也，而不免于呹呹焉，哓哓焉，亦奚为乎！槁中竭外，而徒以劳劳焉为乎哉？且长谷之迢迢也，穷林之寥寥也，而耕焉，而樵焉，亦焉往而弗宜矣。夫退身以全节，大知也；敛德以亨道，大时也；怡神养性以游于造物，大熙也，又夫子之夙期也。而今日之归，又奚以思为乎哉？"则又相谓曰："夫子之思归也，其亦在陈之怀欤？吾党之小子，其狂且简，伥伥然若瞽之无与偕也，非吾夫子之归，孰从而裁之乎？"则又相谓曰："嗟呼，夫子而得其归也，斯土之人为失其归矣乎！天下之大也，而皆若是焉，其谁与为理乎？虽然，夫子而得其归也，而后得于道。惟夫天下之不得于道也，故若是其贸贸。夫道得而志全，志全而化理，化理而人安。则夫斯人之徒，亦未始为不得其归也。而今日之归又奚疑乎？而奚以思为乎？"阳明子闻之，怃然而叹曰：吾思乎！吾思乎！吾亲老矣，而暇以他为乎？虽然，之言也，其始也，吾私焉；其次也，吾资焉；又其次也，吾几焉。乃援琴而歌之。

歌曰：归兮归兮，又奚疑兮！吾行日非兮，吾亲日衰兮；胡不然兮，日思予旋兮；后悔可迁兮？归兮归兮，二三子之言兮！

【简析】

王阳明在赣州巡抚府官廨后园构木为轩，作《思归轩赋》以表归隐之心。此赋对研究王阳明在赣州期间的心态和思想轨迹极为重要。此赋题目下注"庚辰"，即写于正德十五年（1520）。是年，王阳明49岁。王阳明在平定南昌藩王朱宸濠叛乱后，又遇到了许多始料不及的烦心事，心情郁闷，此赋则是内心世界的真实流露。

赋首简洁地交代写作缘由："阳明子之官于虔也，廨之后乔木蔚然。

退食而望，若处深麓而游于其乡之园也。构轩其下，而名之曰'思归焉'。"并以"思归"为话题，通过与门人的对话，抒发内心矛盾的心情。"归乎！夫子之役役于兵革，而没没于徽缠也，而靡寒暑焉，而靡昏朝焉，而发萧萧焉，而色焦焦焉。虽其心之固嚣嚣也，而不免于呶呶焉，哓哓焉，亦奚为乎！槁中竭外，而徒以劳劳焉焉乎哉？且长谷之迢迢也，穷林之寥寥也，而耕焉，而樵焉，亦焉往而弗宜矣。夫退身以全节，大知也；敛德以亨道，大时也；怡神养性以游于造物，大熙也，又夫子之夙期也。而今日之归，又奚以思为乎哉？"由于王阳明长年在福建、江西、广东等地山区平乱，身心劳累，以致造成"靡寒暑，靡昏朝"的疲惫，因而希望归耕渔樵，退身全节，敛德亨道，怡神养性。但又认为，归隐尚不可行，重要的是传道授业，这是最要紧的。然而，现实让他又摆脱不了喧嚣的官场，心中不免升起厌倦之感，以作赋排遣心中的苦闷。优雅的环境并没有给王阳明带来赏心悦目的享受，而浓浓的思乡之情，动荡的浊世，漂泊异乡的凄楚之感，壮志难酬，无奈与悲哀通过情绪流露出来，表现了王阳明忠孝难以两全的苦闷。远离亲人，思乡之情急切。在王阳明的选择中，亲情就是理，与其无端的劳神，还不如归乡尽孝道。最后，王阳明想到了"归"。"归兮归兮，又奚疑兮！吾行日非兮，吾亲日衰兮；胡不然兮，日思予旋兮；后悔可追兮？归兮归兮，二三子之言兮！"传达出苍凉悲怆的情感，亦抒发对故乡亲人的思念和对太平盛世的期盼，复杂的内心世界得到了真切的表露，充满了返璞归真的生活渴望。

与那些历代歌功颂德、侧重于表现客观外部物象的赋作不同，此赋重点表达了人性的觉醒，对人情世态、社会弊端的剖析鞭辟入里。此赋的鲜明特点是抒情与说理相结合，将家风世德、个人际遇糅合其中。这种借门人议论以言情的手法，是对韩愈《进学解》表现手法的发展，王阳明深得韩愈散文的神韵。但在思想境界上，此短赋更加人性化，将"理"落实在"人性"上，别开蹊径，又在情理之中。《思归轩赋》的意蕴和艺术特色，历来为文选家所看重，也是王阳明赋作的精品。风格清新，文词简约，在抒情小赋发展史中具有重要地位。

二、王阳明年谱简编

明成化八年（1472） 一岁

明成化八年九月三十日（公元1472年10月31日），王阳明诞生于浙江余姚城内龙泉山北麓之"瑞云楼"。初名云①。祖父王伦，祖母岑氏。父王华，母郑氏。

成化十二年（1476） 五岁

王伦为孙子更名，改"云"为"守仁"。

成化十七年（1481） 十岁②

父王华中状元，授翰林院编修。随祖父赴京城。祖孙俩经镇江金山寺小住，少年阳明即席赋《金山》《蔽月山房》二诗。居京城长安西街。

成化十八年（1482） 十一岁

尝问塾师："何为第一等事？"塾师答曰："惟读书登第耳。"王阳明疑曰："登第恐未为第一等事，或读书学圣贤耳。"父王华闻之，笑曰："汝欲做圣贤耶？"

成化二十年（1484） 十三岁

母郑氏卒。居丧哭泣甚哀。据《姚江郑氏家谱》载，郑氏娘家属余姚城内桐江桥郑氏支系。

成化二十二年（1486） 十五岁

出游居庸三关，慨然有经略四方之志，经月始返。赋《梦谒伏波将军庙》诗。

弘治二年（1489）　**十八岁**③

奉父命赴南昌迎诸氏夫人。岳父为王华道友诸养和，余姚人，时任江西布政司参议。合卺之日，王阳明偶闲行入铁柱宫，与道士对坐谈养生忘归。诸公遣人追之，次早始还。

岳父官署中蓄纸数箧，王阳明日取学书，比归，数箧皆空，而书法大进。后示学者曰："凝思静虑，拟形于心，久之始通其法。"乃知古人"随时随事只在心上学，此心精明，字好亦在其中矣"。后与学者论格物，多举此为证。

十二月，携夫人诸氏归余姚。舟至广信（今江西上饶），谒硕儒娄谅（号一斋），授王阳明宋儒格物之学，谓"圣人必可学而至"，遂深契之。

弘治三年（1490）　**十九岁**

祖父王伦去世，父王华归余姚丁忧。其间，王华为从弟、妹婿、子阳明讲析经义。王阳明日则随众课业，夜则搜取诸经子史读之，多至夜分。

弘治五年（1492）　**二十一岁**

举浙江乡试。是年，随父至京师，为求宋儒格物之学，遍求朱熹遗书读之。思先儒"一草一木，皆涵至理"之言，即与钱姓朋友格竹验之而不得，遂得疾。转而随世就辞章之学。

弘治九年（1496）　**二十五岁**

会试再次落第，同考中有以不第为耻者，王阳明慰劝曰："世以不得第为耻，吾以不得第动心为耻。"识者服之。归余姚，结诗社于龙泉山寺。致仕方伯魏瀚（原为江西右布政使），平时以雄才自放，与王阳明登龙山，对弈联诗，有佳句辄为阳明得之，魏瀚乃叹曰："老夫当退数舍。"

弘治十年（1497）　　二十六岁

时，边关情势危急，朝廷推举将才，王阳明认为武举之设，仅得骑射、搏击之士，而不能收韬略统驭之才。于是留情武事，凡兵家秘书，莫不精究。每遇来宾设宴之际，尝聚果核以为兵卒，排兵布阵为戏。

弘治十一年（1498）　　二十七岁

自念辞章艺能不足以通至道，求师友又不数遇，心持惶惑。读宋儒之作，觉物理吾心终若判而为二，沉郁既久，旧疾复作。偶闻道士谈养生，遂有遗世入山之意。

弘治十二年（1499）　　二十八岁

是年春，会试第二人。赐二甲进士出身第六人④，观政工部。是秋，钦差赴河南浚县督造威宁伯王越坟。王阳明驭役夫以"什伍法"，暇即驱演"八阵图"。事竣，威宁家以金帛谢，不受；乃出威宁所佩宝剑为赠，适与梦符，遂受之。朝廷下诏求言，及闻达虏猖獗。王阳明回京复命，上边务八事，言极剀切。

弘治十三年（1500）　　二十九岁

授刑部云南清吏司主事。

弘治十四年（1501）　　三十岁

奉命到江北（今安徽一带）等地复查案件，冤假错案多有平反。事竣，遂游九华山，访道士蔡蓬头、地藏洞异人。

弘治十五年（1502）　　三十一岁

渐悟仙、释之非。五月回京复命，与京中旧游以才名相驰骋，学古诗文。王阳明叹曰："吾焉能以有限精神为无用之虚文也！"遂告病归越，筑室绍兴宛委山阳明洞天，自号"阳明"。行导引术。久之悟曰："此簸弄精神，非道也。"思离世远去，惟祖母岑与父在念，因循未决。又忽悟曰："此念生于孩提，此念可去，是断灭种性矣。"

弘治十六年（1503）　三十二岁

移疾钱塘西湖，复思用世。往来南屏、虎跑诸刹。谕坐关禅僧，爱亲乃为本性，僧涕泣谢。

弘治十七年（1504）　三十三岁

应巡按山东监察御史陆偁之聘，主考山东乡试。王阳明手录全部试题与程文。其策问议国朝礼乐之制：老佛害道，由于圣学不明；纲纪不振，由于名器太滥；用人太急，求效太速；及分封、清戎、御夷、息讼，皆有成法。录出，人占演阳明经世之学。九月，改任兵部武选清吏司主事。

弘治十八年（1505）　三十四岁

是年，门人始进。王阳明首倡言立圣人之志。与翰林院庶吉士广东增城人湛若水（号甘泉）一见定交，共以倡明圣学为事。

正德元年（1506）　三十五岁

十一月，闻南京给事中戴铣、监察御史薄彦徽等以谏忤旨，逮击诏狱。王阳明上《乞宥言官去权奸以章圣德疏》救之，因此得罪宦官刘瑾，被下诏狱，廷杖四十。十二月，刘瑾矫旨谪王阳明为贵州龙场驿驿丞。

正德二年（1507）　三十六岁

正月，京城友人与王阳明饯别。闰正月初一，与李梦阳同时离京赴谪。二月，父王华被刘瑾出为南京吏部尚书。余姚人徐爱拜王阳明为师。三月，至杭州北新关，诸弟相候。养病净寺。六月，移居胜果寺。七月，山阴人蔡宗衮、朱节拜王阳明为师。

正德三年（1508） 三十七岁

春，谪旅至贵州龙场。在小山洞玩《易》悟道："吾性自足，向之求理于事物者误。"史称"龙场悟道"。因著《五经臆说》。创办"龙冈书院"，教化弟子。撰《与安宣慰》三书，化解地方祸患，民赖以宁。

正德四年（1509） 三十八岁

提学副使四川遂宁人席书聘王阳明主贵阳"文明书院"。论"知行合一"学说。

正德五年（1510） 三十九岁

谪期满，升庐陵（今江西吉安）知县。三月，至庐陵。理县政七个月，为政不事威刑，惟以开导人心为本。十一月，入觐。与后军都督府都事浙江黄岩人黄绾结交。十二月，升南京刑部四川清吏司主事，未及赴任。

正德六年（1511） 四十岁

正月，调吏部验封清吏司主事。二月，为会试同考试官。十月，升文选清吏司员外郎。

正德七年（1512） 四十一岁

三月，升吏部考功清吏司郎中。十二月，升南京太仆寺少卿。与升任南京工部员外郎的徐爱便道同舟归省。在舟中，王阳明论《大学》宗旨。

正德八年（1513） 四十二岁

六月中旬至七月初，王阳明携徐爱等弟子、道友游历浙东四明山。观余姚梁弄白水冲，寻龙溪之源；登杖锡山，至奉化雪窦寺，上千丈岩。游历中点化同志，"知乐知学"，多得之于登临山水间。十月，至滁州督马政。滁山水佳胜，地僻官闲，日与门人遨游琅琊、瀼泉间。月夕，则环龙潭而坐者数百人，歌声振山谷。诸生随地请正，踊跃歌舞。旧学之士皆日来臻，从游之众自滁始。

正德九年（1514）　四十三岁

四月，升南京鸿胪寺卿。五月，至南京。

正德十年（1515）　四十四岁

立再从子正宪为后。是年，正宪八岁。

正德十一年（1516）　四十五岁

九月，由兵部尚书王琼特举，升都察院左佥都御史，巡抚南、赣、汀、漳等处。

正德十二年（1517）　四十六岁

正月十六日，至赣州开府。行"十家牌法"。选民兵。二月，平漳寇，是役仅三月，漳南数十年流寇悉平。四月，班师。五月，立兵符。奏设平和县。六月，疏请疏通盐法。九月，改授提督南、赣、汀、漳等处军务，给旗牌，得便宜行事。十月，平横水、桶冈诸寇。尝寄书杨仕德（王阳明弟子，名骥，字仕德，广东潮州人）云："破山中贼易，破心中贼难。"十二月，班师。闰十二月，奏设崇义县。

正德十三年（1518）　四十七岁

正月，征三浰。三月，袭平大帽、浰头诸寇。四月，班师，立社学。五月，奏设和平县。六月，升都察院右副都御史。七月，刻古本《大学》、刻《朱子晚年定论》。八月，门人薛侃刻《传习录》

于赣州。弟子、妹夫徐爱卒。九月，修濂溪书院。十月，举《南赣乡约》。十一月，再请疏通盐法。

正德十四年（1519）　四十八岁

六月，奉敕勘处福建叛军。十五日，至丰城，闻南昌藩王朱宸濠叛乱，遂返吉安。十八日，举义旗平叛。十九日、二十一日，接连上疏告变。七月十九日，兵发市汊。二十日凌晨，攻克南昌城。于二十六日，在樵舍生擒叛王朱宸濠。八月，疏谏武宗止亲征。九月，献俘杭州，以病留净寺。奉命兼江西巡抚。十一月，返江西。是年，祖母岑太夫人去世。

正德十五年（1520）　四十九岁

正月，赴召次芜湖。寻得旨，返江西。二月，如九江，还南昌。六月，至赣州。九月，还南昌。

正德十六年（1521）　五十岁

正月，居南昌。是年，始揭"致良知"之教。五月，集门人于白鹿洞。六月，奉世宗命赴召，寻止之。升南京兵部尚书，参赞机务。遂疏乞便道省葬。八月，至绍兴。九月，归余姚省祖茔。访瑞云楼。余姚钱德洪等七十余学子拜王阳明为师。十月，封新建伯。

嘉靖元年（1522）　五十一岁

二月，父王华卒。

嘉靖二年（1523）　五十二岁

论"圣人与天地民物同体"。

嘉靖三年（1524）　五十三岁

正月，门人日进。绍兴知府陕西渭南人南大吉以座主称门生。南大吉辟稽山书院，聚八邑彦士，身率讲习以督之。王阳明临之，只发《大学》万物同体之旨。八月，宴门人于天泉桥。十月，门人南大吉续刻《传习录》。

嘉靖四年（1525）　　五十四岁

正月，夫人诸氏卒。作《稽山书院尊经阁记》。九月，归余姚省墓。定会于龙泉寺之中天阁，每月以朔、望、初八、廿三为期。书壁以勉诸生。十月，门人立阳明书院于越城西郭门内光相桥之东。

嘉靖五年（1526）　　五十五岁

十一月，子正聪（嘉靖十一年改名正亿）生，继室张氏出。

嘉靖六年（1527）　　五十六岁

四月，弟子邹守益刻王阳明《文录》于广德州。五月，命兼都察院左都御史，征广西思恩、田州。八月，王阳明将入广，撰《客座私祝》，告诫弟子与前来书院讲学的客座教师。九月，行前，弟子钱德洪、王畿在伯府第天泉桥上问学，王阳明示以"无善无恶心之体，有善有恶意之动，知善知恶是良知，为善去恶是格物"之教，史称"王门四句教"。十一月二十日，抵达广西梧州开府。十二月，命暂兼理巡抚两广。

嘉靖七年（1528）　　五十七岁

二月，平思恩、田州土司之乱。兴思、田学校。五月，抚新民。六月，兴南宁学校。七月，袭八寨、断藤峡诸蛮贼。十月，王阳明以病危上疏请告。疏入，未报。在上奏朝廷告假无果后，王阳明安排好政务，匆匆离开两广之地。归途中，谒伏波庙。至广东增城祀先祖王纲庙。于嘉靖七年十一月二十九日（公元1529年1月9日），病逝于江西南安大余青龙铺舟中，享年57岁。临终留下"此心光明，亦复何言"之遗言。

嘉靖八年（1529）

正月，丧发南昌。二月，灵柩至绍兴。十一月，葬绍兴兰亭洪溪鲜虾山麓。

隆庆二年（1568）

王阳明逝世后，即遭朝廷权臣桂萼等人诬陷，言其"擅离职守""事不师古""欲立异说"等。嘉靖皇帝听信谗言，下诏停"新建伯"爵位世袭，恤典俱不行。直至隆庆二年，经众多廷臣颂其功，穆宗下诏，王阳明之"新建伯"爵位得以世袭，赠"新建侯"，谥号"文成"。至此，在王阳明殁后长达四十年才得以平反昭雪。

万历十二年（1584）

万历十二年，经正直朝臣上奏，王阳明得以崇祀孔庙。清乾隆十六年（1751），皇帝下旨谕祭，赐额："名世真才。"

[注释]

①据钱德洪所编《阳明先生年谱》记载："宪宗成化八年（1472）九月，先生生。是为九月三十日。……祖竹轩公（王阳明祖父王伦）异之，即以云名。""丙申（1476），先生五岁不言。一日与群儿嬉，有神僧过之曰：'好个孩儿，可惜道破。'竹轩公悟，更今名（守仁），即能言。""先生尝筑阳明洞，洞距越城东南二十里，学者咸称'阳明先生'云。""十有五年（1502），先生三十一岁，在京师。八月，疏请告。……遂告病归越，筑室阳明洞中，行导引术。"从上述记载可知，王阳明初名"云"，五岁改名"守仁"，因其曾修炼于绍兴宛委山"阳明洞天"，以"阳明"

自号。为叙述方便，本书除原著外均以"王阳明"指称。

②据《阳明先生年谱》记载："十有七年（1481），先生十岁，皆在越。是年龙山公（王阳明父王华）举进士第一甲第一人。""十有八年（1482），先生十一岁，寓京师。龙山公迎养竹轩翁（王阳明祖父王伦），因携先生如京师，先生年才十一。"据钱说，王阳明赴京师在成化十八年，时年十一岁。然而，据王阳明所撰《送绍兴佟太守序》一文所载："成化辛丑（1481），予来京师，居长安西街。"（参见（王文成公全书·续编四》卷二十九）"成化辛丑"即成化十七年（1481）。时年，王阳明才十岁，比钱说早一年，本书中关于此时间的确定，皆从王阳明本人所言。相应地将王阳明与塾师之对话"登第恐未为第一等事，或读书学圣贤耳"之立志名言时间亦提至成化十八年（1482），时年王阳明十一岁。

③据《阳明先生年谱》记载："孝宗弘治元年（1488），先生十七岁，在越。七月，亲迎夫人诸氏于洪都。"然而，据《姚江诸氏宗谱》（卷六）收录的《寄外舅介庵先生文》中记载："弘治己酉，公参江西，书来召我，我父曰：'咨，尔舅有命，尔则敢迟。'甫毕姻好，重艰外罹，公与我父，相继以归。"从"弘治己酉"看，时间在弘治二年（1489），时阳明十八岁，比《阳明先生年谱》记载的时间迟了一年。本书中关于此时间的确定，皆从王阳明本人所言。相应地亦将王阳明携新婚妻子诸氏归余姚的时间提至当年十二月，时年王阳明十八岁。

④据《阳明先生年谱》记载："十有二年，先生二十八岁，在京师。举进士出身。是年春会试。举南宫第二人，赐二甲进士出身第七人，观政工部。"然而，根据《明清进士题名碑录索引》载："王阳明为二甲第六名。"本书中关于王阳明的科甲名次，皆按此记载表述。

后　记

2017年初，经同仁推荐，承蒙中州古籍出版社器重，经商洽后达成意向，并于5月签订《王阳明诗文选》图书约稿合同。2018年10月，签订图书出版合同。迄今，终于完稿。在整个选析过程中，笔者所遇到的最大困难是撰文体量之大与时间急促的矛盾。尽管夜以继日地笔耕，但常常因各种杂事接二连三地不期而至，有的甚至很急，又没法推诿，如此这般拖慢了工作的进度，影响了按预定时间交稿，使人感到烦恼与不安。每当发生这种扰心事时，笔者与中州古籍出版社副总编辑卢欣欣、责任编辑赵建新沟通，他们不但没有责怪的意思，反而宽慰笔者不要着急，不要因赶时间而降低标准，以保证书稿质量为重。对于他们的理解，中州人那种大气和宽容在我心中有了定位，这是撰稿过程中精神上的意外收获，由此坚定了笔者从容完成书稿的信心。为提升书稿的品质，在诗文注释、评析等方面，笔者作了进一步细化。同时，以附录的形式，增加了王阳明的辞赋作品简析、王阳明年谱简编，目的是让读者更加方便、全面地了解王阳明生平事迹与诗文之关系。虽然大大增加了工作量，但书稿的内涵得到了深化，知识性得到了扩展，笔者内心觉得特别踏实。

明末余姚籍先贤施邦曜先生以《王文成公全书》为底本，以"理学""经济""文章"为目，分类辑录《阳明先生集要》十五卷，随文点评，阐发精义，此举为阳明学的传播起到了特殊的作用。笔者虽才疏学浅，但意欲踵武前贤，以明隆庆六年（1572）刊本《王文成公全书》为底本，分类选录并注析阳明先生诗文，以飨读者。本诗文选中，有极少量诗文为《王文成公全书》未收录的，笔者均注明移录出处。阳明先生一生创作的诗文数量可观，思想恢宏，笔法精湛，本书所辑录的诗文仅仅为其创作的一部分，难以覆盖全貌，万望读者明察。

"阳明心学"作为中华优秀传统文化的思想精华，越来越被国内外研究者、爱好者所认识、所应用。随着"阳明学""阳明文化"研究的日益深化与不断普及，全国各地"阳明学"研究机构、阳明书院、阳明学传习社群等如雨后春笋般地破土而出，对"阳明学"学习资源的需求越来越大。本《王阳明诗文选》的推出如能对阳明学研修、教学等有所裨益的话，笔者就知足了。本书能得以顺利出版，有赖于中州古籍出版社领导的高度重视、责任编辑的辛勤付出，借此机会表示衷心感谢！感谢妻子王秀娣为此做出的奉献。限于自己的水平，在分类选辑、注释、评析等方面必定存在谬误之处，敬祈大方之家，不吝赐教为感！

华建新
2018年秋于余姚舜江通济桥慎德堂三书斋